Sigrid Damm

Christiane und Goethe

Eine Recherche

Insel Verlag

Satz: Hümmer GmbH, Waldbüttelbrunn
Druck- und Bindearbeiten: GGP Media GmbH
Printed in Germany
Erste Auflage dieser Ausgabe 2000

2 3 4 5 6 – 05 04 03 02 01 00

Christiane und Goethe

I

Blick auf Weimar
Aquarell von G. M. Kraus

Christiane Vulpius. Christiane von Goethe. Über ein Vierteljahrhundert lebte sie mit Goethe, achtzehn Jahre in freier Liebe, zehn Jahre als seine Ehefrau. Dreiundzwanzig Jahre war sie alt, er achtunddreißig, als sie sich im Juli 1788 erstmals trafen und fast von einem auf den andern Tag ein Liebespaar wurden. Goethe, von der *Begierde* getrieben, die *Pyramide* seines *Daseyns ... so hoch als möglich in die Lufft zu spizzen*, schuf in seiner Lebenszeit mit Christiane ein großes Werk.

Wer war diese Frau? Ein schönes Stück Fleisch, *un bel pezzo di carne, gründlich ungebildet*, wie Thomas Mann sagt, eine *nullité d'esprit*, eine geistige Null, wie Romain Rolland sie nennt, die *Frau* mit dem *halb unanständigen Namen*, die *bekannte Sexualpartnerin des alternden Olympiers*, wie es in Robert Musils »Mann ohne Eigenschaften« heißt?

Die Mitwelt spricht von ihr als *Mätresse* und *Hure*, von Goethes *Kreatürchen, seiner Füchsin, seinem Mensch, seiner dicken Hälfte*; für Wieland ist sie Goethes *Magd*, und ihre offizielle Bezeichnung achtzehn Jahre lang in Weimar ist: *die von Goethische Haushälterin*. Charlotte von Schiller nennt sie *ein rundes Nichts*, Bettina von Arnim *eine Blutwurst*, die *toll* geworden sei. Herzog Carl August schreibt: *Die Vulpius habe alles verdorben*. Christiane als Fußnote in Goethes Leben. Als Peinlichkeit, Verirrung seinerseits.

Spätere Bücher über sie enthalten viel bildungsbürgerliche Betulichkeit. A la Paul Burgs Eheroman »Meine Christel. Erster und Zweiter Teil«: *Wer seinen Goethe lieb hat, liest diesen Roman. Dieses Werk ist eine Sache aller Deutschen*. Klischees. Erfundenes. Wenig Bewiesenes. Sentimentale Verklärungen oder böse Angriffe. Selbst rassistische. Hofer ordnet 1920 Christiane dem negroiden Typ zu. Von ihrer *zähen Schlauheit*, ihrem *plebejischen Trotz* und der *Niedrigkeit ihrer Seele* ist die Rede. *Der Gedanke, Christiane irgendwie als gleichberechtigte Ergänzung Goethes betrachten zu wollen, muß im übertragenen Sinne genau so grotesk erscheinen wie etwa die Zumutung, eine der farbigen Frauen der Kolonien für die würdige Genossin eines großen Kolonialmannes halten zu sollen*.

Wenig fundierte Sachdarstellung. Eine Arbeit von Edda Federsen. Wolfgang Vulpius' 1949 erschienenes und 1957 erweitertes Christiane-Buch. 1992 Eckart Kleßmanns Essay über Christiane. Wolfgang Vulpius schreibt, Christianes *eigenes Leben würde keinen Geschichtsschreiber finden, wenn es nicht vom Goethischen Lebenskreis umspannt wäre.* Eckart Kleßmann geht es darum, sich Christianes *Persönlichkeit zu nähern und zu verstehen, was es wohl gewesen sein könnte, daß Goethe sich gerade diese Frau als weibliche Ergänzung seiner Persönlichkeit gewünscht hat.* Nicht, wie er betont, *um die Rekonstruktion ihres Lebenslaufes zwischen 1765 und 1816.*

Das große Verdienst von Hans Gerhard Gräf, der den Briefwechsel zwischen Christiane und Goethe herausgab; 1916, zu Christianes hundertstem Todestag, erschien die Edition. Die überlieferte Korrespondenz umfaßt 601 Briefe. 247 Briefe Christianes an Goethe, 354 Briefe von ihm an sie. Sein *Erotikon* nennt Goethe sie, seine *liebe Kleine*, seinen *Haus- und Küchenschatz*, seine *vieljährige Freundin*, später seine *Frau*. Für Goethes Mutter ist sie ein *herrliches unverdorbenes Gottesgeschöpf.*

Ich lese Christianes Briefe. Erstaunlich sind sie, gestisch und genau. Detailfreudig. Eine Frau findet eine Sprache für ihren Körper, ihre Weiblichkeit, ihre Sexualität. Ungewöhnlich für ihre Zeit. Ebenso ungewöhnlich ist, wie sie Alltagsarbeit beschreibt. Eine Frau tritt mir entgegen, unablässig tätig, zwei Haushalte, ein Landgut, zwei Gärten, Krautland. Sie erledigt Erbschaftsangelegenheiten, bereitet den Erwerb von Land und Kaufabschlüsse vor, tätigt Geldgeschäfte. Sie kann einen Schlitten kutschieren. Geht allein auf Reisen, trägt zwei Pistolen bei sich. Sie ißt gern, trinkt gern, am liebsten Champagner. Sie tanzt ausgezeichnet, als Fünfundvierzigjährige nimmt sie noch bei einem Tanzmeister Unterricht. Sie liebt die Komödie, weniger das Lesen, das tut sie nur bei *üblen Wetter* oder aus *langer Weile.* Heiter ist sie, witzig, stets gutgelaunt.

Aus den Briefen – ich lese zwischen den Zeilen, gehe einem Halbsatz, einer Andeutung nach, überdenke, was der Zensur der Liebe zum Opfer gefallen sein mag, vergegenwärtige mir überlieferte Fakten – tritt mir auch eine ganz andere entgegen: eine Frau, deren

Körper von fünf Schwangerschaften gezeichnet ist, die unter dem Tod von vier ihrer Kinder leidet, die lebenslang von Krankheiten gequält wird, Bluthochdruck, Nierenprobleme. Eine Frau, die ihr Altwerden zu fürchten hat. Die ständig überfordert ist, weil sie eine Rolle spielen muß, für die niemand ihr den Text vorgibt; und dennoch hat sie Tag für Tag die Bühne zu betreten, für die sie nicht geschaffen ist. Eine Frau, die stets zuviel Arbeit hat. Die murrt, launisch ist. Stimmungen unterliegt. Depressionen hat. Verletzbar ist. Und einsam. Sehr einsam. Ihre schwere Krankheit in den letzten Lebensjahren. Ihr einsames Sterben, ihr früher Tod.

Der tiefe Widerspruch zwischen ihren Selbstzeugnissen und dem Urteil von Mit- und Nachwelt über sie. Meine Neugier ist wach.

Für mich könnte der Reiz nur sein, ihrem Lebensweg nachzuspüren. Von ihr aus zu erzählen. Aber nicht im Sinne einer poetischen Erfindung, eines neu hinzugefügten Bildes, sondern einer Annäherung an die tatsächlichen Vorgänge, an das authentisch Überlieferte. Durch die Recherche, die Rekonstruktion, die nüchterne Spurensuche in den Archiven.

1995 geht die Nachricht durch die Zeitungen, daß die Stiftung Weimarer Klassik den Vulpius-Nachlaß ankauft. Der letzte Nachfahre der Vulpius-Familie, Melchior Vulpius, Schauspieler und Musikpädagoge, hat im Jahr 1990 seinem Leben selbst ein Ende gesetzt. Aufschlüsse über Christiane durch diesen Nachlaß? Im Thüringer Staatsarchiv existieren Akten über Christianes Vater, über ihren Bruder. Der Editor der Christiane-Briefe berichtet 1916 von drei Jahrgängen des Gothaischen Schreibkalenders, die seit Goethes Tod im vergilbten Papierumschlag in seinem Arbeitszimmer neben den Sedezbänden seiner Werkausgabe letzter Hand und dem Briefwechsel mit Schiller stehen und Tagebucheintragungen aus Christianes letztem Lebensjahr enthalten. Niemand hat die Spur verfolgt. Existiert das Tagebuch noch? Die Handschriften im Goethe- und Schiller-Archiv über Goethes Haushalt; Ausgabenbücher, Rechnungen, Belege. Sollten sich darin nicht Spuren von Christianes Alltag, den achtundzwanzig gemeinsam gelebten Jahren finden?

Christiane vor ihrer Begegnung mit Goethe. Ihrem Lebensweg nachgehen. Ihrer Jugend. Kindheit. Herkunft. Ihren Vorfahren.

Der Name Vulpius taucht in den Weimarer Kirchenbüchern erstmals am Ende des 16. Jahrhunderts auf. Ein Melchior Vulpius. Durch ihn haben wir einen Hinweis auf den Namen Vulpius. Die Latinisierung des deutschen Namens ist damals wohl modern. Als Melchior in die Stadt kommt, heißt er noch *Vuchs*. Erst als er auf seinem Berufsweg in der Graduierung aufsteigt, sich zu den *viris doctis et gradatis* zählt, latinisiert er seinen Namen. Der Beleg dazu findet sich im Weimarer Taufregister von 1597. Am 11. Februar dieses Jahres wird ihm ein Sohn geboren, hinter dem Namen Vuchs steht mit roter Tinte vermerkt: *Vulpio*.

Melchior Vulpius ist Kirchenmusiker. Er kommt aus Wasungen, wurde dort 1560 geboren und war in Weimar Stadtkantor und Lehrer am Gymnasium. Eine Komposition von ihm ist überliefert, eine vierstimmige Passion nach Matthäus *Das Leiden und Sterben unseres Herrn Erlösers Jesu Christi, auß dem heiligen Evangelisten Matthäo*, 1613 ist sie in Erfurt ediert. Und 1604 erscheint in Leipzig ein von ihm für vier beziehungsweise fünf Stimmen gesetztes Kirchengesangbuch *Kirchen Geseng und Geistliche Lieder/ D. Martini Lutheri und anderer frommen Christen so in der Christlichen Gemeine zu Weymar und deroselben zugethanen, auch sonsten zu singen gebreuchlich*.

Es kann nicht zweifelsfrei belegt werden, daß auf diesen frühbarocken Kirchenmusiker die Familie Vulpius in direkter Linie zurückgeht.

Der erste nachweisliche Vorfahre von Christiane Vulpius väterlicherseits soll ein 1611 in Wickerstedt an der Pest gestorbener Pastor sein. Ihm folgen mehrere Generationen von Geistlichen, die ihre Pastorate in Dörfern im nördlichen Thüringen haben. Es ist der gleiche Raum, in dem die Vorfahren Goethes, des Mainfranken, lebten, im nördlichen Thüringen, in Badra, Canna und Berka, Artern und Sondershausen, wo es den Namen Göte noch heute gibt. Sie waren Bauern und Handwerker, Landvermesser, Altaristen und Branntweinbrenner. Der Urgroßvater Hans Christian Goethe war Hufschmied, Zunftmeister und Ratsdeputierter in Artern. Der Großvater Georg Friedrich Goethe Schneidermeister und Gasthalter. Er ist der erste, der Thüringen verläßt, nach Hessen auswandert, sich in Frankfurt am Main niederläßt. Bei Christiane Vulpius' Vorfahren setzt mit dem Wechsel vom Stand der Pastoren zu dem der Juristen der Wechsel vom ländlichen in den städtischen Raum ein. Christianes Großvater Johann Friedrich Vulpius siedelt sich in Weimar an.

Goethes Vorfahren mütterlicherseits lebten in Frankfurt, Wetzlar und Marburg, waren Juristen, Hofgerichtsräte, Reichs- Stadt- und Gerichtsschultheiße, wie der Großvater Textor. Aber auch dessen Vorfahren weisen wieder nach Thüringen. Textor hatte einen thüringischen Urgroßvater, den in Pferdingsleben bei Gotha geborenen und 1639 als Bierbrauer in Frankfurt am Main verstorbenen Martin Walter. Christiane Vulpius' Vorfahren mütterlicherseits kommen aus Schwaben, waren Handwerker und Handelsleute. Während Goethes Großvater von Norden nach Südwesten zieht, wandert Christianes Großvater Johann Philipp Riehl, Sohn eines Sattlermeisters in Merklingen bei Leonberg, in die Gegenrichtung, läßt sich in Thüringen, in Weimar nieder.

Christianes Mutter und beide Väter, Goethes und Christianes, sind die ersten in ihrer Generation, die in der frei gewählten, neuen Heimat geboren werden, im hessischen Frankfurt am Main und im thüringischen Weimar.

Die Geschichte der Vorfahren. Spuren, die es noch in den Dörfern des nördlichen Thüringens geben mag. Von einer Grablegung unter einer Kanzel ist die Rede, von einem barocken Grabstein in der Turmhalle einer Dorfkirche. Einträge in alten Kirchenbüchern müßten noch existieren, könnten Aufschluß geben.

Von Weimar aus mache ich mich auf den Weg. Wickerstedt, wo der Pfarrherr Johann Heinrich Vulpius 1611 an der Pest gestorben sein soll. Ein Dorf etwa fünf Kilometer nordöstlich von Apolda. Das Pfarramt ist in Mattstedt. Mit dem Pfarrer fahre ich nach Wickerstedt.

Der Kirchturm steigt massiv und schmucklos über das Dach des Langhauses. Die Kirche ist 1719 erneuert worden. Grundmauerreste sind vielleicht erhalten, die Kirche aber, in der Vulpius gepredigt hat, muß eine vollkommen andere gewesen sein. Im Inneren ein alter Kanzelaltar, wie man ihn oft in Thüringer Dorfkirchen findet. In der Sakristei an der Wand ein Verzeichnis aller Pfarrherren. 1600-1611 steht da: Johann Heinrich Vulpius. Das Verzeichnis ist mit Schreibmaschine geschrieben, von wem, wann, auf welche Quelle geht es zurück?

Das Archiv im Gemeindehaus. Frühes 18., spätes 19. Jahrhundert, Hochzeits-, Tauf- und Sterberegister, Rechnungen, Berichte, Akten, Register. Schrank um Schrank. 20. Jahrhundert, Hitlerzeit, Armbinden, Listen des Kriegervereins fallen uns entgegen. Nur kein 17. Jahrhundert.

Dann ein Buch aus dem Jahr 1600. Auf der Deckseite steht: *AGENDA. Das ist/ Kirchenordnung/ wie sich die Pfarrherrn und Seelsorger in jren Ampten und diensten halten sollen.* Ein Ledereinband, seitlich ein kleines Schloß, die Schließe ist abgebrochen. Wenn das Buch 1600 erschienen ist, könnte Johann Heinrich Vulpius es benutzt haben. Verschiedene handschriftliche Einträge. Schließlich der Name des Besitzers: *Wolfgangus Mylius*, die Ortsangabe *Flurstedt, daselbst Pfarrer.* Diese Agenda also gehörte ins benachbarte Dorf, in die Flurstedter Kirche.

Wenn die Pest ganze Dörfer und Landstriche vernichtete, wer dachte da an Eintragungen. Existierte das Buch überhaupt? Der letzte Schrank läßt sich nicht öffnen. Darin könnte es sein.

Wochen später schickt mir der Pfarrer Kopien von Urkunden, die man in Abschriften kurz nach dem Zweiten Weltkrieg bei der Reparatur des Kirchturmes fand, als man Wetterfahne und Turmknopf abnahm und letzteren öffnete, um die Nachrichten aus Jahrhunderten zu lesen. Das Kirchenbuch ist verbrannt. Am 9. August 1719 habe es eine Feuersbrunst in Wickerstedt gegeben, die *108 Gehöfte und zugleich auch die übrigen geistigen und sonstigen Gebäude hierselbst in Asche legte.* Zwei Tage nach dem Brand, am 11. August, beginnt ein neues Kirchenbuch, die Kopie des Deckblattes liegt bei: *Register der Getaufften Copulirten und Begrabenen auch anderer merckwürdigen Dinge angefangen alhier zu Wickerstädt nach am 9. Aug. a. c. entstandenen großen Brande.*

Ein halbes Jahr später, es hat ihm keine Ruhe gelassen, hat der Pfarrer einen Beleg gefunden. In einem Abendmahlskelch von 1679, aus Silber getrieben und vergoldet, sind auf der Unterseite des Sechspaßfußes die Namen der *Wickerstedt Pastore* eingraviert, u. a. ein *A. M. Vulpijn.*

Ein nächster Vorfahre von Christiane Vulpius soll wenige Dörfer weiter in Wormstedt unter der Kanzel begraben sein. Wormstedt, als Wrmherestat im 10. Jahrhundert dem Kloster Fulda zinspflichtig, die Kirche wird 1392 erstmals erwähnt. 1717 wird sie erneuert. Im 1892 erschienenen Buch von Lehfeldt über die Bau- und Kunstdenkmäler Thüringens werden Grabsteine und Inschriften der Wormstedter Kirche aufgeführt. Der Name Vulpius ist nicht darunter.

In der Kirche in Wormstedt gibt es keine Grabplatte nahe der Kanzel, auch kein Stein ist in den Boden eingelassen. Vermutlich ist der im Jahr 1663 hier beigesetzte Vulpius in die Erde gesenkt, der Stein über ihm geschlossen worden. Das Pastorat befindet sich im Nachbardorf, in Utenbach. Der Pfarrer holt die alten Kirchenbücher hervor. Im *Catalogus Defunctorum*, dem Sterberegister, auf Seite 187 finden wir: *Den 18. xbr ist Herrn M. Johannes Henricus Vulpius über die 34 Jahre sehr wohlverdienter Pfarrer und Adjunctus, nachdem er über die zwei Jahre ganz contract und bettlägerich gewesen auch sein Amt in vorhandener Kranckheit durch die benachbarten Herrn Priester und Studiosus verrichten laßen, endlich alhier selig ... verstorben und darauf den 21 ejusdem in der Kirche gleich vor der großen Cantzel christlich eingesenckt und begraben worden, seines Alters 64 Jahre, 30 Wochen 4 Tage und 5 Stunden. Anima ipsius in Pace! Seine Leichenpredigt hat gehalten der Herr M. Friedrich List, Pfarrer zu Utenbach und Kösnitz Super Dictum Lob. 7. vs. 2, 3, 4. Wie ein Knecht sich sehnet nach dem Schatten etc: Die Abdankung aber hat der M. Friedrich Korn, Pfarrer zu Oberroßla, verrichtet.*

Im *Designatio Pastorum*, dem Pfarrerregister, im Kirchenbuch von 1637 bis 1788, steht auf Seite 243: *M. Johannnes Henricus Vulpius Wickerstetensis, so vorhero 3 Jahre zu Eisenberg Diaconus gewesen, hat seine Zuzugspredigt allhier in Wormstedt gehalten 1629 nachgehendes aber das Amt eines rechtschaffenen Predigers allhier zu Wormstedt über die 34 Jahre verwaltet, starb Ao 1663 d. is xbris.*

Die Chronik von Wormstedt gibt noch Auskunft, daß die 1558 erbaute Pfarrei am 15. Juni 1637 abbrannte, Vulpius dann zehn Jahre *gegen Mietzins im Wohlzogenschen Haus am Wege nach*

Pfuhlsborn wohnte, danach sieben Jahre neben dem Pfarramt in Wormstedt auch *Diaconus und Collaborator in Dornburg* war, dort wohnte, schließlich von 1654 bis 1663, seinem Todesjahr, wieder in Wormstedt, in einem von der Gemeinde gekauften Haus, *dem vormals v. d. Gönnischen, jetzt Bornscheinschen.*

Johann Heinrich Vulpius. Der Zusatz *Wickerstetensis* zu Vor- und Vatersnamen deutet auf den Geburtsort. Vom Sterbedatum 1663 zurückgerechnet, müßte er 1598 geboren sein. Ein Sohn jenes 1611 in Wickerstedt verstorbenen Pastors. Theologiestudium in Jena sicherlich. Dann die Jahre als Diakon, Magister, Vikar. Lange Amtsanwärterjahre, Wartejahre, Hungerjahre, es ist die Zeit des Dreißigjährigen Krieges, Heere durchziehen das Land. Eine feste Pfarrstelle endlich mit einunddreißig Jahren in der Nähe seines Geburtsortes, in Wormstedt. Die vierunddreißig Jahre seiner Amtszeit. Sieben davon zusätzlich Diakonat und Collaboratur in Dornburg. Wie seine Frau hieß, wieviel Kinder er hatte, ist nicht bekannt. Nur von einem Sohn wissen wir. Er wird am 8. Januar 1644 in Wormstedt geboren und bekommt in der Taufe den Namen Johann Friedrich.

Dieser Johann Friedrich ist der Urgroßvater von Christiane Vulpius. Sein Grabstein soll in der Turmhalle der Rothensteiner Kirche sein. Von Weimar fahre ich durch das Mühltal nach Jena, von dort ins Saaletal in Richtung Orlamünde.

Rothenstein, 796 als *Rodostein* erwähnt, einer der wenigen Orte in Thüringen, wo Slawen lebten. Eine alte Handelsstraße führte vorüber, wechselte am Ort die Flußufer, überquerte die Saale in einer Furt. War der Wasserstand hoch, konnten die Reisenden nicht passieren, mußten in Rothenstein rasten. Die Kirche liegt auf einer Anhöhe. Über einen Stufenweg erreicht man sie. Im Mauerwerk sind noch die Schießfenster aus dem 13. Jahrhundert zu sehen. Und gotische Inschriften von 1437 und 1605. Der Turm ist schlank mit schiefergedeckter welscher Haube.

Die Turmhalle im Erdgeschoß. Die Überraschung: Ein Grabstein von 1715, von schönster Symmetrie, barock geschwungen, in Sandstein gearbeitet, oben ein Herz, rechts und links davon Lilienzweige, Rosen, zwei schlanke Hände, der Bibelspruch: *So will ich ihnen die Krone des Lebens geben.* Die über den ganzen Stein gemeißelte Schrift ist gut lesbar. *Wohlverdientes Denck- und Ehren-Mahl des Weyland WohlEhrwürdigen und in Gott andächtigen Herrn Mag. John. Friedrich Vulpij in die 39 Jahr wohlmeritirten Seelsorgers der Gemeinden Rotenstein u. Ölckenitz wie auch Erb- u. GerichtsHerr der Kayserl. FreyZinßen zu Hamerstädt u. Freysaß auf das Guth zu NiederRoßla ist zu Wormstädt ao 1644 d. 8. Jan gebohren, Zum hisigen Pastorat so 1676 beruffen in die 1. Ehe mit Jfr. Margaretha gebohrene Oheimin aus Hoff ao 1681 getreten u. 3 Kinder gezeuget. In die 2. Ehe mit Jfr. Maria Elisabetha gebohrenen Schmidtin von Schleitz sich so 1685 begeben u. in fried. gesegneter Ehe 11 Kinder erzeuget, ein Vater 25 Kinder u. Kindeskinder starb er d. 18. Apr. 1715 Seines alters 71 Jahr 3 Mo 7 tage.*

1676 kommt Christianes Urgroßvater nach Rothenstein, da ist er zweiunddreißig. Seine erste Frau ist *aus Hoff*, die zweite *von Schleitz*. Hof und Schleiz liegen an eben jener alten Handelsstraße nach Nürnberg. Sind es Töchter von Kaufleuten, die eine gute Mitgift in die Ehe einbringen? Johann Friedrich Vulpius bringt es zu Wohlstand, erwirbt Besitz, Ländereien. In Niederroßla bei Apolda und in Hammerstedt zwischen Weimar und Apolda. Als *Freysaß* ist er Besitzer eines Lehns, das vererbbar ist oder verkauft werden kann. *Kayserlicher FryZinß* bedeutet Besitzer eines Freigutes, das ebenfalls vererbbar ist.

Ob Christiane Vulpius, als sie sich fünf Jahre mit dem von Goethe gekauften Gut in Niederroßla befaßte und oft dort weilte, wußte, das einst ihr Urgroßvater hier Land besessen hat?

Ob sie jemals in Rothenstein die Steintreppen hochgestiegen, die Turmhalle betreten hat? Hätte der Zufall sie nicht vor das Grabmal des Urgroßvaters führen können? Abwegig ist der Gedanke nicht. Christiane liebte das Saaletal. Sie ist jenen Weg des öfteren gefahren, auf der Reise nach Rudolstadt. Vor allem aber, das ist mehrfach belegt, weilte sie gern auf der Leuchtenburg. Die liegt wenige Meilen flußaufwärts bei Kahla. Vom Rothensteiner Kirchhügel ist die Leuchtenburg zu sehen. Auf dem Hin- und Rückweg mußte ihre Kutsche Rothenstein passieren.

Eines der elf in Rothenstein gezeugten Kinder ist Christianes Großvater. Am 5. Juli 1695 wird er im Pfarrhaus geboren und auf den Namen Johann Friedrich getauft.

Dieser Sohn setzt die Tradition seiner Väter und Vorväter nicht fort, wird kein Theologe. Im September 1714 trägt er sich in die Matrikel der Juristischen Fakultät der Jenaer Universität ein. Ein halbes Jahr später, er ist gerade zwanzig, stirbt sein Vater. Für mittellose Studenten bedeutet dies oft Aufgabe des Studiums. Aber Johann Friedrich hat das Freigut in Hammerstedt geerbt, möglicherweise ist dieser Grundbesitz sein Rückhalt. Er schließt als *Juris practicus* ab. Und wählt die Residenzstadt Weimar als Lebensort. Mit ihm setzt der Wechsel vom ländlichen in den städtischen Raum ein. Er erhält eine Stelle als Advokat am Weimarer Fürstenhof. Am 19. Januar 1723 heiratet er in der Stadtkirche. (Diese Angaben wie alle folgenden zur Vulpius-Familie nach den Einträgen in die Tauf- und Trau-Protokolle und Totenbücher der Hofkirche und Stadtkirche zu Weimar, Kirchenamt Weimar.) Er ist siebenundzwanzig. Seine Frau Sophie Dorothea Hecker ist eine Pfarrerstochter aus Tromsdorf bei Eckartsberga. Sie bringt Grundbesitz in die Ehe ein, ist Miteigentümerin des Roten Hauses am Ilmufer gegenüber dem Weimarer Schloß.

Was zieht Christiane Vulpius' Großeltern nach Weimar? Mitte der dreißiger Jahre wird auch ihr Großvater mütterlicherseits von Schwaben nach Weimar einwandern, jener Johann Philipp Riehl, der sich als Handelsmann in der Stadt niederläßt und gewirkte Strumpfwaren vertreibt. Die Zeichen stehen auf Aufschwung. Die Strumpfwirkerei belebt die Stadt. Der Herzog ist ein Förderer des Merkantilismus. Zuwanderern wird kostenlos Baugrund vor den Toren der Stadt zur Verfügung gestellt. 1728 Bauenden Steuerfreiheit für 30 Jahre zugesagt.

Herzog Wilhelm Ernst baut für gemeinnützige Zwecke; ein Zucht- und Waisenhaus entsteht, ein Gymnasium, das 1717 eingeweiht wird. Der Architekt Münzel entwirft 1707 für den Kammerkommissarius Helmershausen ein barockes Wohnhaus am Frauenplan. Schloß Ettersburg entsteht. Das Weimarer Schloß erhält seine barocke Haube. Im Schloß etabliert sich eine Opernbühne; eine

Gemäldegalerie mit Bildern von Dürer, Cranach, Tintoretto und anderen entsteht. Von 1708 bis 1717 ist Johann Sebastian Bach Hoforganist in Weimar.

Aber die Zeichen sind trügerisch. Während der Aufschwung der Strumpfwirkerei noch eine Zeit lang anhält, führt die Bautätigkeit zur Verschuldung des Hofes. Vor allem als Ernst August, der Neffe des Herzogs, der bereits zu dessen Lebzeiten mitregiert, nach dessen Tod 1728 die Macht übernimmt. Er reist nach Frankreich, wird von Ludwig XIV. empfangen. Ernst August will Weimar zu einem thüringischen Versailles machen. In seiner Regierungszeit werden etwa zwanzig Parkschlösser, Jagdhäuser und Fortifikationen angefangen. In nur neun Jahren, zwischen 1724 und 1733, wird, nach französischem Muster, Schloß Belvedere gebaut, mit allem Zubehör absolutistischen Prunks, Reit- und Ballhaus, Orangerie, Menagerie, Zwinger und Park. Der Bau verschlingt insgesamt 250 000 Reichstaler.

Willkürlich werden Steuern erhoben. In Weimar gibt es zu der Zeit allein zweiunddreißig Steuerarten. Die Stadt muß ihre Einnahmen weitgehend der Fürstlichen Landschaftskasse und der Herzoglichen Kammer als Darlehen zur Verfügung stellen.

Insgesamt 80 000 Taler schuldet Ernst August im Jahr 1741 seinen Untertanen. Er schuldet seinen Beamten den Sold, den Hoflieferanten die Rechnungsbegleichungen, der Stadt die Darlehensrückzahlung. Ein Teil der Handwerker beim Schloßbau bekommt jahrelang keinen Lohn. An die Hofbediensteten und Beamten wird nur ein Drittel des Gehaltes ausgezahlt. Dem Unmut über diese Tatsache begegnet der Herzog mit Regierungsanordnungen; in einer vom 6. März 1744 ist zu lesen: *Das vielfache Räsonieren der Untertanen wird hiermit bei halbjähriger Zuchthausstrafe verboten und haben die Beamten solches anzuzeigen. Maßen das Regiment von uns und nicht von den Bauern abhängt und wir keine Räsoneurs zu Untertanen haben wollen.* Als er 1748 stirbt, belaufen sich seine Schulden auf insgesamt 360 000 Taler.

Diesen Hintergrund muß man zumindest vor Augen haben, um die Situation der in Weimar neuansässig gewordenen Familie von Christiane Vulpius' Großeltern zu erahnen. Über Vulpius' Tätigkeit als

Hofadvokat, seine berufliche Laufbahn, die Höhe seiner Besoldung habe ich nichts finden können.

Einzig zwei Fakten sind – nach Huschke – aktenkundig. 1739 verkauft Johann Friedrich Vulpius das Freigut in Hammerstedt (ThHStAW Sign. A 3157, Bl 9; A 3185, Bl. 58ff.). Acht Jahre später veräußert Sophia Dorothea ihren Anteil am Roten Haus. (ThHStAW, Rechnungen des Amts Weimar 1738/39, Bl. 47; 1740/41 Bl. 50; 1746/47, Bl. 28 und Stadtarchiv Hist. Archiv, Abt. I, Loc. 15 Nr. 39 Bl. 697, Kataster-Nr. 3661.) D.h. die Besoldung von Christianes Großvater reichte, sofern er sie überhaupt erhielt, nicht aus, um die Familie zu ernähren. Es muß nach und nach das gesamte Vermögen zugesetzt werden.

In diese Weimarer Situation wird Christianes Vater am 12. November 1725 hineingeboren. Ihm ergeht es anders als Goethes Vater, der, als er zwanzig Jahre alt ist und den Vater verliert (jenen aus Thüringen eingewanderten Schneidermeister), Erbe eines großen Vermögens ist: der Gastwirtschaft Weidenhof, zwei Häusern, Gartengrundstücken, vierzehn Insätzen und Grundstücksbeleihungen, siebzehn Sack Geldes. Goethes Vater kann sein Studium in Ruhe fortsetzen, über Jahre Bildungsreisen unternehmen. Sich später in Frankfurt für 313 Gulden und 30 Kreuzer den Titel eines *Wirklichen Kaiserlichen Rates* kaufen; niemals arbeitet er, nie bekleidet er ein Amt, lebt als Rentier, sammelt Kunst und erzieht seine Kinder.

Christianes Vater erhält in der Taufe die Namen von Großvater und Vater: Johann Friedrich. Er ist das zweite von sechs Kindern. Eine Schwester geht ihm voraus, vier Schwestern folgen. Als er vierzehn ist, muß die Familie den ersten Besitz veräußern. Der Vater bestimmt, daß der Sohn wie er Jurist werden soll. Im Herbstsemester 1746, am 10. November, wird er in die Matrikel der Jenaer Universität eingetragen. Er ist einundzwanzig. Ein Jahr danach der Verkauf des Besitzes der Mutter.

Im September 1748, nach nur zwei Studienjahren, kehrt Johann

Friedrich nach Weimar zurück. In einem späteren Schreiben weist er darauf hin, daß er weder für Schule, Gymnasium noch Universität öffentliche Gelder in Anspruch genommen, sein Vater alles finanziert habe; *auch niemals das allergeringste beneficium zugewiesen gehabt mithin folglich mit meiner Eltern Vermögen auf Schulen und Universitäten meine Subsistence suchen und nehmen müssen* (ThHStAW B 25356).

Die Gründe für den Studienabbruch scheinen ausschließlich finanzielle gewesen zu sein. War Christianes Großvater als *Juris practicus* nach Weimar gekommen, so kehrt ihr Vater nur als *Juris Candidatus* aus Jena zurück. Hatte der eine rasch einen Posten gefunden, ergeht es dem anderen nicht so.

Ein Jahrzehnt wird sich Christianes Vater bemühen müssen, bis er eine Anstellung am Weimarer Fürstenhof erreicht. Wolfgang Vulpius hat sich mit seiner Lebensgeschichte befaßt. Er erwähnt Akten im Staatsarchiv, gibt sie auszugsweise wieder. Meine Neugier, die alten Handschriften mit eigenen Augen zu sehen.

Das Thüringische Hauptstaatsarchiv in Weimar. Das Gebäude am Beethoven-Platz. Gebaut für Akten. Von der Flügeltür im ersten Stockwerk der Blick hinein: ein riesiger Raum, mehrstöckig, der Fußboden aus Stahlgittern, damit die Akten Luft bekommen; warmes, von Staub gefiltertes Sonnenlicht liegt über den endlosen braunen und grauen Repposituren. Ein Kunstwerk aus Akten.

Ich habe Glück, ein wissenschaftlicher Mitarbeiter hilft mir, mich durch die Findbücher zu finden. Die Akten. Unhandliche, dickleibige, staubige Folianten. Die breiten Rücken mit strickähnlichem Buchbindergarn geheftet. Harte graue Pappe. Auf den Deckseiten in Handschrift: *Geheimde Canzley Acta. Die bey Fürstl. Camer Kanzley und resp. Renthery zu Weimar stehende Secretarios und sämt. Subalternen wie auch Verschiedener Personen Gesuch um dergl. Dienste 1756-1775*. Signatur B 25656. *Geheimde Kanzley Acta. Die bey der Fürstl. Regierungs Kanzley zu Weimar stehende Kanzlisten wie auch Verschiedener Personen Gesuch um dergl. Dienste 1755-1775*: B 23379. Schließlich *Geheime Canzley Acta die Besetzung der Stellen beym Hofmarschall Amt vom Jahr 1755-1809*: B 25781. Zwei dünne Foliomappen, die eine in grauem Packpapier, die andere im blauen Umschlag: *Regierungsakte Nr. XVII des Studiosi jur Vulpius* steht darauf (Signatur B 25356).

Ich schlage auf: festes, aber kein grobes Papier, fast 250 Jahre hat es überdauert. Die Tinte ist unverblichen. Die Schrift von Christianes Vater. *Durchlauchtigster Herzog, Gnädigster Fürst und Herr*! Das G des Anfangs schwingt und schlingt sich in weiten Rundungen über das Papier, ebenso das H, die Buchstaben werden zum grafischen Ornament, füllen das obere Seitendrittel. Regelmäßige Schriftzüge, seitlich geneigt. Anreden und lateinische Stellen in steiler Schrift. Auf der Rückseite des dritten Blattes quer die Adresse. *Dem Durchlauchtigsten Fürsten und Herrn, Herrn Frantz Josias Herzogen zu …*, es folgt dicht, in kleinster Schrift, über acht Zeilen die Aufzählung der Herzogtümer, über die Franz Josias gebietet. Rechts unten: *Weimar*. Es ist noch zu erkennen, wo die Bogen auf das damals übliche Briefformat von ca. 13 x 7 cm gefaltet waren; Reste von rotem Siegellack an der Stelle, wo mit heißem Lack versiegelt worden ist.

Sieben Bittgesuche zwischen August 1750 und Oktober 1752, alle an Franz Josias gerichtet.

Christiane Vulpius' Vater sucht als ein *hiesiges Landeskind … um eine Copisten, oder doch wenigsten Accesisten Stelle* nach. Er bietet an, ohne jegliche Bezahlung zu arbeiten; … *ich erböthig bin … alles gratis und ohne Entgeld* zu tun, bis *zu einer ergiebigeren Gelegenheit* der *Versorgung*.

Das Gesuch trägt oben rechts den Eingangsvermerk, unten steht: *R. R. ad acta*. Auch ein zweites und drittes bleiben unbeantwortet. Im dritten vom 17. September 1750 der Satz: daß *ich mich bereits schon zwei Jahr nach Zustandbringen meiner Juristischen Studien allhier zu Weimar bey meinen Eltern befunden und ihnen zu Last gelegen habe*. Das dritte Gesuch ist zumindest zur Kenntnis genommen worden. Es ist durch die Hände von fünf Hofbeamten gegangen, jeder der fünf hat es mit seinem Unterschriftsschnörkel abgezeichnet, als Vermerk steht: … *zur resolution vermeldet: daß seinem Suchen dermalen nicht zu fügen sey. Sig. Weimar zur Wilhelmsburg d. 25. September 1750.*

Eine Absage also.

Das nächste Gesuch ist vom 5. Oktober 1750. Am Ende meiner

Arbeit im Archiv, nach Wochen, werde ich wissen, auf eine zu vergebende Stelle warten oft zehn und mehr Anwärter; Christianes Vater, gerade fünfundzwanzig, kennt die Gepflogenheiten der Hofbürokratie noch nicht, ist nicht schafsgeduldig, nicht devot, nicht kriecherisch, man kann auch sagen, nicht diplomatisch genug. In seinem vierten Bittgesuch zum Beispiel heißt es: *so bin ich doch bis dato, mit keiner gnädigsten Resolution begnadigt worden*, das heißt, er hat noch immer keine Antwort erhalten. Weiter, er habe gehört, daß andere *Personen ... mir vorgezogen zu werden sehr bemühet seyn sollen*, er könne nicht *begreifen*, daß die *Stelle nicht* ihm, *sondern einem anderem conferiret werden sollte und möchte.*

Der junge Mann wagt Kritik an der Personalpolitik des Hofes, spricht von Säumigkeit der Bittgesuchsbearbeiter. Die *Schreiber, Kanzlisten, Accesisten, Ober- und Untersekretariusse und Archivarii* in den hohen kalten Räumen des Schlosses, gebeugt über ihre Akten, die Ärmelschoner abgewetzt, die Federn kratzen. Über Jahrzehnte sind sie im Amt. Bitter und hart geworden durch Entbehrungen und Demütigungen; soll er Geduld lernen, dieser Grünschnabel. Die Lust vielleicht, ihre kleine Macht auszukosten, die Feder in das Tintenfaß zu tauchen, anzusetzen, ein *ad acta* zu schreiben. Wie lange haben sie gewartet, sich geplagt, wie viele Bittgesuche eingereicht, um jeden Taler Besoldungszulage gekämpft, um jedes Sechstel oder Achtel der Erhöhung des jährlichen Fruchtdeputates. Die Scharen derer, die endlich eine Stellung gefunden haben, gegen die Scharen der Stellungslosen. Warum soll es diesem da anders ergehen, der bereits von seiner *Provisions Avantage künftiger Zeit bey Hochfürstl. Obervormundschaftlicher Regierung* spricht. Mit spitzen Fingern sehe ich sie das Bittgesuch beiseite legen. Auch das haben sie bereits durchlebt; um überhaupt einen Fuß in die Tür zu bekommen, muß man seine Dienste zunächst gratis anbieten. Im Gesuch vom 5. Oktober wiederholt Vulpius; daß *ich gratis, quam liberrime, zu thun anböthig geworden und noch so gesonnen bin, und dergleichen andere competenten zuübernehmen und zuthun.*

Im nächsten Gesuch vom 25. Oktober 1750 stellt Christianes Vater die wirtschaftliche Lage seiner Familie dar. Seine Eltern seien *durch Entsetzung ihres Vermögens gantz außer Stande gekommen,* ihn *zu erhalten,* zumal noch drei andere Geschwister zu ernähren seien. Vergeblich habe er sich in umliegenden Orten bemüht, auch da keine Anstellung finden können; *also auch anderenteils wegen deren jetzigen herumliegenden starken Werbungen* (der Siebenjährige Krieg wirft seine Schatten voraus) *außerhalb anderer Örthern nicht finden kann, folglich darinnen ganz und gar verdorben und zu grunde gehen muß.* Er bittet, *daß mir diejenige nach meiner vorigen Petitis, gesuchte Stelle aus Höchsten Gnaden conferiret werden möchte.*

Die Eingabe trägt keinerlei Vermerk.

Die nächste ist vom 10. Februar 1751. Vulpius hat hinzugelernt. In *tiefster Unterthänigkeit* sucht er nun nach, appelliert an die *Hochfürstliche Gnade,* ihm *Beförderung angedeihen zu lassen, … ich habe mich nicht überwinden können, Cur. Herzogliche Durchlaucht nochmals in Unterthänigkeit und tiefster Erniedrigung mit gegenwärtigem aufzuwarten, und höchst flehentlich zu bitten mich als ein Landes Kind gnädigst zu versorgen.* Wenn ihm geholfen werde, so schließt er, werde er *ewig in tiefster Devotion verharren.*

Auf dem Schreiben steht unten rechts von Hofschreiberhand: *ad acta.*

Am 6. Januar 1752 stirbt Vulpius' Vater. Zwei seiner Schwestern leben nicht mehr, Regine Marie ist kurz nach der Geburt, Catharina Rosine im Alter von dreiundzwanzig Jahren gestorben. Drei Schwestern noch. Sophie Dorothea ist dreiundzwanzig, Johanna Sophie einundzwanzig, Juliana Augusta achtzehn. Er, der Stellungslose, ist siebenundzwanzig.

Vom 10. Okober 1752 ein nächstes Gesuch, diesmal an den Präsidenten des Obervormundschaftskollegiums gerichtet, beigefügt ist eine *Copia* eines Schreibens vom Vortag an den regierenden Fürsten. *Bisdaher* habe er mit seinem *Gesuch nicht reusiren können. … bereits 4 gantze Jahr* seien *verflossen, daß ich meine Studia juridica absolviret, und die ganze Zeit nicht sowohl meinem nunmehro verstorbenen Vater, als meiner noch lebenden Mutter, in ihrem armen Wittiben Stande, wohl über dies noch 3 hinterlassene Kinder zu ver-*

sorgen hat, zum größten Verdruß über dem Halse liegen müssen und noch liegen muß. Er bittet nicht mehr um eine Kopisten-, sondern um eine geringere, eine *Accesistenstelle.*

Wieder der Kanzleivermerk: *ad acta.*

Zwischen Oktober 1752 und Juni 1756 keine Schreiben. Hält er es für aussichtslos? Oder sind die Gesuche nicht überliefert. Die Akten sind nicht vollständig.

Die Fakten: 1754 stirbt Sophie Dorothea. Vier Jahre nach dem Vater, am 19. Januar 1756, die Mutter. Johann Friedrich Vulpius ist mit den beiden Schwestern, mit Johanna Sophie und Juliana Augusta allein und als einziger Mann in der verbliebenen Familie auch für sie verantwortlich. Das Todesjahr der Mutter ist zugleich das Ausbruchsjahr des Siebenjährigen Krieges.

Die Bittgesuche von 1756. Die schweren Folianten, die *Geheimde Kanzley Acta*, die die *Secretarios und sämtliche Subalterne* betreffen. Ich wende Blatt um Blatt um, suche die mir schon vertraute Unterschrift *untertänigster gehorsamster Johann Friedrich Vulpius.*

Finde Schreiben vom 10. Juni und 22. Juli. Sie sind nicht mehr an Franz Josias, den Herzog von Sachsen-Coburg, gerichtet, der von 1748 bis 1755 als Interimsherrscher für den noch unmündigen Sohn des Herzogs Ernst August (jenen mit den Schulden) fungiert, sondern an den seit seiner Volljährigkeit regierenden jungen Herzog Ernst August Constantin. Ein neuer Herrscher, neue Hoffnungen?

Vulpius scheint in der Anwärterhierarchie höher gerückt. Er bewirbt sich gezielt um eine *vacant* gewordene Stelle, um die *durch den Tod von Frankenberger freigewordene Calculators-Stelle.* Am 22. Juli bittet er in *tiefster Erniedrigung* nochmals *hiermit anzurufen.*

Sein Gesuch trägt rechts den Eingangsvermerk 22. Juli, unten links steht: *Ad acta, weil der Dienst bereits vergeben.* Datum: *26. Julius 1756.*

Immerhin, er ist in Erwägung gezogen worden.

Am 22. Januar und 14. Februar 1757 neue Gesuche. Auffällig, Vulpius hat sich anderes Papier zugelegt, es ist von größerem Format, ist feiner, dünner; die Kanzlisten, mit der Heftung der Akten beauftragt, müssen, um die Bogen zwischen die beiden Pappdeckel des Akten-Corpus zu bringen, es seitlich und unten umlegen. Ich falte die Briefbögen auseinander. Vulpius hat sich auch neue Federn zugelegt, sie aufs feinste angeschnitten; seine Schrift, sonst zuweilen etwas breitflüssig und flüchtig geworden, ist wieder entschieden akkurater, fast kalligraphisch. Jetzt ist es die durch den Tod des *Cammer Registratoriis Müller vacant gewordene Registrator Stelle.* Die Bitte, *auch mich, da nun in dem 8. Jahr von Universitäten bin und mich sehr kümmerlich bis dahin hinbringen müßen* zu *bedenken*; dann wie immer die Schlußformel, diesmal steht nicht: *zeitlebens in tiefster Devotion zu verharren*, sondern: *ewig in tiefster Erniedrigung zu ersterben.*

Wie viele wohl waren Anwärter auf die Stelle des Toten? Wie mögen die Jungen, die im Warten älter und älter werden, die in Besoldung stehenden Alten betrachten? Auf deren Tod wartend. Man darf den Zeitpunkt nicht verpassen, muß schnell sein, wenn einer stirbt.

Christianes Vater hat abermals kein Glück. Nicht, weil ihm ein anderer vorgezogen, sondern weil die Stelle überhaupt nicht besetzt wird. Ich bekomme es erst nach einiger Zeit heraus, nachdem ich die Schreiben im Umkreis zu entziffern versuche. Ein Papier der Fürstlichen Kammer vom 8. Februar 1757. Die Unterschriften mehrerer Beamter und die von *Serenissimus*, vom regierenden Fürsten. *Die Besoldungen und Pensionen* seien *zu stark angewachsen, mithin* erfordere es *die Nothdurfft, daß die Ausgaben eher gemindert als vermehret werden.* Die Bittsteller sollen *zur Gedult angewiesen* werden. Dann die Notiz der Kammer, *daß ein und andere Besoldungen mit der Zeit gäntzlich menagiret werden sollten.* Stellenabbau also. *Menagiren* bedeutet, daß Geldzahlungen durch Naturalien ersetzt werden, durch ein Korn- oder Fruchtdeputat. Unentgeltliche Arbeit, die gerade soviel einbringt, daß man vor dem Verhungern bewahrt wird. Das Heer derer, die darauf angewiesen sind, scheint zu wachsen.

Vielleicht hat Christianes Vater, der nachweislich zunächst auch *ohne Besoldung, gratis* arbeitete, ein solches Korndeputat bekommen; sich und seine Schwestern auf diese Weise durch die Kriegszeiten gebracht. (Seine Tochter Christiane wird nach seinem Tod von einem solchen Korndeputat der Fürstlichen Kammer leben müssen.)

13. Februar 1758, das nächste Bittgesuch. Ich finde es zufällig zwischen Schreiben, die alle das Jahr 1770 betreffen. Wieder ist durch *Absterben* eines Kanzlisten eine Stelle frei. In einer Notiz vom 21. Februar wird *der candidatus juris J.F. Vulpius* unter den Bewerbern erwähnt. Die Stelle, besoldet mit 54 Reichstalern, geht an einen Friedrich Christian Tripplin. Die Handschrift kommt mir bekannt vor. Ich blättere zurück, suche in den anderen Folianten, versuche etwas über diesen Tripplin herauszubekommen. Finde: über Jahre und Jahre seine Bittgesuche. Auch er hat sein *väterliches Vermögen zugesetzet*, auch er hat *die äußerste Noth zu leiden*, auch sein Vater ist bereits tot; *unterthänigstes demütiges Flehen* immer wieder. Aber: er hat mehr Studienjahre aufzuweisen als Vulpius, von seinem *Studio juridio fünf Jahre lang*, spricht er. Und er hat ein Jahr die *praxin und processualia beym Hof-Advocato ... nach Möglichkeit gelernet*, sich also auf eigene Kosten zusätzlich qualifiziert. Und bereits drei ganze Jahre, ohne einen Pfennig zu erhalten, in den Kanzleistuben des Weimarer Hofes gearbeitet. Deshalb er.

Am 7. Oktober 1758 heißt es bei Vulpius: *in den aller deplorabelsten Umständen befinde* er sich, sei *zu leben nicht im Stande*, wisse sich *weder zu rathen noch zu helfen*. Aber, er habe sich *bey denen Academischen Schloßgerichten, zu Apolda, daselbst in Process, als gerichtlichen expeditionis zu habilitiren, aufgehalten*. Ein Befürwortungsschreiben eines Wilhelm Conrad Günther, Jurist am Akademischen Schloßgericht der Nachbarstadt, liegt bei und attestiert Vulpius, er habe sich *geschult ..., aus Actten zu cultiviren und in den Procesfragen zuzusetzen*.

Der Eingangsvermerk: *pras. d. 9. Octbr. 1758*. Unten diesmal kein ad acta. Aber auch kein Bearbeitungszeichen. Es muß einen Extrabogen mit Notizen der Hofbeamten geben; meist findet man ihn zwischen den Bittgesuchen, bisweilen aber auch an ganz entlegenen Stellen. Endlich: Eine Aktennotiz vom 25. Oktober, die am 4. November abgelegt ist. Vulpius habe sich den *numerus Advocatorum gar zu stark angemaßet*, wird kritisch vermerkt. Offenbar weil er von der *Beendigung seiner juristischen Studien* gesprochen hat. Er habe sich *unter Vacanz* zu halten. Seinem *Gesuch* sei *noch zur Zeit nicht zu entsprechen.* Sechs Unterschriftsschnörkel.

1759 wird Christianes Vater nach zehn Wartejahren mit einem *Gehalt*, das heißt einer festen Anstellung *begnadigt*, als *Copist* mit einem Jahresgehalt von *50 Reichstalern* beim Fürstlichen Amte zu Weimar eingestellt. Einen Beleg dafür kann ich in den Akten nicht finden. Aber es geht aus seinen eigenen späteren Schreiben hervor.

Beim Suchen in den Akten gewinne ich eine Vorstellung, was auf den Begnadigten zukommen wird. Der Kampf ums Brot wird weitergehen. In den *Geheime Kanzley Acta* der *bey der Fürst. Regierungs Kanzley zu Weimar stehenden Kanzlisten* (B 23379) unter dem Datum des 24. November 1759 eine Eingabe von acht Kanzlisten. Die Namen sind mir alle schon begegnet; ihre Gesuche über Jahre. Sie haben den gleichen Weg wie Vulpius hinter sich. Johannes Friedrich Tumer, Johann Heinrich Gülicke, um nur zwei zu nennen. Auch Friedrich Christian Tripplin ist dabei. Alle sind nun in Amt und Würden. Von *notdürftigstem Auskommen* schreiben sie, von der *Unmöglichkeit unserer Unterhaltung von dem wenigen Salario*, von *überhäuften Dienst-Verrichtungen*, von *mancherlei unzumuthbaren Schulden.* Tumler *mußte* bereits seine *Meubles veräußern, von allen Gläubigern umgeben*, heißt es, *von allen Glücks Gütern entblößet*, das Wort *genothdränget* immer wieder. Flehen um *Fürstliche Gnadengeschenke*, um geringste Summen, einige wenige Taler; Flehen um *bessere Placierung im Dienst*, um *Besoldungszulagen.*

Dem Schreiben der acht Kanzlisten ist eine Aufstellung ihrer jährlichen Salarios beigegeben, sie reichen von 33 bis 150 Reichstaler. Der Grund ihrer Eingabe ist der Widerspruch zwischen zugesagter und tatsächlich ausgezahlter Besoldung.

Die Eingabe der Kanzlisten wird abgewiesen.

Erinnert sei an die Schulden von 360000 Talern, die Herzog Ernst August 1748 bei seinem Tod hinterläßt. Graf von Bünau, der für den Interimsherrscher Franz Josias die Geschäfte führt, versucht die Schulden abzutragen, indem er Soldaten entläßt und die herzoglichen Pferde und Hunde (1100 Hunde sollen es gewesen sein) verkauft. Die Praxis der nur teilweisen Auszahlung der Besoldung aber hält nachweislich an. Auch unter dem jungen Regenten Ernst August Constantin. Er regiert nur drei Jahre. Am 28. Mai 1758, mit einundzwanzig Jahren, stirbt er. Hinterläßt eine Witwe und zwei Söhne. Diese Witwe ist Anna Amalia. Mit sechzehn ist sie nach Weimar gekommen, jetzt ist sie neunzehn. Wieder eine Interimsregierung. Anna Amalias Vater, der Herzog Karl I. von Braunschweig-Wolfenbüttel, übernimmt sie für seine Tochter.

Am 9. Juli 1759 tritt die Herzogin Anna Amalia die vormundschaftliche Regierung an. Der Thronfolger ist zwei Jahre alt. Bis 1775, bis zur Volljährigkeit ihres Sohnes Carl August, wird sie Regentin sein. Sie beginnt mit dem guten Vorsatz, *alles mit eigenen Augen zu sehen und mit eigenen Ohren zu hören*, und ist entschlossen: *sowohl das Geheime Consilium fleißig zu besuchen, als auch von dem, was sonsten und außer denen Sessionen vorfällt, mündlichen und schriftlichen Vortrag zu allen Zeiten willig anzunehmen, einen jeden aufmerksames Gehör zu erteilen, treuer Diener Einrats mich zu bedienen und darauf zu resolviren.*

Ein Jahr nach seiner Anstellung am Weimarer Fürstenhof heiratet Christianes Vater. Das Weimarer Kirchenbuch gibt Auskunft. Im Register der Kopulierten vom 13. November 1760 findet sich der Eintrag seiner Eheschließung. Er ist fünfunddreißig, seine Braut ist achtzehn Jahre alt. Es ist die am 31. März 1742 in Weimar geborene Christine Magarethe Riehl, *älteste Tochter des vornehmen Bürgers und Strumpfverlegers Johann Philipp Riehl.* Jenes Mitte der dreißiger Jahre aus Schwaben eingewanderten Riehls (die Schreibung des Namens auch Rühl, Riele, Riehe), der in Weimar Handel mit Wirkwaren betreibt. Die Strumpfwirkerei ist noch im Aufschwung und vom Hof weitgehend unabhängig. Riehl bringt es zu Wohlstand. 1740 hat er eine Thüringerin geheiratet, Elisabeth Magdalena Kühn aus Bad Salzungen. 1743 hat er sich ein Haus am Fachenberg in der Vorstadt vor dem Jakobstor gekauft. 1750 das Bürgerrecht in Weimar erworben. 1760, im Heiratsjahr von Christianes Eltern, kauft er ein größeres Haus in der Wagnergasse mit dazugehörigem Ackerland. Für zwei Jahre ist er Eigentümer beider Häuser, 1762 gibt er das kleinere am Fachenberg ab. (Die Angaben nach: Stadtarchiv Weimar, Historisches Archiv, Abt. I, Loc. 15, Nr. 39, Bl. 647; Nr. 41, Bl. 1240, Kataster-Nr. 633 und 161 Kataster-Nr. 568, Ratskämmereirechnung 1743, Bl. 12; 1760/61, Bl. 32'; 1762, Bl. 12'.)

Es kann als sicher gelten, daß Christianes Mutter eine ordentliche Mitgift in die Ehe einbrachte. Und die junge Familie zunächst vom Vermögen von Christianes Mutter und von der Unterstützung durch die Großeltern lebte.

Beginnt nun für Christianes Vater, der sich selbst in einem der Gesuche einen *Glücklosen* nennt, eine bessere Zeit?

Am 23. Januar 1762 wird dem Paar das erste Kind geboren. Ein Sohn, dem es den Namen Christian August gibt. Am 17. Mai 1763 kommt Friedrich Carl Christoph zur Welt. Er stirbt am 12. Mai des Folgejahres.

Dann, am 1. Juni 1765, eine Tochter. Es ist Christiane. Die Eintragung in den Weimarer Tauf-Protokollen der Hofkirche 1755/65, Nr. 354 lautet: *H. Johann Friedrich Vulpius, F., Sächß. Amts. Copistens alhier, und Fraun Christienen Margarethen gebor. Riehlin; Töchterlein ist gebohren Sonnabends den 1. Jun. a.c. Abends halb 9 Uhr, und Montags darauf als den 3. dito, nachmittags 3/4 auf 1 Uhr, von dem Herrn Hof-Diac. Gottschalg getauft worden. Empfieng in der Heil. Taufe die Namen Johanna Christiana Sophia.*

Christiana ist ihr Taufname. Nicht Christiane, nicht Christina, wie Gräf, der sonst überaus genaue Editor ihrer Briefe, im Taufbuch las. Christiana: die Handschrift ist eindeutig. Goethe redet sie in seinen Briefen nicht mit Vornamen an. Anderen gegenüber nennt er sie *Erotikon, Demoiselle Vulpius*, später *meine Frau.* Kein Briefzeugnis überliefert eine Anrede mit dem Vornamen. Auch Christiane unterzeichnet ihre Briefe an Goethe nicht mit Vornamen. Sie schreibt: *C. V.*, später *CvG.* oder *CvGoethe.* Einzig in zwei frühen Briefen unterzeichnet sie mit *Christelchen* und *Christel.* Hat Goethe sie so genannt? Auch Charlotte von Stein spricht von *Christelchen.* Ebenso Bertuch; *seine Christel* nennt er Goethes Frau.

Offizielle Schreiben wie auch Briefe an ihren Freund Nikolaus Meyer unterzeichnet sie mit Christiana Vulpius bzw. Christiana von Goethe. Auch Goethe, als er 1808 eine Vollmacht für sie ausstellt, schreibt: Christiana. Unter dem Namen Christiana wird sie getraut. Für mich ist ihr Taufname, und der, mit dem sie unterschreibt, ihr Name geworden: Christiana; ich nenne sie Christiana. Aber Zeit und Gewohnheit haben ihr den Namen Christiane gegeben. Die Überlieferung über die Jahrhunderte scheint es festgeschrieben zu haben. Und an der Macht der Gewohnheit ist schwer zu rütteln.

Der 1. Juni 1765. Die Geburt zu Hause, wie es damals üblich ist. Die Wehmutter wird die *Gottschalgin* oder die *Liebern* sein, die später auch Christiane beistehen werden, oder noch deren Mütter; der Hebammenberuf bleibt über Generationen in ein und derselben Familie.

Der Vater läßt die Taufe der Tochter ins Wochenblättchen einrükken, das *bey Conrad Jac. Leonh. Güsing, HofBuchdr.* gedruckt wird und im Hofmannischen Buchladen für 3 Pfennig zu erhalten ist. In Nr. 45 »Weimarische Wöchentliche Anzeigen auf das Jahr 1765«, *des Mittwochs, den 5ten Junius* erschienen, steht unter der Rubrik *Gebohrene: Den 3ten dieses Monaths hat der Herr AmtsCopist, Vulpius, sein Töchterlein, Johanna Christiana Sophia, in Fürst. HofKirche taufen lassen.*

Christianes Vater legt demnach Wert auf Form. Die Anzeige. Der Ort. Nicht die Stadtkirche, sondern die Hofkirche. Als einem Beamten in fürstlichen Diensten steht ihm dieses Recht zu. Die Hofkirche ist die im ältesten Stadtteil, in der Vorstadt, gelegene Jakobskirche.

Der Taufakt in der Sakristei. Die Taufgesellschaft. Eltern, Großeltern mütterlicherseits, Verwandte. Die Taufpaten, ein Herr Schmidt, ein Arbeitskollege des Vaters vermutlich, ein Fräulein Wirsing und die zwanzigjährige Schwester der Mutter, die in Oberweimar lebt und mit einem Pfarrerssohn namens Kesselring verheiratet ist. Die Kirchenbucheintragung lautet: *Die Taufpathen waren 1. Jungfer Friederice Sophia Wirsingin, Herrn August Heinrich Wirsings, Hochfürst. Sächß. Rent-Secretarii alhier, eheleib. älteste Jungfer Tochter; 2. Herr Anthon Justus Friedrich Schmidt, F Sächß.*

Hofadvokat alhier; 3. Frau Christiana Sophia Riehlin, verehelichte Kesselringin, Herrn Carl Heinrich Kesselrings, F. Sächß. Amts-Actuarii alhier, Eheliebste.

Christiane ist eines von 233 *Kindern*, die laut Statistik des Wochenblättchens 1765 *in der hiesigen Residenz geboren* werden.

Wie haben wir uns dieses Weimar, in dem Christiane Vulpius geboren wird, vorzustellen? Vor allem ohne Goethe. Er ist fünfzehn Jahre alt. Beginnt sein Studium.

Auf seiner ersten großen Reise von Frankfurt am Main nach Leipzig fährt er durch Thüringen. Vielleicht die Handbewegung eines Mitreisenden zur Morgenseite, der Hinweis: Weimar. Die große Landstraße führt etwas mehr als vier Meilen nördlich an Weimar vorbei. Die Poststation ist Buttelstedt. *Durch Thüringen wurden die Wege noch schlimmer, und leider blieb unser Wagen in der Gegend von Auerstädt bei einbrechender Nacht stecken. Wir waren von allen Menschen entfernt, und taten das mögliche, uns los zu arbeiten. Ich ermangelte nicht, mich mit Eifer anzustrengen, und mochte mir dadurch die Bänder der Brust übermäßig ausgedehnt haben; denn ich empfand bald nachher einen Schmerz, der verschwand und wiederkehrte*, schreibt Goethe später.

Weimar 1765. Das mittelalterliche Stadtbild mit Befestigungen aus dem 15. Jahrhundert, dem doppelten Mauerring, den vier Toren und zehn Türmen verändert sich. Ein Teil der Türme, Tore und Mauern wird niedergerissen. Der »Elefant« am Markt existiert schon, der Gasthof »Zum Erbprinzen« hat seit über einem Jahrzehnt die Gastgerechtigkeit. 1765 eröffnet eine Frau namens Ortelli eine Weinstube. 257 mit Fischtran betriebene Laternen beleuchten Gassen und Plätze der Stadt.

Weimar ist Residenzstadt. Hauptstadt eines der ältesten und kleinsten Thüringer Fürstentümer. Begrenzt im Osten von Kursachsen, im Westen von Hessen-Kassel, im Norden von Brandenburg-Preußen, im Süden von Bayern. Zum Fürstentum Sachsen-Weimar-Eisenach gehören die Gebiete um Weimar und Apolda, der Landzipfel Allstedt in Nordthüringen, die Gebiete von und um Jena und Eisenach und Teile von Ilmenau und Umgebung. Durch Erbteilungen ist das Land zerstückelt, durch fremde Territorien, durch

Kur-Mainz als Besitzer von Erfurt, durch Sachsen-Gotha und die Herrschaftsbereiche der Schwarzburger Grafen getrennt. Ein Land mit insgesamt etwa 120000 Einwohnern.

Weimar hat ungefähr 6000 Einwohner, es ist, verglichen mit Residenzstädten wie Dresden, Kassel oder Mannheim, winzig und bescheiden. Dresden zum Beispiel hat mit 63 209 das über Zehnfache an Bewohnern. Auch mit den Handelsstädten Frankfurt am Main und Leipzig, letztere mit 26 655 Einwohnern, kann sich Weimar nicht messen. In Thüringen nimmt die Stadt nach Erfurt und Gotha, Mühlhausen, Nordhausen und Eisenach in der Größe etwa den achten Platz ein.

Eine Häuserzählung von 1742 kommt auf die Zahl von 729. Hundert Häuser allein gehören den Beamten der Regierung. Für 255 Beamte und Geistliche zahlt der Hof die Miete.

Der Fürstenhof beeinflußt das Gefüge der Einwohnerschaft. Weit mehr als ein Viertel der Bewohner gehören zum Hof, zur fürstlichen Familie, zu den Hofbediensteten, Beamten und Pensionären. Die Handwerker und Gewerbetreibenden, die 299 Häuser besitzen, sind als Personenkreis ebenfalls dem Hof zugeordnet, arbeiten überwiegend für ihn, sind Hoflieferanten; Buchdrucker, Schneider, Schuster, Sattler, Metzger, Bäcker, Perückenmacher und Delikatessenhändler.

Christianes Familie. Sechs Köpfe zählt sie. Die Eltern, Christiane, der Bruder, die beiden Tanten, unverheiratete Schwestern des Vaters. 50 Taler Besoldung im Jahr, umgerechnet auf den Monat 4 1/4 Reichstaler. Ende 1766 oder Anfang 1768 erhöht sich die Besoldung von Christianes Vater auf 75 Taler jährlich. Davon sind Mietzins, Brennholz, Kleidung und Lebensmittel zu zahlen.

Die Marktpreise in Weimar vom 24. Juli 1765. Ein Scheffel Weizen kostet 1 Taler und 21 Groschen. Eine Metze Kernmehl kostet 4 Groschen, eine Metze geringes Mehl 2 Groschen, 3 Pfennige. (Getreide kauft man in Scheffeln, Mehl in Metzen, Fleisch in Pfunden, Seife in Steinen, Lichte in Pfunden, Bier in Eimern. Ein Taler wird zu 24 Groschen verrechnet, ein Groschen wiederum hat 24 Pfennige.) Schöpsenfleisch (Lamm) bekommt man das Pfund für 1 Groschen, 3 Pfennige, Schweinefleisch das Pfund für 1 Groschen, 6 Pfennige.

Einen Stein Seife erhält man für 2 Taler, 12 Groschen. Ein Pfund Lichte, gegossen, kostet 4 Groschen. Und für den Eimer Braun Bier bezahlt man 1 Taler, 12 Groschen, 8 Pfennige.

Ein Paar Schuhe kostet 1 Taler, 2 Groschen, der Arbeitslohn für einen Anzug beträgt 2 Taler, der dazu notwendige Stoff kostet 8 bis 9 Taler.

Für das Brot gibt es eine sogenannte *BrodTaxe*. Der Preis bleibt stets gleich, das Gewicht aber verändert sich. In Zeiten schlechter Ernten wird das Gewicht herabgesetzt, Brote und Semmeln wiegen weniger, werden kleiner. Die genauen Gewichtsvorschriften werden jeweils im Wochenblatt mitgeteilt. So hat nach den Angaben vom 24. Juli 1765 ein großes Brot 2 Pfund, 8 Loth, 1 Quentl zu wiegen. Ein Pfund-Brot hat 4 Loth, 1 Quentl zu wiegen und eine Pfennig-Semmel 3 Loth.

Man kann sich in etwa vorstellen, was sich die Familie leisten kann. Ohne die Hilfe der Großeltern Riehl könnte sie gar nicht existieren. Vermutlich bleibt unerreichbar, was an *frischen Waaren, Bey dem Herrn Stepheno Salice, am KornMarkte* in den »Weimarer Wöchentlichen Anzeigen« vom 13. Dezember 1766 unter der Rubrik *Was zu verkaufen* angepriesen wird. *TonnPöcklinge; frische Muscheln; veritable Limburger Bricken; ItalienischeOliven; Sardellen, geräucherter Lachs; veritables ProvancerOel; Italienische große Maronen, das Pfund 3 Groschen; ParmesanKäse; Limburger Käse; frische Trüffeln; Citronen, das Stück 1 Groschen; veritable holländische Schokelate; Italienische Mandeln in Schaalen; Dattel.*

Eher wird sich Christianes Mutter wohl an das halten, was das Wochenblättchen unter der Rubrik *Oeconomica* den weniger Bemittelten empfiehlt. Statt Bier zum Beispiel *GraupenWasser* zu trinken, *so von groben Graupen abgekocht worden*; als *eins der heilsamen Getränke*. Oder ein Rezept, *wie mit leichten Kosten die Armen bey theuren Zeiten sich wohl sättigen können, ein halbes Pfund ordentliches Waizenmehl, Salzwasser, drei Loth Butter dazu, mit Wasser aufkochen, kochen lassen; von dieser Suppe können fünf bis sechs Personen ohne Brod satt werden.* Oder jenes Mittel, das gegen *Auszehrung* gut sein soll, künstliche Eselsmilch, hergestellt aus *reiner Gerste, drei Unzen geraspeltem Hirschhorn, drei*

Unzen eingemachte Mannstreu Wurzel und dreißig grob gestoßenen Schnecken.

Als Christiane am 1. Juni 1768 drei Jahre alt wird, ist Goethe noch Student in Leipzig. Schwankt, wie er erinnernd sagt, *zwischen den Extremen von ausgelassener Lustigkeit und melancholischem Unbehagen.* Im Juli 1768 erleidet er einen Blutsturz. Ende August bricht er nach Hause auf. Die gleiche Wegstrecke. Wieder nördlich an Weimar vorbei. Die schlimmen Wege durch Thüringen sind nicht vergessen. *In der Gegend von Auerstädt gedachte ich jenes früheren Unfalls.* In den ersten Septembertagen kommt er in seine Heimatstadt Frankfurt am Main zurück.

Am 6. März 1767 stirbt Christianes Tante Johanna Sophia. Am 6. September des selben Jahres bekommt Christiane eine Schwester, Johanna Henriette Dorothea. Sie stirbt im Alter von vier Monaten am 28. Januar 1768, vermutlich an Blattern. Im Herbst 1767 grassieren die Blattern in Weimar. 875 Kinder erkranken, 47 davon sterben bis Jahresende, wie das Wochenblatt Nr. 2. vom 6. Januar 1768 ausweist.

Am 23. Januar 1769 bekommt Christiane einen zweiten Bruder, Johann Gottlieb Heinrich.

Das Jahr 1769 bringt einen tiefen Einschnitt für die Familie. Christianes Großvater Johann Philipp Riehl, der Strumpfverleger und Hausbesitzer in der Wagnergasse, stirbt. Der Bruder der Mutter, Johann Andreas Riehl, übernimmt die Geschäfte und das Haus. Er ist einundzwanzig und heiratet noch im selben Jahr, am 13. Mai 1769. Mit dem Tod des Großvaters fällt, so ist zu vermuten, für die Vulpius-Familie die finanzielle Hilfe weitgehend weg. Vielleicht hängen die Bittgesuche, die es ab 1770 – nach zehn Jahren Pause – von Christianes Vater wieder gibt, damit zusammen.

Vier Gesuche 1770, alle an *Herzogin Anna Amalia, Durchlauchtigste Herzogin Gnädigste Regierende Fürstin und Frau*, gerichtet. Das erste ist vom 22. Januar (Geheime Canzley Acta Sig. B 23379), das zweite (Regierungsakte Nr. XIX Sig. B 25418) vom 9. Juli, das dritte vom 10., das vierte vom 20. August (beide Geheime Canzley Acta Sig. B 25781, alle ThHStAW). Christianes Vater bewirbt sich um eine besser besoldete Stelle und bilanziert zugleich seine zehn Dienstjahre.

Im Siebenjährigen Krieg (der Preußenkönig Friedrich II., der nach dem Tod des Weimarer Schuldenherzogs einen Großteil der entlassenen Soldaten übernommen hat, benutzt das thüringische Fürstentum als Aufmarschgebiet und Hinterland für seinen Krieg) führt Christianes Vater Listen über Kriegs-Fourage, *habe die Besorgung derer bey Fürstlichen Amte Weimar sich befindlichen 28 Dörfern ... vorgenommenen Einquartierungen dero Soldaten, Fourage-Lieferungen und darüber zu führenden Rechnungen allein über mir gehabt.* Von *bey vormaligen Kriege ... dabey ex proprius gehabten ... Strapazzen* spricht er, von Strapazen *bey ... vorgenommenen Einquartierungen und Fourage-Lieferungen.*

Catastra über Futter, Hafer und Heu für die Militärpferde, über Lebensmittel, Mundvorrat für die Soldaten, darüber, was die einheimischen Bauern der preußischen Armee geben, was requiriert oder ihnen gewaltsam genommen wird. Die *Catastra*, die Christianes Vater zu erstellen hat, sind Nachweise für das Fürstliche Amt Weimar über die Höhe der Kriegskontributionen. Es gibt ein genaues Reglement über anteilig zu tragende Lasten, jeweils nach Größe von Grund und Boden, Haus und Besitz. Den Bauern verspricht man, später einen Teil der Kontributionen und Einquartierungslasten zu ersetzen; Versprechungen, die fast nie eingelöst werden oder nur einen Bruchteil der tatsächlichen Verluste berücksichtigen. Vermutlich hat Christianes Vater diese Arbeit bereits seit Kriegsbeginn 1756 ohne Bezahlung verrichtet. Von Dorf zu Dorf zieht er, ein Landgänger.

Auch bei einer anderen Arbeit, die er in seinen Gesuchen erwähnt, der *Errichtung der Land-Assecurations-Societaet, in der Stadt, Amte Weimar, und einbezirkten Landl. Dorfschafften, auch Land-Städten*, muß er über Land gehen. Auch da spricht er von *gehabbenen Strapazzanden Expetionen, welche Expeditiones ganz allein, wie die dieserhalb geführten Acten ... über mir gehabt und die Catastra gefertigt habe*, davon, daß er diese Arbeiten zusätzlich zu den *mir aufgetragenen Amts- und Comisions-Geschäften* verrichtet hat. An anderer Stelle präzisiert er, zu seinen *Functiones, als Archivarius und Copist* müsse er weiterhin noch *die Vices* (Verpflichtungen) *eines Actuarii täglich bey denen Amtes, und mit dieser mehrenteils verknüpften Landgeschafften, vertreten ..., dieserhalb auch bey Hochfürstl. Landes-Regierung, sowohl, dieser Land-Geschäfte halber, als auch, der feuerhaltischen, mühsamen Untersuchungs-Fortsetzung ad Acta verpflichtet und als Actuarius bey ersterem allezeit gebrauchet werde und bey letzterem adhibiret* ... Die Land-Assekuranz-Societät ist eine Brandkasse, eine Versicherungsgesellschaft gegen Feuer. Vulpius muß vermutlich an Ort und Stelle die Schäden aufnehmen, dann in der Kanzlei die Akten darüber führen.

Von *notorisch geringem Gehalt* spricht er und zieht eine bittere Bilanz seiner zehnjährigen Tätigkeit beim Fürstlichen Amte in Weimar. Das *Gehalt* habe nicht *zur nothdürftigsten Sustentation* (Erhaltung) *meiner und deren meinigen* gereicht. Er sei *nicht im Stande gewesen ..., von denen, vor ohngefähr 3 Jahren erhaltenen 75 Reichsthalern jährlicher Besoldung meiner Frau und 3 Kindern den nothdürftigsten Unterhalt zu schaffen und davon zu leben.* Daß er *ziemlich meiner Frauen Vermögen, zusetzen mußte und noch zusetzen muß*, das sei die *traurige Folge.* Im nächsten Gesuch schreibt er vom *völligem Zusatze meiner Frauen Vermögen.*

Christianes Vater befindet sich in der gleichen Situation wie einst sein eigener Vater, jener Pastorensohn aus Rothenstein, der als Jurist in fürstlichen Diensten sein Vermögen zusetzen mußte, um existieren zu können. Nun ist das Vermögen von Christianes Mutter aufgebraucht.

Es bleibt einzig die Besoldung des Vaters. Es gibt einige Chancen, sie um geringe Beträge zu erhöhen. Durch sogenannte *Mundationen*, durch *Sportulen* oder *Sporteln*, geringe Geldbeträge, die in Notsituationen immer erneut zu beantragen sind. Durch *Emolumentis, Accidentien* und *Copalien.* Die niederen Hofbeamten werden an den Schreib- und Nachschreibegebühren beteiligt, die in eine gemeinsame Kasse, die sogenannte *Copial Casse*, fließen und wöchentlich oder monatlich ausgezahlt werden, so daß sich eine zusätzliche Summe pro Jahr ergibt. Auf die Beschwerde der acht Kanzlisten anwortet der Regierungspräsident (Schreiben vom 28. November 1759, ThHStAW Sign. B 23379) mit der Gegenfrage: *wieviel die Nachschreibegebühren jährlich betragen, und wieviel jeder Canzlist von sothanen Nachschreibe-Gebühren, da solche mit in die Copial Casse gebracht werden, jährlich partizipirte.* Nach Meinung des Präsidenten muß der Ertrag *de anno 1757 a 34 Rh. 17 gr.* sein, *wenn er verteilet unter die Personen*, so fragt er an, *ob* er *bei jedem* der Kanzlisten *3 Rh. 11 gr. betragen habe.*

Christianes Vater klagt auch da Versäumnisse ein. *Bei wöchentlicher Vertheilung deren Sportuln, welche ich doch mitverdienen muß*, sei er zu kurz gekommen. Auch habe er *weder einen Teil Sportuln noch die völligen Copalien, meines vielfältigen unthertänigsten Gesuchs ohngeachtet erhalten können.*

Am 22. Januar 1770 bewirbt er sich nach dem Tod des *Canzlisten Johann August Dorf* um *die Stelle eines Registratoriis bey Fürstl. Regierungsamt ... mit der dabey verknüpften Besoldung, Copalien und Accidentien.* Am 9. Juli bittet er, ihm nach dem Tod des *Kanzleisekretärs Lenz* dessen Stelle eines *Hochfürstl. Regierungs Archivarius mit denen dabey verknüpften Emolumentis und Besoldung in Gnaden zu conferiren.* Am 10. August bewirbt er sich für *die durch das Ableben des Hof- und Stallschreibers Schultzen vacant gewordene Stelle mit dem Prädicat eines Hof-Controleurs und denen darbey verknüpften Emolumentis.* Zehn Tage später bittet er nochmals, daß diese Stelle zum *Soulayment meines und der meinigen* ihm *conferiret* werde.

Das Gesuch vom 22. Januar, das längste, sieben Seiten, trägt nur den Eingangsvermerk. Das zweite hat sieben Beamtenunterschriften. Vulpius steht zur Wahl.

Die Stelle aber erhält Christian Gottlieb Lippold. Auch er ist mir mit seinen Bittgesuchen immer wieder begegnet. Seine Schreiben *um bessere Placierung im Dienst.* Eingaben vom 14. Dezember 1759, vom 7. November 1761. Am 12. Dezember 1761 schreibt er zum Beispiel an seine Vorgesetzten, es sei ihm zu Ohren gekommen, daß *allhier mir 25 Groschen als ein Hochfürstliches Gnaden-Geschenk ausgezahlet werden sollen*; vorauseilend und überschwenglich bedankt er sich, wünscht dem Fürstenhaus dafür *unendlichen Seegen und Glücksseligkeit* (ThHStAW Sign. B 23379).

Das nächste Gesuch von Christianes Vater vom 10. August hat den Eingangsvermerk 18. August. Eine Ecke ist aus dem Papier gerissen. Das Siegel ist noch erhalten. Das folgende Gesuch vom 22. August ist am 23. abgezeichnet mit dem Vermerk *ad Officium Marschallum.*

In den Akten (ThHStAW Sign. B 25781) finde ich ein Blatt mit der Überschrift: *Specificatio*, darunter *derer Competenten, zu des verstorbenen Hof- und Stallschreibers Schultzen Stelle.* Aufgelistet sind dreizehn Bewerber.

Einer namens Gröbe hat bereits fünfzehn Dienstjahre vorzuweisen, ein anderer, Pactorius, führt die Dienste seines Vaters an, ein nächster bringt zwei Zeugen für seine Arbeitswilligkeit, fleht *mit Inbrunst*, verweist auf seine todkranke Mutter; überall ist von Schulden und von Hunger die Rede.

Nur einer, ein *Studiosus*, gibt sich gelassen; der Ton seines Gesuchs erinnert an den der ersten Gesuche des jungen Vulpius von 1750. Dieser Studiosus, *Candidatus Juris Johann Ludwig August Seyfarth*, bekommt die Stelle. Mit ihm wird *ein Versuch gemachet, und ihm die vorgeschlagene Besoldung a 120 Reichtaler abgegeben ...*

Wie wird den zwölf Abgelehnten zumute sein? Christianes Vater macht sich vielleicht Vorwürfe, daß er nicht nur vom *völligen Zusatze* seiner *Frauen Vermögen*, sondern auch vom *völligen Zusatze* seiner *Gesundheit* schrieb. Was ist mit einem kranken Beamten anzufangen? Dieser da, der die Stelle erhält, ist jung, unverbraucht und gesund.

Als Christianes Vater im August 1770 die Nachricht von der Ablehnung erhält, ist die Mutter wieder schwanger. In diesem Sommer gibt es in ganz Deutschland eine katastrophale Mißernte, vielerorts kommt es zu Hungersnöten. In deren Folge zu Krankheiten und Seuchen. Pestgefahr ist auch in Weimar. In einer Verordnung vom 22. Oktober 1770 werden Gast- und Schenkwirte und Privathäuser angewiesen, *daß sie die aus denen von der Pest inficirten Landen und Gegenden kommende Personen, wenn sie sich nicht durch Contumaz-Briefe, daß sie die Quarantaine ausgehalten, legitimiren können, in hiesigen Landen nicht passiret oder eingelassen, sondern am ersten Ort auf der Grenze ab- und zurückgewiesen, die Bettel-Leute, BärenFührer; Zigeuner und anderes liederliches Gesindel aber, ob sie auch gleich Pässe haben, denen vorhin mehrmalen ins Land erlassenen Befehlen und Verordnungen gemäß, durch aus nicht gedultet und an denen Grenzen oder Thoren der Städte ab- und außer Landes gewiesen* werden sollen.

Ein harter Winter folgt. Am 27. Februar bekommt Christiane einen Bruder. Die Geburtsanzeige im Wochenblättchen: *Am 1sten März des Fürstl. AmtsArchivarii, Herrn Johann Friedrich Vulpius, Söhnl. Johann Carl Emanuel.* In der Nr. 20 des Blättchens die Todesanzeige: *Den 3ten März Herrn Johann Friedrich Vulpius, Fürstl. Amts Archivarii, Wochensöhnlein.* (Das Kirchenbuch gibt den 4. März als Todestag an.)

Christianes Mutter ist schwach, sie kann sich nicht vom Kindbett erholen. Sie ist neunundzwanzig. Sie stirbt am 5. Mai 1771. Mit achtzehn hat sie geheiratet, hat in den elf Jahren ihrer Ehe sechs Kinder geboren. Unter der Rubrik *Verstorbene* läßt Christianes Vater in die Nr. 37, die *Mittwoch, den 8. May 1771* erscheint, einrükken: *Den 6ten May, Frau Christiana Margaretha Vulpiusin, des Fürstl. AmtsArchivarii, Herrn Johann Friedrich Vulpius, Frau Eheliebste.*

Christiane ist nicht einmal sechs, als sie die Mutter verliert, Halbwaise wird. Ihr älterer Bruder ist neun, Gottlieb Heinrich zwei. Was ihrem Vater wohl immer eine Last war, die Verantwortung für seine unverheirateten Schwestern, die er mit ernähren muß, wird ihm nun Rettung. Von den fünf lebt 1771 noch eine einzige, Juliana Augusta. Sie ist siebenunddreißig, hat wohl schon den Haushalt geführt, die Dienstmagd ersetzt. Nun übernimmt sie die Mutterstelle.

Im Sommer 1771 steht wieder eine Mißernte in Aussicht. In Weimar wird laut *Hochfürstl. Policeyverordnung* unter *Androhung von Gefängnisstrafen* verboten, das Getreide zu zeitig zu mähen.

Die Getreidepreise steigen enorm. 1 Scheffel Weizen war 1765 für 1 Taler, 21 Groschen zu erhalten. Anfang 1771 kostet er 2 Taler, 14 Groschen (Marktpreis vom 21. Januar). Nach der neuen Ernte liegt der Preis pro Scheffel bei 4 Taler, 12 Groschen (Marktpreis vom 31. August 1771). Eine Metze Kernmehl kostet nun – statt wie 1765 vier Groschen – 8 Groschen und 9 Pfennige.

Auch bei der *BrodTaxe* hat sich das Gewicht von Brot und Brötchen um mehr als die Hälfte verringert. Wog 1765 eine Pfennig-Semmel 3 Loth, so 1771 nur noch 1 Loth und 1 1/2 Quentel. Ein großes Brot, dessen Gewichtsvorschrift 1765 2 Pfund, 8 Loth, 1 Quentel betrug, wird nun mit einem Gewicht von 1 Pfund, 3 Quentel gebacken und verkauft.

Wie bringt die Tante Christiane und ihre beiden Brüder über diese Zeit? Viele der Armen in Weimar hungern; am 24. August 1771 ist im Wochenblatt zu lesen, daß Geld gesammelt, davon Korn gekauft, Brot gebacken und *durch den hiesigen AlmosenRechnungsFührer nach denen ihm zu Handen gestellten Verzeichnissen* ausgeteilt worden sei.

Das Kind Christiane. Es gibt kein einziges Wort der Erinnerung an ihre Kindheit.

Orte, Räume, die sie prägten. Das Elternhaus im verwinkelten Teil der Stadt, unweit von Schloß, Stadtkirche und Marstall. Luthergasse, ehemals Jakobsgasse. Auf dem *Plan der Fürstl. Sächsischen Residenzstadt Weimar, gemessen im Jahr 1782 von Güssefeld*, ist es das *Winkelgässgen*. Eine andere Überlieferung nennt die Gasse *In der Sackpfeife*, weil die Musikanten, die Stadtpfeifer, da wohnten, weil es eine Sackgasse war. Christiane, die vielleicht den Musikanten zuhört; die spätabends zum Fenster läuft, wenn die Stadtpfeifer mit ihren Geigen, Zinken und Posaunen von auswärts, vom Aufspielen zu Hochzeiten zurückkehren und lauthals über den *Circular Befehl* des Fürstentums Weimar schimpfen, der sie bei bereits geschlossenen Stadttoren das *Sperrgeld von 6 Pfennigen* zu entrichten verpflichtet.

Das Blasen des Stadttürmers, das den Tag einleitet und beendet. Christiane, die eines Tages vielleicht die Turmtreppen hinaufsteigt. Der Stadttürmer heißt Vulpius. Ein Verwandter, ein Nachfahre von Melchior Vulpius, dem Kirchenmusiker? Über mehrere Generationen wird, wie aus den Weimarer Kirchenbüchern hervorgeht, das Stadttürmeramt von Männern namens Vulpius ausgeübt. Im März 1771 stirbt der alte Türmer Ernst Friedrich Vulpius, wenig später übernimmt sein Sohn das Amt.

Christiane im Haus in der Wagnergasse, in dem noch die Großmutter Riehl lebt.

Orte, an denen die Weimarer Kinder spielen. An der *alten Schanze aus dem 30jähr. Kriege*, die der Stadtplan von 1782 verzeichnet, an der Nieder- oder Lotten- oder Federwich-Mühle. In der *Wurstgasse*, der *Rosmariengasse*, an der *Hundemauer*, in der *Mistgasse*.

Am Floßholzplatz, der am Wehr liegt. Seit die Weimarer Herzöge aus der Hennebergischen Erbschaft das waldreiche Amt Ilmenau erhalten haben, betreiben sie Scheitholzflößerei. Der Floßgraben. Ein Sperrgitter, das das Holz am Weiterschwimmen hindert. Der Aufprall der Holzscheite am Gitter, das Aneinanderschlagen der Hölzer.

In der Ilmaue, die noch zu weiten Teilen Sumpfgebiet ist; ein Reservoir für zahlreiches Getier, leuchtende Feuersalamander.

Auf den Schaftriften, Feld- und Wegrainen vor den Toren der Stadt. Vielleicht wird Christiane hingeschickt, um Mannstreuwurzel auszugraben und Schnecken zu sammeln, damit die Tante Juliana Augusta die künstliche Eselsmilch ansetzen kann, die gegen Auszehrung helfen soll; *drei Unzen eingemachte Mannstreu Wurzel und dreißig grob gestoßene Schnecken.*

An der Ilm. Ihre Zuflüsse Asbach, Lotte mit dem Kirschbach, Wilder Graben, Leutra, Papierbach. In Christianes Kindheit gibt es zahlreiche offene Wasserläufe und Wasserflächen in der Stadt. Die Bäche fließen noch unverdeckt, verzweigen sich in Kanälen. Das Wilde Wasser durchläuft den Schützengraben, der Hauptbach fließt durch die Windische Gasse. Das Schloß ist von einem Wassergraben umgeben. Den *Küchteich* gibt es und drei *Rathsteiche.* Ein Vergleich der Güssefeldschen Karte von 1782 mit der sieben Jahre später entstandenen Weimar-Karte von Lossius macht es deutlich. 1782 befinden sich südlich der Sternbrücke an der Ilm noch vier Teiche, 1789 sind sie zugeschüttet. Die durch die Stadt fließenden Kanäle beginnt man – etwa seit 1767 – zu überwölben und die Bäche zu verrohren und zu verdecken.

Christiane am Brunnen. Wasser vom Brunnen zu holen, ist ausschließlich Sache der Frauen. Ein Haus, das sich keine Magd leisten kann, schickt die halbwüchsigen Mädchen, mit Krügen, Kannen und Holzbütten. Die Gefäße je nach Alter und Möglichkeit der Mädchen. Und der Ehrgeiz wird sein, zu wachsen und wie die Älteren das Tragholz zu benutzen, das über die Schultern gelegt wird, und an dessen beiden Enden die hölzernen Eimer befestigt werden. Balance zu halten, nichts zu verschütten, muß gelernt sein, bei diesem Gewicht. Man fängt mit halbvollen Eimern an; zwei volle Eimer, ohne etwas zu verschütten, nach Hause zu tragen, ist ein Kunststück. Der Bewunderung ist man sicher.

Ein Mädchen aus einem armen Haus in Weimar lernt beizeiten, sich an den Wasserstellen der Stadt auszukennen. Es gibt Laufbrunnen und Ziehbrunnen. Und Quellen, die nur in niederschlagsreichen Zeiten oder im Anschluß an die Schneeschmelze fließen; Hungerquellen nennt man sie. Die Quelle des Lottenbachs und die Leutraquelle sind kalkhaltig, ihr Wasser hat einen hohen Härtegrad. Aus der am Bornberg holt man das Wasser zum Einlegen der Gurken. Hinter der Wasserpforte ist der Kettenbrunnen, auch Kötenborn genannt. Unweit davon der Goldbrunnen, der das beste Wasser in Weimar hat. Mit ihm steht die alte Wasserkunst in Verbindung, die nach einem Schreiben des Stadtrates an Herzog Ernst August im Jahr 1720 *in Wahrnehmung, daß das Publikum mit Wasser nicht genug versehen sei, mit ziemlichen Kosten erbauet, damit dies von den Medicis vor das gesundest gehaltene Wasser in die Stadt gebracht und der Mangel ersetzt werde.* Es gibt öffentliche und private Brunnen, den Ziehbrunnen am Rollplatz, den Brunnen am Inneren Jakobstor, den in der Seifengasse, am Stiedten Vorwerk, im Hof der Ziegelei, in den Höfen des Bären und des Kochschen Gutes am Jakobsplan. Der dem Haus der Vulpius-Familie nächstgelegene öffentliche befindet sich auf dem Töpfenmarkt neben Stadtkirche und Gymnasium. Er heißt Dietrichsbrunnen, heute Herderbrunnen.

Das Wasser, das zum Trinken, Kochen, Waschen, zum Saubermachen, auch zum Einwecken vom Brunnen zu holen ist. Die *Brunnenordnung* ist einzuhalten. Immer wieder wird vor Verunreinigung gewarnt, davor, daß *Gesinde und übrige Personen, so Wasser an … öffentlichen Brunnen holen, bey Schöpf- und Füllung desselben, auch Ausspühlung ihrer Gefäße, nicht nur sehr fahrläßig zu Werke gehen, und viele vergößeln, sondern wohl ganze Kannen Wasser außerhalb denen darzu angelegten Rinnen und Canälen hinschütten.* Am Brunnen hat man zu warten, anzustehen. Mädchen und Frauen, junge, ältere, alte. Stadtneuigkeiten, Hofneuigkeiten. Der Brunnen ist der Ort der Gespräche.

Welche Schule besucht Christiane? Es gibt zwei Freischulen in Weimar. Eine ist für arme Soldatenkinder, der Zuchthausprediger ist der Lehrer. Die andere, *zum Besten armer Kinder*, hat einen eigenen Schulmeister. Es ist nicht anzunehmen, daß ein Beamter in fürstlichen Diensten, wie arm er auch immer sein mochte, seine Kinder in eine der beiden Schulen schickt. Vielleicht eher in eine der *Winkelschulen*, in denen dem Pfarramt unterstellte Kandidaten der Theologie unterrichten. Für Jungen ist sie frei, Mädchen müssen Schulgeld zahlen. Aus späteren Jahren wissen wir von einer Madame Meier in Weimar, die *Frauenzimmern Unterricht* erteilt. Eine solche Frau wird es in Christianes Kindheit gegeben haben. Aber ob der Vater sie bezahlen kann, bezahlen will für die Tochter? Es gibt keinen Beleg dafür, daß Christiane eine Schule besucht hat. Sie lernt aber Lesen und Schreiben. Ihre späteren Schriftzüge, ebenmäßig und schön, wenngleich nicht gestochen, lassen auf Schönschriftübungen schließen.

Christianes drei Jahre älterer Bruder dagegen, das ist belegt, besucht das Gymnasium in Weimar. Das hohe Barockgebäude mit den drei Stockwerken und dem schönen italienischen Schieferdach, an der Nordseite des Töpfenmarktes gelegen. Ist Christian August ein *alumnus*, hat er eines der zwölf *Freitischlegate* inne, die im Stiftungsbrief des Herzogs Wilhelm Ernst vom 28. Mai 1658 festgeschrieben sind?

Goethe ist inzwischen zwanzig Jahre alt. Er hat sich von den Leipziger Krankheiten erholt; eine lange Rekonvaleszenszeit. Er setzt seine Studien in Straßburg fort. Einen *jungen übermütigen Lord mit entsetzlich scharrenden Hahnenfüßen*, nennt ihn Herder. Jung-Stilling erinnert sich, Goethe sei *wie ein wilder ungeheurer Mastochse auf der Wiese herumgeeilt und vorn und hinten in die Höhe* gesprungen.

Ein literarischer Kreis findet sich zusammen. Junge, gleichgesinnte Dichter. Johann Gottfried Herder ist der führende Kopf. Jakob Michael Reinhold Lenz aus Livland wird Goethes Freund. Sie vertrauen einander ihre literarischen Pläne an: Goethe spricht über seinen »Götz«, Lenz über seinen »Hofmeister«. Goethe verliebt sich in Friederike Brion, eine Pfarrerstochter in Sesenheim, er widmet ihr seine Verse.

Goethes Vater drängt auf Studienabschluß, auf den Erwerb des Doktortitels. Goethe legt eine Dissertation vor, der Dekan lehnt sie als unzureichend ab. Er schreibt daraufhin sechsundfünfzig Thesen und erhält den Titel eines *Licentiatus Iuris*. Um Advokat zu werden, reicht es. Ohne Promotion kehrt er im August 1771 nach Frankfurt am Main zurück. Der Vater ist enttäuscht. Immerhin hat der Sohn für sein Studium vier Jahre lang die Hälfte des jährlichen Familienbudgets verbraucht.

Anfang Juni 1773, Christiane Vulpius ist gerade acht geworden, notiert Goethe: *Und so träum ich denn und gängle durchs Leben, führe garstige Prozesse schreibe Dramata, und Romanen und dergleichen. Zeichne und poussire und treibe es so geschwind es gehn will.* 1771 hat er das Bürgerrecht von Frankfurt erworben, ist als Advokat zugelassen, der Vater hat ihm eine Kanzlei im Haus am Hirschgraben eingerichtet. Aber dem Sohn steht der Sinn nicht nach Anwaltstätigkeit. Literarische Pläne hat er. Übersetzung des Ossian, ein Aufsatz über das Münster, Volkslieder, Gedichte. Dramenentwürfe sind in seinem Kopf, auf Zetteln, Sokrates, Cäsar, Prometheus, Faust, Götz. *Ich ... ziehe mit mir selbst im Feld und auf dem Papier herum.*

Die Schwester Cornelia drängt ihn, sich nicht nur *immer mit Worten in der Luft zu ergehen, sondern endlich einmal das, was* ihm *so gegenwärtig wäre, auf das Papier festzubringen.* Im Herbst 1771 entsteht die Urfassung des »Götz von Berlichingen«.

Im nächsten Jahr ist er von Mai bis September als Praktikant am Reichskammergericht in Wetzlar. Auf sein Fortkommen als Advokat ist er kaum bedacht, er schreibt sich lediglich in die Liste der Referendare ein, das ist seine einzige Tätigkeit am Gericht. Er streift durch das Land, lernt in Volpertshausen Lotte, die Tochter des Amtmannes Buff kennen, verliebt sich in sie. Ihr Verlobter, der

Jurist Kestner, wird sein Freund. Ein Sommer voller Glück und Hochgefühl.

Dahinein die schockierende Nachricht, daß seine Schwester heiraten wird. Auch Lottes Hochzeit mit Kestner steht bevor.

Der doppelte Verlust, der des Mädchens, in das er sich verliebt hat, der der Schwester, die ihm bisher nah und vertraut war, stürzt ihn in eine tiefe Krise. *Meine arme Existenz starrt zum öden Felsen*, klagt er. *Diesen Sommer geht alles ...*

Ich bin allein, allein ... Selbstmordgedanken beherrschen ihn. *Wenn ich kein Weib nehme oder mich erhänge, so sagt ich habe das Leben recht lieb.* Karl Wilhelm Jerusalem, den er im Vorjahr in Wetzlar kennenlernte, tritt vor seine Augen. Er hat sich an einem Oktobertag 1772 eine Kugel in den Kopf geschossen.

Schöpferische Unrast. Es gärt, treibt in ihm, es will geformt, gestaltet sein, was an literarischen Plänen in ihm ist. Er ist unzufrieden mit der Vaterstadt, dem Vater, dem trockenen Amt, den Plänen für die Zukunft.

Freundin und Schwester werden schwanger. In seltsamer, fast eifersüchtiger Weise beschäftigt und beunruhigt ihn das.

Alles tritt in dem Moment zurück, als er – im Schaffensrausch – gleichsam auch ein ›Kind‹ in die Welt setzt: Im März 1774 gibt es erstmals eine briefliche Anspielung auf den »Werther«, *einen Freund, der viel ähnliches mit mir hat.* Und: *Was red ich über meine Kinder, wenn sie leben; so werden sie fortkrabbeln unter diesem weiten Himmel.* In wenigen Wochen schreibt Goethe den »Werther« nieder; läßt seinen Helden sterben, um selbst zu leben; überwindet seine Krise. *Allerhand neues hab ich gemacht*, heißt es am 1. Juni; *Eine Geschichte des Titels: ›Die Leiden des jungen Werthers‹, darinn ich einen iungen Mann darstelle, der mit einer tiefen reinen Empfindung, und wahrer Penetration begabt, sich in schwärmende Träume verliert, sich durch Spekulationen untergräbt, biss er zuletzt durch dazutretende unglückliche Leidenschafften, besonders eine endlose Liebe zerrüttet, sich eine Kugel vor den Kopf schiesst.*

Zur Herbstmesse 1774 erscheint der »Werther« und wird ein überwältigender, sensationeller Erfolg, nicht nur in Deutschland, sondern in ganz Europa. Goethe ist von einem auf den andern Tag ein berühmter, gefragter Mann. Viele wollen ihn sehen, kennenlernen, pilgern zu ihm. Das Werther-Fieber bricht aus, die Werther-Mode.

Auch in Weimar spricht man von Goethe. Der junge Weimarer Prinz Carl August wünscht den Verfasser der »Leiden des jungen Werthers« kennenzulernen.

Im Jahr 1774, in der Nacht vom 6. zum 7. Mai, brennt, von einem Blitzschlag getroffen, das Weimarer Schloß, die Wilhelmsburg, bis auf die Grundmauern nieder.

In diesem Jahr, Christiane wird neun, heiratet ihr Vater wieder. Am 19. Juli gibt es, belegt durch das Taufprotokoll in den Kirchenbüchern, eine Zusammenkunft der Vulpius- und der Riehl-Familie im Haus der Großmutter in der Wagnergasse. Die Taufe des dritten Kindes von Christianes Onkel und Tante wird gefeiert. Vielleicht fällt Christiane auf, daß sich ihr Vater vor allem um einen Gast bemüht, es ist eine der Taufpatinnen, *die Jungfrau Johanna Christiana Dorothea Weiland*. Christiane hat ihre künftige Stiefmutter vor sich. Johanna Christiana Dorothea Weiland stammt aus dem Norden Thüringens, ist dort am 30. September 1745 als jüngste Tochter des Amtsverwalters von Schloß Heldrungen geboren. Sie lebt in Weimar, arbeitet als Kammerjungfer bei Frau von Lyncker. Sie ist neunundzwanzig, Christianes Vater ist zwanzig Jahre älter.

Das Weihnachtsfest 1774 ist das Hochzeitsfest. Am 26. Dezember werden beide in der Kirche zu Oberweimar getraut. Es gibt keine öffentliche Anzeige im Wochenblättchen. Die Braut ist bereits hochschwanger, Christianes Vater hat sich des *antizipirten Beischlafs* schuldig gemacht, die Kirche kann ein Bußgeld verlangen, er muß *ohne Aufgebot*, das heißt ohne seine Heiratsabsicht öffentlich kundzutun, heiraten.

Am 28. Februar 1775 wird Ernestina Sophia Louisa geboren. Am 2. März wird sie in der Weimarer Hofkirche getauft.

Anstelle der abgebrannten Wilhelmsburg richtet man das Landschaftshaus nahe dem Markt notdürftig als Wohn- und Regierungssitz der fürstlichen Familie her. Anna Amalias Interimsherrschaft für ihren unmündigen Sohn Carl August geht dem Ende entgegen, im September 1775 wird er volljährig werden und die Regierung übernehmen.

Zur Vorbereitung schickt man den Prinzen, der von Christoph Martin Wieland erzogen wurde, auf Reisen, nach Paris, Straßburg und Mainz.

Am 11. November 1774 geht in Mainz sein Wunsch in Erfüllung. Goethe wird ihm vorgestellt. Der Prinz lädt ihn nach Weimar ein.

Im Herbst 1775 sucht Carl August anläßlich seiner Vermählung mit der Darmstädter Prinzessin Louise bei der Durchreise Goethe in dessen Elternhaus in Frankfurt auf, erneuert die Einladung nach Weimar. Er ist inzwischen regierender Herr, am 3. September 1775, an seinem 18. Geburtstag, hat er die Amtsgeschäfte des Herzogtums Sachsen-Weimar übernommen.

Was reizt Goethe an Weimar, was treibt ihn, die große Freie Reichsstadt Frankfurt am Main gegen eine vergleichsweise winzige Residenz eines winzigen Herzogtums zu tauschen?

Es ist vor allem ein entschlossenes Sich-Lösen aus der Bevormundung durch den Vater. Goethe lebt vom Geld des Vaters. Obgleich dieser es nicht erarbeitet, sondern geerbt hat, steht der Sohn moralisch ständig in seiner Schuld. Täglich muß er sich des Vaters Maximen anhören, der auf bürgerliche Disziplinierung drängt. Die juristische Tätigkeit aber langweilt Goethe. Seine Anwaltspraxis geht schleppend; wenn sich überhaupt etwas bewegt, ist es dem Vater zu verdanken, der einen Großteil der Arbeiten, die der Sohn tun müßte, erledigt.

Einzig nach Schreiben ist Goethe zumute. *Wenn ich jetzt keine Dramata schriebe, ich ginge zu Grund.* 1775 fängt er in Frankfurt den »Egmont« an, schreibt am »Faust«, beendet die erste Fassung, den »Urfaust«. Verlobt sich mit Lili Schönemann, entlobt sich wieder. Vater und Vaterstadt bedrücken ihn gleichermaßen. *Es ist traurig, an einem Ort zu leben, wo unsere ganze Wirksamkeit in sich selbst summen muß. Frankfurt bleibt das Nest ... wohl um*

Vögel auszubrüteln, sonst auch figürlich spelunca, ein leidig Loch. Gott helf aus diesem Elend, Amen.

Goethe weiß, der Erfolg des »Werthers« bietet ihm finanziell keine Möglichkeit, sich eine Existenz als freier Schriftsteller zu schaffen. Seine Phantasie geht wohl dahin, am Weimarer Fürstenhof, an der Seite des jungen Herzogs, all das auszuleben, was ihm als Bürgerlichem versagt ist. Weimar ist auch Verführung durch einen anderen Stand, den des Adels, ist Verführung durch Macht. Goethe, durch seinen literarischen Erfolg äußerst selbstbewußt, muß sich sehr sicher gewesen sein, im höfischen Machtgefüge bestehen und aufsteigen zu können.

Sein Vater hat andere Vorstellungen, warnt, sagt das Schlimmste voraus: ein Bürgerlicher in fürstlicher Umgebung. Für einen *lustigen Hofstreich* hält er es, der dem Sohn gemacht wird, um ihn *zu kränken und zu beschämen.*

Und als ob er recht bekommen solle, läßt Carl August, der Goethe Geleit nach Weimar zugesagt hat, nichts von sich hören.

Goethe hat bereits gepackt. Der Vater drängt den Sohn zu einer Italienreise. Goethe bricht nach Süden auf. In Heidelberg erreicht ihn der Stafettenbrief des Weimarer Kammerherrn von Kalb. Ein Mißverständnis. Der Wagen nach Weimar wartet in Frankfurt. Goethe kehrt um. Von Frankfurt geht die Reise nach Norden, nach Thüringen.

II

Floßbrücke mit Goethes Gartenhaus
Aquarell von G. M. Kraus. 1776

Am Morgen des 7. November 1775 kommt Goethe in Weimar an.

Christiane Vulpius ist zehn Jahre alt. Sie wird zum Wasserholen an den nächstgelegenen öffentlichen Brunnen geschickt. Schräg gegenüber, keine hundert Schritt vom Dietrichsbrunnen entfernt, im Renaissancebau des Deutschritterhauses beim alten Herrn von Kalb hat Goethe seine erste Wohnung. Das Kopfwenden der Frauen und Mädchen am Brunnen nach dem Neuankömmling. Läuft er wirklich in Werthers Kleidern, in blauem Frack, gelber Hose und Stulpenstiefeln durch die Stadt? Auch die Gymnasiasten werden, wenn sie nach Schulschluß die geschwungene Treppe des Gymnasiums am Töpfenmarkt herabkommen, den Neuankömmling beobachten.

Er sei *in der wünschenswerthsten Lage der Welt*, schreibt Goethe bereits kurz nach seiner Ankunft in Weimar, er *habe glücklichen Einfluss und geniesse und lerne ... Ich werd auch wohl dableiben ... und so lang, als mir's und dem Schicksal beliebt. Wär's auch nur ein paar Jahre, ist doch immer besser als das untätige Leben zu Hause, wo ich mit der größten Lust nichts thun kann.*

Er habe nun *ein paar Herzogthümer vor* sich, *ein Schauplatz, um zu versuchen, wie einem die Weltrolle zu Gesicht stünde ... Ich bin nun ganz in alle Hof- und politische Händel verwickelt. – Wirst hoffentlich bald vernehmen, das ich auch auf dem Theatro Mundi was zu tragiren weis und mich in allen tragikomischen Farcen leidl. betrage*, an Merck am 5. Januar 1776, nach acht Wochen Weimaraufenthalt.

Wenige Monate ist Carl August zu diesem Zeitpunkt Regent. Der junge Herrscher, nun *Von Gottes Gnaden Wir Carl August, Herzog zu Sachsen Jülich, Cleve und Berg, auch Engern und Westphalen, Landgraf in Thüringen, Markgraf zu Meißen, gefürsteter Graf zu Henneberg, Graf zu der Mark und Ravensberg, Herr zu Rabenstein ec. ec.* hat bei seinem Regierungsantritt am 12. September *allen Prälaten, Grafen, Herren, denen von der Ritterschaft und Adel, Amtleuten, Gerichtsherrn ... auch sonst allen Unterthanen* seinen *resp. Gruß, Gnade, geneigten Willen und alles Gute* entboten.

Was mögen sich an die Floskel vom *geneigten Willen* für Hoffnungen derjenigen knüpfen, die sich unter *sonst allen Unterthanen* rubriziert fühlen? Knüpfen sich überhaupt noch Hoffnungen daran? Für Christianes Vater ist es der fünfte Herrscherwechsel.

Den Bürgern sei – so Carl August – es *nicht gegeben, ihre Fürsten abzuschütteln, sollten sie auch schadenfrohe, dumpfe, unzusammenhängende Vota und Resolutionen zu den Akten eigenhändig schreiben.*

Uns, dem Herrscher dagegen (Carl August spricht von sich im Pluralis majestatis), *ist es nicht gegeben das Schicksal und seine Launen zu ergründen, und ihm entgegenzuwirken – also fiat voluntas und man hülle sich in sein Bischen Ständigkeit und Vergnügen-Ergreifungsfähigkeit so gut als man kann und so lasse man es vom Himmel – Lerchen regnen.*

Der Achtzehnjährige zeigt wenig Interesse für ernsthafte Regierungsgeschäfte, derer das kleine arme Land dringend bedürfte. Er schart *Schöngeister*, Genies, junge Dichter, Bürgerliche um sich.

Nach dem Verfasser des »Werthers« kommen die Brüder Stolberg, Herder, Maximilian Klinger und Jakob Michael Reinhold Lenz. Die Augen der literarischen Welt richten sich auf Weimar. Von Carl August, *der Deutschland das erste Muster von Beschützung der deutschen Musen aufstellt*, spricht Lenz. Weimar als Musenhof.

Die *Vergnügen-Ergreifungsfähigkeit.* Die jungen Leute, angeführt vom Herzog, lassen es *Lerchen regnen.* Sie trinken, schießen im Gang des Fürstenhauses mit Pistolen, *stecken zusammen nakend im Fluß und treiben des Teufels Lermen*, knallen auf dem Marktplatz mit den Peitschen (Goethe verletzt sich durch einen Peitschenhieb empfindlich am Auge, das ist das erste, was er nach Hause berichtet), sie gehen zur Jagd, reiten ungezügelt, gefallen sich in üblen Späßen, überbieten sich darin.

Verunsichert und ängstlich werden die Beamten, die auf eine Beförderung oder ein Gnadengeschenk von wenigen Talern hoffen, das Treiben des jungen Herzogs und seiner aus allen Gegenden zugereisten Freunde beobachten. Sie werden verfolgen, was für die Ankommenden und Weiterziehenden aus den Kassen fließt. Die Großzügigkeit des Herzogs für seine Dichterfreunde beobachten. Nehmen wir allein Lenz. Der Herzog zahlt seine Rechnungen. Am 8. Mai 1776 eine über 23 Taler und 10 Groschen für Kost und Logis im »Erbprinzen«, am 31. Mai eine über 10 Taler und 1 Groschen, am 3. Juni eine über Pferdemiete von 4 Talern, 8 Groschen. Das ist etwa schon die Hälfte des Jahresetats der Familie Vulpius.

Das *philisterhafte Weimar* werde *plötzlich genialisiert*; *alles komme aus den Fugen*, kommentiert die Hofdame Charlotte von Stein. *Goethe hat hier einen wahren Umsturz hervorgerufen, wenn er daraus wieder Ordnung zu machen weiß, um so besser für sein Genie.*

Im Sommer 1776 gibt es Anzeichen für ein Ordnungmachen. Carl August wendet sich den Regierungsgeschäften zu. *In wenigen Tagen*, heißt es am 1. Juni 1776, *wird sich das Gesicht unseres Hofes in einer Weise ändern, die für den Herzog und dessen Nachfolger Epoche machen wird. Es ist beschlossen worden, allen denjenigen bedeutende Stellen zu verleihen, die bisher nur zur Unterhaltung da waren.* Am 11. Juni 1776 wird Goethe zum Geheimen Legationsrat ernannt, mit einem Gehalt von 1200 Talern jährlich (es ist das zweithöchste im Lande), mit Sitz und Stimme im Geheimen Conseil, dem Regierungsgremium. Goethe ist sechsundzwanzig. Den Widerstand der Höflinge gegen den Bürgerlichen weist der achtzehnjährige Carl August mit den Worten ab: *Einen Mann von Genie nicht an den Ort gebrauchen, wo er seine außerordentlichen Talente nicht gebrauchen kann, heißt, denselben mißbrauchen ...*

Auch die Stelle des ersten Kirchenmannes im Fürstentum wird, auf Goethes Empfehlung, mit einem jungen Mann besetzt, der sich in Deutschland literarisch und wissenschaftlich einen Namen gemacht hat, mit dem dreißigjährigen Johann Gottfried Herder. Zehn ältere, alteingesessene Pastoren haben sich um die Stelle beworben. Goethe bereitet die Dienstwohnung für den Freund vor, er habe *ausgemistet*, schreibt er; das bedeutet die Exmittierung der dort lebenden Pastorenfamilie mit ihren zehn Kindern.

Goethe, der sich in Frankfurt vor jeder außerliterarischen Tätigkeit gescheut hat, übernimmt in Weimar die Pflichten eines Hofbeamten, nimmt an den häufig stattfindenden Sitzungen des Geheimen Conseils teil, übernimmt die Aufsicht über die Feuerwehr, sein Aufgabenkreis wird immer umfangreicher, er wird Leiter der Wegebau- und Kriegskommission, hebt auf den Dörfern um Weimar die

Rekruten aus, wird der Verantwortliche für das Ilmenauer Bergwerk.

Unser Goethe ist nun Geheimer Legationsrat und sitzt im Ministerio unseres Herzogs, schreibt Wieland 1776, *ist Favorit-Minister, Faktotum und trägt die Sünden der Welt. Er wird viel Gutes schaffen, viel Böses hindern, und das muß, wenns möglich ist, uns dafür trösten, daß er als Dichter wenigsten auf viele Jahre für die Welt verloren ist. Denn Goethe tut nichts halb. Da er nun einmal in diese neue Laufbahn getreten ist, so wird er nicht ruhen, bis er am Ziel ist; wird als Minister so groß sein, wie er als Author war.* Skeptisch fügt er hinzu, daß Goethe *am Ende doch nicht den 100sten Teil von dem thun kann, was er gern thäte, daß er mit all seinem Willen, aller Kraft doch keine leidliche Welt schaffen kann.*

Im Herbst 1776 stirbt Christianes vier Jahre jüngerer Bruder Johann Gottlieb Heinrich. Ernestine, die Stiefschwester, ist anderthalb.

Christian August, der große Bruder, wird vierzehn. Er muß gern zur Schule gegangen sein. Einen guten Ruf allerdings besitzt die Lehranstalt nicht. Als 1768 der Direktor Carpov stirbt, der sie dreißig Jahre geleitet hat, fordert die regierende Herzogin Anna Amalia die Räte des Oberkonsistoriums auf, *in Überlegung zu ziehen …, welches eigentlich die wahren Ursachen des vor Augen liegenden Verfalls des Gymnasii* seien.

1770 wird Johann Michael Heinze neuer Direktor. 1776 übernimmt Herder mit dem Kirchenamt zugleich als Ephorus die Oberaufsicht über das Gymnasium.

Heinze scheint ein sehr offener und den Schülern zugewandter Lehrer gewesen zu sein. Die Klagen des Oberkonsistoriums, daß *sich die Schüler Sonntags ohne Mäntel in die Kirche begeben* und *Unfug darin trieben*, daß sie *zu schlecht und zu geschwinde sängen*, daß sie *die Kirche selbst gar nicht frequentierten, auf der Treppe lärmten*, nimmt er gelassen hin, antwortet: *es sei doch wohl eben kein groß Verbrechen, wenn ein Schüler einmal ohne Mantel oder in eine andere Kirche ginge oder in den Kirchstuhl seiner Eltern trete.* Die Vorschrift besagt, daß die Mäntel *von den jungen Leuten auf beiden Schultern, nicht aber auf einer Achsel oder gar, ohne sie umzuhängen, nur um die Hände gewunden, getragen werden sollten.* Heinze verwahrt sich dagegen. Er setzt sich für die Abschaffung des Mantelzwangs ein. *Ich kann die Primaner nicht mehr dahin bringen, mit Mänteln in die Schule und Kirche zu kommen. Die Ursachen sind 1) Sie haben die Mäntel jederzeit sehr ungern getragen ... 2) Sie schämen sich der also abgetragenen, zerschlissenen und geflickten Lappen, welche sie viele Jahre getragen haben und welchen sie nun entwachsen sind, daß sie den wenigsten bis ans Knie gehn, ob sie solche gleich nur auf eine Schulter hängen. 3) Die Eltern sind durchaus nicht geneigt, neue zu schaffen.*

Auch mit anderen Bräuchen räumt er auf, lehnt zum Beispiel ab, daß der Stadtrat die Gymnasiasten bei den Feuerwehrmännern zur Formierung einer Gasse anstellt. *Denn wie groß müßte nicht die Not sein*, entgegnet er in einem Schreiben vom 1. Juli 1781, *wenn die Hauptstadt des Fürstentums, die Residenz des Landesherren, von einer zahlreichen Bürgerschaft bewohnt, und mit einem wohl geordneten Corps tapferer und geübter Kriegsleute belegt, dennoch der Hülfe schwacher und schüchterner Gymnasiasten* nötig hätte.

Dagegen verfügt er – das ist seine erste Weisung nach seinem Amtsantritt am 1. August 1770 –, die *Gymnasiasten zum Tanzunterricht* anzuhalten, und 1773 erteilt er dem Stadtmusikus Eberwein die Erlaubnis, die Gymnasiasten bei Hochzeiten zuzulassen.

Läßt Christianes Bruder die Schwester teilhaben an seinen Erkenntnissen, an dem Neuen, das sich ihm auftut? Oder wirft er ihr den zerschlissenen Schulmantel zum Flicken hin? Übt er mit ihr Tanzschritte? Drängt sie ihn dazu, mit ihr zu tanzen?

Es gibt keine Zeugnisse über das Verhältnis zwischen Schwester und Bruder.

Im 1995 angekauften Nachlaß der Vulpius-Familie befindet sich ein kleines Dokument, das unserer Phantasie Spielraum gibt und die musische Atmosphäre in Christianes Elternhaus belegt. Trotz der geringen jährlichen Besoldung von 75 Talern erübrigt Christianes Vater Geld für Zeichenpapier, Wasserfarben, Pinsel und Buchbinderarbeiten. Das nach über zweihundert Jahren erstmals an die

Öffentlichkeit gekommene Dokument ist ein Bilder- und Geschichtenbuch des fünfzehnjährigen Christian August Vulpius (GSA, Dauerleihgabe Vulpius Nr. 23).

Ein Büchlein im Format 18,2x 11,2 cm. Ein Pappeinband, mit braunem marmoriertem Papier bezogen, eine Goldprägung darauf.

Geschichte der auf der Insul Brolingshbrog errichteten Kolonie, steht auf der Titelseite. *Eine Bildergeschichte v. C. A. Vulpius, Theil I II III IV V als Erster Band mit Kupfern.* Neunundsiebzig aquarellierte Federzeichnungen mit nebenher laufenden erläuternden Texten. Fünf der Blätter sind aus mehreren Seiten zusammengefügt und aufklappbar. Die jeweiligen Teile (vier sind es statt der angekündigten fünf) werden mit Titelblättern eingeleitet. Insgesamt besteht das Büchlein aus vierundachtzig gezeichneten und beschriebenen Seiten.

Winzige Federzeichnungen, mit Wasserfarben ausgemalt. Sicherheit in den zeichnerischen Bewegungsabläufen und in der Raumaufteilung. Farbfülle; Rot- und Blautöne, Gelb und Braun, alle Schattierungen von Grün.

Jedes der kleinformatigen Bilder erzählt eine Geschichte. Von Schiffbruch und Anlanden auf fremder Insel, vom Kampf mit Riesen, dem Erlegen wilder Tiere, von Festungsbau, friedlicher Arbeit, Feldbestellung, Weinanbau, Holzfällen, Erzschürfen, Töpfern wird berichtet; von Festen, Tanz und Musizieren, von Illumination mit Feuertöpfen, von Kriegen und großen Schlachten, Gefangenschaften, Folter und Tod.

Alles ist genau beobachtet, Tiere, Menschen, Instrumente, Bauwerke, Arbeitsvorgänge. Aufmerksamkeit für kleinste Details. Auf einem Blatt – der Held hat Frau und Sohn verloren – werden zwei Särge nebeneinander in feierlichem Zug getragen. Am Hut des trauernden Helden, einer winzigen Figur, die wie alle im Buch fünfzehn bis zwanzig Millimeter groß ist, sieht man einen Trauerflor.

Ohne Prüderie sind die Zeichnungen; da ist die Schambehaarung der Riesen zu sehen und unbekleidet wird gebadet, die Mädchen zeigen ihre nackten Brüste.

Oft geht es um Krieg; aufklappbare Blätter von vierfacher Größe zeigen Kriegsszenen und Schlachten. Gegen Spanier und Türken wird gekämpft, von *spanischen Kanaillen* ist im begleitenden Text die Rede, von: *Triumph Victoria die Türken sind bezwungen.* Schwarzhäutige, *verfluchte Bastarde* werden sie genannt, binden *Europäer* an Marterpfähle, hängen sie an Bäumen auf. In einer Erschießungsszene kniet ein Mann im Hemd mit verbundenen Augen, der Gewehrlauf ist schon auf ihn gerichtet: an einer Richtstätte sind Männer an Haken erhängt, einer wird gefoltert, ein anderer verbrennt in einem Feuer auf einem Holzstoß.

Heiter und friedlich dagegen sind alle Darstellungen, auf denen weibliche Figuren auftauchen. Die Mädchen und Frauen, die Christianes Bruder zeichnet, sind keine ätherischen Wesen, die sticken und Bücher lesen, sondern allesamt tätig und couragiert. Sie bestellen die Felder, ernten sie ab, lesen den Wein. Sie reiten, steuern mit ihrer Schaluppe die Insel an.

Der Held der Bildergeschichte ist Christian August selbst. Als Kleinster geht er vorneweg, tritt als erster den Riesen entgegen, sein Gewehrlauf ist von Pulverdampf umwölkt. Ein V mit einem Punkt schwebt über seinem Kopf, der Anfangsbuchstabe seines Nachnamens. Über weiteren Köpfen andere Buchstaben. Es sind seine Mitschüler, *Z.* ist Zimmermann, *S.* Schröter, *H.* Hunnius und *F.* ist Franke; der Katalog »Verlassenschaften. Der Nachlaß Vulpius« entschlüsselt die männliche Personnage der Bildergeschichte nach den Klassenlisten des Weimarer Gymnasiums.

Auch über den Köpfen der Mädchen schweben Buchstaben. Vermutlich sind es die ihrer Vornamen. Mädchen aus der Nachbarschaft, Schwestern der Schulkameraden, die eigene Schwester?

Auf Blatt neunundsiebzig schwebt ein *Cr.* über dem Kopf einer weiblichen Figur.

Das Blatt zeigt den Tanz um eine Dorflinde. Im Hintergrund erhebt sich ein Weinberg, Winzer sind bei der Ernte; einer hilft gerade einem anderen, die volle Weinbütte aufzuhocken. Eine friedliche Szene. Zehn Tänzer, fünf Paare drehen sich im Kreis. Rechts im Bild sitzen die Dorfmusikanten, die zum Tanz aufspielen, mit Kontrabaß, Cello, Trompete und Geige.

Die Tänzerin mit dem *Cr.* über dem Kopf, an vorderster Stelle im Kreis, dreht dem Betrachter den Rücken zu. Sie trägt ein hellrotes Kleid und eine Schürze von dunklerem Rot, und von der gleichen

Farbe dieses dunklen Rots ist ein Tüchlein um ihren Hals gebunden. Sie hat ihre beiden Tanzpartner *Hi.* und *Bj.* rechts und links bei den Händen gefaßt.

Haben wir in dieser achtzehn Millimeter großen Rückenansicht der Tänzerin das erste Porträt Christianes vor uns, gezeichnet und aquarelliert vom Bruder?

Das Bilderbuch des Fünfzehnjährigen ist Tagtraum. Am Ende besitzen alle Klassenkameraden Häuser inmitten blühender Gärten; das allerschönste Gebäude, eine Art Rundtempel, ist die Schule. Der Held und seine Freunde sind in den Adel aufgestiegen, jeder hat sein Wappen.

Eines der letzten Blätter zeigt Christianes Bruder mit einem Degen an der Seite, mit Kniehosen und Spitzenmanschetten und einer grünen Feder am Hut. Er reicht einer Tänzerin die Hand. Zu einem Menuett offenbar, denn es sind höfische Instrumente, Spinett, Harfe und Flöte. Ein Kronleuchter hängt von der Decke des Saales, es ist der Saal eines Schlosses.

In der Welt des Bruders nimmt Christiane keine so beherrschende Stelle ein wie bei dem fünfzehnjährigen Goethe die Schwester Cornelia.

Die Bindung von Christianes Bruder an männliche Freunde, an seine Schulkameraden scheint zu dominieren. Vermutlich hat das nicht mit weniger Nähebedürfnis zur Schwester oder weniger Sympathie zu tun, sondern mit den unterschiedlichen Umgebungen, in denen die Geschwister leben.

Goethe und Cornelia erhalten bis zum vierzehnten Lebensjahr die gleiche Ausbildung, der Vater ist reich, kann es sich leisten; Cornelia redet daher in allem mit, hat das gleiche Wissen, das gleiche Niveau, die gleichen Erfahrungen. Der Unterricht findet größtenteils zu Hause statt, so daß das enge Beieinandersein der Geschwister auch dadurch gegeben ist.

Nicht so bei Christiane und Christian August. Ihrer beider Welt ist getrennt voneinander. Seine ist das Gymnasium. Ihre Haus, Küche, Brunnen, Garten, Feld; Arbeit im Haushalt, die Betreuung der kleineren Geschwister. Ein anderes Geschick wird gefördert, andere Fähigkeiten werden entwickelt.

In jenem Jahr 1777, als der fünfzehnjährige Christian August Vulpius das Bilderbuch zeichnet und die zwölfjährige Christiane ihm dabei über die Schulter geschaut haben kann, erhält Goethe am 16. Juni in Weimar die Nachricht vom Tod seiner Schwester Cornelia. *Dunckler zerrissener Tag*, notiert er.

Am 17. Januar 1778 ertränkt sich ein Mädchen aus Liebeskummer in der Ilm. Sicherlich Gespräche am Dietrichsbrunnen darüber. In der Kleidertasche des toten Mädchens – Christiane Henriette von Laßberg heißt sie – findet man Goethes »Die Leiden des jungen Werthers«. Ihr Leichnam, wird erzählt, ist vom Fluß über die Ilmwiesen hinauf ins Stiedenvorwerk getragen worden, in das Haus von Josias von Stein. Goethe soll noch am gleichen Abend die Eltern der Toten aufgesucht haben.

Christiane ist dreizehn. Ihre mögliche Neugier auf das Buch. Sie hätte den Bruder fragen können. Die Erstausgabe der »Leiden des jungen Werthers« ist in seinem Besitz. (Dieses Werther-Exemplar von Christian August Vulpius mit seinen Anstreichungen, seinem Besitzvermerk kommt 1995 mit dem Vulpius-Nachlaß in das Goethe- und Schiller-Archiv: Arch. Nr. 26c.)

Das frühe Literaturinteresse von Christianes Bruder. Und gewiß auch die Neugier des Gymnasiasten auf die Weimarer Komödie.

Beim Schloßbrand 1774 ist das Theater zerstört worden. Fast ein Jahrzehnt hat Weimar keine feste Spieltruppe. Aber ein Liebhabertheater, das an wechselnden Orten spielt und zu dessen Akteuren der Herzog, Goethe und Bertuch gehören.

1779 zum Beispiel wird Goethes »Iphigenie auf Tauris« aufgeführt, mit Corona Schröter in der Hauptrolle und Goethe in der Rolle des Orest. Im gleichen Jahr beginnt man mit dem Neubau eines Komödienhauses, am 24. Mai 1780 wird es feierlich eröffnet.

Die Weimarer Gymnasiasten können leicht zu Freiplätzen kommen, durch kleine Handreichungen und Hilfsdienste für die Schauspieler und durch das Abschreiben von Rollen.

Ihr Direktor Heinze wird kaum etwas dagegen haben. Wohl aber der oberste Schulherr, der Ephorus Johann Gottfried Herder. Dieser mag das Theater und alles *theatralische Werk und Wesen* nicht; nach seinen eigenen Worten hat er dem *schon in der heiligen Taufe entsagt.*

So abstinent wie er ist, möchte er auch seine Schüler haben. *Unser Gymnasium ist in einer kleinen Residenz, wo sich jede Verführung sehr leicht auf dasselbe ausbreitet*, mahnt er sie. Spricht von *Komödianten, die schwerlich verdienen, von einem Menschen, der Geschmack hat jahraus, jahrein gesehen zu werden. Für Euch ist diese höchst mittelmäßige Bande gar nichts, glaubt mir dies auf mein ehrliches Wort! ... Und sich mit dieser Bande einzulassen, mit Komödianten Umgang zu haben, Komödiantenweiber zu besuchen, Komödianten ihre Rolle abzuschreiben und dergleichen, ist einem Gymnasiasten durchaus unanständig ... Die kleinen Verdienste überdem, sich durch Abschreiben der Rollen einen Freiplatz zu erwerben, sind für einen Gymnasiasten niederträchtig und abscheulich. Komödianten will unser Gymnasium nicht ziehen, und wer das zu werden Lust hat, reise lieber heute statt morgen!*

Diese scharfen Worte stammen von 1790; ähnlich werden sie schon die früheren Gymnasiasten gehört haben. (Die Komödie wird später auch ein anhaltendes Streitthema zwischen dem obersten Schulaufseher Herder und dem Theaterdirektor Goethe werden. Als Herder sich beim Herzog beschwert, daß die Mitwirkung der Gymnasiasten als Chorsänger und Statisten den Unterricht entvölkere, erklärt Goethe, ohne Mitwirkung der Schüler sei die Komödie nicht machbar, Weimar sei zu arm, die Finanzlage erlaube keinen eigenen Chor. Der Herzog verfügt daraufhin lediglich, daß die Proben im Komödienhaus außerhalb der Unterrichtszeiten stattzufinden haben.) Die Mahnungen des Ephorus Herder werden von den Gymnasiasten in den Wind geschlagen werden. Möglicherweise hat Christianes Bruder schon zeitig die Komödie besucht. Belege darüber gibt es erst aus späteren Jahren. Hat er der Schwester zuweilen davon erzählt, sie mitgenommen?

Im Herbst 1781 verläßt der Bruder die Stadt. Er geht zum Jura-Studium nach Jena. Am 23. Januar 1782 wird er zwanzig Jahre alt werden. Eine Vorschrift in Weimar besagt, daß man zu Studienbeginn das zwanzigste Lebensjahr erreicht haben muß. Zum Wintersemester wird er in die Matrikel der Juristischen Fakultät eingeschrieben.

Die Abschlußfeier am Weimarer Gymnasium findet traditionell im 7. September statt, zum Geburtstag des Herzogs. Direktor Heinze legt Wert darauf, daß dies ein Festakt, ein Ereignis in der Stadt wird. 1778 zum Beispiel beschwert er sich über den schwachen Besuch und bittet *die gesamten hohen Kollegien dieser Residenz ... vormittag 9 Uhr uns ihre ehrenvolle und angenehme Gegenwart auf eine einzige Stunde zu schenken, den jungen Rednern eine gnädige und hochgeneigte Aufmerksamkeit zu gönnen.*

Unter den Rednern am 7. September 1781 ist auch Christianes Bruder. Diese Auszeichnung wird nur den besten Schülern zuteil.

Über Herzog Bernhardt, den Weimarer Kriegsherrn, spricht er. Die von der Hand des Direktors Heinze korrigierte Reinschrift ist überliefert: *Abschieds Rede von der Schule bey Beziehung der Universität Jena Lob, Leben und Thaten Bernhard des Grosen, Herzogs von Weimar gehalten den 7ten Sep. 1781 in Weimar von C. A. Vulpius* (GSA Arch. Nr. 24).

Sechzehn Jahre alt ist Christiane, als der Bruder nach Jena geht. Zu Ernestine, der Stiefschwester, sind noch drei weitere Stiefgeschwister hinzugekommen. Johann Sebastian, der vier, Carl Julius Bernhard, der zwei Jahre alt ist, und Sophia Friederike, gerade einen Monat alt. Die Stiefmutter wird Christiane zu allen Arbeiten heranziehen.

Die Großmutter mütterlicherseits in der Wagnergasse lebt noch. Besuche bei ihr vielleicht.

Und vielleicht in freien Stunden Gänge an die Ilm. Wo kommt der Fluß her, wo fließt er hin; was mag hinter dem Ettersberg, der Weimar im Norden begrenzt, liegen, was nach der Mittagseite hin und hinter den Höhenzügen nach der Morgenseite? Und wie mag diese Universität, diese Stadt Jena wohl aussehen?

1782. Aus den *paar Jahren*, die Goethe in Weimar bleiben wollte, sind inzwischen sieben geworden. Der Herzog hat ihm ein Haus in den Ilmwiesen geschenkt. Die Wirtschaft wird ihm von Philipp Seidel geführt, der alles in einem ist: Diener, Schreiber, Sekretär und Haushaltsvorstand. Die Küche besorgt Dorothee Wagenknecht. Goethe lebt allein. Seine engste Freundin ist eine verheiratete Frau, sieben Jahre älter als er, eine Adlige, Hofdame am Fürstenhof. Ihr schreibt er täglich Briefe, wenn er mit dem Herzog auf Reisen ist. In ihrem Haus ißt er oft zu Mittag, während ihr Ehemann, Oberstallmeister des Herzogs, an der Fürstlichen Tafel speist.

Goethe ist noch immer der Bevorzugte und der Freund des Herzogs, er ist mit Geschäften überhäuft. 1782 steigt er in seiner politischen Funktion auf, wird zum ersten Mann der Finanzen des Herzogtums, wird Kammerpräsident. In seiner Laufbahn als fürstlicher Beamter ist das der Höhepunkt. Der Kaiser erhebt ihn in den Adelsstand. Er bezieht am Frauenplan in einem der schönsten Häuser der Stadt eine Wohnung.

In diesem Jahr hätten sich die Lebenswege des dreiunddreißigjährigen Goethe und der siebzehnjährigen Christiane Vulpius erstmals berühren können: er, der fürstliche Beamte, sie, die Bittstellerin.

Christianes Vater macht sich eines Amtsvergehens schuldig, seine Sache wird mehrfach im Geheimen Conseil in Goethes Anwesenheit verhandelt. Es muß für Christiane ein schlimmes Jahr gewesen sein. Die Entlassung des Vaters infolge des Amtsvergehens ist ein Unglück für die ganze Familie.

Über das Amtsvergehen von Christianes Vater existierte eine Regierungsakte. Im Zweiten Weltkrieg ist diese, zusammen mit anderen Akten, nach Bad Sulza ausgelagert worden und zu Kriegsende dort verbrannt.

Wolfgang Vulpius stellte diesen Verlust fest, als er sich in Zusammenhang mit seinem Christiane-Buch mit der Biographie ihres Vaters befaßte. Er erwähnt aber Vermerke in Registranden und Repertorien über den Fall, zitiert sie auszugsweise.

Im Thüringischen Staatsarchiv finde ich in einem Repertorium (B 33217) die verbrannte Akte erwähnt, die Aufschrift auf dem Aktendeckel lautete: *Die Regierungsakten über das von dem Amtsarchivar Vulpius und Amtsdiener Graf durch Fertigung eines falschen Konsenses zu Schulden gebrachte Falsum ingleichen die Besetzung der Subalterenstellen bei dem Amt Weimar 1782-85*. Ein *falscher Konsens* kann die Ausstellung eines falschen Amtspapieres oder eine amtliche Bestätigung eines Geldgeschäftes, zu dem Vulpius und sein Amtsdiener nicht berechtigt sind, bedeuten, das *zu Schulden gebrachte Falsum* heißt soviel wie Trug, Täuschung. Das ist alles, was ich finden kann.

Ist das Vergehen von Christianes Vater eines, in das er zufällig, unwissentlich gerät? Oder, angesichts dessen, was er jahraus, jahrein an Mißwirtschaft, Unterschleife großen Ausmaßes, Verschwendung bei Hofe zu sehen gezwungen ist, ein vorsätzliches, mit dem er ihm widerfahrene Ungerechtigkeiten vergelten will? Seine Klagen in den Bittgesuchen, daß er *Sporteln* und *Copalien*, Schreib- und Gerichtsgebühren, die er doch mitverdiene, nicht erhalte. Also um sie betrogen werde. Fordert er, am Ende seiner Geduld, ihm Zustehendes eigenmächtig ein? Ist es eine Tat aus Bitterkeit, ein Akt von Selbsthilfe?

Die Sache selbst ist nicht mehr aufzuklären. In den Registranda und Repertorien aber sind alle von Geheimer Kanzlei und Regierungskanzlei bearbeiteten ein- und ausgehenden Schriftstücke festgehalten; alle Entscheidungsfindungen von Conseil und Regierung über den Fall sowie alle Schriftstücke von Christianes Vater, von ihr selbst und von ihrem Bruder jeweils mit einer Nummer und einem kurzen Bearbeitungsvermerk des Kanzlisten. Daraus lassen sich zumindest der zeitliche Ablauf und die Aktivitäten aller Beteiligten, auch die Christianes, rekonstruieren.

Die Handschriften: *Regierungsacta 1782-1797* (B 1188), *Regierungsakte 1782* (B 867), *Registranda über die per subnotationem an die Fürstl. Collegia abgegebenen Sachen im Jahr 1782* (B 878) und *Registranda über die mit Serenissimi fürstlicher Unterschrift expedirte Verfügung im Jahr 1782* (B 877).

Mitte oder Ende März 1782 muß es geschehen sein.

Am 26. März steht unter der Nr. 158: *Regimen Vinar. berichtet das von dem Amtsarchivarius Vulpius und Amtsdiener Graf durch Fertigung eines falschen Amtskonsenses zu Schulden gebrachte Vergehen, betr.* Der Bearbeitungsvermerk, ebenfalls vom 26. März: *und sollten beyde wegen ihres groben Vergehens auf 4 Wochen ins Zuchthaus gebracht werden.*

Die Arretierung erfolgt wohl am gleichen Tag.

Christiane Vulpius handelt sofort, wird bei der Regierung vorstellig. Als Nr. 159 am 26. März der Eintrag: *Dessen Tochter, Johanna Christiana Sophia Vulpius bittet um Gnade für ihren Vater.*

Nicht die Ehefrau tut es, nicht Vulpius' Schwester, sondern sie, das Mädchen, die Jüngste.

Vermutlich benachrichtigt sie auch den Bruder in Jena. Bringt vielleicht dem Vater Papier und Tinte ins Zuchthaus. Er stellt den Fall dar, verteidigt sich schriftlich, denn bereits vier Tage später, am 30. März, wird dieses *VorstellungsSchreiben ... ihre UntersuchungsSache* betreffend verhandelt.

Christianes Vater kann die Anschuldigungen soweit entkräften, daß er aus dem Gefängnis herauskommt. Er solle, heißt es, *gegen juratorische Caution seines Arrestes entlassen werden.*

Den Fall ganz aufklären aber kann er nicht. Und so wird er vorerst von seinem Amt suspendiert. Vulpius solle *ab officio suspendiret* werden, ist unter Nr. 161 am 30. März notiert, und, die Regierung *solle die angeführten Umstände dennoch untersuchen lassen.*

Vier Tage nachdem der Vorfall verhandelt wurde, ist Christianes Vater wieder frei, und da ist auch der Bruder aus Jena eingetroffen. In den Registranda unter Nr. 162 am 30. März 1782: *Der Stud. Juris, Chr. Aug. Vulpius, thut, wegen des seinen Vater angeschuldigten Criminis falsi, unterth. Vorstellung.*

Das Verfahren des Vaters ist in der Schwebe, er ist suspendiert, aber nicht entlassen. Er legt Widerspruch ein. Am 12. April, Registranda Nr. 180: *Der Amtsarchivarius Vulpius allh. thut wegen der ihm befohlenen Suspension ab officio unterth. Vorstellung.*

Die Regierungskanzlei gibt den Vorgang an den Geheimen Conseil weiter. Dort wird die Entscheidung gefällt werden. Am 30. April wird Christianes Vater nochmals vorstellig, unter der Nr. 221 steht:

Der ab officio Suspendirte AmtsArchivarius Vulpius allh. bittet, daß er wieder zu seinen Amtsgeschäften admittiret (zugelassen) werden *möchte.*

Noch hat er offenbar Hoffnung.

Aber sie erfüllt sich nicht.

Am 30. April und am 3. Mai sind Sitzungen des Geheimen Consiliums. Goethe nimmt an beiden teil, zusammen mit Schnauß, Fritsch und Herzog Carl August. Die Vulpius/Graf-Sache ist auf der Tagesordnung. *Idem berichtet in der Vulpius- und Grafschen UntersuchungsSache.* Am 3. Mai, unter Nr. 226, die Mitteilung an die Regierung, *sowohl Vulpius als Graf solln dimittirt werden.*

Entlassung nach zehn Wartejahren, in denen er *gratis* arbeitete, nach dreiundzwanzig Dienstjahren mit geringster Besoldung.

Der Fall des kleinen Beamten Johann Friedrich Vulpius im Weimar des Jahres 1782 spielt sich auf dem Hintergrund eines ganz anderen Falls von ganz anderer Dimension ab.

Der oberste Verwalter der fürstlichen Finanzen, der Kammerpräsident Alexander von Kalb, wird 1782 wegen finanzieller Mißwirtschaft, Verschuldung der Hofkasse und Veruntreuung entlassen.

Die Entlassung Kalbs erfolgt am 7. Juni 1782 in einer Session des Geheimen Conseils, Goethe ist anwesend. Fünf Tage zuvor ist er in seine neue Wohnung am Frauenplan eingezogen. An diesem Tag: *In meinem neuen Hause breite ich mich aus und alles kommt in die schönste Ordnung.* In der Nacht vom 2. zum 3. Juni schläft er erstmals dort, am Morgen des 3. Juni stellt ihm die Herzogin Louise ein aus Wien angelangtes Schreiben zu, es ist das von Kaiser Joseph II. mit dem Datum des 10. April 1782 ausgestellte Diplom, das ihn in den Adelsstand erhebt.

Der freigewordene Posten des Kammerpräsidenten.

Wieviel wohler wäre mir's wenn ich von dem Streit der politischen Elemente abgesondert, in deiner Nähe meine Liebste, schreibt Goethe am 4. Juni seiner Freundin Charlotte, *den Wissenschafften und Künsten wozu ich gebohren bin, meinen Geist zu wenden könnte.*

Der Herzog aber hat andere Pläne mit ihm. Und Goethe widersteht ihnen nicht. *Wir*, so Carl August an Goethe, *würden gerne sehen, wenn Ihr Euch mit denen Cammergeschäften näher bekannt machen und Euch zu sothanem Directorio zu qualificiren suchen wolltet.*

Das ist am 11. Juni 1782 und bedeutet de facto die Ernennung Goethes zum obersten Chef der Finanzen, zum interimistischen Kammerpräsidenten.

Bereits im Vorjahr hat er sich mit der Ökonomie des Herzogtums befaßt. *Immer gearbeitet in Casse Sachen*, notiert er am 5. 12. 1781. Noch im gleichen Monat faßt er seine Beobachtungen zusammen; im Tagebuch heißt es: *Sorge wegen Jupiters* (des Herzogs) *allzu kostspieligen Ausschweifungen.* Anfang 1782 verzeichnet sein Tagebuch mehrere Gespräche mit dem Herzog, die wohl Mahnungen zur Sparsamkeit gewesen sein dürften.

Seine Kenntnisse der Finanzsituation des Herzogtums sind bisher begrenzt. Erst nach der Entlassung Kalbs und der Übernahme des Amtes bekommt Goethe einen vollen Einblick.

... *in Zahlen und Ackten*, am 6. Juli an Charlotte; *durch die Blechkasten und Ackten durch arbeiten*, am 25. Juli. Am 27. Juli an Knebel: *Jeden Tag, ie tiefer ich in die Sachen eindringe seh ich wie nothwendig dieser Schritt* (Kalbs Entlassung) *war ... Was nun geschieht muß ich mir selber zu schreiben ... ich habe nun anschauliche Begriffe fast von allen nothwendigen Dingen.*

Goethe wird der Verschwendung der Gelder nicht Einhalt gebieten können, der Jagdleidenschaft des Herzogs, seiner Vorliebe für Militär. Und an den hohen Ausgaben für Kunst, Theater, Liebhaberaufführungen, Umzüge, Redouten, die Zeichenschule, die Weimar zunehmend den Ruf eines Musenhofes geben, ist er selbst interessiert.

Im Staatsarchiv sind die *Cassa-Bücher*, die Herzoglichen Schatullenrechnungen und die dazugehörenden Belegbücher aufbewahrt. Alles ist säuberlich aufgelistet.

Nehmen wir die *Jahresrechnung von Serenis. Reg vom 1. Oct. 1781 bis dahin 1782* (A 1097). *Die Summa tota aller Ausgabe* beträgt 26 686 Reichstaler, 15 Groschen, 1 Pfennig. Auf Blatt 106 die *Recapitulatio*, eine Aufschlüsselung der Ausgaben für das gesamte Jahr. Unter anderem steht da:

1305 Taler 17 gr. und 4 pf. für Serenissimis Garderobe
801 Taler 5 gr. 2 pf. für Bücher und Kunstsachen
5094 Taler 16 gr. 10 pf. für Reisen und Extrazahlungskosten
3008 Taler 16 gr. 4 pf. für Extraordinarie und Insgeheim
1108 Taler 16 gr. pf.- Auf das Theater
254 Taler 20 gr. pf.- Auf Fürstliche Zeichenschule
4052 Taler 4 gr. pf.- Besoldungen, Pensionen und Stipendien
5547 Taler 10 gr. 7 pf. Präsente und Gnadengschenke.

Ein ähnliches Bild geben auch die Schatullenrechnungen der folgenden Jahre. Auffällig ist, daß die Summe der *Präsente und Gnadengeschenke* die der *Besoldungen, Pensionen und Stipendien* übersteigt. Zugleich finde ich immer wieder Papiere, die die Auszahlung von *rückständigen Besoldungen betreffen*, das heißt, auch Carl August zahlt zuweilen die Besoldungen nicht, behält die Praxis seiner Vorgänger bei.

An wen gehen diese Gelder für *Präsente und Gnadengeschenke*?

100 erhielten Göthe zu Kleinigkeiten bey Einrichtung ihres neuen Logis den 7. Juni. (A 1097). *316 Th. für Präsent welches Herr Hofrath Loder erhielt*, in der Jahresrechnung 1782/83 und: *145 Th. für ein Hochzeitsgeschenk von Kammerherrn von Wedel.* Auffällig oft wird Herder mit *GnadenGeschenken* bedacht. *100 Taler für Serenissimes Communion, aufs Jahr 1785, 150 Taler bey Gelegenheit der Taufe Durchl. Prinzessin Caroline Louise* in der *Rechnung Oktober 82 – Okt. 83* unter der Nummer *537* (beide A 1137). Dann 1783 *300 Taler Dem. Hr. Gen. Sup. Herder für die Taufe.* Carl August hat für Kirche und Schule wenig übrig. Beruhigt er Herder durch die Geschenke?

Die fürstlichen Kapricen. Das Renommee der Bittsteller bzw. Beschenkten, ihre Stellung bei Hofe, das Verhältnis, in dem der Herzog zu ihnen steht, sind ausschlaggebend. Und auch die Gelegenheit selbst. Bei freudigen Anlässen verfährt er großzügig; bei Taufen und Hoffesten. Vor allem aber bei der Jagd. Da werden Reitknechte, Falkoniere, Jagdlakaien, Treiber, Mundköche, Küchenburschen, Silberdiener, Mägde, Hofkonditoren und Musiker mit Geldzuwendungen bedacht.

An letzter Stelle stehen für Carl August vermutlich die niederen

Verwaltungsbeamten bei Hofe, ihnen werden nur die geringsten Beträge zugedacht. Erinnert sei an jenen Lippold, der ein *Hochfürstliches Gnadengeschenk* von *25 Groschen* erhält und dafür seiner Herrschaft *unendlichen Seegen und Glückseligkeit* wünscht. Und an jenen Satz Carl Augusts über seine Untertanen, es sei ihnen *nicht gegeben, ihre Fürsten abzuschütteln, sollten sie auch schadenfrohe, dumpfe, unzusammenhängende Vota und Resolutionen zu den Akten eigenhändig schreiben.*

Der Fall des kleinen Beamten Vulpius. Am Tag, als von Kalb entlassen wird und Goethe vom Herzog ein Geschenk von 100 Talern *zu Kleinigkeiten bey Einrichtung* seines *neuen Logis* erhält, an jenem 7. Juni 1782 wendet sich Christiane Vulpius nochmals an die Regierung, diesmal offenbar direkt an den Herzog.

Fünf Wochen sind seit der *Dimittirung* ihres Vaters vergangen. Daß die Entlassung rückgängig gemacht wird, scheint aussichtslos. Unter dem Datum des 29. Mai eine nochmalige Bittschrift des Vaters: *Der demittirte AmtsArchivar Vulpius allhier bittet, daß für seinen Unterhalt gnädigst gesorget werden möchte.*

Da nichts geschieht, macht die Tochter eine Eingabe. Sie bittet nicht mehr für ihren Vater, sondern für die Stiefmutter, die Stiefgeschwister und für sich. In der Registranda unter Nr. 291: *Die Tochter des dimittirten Amts Archivarius Vulpius allh. überläßt sich, wegen eines ihr und ihrer Mutter u. Geschwistern zu verwilligenden Gnaden Gehalts Sern. Gnade.*

Die Antwort auf die Eingabe bleibt aus. Der Juni vergeht. Der Juli. Goethe arbeitet sich *durch Blechkasten und Ackten* durch. Die Prozeduren der Eingaben sind langwierig.

Nach sieben Wochen wird die *Fürstliche Willensmeinung* endlich kundgetan.

Die Einsicht in diese Handschrift im Staatsarchiv wird mir nicht gewährt. Ich kann nur den Darstellungen von Huschke und Vulpius folgen, wonach das Schreiben das Datum des 29. Juli 1782 trägt und mit dem herzoglichen Siegel versehen ist.

Der Geheime Conseil habe im Juli 1782 die Regierung angewiesen, Christianes Vater wegen seiner finanziellen Notlage wieder einzustellen, *wenn sich ein für ihn schicklicher Platz* finden werde. Die Regierung sei jedoch der Auffassung gewesen, daß dieser Posten nicht im Justizbereich sein solle, und habe die Anregung, ihm eine neue Stelle zu verschaffen, an die von Goethe geleitete Wegebaudirektion weitergegeben. Goethe habe den Empfang des Schreibens eigenhändig quittiert, da ein Punkt der *Fürstlichen Willensmeinung* sein Ressort, den Wegebau, betrifft.

In den bisher publizierten Amtlichen Schriften Goethes ist dieses Dokument nicht enthalten. Huschke und Vulpius aber müssen die Handschrift gesehen haben. Das Erscheinen des langerwarteten Anmerkungs- und Ergänzungsbandes zu den Amtlichen Schriften müßte Aufschluß bringen.

Goethe hat demnach das Papier in Händen gehalten, kurz bevor es Christianes Vater zugestellt wird und auch sie es in Händen hat.

Die *Fürstliche Willensmeinung* besagt, daß Christianes Vater von Herzog Carl Augusts Gnaden *in Anbetracht der großen Dürftigkeit, worinnen sich derselbe mit seiner zahlreichen Familie befinden soll einstweilen bis zu einer anderweitigen Versorgung* ein Gnadengehalt von jährlich zwölf Scheffeln Korn und zwölf Reichstalern gewährt wird, unter der Bedingung, daß er sich *zur Aufsicht im Wegebau gebrauchen lasse.*

Eine *anderweitige Versorgung* ist kaum denkbar. Der Fakt: Einen Reichstaler pro Monat und einen Scheffel Korn. (Carl August gibt in diesem Jahr 1782 allein *1149 Taler für Spielgelder* aus.)

Die Situation der Familie. Bereits im Vorjahr, am 5. April, ist Christianes Bruder Carl Julius Bernhard gestorben. Im Frühjahr 1782, als das Amtsverfahren gegen den Vater beginnt, erkrankt die acht Monate alte Sophie Friederike, sie stirbt am 4. Mai. Am 12. August stirbt, fünfjährig, Christianes Stiefbruder Johann Sebastian Friedrich. Wie groß die Verbitterung von Christianes Vater gewesen sein muß, geht aus einem seiner letzten Gesuche hervor. Er schreibt es am 12. August 1783, an dem Tag, als sein fünfjähriger Sohn stirbt. Unter der Nr. 355 (B 878): *Der ehemalige Amtsarchivar allh. bittet um Entschädigung wegen seiner im vorigen Kriege gehabten Ausgaben.*

Seine Frau ist krank. Sie wird nur noch wenige Monate leben. Die Miete kann nicht bezahlt werden. Die Exmittierung droht. Im September 1782: *die Vulpiusschen Kinder bitten um einen Zuschuß zur Bezahlung der Hausmiethe*, Nr. 477 (ThHStAW B 877).

Vulpius soll das Gnadengehalt von einem Taler mit körperlich anstrengender Tätigkeit verdienen. Ob Goethe der *Fürstlichen Willensmeinung* vom 29. Juli 1782 nachgekommen ist, den entlassenen Amtsarchivar zur Wegeaufsicht herangezogen hat? Seit 1779 leitet er den Wegebau. Hat sich streng an die bewilligten Gelder gehalten, sich mit Ausbesserungs- und Pflegearbeiten begnügt. Erst als er im Juni 1782, nach der Entlassung des Kammerpräsidenten von Kalb, sieht, welche Summen vergeudet wurden, nimmt er größere Bauvorhaben in Angriff, überschreitet den ihm zustehenden Finanzetat der Wegekommission. Er erhöht die Anzahl der Wegeknechte von vier auf zwanzig, die der Wegeaufseher von zwei auf vier.

Für jede der zu vergebenden, schlecht bezahlten Wegeknecht- und Aufseherstellen erhält er Dutzende von flehentlichen Bewerbungen. All das geschieht in den Vulpius betreffenden Jahren.

Vermutlich hat Goethe den fast Sechzigjährigen nicht zur Wegeaufsicht herangezogen. Gewißheit darüber gibt es allerdings nicht. Auch ob er ihn bewußt verschont hat oder einfach genügend jüngere Aufseher hatte, bleibt offen.

Ebenso, ob Goethe, der neuernannte Kammerpräsident, die gesamte Finanzsituation des Landes überrechnend, beschäftigt mit einer Vielzahl der im Geheimen Conseil verhandelten Aktenstücke und mit der Einrichtung seiner neuen Wohnung, den Fall Vulpius überhaupt wahrnimmt. Ob er die Bittgesuche der Tochter des Amtsarchivars zur Kenntnis nimmt.

Es gibt nicht das geringste Anzeichen dafür, daß sich in Zusammenhang mit dem Amtsvergehen von Johann Friedrich Vulpius das Leben des dreiunddreißigjährigen Goethe und das der siebzehnjährigen Christiane erstmals auf der Ebene von fürstlichem Beamten und Bittstellerin berührt hat.

Wohl aber signalisieren Aufzeichnungen gerade aus jenen Tagen, daß sich Goethes Blick für Armut, für *oben* und *unten* schärft. Die Erkenntnis allerdings gewinnt er nicht aus Akten, sondern aus der Anschauung, wenn er durch die thüringischen Dörfer reitet. Er notiert: *wir habens so weit gebracht, daß oben immer in einem Tag mehr verzehrt wird, als unten in einem beygebracht … werden kann.* Und: *die Verdammniß daß wir des Landes Marck verzehren läßt keinen Seegen der Behaglichkeit grünen.*

Die Situation von Christianes Familie scheint ausweglos. Christiane tut etwas für ihren Stand sehr Ungewöhnliches, sie wird berufstätig, trägt durch ihre Arbeit finanziell zum Unterhalt der Familie bei.

Die Möglichkeit dazu bieten ihr Caroline Bertuch und Auguste Slevoigt, die Carolines Ehemann Friedrich Justin Bertuch im Hintergrund haben.

Bertuch ist Weimarer, studiert Jura, bricht das Studium ab, reist, schreibt Dramen, übersetzt Miguel Cervantes' »Don Quijote«, ist sozial engagiert und hat eine Vorliebe für merkantile Dinge.

Mit sechsundzwanzig kommt er 1773 in seine Vaterstadt zurück mit der Vision, die Wirtschaft Weimars zu beleben.

Er kauft die Schleifmühle, baut sie 1778 zu einer Papier- und Farbenmühle um; hat weitere Pläne, will einen Verlag, eine Manufaktur gründen. Er erwirbt Grundstücke am Schweinsmarkt und am Fürstlichen Baumgarten. Den Baumgarten selbst nimmt er 1777 in Erbpacht und teilt das große Areal in fünfundsiebzig Parzellen auf, Kleingärten, die er an Weimarer Bürger verpachtet.

Herzog Carl August erkennt frühzeitig Bertuchs Geschick und seinen ökonomischen Sinn, macht ihn 1775 zu seinem Geheimsekretär und zum Verwalter der Herzoglichen Schatulle.

1776 heiratet Bertuch die aus Waldeck bei Bürgel stammende Friederike Elisabeth Caroline Slevoigt. Der junge Ehemann nimmt auch Carolines Schwester Johanna Auguste in sein Haus auf.

Innerhalb der vielfältigen Pläne Bertuchs muß es die Idee der beiden Frauen gewesen sein, Mädchen aus dem mittleren Stand künstlerisch und handwerklich auszubilden, ihnen eine Beschäftigung zu geben. Stoffblumen, die für teures Geld aus Paris importiert werden, wollen sie in Weimar herstellen. Eine Ausbildungswerkstätte für Putzmacherinnen also.

Es ist die Enterprise meiner Frau, meint Bertuch und unterstützt das Unternehmen, das Frau und Schwägerin offenbar selbständig führen. Im Staatsarchiv finde ich in den Belegen zur Hauptrechnung *1. Oct. 1782-1783* (A 1113 Bl. 36u. Bl. 83) zwei Quittungen, die Caroline Bertuch ausgestellt hat. Sie bestätigt den Erhalt von Geld für an den Hof gelieferte Waren. Das heißt, auch die ökonomische Seite betreiben die Frauen selbst. Sie übernehmen Führungen durch die Werkstatt, wie durch einen auswärtigen Gast überliefert ist.

Ein kleiner Frauenbetrieb, der vorwiegend in den achtziger und neunziger Jahren produziert und verkauft. Er ist die Keimzelle aller weiteren Geschäfte Bertuchs, die 1791 zur Gründung des »Landes Industrie-Comptoirs« führen, dem in Weimar für lange Zeit einzig nennenswerten Unternehmen im wirtschaftlichen Bereich.

Als Blumenfabrik wird der Betrieb in der Literatur oft apostrophiert. Bertuch selbst ist es, der für die Galanteriewarenwerkstatt den Begriff der *Blumenfabrick* prägt.

1780 beginnt Bertuch am Fürstlichen Baumgarten mit dem Bau eines Hauses. Der Grund und Boden kostet 436 Taler, die Baukosten betragen 3 478 Taler, der Ausbau der Mansarde 476 Taler. Die Fürstliche Kammer gewährt ihrem Schatullenverwalter einen Baukostenzuschuß von 1 000 Talern.

In diesem neuen Haus muß es die erste Stube für die anzulernenden Mädchen gegeben haben. Das Jahr 1782 ist als Gründungsjahr der Kunstblumenwerkstatt anzusehen. Die erste Rechnung Caroline Bertuchs über verkaufte Blumen ist vom 18. Januar 1783, die nächste vom 27. Juli 1783. Am 17. Mai 1782 heißt es in einem Brief Bertuchs an Knebel: *Vorjetzt arbeiten nur, wegen Mangel des Raumes, erst zehn Mädchen vier Tage in der Woche in meinem Hause.*

Im November 1783 sind es, nach dem Bericht eines Augenzeugen, bereits zwanzig Mädchen.

Bertuch strebt mehr als die doppelte Zahl an; *sobald aber meine Mansarde im Sommerhause, welches ich jetzt ausbaue, fertig ist, hoffentlich Johannistag, so ist der Zuschnitt auf 50 gemacht*, notiert er in jenem Brief vom 17. Mai 1782.

Einen *tätigen Ameisenhaufen* will er. Ein Jahr später werden die beiden Frauen und er das wohl erreicht haben. Am 22. Juli beantragt er das erforderliche Konzessionsdokument beim Fürstenhaus, das Herzogliche Privileg für die Blumenherstellung wird ihm auf zehn Jahre erteilt.

Während die beiden Frauen wohl in erster Linie daran denken, die Mädchen zu beschäftigen – was *nach und nach dem größten Theile unserer leider unbeschäftigten Mädchen der mittleren Classen sehr heilsam sey*, kommentiert Bertuch – dürfte für ihn, den Sprecher der drei, wohl eher der ökonomische und kommerzielle Vorteil der Arbeit im Vordergrund stehen.

Doch ist Bertuch auch sozial engagiert. Seine 1782 anonym erschienene Schrift »Wie versorgt ein kleiner Staat am besten seine Armen und steuert der Bettelei?« zeigt es. Er denkt über die Situation der Mädchen der mittleren Klassen nach, schafft – für diese Zeit sehr ungewöhnlich – eine Art Lohnsparkasse. Überliefert ist das durch einen späteren Mitarbeiter Bertuchs, den Buchbinder Adam Henß, der schreibt, Bertuch habe *den Mädchen durch die verzinsliche Anlage eines Teils ihres wöchentlichen Verdienstes ein kleines Kapital gespart, das bei der Heirat eine willkommene Mitgabe gewesen sei.*

Christiane Vulpius in der Bertuchschen Putzmacherinnen-Werkstatt. In allen biographischen Arbeiten wird dies als Fakt dargestellt. Ich versuche einen Nachweis darüber zu finden. Die Listen der Geldzahlungen an die Mädchen, Quittungen oder Unterlagen zur Verzinsung ihrer Verdienste müßten Aufschluß geben. Aber der Bertuch-Nachlaß gerade aus der frühen Zeit weist große Lücken auf, die Geschäftsunterlagen sind nicht oder nur lückenhaft überliefert. Weder Listen noch Papiere zur Zinsanlegung, keinerlei Dokumente über die Arbeit der Mädchen existieren. Also gibt es auch keinen Beleg für Christiane Vulpius' Arbeit dort.

Sie selbst hat sich später nie dazu geäußert. Auch Goethe nicht.

Mit aller Wahrscheinlichkeit jedoch hat Christiane über mehrere Jahre in der Blumenwerkstatt gearbeitet.

Zum einen gehört sie durch ihren sozialen Stand als Tochter eines niederen fürstlichen Beamten zum Kreis der Mädchen, die für Caroline Bertuch und Auguste Slevoigt in Frage kommen.

Zum anderen gibt es ein indirektes Zeugnis über ihre Berufstätigkeit. Caroline Jagemann schreibt in ihren Erinnerungen, Christiane habe ihren stellungslos gewordenen Vater *ernährt*.

Überdies sind die Familien Vulpius und Bertuch persönlich bekannt. Den Beleg dafür finde ich durch Zufall. Um etwas über den gesellschaftlichen Umgang und das Prestige von Christianes Eltern in Weimar zu erfahren, sehe ich mir in den Weimarer Kirchenbüchern die Taufpaten aller zehn Vulpiusschen Kinder aus erster und zweiter Ehe an. Da sind Kollegen von Christianes Vater genannt, Regierungskanzlisten und Registratoren, ihre Frauen und Töchter. Es gibt als Taufpaten einen *Stadtsyndikus Johann Adam Stoetzer*, den *Hofadvocaten Johann Heinrich Häublein*, den *Geheimen Rath Schmidt, Johanna Maria Buchholtzin*, die geschiedene Frau des Mediziners, und 1769 *die Hochwohlgeb. Reichs-Gräfin v. Schlitz, genannt Goerz*. Und bei dem am 7. Mai 1777 geborenen Johann Sebastian Friedrich Vulpius steht als Taufpate: *Herrn Friedrich Johann Justin Bertuch, Fürstl. Sächs. Rath und Geheimsekretarius bey Hofe*. 1777 ist Bertuch schon Herzoglicher Schatullenverwalter, ist verheiratet, hat das Bürgerrecht, ist bereits ein angesehener Mann in Weimar.

Bertuchs Patenkind stirbt am 12. August 1782. Bertuchs Engagement für die Familie geht weiter. Die persönliche Bekanntschaft gibt ihm Einblick in die schwierige Lage von Christianes Familie nach der Entlassung des Vaters. Sein Hilfsangebot. Oder ist es Christiane selbst gewesen, die um Arbeit gebeten hat?

Mit großer Wahrscheinlichkeit ist anzunehmen, daß Christiane zu den ersten zehn Mädchen gehörte, die für vier Tage in der Woche in der Werkstatt im neuen Haus am Baumgarten arbeiten.

Bertuchs neues Haus, groß und hell, liegt inmitten eines schönen Gartens. Die Stube. Der Tisch, an dem die zehn Mädchen sitzen. Ein *langer Arbeitstisch*, überliefert Wieland. Auguste Slevoigt leitet die Mädchen an. Caroline Bertuch sieht ab und zu herein.

Fleiß ist gefordert. Geschick. Sorgsamster Umgang mit dem Material. Wie der Bruder mit Feder, Pinsel und Farben umging, so kann Christiane jetzt mit Stoffen, Draht, Schere und Nadel umgehen. Seide, Plüsch, Leinwand, Samt, Taft. Die Struktur der Materialien. Glätte und Geschmeidigkeit. Leuchtende Farben. Auf dem Arbeitstisch Blumen und Zeichnungen von Blüten, Blattstielen, Knospen und Blumenblättern als Vorlagen.

Die Mädchen aus begüterten Häusern, die ihre Stickrahmen verlassen haben, sind vorerst geschickter als die aus ärmeren Häusern, die, wie Christiane, von ihren Spinnrädern kommen. Ihr Ehrgeiz wird vermutlich wach. Blicke auf die Nachbarinnen. Wieder und wieder Versuche. Ausdauer. Wachsendes Geschick. Ungewohntes Glück, wenn eine der beiden Frauen eine gelungene Arbeit lobt.

Es ist keineswegs ein dilettantischer Handarbeitszirkel, der sich in Bertuchs Haus versammelt. Die Arbeiten sind professionell, die Forderungen an die Mädchen streng; *den besten Pariser Arbeiten von dieser Art* sollen sie *zur Seite stehen*, schreibt Bertuch und berichtet Knebel über die Mädchen: *Ihre Arbeiten haben sich, seit dem Sie nichts davon gesehen, unendlich gebessert.*

Die beiden Lieferquittungen von Caroline Bertuch weisen aus, was die Mädchen herstellen: *für Bouquets feine Blumen zu einigen Damens Hüthen, Korb von Landschaft mit Blumen garniret und verschiedene andere Blumen.* Blumen, die als Kopfputz dienen, auf Haarbänder oder Häubchen genäht, auf Hüten oder im Haar getragen, Blumen, die an Rock- oder Kleidersäumen befestigt werden. Und ganze Buketts, die man in Vasen oder Körbchen arrangiert. Außer Blumen – so ist es vom Jahr 1785 überliefert – werden auch *geschmackvolle Arbeitsbeutel für Damens, Bouquets, oder einzelne Bluhmen von Rosen oder andere schöne Bluhmen* angeboten. Späterhin auch künstliche Früchte, Handarbeitskörbchen, Dekorationselemente für Lampen, auch andere Artikel aus textilen Materialien, Tücher, Bänder, Handschuhe.

Bertuch sorgt für den Verkauf, seinem organisatorischen Talent ist es zu verdanken, daß das Geschäft floriert; er präsentiert *Bouquets* und *Girlanden* auf den Messen in Leipzig und Frankfurt, strebt Kontakte zur Schweiz an. Aus einem Brief eines Leipziger

Kunden vom 18. November 1785 geht hervor, daß es einen *Catalog der Blumenfabricke* gab. Er ist nicht erhalten.

Dagegen ist von Anfang 1784 ein Urteil über die Arbeit der jungen Putzmacherinnen überliefert.

Es stammt von Katharina Elisabetha Goethe. Von der Herzogin Anna Amalia hat sie zur Jahreswende 1783 ein Geschenk aus der Bertuchschen Werkstatt erhalten. *Der Blumen-korb*, schreibt sie in ihrem Dankesbrief vom 2. März 1784 nach Weimar, *ist ein solches Meisterwerck, das gar nicht genung bewundert werden kan – Er steht in meinem besten Zimmer auf einem Marmor Tisch, und wer ihn noch gesehen hat, bekent, daß Franckreichs und Italiens Blumen steifes Papier gemächte dagegen ist – Beym aufmachen des Kastens stunde ich wie bezaubert – ich wuste gar nicht was ich denkken und machen solte – Alles trägt jetzt hir Blummen, alt und jung und niemand ist im Er(n)st aufgetackelt der nicht wenigstens eine vorsteken hat, aber du Lieber Gott! das ist alles gegen diese Stroh eitel Stroh – besonders die Blätter und die Stiele sind der Natur so ähnlich, daß ich in der Täuschung an der Hiazinte roch. Dieser herrliche Weimarer product, soll als ein Heiligthum bey mir aufgehoben werden, und wehe dem! der nur einem Stengel dran zerknickte.*

Mit ihren lobenden Worten steht sie nicht allein, auch andere bewerten es so, wie die Auftragslage beweist. Die Aufträge übersteigen die Möglichkeiten der kleinen Frauenwerkstatt bei weitem. Bereits im Jahr der Manufakturgründung geht das aus einem Schreiben Bertuchs an Knebel vom 20. Oktober 1782 hervor. *Tausend Danck für Ihr Teilnehmen an unserer Industrie. Mit unserer kleinen Blumenfabrick gehts so gut, daß uns nichts als die überhäuften Bestellungen in Verlegenheit setzen ... vor Weyhnachten sind neue Bestellungen anzunehmen ganz unmöglich.*

Auch darüber gibt es wiederum ein Zeugnis von Katharina Elisabetha Goethe. Im Mai 1784 bestellt sie zwölf Blumensträuße. Nach Monaten sind sie noch immer nicht geliefert. Da wendet sie sich am 10. September direkt an Bertuch. *Vier Monathe wartete ich mit der größten Gedult, vertrösttete alle meine Freundinnen drauf, aber es erschiene nichts – ... Ew: Wohlgeb: sehen also von selbst, daß mir kein anderer Weg offen bleibt, als gerade zu mich an Ihnen selbst zu wenden; ... Haben Sie also die Güte und überschicken mir von den herrlichen Blumen, besonders erbitte mir Feld blumen, als, Kornblumen, Vergißmeinnicht, Reseda, Klapperroßen u. s. w.*

Ein Unternehmen, das Erfolg hat. Auguste Slevoigt, Caroline und Friedrich Justin Bertuch gelingt etwas, was den Weimarer Stadtvätern zwei Generationen zuvor mißlang. Sie versuchten, die wirtschaftliche Entwicklung der Stadt durch die Ansiedlung einer französischen Kolonie zu beleben. 1715 werden in einem Aufruf in französischer Sprache den Hugenotten in Brandenburg für den Fall ihrer Ansiedlung in Weimar freie Religionsausübung, eigene Gerichtsbarkeit, ungehindertes Gewerbe sowie Steuerfreiheit für fünfzehn Jahre versprochen. Zwanzig Hugenottenfamilien, etwa hundert Personen, kommen in die Stadt und beginnen mit der Produktion von Wollstoffen, Seide, Schmuck, Hüten und ähnlichen Waren. Das Kapital aber ist knapp, der Weg der Rohstoffe weit, Weimar als Markt für Luxusartikel nicht aufnahmefähig. Das größte Hindernis jedoch ist der Widerstand der Einheimischen. Die Geistlichkeit ist gegen die Franzosen, weil sie angeblich die Sitten gefährden. Die Weimarer Handwerker werden sogar tätlich gegen sie. Nach zwei Jahren verlassen die meisten Hugenottenfamilien die Stadt wieder.

Sicherlich gibt es auch Vorurteile gegen die Mädchen bei Bertuch. Man sieht die weiblichen Tugenden in Gefahr, die Mädchen würden für die Ehe untauglich, würden der häuslichen Verrichtungen entwöhnt.

Im Herbst 1783 kommt ein Mann namens Christoph Friedrich Rinck nach Weimar, der im Auftrag des Markgrafen Karl Ludwig von Baden zu Studienzwecken in Sachen Schulwesen durch Deutschland reist. Er berichtet: *Ich hörte, daß bey Herrn Bertuch eine Töchterschule sey, die seine Frau und Jungfer Schwägerin dirigiren.* Er wird von Auguste Slevoigt empfangen und durch die Werkstatt geführt. *Etliche und 20 mannbare Staats-Jungfern saßen da und – machten Blumen auf italiänische Art ... Den ganzen Tag sitzen sie da und sind nicht etwa solche, die zu Putzmacherinnen bestimmt sind, sondern mehrere würklich von Stand.*

Kennt Auguste Slevoigt die in der Stadt kursierenden Gerüchte, liest sie die Vorurteile im Gesicht des jungen Mannes?

Freilich ... stehe es dahin, ob dieß guthe Weiber und Mütter würden, soll sie gesagt haben, so berichtet Rinck.

Worte, an denen *die Jungfer Schwägerin* und die *mannbaren Staats-Jungfern* gleichermaßen ihren Spaß haben?

Rinck fährt fort: *Die Mädchen antworteten mit einem losen Gelächter*. Das Wort vom *losen Gelächter* assoziiert schon fast französische Sitten. Wieland verteidigt die Mädchen in einem Vers; von *jungen züchtigen Brigitten / (Gleich rein an Fingern und an Sitten)* spricht er. Rincks letzter Satz legt nahe, daß eine solche Verteidigung angebracht ist. *Gott sey den Männern gnädig, die mit ihnen gestraft werden sollen*, schließt er seinen Bericht. Adam Henß schreibt über die Mädchen: *Allein, sie hatten vergessen, wie man Kartoffeln siedet.*

All das zeigt, wie ungewöhnlich für die Zeit diese bescheidenen Anfänge der Berufstätigkeit von Mädchen der mittleren und höheren Schichten waren, wie sehr sie Aufsehen und Spott erregten.

Zu vermuten ist, daß Christiane Vulpius gern in der Blumenwerkstatt gearbeitet hat. Das Zusammensein mit Gleichaltrigen. Mädchen aus den unterschiedlichsten Häusern. Der Austausch untereinander. Die Freude an dem mit eigenen Händen Geschaffenen.

Zu Hause dagegen der entlassene Vater. Die kranke Stiefmutter. Den Nachweis über ihre Krankheit finde ich im Staatsarchiv, in den von Bertuch geführten Schatullenrechnungen, unter der Rubrik *Unquittirte Ausgaben von Michl. 1782 bis dahin 1783* steht mit Datum des 23. Januar 1783: *19 gr. 6 pf.* gezahlt *der kranken Vulpiussin zu einer Erquikung* (A 1113).

Das *GnadenGeschenk* kommt zu spät.

Nur wenige Tage hat sie noch zu leben. Am 10. Februar 1783, mit sechsunddreißig, stirbt die Stiefmutter.

Nach dem Tod von Christianes drei Stiefgeschwistern und der Stiefmutter innerhalb von weniger als zwei Jahren sind nur noch ihr Vater, eine Stiefschwester und die Tante im Haus.

Christiane wird vermutlich, nachdem Bertuch die Räumlichkeiten erweitert hat und die Auftragslage günstig ist, sechs Wochentage in der Putzmacherinnenwerkstatt arbeiten.

Worüber sprechen die Mädchen, die an dem langen Arbeitstisch für viele Stunden zusammensitzen? Über die neuesten Verordnungen von Polizei und fürstlichem Landesherrn, über Stadtnachrichten, Hofklatsch: wer von den Hofdamen ihre Blumen trägt, wohin sie verkauft werden, welche Fremden Weimar besuchen, was der Herzog treibt und sein Favorit, dieser Dr. Goethe.

Worüber lachen sie? Ihr *loses Gelächter*. Das Thema Männer. Erste Liebesabenteuer, in der Phantasie, im Tagtraum, gespeist durch Geschichten aus Journalen, Trivialromanen, Romanen. Geredet wird ganz sicher auch über jene Mädchen in Weimar, die uneheliche Kinder erwarten, öffentlich dafür von der Kanzel herab getadelt werden, die Schwurhand leisten, Strafgelder zahlen, Kirchbuße tun müssen.

Mitte April 1783 wird nur ein einziges Thema die Gespräche am langen Arbeitstisch beherrschen.

In Weimar gibt es einen aufsehenerregenden Fall von Kindsmord. Eine junge Frau, unverheiratet, tötet ihr Söhnchen kurz nach dessen Geburt. Sie kommt ins Zuchthaus. Die gerichtlichen Verhandlungen ziehen sich bis zum Spätherbst hin. Dann wird das Urteil gefällt. Es lautet: Todesstrafe. Am 28. November 1783 wird es in Weimar vollstreckt. Beim Hochnotpeinlichen Halsgericht muß die junge Frau auf dem Marktplatz ihre Tat öffentlich bekennen, dann wird sie auf dem alten Richtplatz vor dem Erfurter Tor vom Scharfrichter mit dem Schwert enthauptet.

Die Bevölkerung hat der Hinrichtung beizuwohnen. Für die Weimarer ist es als Beispiel der Abschreckung, der Warnung vor solch *schwarzen Taten* gedacht.

Gewiß wird Christiane Vulpius die Enthauptung der Kindsmörderin erlebt haben.

Goethe hat mit dem Fall zu tun, er ist am Todesurteil direkt beteiligt.

Der unterschiedliche Blickwinkel, aus dem beide es erleben; Christiane, die Achtzehnjährige, als Zuschauerin, er als verantwortlicher Minister. Kaum fünf Jahre später werden sie ein Paar sein.

Goethe gibt am 4. November 1783 folgenden Satz zu den Akten: *daß auch nach meiner Meinung räthlicher seyn mögte die Todtesstrafe beyzubehalten*. Ein ungeheuerlicher Satz. Wie lebt er mit ihm? Ich lese seine Briefe und Tagebücher aus jener Zeit. Keine Notiz darüber, kein Verweis.

Ich sehe Zeugnisse anderer durch, auch bei ihnen kein Wort über die Hinrichtung. Herder, der Kirchenmann des Herzogtums, sieht – so seine Briefnotiz vom 3. Oktober – einem *ruhigen Winter* entgegen und geht an seine »Philosophie der Geschichte«, über deren Inhalt ihm *eine Welt von Ideen im Kopf schwebt* ... Ich nehme mehrere Goethe-Biographien vor. Für das Jahr 1783 wird die große Wirkung des Erdbebens von Messina auf Goethe angemerkt. Über seine Beteiligung am Todesurteil nichts. Ich nehme Weimarer Stadtgeschichten zur Hand, mehrere Ausgaben. Die Hinrichtung einer Kindsmörderin im Jahr 1783 an dem in ganz Deutschland als aufgeklärt geltenden Weimarer Musenhof ist nicht erwähnt.

Ich glaube schon, einem Phantom nachzujagen.

Die Schatten in den Schatten, ins Schweigen gedrängt? Der junge Goethe in Frankfurt bei der Hinrichtung einer Kindsmörderin. Sein Gretchen im »Urfaust«, ihre erschütternden Monologe in Kirche und Kerker. Stellt die Wirklichkeit die Literatur auf die Probe, reißt den Abgrund auf?

Existiert das zu den Akten gegebene Urteil tatsächlich? Die Handschrift liegt im Staatsarchiv vor mir: *daß auch nach meiner Meinung räthlicher seyn mögte die Todtesstrafe beyzubehalten*. (ThHStAW B 2754 Bl. 20) Klare Schriftzüge, auf einem gefalteten Doppelblatt; ich wende es, als würde ich noch etwas erwarten. Das zweite Blatt ist leer.

Für die Rechtsprechung im Fall von Kindsmord gelten 1783 noch immer die Bestimmungen der Halsgerichtsordnung Kaiser Karls V. vom Jahre 1532. Deren Artikel 131, *Strafe der Weiber, so ihre Kinder töten*, besagt: *Item, welche Weiber ihr Kind, das Leben und Gliedmaßen empfangen hätte, heimlicher, boshaftiger, williger Weise ertöten, die werden gewöhnlich lebendig begraben oder gepfählt; aber, darinnen Verzweiflung zu verhüten, mögen dieselben Übeltäterinnen, in welchem Gericht die Bequemlichkeit des Was-*

sers dazu vorhanden ist, ertränkt werden. Wo aber solche Übel oft geschehen, wollen wir die gemeldete Gewohnheit des Vergrabens und Pfählens um mehrerer Furcht willen solcher boshaftigen Weiber auch zulassen, oder aber, daß vor dem Ertränken die Übeltäterin mit glühenden Zangen gerissen werde, alles nach Rat der Sachverständigen.

Die Weimarer Kindsmörderin heißt Anna Catharina Höhn. Sie ist eine ledige Magd aus dem Dorf Tannroda, die in Weimar in der Niedermühle in Stellung ist. Am 11. April 1783 geschieht die Tat.

Zunächst untersucht die Weimarer Regierung, die Kollegialbehörde für Oberes Gericht, Lehnswesen und Polizei, den Fall. Carl Schmidt, ein Regierungsvertreter, richtet am 2. *May 1783* die Frage an den Herzog, *ob nunmehro nach Ordnung der Richter mit der Special-Inquisition wider die Inquisitin angefangen werden soll* (*Geheimde Canzley Acta Kindesmord* ThHStAW B 2754).

Bereits vor Carl Augusts Amtszeit gab es Bestrebungen, Gesetzesänderungen zu erwirken. Am 17. Juli 1752 trat eine Verordnung in Kraft, die – vorbeugend – das Verbergen einer Schwangerschaft unter Strafe stellte. Carl August vertritt aufklärerische Positionen, ist gegen die Todesstrafe bei Kindsmord. 1781 veranlaßt er, ein Gesetz auszuarbeiten. Es findet nicht die Zustimmung der Regierung.

Am Fall der Anna Catharina Höhn wirft Carl August 1783 erneut die Frage auf, ob die Todesstrafe das richtige Mittel zur Vermeidung weiterer Kindsmorde sei. Er habe sich immer noch nicht überzeugen können, heißt es in einem Schreiben vom 13. Mai 1783, *daß aus der eigentlichen Beschaffenheit dieses Verbrechens, wenn solches von der Mutter bei oder gleich nach der Geburt begangen wird …, eine absolute Notwendigkeit herzuleiten sei, selbigen mit dem Tode der Verbrecherin büßen zu lassen.* Carl August schlägt eine lebenslange Zuchthausstrafe vor, fordert die Regierungsmitglieder auf, ihre Meinung darüber in Vota zu Protokoll zu geben.

Am 26. Mai gehen diese Vota ein. Vom 3. Juni gibt es eine Notiz von Carl August (ThHStAW B 2754), daß er sie habe. Diese Vota sind nicht überliefert. Auch die Untersuchungsergebnisse der *Special-Inquisition* sind nicht erhalten. Aus einer Bemerkung von

Fritsch läßt sich entnehmen, daß die Regierungsmitglieder sich ebenfalls gegen die Todesstrafe aussprachen und stattdessen wiederholte öffentliche Züchtigungen forderten.

Der nächste juristische Schritt ist die Übersendung der Akten an die Universität Jena. Der dortige Schöppenstuhl ist ein mit Juristen besetztes Spruchkollegium. Ein Organ der *Rechtsbelehrung*, das *vor Recht* spricht, das heißt, dem Herzog ein Urteil vorschlägt.

Am 7. Juli 1783 schickt Carl August die Akten nach Jena.

Der Schöppenstuhl berät zur gleichen Zeit über zwei weitere Fälle von Kindsmord. In beiden Fällen erfolgt kein Todesurteil. Die Akten gehen an die einsendende Instanz zurück. Die der Anna Catharina Höhn bleiben dort. Erst Ende September erfolgt die *Rechtsbelehrung*.

Die Untersuchungsprotokolle selbst sind nicht überliefert. Aber das Urteil. Willy Flach, der Herausgeber der Amtlichen Schriften Goethes, hat es 1934 erstmals nach der Handschrift (ThHStAW, Abt. Ernestinisches Gesamtarchiv, Schöppenstuhl Jena, Blatt 52-57) veröffentlicht. Es ist die einzige Quelle, der Einzelheiten zu entnehmen sind.

Anna Catharina Höhn muß ein ganz junges Mädchen gewesen sein. Ihr Verteidiger, *der amtshalber bestellte Defensor*, führt unter Punkt 3 an, daß *der Vorsatz zu morden gänzlich ermangele, angesehen Inquisitin ihre Schwangerschaft gar nicht vermutet, noch weniger gewußt habe, ansonst sie ihrer Dienstfrau noch kurz vor der Geburt ihren dicken Leib nicht gezeigt haben würde, folglich sie auch den Entschluß, das Kind morden zu wollen, nicht gefaßt haben könne.*

Mittags *zwischen 12 und 1 Uhr* hat Anna Catharina Höhn in ihrer dunklen Mägdekammer das Kind geboren. Erst Stunden später wird die Hebamme geholt. (Wohl von der Dienstfrau in der Niedermühle, deren Tochter oder Schwester; *die beeden Bluhminnen* werden im Urteil erwähnt.)

Die Ankläger beschuldigen Anna Catharina Höhn, das Kind nach der Geburt mit drei Messerstichen getötet, ins Bettstroh gedrückt und erstickt zu haben. Für den Verteidiger dagegen gilt nicht als erwiesen, *ob Inquisitin ihr Kind lebendig geboren und zur Welt ge-*

bracht habe, ob das Kind schon während der Geburt starb oder tot zur Welt kam und die junge Frau ihm die Messerstiche in ihrer Angst zugefügt hat. Unter dem Punkt *c)* führt er an: *der hohe Grad der Betäubung, in der sie leicht das Kind irrig vor lebend gehalten haben könne, sattsam erhelle, welcher Irrtum dadurch noch wahrscheinlicher werde, daß sie d) in einer so dunklen Kammer gebohren habe, in der die Hebamme nicht einmal bei Hervorziehung des Kindes aus dem Bettstrohe die an dessen Halse befindlichen Wunden wahrgenommen.*

Die Richter entkräften alle Einwände des Verteidigers. Unter Punkt *ad 2 ad b)* heißt es: *das Vorgehen der Inquisitin, als wisse sie nicht, was sie gleich nach der Geburt getan, bei der genauen Erinnerung aller Umstände und darunter insonderheit sowohl desjenigen, da sie der Hebamme Lieberin den Ort, wohin sie das tote Kind gestecket gehabt, mit der Hand gezeigt, als auch desjenigen, was sie nach verübten Mord mit dem dazu gebrauchten Messer gemacht und daß sie es zum Bette hinausgeworfen, inmaßen die Richtigkeit des ersteren aus den Aussagen der Lieberin und beeden Bluhminnen und die ebenmäßige Richtigkeit des letztern aus der Relation des Gerichtsfrohns erhellet, keinen Glauben verdienet, sondern solches vor einen zur Entschuldigung ihrer schwarzen That ersonnenen Vorwand zu halten.*

Der vorsitzende Richter, ein Universitätsgelehrter namens Dr. Eckardt, hält sich an die Paragraphen, sein die Täterin hauptsächlich belastendes Argument ist ihr Eingeständnis der Tat. Er bezieht sich auf Artikel 131 der Gesetzgebung Kaiser Karls V. Sein letzter Satz lautet: *so ist derowegen Inquisitin ... des begangenen und gestandenen Kindermordes wegen, andern zum abschreckenden Beispiel, ihr selbst aber zur wohlverdienten Strafe, mit dem Schwerte vom Leben zum Tode zu richten. Von Rechts wegen.* Darunter: *Referiert den 19. – Ausgearbeitet den 25. September 1783.* Die Unterschrift: *JL Eckart Dr.*

Die *Rechtsbelehrung* und die *wider Annen Catharinen Höhnin ergangenen Inquisitionsakten und was deren amtshalber bestellter Defensor zu deren Verteidigung in Schriften übergeben*, gehen zurück nach Weimar.

Carl August als oberstem Landesherrn ist vorbehalten, das vorgeschlagene Urteil zu bestätigen oder abzulehnen.

Er tut keines von beidem. Offenbar ist er nicht von der Notwendigkeit des Todesurteils gegen die Kindsmörderin überzeugt.

Er schaltet nach den juristischen Organen der Weimarer Regierung und der Jenaer Universität als eine dritte beratende Instanz sein Geheimes Conseil ein, das aus Schnauß, Fritsch und Goethe besteht. Alle drei sollen ihre Meinung schriftlich in Form von Vota vorlegen.

Vier Männer sind es nun, in deren Händen das Leben der Anna Catharina Höhn liegt. Drei haben zu beraten. Einer dann zu entscheiden. Die Berater sind: der einundsechzigjährige Christian Friedrich Schnauß, der seine Beamtenlaufbahn bereits 1742 unter dem Schuldenherzog Ernst August begann, seit 1772 gehört er dem Conseil an, wird 1779, mit Goethe zusammen, zum Geheimen Rat ernannt. Der zweiundfünfzigjährige Freiherr Jakob Friedrich von Fritsch; er ist der Vorsitzende des Geheimen Conseils und jener, der 1776 bei der Amtseinführung des jungen Werther-Dichters protestierte, seine Demission einreichen wollte. Als dritter Goethe. Seit nunmehr acht Jahren arbeiten Schnauß, Fritsch und Goethe zusammen. Goethe ist vierunddreißig. Der, der den Rat erbeten hat, ist sechsundzwanzig.

Die Berater zögern, scheinen der Aufforderung des Herzogs nur widerwillig zu folgen, stellen ihre Kompetenz in Frage. Der Dienstälteste, Schnauß, formuliert es sehr direkt: *Es ist zwar das Geheime Consilium kein Justiz- oder Rechts-Collegium, deßen Competenz es eigentlich ist, über Fragen, die aus dem peinlichen Recht entschieden werden müßen, ein rechtliches Gutachten zu erstatten. Da aber Serenissimus von den Membris besagten Ihro treu devotesten Geheimen Consilii ausdrücklich verlangt*, beginnt er sein Votum.

Goethe übergeht wohl aus dem gleichen Grund die Sache zunächst, liefert das Verlangte nicht. Könnten wir nicht annehmen, daß es für ihn eine Selbstverständlichkeit ist, gegen die Hinrichtung bei Kindsmord zu plädieren? Ihm die Aufforderung zu einer schriftlichen Stellungnahme als überflüssig, ja als Brüskierung erscheint?

So einfach liegen die Dinge nicht. Wie aus seiner folgenden Reaktion hervorgeht.

Am 24. Oktober tagt der Conseil, alle vier Männer sind anwesend. Der Herzog mahnt offenbar die Vota nochmals dringlich an. Von Befehl ist die Rede. Erst da, unter Druck, artikuliert Goethe sein Mißbehagen. Am 24. Oktober gibt er zu den Akten: *Da Serenissimus clementissime regens gnädigst befohlen daß auch ich meine Gesinnungen über die Bestrafung des Kindermords zu den Ackten geben solle, so finde ich mich ohnegefähr in dem Falle in welchen sich Herr Hofrath Eckardt befunden als diese Sache bey fürstlicher Regierung cirkulirte. Ich getraue mir nämlich nicht meine Gedankken hierüber in Form eines Voti zu fassen, werde aber nicht ermangeln in wenigen Tagen einen kleinen Aufsatz unterthänig einzureichen.*

Die Ursachen seines Zögerns liegen bloß. Er weigert sich aus jenen auch von Schnauß angeführten Gründen, daß der Geheime Conseil kein *Justiz- oder Rechts-Collegium* sei. Ein für Goethe völlig ungewöhnliches Wort taucht auf; er *getraue* sich nicht, heißt es. Er umschreibt mit dem Verweis auf den Jenenser Juristen Dr. Ekkart, der nach *erbetener Rechtsbelehrung* das Todesurteil *vor Recht sprach*, daß er nicht in die Rolle des Richters kommen und deshalb kein Votum, sondern nur einen *kleinen Aufsatz* vorlegen wolle.

Pocht er, mit der feinen Sprachunterscheidung: Votum – Aufsatz – auf seine Sonderstellung als Dichter? Wieder wäre das zu einfach gesehen. In unzähligen anderen Fällen gibt er ganz selbstverständlich seine Vota zu den Akten. Auch gerade in jenen Wochen. Warum jetzt nicht?

Ein klares eindeutiges ›Nein‹ zur Todesstrafe kann nicht in seinem Kopf gewesen sein, ansonsten wäre die Aktennotiz vom 24. Oktober so nicht zustande gekommen.

Fritsch legt sein Votum einen Tag nach der Mahnung des Herzogs, am 25. Oktober vor. Schnauß das seine am 26. Oktober.

Schnauß ist, mit jener Einschränkung, daß es ihm nicht obliege, ein *rechtliches Gutachten* zu erstatten, dafür, *die Ursachen auszuspühren, welche eine Weibes-Person zu Begehung eines solchen Kinder-Mord verleiten mögen*. Er nennt auch einige, schlußfolgert:

Alle diese Bewegungs-Ursachen … müßten 1) entweder aus dem Weg geräumet, oder 2) durch die Furcht der Strafe unterdrückt werden.

Auf *1)* geht er mit keinem Wort ein, konzentriert sich auf *2)*, erweist sich damit als einer, der in den alten absolutistischen Strukturen großgeworden, von ihnen geprägt ist, aus ihnen auch nicht mehr ausbrechen kann. Als *eine politische Gerechtigkeit, die eine Würkkung auf den Staat haben soll*, sieht er die Todesstrafe bei Kindsmord; sie ist für ihn die wirksamste Strafe, weil die Angst vor ihr am größten ist. Mit dem Hinweis, daß *in denen Landen, wo keine Strafe auf die Hurerey gesezt ist und Findel-Häußer vorhanden sind, die Erfahrung gelehret, keine Würckung gehabt und die Kinder-Morde nicht unterblieben sind*, plädiert er für die Beibehaltung der Todesstrafe und weist damit alle Reformvorschläge seines jungen Regenten zu Gesetzesänderungen und Umwandlung der Todesstrafe in lebenslange Zuchthausstrafe zurück. Obwohl er formal dem Herzog ein Begnadigungsrecht einräumt, daß ihm *allezeit unbenommen bleibt*, schließt er es im Fall der Höhn aus, plädiert eindeutig für deren Hinrichtung.

Fritsch spricht im Gegensatz dazu von der Seltenheit der Kindsmorde, trotz *der vielen unehelichen Gebuhrten, so alljährlich auch nur in den hiesigen Landen vorkommen … In meinen nunmehro beynahe 30jährigen hiesigen Diensten habe deren nur 4 erlebet, und man höret doch auch aus den benachbarten Landen nur sehr selten von etwas dergleichen.*

Daraus leitet er ab, daß die bisherige Gesetzgebung zu *deßen Verhüt- und Abwendung würcksam genug scheine* und er *keinen hinreichenden Veranlaßungs-Grund zu einer anderweitigen Gesetzgebung … abzusehen mag*, zumal *ja allemahl … das landesherrliche Begnadigungs-Recht eintreten* könne.

Was die Gesetzeslage betrifft, liegt eine weitgehende Übereinstimmung mit Schnauß vor.

Dennoch ist Fritschs Grundhaltung eine andere. Der Vorsitzende des Geheimen Conseils macht deutlich, daß er wisse, wieviel seinem jungen Regenten an einer Gesetzesänderung gelegen, wie weit die Sache auch bereits gediehen sei, da *Serenissimus regens dergleichen vor sich zu sehen glauben* und *da die Question an beynahe entschie-*

den zu seyn scheinet, so bestehe er nicht auf seiner Meinung und gehe davon aus, daß die von Carl August gewünschte Gesetzesänderung in Kraft treten werde. Im Hinblick auf Anna Catharina Höhn heißt es, daß sie noch *vor der Publicirung des etwan zu erlaßenden neuen Gesetzes* die Wahl haben müsse, *nach selbigen oder nach dem, was zeithero obtiniret*, bestraft zu werden.

Wie wäre es, schließt Fritsch, dem aufklärerischen Gestus seines jungen Herzogs entgegenkommend und ihm zugleich die alleinige Verantwortung zuschiebend, *wenn man überhaupt keine bestimmte, ohnehin auf alle einzelnen Fälle niemahls ganz passende Strafe auf den Kinder-Mord sezte, sondern in einem jeden einzelnen Falle nach sorgfältiger Untersuchung und Erforschung aller Umstände die auf solchem quadrirende Strafe zu determiniren dem Landes-Herrn vorbehielte*?

Das ist der Stand vom 26. Oktober 1783. Schnauß ist für die Beibehaltung der Todesstrafe und eindeutig für die Hinrichtung der Höhnin. Fritsch, der Vorsitzende des Conseils, unterstützt indes Carl Augusts reformerische Bestrebungen, und mit dem Vorschlag der freien Wahl für die Delinquentin plädiert er gegen deren Hinrichtung.

Auf der einen Seite also der Herzog und Fritsch, auf der anderen Schnauß. In dieser Kräftekonstellation bekommt Goethes Urteil besonderes Gewicht; wird zum Zünglein an der Waage.

Goethe säumt. Die bis zur Einreichung des kleinen Aufsatzes versprochenen *wenigen Tage* dehnen sich. Fast zehn vergehen.

Am 4. November wohl legt er den *Aufsatz* vor. An diesem 4. gibt er zu den Akten: *Da das Resultat meines unterthänigst eingereichten Aufsatzes mit beyden vorliegenden gründlichen Voti völlig übereinstimmt; so kann ich um so weniger zweifeln selbigen in allen Stücken beyzutreten, und zu erklären daß auch nach meiner Meinung räthlicher seyn mögte die Todtesstrafe beyzubehalten.*

Die von Fritsch und Schnauß im einzelnen diametral entgegengesetzten Haltungen unter einer zu subsumieren, wie Goethe es tut, ist schlechterdings nicht möglich. Hat Goethe die beiden Vota überhaupt gelesen? Sein zu den Akten gegebener Satz wirkt wie das Ergebnis zerstreuten Hinschauens, wie ein kleiner Unfall im *Schlen-*

drian der Geschäffte. Das Schockierende ist die Lässigkeit, mit der er die Übereinstimmung konstatiert und sein Ja zur Todesstrafe gibt.

Ob der Herzog nach dem Lesen des Aufsatzes Goethe nochmals zu einem klaren Ja oder Nein, das er zu den Akten geben müsse, aufgefordert hat, ob Einreichung des *Aufsatzes* und Aktennotiz auf einen Tag fallen, kann nicht zweifelsfrei nachvollzogen werden.

Der Aufsatz selbst ist nicht überliefert. Das kann Zufall sein. Aber auch Vorsatz. Hat Goethe ihn später an sich genommen und verbrannt? Nachgewiesenermaßen hat Goethe eigene, ihn belastende Akten, so 1799 im Atheismusstreit bei Fichtes Entlassung, zurückgenommen und vernichtet. Auch bei der Verbannung seines Dichterfreundes Lenz aus Weimar 1776 sind unliebsame Zeugnisse von Goethe selbst oder ihm Zugetanen vorsätzlich und gezielt vernichtet worden. Gehört dieser Aufsatz von 1782 dazu? Es ist nicht mehr aufzuklären.

Herzog Carl August kann der Aufsatz jedenfalls nicht in Richtung seiner Bestrebungen, Abschaffung der Todesstrafe und Gesetzesänderung, bestärkt haben. Denn an dem Tag, an dem Goethe sein *räthlicher seyn mögte die Todtesstrafe beyzubehalten* zu den Akten gibt, an jenem 4. November 1783, trifft der sechsundzwanzigjährige Herzog nach fast einem halben Jahr Zögern und Ratsuchen die Entscheidung. Er setzt seine Unterschrift unter das Todesurteil, bestätigt die Beibehaltung jenes Artikels 131 der Halsgerichtsordnung Kaiser Karls V. von 1523.

In der Weimarer Bevölkerung wird es seit Monaten Gerüchte über das Schicksal der Anna Catharina Höhn gegeben haben. Der lange Zeitraum zwischen Tathergang und Urteilsverkündung. Die Erinnerung an vergangene Hinrichtungen in Weimar wird aufleben. Die alten Richtstätten am Schweinsmarkt und vor den Stadttoren an der Erfurter Straße, das Halsgericht vor dem Frauentor. 1669 wurde in Weimar *Anna Schunckin, so eine Hexe gewesen … decolliret und nachmals verbrannt*. 1673 *Johann Fischer ein Jäger aus Wickerstedt bürtig gewesen wegen Oberhurerey und Ehebruchs mit dem Schwerte gerichtet*. 1676 *den 4. Augusti ist Elisabeth Lauin, wegen verübter Hexerei erstlich enthauptet und nachmals verbrandt wor-*

den. 1707 den 4. Marty wurde Martha Elisabeth Elmerin, welche ein unehelich Kind zur Welt geboren und solches erstücket und umgebracht hat, auf hiesigem Schweinsmarkte, nach 10 Uhr mit dem Schwerde vom Leben zum Tode gebracht, deren Cörper Nachmittagen vom Richtplatze auf einen Karren geladen, in zweyn Schütten Stroh gebunden und nach Jena geführet worden. An dieser Exekution that der junge Scharfrichter alhier, Meister Johann Daniel Wittich seine Probe, welche ihm aber Mißlungen, daß Er 3 – 4 mal Hauen müssen, da die arme Sünderin nach dem ersten Hiebe schon auf der Erde gelegen. Auch von der Hinrichtung des Musquetier Lacree vom Jahr 1723 ist überliefert, daß der Scharfrichter *Wittich … 2mal gehauen* habe.

1753 den 3. August ist Marie Gertraude Schmidtin von Rödigsdorf bürtig, welche in der Lottenmühle allhier gedienet, und ihr unehelich erzeugtes Knäblein selbst umgebracht, auf dem Schweinsmarkte durch das Schwert vom Leben zum Tode gebracht worden.

Dreißig Jahre sind seit der letzten Hinrichtung einer Kindsmörderin vergangen. Die Generation der Großmütter weiß davon zu erzählen. Den Scharfrichter Wittich hat Christiane Vulpius als Kind mit Sicherheit gesehen. Seine Meisterei ist in der Wagnergasse 28, unweit des Hauses der Großeltern. Der Beruf des Scharfrichters, in Weimar auch Nachrichter genannt, ist mit dem des Abdeckers, des Schinders verbunden. 1707 war jener Meister Johann Daniel Wittich als junger Mann aus Ziegenrück nach Weimar gekommen, um das Amt des Scharfrichters zu übernehmen; in der Familie wird es vom Vater auf den Sohn übertragen. Jetzt ist es der Sohn, oder schon der Enkelsohn Wittich, der erstmals mit dem Schwert einen Menschen zum Tode bringen muß.

Am 18. November tagt der Conseil, am 19., am 24., am 25. November. Goethe ist immer anwesend. Die Einzelheiten der Hinrichtung, die am 28. November stattfinden soll, werden am 24. festgelegt. Vom Herzog wird verfügt: *Zur Erhaltung guter Ordnung bey der bevorstehenden Hinrichtung der Kindesmörderin Höhnin, hierselbst werden 100 Mann Militz bey dem Halsgerichte auf dem Markte sowohl, als auch bey dem Richtplatze am Gerichte, formi-*

ret, und daß durch ein Kommando von Husaren das etwaige Zudrängen des Volks abgehalten werden solle, die erforderliche Ordre gestellt.

Am Hinrichtungstag selbst verläßt Carl August, wie die Herzoglichen Fourierbücher ausweisen, die Stadt. Goethe bestätigt sich, daß sein Erziehungswerk am Herzog gelungen sei. *Der Herzog ist recht brav*, schreibt er an diesem Tag. Die achtzehnjährige Christiane Vulpius in der Zuschauermenge am Markt, am Rabenstein.

Auf dem Marktplatz wird das hölzerne Podest für das Halsgericht gezimmert. Das verfallene Mauerwerk des Rabensteins, der Richtstätte vor dem Erfurter Tor, ist vor Jahren *von Grund aus neu* aufgebaut und *um zwei Schuhe in der Rundung* erweitert worden, *wieder in vorigen Stand gesetzt, zumalen bei Exekutionen, da arme Sünder decolliret werden, man diesen erhabenen Ort dazu ausersehen pfleget, damit der Nachrichter strenge Hand behalten und die Menschen, eine solche Exekution mitanzusehen, bessere Gelegenheit haben mögen, um die Exempel daran zu nehmen, wird befürwortet, da der Platz bei Vollstreckung für den Scharfrichter und seine Leute und den armen Sünder ausreiche.*

Der 28. November 1783. Die wartende Menge auf dem Marktplatz. Die Delinquentin Anna Catharina Höhn auf dem Stroh des Schinderkarrens. Zwei Geistliche.

Das Brettergerüst für das Halsgericht. Ihr Geständnis.

Danach die Menschenmenge in Richtung Erfurter Tor.

Die hundert Soldaten, das Husarenregiment, das Hinauszögern, um die Spannung, die abschreckende Wirkung zu erhöhen.

Der Schwerthieb.

Als sich Stunden später die Menge zerstreut hat, wird der Körper der jungen Frau auf den Schinderkarren geladen und von Wittichs Knecht nach Jena gefahren. Er liefert den Körper in der Anatomie bei Professor Loder ab. Justus Christian Loder ist seit fünf Jahren Mediziner in Jena, zu Studienzwecken hat er ein ›anatomisches‹ Theater gegründet. Am 30. November schreibt er an Freiherrn von Fritsch nach Weimar: *Gestern habe ich wieder eine neue Arbeit durch den Körper der Kindsmörderin bekommen; ich wünschte aber nur, sie wäre in ihrem Gefängnis nicht so gut genährt worden, so wäre sie zu meinen Demonstrationen brauchbarer* (GSA, Sign. 20 II, 2,3).

Unter der Überschrift *Warnungsnachricht* veröffentlichen die »Weimarischen Wöchentlichen Anzeigen« Nr. 96 am Sonnabend, dem 29. November 1783: *Es ist Anna Katharina Höhnin, aus Tannroda gebürtig, wegen begangenen Kindermords, wie bekannt ist, bei dem Fürstlichen Amte Weimar in Untersuchung gekommen und nach geschehenem Eingeständnis ihrer schwarzen Tat gestern den 28sten November 1783, andern zum abschreckenden Beispiel, ihr selbst aber zur wohlverdienten Strafe, von dem Scharfrichter Wittich, welcher sein Amt zum erstenmal verrichtete, auf einen Hieb mit dem Schwerte vom Leben zu Tode gerichtet worden. Vor gehegtem Hochnotpeinlichen Halsgerichte, welches auf einer auf dem Markte dazu errichteten Bühne gehalten wurde, hat die Höhnin den an ihrem Kinde verübten Mord nochmalen öffentlich eingeräumt und die ihr zuerkannte Todesstrafe, nachdem sie zuvor von den hiesigen Herren Stadtgeistlichen auf das beste zubereitet war und von selbigen mit tröstendem Zuspruch bis an ihr Ende begleitet wurde, ausgestanden.*

Im Weimarer Totenbuch steht: *1783, den 28. November ist Johanna Catharina Höhnin, von Tannroda bürtig, welche in der Niedermühle allhier gedienet und ihr uneheliches Knäblein umgebracht, an dem Gericht vor dem Erfurter Tor durch das Schwert vom Leben zum Tode gebracht worden und ist ihr Körper vom Schinderknecht nach Jena gefahren worden. Die beiden Geistlichen haben vor ihre Bemühungen jeder 1 Rthl., der Kirchner 12 Gr. erhalten.*

1929 wird Goethes Beteiligung an dem Todesurteil gegen eine Kindsmörderin erstmals durch Friedrich Luchts Veröffentlichung »Die Strafrechtspflege in Sachsen-Weimar-Eisenach« bekannt. Obgleich in Biographien und Werkgeschichten meist ausgeblendet, ist seither die Debatte darüber immer wieder aufgeflammt. Die Angreifer moralisieren. Die Verteidiger verteidigen. Letztere weisen als

Ausdruck eines möglichen Quälens mit der Entscheidung auf Dichtungen hin, die in jenen Monaten entstanden sind, auf »Das Göttliche« mit der Zeile: *Edel sei der Mensch / Hilfreich und gut!* Der Dichter Goethe wird gegen den Politiker ausgespielt.

Dieses Ausspielen aber negiert die Widersprüche, die Goethe für sich selbst gerade in jener Zeit wiederholt konstatiert.

In Herbst 1783 schreibt er: *Wie ich mir in meinem Väterlichen Hause nicht einfallen lies die Erscheinungen der (poetischen) Geister und die iuristische Praxin zu verbinden eben so getrennt laß ich ietzt den Geheimderath und mein anderes selbst ...* Und: *ich habe mein politisches und gesellschafftliches Leben ganz von meinem moralischen und poetischen getrennt.*

Er anerkennt, ja setzt für sich eine Doppelexistenz. Trennt Geist und Macht. Wiegt sich in der Illusion, Dichter und Politiker, Tasso und Antonio zugleich sein zu können.

Jahre zuvor, als er 1778 mit Carl August in Berlin am preußischen Königshof weilt, registriert er noch sehr genau psychische und charakterliche Folgen, die Nähe zur Macht und Teilhabe an ihr haben können. Er beobachtet, *wie die Grosen mit den Menschen, und die Götter mit den Grosen spielen.* Und schreibt von sich: *die Blüte des Vertrauens, der Offenheit, der hingebenden Liebe welckt täglich mehr, ... die eisernen Reifen mit denen mein Herz eingefasst wird treiben sich täglich fester an daß endlich gar nichts mehr durchrinnen wird.*

Ist er im Herbst 1783 da angelangt? Eine andere Erklärung für seine Befürwortung der Todesstrafe gegen Kindsmörderinnen scheint mir nicht möglich.

So viel kann ich sagen, schloß er 1778 seine Beobachtungen am Königshof, *ie größer die Welt desto garstiger wird die Farce ... Ich habe die Götter gebeten daß Sie mir meinen Muth und grad seyn erhalten wollen biß ans Ende.*

Wie aber das, wenn er sein *politisches und gesellschaftliches Leben,* wie er 1782 sagt, von seinem *moralischen und poetischen* trennt? Wann ist er Tasso, wann Antonio? Bringt Nähe zur Macht nicht mit den Jahren Gewöhnung, läßt die Gefährdungen vergessen?

Goethe, der interimistische Kammerpräsident am Fürstenhof, mit

Geschäften überhäuft. Auffällig in jenen Wochen nach den zu den Akten gegebenen Sätzen über das Todesurteil gegen die Kindsmörderin ist sein starkes Fluchtbedürfnis in die Zweisamkeit mit Charlotte. Fünf Tage vor der Hinrichtung schreibt er ihr: *auch das entfernteste duld ich weil du bist, und wenn du nicht wärst hätt ich alles lange abgeschüttelt. Du aber machst mir alles süse.* Und: *Liebe mich das ist warrlich fast das einzige was mich noch halten mag.* Zwei Tage davor, am 26. November, bittet er sie, *den Theil des Atlas worinne die Carten von Italien sich befinden*, zu schicken, am 14. Dezember heißt es: *Diesen Abend komme ich zu dir, wir wollen zusammen in ferne Länder gehn; und zusammen überall glücklich seyn.*

Die Reise nach Italien, vorerst mit dem Finger auf der Landkarte und mit der Geliebten zusammen.

Die wirkliche Reise nach Italien wird noch drei Jahre auf sich warten lassen, erst da wird er seine Doppelexistenz in Frage stellen, wird, in eine tiefe Krise stürzend, die Gefährdungen durch seine Nähe zur Macht erkennen. Und er wird ohne die geliebte Frau reisen, weil auch sie Teil dieser Macht und seiner Krise ist.

1786, im zehnten Jahr nach seiner Ankunft in Weimar, bilanziert Goethe seine politische Tätigkeit, seine Amts- und Regierungsgeschäfte, die er mit Ausdauer und enormem Zeitaufwand betrieben hat. Das Ergebnis ist schockierend. Es ist eingetreten, was Wieland bereits 1776 vorausgesagt hatte, daß Goethe *am Ende doch nicht den 100sten Teil von dem thun kann, was er gern täthe, daß er mit all seinem Willen, aller Kraft doch keine leidliche Welt schaffen kann.* Am 9. Juli 1786 gesteht sich Goethe sein Scheitern ein: *wer sich mit der Administration abgiebt, ohne regierender Herr zu seyn, der muß entweder ein Philister oder ein Schelm oder ein Narr seyn*, lautet das Resümee seiner politischen Existenz. *Der Wahn, die schönen Körner die in meinem und meiner Freunde daseyn reifen, müssten auf diesen Boden gesät, und iene himmlischen Juwelen könnten in die irdischen Kronen dieser Fürsten gefaßt werden, hat mich ganz verlassen.*

Zugleich zieht er die Bilanz seines poetischen Schaffens. Im Sommer 1786 faßt er den Entschluß, sich wieder an ein öffentliches Publikum zu wenden. Zehn Jahre hat er sich mit einem kleinen privaten Kreis am Weimarer Fürstenhof begnügt. Seine Leser in Deutschland haben ihn fast vergessen. Er selbst hat in den ersten Weimarer Jahren davon gesprochen, daß er seine *literarische Laufbahn* anderen überlasse. Die Verleger erwarten nichts von ihm. Die Freunde sprechen von ihm als einem gewesenen Dichter. In einem Überblick über die zeitgenössische Literaturszene von 1781 heißt es: *Ach, leider, was er gegeben hat, Das hat er gegeben ... Jetzt ist er für's Publikum so unfruchtbar wie eine Sandwüste.*

Nun, 1786, will Goethe seine Werke in acht Bänden veröffentlichen, sie mit einer *Zueignung an das deutsche Publikum* einleiten. Er stellt fest, die Hälfte der Sachen ist bereits gedruckt, die andere Hälfte sind Fragmente. *Egmont, unvollendet. Elpenor zwey Akte. Tasso, zwei Akte. Faust, ein Fragment.* Seit Jahren hat er keinem dieser Werke nur ein einziges Wort hinzugefügt. Verzweifelt entschließt er sich, die Fragmente zu veröffentlichen. Im Dezember 1786 schreibt er dem Herzog: *Als ich mir vornahm meine Fragmente drucken zu lassen hielt ich mich für todt.* Das Gefühl seines poetischen Absterbens und zugleich das der Vergeblichkeit seiner administrativen und politischen Geschäfte.

Antonio hat Tasso verdrängt, der Politiker den Dichter. Er muß sich die Unmöglichkeit seiner Doppelexistenz eingestehen. Nur durch die Rückkehr zur Dichtung, *durch Vollendung des angefangenen*, kann er sich *wieder als lebendig legitimieren.*

Dazu aber ist Weimar nicht der Ort. Das *Theatrum mundi*, als das Weimar ihm im November 1775 bei seiner Ankunft erschien, auf dem er zu *tragiren* wünschte, *die Herzogtümer Weimar und Eisenach* als *ein Schauplatz, um zu versuchen, wie einem die Weltrolle zu Gesicht stünde*, hat seine Kraft verloren. 1786 spricht er vom *engen Weimarischen Horizont.*

Um sich aus der Krise herauszuarbeiten, muß er sich von Weimar losreißen, muß den Ort wechseln. Was er im Winter 1783 zusammen mit der geliebten Frau in der Phantasie vorweggenommen hatte, das führt er nun wirklich aus. Sein verzweifelter Entschluß, seine Werke als Fragmente zu drucken, und sein Entschluß, nach Italien zu gehen, sich von einem neuen *Theatrum mundi* wiederbeleben zu lassen, fallen zeitlich zusammen.

Ob in dieser existentiellen Krise seine Beteiligung an dem Todesurteil gegen die Kindsmörderin einen Gedankenraum, wenn auch nur den geringsten, eingenommen hat, läßt sich nicht nachweisen.

Am Arbeitstisch bei Bertuch werden im Winter 1783 die Ereignisse des 28. November noch immer das Gespräch bestimmen.

In der Vorweihnachtszeit häufen sich, wie in jedem Jahr, die Aufträge. Die Mädchen sitzen bis in die späten Abendstunden.

Christianes Heimweg. Rollplatz, Kirchhofgasse, Totengasse. Das Licht der Rüböllaternen, das den Schnee mattweiß schimmern läßt. Zu Hause sind Vater, Tante und Schwester vielleicht schon zu Bett. Das spart Feuerholz und Licht.

Zum Fest kommt der Bruder von Jena herüber. Vier Semester studiert er schon. Er muß ein äußerst fleißiger Student gewesen sein. Zehn seiner Jenaer Vorlesungsnachschriften sind überliefert (GSA 114/24a, 42-44, 54-60). Mitschriften und zu Hause gefertigte Reinschriften. Lose Blattlagen und in Leder gebundene Bücher. Vorlesungen über *Sächsische Historie, Deutsche Rechtsphilosophie*, über *Numismatik, Collegium Diplomaticum, Diskurs über Heraldik*. Alles in kleinster akkurater Schrift, als wolle er jeden Millimeter des teuren Papiers nutzen, mit Kopfleisten, Seitenzahlen und Inhaltsverzeichnissen versehen; kalligraphische Kunstwerke. Oft winzige feingestochene Federzeichnungen, zu den Vortragsthemen passend, Ritterhelme, Kreuze, Kronen, Münzen, Siegel und Wappen; auf einer Seite siebzehn Wappen, gezeichnet und aquarelliert, jedes 15 x 10 Millimeter. Und auf den Mitschriften, während der Vorlesung notiert, fliegen zuweilen bunte Vögel über die Seiten, aufs schönste mit Wasserfarben gemalte Blumen zieren die Außenkanten, und allerhand andere Kuriositäten lassen sich sehen.

Das Studium von Christian August Vulpius wird von Herzog Carl August finanziert. Hat Bertuch auch da vermittelt?

In den im Thüringischen Hauptstaatsarchiv von Bertuchs Hand geführten Schatullenrechnungen ist unter *Cap. VI: Besoldungen, Pensionen, Stipendia* über Jahre der Name des *Studiosus Vulpius* als Stipendienempfänger verzeichnet. Der erste Eintrag: *Stud. Vulpius Ostern bis Mich.* 1782 *6 Reichstaler* (A 1097), der letzte 1784/85:

Dem Studios. Vulpius auf die 2 Quartale Weyhnachten und Ostern zum letztenmal (A 1127). An der Seite stehen Nummern: *379.380*. Es sind Verweise auf Quittungen.

Auch sie sind erhalten. Dank Bertuchs Nummern-System ist alles schnell gefunden. Zehn Quittungen. Die erste ist kurz nach der Amtsentlassung des Vaters, noch während des schwebenden Verfahrens ausgestellt: *Drey Rthlr. StipendienGelder aus Herzog. Schatulle aufs Quartal Johannis, sind mir Endesunterschreibenden heutn. dato, vom Herrn Rath Bertuch, richtig bezahlet worden, worüber gebührend quittiere. Weimar den 20ten April 1782 Christ. Aug. Vulpius Studios. Jur.* (A 1101). Der nächste Beleg ist vom 19. Oktober 1782 (ebenfalls A 1101). Dann Quittungen vom 16. November 1782, 19. April, 7. Juni und 20. September 1783 auf die Quartale Weihnachten, Ostern, Johannis und Michaelis (alle A 1112). Die zwei letzten sind in Jena ausgestellt, wie auch die Quittung vom 17. Dezember über das Weihnachtsquartal. Da muß der Student in besonderer finanzieller Bedrängnis gewesen sein, denn schon zwei Tage später, am 20. Dezember, bescheinigt er den Erhalt von drei Reichstalern für das Osterquartal. Der nächste Beleg (wie die vorigen A 1123) ist vom 5. Oktober 1784, der letzte dann vom 6. Januar 1785 (A 1132). Huschke, der diese Angaben summarisch publiziert, verweist noch auf ein *Gnadengeschenk* von 31 Talern und 16 Groschen, das Vulpius von November 1785 bis Mai 1786 aus der Kriegskasse erhalten hat.

Als Christianes Bruder noch Gymnasiast war, hatte ausschließlich er Neuigkeiten zu berichten, wenn er nach Hause kam. Jetzt weiß auch sie zu erzählen. Der Bruder wird fragen, neugierig zuhören.

Der Student kommt auch während des Semesters oft nach Weimar.

Man kann sich Christian August Vulpius kaum unter den lärmenden, betrunkenen Studenten vorstellen, die von Jena herüberreiten. Ein Augenzeuge berichtet, daß oft *ein dutzend Jenaische Bursche hier über den Markt gallopirt! ... wobei der unerfahrne Reiter dem Thiere mit seiner Brust auf der Mähne und mit den Sporen in den Seiten liegt ... und ein höheres Geschick über den Reitern walten* müsse, *die sich diesen Thieren anvertrauen. Man sollte glauben, daß in den Tödtenlisten von Jena keine Todesart häufiger vorkommen müßte, als die des Sturzes vom Pferde; denn schlechtere Reiter und elendere Pferde giebt es nicht, als die Jenaischen Studenten und die dasigen Philisterpferde.*

Auch in studentischer Uniform kann man sich Christian August schwer denken; woher sollte er das Geld nehmen für die *thurmförmige Mütze mit mancherlei buntem Zierrath, als Schnüren, Troddeln und Quasten*, wie sie die Studenten tragen, für *eine kurze Jacke mit Aufschlägen von anderer Farbe, lange Reithosen, deren eine Seite mit Leder besetzt ist.*

Die Jenaer Studenten kommen nach Weimar, um die Komödie zu besuchen. Zu den Aufführungen von Schillers »Räubern« veranstalten sie sogenannte Räuberfahrten. *Ohne ihre Gegenwart würde manchmal das Haus halb leer seyn, und die Gastwirthe würden ihren Verlust ebenfalls empfinden. Sie kommen gewöhnlich Nachmittags, und fahren oder reiten nach dem Schauspiele wieder fort. Diejenigen, welche da bleiben, treiben sich dann noch bei Ortelli, auf dem Kaffehause, oder in den Gassen herum.*

Bei Ortelli im Kaffeehaus wird man Christian August auch kaum finden. Wohl aber in der Komödie.

Die Liebhaberbühne hat inzwischen ihren Spielbetrieb eingestellt, seit dem 1. Januar 1783 ist in Weimar eine auswärtige Schauspielertruppe engagiert. Ihr Leiter ist Joseph Bellomo. Wichtige Aufführungen finden statt. Am 30. November 1784 werden »Die Räuber« von Friedrich Schiller in Weimar erstaufgeführt. Am 14. Dezember 1784 erlebt Lessings »Emilia Galotti« Premiere. Am 3. Februar 1785 wird Goethes Trauerspiel »Clavigo« uraufgeführt. Am 30. April 1785 folgt die Erstaufführung von Shakespeares »Hamlet, Prinz von Dänemark«.

Sieht Christian August diese Aufführungen, nimmt er vielleicht auch die Schwester in die Komödie mit? Bruder und Schwester in Gemeinsamkeit?

Im Jahr 1784 erwerben sie zusammen das Bürgerrecht von Weimar. Die neunzehnjährige Putzmacherin, der einundzwanzigjährige Student.

Im Bürgerbuch von 1726-1812, das im Stadtarchiv in Weimar aufbewahrt wird, findet sich der Eintrag.

Besitz an Grund und Boden ist Voraussetzung, um das Bürgerrecht zu erwerben; die Ausstellung der Urkunde kostet Geld, zudem muß jeder Bürger einen ledernen Eimer zum Löschen des Feuers finanzieren und, seit der Verordnung des Herzogs vom 25. April 1781, Baumpflanzungsgeld zahlen.

1782 ist die Großmutter Riehl in der Wagnergasse gestorben und hat für die Enkel einen Erbanteil am Haus bestimmt. Der Onkel Riehl, der noch in der Wagnergasse wohnt, ist durch den Niedergang des Strumpfwirkerhandwerks gezwungen, das Haus 1784 zu veräußern.

Dieser Erbanteil bietet Christiane und ihrem Bruder die Chance. Die Bürgerrechtsurkunde weist aus, daß sie um *das Bürger-Recht gebührend nachgesuchet* wie es *einem rechtschaffenden Bürger wohl anstehet und oblieget sich künftig allerdings gemäs zu bezeigen versprochen.*

Auf Seite 440 des Weimarer Bürgerbuches, unter dem Datum des 29. Oktober 1784, steht: *H. Christian August Vulpius, Studios. jur. und Jgfr. Johanna Christiana Sophia Vulpiusin als beyde Bürgers Kinder, haben wegen ererbten Großmütterl. Grundstückes dato das Bürger Recht gewonnen, und ist denselben die Hälfte wegen Geringfügigkeit der Erbschaft erlassen worden.* Vermerkt ist die Abgabe von einem Taler und zwei Groschen für den Feuereimer.

Die Bürgerrechtsurkunde Christianes ist nicht überliefert, die des Bruders ist 1995 mit dem Vulpius-Nachlaß nach Weimar gekommen. *Zu dessen Urkund und Zeugnisse ist gegenwärtiger Schein unter des Raths und hiesigen Stadt Insiegel wissentlich ertheilet worden. Geschehen und geben Weimar, den 29. October Anno 1784.* Mit Handschrift sind neben dem Stadtsiegel die Leistungen des neuen Bürgers vermerkt, der Taler *für Feuereimer, 6 Stück Obstbäume* und das Geld für die Baumpflanzung (GSA, Vulpius-Nachlaß, Arch. Nr. 50).

Die Freude des Vaters darüber, vermutlich. Er weiß, daß er nicht mehr lange leben wird. Bereits 1770 schrieb er in einem Gesuch vom *völligen Zusatze* seiner *Gesundheit*. Nach der Entlassung kann es um ihn nicht gut gestanden haben.

Die letzten handschriftlichen Überlieferungen von ihm sind Quittungen. Von Monat zu Monat bestätigt er den Erhalt des einen Reichstalers im Fürstlichen Amt, und an anderer Stelle, in der Fürstlichen Kornkammer, die Entgegennahme des monatlich dort abzuholenden Scheffels Korn. Daß er bis zuletzt seinen Stolz bewahrt hat, geht aus einem winzigen Detail hervor. In dem von ihm aufgesetzten Texten spricht er niemals von *Gnaden-Gehalt*, sondern immer von *Interims-Gehalt*, so, als sei es eine Zwischenzeit, so, als könne es noch einmal einen Anfang geben. Einige dieser Quittungen sind im Thüringischen Hauptstaatsarchiv aufbewahrt (Autographen Johann Friedrich Vulpius). Bis zuletzt hat er eine ausgeglichene schöne Schrift. *Einen Reichstaler von Serenissimo Domino Regente allergnädigst ausgesetzten Interims-Gehalt auf den Monat Mart. a. c. ist von Herzog. Cammer allhier, durch den Herrn CammerSteuerEinnehmer Pratorius Hoch u. Edelgeb. mir dato richtig ausgezahlet worden, worüber gebührend quittiret. Weimar den 1ten Mart. 1786. Johann Friedrich Vulpius Archivar.*

Das ist wenige Wochen vor seinem Tod. Am 29. März 1786 stirbt er im Alter von einundsechzig Jahren.

Christiane und ihr Bruder sind nun auf sich gestellt. Christiane erreicht, daß das *Gnaden-Gehalt* des Vaters als Waisenpension auf sie und die Stiefschwester Ernestine übergeht. Sie arbeitet vermutlich weiter in der Putzmacherinnenwerkstatt, um Geld zu verdienen.

Der Bruder kehrt nach Weimar zurück. Beendet sein Jura-Studium. Es ist nicht überliefert, ob er sich jemals um eine Anstellung als Jurist am Weimarer Hof bemüht, das Schicksal seines Vaters wird ihm die Aussichtslosigkeit vor Augen geführt haben.

Sein Interesse gilt literarischer Tätigkeit. Er versucht, das Schreiben zu seinem Brotberuf zu machen. Bereits als Student hat er damit begonnen. Hat Kontakte zu auswärtigen Verlegern, zu Zeitschriften und Bibliotheken geknüpft. Nachweislich arbeitet er ab 1782 an Reichhardts »Bibliothek der Romane« mit, ab 1784 an der Zeitschrift »Olla Potrida«. 1784 erscheinen drei Publikationen von ihm, eine davon, »Die Abenteuer des Ritters Palmendos«, Erster Teil, ist eine Vorform jenes »Rinaldo Rinaldini«, der ihn später so berühmt machen wird. Auch für das Theater schreibt er. 1783 erscheint sein Versspiel »Oberon und Titania oder Jubelfeier der Wiederversöhnung«, 1785 sein Lustspiel »Betrug über Betrug oder die schnelle Bekehrung«. Er versucht, mit Widmungen den Fürstenhof und das Weimarer Hoftheater auf sich aufmerksam zu machen. Das Versspiel dediziert er dem Herzog; *unterthänigster Christian August Vulpius. Jena den 9ten Hornung 1783*, unterzeichnet er. Er verfaßt Gedichte auf Hofschauspieler, so auf Herrn Kurz und Sophie Ackermann. Zur »Hamlet«-Aufführung am 30. April 1785 *An Madame Ackermann als Ophelia.* Ein Jahr später werden die Gedichte im Gothaer Theateralmanach gedruckt.

Goethe nimmt sie zur Kenntnis. Es ist der erste Nachweis, daß er Vulpius und die soziale Situation der Familie gekannt hat. Von *Exkrementen der Weimarischen Armuth* schreibt er am 1. Januar 1786 Charlotte von Stein. Neben Vulpius – *Vulpius Lob Gedicht auf Herrn Kurz und Mad. Ackermann* – erwähnt er mit Einsiedel und Kotzebue zwei weitere Weimarer Schriftsteller. Alle Arbeiten findet er *schaal, abgeschmackt und abscheulich*, er fühlt sich unwohl, bedauert, sich mit einer eigenen Arbeit (der Operette »Die unglaublichen Hausgenossen«) in der Gesellschaft der *Exkremente der Weimarischen Armuth* zu befinden.

1786 erscheint der Zweite Teil von Vulpius' »Die Abenteuer des Ritters Palmendos«. Das 127. und letzte Kapitel dieses Buches ist *An den Leser* gerichtet und datiert: *Weimar am 18ten August 1784.* Vulpius schreibt über seinen Roman: *Wenigstens haben ihn vier Damen, eine darunter ist in den Schattenrissen edler Frauenzimmer verewigt, mit Vergnügen noch im Manuskript durchgelesen. – Er hat den Beifall mehrerer Männer von Geschmack, und eines Mannes, den gewiß alle meine Leser verehren.*

Könnte Goethe damit gemeint sein? Goethe wird zwei Jahre später, 1788, bezeugen, daß er Christian August Vulpius gekannt und ihn unterstützt hat. Da ist Christiane seit einigen Monaten seine Geliebte, und er verwendet sich um ihretwillen für den Bruder. *Ich habe mich seiner vor einigen Jahren angenommen*, schreibt er am

9. September 1788. *Ich habe mich für ihn interessirt ohne ihn zu beobachten, ich habe ihm einige Unterstützung verschafft, ohne ihn zu prüfen.*

Christian August Vulpius habe, heißt es in Goethes Brief, *früh aus Neigung und Noth geschrieben und drucken laßen. ... Es ward ihm sauer genug auf solche Weise sich und einige Geschwister zu unterhalten.* Goethe bescheinigt Vulpius *eine gute Bildung* und einen guten Charakter; *aus seinen Handlungen und Äußerungen schließe ich ein gutes Gemüth.*

Seit mehr als zwey Jahren habe ich ihn nicht gesehen. Es kann sich also nur um die Jahre 1785 und 1786 gehandelt haben, die Vulpius nach den Jenaer Studienjahren in Weimar verbringt. Im Januar 1785 ist sein Stipendium ausgelaufen. Hat Goethe vielleicht sogar bei der einmaligen Zuwendung von 31 Talern, 6 Groschen aus der Kriegskasse seine Hand im Spiel gehabt?

Welcher Art Goethes Gönnerschaft für Christian August Vulpius war, ist nicht mehr zu ermitteln.

Im September 1786 verläßt Goethe Weimar, hält sich anderthalb Jahre in Italien auf. Nach seiner eigenen Darstellung war das folgenreich für Vulpius: *In meiner Abwesenheit verlohr er jede Unterstützung.*

Das Wagnis einer freiberuflichen Schriftstellerexistenz. Als mögliche Gönner verbleiben Bertuch und Herder. Beide werden ihn nicht ermutigt haben. Bertuch, der Geschäftsmann, nebenbei auch Schriftsteller, wird Vulpius abraten, seine Existenz auf solch schwankendem Boden zu gründen, wird ihm, mit seinem merkantilen Sinn, zu etwas Handfestem raten, vorerst zu einer Sekretärs- oder Hofmeisterstelle, wie er sie selbst einst – damals auch ohne Geld – nach dem Abbruch seines Jura-Studiums angenommen hatte.

Herder hatte bereits die Gymnasiasten gewarnt. Bei der Schulabgangsfeier 1778 gesagt: *Zu viele ... wollen Buchstabenmänner werden. O werdet Geschäftsmänner, liebe Jünglinge, Männer in vielerlei Geschäften. Die Buchstabenmänner sind die unglücklichsten von allen; ihre Achtung nimmt ab, die der anderen zu. Jene werden bald verhungern müssen. Nehmet den Meßkatalog. Die*

Mehrzahl der Bücher hat der Hunger diktirt, Zaubereien, Streitschriften, Revolutionsschriften lehrt der Hunger bellen.

Herder, selbst aus ärmlichsten Verhältnissen, weiß aus eigener Erfahrung von der Unmöglichkeit, sich vom Schreiben zu ernähren, weiß von seinen Dichterfreunden, von Lenz, vom Ausgang solch freiberuflicher Experimente. Und Herder mag das Engagement für Bühne und Theater insgesamt nicht, mag nicht das Schreiben ums Brot, das den Autor dem Publikum gegenüber willfährig macht, ihn sich zur *verderblichen Seuche der Modelektüre* hinwenden läßt.

Zum Schreiben von *Modelektüre* freilich ist Christianes Bruder gezwungen. Er will seine Bücher verkaufen. Er muß sich in Stoffwahl und Formgebung nach dem gängigen Geschmack des Publikums richten. Er gibt es unumwunden zu, macht keinen Hehl daraus.

Liest der Bruder der Schwester vielleicht zuweilen das Geschriebene vor? Eine aufregende, abenteuerliche Welt, in der stets das Gute siegt. Eine Welt, in die sie leicht hineinfinden, in der sie ihre eigene Rolle imaginieren kann. Die Trivialität des Lebens in der Trivialliteratur aufgehoben.

Christianes Literaturverständnis ist ganz sicher schon zeitig vom Bruder geprägt worden. Aber nicht nur von seinen sentimentalen Ritter-, Feen- und Abenteuergeschichten, sondern gleichfalls vom Realismus seiner Zeitsatiren. Bedeutet das eine Flucht in den Tagtraum, so hat das andere mit den eigenen durchlebten Erfahrungen zu tun, hebt diese aus der Zufälligkeit, macht sie durchschaubar, mit dem ironischen Blick, den der Bruder hat.

1788 erscheint in Frankfurt und Leipzig sein »Glossarium für das Achtzehnte Jahrhundert«. *Ich lebe mehrentheils*, schreibt er in der Vorrede, *in einem Freien Staate, mein Vaterland ist frei wie die Luft, und ich selbst spreche frei, wie ein freier Mann.*

Unter dem Stichwort *Vaterland* ist zu lesen: *Vaterland, eine Fratze, welche nur schwachköpfichte Menschen amusirt.* Unter: *Stand, hoher, ein Vollmachtsbrief, alles cum privilegio zu thun, was ein Niedriger nicht ohne Strafe zu thun wagen darf.* Unter dem Stichwort: *Pfaffen, auch Priester, Leute, welche in der Welt das gröste Unglük anrichteten, von jeher, untern Dekmantel der Religion, und geheiligter Mittel, plünderten, mordeten, zerstörten, würgten, vergifteten, und andere schändliche Werke trieben.*

Vulpius schreibt auch über den Tanz. *Tanz* sei *eine Ergötzung aller Völker dieses weiten Erdrund ... Der weise Plato hielt den Tanz vor eine Erfindung der Götter, und schilt den roh und ungeschickt, der nicht tanzen kann. Sokrates hielt ihn gleichfalls vor sehr notwendig und war schon alt, als er noch Tanzstunde bei der schönen Aspasia, seiner philosophischen Schülerin und Freundin nahm ... Zu unseren Zeiten, ist der Tanzplatz, unstreitig ein sehr gefährlicher Ort vor die Schönen.* Und zur *Freude, sie* sei *ein öffentliches Mädgen, welches es mit jedem hält, der ihr sein Herz zum Pfandschilling bietet.* Unter dem Stichwort *Beischlaf* findet sich: *Beischlaf, ein vor Geld vergönnter Spas, welcher keinen reellen Endzweck hat.*

Als Narrenhaus sieht Vulpius die *Welt, als Lazareth des Elends ..., als Lustgarten ...,* Tanzboden, als *ein Tempel oder ein Bordell*; die *Welt*, schreibt er, sei *ein Ort, wo, wie Götens Werther sagt, nicht leicht einer den anderen versteht.*

Ein ungewöhnliches Buch des Sechsundzwanzigjährigen. Wie wird es in Weimar aufgenommen? Wieder als ein *Exkrement der Weimarischen Armuth*? Wie beurteilt man den Verfasser? Und seine Schwester, ein junges Mädchen, das berufstätig ist? Ihrer beider Leben ist durchaus nicht durchschnittlich, und die Anlässe, sie ins Gerede zu bringen, sind vielfältig.

Besuchen sie gemeinsam die Komödie? Vermutlich ja. Gewiß die Wintervergnügungen, im Januar und Februar stattfindende Redouten. Der Eintritt ist kostenlos. Erst ab 1791 werden sechzehn Groschen für ein Billett verlangt. Jetzt kann man sich ein *freies Entrebillet im Hofamte Nachmittags von 2 bis 5 Uhr holen.*

Der Verdienst der Schwester in Bertuchs *Blumenfabrick*. Dazu die Waisenrente vom Fürstlichen Amt, vierteljährlich ein Scheffel Korn und drei Taler. Die Einnahmen des Bruders. Soviel er auch schreibt und publiziert: Aufwand und Lohn stehen in keinem Verhältnis. Die Honorare sind lächerlich gering.

Hoffnung auf Goethe, seine erneute Gönnerschaft. In Weimar geht das Gerücht um, er werde, wenn er überhaupt von Italien zurückkehre, die Residenzstadt verlassen. Vom Gothaer Hof ist die Rede. Carl August läßt im Sommer 1787 zu Ehren seines abwesenden Dichterfreundes den Schlangenstein errichten, mit der Inschrift: *Genio huius loci*. Die Spaziergänger im Weimarer Park betrachten ihn, vielleicht auch Christiane Vulpius. Und am 28. August 1787 schallt vom gegenüberliegenden Gartenhaus Gelächter, und als es dunkelt, erscheinen Lichter und ein Feuerwerk wird abgebrannt. Die Freunde – Knebel bewohnt das Haus – feiern Goethes Geburtstag in dessen Abwesenheit. Unter ihnen Schiller, der seit wenigen Wochen in Weimar ist. *Wir fraßen herzhaft*, schreibt er, *und Goethens Gesundheit wurde von mir in Rheinwein getrunken. Schwerlich vermutete er in Italien, daß er mich unter seinen Hausgästen habe … Nach dem Souper fanden wir den Garten illuminiert, und ein … Feuerwerk machte den Beschluß.*

Im Frühjahr 1788 entschließt sich Christianes Bruder zu einer Reise nach Süddeutschland; er will Verleger und Buchhändler aufsuchen, Kontakte zu Theatertruppen knüpfen, sich um eine feste Anstellung als Hofmeister oder Sekretär bemühen. Seine unveröffentlichten Stammbücher (1995 sind sie mit dem Vulpius-Nachlaß nach Weimar gekommen) machen seine Stationen nachvollziehbar: Erlangen – Bayreuth – Nürnberg. Auch seine Beziehung zu Gräfin und Graf Egloffstein ist darin dokumentiert. Eine Zeit soll er Sekretär des Freiherrn Julius von Soden gewesen sein.

Anfang Mai muß Christian August Vulpius Weimar verlassen haben; die letzte handschriftliche Eintragung im Stammbuch mit der Ortsangabe Weimar findet sich am 2. Mai 1788 (GSA Dauerleihgabe Vulpius Nr. 27).

Der Bruder wird seine Schwester Christiane beim Abschied gebeten haben, wenn Goethe von Italien zurückkehre, sich mit der Bitte um Unterstützung sofort an ihn zu wenden.

III

Christiane im Jägerhaus
Zeichnung von Johann Heinrich Lips. 1791

Hatte Goethe seinen Weimarer Zustand am Ende als Erstarrung, ja Tod empfunden (*hielt ich mich für todt*), ihn in medizinische Begriffe gefaßt, von *Stockung* und *Gerinnung* der *Säfte* gesprochen, so wählt er für die Veränderungen, die mit ihm in Italien vorgehen, fast religiöse Vokabeln, gebraucht das archaisierende *Widerburt*, spricht von *Wallfahrt*, von *neuem Leben*, von *Ganzheit* und *ungeteilter Existenz*.

Er arbeitet an »Iphigenie« und »Egmont«, vollendet, was zehn Jahre in Weimar liegengeblieben ist, *legitimirt* sich damit *wieder als lebendig*. Er nimmt Neues auf, zeichnet, liest, reist, bildet sich. Er lebt mit Malern in einer Art Künstlerkolonie.

Charlotte hatte er seine Abreise verschwiegen, sie ist tief gekränkt.

Über zehn Jahre währt ihre Liebe. Er war sechsundzwanzig, als sie sich begegneten, sie einunddreißig. Das Asexuelle, die *Reinheit*, ist eine wesentliche Bedingung ihrer Beziehung. Nicht nur Standesschranken und Charlottes Ehe sind die Ursachen dafür, sondern ihre Körperferne. Sie wurde von einer bigotten Mutter erzogen, die mit vierzig dem irdischen Leben entsagte, Leib und Seele Gott anvertraute, wurde als junges Mädchen zur Hofdame, zur perfekten Dienerin und perfekten Herrscherin, zur *Statue*, wie sie selbst sagte, geformt. Wurde mit dreiundzwanzig verheiratet, eine Standesehe, in acht Jahren sieben Schwangerschaften. Frausein als Mühsal, als Pflicht.

Goethe gibt ihrem Leben einen beglückenden neuen Sinn. Sie reagiert auf ihn, nimmt jede seiner Lebensäußerungen mit Begierde auf und wird dadurch zur unverzichtbaren Quelle seiner Selbsterkenntnis. Sie prägt ihn mit ihrem Ideal einer puritanischen gesellschaftlichen Nützlichkeit, einer Lebensführung nach höchsten ethischen Geboten.

Seelische Nähe ersetzt die körperliche. Goethe vermag sie als Frau nicht zu erwecken, macht die *Reinheit* für lange Zeit – gegen seine Natur und seine Bedürfnisse als Mann – auch zum eigenen Ideal. In Italien verliert für ihn dieses Ideal an Anziehungskraft.

Alles ist anders im Süden, Himmel und Luft, die Menschen; offene Fenster, offene Türen, das Öffentliche des privaten Lebens. Das Klima warm und mild, die Farben weich, pastellen und sinnlich.

Zum neuen Leben, zum Glück der *Ganzheit* und *ungeteilten Existenz* gehören auch die Frauen. Die südlich freiere Atmosphäre in Italien läßt Goethe an die Möglichkeit erotischer, sexueller Abenteuer denken.

Er verbirgt es Charlotte nicht. Aus Venedig schreibt er ihr über die Frauen: *Ich habe sie alle recht scharf angesehen und in denen acht Tagen nicht mehr als eine gesehen, von der ich gewiß sagen mögte daß ihre Reitze feil sind.* Eine Woche später, ebenfalls aus Venedig: *... heut hat mich zum erstenmal ein feiler Schatz bey hellem Tage in einem Gäßgen beym Rialto angeredet.*

In seinen Briefen an den Herzog wird er direkter. Am 3. Februar heißt es aus Rom: *Mit dem schönen Geschlechte kann man sich hier, wie überall, nicht ohne Zeitverlust einlaßen. Die Mädgen oder vielmehr die jungen Frauen, die als Modelle sich bey den Mahlern einfinden, sind allerliebst mit unter und gefällig sich beschauen und genießen zu laßen. Es wäre auf diese Weise eine sehr bequeme Lust, wenn die französischen Einflüsse nicht auch dieses Paradies unsicher machten.* Er spielt mit dem Gedanken, ein Mädchen zu seiner Geliebten zu machen, fürchtet sich aber vor Geschlechtskrankheiten.

Erst gegen Ende seines Italienaufenthaltes geht er eine Bindung ein. Es ist eine Witwe mit einem dreijährigen Sohn. Eine Römerin, Faustina Antonini, geborene di Giovanni, Tochter des Gastwirtes der »Osteria alla Campana«. Sie ist vierundzwanzig. Lebt wieder bei ihrem Vater.

Am 16. Februar 1788 berichtet Goethe Carl August, mit Anspielungen auf dessen weitaus reichere sexuelle Erfahrungen, von seinen *anmutigen Spazirgängen* auf diesem Gebiet, schreibt, *das Gemüth* sei *erfrischt* und der *Körper in ein köstliches Gleichgewicht* gebracht.

Charlotte gegenüber schweigt er zeitlebens über das Verhältnis.

Daß es sich auch um ein geschäftliches Arrangement gehandelt haben muß, er die junge Frau wohl bezahlt hat, ist einer Vereinbarung Goethes mit seinem Bankier Reifenstein zu entnehmen. Fünf Tage vor seiner Abreise aus Rom, am 19. April 1788, werden unter dem Namen Philipp Seidel 400 Scudi auf ein Sonderkonto überwiesen. Diese Summe, weit über 500 Taler, kann erst nach seiner Abreise abgehoben worden sein und war sicherlich für Faustina Antonini gedacht.

Es muß für den achtunddreißigjährigen Goethe nach dem Jahrzehnt mit Charlotte eine gravierende Erfahrung in der Liebe gewesen sein: die Körpervereinigung, das sexuelle Erlebnis. (Man muß nicht Eisslers Konstatierung der phonetischen Identität von *gen Italien* und *Genitalien* zustimmen; wohl aber hat die These in seiner großen psychoanalytischen Studie zu Goethe, daß der Achtunddreißigjährige in Italien erstmals die Kohabitation erlebt, in ihrer schlüssigen Beweisführung viel Überzeugendes.)

Die neuen Erfahrungen verändern Goethes Leben. Er betont Charlotte gegenüber sein Ganzsein, seine ungeteilte Existenz. ... *ich habe nur Eine Existenz, diese hab ich diesmal ganz gespielt und spiele sie noch.* Und: *Übrigens habe ich glückliche Menschen kennen lernen, die es nur sind, weil sie ganz sind, auch der Geringste wenn er ganz ist kann glücklich und in seiner Art vollkommen seyn.*

Ihm wird Italien zum Sinnbild eines glücklichen und geglückten Lebens, *da wo ich*, so heißt es am 5. August 1788 an Herder, *in meinem Leben das erstemal unbedingt glücklich war.*

In Italien entstehen die Liebesszenen zwischen Egmont und Klärchen. Die Liebe zu einem Mädchen von niederem Stand über den sozialen Abgrund hinweg. Ist es die Richtung seiner Sehnsüchte? Ein Durchspielen, inneres Probehandeln für das eigene Leben? Ausdruck seines Akzeptierens einer solchen Liebe ist es gewiß.

Könnte Charlotte nicht, wäre sie weniger auf Vorwürfe über seinen Weggang bedacht, seinen Briefen und Dichtungen die Richtung einer Veränderung, neuer Wünsche entnehmen? Ihr mißfällt Klärchen. Die Gestalt ist für sie offenbar nur die Apotheose eines leichtsinnigen Frauenzimmers. Wir wissen es aus Goethes Reaktion. *Was du von Clärchen sagst*, schreibt er ihr, *verstehe ich nicht ganz ... Ich seh wohl, daß dir eine Nuance zwischen der Dirne und der Göttin zu fehlen scheint.*

Der Konflikt mit Charlotte ist vorprogrammiert, die Zukunft ihrer Liebe ungewiß. Je näher der Termin seiner Rückkehr nach

Weimar rückt, desto bewußter wird ihm das wohl. Immer karger werden seine Briefe. *Schüsseln, in denen man die Speisen vermißt*, nennt Herder sie.

Klar sind dagegen seine Vorstellungen über die Bedingungen für seine Rückkehr nach Weimar. Er teilt sie dem Herzog unmißverständlich mit. Niederlegung seiner Amtsgeschäfte in der Finanzverwaltung, Abgabe der Kriegs- und Wegebaukommission. Kein Beamtendasein mehr, kein *Kriechen und Krabeln*. Keine Doppelexistenz, kein Teilen in Staatsmann und Dichter.

Als *Künstler* will er zurückkommen. Und als *Gast*. *Ich darf wohl sagen: ich habe mich in dieser anderthalbjährigen Einsamkeit selbst wiedergefunden; aber als was? – Als Künstler! Was ich sonst noch bin, werden Sie beurtheilen und nutzen. ... Nehmen Sie mich als Gast auf, laßen Sie mich an Ihrer Seite das ganze Maas meiner Existenz ausfüllen und des Lebens genießen; so wird meine Kraft, wie eine nun geöffnete, gesammelte, gereinigte Quelle von einer Höhe, nach Ihrem Willen leicht dahin oder dorthin zu leiten seyn.*

Goethe fordert Mäzenatentum. Er weiß, er kann nicht auf die materielle Unterstützung des Fürstenhofes verzichten. Er kann seinen Lebensstil nur mit einem festen Salär halten. Das Finanzielle spielt eine große Rolle.

Wie sieht man das in Weimar? *Während er in Italien malt, müssen die Voigts und Schmidts für ihn wie die Lasttiere schwitzen. Er verzehrt in Italien für Nichtstun eine Besoldung von 1800 Talern, und sie müssen für die Hälfte des Geldes doppelte Lasten tragen*, kommentiert Friedrich Schiller, der hochverschuldet nach Weimar kam. Goethes *ewige Trennung von Staatsgeschäften*, heißt es bei Schiller weiter, sei in Weimar *bei vielen schon wie entschieden.*

In der Tat fordert Goethe von seinem Mäzen das Äußerste. Nach seinen langjährigen Diensten am Hofe will er die völlige Unabhängigkeit eines freischaffenden Autors. Der Fürstenhof habe, so legt er Carl August nahe, ihn in allen Bestrebungen seiner Künstlerexistenz uneigennützig zu unterstützen; *mit freyem Gemüthe und nur als Liebhaber* wolle er *schaffen.*

Geschickt garniert er seine ungewöhnliche Forderung mit Schmeicheleien. *Ich kann nur sagen: Herr hie bin ich, mache aus deinem Knecht was du willst. Jeder Platz, jedes Plätzchen die Sie mir aufheben, sollen mir lieb seyn, ich will gerne gehen und kommen, niedersitzen und aufstehn*, endigt er seinen Brief und suggeriert Carl August, daß letztlich all sein Trachten, ihm, seinem Herrn, gelte: *Das Ende meiner Bemühungen und Wanderungen ist und bleibt der Wunsch Ihr Leben zu zieren.*

Es spricht für Carl Augusts Weitsicht, daß er auf alle Bedingungen Goethes eingeht. Auch auf die Bitte: *daß Sie mir, nach meiner Ankunft, dem Gegenwärtigen den Urlaub gönnen wollten, den Sie dem Abwesenden schon gegeben haben. Mein Wunsch ist … mich an Ihrer Seite, mit den Ihrigen … wiederzufinden, die Summe meiner Reise zu ziehen und die Masse mancher Lebenserinnerungen und Kunstüberlegungen in die drey letzten Bände meiner Schriften zu schließen.*

Von den Werken stehen noch der *Hügel Tasso und der Berg Faustus* vor ihm.

Die Weichen seiner nachitalienischen Existenz sind gestellt, der Termin der Rückkehr nach Weimar ist festgelegt.

Die Trennung vom Süden wird ihm schwer. *Der Abschied aus Rom*, gesteht er Carl August, *hat mich mehr gekostet als es für meine Jahre recht und billig ist*, er habe die letzten drei Wochen in Italien fast jeden Tag *wie ein Kind geweint*. Am 18. Juni 1788 trifft er nach fast zwei Jahren wieder in Weimar ein.

Der Wechsel von Rom in die thüringische Kleinstadt muß wie ein Schock gewesen sein. Nicht als zurückgekehrt empfindet er sich, sondern als *zurückgewiesen, aus dem formenreichen Italien … in das gestaltlose Deutschland*. Er klagt über alles, fühlt sich als Fremder. Er, der sich verändert hat, findet alles unverändert.

… die Freunde, anstatt mich zu trösten und wieder an sich zu ziehen, brachten mich zur Verzweiflung. Mein Entzücken über entfernteste kaum bekannte Gegenstände, mein Leiden, meine Klagen über das Verlorne schien sie zu beleidigen, ich vermißte jede Teilnahme, niemand verstand meine Sprache.

Die Wiederannäherung an Charlotte gestaltet sich schwierig. Als ein Liebeserfahrener kehrt er zurück, sich seiner Männlichkeit bewußt. *Sinnlich* sei er geworden, kritisiert Charlotte. Sie schreibt nach einer der ersten Begegnungen: *es ist nichts als Langeweile zwischen uns gewechselt worden.* Er dagegen meint: *sie ist verstimmt, und es scheint nicht, daß etwas werden wird.*

In dieser Situation begegnet Goethe Christiane Vulpius. Mit ihr überträgt er seine in Rom gewonnenen Glücksvorstellungen auf Weimar.

Daß es am 12. Juli 1788 im Weimarer Park und im Gartenhaus geschah, scheint festzustehen. Ausnahmslos alle Darstellungen lassen keinen Zweifel daran.

Die Bittschrift des Bruders an Goethe ist nicht überliefert. Für den Schauplatz Park gibt es keinen Anhaltspunkt. Im Gartenhaus wohnte zu der Zeit Goethes Freund Knebel. Erst wenig später verläßt er das Gartenhaus, am 19. Juli notiert Knebel in sein Tagebuch: *ausgezogen aus Goethens Garten.*

Es kann also nicht das Gartenhaus, muß nicht der Park gewesen sein. Vielleicht hat Christiane mehrmals bei Philipp Seidel am Frauenplan vorgesprochen, ehe die Bittstellerin vorgelassen wurde.

Das Datum 12. Juli stammt von Christiane und Goethe. Auf diesen Tag datieren sie später den Beginn ihres Liebesbundes. Diesen Tag feiern sie lebenslang als den ihrer Hochzeit.

Sollte Christiane wirklich bei der Notlage ihres Bruders nach Goethes Rückkehr über drei Wochen – vom 18. Juni bis 12. Juli – gewartet haben, ehe sie sich an ihn wandte? Beim Amtsvergehen ihres Vaters ging sie noch am gleichen Tag zum Hof.

Es kann mehrere Begegnungen vor diesem Tag gegeben haben. Goethes erste Notiz, daß er Christiane Vulpius' Bitte um Hilfeleistung für den Bruder erfüllt, ist vom 11. Juli. Unter den abgesandten Briefen steht an dem Tag in seinem Ausgabenbuch: *Vulpius, Nürnberg.*

Lassen wir also Ort und Datum offen.

Goethe hat seine Geliebte in den ersten Jahren mehrfach gezeichnet. Mit Rohrfeder und Bleistift, mit schwarzer Kreide und Sepia. Ich sehe mir die Originale in Weimar an. Dünnes Büttenpapier, in dem die Rillen des Schöpfsiebes noch sichtbar sind. Studien en face und im Profil. Wachend, schlafend, mit Schultertuch und ohne.

Das ist kein fragiles Persönchen, keine vergeistigte Seele, keine Schönheit. Das Gesicht der Dreiundzwanzigjährigen wirkt herb, hat einen harten, fast männlichen Zug. Hervorstehende Backenknochen, eine starke Nase; eine charakteristische tiefe Kerbe in den Lippen und ein geringer Abstand zwischen Nase und Mund. Der Eindruck des Weiblichen wird vor allem durch das Haar hervorgerufen, nicht modisch hochgesteckt wie bei Cornelia, nicht kunstvoll drapiert wie bei Charlotte, sondern in großer Fülle natürlich fallend.

Von römischer Stilisierung der Porträts sprechen die Kunstwissenschaftler. Für mich charakterisieren Goethes Zeichnungen Christiane. Energie, eine große innere Kraft geht von der Porträtierten aus. Eine starke Körperlichkeit. Mit skeptischem, prüfendem Blick sieht sie zum Zeichner, zum Geliebten hin; zuweilen mit Ungeduld, als dauere die Sitzung zu lange. Ich sehe eine erfahrene junge Frau, deren Züge vom Leben geprägt sind. Eine, die sich nicht willenlos verführen läßt, die nicht dem Aphrodisiakum Macht anheimfällt, nicht dem Bruder zuliebe etwas tut, sondern eine Frau, die das Begehren des sechzehn Jahre älteren, lebenserfahrenen, berühmten Mannes erwidert, in der eigenes Begehren erwacht.

Eine junge Frau, die auch um das Risiko weiß, das sie eingeht, die selbstbewußt und selbstentscheidend handelt.

Körpersprache. Unkompliziert. Ohne viele Worte. Der Augen-Blick entscheidet.

Ein Abenteuer für Goethe vorerst, worauf es hinauslaufen wird, ist ungewiß. Sieht er Christiane Vulpius als einen *feilen Schatz*; hat seine Liebschaft zunächst einen Anflug von jenem Arrangement in Rom? Er läßt sie für Stunden zu sich kommen. Daß sie der *Weimarischen Armuth* angehört, erleichtert alles.

Er weiß, sie hat keine Eltern mehr. Kein Vater ist zu fragen, auf keine Mutter Rücksicht zu nehmen. Einzig einen Bruder gibt es, der aber ist fern, für ihn bittet sie.

Und Goethe hilft. Nach jenem ersten, am 11. Juli abgesandten Brief – laut Tagebuch – am 14. Juli der nächste: *Vulpius, Nürnberg (mit 22 Gulden)*. Der Wortlaut der Schreiben ist nicht überliefert. Aus einer Reaktion Herders können wir auf den Inhalt schließen. Herder wird auf dem Reiseweg nach Italien in Nürnberg von seinem ehemaligen Schüler aufgesucht. *Ich kam nach Hause und fand den armen Vulpius auf mich warten. Erinnere doch Goethe an ihn*, schreibt er am 19. August an seine Frau, *aus dem armen Menschen wird hier nichts, und er geht verloren. Er hat mir Goethens Brief an ihn gewiesen und hat alle Hoffnungen auf ihn gerichtet, ob ich gleich auch nicht sehe, wo man in Weimar mit ihm hin will.*

Goethe unterstützt Vulpius finanziell, macht ihm aber offenkundig keine Hoffnungen auf ein Unterkommen in Weimar. Am 20. August heißt es wieder: *Brief abgeschickt an Vulpius*. Mehrmals dann: *Brief an denselben mit einigem Gelde beschwert*. Goethe empfiehlt Vulpius dem Theologieprofessor Hufnagel in Erlangen, am 1. September seinem Leipziger Verleger Göschen, am 9. September seinem Freund Jacobi in Düsseldorf. Das Schreiben an letzteren ist jener bereits erwähnte Empfehlungsbrief mit der ausführlichen Charakteristik Christian August Vulpius'. Goethe ist vorerst nicht an der Rückkehr des Bruders seiner Liebsten nach Weimar interessiert. Er will keinen Zeugen. Er hält seine Liebschaft geheim.

Für fast ein dreiviertel Jahr bleibt sie den Weimarern verborgen. Sie müssen beide die Heimlichkeit gewollt haben, müssen beide äußerst umsichtig, ja fast konspirativ vorgegangen sein.

Eine Zeit großer Unsicherheit und Ängste für Christiane. Wird er sie wiederbestellen, wird er sie fallenlassen? Das Risiko trägt allein sie.

Die Mitwisser auf Christianes Seite: die Tante wohl; das stundenweise nächtliche Ausbleiben ist nicht zu verbergen.

Auf Goethes Seite: Philipp Seidel, der stets Verschwiegene, er wird vielleicht – da das Passieren der Stadttore zu ungewohnten Zeiten zu auffällig und gefährlich ist – Christiane durch die Gartenpforte an der Ackerwand, an der Rückseite des Frauenplans, hinein- und hinausgelassen haben.

Äußerlich führt Christiane ihr Leben vermutlich weiter wie bisher. Arbeit bei Bertuch. Zu Hause die Stiefschwester und die Tante. Vierteljährlich die Waisenrente und drei Scheffel Korn von der Fürstlichen Kammer.

Goethe wird 1797 alle Zettel und Briefe seiner Liebsten aus den ersten fünf Jahren ihrer Gemeinschaft verbrennen. Wir kennen ihre Handschrift aus dieser Zeit nicht. Im Thüringischen Hauptstaatsarchiv finde ich ein Blatt vom 11. Februar 1789. Christiane Vulpius bestätigt den Empfang von *drey Scheffeln Korn*. Die erste überlieferte Handschrift der Dreiundzwanzigjährigen. Ihre Unterschrift: *Christiana Vulpius*. Noch ein zweites Dokument vom April 1789, da bezeugt sie den Erhalt von 3 Talern, unterschreibt mit *Johanna Christiana*, schließt die Stiefschwester *Ernestine Luise* mit ein, zeichnet mit der damals gebräuchlichen weiblichen Namensform *Vulpiusin*. Ihre Schriftzüge sind klar und zügig. Sie schreibt *Daler* und *Abril*; nach der thüringischen Aussprache wird t zu d und p zu b. Schwierigkeiten macht ihr das ›gebührend quittiert‹; das schreibt sie, wie sie es spricht: *gebirend qütirt* (ThHStAW, Autographen Johanne Christiane E.L. Vulpius, Bl. 1-2).

Wird Goethe zuweilen zum ärmlichen Haushalt der drei Frauen etwas beisteuern? Oder es wegen der Heimlichkeit vermeiden? Vermutlich letzteres. Erst 1789 finde ich bei den Belegzetteln in den Ausgabenbüchern mehrfach Rechnungen des *Conditors Wilhelm Schwarz an den Herrn Geheimen Rath* über *Biscuit, süße Maronen, gebrannte Mandeln, Boutelgen Mallea* und *Confect* (GSA 34 VIII, 3, 6 und 3,9). Näschereien für Christiane?

Die Heimlichkeit, die beide in eine Situation der Verstellung drängt.

Er will sich auch nie zeigen, und nimmt sich vor jeder Äußerung in Acht, daraus man Schlüsse machen könnte, schreibt Caroline Herder über Goethe und nennt ihn ein *Chamäleon*. Goethe selbst spricht Charlotte gegenüber von seinem *zerstreuten ... zerrißnen Wesen; ... wenn mein letzter Brief ein wenig konfus war, es wird sich alles geben und auflösen, man muß nur sich und den Verhältnißen Zeit lassen*.

Er zieht sich zurück, um mit der Geliebten zusammenzusein. Bemäntelt den Rückzug mit Klagen über den *nordischen Himmel, der unglaublich auf mich lastet.* Mit dem Wetter, *wenn das Barometer tief steht … wie kann man leben?*

Auswärtigen Freunden gegenüber klingen seine Briefe dagegen viel heiterer. So heißt es am 21. Juli 1788 an Jacobi, er sitze in seinem *Garten hinter der Rosen Wand, unter den Aschenzweigen und komme nach und nach zu* sich *selbst.* Er arbeitet intensiv, schreibt am »Tasso«. Und verbringt Liebesstunden mit Christiane Vulpius.

Eines glücklichen Paars schönes Geheimnis zuletzt. Die »Römischen Elegien«, die »Erotica Romana«, wie sie in der ersten Handschrift heißen, lassen es ahnen.

… hebet am Ende / Sich ein brokatener Rock nicht wie ein wollener auf? … Schon fällt dein wollenes Kleidchen, / So wie der Freund es gelöst faltig zum Boden hinab … Werd ich auch halb nur gelehrt, bin ich doch doppelt vergnügt. / Und belehr ich mich nicht? wenn ich des lieblichen Busens / Formen spähe, die Hand leite die Hüfte hinab … Wird doch nicht immer geküßt, es wird vernünftig gesprochen … Oftmals hab' ich auch schon in ihren Armen gedichtet / Und des Hexameters Maß, leise, mit fingernder Hand, / Ihr auf den Rücken gezählt …

Uns ergötzen die Freuden des echten nacketen Amors / Und des geschaukelten Betts lieblicher knarrender Ton.

Sie müssen ein sinnenfrohes, in der Liebe mit Phantasie begabtes Paar gewesen sein. *Dein kleines Naturwesen*, wird sich Christiane einmal nennen; *dein Gleinnes nadur Wessen*, schreibt sie. Für ihre Liebeslust spricht, daß sich in dieser Zeit mehrfach die Reparatur von Betten notwendig macht. *Bett beschlagen, 6 Paar zerbrochenen Bänder dazu mit Nageln … ein Neu gebrochenes Bette beschlagen … noch ein Neu Bette beschlagen zum unterschieben*, lauten die Rechnungen des Schlossers Johann Christian Spangenberg an Goethe (GSA 34 VIII, 3).

Als Charlotte von Stein am 22. Juli 1788 auf ihr Landgut nach Schloß Kochberg reist, erwartet sie seinen Besuch. Er zögert ihn lange hinaus. *Ich fürchte mich dergestalt für Himmel und Erde*, schreibt er ihr am 31. August, *daß ich schwerlich zu Dir kommen kann. Die Witterung macht mich ganz unglücklich und ich befinde mich nirgends wohl als in meinem Stübchen, da wird ein Camin-*

feuer angemacht und es mag regnen wie es will. Das Bild spricht für sich. Das feindliche Draußen. Er am Kaminfeuer, die südliche Wärme, die Heimlichkeit mit der Geliebten.

Am 5. September endlich entschließt er sich mit anderen zusammen zu einer Fahrt nach Kochberg. Caroline Herder berichtet: *Frau v. Stein, die uns freundlich empfing, doch ihn ohne Herz. Das verstimmte ihn den ganzen Tag. Nachmittag schlief er.*

Goethe stand am Fenster, schreibt Frau von Kalb, *hatte eine Glasscheibe in der Hand und einen Bogen, zeigte, wie bei jeder Bewegung des Bogens der Sand auf dem Glase verschiedene Figuren bildete. Das Geringste war ihm bedeutend, was zum Gesetz der Ordnung gehörte, und so interessierte ihn dies wunderbare Spiel lebhaft; und wie unzerstörbar die geheimnisvolle Ordnung der Natur, konnte wohl auch dies Experiment beweisen; die Winde zerstreuen den feinen Sand, doch der leise Strich des Bogens zwingt die Körnchen zu bestimmten schönen Formen.*

Was er sagt und tut, hat vermutlich einen Bezug zu Charlotte und zugleich zu seiner Heimlichkeit mit Christiane. Auffällig wird das bei einem Ausflug aller am 7. September nach Rudolstadt. Schiller und Goethe begegnen sich bei dieser Gelegenheit zum erstenmal. Schiller berichtet darüber am 12. September 1788 an Körner. Goethe habe mit *leidenschaftlichen Erinnerungen* über Italien gesprochen. *Vorzüglich weiß er einem anschaulich zu machen, daß diese Nation mehr als alle andere europäische in gegenwärtigen Genüssen lebt, weil die Milde und Fruchtbarkeit des Himmelsstrichs die Bedürfnisse einfacher macht, und ihre Erwerbung erleichtert. Alle ihre Laster und Tugenden sind die natürlichen Folgen einer feurigen Sinnlichkeit.*

Heißt das, an Charlotte gewandt, es gibt noch andere Haltungen in der Welt als die deine? Goethe geht sogar in Details. *In Rom ist keine Debauche* (Liederlichkeit) *mit ledigen Frauenzimmer, aber desto hergebrachter mit den verheurateten. Umgekehrt ist es in Neapel.*

Verteidigung seiner eigenen heimlich praktizierten Lebensform? Goethes aufklärerischer Gestus ist auffällig.

Auch Herder, der auf dem Weg nach Italien ist, bekommt ihn zu spüren. Er reist als Begleiter des Domherrn von Trier und Worms, des Herrn von Dalberg. In Augsburg treffen sie sich. Der Domherr hat eine Mätresse bei sich, Sophie von Seckendorff. Goethe schreibt belustigt: *Da hast Du ja nun gar noch ein zierlich Weibchen im Wagen*. Herder dagegen ist empört, in ihm weckt die *Buhlerei* nur Abscheu, es ist ihm Anlaß tiefsten Ärgers, schließlich der Trennungsgrund von Dalberg. Goethe dagegen sieht es entspannt. *Es ist alles auf höchste gegen die Seckendorff aufgebracht, und das mit Recht*, tröstet Caroline Herder ihren Mann. *Goethe zuckt nur die Achseln*. Er schreibt Herder über Sophie von Seckendorff nach Rom: *Sie versteht ihr Handwerk und der künftige Kurfürst kann zahlen*. Er charakterisiert die Mätresse mit einem Thüringer Mundartausdruck. *Die S. ist eigentlich ein Racker, und spielt ihre Person in der Gesellschaft am besten … Ich lobe sie indessen, wie der Herr den ungerechten Haushalter*. Dann folgt sein Satz: *Es geht doch nichts über die Huren, dagegen kann kein ehrlicher Mann, keine ehrliche Frau, kein ehrlich Mädchen ankommen*.

Wie hat man sich Charlottes Reaktion und die der kleinen Rudolstädter Gesellschaft auf Goethes Reden von der *Debauche* mit *ledigen Frauenzimmern* und *verheurateten* vorzustellen, wie die des sittenstrengen Herders, der sich in Rom als Bischof von Weimar feiern lassen wird, auf Goethes Lob der Huren?

Dazu muß man wissen, daß Goethe vermutlich nicht unbekannt ist, in welchem Ruf Christiane in bestimmten Kreisen der Weimarer Gesellschaft steht. Caroline Herder zum Beispiel behauptet, sie sei *eine allgemeine H. vorher gewesen*. Als Schiller sechs Jahre später in seiner Zeitschrift »Die Horen« Goethes »Römische Elegien« veröffentlicht, schreibt der Direktor des Weimarer Gymnasiums, Karl August Böttiger, *alle ehrbaren Frauen* seien *empört über die bordellmäßige Nacktheit*. Herder habe gesagt: *Die »Horen« müßten nun mit dem u gedruckt werden. Die meisten Elegien sind bei seiner Rückkunft im ersten Rausche mit der Dame Vulpius geschrieben. Ergo –*

Goethe provoziert 1788. Andererseits ist er vorsichtig. So bittet er seinen Leipziger Verleger Göschen, der den achten Band seiner

Werkausgabe vorbereitet, in einem Brief vom 9. November: *Ich habe Ursache, warum ich die letzten Gedichte der ersten Sammlung – Genuß und der Besuch – nicht abdrucken lassen will; haben Sie also die Güte, solche aus dem Manuscripte zu schneiden und sie mir zurückzuschicken.* Wohl, weil sich »Der Besuch« auf seine Liebste bezieht und »Genuß«, viel früher entstanden, die Zeilen enthält: *Ich habe mir ein Kind gewählt, / Daß uns zum Glück der schönsten Ehe / Allein des Priesters Segen fehlt.* Goethes Schwanken zwischen Provokation und Vorsicht zeigt, wie ungewohnt ihm der Umgang mit der neuen Situation ist; er tastet, sucht, probiert, ist sich seines Handlungsspielraumes noch ungewiß.

Er lebt als *Künstler* und *Gast* zurückgezogen mit seiner Arbeit und seinem Liebchen. *Ich lebe sehr wunderlich. Sehr zusammengenommen, und harre auf Zeit und Stunde*, schreibt er am 22. September, und am 25. Oktober: *Ich bin hier fast ganz allein. Jedermann findet seine Convenienz sich zu isoliren, und mir geht es gar wie dem Epimenides nach seinem Erwachen.*

Im Jahr 1788 kommt der Winter zeitig. Schon Ende Oktober liegt Schnee. *Indessen verwahre ich mich gegen Schnee und Kälte und bin fleißig wie es einem Norden geziemt.*

Tasso wächst wie ein Orangenbaum sehr langsam, schreibt Goethe am 19. Februar 1789 an Carl August, und am 2. März an Herder: *Ich habe mich schon wieder eingehamstert und bin wohl auch nach meiner Art recht vergnügt. Trutz Schnee und Himmelsgrau laß ich mir das Beste von Kunst und Natur fürtrefflich schmekken, und habe meine ganze Einrichtung ad intus gemacht.*

Vom 20. Februar ist ein Brief an Charlotte überliefert: *Ich will dich diesen Abend erwarten. Laß uns freundlich Leid und Freude verbinden damit die wenige Lebenstage genoßen werden.*

... liebe mich, endet er. Der alte vertraute Ton. Schon im nächsten ist von ihren *Vorwürfen* die Rede, aber noch und wieder seine Bitte: *liebe mich*. Und das Versprechen: *Gelegentlich sollst du wieder etwas von den schönen Geheimnissen hören.*

Das Frühjahr kommt mit Stürmen, *ein wahrer Scirocco befreyt* Weimar *vom Schnee*, Hochwasser, *die Ilm war groß, ist aber nur an den niedrigsten Plätzen aus getreten, über den unteren Weg nach dem Brauhauße und hinten an der Quelle, weil das Wehr nicht geöffnet werden konnte.*

In diesem Frühjahr 1789 wird Goethes Liebesverhältnis zu Christiane Vulpius bekannt, wird öffentlich.

Ein erstes Indiz – bei Charlotte von Steins Schwester, Sophie von Schardt, heißt es am 13. Februar: *Es fehlt nicht viel, so wird er* (Goethe) *ebenso careless, ebenso glücklich wie sein Egmont.*

Am 8. März schreibt Caroline Herder ihrem Mann nach Rom: *Ich habe nun das Geheimnis von der Stein selbst, warum sie mit Goethe nicht mehr recht gut sein will. Er hat die junge Vulpius zu seinem Klärchen und läßt sie oft zu sich kommen usw. Sie verdenkt ihm dies sehr. Da er ein so vorzüglicher Mann ist, auch schon 40 Jahr alt ist, so sollte er nichts tun, wodurch er sich zu den andern so herabwürdigt.*

Herder antwortet darauf am 28. März: *Was Du von Goethes Klärchen schreibst, mißfällt mir mehr, als daß es mich wundern sollte. Ein armes Mädchen – ich könnte mir's um alles nicht erlauben! Aber die Menschen denken verschieden, und die Art, wie er hier auf gewisse Weise unter rohen, obwohl guten Menschen gelebt hat, hat nichts andres hervorbringen können. Auf mich macht Italien in allem nun einmal den ganz entgegengesetzten Eindruck. Ich kehre wie ein Geist zurück und kann Dir nicht sagen, wie mir vor dem gewöhnlichen Troß von Buhlereien etc. ekelt.*

Carolines Wort vom *herabwürdigen*, Herders Verweis auf die italienischen Verhältnisse, sein: *ich könnte mir's … nicht erlauben* charakterisierten die Situation.

Charlotte *verdenkt es ihm sehr.* Sie soll es von ihrem Sohn Fritz erfahren haben, der *die junge Vulpius* eines Tages allein im Gartenhaus antrifft. So jedenfalls beschreibt es Karl von Stein in seinen Erinnerungen. Bedarf es wirklich dieser Nachricht? Hat sie es nicht längst geahnt? Der Streit um die Klärchen-Gestalt, die *Nuance* zwischen *der Dirne* und *der Göttin* hat die literarische Ebene verlassen, ist in ihr Leben getreten. Die Rollenverteilung – *Dirne* und *Göttin* – steht für Charlotte sofort unumstößlich fest.

Eine Frau aus einem anderen Stand, aus dem Bürgertum, die Tochter eines Hofbeamten aus der untersten Schicht. Ein Mädchen, das in Bertuchs *Blumenfabrick* ihr Geld verdient, mit dem Bruder lebt. Ein leichtsinniges Frauenzimmer. Eine junge Frau, halb so alt wie sie.

Charlotte ist empört. Sie sieht ihr Erziehungswerk an Goethe zerstört. Er, den sie zehn Jahre glaubte zum Höchsten hinaufgezogen zu haben, würdigt sich in ihren Augen nun herab. Ihr Standesdünkel und ihre durch die höfische Welt festgefügten Grundwerte des Daseins setzen sie ins Recht. Ihn dagegen ins Unrecht.

In Wirklichkeit ist sie zutiefst in ihrer Weiblichkeit verletzt.

Die Ungleichheit ihrer beider Lebenssituationen. Charlotte geht auf die Fünfzig zu. Ihre Söhne sind erwachsen. Im Vorjahr hat sie Ernst, zwanzigjährig, nach langem Siechtum (vermutlich Knochenkrebs) verloren. Karl, der älteste, ist aus dem Haus. Den jüngsten, ihren Lieblingssohn Fritz, hat sie Goethe anvertraut, dem leiblichen Vater damit eine schwere Kränkung zugefügt. Ihre Ehe ist nicht zuletzt durch diese Kränkung und das Jahrzehnt ihrer Nähe zu Goethe sinnentleert. Josias von Stein ist zudem krank, leidet an schweren Depressionen. 1789 hat er seinen ersten Schlaganfall. (Nach seinem Tod 1793 findet man bei der Obduktion einen Knochensplitter im Gehirn von einem Reitunfall in jungen Jahren, der vermutlich die Ursache seines schrecklichen Zustandes war.) Für Charlotte wird der Ehemann zunehmend zum Pflegefall. Alles, was sie noch vom Leben erwartet, erwartet sie von Goethe.

Seine völlig andere Situation. Er steht in der Lebensmitte. Seine *Wiedergeburt* in Italien, sein *neues Leben*. Am 28. August 1789 wird er seinen 40. Geburtstag feiern. Er hat seine achtbändige Werkausgabe beendet, die *Summa Summarum seines Lebens*, wie er sagt, gezogen. Er erfährt, daß er Vater wird. Ende April muß Christiane Vulpius die Gewißheit bekommen haben, daß sie in anderen Umständen ist. Seit Anfang Mai vermutlich weiß Goethe um die Schwangerschaft seiner Liebsten. Zunächst hat er wohl die Vorstellung gehabt, mit beiden Frauen zu leben: mit der Sinnenliebe und der Seelenfreundin. Es ist ein alter Wunschtraum. Bereits 1781 hatte er Charlotte geschrieben: *ich habe die ganze Nacht von dir ge-*

träumt. Unter anderem hattest du mich an ein artiges Misel verheuratet und wolltest es sollte mir wohlgehen.

Dieser Wunsch scheitert offenbar an Charlottes abweisender Härte.

Über die Vorgänge zwischen ihr und Goethe im März und April 1789 wissen wir kaum etwas. Goethes spätere Briefe lassen vermuten, sie reagiert mit Abwehr, Vorwürfen, klagt das Gewesene, die Rückkehr der Liebe ein. *Sie will nicht verzeihen und er nicht um Verzeihung bitten*, berichtet Caroline Herder ihrem Mann im Februar, und am 8. Mai, drei Tage nachdem Charlotte zu einem längeren Kuraufenthalt nach Bad Ems abgereist ist: *Sie ist sehr, sehr unglücklich, und Goethe beträgt sich nicht hübsch ... Er hat sein Herz, wie sie glaubt, ganz von ihr gewendet und sich ganz dem Mädchen ... geschenkt.*

Am Tag ihrer Abreise hat Charlotte Goethe einen Brief übergeben. Da sie alle ihre Briefe später zurückgefordert und vernichtet hat, ist deren Inhalt unbekannt. Ganz sicher war es ein genereller Brief über die Zukunft ihrer Beziehung.

Goethe ist sich da wohl schon bewußt, daß die Trennung unumgänglich ist. Die Klärung seines Verhältnisses zu Charlotte geschieht von seiner Seite aus mit dem Wissen um die Schwangerschaft Christianes. Charlotte dagegen bleibt verborgen, daß er Vater werden wird.

Er läßt sich Zeit mit der Antwort. Einen ganzen Monat. Dann schreibt er Charlotte zweimal, am 1. und am 8. Juni. Er tut den entscheidenden Schritt, führt den Bruch der Beziehung herbei.

Ich danke dir für den Brief, heißt es am 1. Juni, *den du mir zurückließest, wenn er mich gleich auf mehr als eine Weise betrübt hat. Ich zauderte darauf zu antworten, weil es in einem solchen Falle schwer ist aufrichtig zu seyn und nicht zu verletzen. Wie sehr ich dich liebe, wie sehr ich meine Pflicht gegen dich und Fritzen kenne, habe ich durch meine Rückkunft aus Italien bewiesen. ... Was ich in Italien verlaßen habe, mag ich nicht wiederhohlen, du hast mein Vertrauen darüber unfreundlich genug aufgenommen. ... Leider warst du, als ich ankam, in einer sonderbaren Stimmung und ich gestehe aufrichtig, daß die Art wie du mich empfingst ... für mich äusserst empfindlich war. ... Und das alles eh von einem Verhältniß die Rede seyn konnte das dich so sehr zu kräncken scheint.*

Und welch ein Verhältniß ist es? Wer wird dadurch verkürzt? Wer macht Anspruch an die Empfindungen die ich dem armen Geschöpf gönne? Wer an die Stunden die ich mit ihr zubringe?

Schonender kann man es nicht sagen, es heißt nichts anderes als: Du hast mir als Frau nicht gewährt, was diese andere mir gewährt. Was mich in den voritalienischen Jahren mit dir glücklich gemacht hat, das gilt nicht mehr. Bewußt gebraucht er die Floskeln der höfischen – ihrer – Welt, wenn er von seiner Liebsten als dem *armen Geschöpf* spricht, dem er seine *Empfindungen gönne*. Es könnte auch heißen, *auch der Geringste, wenn er ganz ist kann glücklich und in seiner Art vollkommen seyn.*

Er fährt fort: *Frage Fritzen, die Herdern, jeden der mir näher ist, ob ich untheilnehmender, weniger mittheilend, unthätiger für meine Freunde bin als vorher? Ob ich nicht vielleicht ihnen und der Gesellschaft erst recht angehöre. Und es müßte doch ein Wunder geschehen, wenn ich allein zu dir, das beste, innigste Verhältniß verlohren haben sollte.*

Dem ersten Schmerz, dem Vorwurf ihrer fehlenden Weiblichkeit, der sie zutiefst treffen muß, fügt er einen zweiten hinzu. Indem er sie mit dem Sohn und Caroline Herder auf eine Stufe stellt. Er bedeutet ihr damit: Du bist nicht mehr der wichtigste Mensch für mich, du hast deinen einzigartigen Platz in meinem Leben verloren.

Hatte er ihr nicht schon im Februar-Brief die Verwandlung ihrer Liebe in Freundschaft vorgeschlagen? Nun ist es eine Mitteilung, ein seinerseits gefaßter Entschluß.

Daß sie diesen Entschluß heraufbeschworen, durch ihre Reaktionen provoziert hat, geht aus dem folgenden hervor: *Aber das gestehe ich gern, die Art wie du mich bißher behandelt hast, kann ich nicht erdulden. Wenn ich gesprächig war, hast du mir die Lippen verschloßen, wenn ich mittheilend war hast du mich der Gleichgültigkeit, wenn ich für Freunde thätig war, der Kälte und Nachlässigkeit beschuldigt. Jede meiner Minen hast du kontrollirt, meine Bewegungen, meine Art zu seyn getadelt und mich immer mal a mon aise gesezt.*

Wir ahnen ihren Umgang mit ihm. Freilich, es ist seine Darstellung. Die ihre haben wir nicht. *Wo sollte da*, fährt er fort, *Vertrauen und Offenheit gedeihen, wenn du mich mit vorsätzlicher Laune von dir stießest. Ich möchte gern noch manches hinzufügen, wenn ich nicht befürchtete, daß es dich bey deiner Gemüthsverfassung eher beleidigen als versöhnen könnte.*

Und, als traue er seinen Worten nicht, fügt er schulmeisterlich ein lächerliches, absurdes Detail hinzu. Er, der ihr aus Italien pfundweise Kaffee schickte, wirft ihr nun das Trinken von Kaffee vor. *Es ist nicht genug, daß es schon schwer hält manche Eindrücke moralisch zu überwinden, du verstärckst die hypochondrische quälende Kraft der traurigen Vorstellungen durch ein physisches Mittel, dessen Schädlichkeit du eine Zeitlang wohl eingesehn und das du, aus Liebe zu mir, auch eine Weile vermieden und dich wohl befunden hattest.*

Das Kaffeetrinken als Ursache von allem! Ließe sie es, wäre ihre Gemütsverfassung eine andere. Er bagatellisiert damit ihren Schmerz.

Es ist ein Abschiedsbrief einer großen, zu Ende gehenden, bereits um Jahre überlebten Liebe.

Möge dir die Cur, die Reise recht wohl bekommen. Ich gebe die Hoffnung nicht ganz auf daß du mich wieder erkennen werdest. Leb wohl, schließt er.

Kaum daß der Brief Charlotte erreicht haben kann, schickt Goethe einen zweiten hinterher. Eine Woche später. Am 8. Juni.

Es ist mir nicht leicht ein Blatt saurer zu schreiben geworden, als der letzte Brief an dich und wahrscheinlich war er dir so unangenehm zu lesen, als mir zu schreiben. Indeß ist doch wenigstens die Lippe geöffnet und ich wünsche daß wir sie nie gegeneinander wieder schließen mögen. Ich habe kein größeres Glück gekannt als das Vertrauen gegen dich, das von jeher unbegränzt war, sobald ich es nicht mehr ausüben kann, bin ich ein anderer Mensch und muß in der Folge mich noch mehr verändern.

… Zu meiner Entschuldigung will ich nichts sagen. Nur mag ich dich gern bitten: Hilf mir selbst, daß das Verhältniß das dir zuwider ist, nicht ausarte, sondern stehen bleibe wie es steht. Schencke mir

dein Vertrauen wieder, sieh die Sache aus einem natürlichen Gesichtspunckte an, erlaube mir dir ein gelaßnes wahres Wort darüber zu sagen und ich kann hoffen es soll sich alles zwischen uns rein und gut herstellen.

Ein gänzlich anderer Ton. Die Bitte um Versöhnung, verbunden mit dem Wunsch ihrer Einwilligung in sein Zusammenleben mit Christiane Vulpius. Was ist vorgegangen? Hat er sich den Schmerz vergegenwärtigt, den er der einst geliebten Frau zugefügt hat? Will er sein Gewissen beruhigen? Sind ihm erstmals die Konsequenzen des Bruchs vor Augen getreten? Charlotte als sein *Schutzgeist* bei Hofe. Ihre Nähe zu den Herzoginnen, ihr Einfluß. Der Fürstenhof ist auch die Stadt. Was wird es für ihn, für sein Liebchen bedeuten, wenn Charlotte ihm ihre Neigung entzieht, sich diese gar verkehrt? Wessen wird sie dann fähig sein?

Goethes Mitleid vielleicht. Angst. Gefahr, die er auf sich zukommen sieht. Noch einmal beschwört er das Gewesene, ihre liebende Vertrautheit, zeichnet die Vision des Nebeneinanders der beiden Frauen, der Seelenfreundin und des Verhältnisses, das er ihr, Charlotte, anvertrauen will, damit es *stehen bleibe wie es steht*, es nicht *ausarte*. Eine versöhnende Geste mit dem Wissen, die Trennung ist bereits vollzogen.

Der zweite Brief kann den ersten nicht ungeschrieben machen.

Über Jahre werden sie kaum ein Wort miteinander wechseln. Für alle drei, Charlotte, Christiane und Goethe, wird der Bruch belastend sein, alle drei wird er lebenslang begleiten.

… *sieh die Sache aus einem natürlichen Gesichtspunckte an*, hat Goethe Charlotte in seinem zweiten Brief gebeten. Dieser natürliche Gesichtspunkt – das Wachsen des Kindes im Leib der Geliebten – wird für ihn im Sommer 1789 zum bestimmenden.

Im Mai sind in seinen Ausgabenbüchern *1 1/2 Ellen Atlas* verzeichnet, im Juni *2 Ellen französische Leinwand und 16 Ellen Band* (GSA 34 VIII, 1,5 und 1,6). Geschenke für Christiane; die Frauen beginnen mit den Näharbeiten für das Kind, das sie erwartet.

Goethes Anspielungen. An Herder am 10. Mai: *Ich brauche noch auf mehr als eine Weise deinen Segen und deine Hülfe* ... Vieldeutig an den Herzog: *Ich habe nichts getan, dessen ich mich rühmen könnte, manches dessen ich mich freun darf* ... Am 5. Juli dann an Carl August: *Ich dencke immer mehr auf die Haus Existenz, das sich denn auch ganz gut für mich ziemt.* Hat er ihm anvertraut, daß er Vater werden wird, mit Christiane Vulpius zusammenzuziehen gedenkt?

Seine Überlegungen scheinen darauf konzentriert. Mitte Mai macht er einen Lebens- und Arbeitsplan für das kommende Jahr. Zwei Spalten, links künstlerische und wissenschaftliche Pläne, rechts das Leben. *Haußkauf* steht da rechts unter anderem und: *Erotica.* Im Brief vom 6. April 1789 an den Herzog taucht das Wort *Erotica* erstmals auf, es sind die »Römischen Elegien« gemeint. Im Lebensplan aber bezieht es sich auf Christiane. Anfang August verreist er für vierzehn Tage mit dem Herzog, er schreibt an Herder: ... *und doch kann ich dir versichern, daß ich mich herzlich nach Hause sehne, meine Freunde und ein gewisses kleines Erotikon wieder zu finden, dessen Existenz die Frau dir wohl wird vertraut haben.*

Ich stelle mir Christiane Vulpius' Ängste vor, als sie entdeckt, daß sie schwanger ist. Die Zeit bevor sie es Goethe sagt. Die Zeit danach. Was wird werden?

Stuprum inferre virgini, eine zur Hure machen. Uneheliche Beiwohnung, Hurerei, ist durch Gesetz verboten und hat die Strafe des *Stuprums* zur Folge, *stuprum flagitium probrum fornicatio.*

Ob Christiane Vulpius sich an das Schicksal von Anna Catharina Höhn erinnert hat? Der Fall liegt kaum fünf Jahre zurück.

Eine uneheliche Schwängerung, wird sie bekannt, gilt sie als Fall offenkundig gewordener Unzucht und steht unter Strafe. Selbst das Verbergen der Schwangerschaft ist nach Weimarer Gesetzen strafbar. Sanktionen des Weimarer Stadtrates und der Kirche sind zu fürchten. Die Strafen sind vielfältig: Geldstrafen, Schwurhand, öffentliche Kirchbuße.

Christiane weiß es seit ihrer Kindheit. Ihr Onkel, der Bruder der

Mutter, mußte als Achtzehnjähriger wegen des Umgangs mit einer Eva Dorothea Tanztberger aus Berka öffentlich Kirchbuße tun (THStAW, Stadtkirchenarchiv D 7, Bl. 64 u. 65). Ihr Vater hatte sich vor seiner zweiten Ehe des *anticipirten Beischlafs* schuldig gemacht. Selbst der Beischlaf von Verlobten steht unter Strafe, die *zeithero für gesetzt gewesene 8tägige GefängnißStrafe* ist 1771 *auf 14 Tage* erhöht worden.

Was wird ihr geschehen? Wird sie die Schwurhand leisten müssen? In den Weimarer Kirchenbüchern finden sich in den Geburts- und Taufregistern winzige gezeichnete Hände, anderthalb bis zwei Zentimeter groß, mit gleicher Feder wie die Eintragungen. Es sind die symbolischen Schwurhände der Frauen, die sich des vorehelichen Beischlafs schuldig gemacht haben, die Schwurhände, die die Frauen unter Strafandrohung zu erheben haben, um unter Eid ihre Schwängerer anzugeben. Die sich in den alten Büchern auskennende Mitarbeiterin im Kirchenamt erklärt es mir, hilft mir beim Entziffern.

Bußgeldeinträge wegen *anticipirten Beischlafs*. Ein *Johann Georgi mit der Neuberin* und ein *J. C. T. Biertumpel mit der Treiberin* müssen 2 Reichstaler Strafe entrichten. Von einem *Johann Andreas Gottlieb Schorcht* steht da: *auf Befehl geheiratet in der Stille copulirt worden ein Leinenwebergesell am 10. Feb. 1787 mit seiner geschwängerten Querfurtin*. Als Nachsatz: *Diese beyden Personen sind die ersten, welche 3 Reichsthaler nach neuestem Befehl zahlen*. Auch die Aufteilung des Geldes ist angegeben: Herder bekommt 2 Reichstaler, Kantor und Stadtkirchner jeweils 12 Groschen.

1787 werden also die Bußgelder erhöht. Sie sind eine zusätzliche Einnahmequelle. Ist Herder nicht da, kassiert seine Frau Caroline, führt die Gelder der Haushaltskasse zu.

Der aufgeklärte Herder mit seinen »Briefen zur Beförderung der Humanität«. Ein Beispiel aus seiner späten Amtszeit. Ein Eintrag im Weimarer Kirchenbuch von 1801. Eine *Hure* namens *Bechstein* wird da genannt. *Johannen Carolinen Dorothen gebürtig aus Altenburg uneheliches Söhnlein ist gebohren Dien. den 24. Nov. a.c. … In einer Nota* dazu steht: *Bei der Kirche ist angezeigt worden, daß Herr Luis Hubert Dupondreau aus Fontanay Comte in der Vendeé gebürtig Vater zu diesem Kinde sei aus den bei allhiesigen Stadtrate über diese uneheliche Schwängerung geführten Akten ist das mehrere zu ersehen. Die Mutter hat angegeben sie sey im Monat März 1801 heimlich in Halle mit einem gewissen Franzosen Dupondreau, einem Emigranten, dessen jetzigen Aufenthalt sie aber nicht wisse weil er immer auf Reysen sei copuliret worden. Es ist ihr zur Legitimation daß sie ehelich copuliret sey eine Frist von vier Wochen gestattet worden, hat sich aber nicht legitimieren, sondern die auf die uneheliche Schwängerung gesetzte Strafe und Kosten bezahlt.* Am Rand ist später von anderer Hand hinzugefügt worden: *Täufling starb 14. 5. 1860 in Meiningen als Herzogl. Hofrat und Bibliothekar.* Bei der *Hure Bechstein* handelt es sich um die Mutter des bekannten Schriftstellers und Märchendichters, bei dem *Täufling*, dem Hurensohn, um Ludwig Bechstein.

Christianes Angst. Vor allem wahrscheinlich vor öffentlichen Strafen und Zurschaustellung. Weniger wohl ein Quälen mit moralischen Zweifeln. Ihre Lebenserfahrungen und der Bruder haben sie gelehrt, die Dinge realistisch zu sehen. Über *anticipirten Beischlaf* und das Sakrament der Ehe schreibt der Bruder in seinem »Glossarium auf das 18. Jahrhundert«: *Kopulation, eine bewunderungswürdige Gewalt der Geistlichkeit, welche einem Mann die Erlaubniß giebt, sich mit einer weiblichen Person fleischlich zu vermischen. »Mit drei Worten, welche bei uns Katholiken lauten: ego conjungo vos, giebt ein Priester einem Mann die Erlaubniß, sich im Angesicht der ganzen Welt mit einer Jungfer zusammen zu legen; und dies heißt, ein, von einer geweihten Person, verwaltetes Sakrament. Eben diese Sache, ist ohne diese drei Worte, ein abscheuliches Verbrechen, welches ein armes Mädchen verunehrt... – Ueber den ersten Umstand können sich die Eltern nicht genug freuen, und führen die Tochter selbst zu Bette: bei dem anderen sind sie in Verzweiflung, laßen ihr die Haare abschneiden, und stecken sie ins Kloster.«* Ob Goethe sich sofort und freudig oder verwirrt und zögerlich zu seiner Vaterschaft bekannt hat, wissen wir nicht.

Er kennt selbstverständlich die Gesetzeslage. Die Vorstellung: Goethe sitzt in Weimar eine *GefängnißStrafe* ab. Aber es ist, wie Christianes Bruder sagt: sein *hoher Stand* ist *ein Vollmachtsbrief, alles cum privilegio zu thun, was ein Niedriger nicht ohne Strafe zu thun wagen darf*. Goethe selbst ist in Sicherheit, aber er weiß, seine schwangere Freundin ist in seiner Hand. Nur er kann ihr helfen. Ende Juni muß Goethe sich in der Angelegenheit der unehelichen Schwangerschaft an Voigt, seinen Amtskollegen und Mitglied des Geheimen Consiliums, gewandt haben.

Schriftliches ist nicht überliefert. Ein halbes Jahr später aber, das Kind ist geboren, bedankt sich Goethe in einem Brief vom 27. Dezember 1789 – es ist der Tag der Taufe – bei Christian Gottlob Voigt für die *Gefälligkeit, womit Sie mir vor einem halben Jahre in re incerta beystehen wollten*.

Bei dieser *Gefälligkeit* kann es sich nur um dessen Bereitschaft gehandelt haben, die Angelegenheit der unehelichen Schwangerschaft zu regeln.

Später wendet sich Goethe in einem ähnlichen Fall an Voigt. Im Juni 1793, als er an der Belagerung von Mainz teilnimmt, hat ein Soldat sein Mädchen schwanger in Weimar zurückgelassen. Sie lebt in Angst vor Strafe. Goethe schreibt am 3. Juli an Voigt: *Einer der sich ziemlich gut gehalten hat Nahmens Blumenstein hat um den Trauschein gebeten, er lebt schon lange mit einem Mädchen die Güntherinn heißt. Durchl. sind geneigt ihm zu willfahren, hätten Sie wohl die Gütigkeit zu sorgen? daß dem Mädchen das er schwanger zurückgelassen biß zu seiner Rückkunft von Stadtraths wegen kein Leid geschehe*.

Im Juni 1789 also Goethes Bemühungen in eigener Sache. In seiner Stellung genügt die Bitte wohl. Voigt sorgt für Abwendung der Strafen von Christiane Vulpius; kein peinliches Befragen, keine Schwurhand, keine Akte beim Weimarer Stadtrat über die uneheliche Schwängerung.

Auch um Christian August Vulpius kümmert sich Goethe weiterhin. Seine Empfehlungen nach Erlangen, Düsseldorf und Leipzig sind ergebnislos geblieben.

Es tut mir leid, daß Ihre gütigen Bemühungen für den jungen Vulpius sowie die meinigen bißher fruchtlos gewesen sind, schreibt er am 15. April 1789 an Hufnagel. Aus diesem Brief erfahren wir, daß Vulpius Erlangen verlassen hat und nach Leipzig gehen wird. Goethe erneuert seine Empfehlung vom 1. September 1788 an

Göschen: *Ein junger Mann Nahmens Vulpius hat ein Paar Bändchen Operetten geschrieben; ... können Sie ihm ... Arbeit verschaffen, ihm durch Empfehlung oder sonst nützlich sein, so werden Sie mich verbinden*, heißt es am 23. April 1789, und am 22. Juni: *bey den weitläufigen Bedürfnissen der Buchhandlung sollte es mich wundern, wenn er nicht gut geleitet, sich einen mäßigen Unterhalt sollte verdienen können. Ich bin auch nicht abgeneigt, ihm von Zeit zu Zeit einige Unterstützung zu gönnen.*

Am 14. August kommt Christian August Vulpius in Leipzig an. Sechs Tage später schreibt Goethe an Göschen: *Ich danke Ihnen, daß Sie Herrn Vulpius so viel als möglich wollen behilflich sein, ich wünschte sehr, daß er sich in die Arbeiten, welche dort Unterhalt geben, schicken möge.*

Auch dem Verleger Breitkopf empfiehlt er ihn. *Haben Sie die Güte ihm zu erlauben daß er Sie manchmal sehe, sich Ihnen eröffne*, schreibt er ihm am 31. August 1789. Und am 13. Oktober an Göschen: *Wenn Herr Vulpius bey seiner vorhabenden Veränderung etwas Geld nötig seyn sollte, so bitte ich ihm biß auf 25 Thaler vorzuschießen.* Mitte Oktober ist Goethe in Leipzig, vermutlich trifft er da mit dem Bruder seiner Liebsten zusammen.

Im Sommer 1789 reift Goethes Entschluß, Christiane Vulpius in sein Haus am Frauenplan aufzunehmen, mit ihr eine Familie zu gründen.

Zugleich weiß er wohl von Anfang an, er wird diesen Bund nicht mit Trauschein und Ehesakrament sanktionieren.

Das ist zunächst nicht als Zögerlichkeit Christiane Vulpius gegenüber zu werten. Es hat mit Goethes Heidentum, seiner antikirchlichen Haltung, seiner Eheaversion zu tun. Die für die damalige Zeit ungewöhnliche Form einer wilden Ehe entspricht zudem in hohem Maße seiner nachitalienischen Vorstellung, als *Künstler* und *Gast* in Weimar leben zu wollen. Sein Adelsdiplom und seine Stellung als *Favorit* des Herzogs ermöglichen es ihm, sich außerhalb des Gesetzes zu stellen. Und Christianes Zugehörigkeit zur *Weimarischen Armuth* und die Tatsache, daß sie keine Eltern mehr hat und der Bruder von ihm abhängig ist, erleichtern es ihm.

Ungefragt oder auch gefragt, wir wissen es nicht, in jedem Fall aber mutig, teilt Christiane dieses Lebensexperiment mit ihm. Nicht in einem einzigen ihrer Briefe in den folgenden achtzehn Jahren kommt das Wort Heirat als Wunsch oder Forderung vor.

Steht Goethes Entschluß zu einer freien Lebensweise auch in Zusammenhang mit jenem historischen Ereignis, der im Sommer 1789 in Paris ausbrechenden Französischen Revolution?

Er äußert sich kaum zu den revolutionären Vorgängen in Frankreich. Am 3. März 1790 aber schreibt er vieldeutig an seinen Freund Jacobi: *Daß die Französische Revolution auch für mich eine Revolution war, kannst du dencken.* Später bestätigt er einen solchen Zusammenhang; an Schiller heißt es am 13. Juli 1796: *Heut ist die Französische Revolution 7 Jahr und mein Ehstand 8 Jahr alt.*

Goethe wählt die menschlichste Lösung, bekennt sich zu der Frau, die ein Kind von ihm erwartet. Zugleich, durch den Verzicht auf jene drei Worte, von denen Christianes Bruder in seinem »Glossarium« spricht, ist es die provokativste. Ahnt er, welchen aufreibenden Alltagskrieg mit Hof und Stadt er damit in Weimar heraufbeschwört?

Die Sitten der Oberschicht, des Adels sind locker, die Sexualmoral sehr frei. Der Landesherr selbst mit seinen Liebschaften und Mätressen ist ein Beispiel dafür. Ein uneheliches Kind, eine Geliebte ist in diesen Kreisen nichts Ungewöhnliches.

Für Goethe wären in seiner Stellung verschiedene Lösungen denkbar. *Die junge Vulpius* mit Geld abzufinden, ihr einen anderen Mann zu bestimmen. Oder ihr eine Wohnung zu mieten und sie weiterhin zu besuchen, das würde eine standesgemäße Heirat seinerseits weder tangieren noch ausschließen. All das würde die Oberschicht akzeptieren.

Aber Goethe ist kein stiller Sünder, hält sich nicht an die Spielregeln. Widersetzt sich der zynischen Doppelmoral. Schickt sich an, seine freie Liebe in aller Öffentlichkeit, vor den Augen aller zu praktizieren.

Das ist Provokation. Tabuverletzung. Der Fürstenhof ist empört. Nimmt das nicht unwidersprochen hin. Reagiert vermutlich mit einer Strafmaßnahme.

Wie alle diffizilen und die Etikette verletzenden Dinge in Weimar ist es von den Beteiligten, von Goethe selbst und dem Herzog, später von der Goetheforschung verschleiert worden.

Goethe muß das Haus am Frauenplan verlassen und in eine andere Wohnung vor den Toren der Stadt umziehen. Diese Tatsache und seine Existenz für fast drei Jahre in einem anderen Haus, ehe er an den Frauenplan zurückkehrt, wird kaum, und wenn, dann ohne Kommentar erwähnt.

Hinter diesem Umzug könnte sich die Strafmaßnahme des Hofes verbergen, möglicherweise war es eine Art Zwangsräumung.

Was im einzelnen geschah, ist, aus den genannten Gründen, schwer festzustellen. Die Empörung muß von den weiblichen Mitgliedern der Fürstenfamilie ausgegangen sein. Eines der repräsentativsten Häuser der Stadt, in unmittelbarer Nähe des Fürstenhofes, Schauplatz einer wilden Ehe? Von der Herzogin Louise ist überliefert, sie habe Goethe ausrichten lassen, *sie fände es sonderbar, daß er ihr sein Kind alle Tage vor der Nase herumtragen* lasse. Auch Charlotte von Steins Stimme kann man sich im Chor der empörten Frauen vorstellen. In einem Brief schreibt Carl August am 27. Mai 1789 an seine Mutter: *Ich habe Göthen Ihren Auftrag kundgetan; er wird sich bemühn, Ihre Befehle zu erfüllen.* Drei Tage zuvor hat Goethe in seinem Plan für das kommende Jahr das Wort *Haußkauf* notiert. Als einziger Punkt in der rechten Spalte ist dieser dann als erledigt durchgestrichen.

Hat er an das Haus am Frauenplan gedacht, mit dem Herzog über den Kauf durch die Fürstliche Kammer gesprochen? Denkt er an ein anderes? Oder ist es schon eine Reaktion auf die Einwände der fürstlichen Frauen gegen den Einzug von Christiane Vulpius in dieses Haus?

Am 27. September 1789 heißt es bei Carl August vorwurfsvoll an seine Mutter, ohne daß erkennbar ist, worauf er sich bezieht: *dass ja fast kein Mensch seine Eigenheiten ändern, kaum lenken kann, und dass das gegenseitige Ertragen doch die seligste Beschäftigung auf Erden ist.* Und er bittet sie, bei künftigen *grossen Steinen des Anstosses* soll sie ihm zuerst, *und zwar in der ersten Zeit der Entdeckung*, die vermeintlichen *Mißverhältnisse* anvertrauen. Anna Amalia war es, die, gedrängt von Goethes Mutter, einen Anteil daran hatte, daß Goethe von dem nicht winterfesten Gartenhaus in das schöne barocke Stadthaus gezogen war. 1782, im Jahr, als er geadelt wurde und das Amt des Kammerpräsidenten übernahm. *In meinem neuen Hause*, schrieb er damals dem Herzog, *breite ich mich aus und alles kommt in die schönste Ordnung ... Wie viel mir die neue Einrichtung an Arbeit erleichtert, ist kaum zu sagen, ich kann in eben der Zeit und mit gleicher Mühe noch einmal so viel thun.*

Inwieweit Carl August unter dem Druck der Frauen handelt, bleibt offen. Ebenso, ob sich der Hausbesitzer Helmershausen einer notwendigen Raumerweiterung verweigerte.

Da die Herzogin Louise nicht wünscht, Goethes Kind vor ihrer Nase herumgetragen zu sehen, weist der Herzog ihm zwei Wohnungen außerhalb der Stadt in den Jägerhäusern zu. Erbaut worden sind die Häuser Anfang des 18. Jahrhunderts unter Herzog Wilhelm Ernst, der vor dem äußeren Frauentor eine neue Vorstadt schaffen wollte. Es kam nicht dazu. Nur die fürstliche Bauverwaltung errichtete dort fünf Häuser unter einem Dach. Sie wurden Jägerhäuser genannt, weil sie Forstmeistern, Forstjunkern, Jägern und Falkonieren als Wohnungen dienten. Zugleich wurden dort die Tiere aufgezogen, die man für die Jagd brauchte. So ist es auch zu Carl Augusts Zeiten. Am 6. Dezember 1778 notiert Goethe in sein Tagebuch: *Mit Wedeln* (dem damaligen Oberforstmeister) *im Jägerhaus zu den Hühnern und Fasanen.* Im »Weimarischen Wochenblatt« von 1789 ist zu lesen, daß im Jägerhaus *Seidenhasen, Perlhühner und Frettchen das Stück zu 2 Taler bei dem Falkonier* zu haben seien.

Die Jägerhäuser befanden sich hinter dem Wielandplatz auf der linken Seite der heutigen Marienstraße. Sie wurden im Zweiten Weltkrieg durch Bomben stark beschädigt und dann abgerissen. Bei Goethe heißt es: *das letzte Gebäude vor dem Frauentor auf der Reihe wo Wieland wohnt, je ein Quartier im Nordbau.*

Die Lage vor den Toren der Stadt. Der bisherige Nutzungszweck. Sollte das kein Zeichen sein? Ebenso die Nachnutzung. Der nächste Mieter, für den der Herzog die Quartiere braucht, wird der Engländer Charles Gore mit seinen beiden Töchtern sein, deren eine,

Emilie, Carl August zu seiner Geliebten begehrt. Das wirft zweifellos ein Licht darauf, wie die Bindung Goethes und Christianes eingeschätzt wird.

Jeder Platz, jedes Plätzchen die Sie mir aufheben, sollen mir lieb seyn, hatte Goethe aus Italien seinen Brief mit den Bedingungen seiner Rückkehr geschlossen.

Die Realität. Seine Vorstellungen, als *Künstler* und *Gast* in Weimar leben zu wollen, werden zurückgewiesen. Eine Degradierung, Kränkung. Wie tief er sie empfindet, wird erst Jahre später, als er in das Haus am Frauenplan zurückkehrt, sichtbar. Jetzt verbirgt er sie. Verhält sich äußerst diplomatisch.

So oft ich ins neue Quartier komme, freue ich mich der anmuthigen freyen Lage, des schönen Raums und mancherlei Bequemlichkeit, und freue mich Ihnen auch das verdancken zu können, heißt es am 5. November 1789 an den Herzog. Am 1. Juli 1790: *Meine Wohnung dancke ich Ihnen täglich, sie wird mir immer lustiger und anmuthiger.*

Ew. Durchlaucht finden mich wenn Sie wiederkommen, in einem neuen Quartier, schreibt er Anna Amalia am 14. Dezember 1789 nach Italien: *Der Herzog, der auf alle nur mögliche Art für mich sorgt und mich zu meiner größten Dankbarkeit auf das beste behandelt, hat mir die Wertherschen und Staffischen (Quartiere) im Jägerhaus gegeben, wo ich gar anmutig wohne.* Ist das eine geschickte Art, um die Frauen freizusprechen von ihrer Mitbeteiligung an seiner Verbannung, oder ist es eine harsche Kritik an ihnen: Künftig werde ich mich ausschließlich an meinen männlichen Freund halten?

Fast drei Jahre wird Goethe brauchen, um den Herzog umzustimmen, er wird sich ihm wieder anzudienen haben, wird ihn auf einem Kriegszug begleiten müssen, ehe das Haus am Frauenplan erneut zur Disposition steht und der Herzog ihn dorthin zurückkehren läßt.

Umzugsvorbereitungen. Veränderungen im Leben beider.

Christiane hat für die Stiefschwester und die Tante zu sorgen. Die Entscheidung fällt, sie werden mitziehen.

Goethe trennt sich von seiner Köchin Anne Dorothee Wagenknecht, die seit den ersten Weimarer Jahren in seinen Diensten steht. Er entläßt seinen langjährigen Haushaltsvorstand Philipp Seidel.

Im Spätherbst 1789 findet der Umzug statt.

Christiane löst den Haushalt in der Jakobsgasse auf. Ein Zimmer für den Bruder bleibt vermutlich. Die ärmliche Einrichtung, die mitgeht. Dinge, an denen sie hängt, von ihrer Mutter noch, ihrer Großmutter vielleicht. *An Zinn Deller 12, ein zinnern kaffe und milchkann.* An *Dischzeug ... große Dießdügen 3, neue kleine 2, alte kleine 2.* An *Borzlan* u. a. *ein ganz kleines Servics* und *einzelne Dassen 3.* An *Leinen: überzüge von blauer Leinwand, bedtücher von starker Leinwand, unterbetten 3, deckbetten 3, küssen 4, küssen in der kleinen wiege 3. Möblen*, unter anderem *Stühle*, eine *Kommode, Bettgestellen*, eine *Trage aus weißem Holz, der Markteimer.* Christiane listet 1797 mit eigener Hand auf sieben Seiten auf, was sie mitgebracht hat (GSA 34 XIII 4,2).

Goethes umfangreiche Sammlungen dagegen, seine naturwissenschaftlichen Gerätschaften, seine Bibliothek, die Möbel, der Hausrat.

Ich maneuvrire mich immer sachte ins neue Quartier. Das schwere Geschütz ist voraus, das Corps ist in Bewegung und ich decke die Arriergarde. Mit militärischen Bildern schildert er dem bei seinem Kürassierregiment in Aschersleben weilenden Herzog den aufwendigen Umzug vor die Tore der Stadt. Es drängt ihn, die Annehmlichkeiten seines Lebens gegen das militärische des Herzogs auszuspielen. *Wenn Ihre Träume*, heißt es, *von denen Sie mir schreiben, von heroisch philosophischem Inhalte sind, so sind die meinigen gegenwärtig höchstens erotisch philosophisch und folglich auch nicht die unangenehmsten.*

Mit dem *Corps* sind wohl Christianes vierzehnjährige Stiefschwester Ernestine und die fünfundfünfzigjährige Tante Juliana Augusta gemeint. Mit der *Arriergarde*, der Nachhut, Goethes Diener Christoph Erhard Sutor und der Diener Johann Georg Paul Götze. Auch ein Freund aus der römischen Künstlerboheme, gerade in Weimar angelangt, zieht mit: der Maler und Kupferstecher Johann Heinrichs Lips.

Der Umzug spiegelt sich auch in den Rechnungsbüchern. *In*

der alten Wohnung die Vorhangstangen und Rollos und glocken Züge abgemacht, und in der neuen Wohnung wieder angebracht. Der Schlosser Spangenberg erhält am 31. Dezember 1789 1 Taler, 2 Groschen dafür (GSA 34 VIII, 3,12). *Soldaten fürs Ausräumen,* lautet eine Notiz, eine andere: *Schränke zu tragen* (GSA 34 VIII, 1,11).

Neuanschaffungen sind für den größer werdenden Haushalt notwendig. *Federn in die Betten 7 Taler, einen Nachttopf für 12 Groschen* (GSA 34, VIII, 1,10). *Schrank anzustreichen.* Posten für Glaser und Schlosser. Vorhänge und Gardinen müssen genäht werden. *Schillingin 4 Tage Nähen 10 Groschen.* An alles wird gedacht: *für 8 Pfennige Mausefallen* (GSA 34 VIII, 1, 11).

Im November ist der Umzug wohl beendet.

Christiane ist hochschwanger. Ihre Niederkunft wird zum Ende des Jahres erwartet.

Am 5. Dezember besucht Caroline von Beulwitz Goethe und schreibt darüber an Schiller: *Er dauert mich so: sein Liebchen ist in Kindesnöten seit fünf Tagen und wird vermutlich sterben, er sah milder aus als gewöhnlich und zerstreut.* Am 10. dann: *Er ist krank oder sagt sich krank, seines Liebchens wegen, und geht nicht aus.*

Woran Christiane litt, wissen wir nicht. Wochen vergehen bis zur Niederkunft. Goethe harrt zunächst aus, verliert dann, so scheint es, die Geduld. Am 20. Dezember verläßt er Weimar, geht nach Jena, arbeitet dort an seinem »Versuch die Metamorphose der Pflanzen zu erklären«. Auch den 24. Dezember, den Heiligabend, bleibt er in Jena.

Am 25. Dezember 1789 bringt Christiane ihr Kind zur Welt. An dem Tag kehrt Goethe, wohl dringlich gerufen, von Jena zurück.

Wir wissen nichts über die näheren Umstände der Geburt. Goethe äußert sich weder im Tagebuch noch in seinen Briefen darüber. Das wird auch bei den Geburten seiner vier folgenden Kinder so sein. Diesen natürlichen Vorgängen gegenüber hält er sich sehr zurück.

Ganz im Gegensatz zu seinem herzoglichen Freund. Von Carl August ist überliefert, daß, wenn Caroline Jagemann, seine Mätresse, in Kindsnöten war, er die Gassen um ihr Haus mit Stroh ausschütten ließ, um den Lärm der Wagenräder zu dämpfen. Und wenn seine Ehefrau niederkam, eilte er von seinen Militärgeschäften nach Weimar. Am 5. April 1789 zum Beispiel schreibt er aus Aschersleben, er erwarte die Nachricht, *daß ich nach Hause und zu ihrer Entbindung kommen soll.* Seine Briefe an seine Mutter enthalten Schilderungen des Geburtsvorganges. So schreibt er ihr am 26. April 1789, daß der Mediziner Hofrat Stark herbeigerufen wurde. *Er fand dem Kinde eine falsche Lage; es war mit den Ellebogen eingetreten. Vergeblich wartete er auf Wehen; endlich um Mitternacht, da nichts Poussierendes kommen wollte, musste er das Kind wenden, brachte es lebendig heraus, fand aber, dass der Hals in der Nabelschnur verschlungen war. Alle Mittel wurden angewandt; aber die Anhäufung des Bluts war zu gross im Haupte, und das Kind verschied. Nach zweistündigen Warten, wo noch immer keine Wehen kamen, um die Nachgeburt abzutreiben, musste Starke diese mit den Fingern abschälen; dadurch entstanden ungeheure Schmerzen und ein sehr starker Blutverlust. Meine Frau hat abscheulich gelitten und war in sehr grosser Gefahr.*

Christianes und Goethes Ängste Anfang Dezember. Die Gefahr. Nun ist das Kind auf der Welt. Es lebt. Es ist ein Sohn.

Zwei Tage später, am Sonntag, dem 27. Dezember 1789, wird er in der Sakristei der Jakobskirche auf den Namen August Walter getauft.

Die Taufe geschieht wohl auf Christianes Wunsch und Drängen. Der Wert, den einst ihr Vater den Taufen beimaß. Goethe bedeuten diese Formalitäten wenig. Er lehnt sie sogar ab. Als er 1799 beim dritten Kind von Schiller Taufpate ist, bleibt er der Zeremonie fern, entschuldigt sich dem Freund gegenüber, daß er die kirchlichen Handlungen hasse.

1789 erfüllt er Christianes Wunsch. Da das Kind unehelich ist, muß er wiederum eine Ausnahmeregelung erwirken. Auffällig ist, er wendet sich nicht an den inzwischen aus Italien zurückgekehrten Herder, sondern wiederum an Voigt. *Auch für dießen neuen Beweiß Ihrer thätigen Freundschaft und gütigen Vorsorge dancke auf das herzlichste*, schreibt er ihm am 27. Dezember. *Eine in eben diesem*

Momente vollbrachte heilige Handlung erinnert mich aufs neue an die Gefälligkeit, womit Sie mir vor einem halben Jahre in re incerta beystehen wollten und fordert mich nochmals zur Danckbarkeit auf.

Anwesend beim Taufakt ist Goethe vermutlich nicht. Denn formal bekennt er sich nicht zu seiner Vaterschaft. Sein Name steht nicht im Kirchenbuch. Aber das Kind wird auch nicht als unehelich geführt. Der Eintrag im Weimarer Taufregister Anno 1789, Seite 116, Nr. 47 lautet: *Des weiland Fürstl. Sächsisch-Amts-Archivarii allhier Herrn Johann Friedrich Vulpius nachgelassenen eheleiblichen Tochter erster Ehe Johannen Christianen Sophien Söhnlein, ist gebohren am 1. Weihnachtsfeiertag, den 25. Dezember a. c. und sallhier Sonntags darauf als den 27. dito, früh acht Uhr, in der Sacristey der jetzigen Fürstlichen Hofkirche zu Sankt Jakob, von dem Herrn Ober Consist. Rath und zweiten Hof-Diacono Schultze getauft worden. Erhielt die Namen: August Walter, die einzige Taufpathin war Demoiselle Juliana Augusta Vulpius, oben genannten Amts Archivarii Vulpius nachgelassene einzige Schwester.*

Goethe spricht noch von einem zweiten Taufpaten, dem Herzog. Belege darüber gibt es nicht. Der Name des Kindes: August, ist ein Hinweis. Carl August wird später ein mit seiner Mätresse gezeugtes Kind Wolfgang nennen. Ein Wunsch Goethes vermutlich, die Patenschaft des herzoglichen Freundes, eine mündliche Absprache zwischen den beiden. Am 6. Februar 1790 schreibt Goethe dem Herzog: *Der kleine Pathe wird mager, die Frauen sagen aber: bey dieser Diät geschehe es so. Biß in die zwölfte Woche müße man Geduld haben.*

Die Familie im Jägerhaus. Christiane hat das Kind zu versorgen, die Arbeit der entlassenen Köchin und des entlassenen Haushaltsvorstandes zu übernehmen. Sie hat Tante und Schwester zur Hand. Die Umstellung von der ärmlichen auf die großzügige Küche. Der Haushalt in den Jägerhäusern umfaßt sieben Personen. Goethe war zunächst wohl nicht zufrieden. Denn fast den ganzen Januar über läßt er sich von Wilhelm Schwarz – laut Rechnungen – zwei Essenportionen bringen. Für sich und den Maler Lips vermutlich. Auch seine Wäsche läßt er nach wie vor bei seiner Wäscherin waschen, die

Manschetten seiner Hemden wie gewohnt bei Caroline Kummerfeld ausbessern (GSA 34 IX, 1,3). Führt er seinen Junggesellenhaushalt noch eine Zeit weiter, um Christiane Zeit zu geben?

Oder verläuft sein Leben getrennt von dem der Frauen? *Ich habe mich diesen Winter in den untern Zimmern eingerichtet. Es hat mir auch einige Zeit gekostet und bin noch nicht in der Ordnung*, heißt es am 1. Januar 1791. Er ist also nochmals umgezogen. Wir können uns schwer eine Vorstellung vom Alltag vor den Toren der Stadt machen. Zwei Wohnungen, *das Werthersche, das Staffische Quartier*, drei Etagen. *12 Stück Vorsatzfenster abgenommen und wieder vorgemacht im großen jäger Hauß, in den Mittleren und oberen Etagen* ist *am 6. Mai 1790* in den Rechnungsbüchern zu lesen (GSA IX, 1,1). Von *Sutors Stube* ist die Rede. Wie war die Raumaufteilung? Der Maler Lips, wie später dann Meyer, wohnt in der oberen Etage. Als Goethe im November 1791 seinen Freund Reichardt erwartet, heißt es: *wenn ich Ihnen gleich kein Quartier anbieten kann (der Schweizer Meyer … bewohnt meinen obern Stock).*

Und da ist noch das Gartenhaus an der Ilm. Auf den Wäschezetteln von 1790 findet sich: *14 kurze Vorhänge in den Garten, 2 ganz große in den Alkoven* (GSA IX, 3,1).

Von Christiane haben wir keinerlei Zeugnisse aus dieser Zeit.

Von Goethe wissen wir, daß ihm sein neues Leben als Ehemann und Vater äußerst schwer fällt. Er gerät in eine Krise, die sich, wie so oft bei ihm, in einer Reise ihren Ausweg sucht.

Von Goethes *unglücklicher Stimmung* schreibt Humboldt, Schiller am 26. März 1790 sogar: *Man vermutet aber stark, daß er nicht mehr zurückkommen werde.*

Die Ursachen der Krise sind vielfältig. Der Umzug. Die Kränkung darüber. Der Verlust der Lebensgewohnheiten im Haus am Frauenplan. Der ungewohnte Umgang mit gleich drei Frauen, seiner Liebsten, deren Tante und Schwester. Das Neugeborene, der Säugling im Haus. Der Klatsch darüber. *Die Weimarer plagen und verschrauben ihn auch. Was für ein Lärm über das Kind ist, ist unglaublich*, so Caroline von Dachröden an Humboldt.

Seine Vaterschaft im vierzigsten Lebensjahr.

Das Ausschlaggebende wohl: der Anblick seines leiblichen Kindes verweist ihn auf seine geistigen Kinder.

1774, als er die Schwester und die Freundin schwanger wußte, war er in eine tiefe Krise geraten, die sich für ihn erst löste, als er sein eigenes ›Kind‹ zur Herbstmesse desselben Jahres ›in die Welt setzte‹: »Die Leiden des jungen Werthers«.

Der sensationelle Erfolg als junger Mann. Nun, fünfzehn Jahre später, als Vierzigjähriger, kann er ihn auf keine Weise wiederholen. Seine achtbändige Werkausgabe erscheint, die *Summa Summarum* seines *Lebens*. Der Leipziger Verleger Göschen muß ihm mitteilen, daß die Zahl der Subskribenten weit unter der erhofften geblieben ist, etwa fünfhundert nur haben sich für die Ausgabe eingeschrieben. Wohl werden in den Privatbriefen deutscher Intellektueller jener Zeit die Bände – vor allem der »Tasso« und das »Faust-Fragment« – reflektiert, die Resonanz in der Öffentlichkeit aber ist insgesamt gering.

Goethe hat sein Publikum verloren.

Er selbst aber nennt seinen »Tasso« einen *gesteigerten Werther*.

»Tasso«, dieses langsam wachsende *Orangenbäumchen*, sein *gefährliches Unternehmen*, diese Meditation über Kunst und Leben ist die Rechnungslegung seiner gesamten künstlerischen Existenz.

Wenn Tasso, der Hofdichter, der für einen kleinen Kreis schreibt, von dem er verlassen und verstoßen wird, am Ende des Stückes den Verstand verliert, so hat er sich als Dichter, wenn auch nicht so blutig wie Werther mit den Kugeln aus Alberts Pistole, aber ebenso wie dieser selbst vernichtet. Tasso begreift am Ende, daß ihm nur eines bleibt: sein Schmerz und die Fähigkeit, diesem Ausdruck zu geben.

Wie Werthers Selbstmord steht Tassos Abgleiten in den Wahnsinn in Beziehung zu Goethes eigener Existenz. Tasso ist *Bein von meinem Bein und Fleisch von meinem Fleisch*, heißt es; Tasso sei, äußert er gegenüber Caroline Herder, die *Disproportion des Talents mit dem Leben*.

Wenn Goethe in Tassos Schicksal die Wiederholung, die Steigerung der Tragödie Werthers sieht, läßt sich nur ahnen, welche Erschütterungen und Umbrüche in seiner *Künstler-* und *Gast-*Existenz in den zwei Jahren seit der Rückkehr aus Italien und seinem Bekenntnis zu Christiane Vulpius vor sich gegangen sind.

Möglicherweise erlebt er die biographischen Zäsuren als Phantomschmerzen einer viel weiter reichenden Krise: nämlich der der Sinnstiftung der Kunst überhaupt.

Im »Tasso« spricht er vom *unfruchtbaren Zweig des Lorbeers. Ein Zeichen mehr des Leidens als des Glücks.*

Hatte Goethe am Ende des ersten Weimarer Jahrzehnts die Ursache seiner Krise darin gesehen, daß sich seine *Schriftstellerei dem Leben*, d. h. seiner Amtstätigkeit *subordinirt* hatte, so ist seine Krise nach der Rückkehr aus Italien, nach zwei Jahren als *Künstler* und *Gast* in Weimar, viel grundsätzlicher.

Er erfährt die *Disproportion des Talents mit dem Leben* als existentiellen, nicht zu lösenden Widerspruch zwischen Kunst und Leben.

Er wird diesen Widerspruch nie lösen, wird weiter Tasso und Antonio in einer Person sein. Nach dem Verlust der Illusion, beides sein zu können, bekennt er, beides sein zu wollen. Er braucht die Macht, den Hof, Fürsten und Majestäten, die Verehrung durch die Mächtigen, braucht die *Weimarische Sozietätswoge*, die er zugleich haßt, die ihn als *fürchterlichste Prosa* bedrängt. Goethes Bindung an die Macht wird bleiben, nicht nur aus finanziellen Erwägungen, sie ist Teil seiner Existenz. Er liebt einen großzügigen Lebensstil, Reichtum, ein repräsentatives Haus, Geselligkeit, all das ist der widersprüchliche Stoff, aus dem sein Werk erwächst, er strebt – das wird immer deutlicher – neben der des Fürstenhofes eine eigene Hofhaltung als Dichter an.

Das alles kann sich unter den politischen und menschlichen Konstellationen eines deutschen Kleinstaates nur unter unendlichen Widersprüchen entwickeln, schmerzlichen, aber auch banalen und grotesken.

Heinrich Heine hat für Goethes Lage ein treffendes Bild gefunden. *Dieser Riese war Minister in einem deutschen Zwergstaate. Er konnte sich nie natürlich bewegen. Man sagte von dem sitzenden Jupiter des Phidias zu Olympia, daß er das Dachgewölbe des Tempels zersprengen würde, wenn er einmal plötzlich aufstünde. Dies war ganz die Lage Goethes zu Weimar; wenn er aus seiner stillsitzenden Ruhe einmal plötzlich in die Höhe gefahren wäre, er hätte den Staatsgiebel durchbrochen oder, was noch wahrscheinlicher, er hätte sich daran den Kopf zerstoßen.*

Anfang 1790 geht für Goethe der Urlaub zu Ende, den der Herzog ihm nach seiner Rückkehr aus Italien zur Fertigstellung seiner Werkausgabe gewährt hatte. Sein Gehalt hatte er weiterbezogen, was in Weimar böses Blut macht. *Er hat alle Regierungsgeschäfte abgegeben, bezieht aber doch für nichts seine 2000 Rthl*, notiert Münter. Einzig Sophie von Schardt verteidigt ihn: *ich kann die Ungerechtigkeit nicht erkennen, die die Leute darin finden, daß er sein Gehalt weiter behält. Hat ein Fürst nicht das Recht, einem Manne, den er liebt, Gutes zu erweisen ...? Er zahlt ja viele andere Gehälter, die ihm und andern weniger Nutzen tragen.*

Was ich sonst noch bin, werden Sie beurtheilen und nutzen, hatte Goethe dem Herzog geschrieben. Der nimmt ihn beim Wort. Überträgt ihm die Aufsicht über den Schloßneubau, gibt ihm Steuersachen. Vor allem aber zieht er ihn als Geheimsekretär und Berater heran. Es geht um Politik, z. B. um Annahme oder Ablehnung der Carl August angebotenen ungarischen Königskrone, um die Lausitz, die der Herzog zu erwerben wünscht. Um Österreich und Preußen; die Spannungen drohen sich zum Krieg auszuweiten. Dem in dieser Sache zu Verhandlungen nach Berlin gereisten Carl August schreibt Goethe am 6. Februar 1790: *Vollenden Sie Ihre Geschäfte glücklich und bringen uns die Bestätigung des lieben Friedens mit.*

Goethes Briefe, die Arbeitsdinge und Politik berühren, enthalten zugleich oft sehr intime Äußerungen über sein Liebesleben mit Christiane. Auf die antiken Liebes- und Hochzeitsgötter aus Augustinus' »De civitate Dei« und auf Lucina beziehungsweise Juno, die Göttin der Geburt, anspielend, schreibt er: *Mit Vergünstigung der Göttin Lucina hat man auch der Liebe wieder zu pflegen angefangen.* Und, vertraulich, bezüglich der französischen Krankheit des Herzogs: *Wenn nur nicht ein ander Übel Sie in Berlin festhielte! Darüber tröst ich mich weniger. Besonders da ich mich von dieser Seite so sicher fühle: Leider will sich die Vorsicht und Genügsamkeit Ihres Häuß-*

lichen Rathes und Dichters, der selten alleine schläft und dort penem purissimum erhält, nicht für die Lebensweise eines militärischen politischen Prinzen schicken.

Wirbt Goethe mit den Vertraulichkeiten um den herzoglichen Freund? Was bedeutet das immer leicht herausfordernde Gegeneinanderausspielen von Künstler- und Politikerexistenz? Dient er sich wieder an? Er fragt Carl August nach den Terminen der Herbstmanöver der preußischen Truppen, fügt hinzu: *Ich möchte das 90er Jahr gern unter freyem Himmel, soviel möglich zubringen.* Bietet sich also als Reisebegleiter an.

Als Anna Amalia, die sich Goethe bereits früher als Begleiter für ihre Italienreise gewünscht hatte, ihn zu Beginn des Jahres 1790 einlädt, den letzten Teil ab Venedig mit ihr zu reisen, sagt Goethe sofort zu, als habe er darauf gewartet. Am 28. Februar teilt er Carl August mit, alle ihm obliegenden Pflichten, Schloßneubau, Ilmenauer Bergwerk, Steuersachen, seien *für dieses Jahr eingeleitet, daß also eine Abwesenheit von 6 Wochen nicht bemercklich werden wird. Ohne Kosten machts mirs einen großen Spas, denn ich muß wieder einmal etwas fremdes sehen.*

Am 10. März verläßt er Weimar. Zwei Tage später, er hält sich noch in Jena auf, wendet er sich entschuldigend, als geniere er sich, mit einer persönlichen Bitte an Herder. *Da man gegen das Ende weich und sorglich zu werden anfängt, so fiel mir erst ein, daß nach meiner Abreise mein Mädchen und mein Kleiner ganz und gar verlassen sind, wenn ihnen irgend etwas zustieße, worin sie sich nicht zu helfen wüßte. Ich habe ihr gesagt, sich in einem solchen äußersten Falle an dich zu wenden. Verzeih*! Dieses *Verzeih*! deutet darauf, daß Herder es als Zumutung auffassen könnte; so wird es auch gewesen sein.

Die Italienreise selbst wird für Goethe zur harten Probe. In Venedig wartet er auf die Herzogin.

Ihre Ankunft verzögert sich. Aus den veranschlagten sechs Wochen Abwesenheit wird ein Vierteljahr. *Ich bin ganz aus dem Kreise des Italiänischen Lebens gerückt*, klagt er, wünscht sich *Erlösung aus diesem Stein- und Wasserneste.*

Mich verlangt sehr wieder nach Hause.

Es ist, als habe er den räumlichen Abstand dieser Reise gebraucht, um zu erkennen, welche Bedeutung Christiane und das Kind für sein Leben haben. Er teilt es Carl August mit: *Übrigens muß ich im Vertrauen gestehen, daß meiner Liebe für Italien durch diese Reise ein tödtlicher Stos versetzt wird. Nicht daß mirs in irgend einem Sinne übel gegangen wäre, wie wollt es auch? aber die erste Blüte der Neigung und Neugierde ist abgefallen ... Dazu kommt meine Neigung zu dem zurückgelaßnen Erotio und zu dem kleinen Geschöpf in den Windeln, die ich Ihnen beyde, wie alles das meinige, bestens empfehle.*

Er ist unruhig. Am letzten Apriltag: *Von Herdern hab ich noch gar nichts gehört.*

Am 4. Mai dann ein Brief von Caroline Herder mit einer *Inlage* von Christiane. *Ich danke Ihnen für die Inlage, die Sie mir schickten; sie enthielt die Nachricht, daß mein Kleiner wieder besser ist; er war 14 Tage sehr übel, es hat mich sehr beunruhigt, ich bin daran noch nicht gewohnt.*

Der Kontakt zwischen Caroline Herder und Christiane Vulpius ist vermutlich nicht persönlich, er wird über den Diener Sutor abgewickelt. *Macht allenfalls ein Brieflein aus inliegendem Brief und schickt ihn an Sutor*, schreibt Goethe am 28. Mai an Herders und: *Für die Gesinnungen gegen meine Zurückgelaßnen danke ich Euch von Herzen; sie liegen mir sehr nahe und ich gestehe gern, daß ich das Mädchen leidenschaftlich liebe. Wie sehr ich an sie geknüpft bin, habe ich erst auf dieser Reise gefühlt. ... Unter anderen löblichen Dingen die ich auf dieser Reise gelernt habe ist auch das: daß ich auf keine Weise mehr allein seyn, und nicht außerhalb des Vaterlandes leben kann ... Mein sehnlichster Wunsch ist Weimar bald wiederzusehen.*

Christiane, das Kind, Tante, Schwester, der Maler Lips und Sutor in den Jägerhäusern. (Den Diener Götze hat Goethe mitgenommen.) Christianes *Inlagen* sind nicht überliefert. Auch keinerlei Zeugnisse sonst.

Könnten Rechnungen, Belege in den Archivkästen Aufschluß geben? Ich suche, gehe Blatt um Blatt, Zettel um Zettel durch. Am

Ende habe ich eine Quittung in der Hand, mit der Unterschrift: *Christiana Vulpius*. Der Text ist von Philipp Seidel geschrieben: *Einhundert vier Thaler, zu meinem Vierteljahres Geld habe ich von dem Herrn Rentamtmeister Seidel richtig erhalten, worüber gebührend quitire. Weimar, den 22. Juni 1790* (GSA 34 XI, 4,2). Goethe hat also Seidel für die Zeit seiner Abwesenheit wieder als eine Art Haushaltsvorstand eingesetzt.

Wie hat man sich die Begegnung zwischen Christiane Vulpius und dem zehn Jahre älteren Seidel vorzustellen?

Seidel ist durch seine Entlassung tief verletzt. Sie bedeutet einen Bruch in seinem Leben. Eine Frau hat ihn überflüssig gemacht. Läßt er sie das spüren?

Dreizehn Jahre hat er Goethe gedient. War mit ihm von Frankfurt gekommen. Eine *völlige Haushälterin der Wirtschaft* nennt Goethe ihn. Seidel schreibt Manuskripte ab, verwaltet das Geld, legt es auch an, liest die Werke seines Herrn, entlohnt die Diener, zahlt die Almosengelder zu Neujahr aus, führt Korrespondenzen, kümmert sich um Wäsche, Reparaturen, um Küchenvorräte, kocht auch, wenn es not tut, organisiert alles im Haus. *Wir haben*, so Seidel über Goethe, *das ganze Verhältniß wie Mann und Frau gegeneinander. So lieb ich ihn hab, so er mich, so dien ich ihm, so viel Oberherrschaft äußert er über mich.*

Nun steht er der jungen Vulpius gegenüber. Ich finde mehrere Eintragungen von Seidels Hand in den Ausgabenbüchern: *d. M. V. 1 Taler 19 gr., der M. V. 3 Taler, der M. V. laut Belege 9 Taler, Gartenschlussel M. V. 4 gr., 10. Juni: der Md. V. 3 Taler 6 gr., 13. Juni dito 1 Taler 15 gr. M. V.*, seine Abkürzung für Mademoiselle Vulpius. Philipp Seidel entlohnt, wie aus dem Ausgabenbüchlein hervorgeht, auch den Diener Sutor. Ebenfalls zahlt er die Tagelöhner aus: *den Tagelöhnern den Garten zu harken 21 gr., zwei Holzfuhren 3 T. 6 gr., das Holz in Stall zu schaffen 1 gr.* Und die Nähmädchen. Selbst kleinste Beträge sind verzeichnet, einmal zwei Pfennige *für Zwirn* und zwei Pfennige *für Stecknadeln* (GSA 34 VIII, 4,1 u. 4,2).

Daß er Christiane 1790 die Pfennigbeträge für Zwirn und Stecknadeln vorrechnet, hat vielleicht damit zu tun, daß Goethe länger als vorgesehen ausbleibt und er keine Weisung seines Herrn hat. Vermutlich hat Goethe Christiane bei seiner Abreise eine Geldsumme hinterlassen. Aber sie reicht nicht. Seidel verwaltet auch nach Goethes Rückkunft die Finanzen. Die Auszahlung des Vierteljahresgeldes am 22. Juni geschieht, als Goethe bereits vier Tage wieder in Weimar ist. 1791 kontrolliert er dann Sutors häusliche Rechnungsführung, moniert einige Ungenauigkeiten. Es ist denkbar, daß er das auch bei Christiane macht. Spielt er den Herrn? Oder ist er Christiane behilflich, erklärt ihr manches, vermittelt ihr etwas von seinen Erfahrungen?

Im Laufe der Jahre wird sie viele seiner Arbeiten übernehmen. Sie sind ungewohnt für sie, fallen ihr schwer. Allein die vielen Münzen, die im Umlauf sind, die Geldsorten, die umgerechnet werden müssen, die erforderliche Aufmerksamkeit für Münzen, die gewichtsmäßig als nicht vollwertig abzuweisen sind. Seidel beherrscht das alles. Und die Führung der Haushaltsbücher, die Christiane – nach Goethes Wunsch – auch übernehmen sollte, womit sie zeitlebens ihre Schwierigkeiten hat. Auch darin ist Seidel perfekt. Seine exakte Schrift, seine Rubrizierungen. Seine ständigen Verbesserungsvorschläge. Und stimmt zuweilen eine Endsumme nicht, setzt er einfach einen Betrag ein: *Vertan und vertanzt*, heißt es dann. Goethe hat nichts dagegen einzuwenden. Wie für alle seine Sekretäre und Diener sorgt er auch für Seidel. Bereits 1785 verschafft er ihm eine Stelle als Rentamtkalkulator, nach seiner Entlassung wird Seidel Rentkommissar. Niemals wird Philipp Seidel, wie es später Riemer und Eckermann tun werden, sich selbst ins Licht der Öffentlichkeit stellen und Kapital aus dem Umgang mit Goethe schlagen. Er bleibt, trotz des schmerzhaften Lebenseinschnittes durch seine Entlassung, der Verschwiegene, der er im vertrauten Umgang mit Goethe im ersten Weimarer Jahrzehnt war. Noch mehr als dreißig Jahre lang wird er in Weimar leben, 1820 dann in geistiger Umnachtung im ›Irreninstitut‹ des Hofrats Stark in Jena sterben.

Der 18. Juni 1790. Goethe trifft mit der Herzogin wieder in Weimar ein.

Doch er kann Frau, Kind und Häuslichkeit kaum genießen. Muß erneut zur Reise rüsten. Nun ist es der Herzog, der seine Begleitung wünscht. Goethe ist selbst schuld, zu Jahresbeginn hat er sich dem Herzog angeboten.

Aus den Manövern sind inzwischen Kriegshandlungen geworden. *Der Herzog*, schreibt Goethe am 9. Juli an Knebel, *hat mich nach Schlesien berufen, wo ich ... statt der Steine und Pflanzen die Felder mit Kriegern besät finden werde.* Seine Erwiderung an Carl August gebraucht die höfliche Formulierung, die *Einladung ins Lager ... ist mir sehr erfreulich*, zugleich macht sie den Wunsch des Hinauszögerns der Abreise deutlich; Erledigungen werden vorgegeben, Schloßbaubeaufsichtigung und anderes und *eine Wunde am Fuße die mich hindert Stiefel anzuziehen.*

Aber schon am 26. Juli folgt er dem Befehl, bricht auf. Carl August schreibt am 15. an seine Mutter: *Beschwerliche Soupers, böses Steinpflaster, häßliche Weiber, weitläufige Verlegung derer Truppen und viel Staub sind unsere angenehmsten Zugaben. Göthe isset und trinket stark, bloß seinetwegen steigt die Teurung in hiesiger Gegend. Er wird ehstens ins Glatzer Gebirge reisen.*

Schlesien ist ein sehr interessantes Land, und der Augenblick ist interessant genug, berichtet Goethe Herder, und weil er Nachrichten von Christiane vermißt, bittet er: *Wenn Ihr schreiben wollt, so gebt ein Blättchen an Sutor.*

Er selbst schickt aus den Feldlagern in Schlesien elf Briefe an sein zurückgelassenes Liebchen. Sie sind nicht überliefert.

Wiederum fungiert Philipp Seidel in Weimar als Haushaltsvorstand. Christianes Spielraum ist durch ihr Vierteljahresgeld von 140 Talern größer geworden. Sie berichtet wohl in ihren *Inlagen* an Goethe darüber. Am 12. September schickt Goethe Seidel eine Anweisung, sich von der Kammer *auf beyliegendes* Geld geben zu lassen. Unter Punkt zwei steht: *An Demoiselle Vulpius, wenn sie dir ein Bilett schickt 20 Reichthaler.* Die Familie Vulpius hat diese Handschrift aufbewahrt, ein kleines Doppelblatt, 11,5 x 18,5 cm (Arch. Nr. 1. Der Nachlaß Vulpius).

Goethes Heimkehr verzögert sich. August. September. Am 11.: *Nun sind wir wieder hier in dem lärmenden, schmutzigen, stinkenden Breslau, aus dem ich bald erlöst zu sein wünsche.*

Ich sehne mich nach Hause, klagt er, *ich habe in der Welt nichts mehr zu suchen*. Bei ihm hätten sich, gesteht er Herders, *die vis centripeta mehr als die vis centrifuga vermehrt. Es ist all und überall Lumperei und Lauserei, und ich habe gewiß keine eigentlich vergnügte Stunde, bis ich mit Euch zu Nacht gegessen und bei meinem Mädchen geschlafen habe. Wenn Ihr mich lieb behaltet, wenige Gute mir geneigt bleiben, mein Mädchen treu ist, mein Kind lebt, mein großer Ofen gut heizt, so hab' ich vorerst nichts weiter zu wünschen.*

Der *vis centripeta* folgend wird er für die nächsten anderthalb Jahre Weimar nicht verlassen.

Angenehme häusliche Verhältnisse gaben mir Muth und Stimmung die römischen Elegien auszuarbeiten und zu redigieren. Die Venetianischen Epigramme gewann ich unmittelbar darauf.

Diese Lebenszeit ist wohl eine glückliche. Auch für Christiane. Beide genießen das häusliche Leben vor den Toren der Stadt.

Reichardt in Berlin wird gebeten, *auf das schnellste ein halbdutzend oder halbhundert Tänze* zu schicken aus seinem *rhythmischen Reichtume, zu Englischen und Quadrillen. Nur recht charakteristische, die Figuren erfinden wir schon.*

Die Wertherschen und Staffischen Quartiere Schauplatz von Tanz und Lustbarkeit im kleinen Kreis?

Als Dank für das Übersandte dann: *Sie haben mir durch die überschickten Tänze viel Vergnügen gemacht, weil die Freude alles in Bewegung bringt was im Menschen ist.*

Das Liebesleben bleibt in Briefen an Carl August nicht unerwähnt, so schließt er am 24. März 1791 mit dem Vers:

Indeß macht draussen vor dem Thor,
Wo allerliebste Kätzchen blühen,
Durch alle zwölf Categorien
Mir Amor seine Späße vor.

Zum Genuß gehört auch das Essen. Nach seiner Rückkehr aus Schlesien zuweilen Bestellungen bei Schwarz: 2 *Port. Abendessen*, am 9. Oktober 2 *Bot. Campagner*, am 15. *3 gläßchen Bounsch, 1 Bot. Campagner* (GSA 34 VIII, 7). Es geht großzügig zu in den

Jägerhäusern. *Sardellensalat, Wildpret, Vögel* stehen am 14. Oktober im Ausgabenbuch, am 16. November *Wildpret* und *Karpfen*. Für den Dezember ist eine Extrarubrik *Küchenausgaben* eingerichtet. *1 Rth. 6 Gr. für einen Hasen, 3 Gr. für einen Kalbskopf,* am 3. Dezember 5 Groschen 8 Pfennige *für 4 Wildpret.* Zwei Tage vor Weihnachten: *drey Stück Hühner* für 10 Groschen, 6 Pfennige, *1 Mandel Eier*, am 27. Dezember 8 Groschen *für einen Hasen.* Christianes Weihnachtsbäckerei zu diesem Christfest, die Zutaten für Scheitchen oder *Schüttchen*, wie sie es nennt, den Thüringer Stollen, sind im Küchenbuch verzeichnet: *1 Schock Nüsse, Mandeln, Rum, Nelken* und *Muskatblüten* (GSA 34 VIII, 4).

Nichts ist einfacher als seine jetzige Häuslichkeit, notiert Böttiger, der Direktor des Weimarer Gymnasiums, über Goethe in sein Tagebuch. *Abends sitzt er in seiner wohlgeheizten Stube, eine weiße Fuhrmannsmütze auf dem Kopf, ein Wolljäckchen und lange Flauschpantalons an, in niedergetretenen Pantoffeln und herabhängenden Strümpfen im Lehnstuhl während sein kleiner Junge auf seinen Knien schaukelt. In einem Winkel sitzt stillschweigend und meditierend der Maler Meyer, auf der anderen Seite die Donna Vulpia mit dem Strickstrumpf.*

Goethe selbst spricht vom *stillen häuslichen Kreis*, der nun *um so reicher und froher* war, *indem Meyer zugleich als Hausgenosse, Künstler, Kunstfreund und Mitarbeiter zu den Unsrigen gehörte.*

War es zunächst der Zeichner und Kupferstecher Lips, der mit in den Jägerhäusern wohnte – er hat inzwischen eine eigene Unterkunft und eine Anstellung als Lehrer an der Weimarer Zeichenschule gefunden – so wird es nun Meyer. Lips wie Meyer sind Freunde aus Rom.

Auch andere Freunde aus der römischen Zeit lädt Goethe ein. Er bemüht sich um die Maler Tischbein und Bury. Gedenkt er nach römischem Vorbild eine Art Künstlerboheme vor den Weimarer Stadttoren zu schaffen?

Besonders an Johann Heinrich Meyer ist er interessiert. Als der Maler in Rom erkrankt – die Einladung nach Weimar ist schon ausgesprochen –, schreibt Goethe: *Wenn er stirbt, so verliere ich einen*

Schatz den wiederzufinden ich fürs ganze Leben verzweifle. Im November 1791 trifft Meyer in Weimar ein; es wird eine Freundschaft fürs Leben werden.

Goethe bittet seine Malerfreunde, Christiane zu porträtieren. Zwei Porträts entstehen von ihr in den Jahren in den Jägerhäusern, eine Bleistiftzeichnung von Lips und ein Aquarellgemälde von Meyer.

Heinrich Meyers großformatiges Gemälde zeigt Christiane mit dem Sohn August auf dem Schoß. Eine Nachempfindung von Raffaels »Madonna della Sedia«. Ein Oval. Braun-, Gelb- und Ockertöne. Der Rahmen prunkvoll. Eine Kopie des Bildes hängt heute in den hinteren Räumen des Hauses am Frauenplan.

Das Gemälde ist im Frühjahr 1792 entstanden. Am 18. April berichtet Goethe Carl August: *Meyer ist fleißig, er hat meine kleine Familie (welches nicht eben eine heilige Familie ist) portraitirt um sich auch hierin zu prüfen.* Das Gemälde hat Christianes Charakteristika, die wir von Goethes Zeichnungen kennen, die starken Backenknochen, die Kerbung in den Lippen, den geringen Abstand zwischen Nase und Mund. Aber alles ist schwer, kein harmonischer Linienfluß, die Figuren wirken gepreßt. Eine thüringische Madonna, fast bäuerlich, ein mürrischer Zug in Christianes Gesicht, ein leerer in dem des Kindes. Gemälde und Porträts waren Meyers Stärke nicht.

Seine Zeichnungen dagegen sind oft reizvoll und überraschend. Ich entdecke es, als ich den Nachlaß Meyers in den Weimarer Kunstsammlungen durchsehe. Viele Kästen, Mappen. Zwischen den meist großformatigen Blättern finde ich winzige Zeichnungen.

Skizzen zu einem Christiane-Porträt, 200x130 und 159x100 mm, Graphit auf grauem Tonpapier, mit Feder darüber gezeichnet (KK 2773 und KK 2774, KzW). Auf einem Blatt zwei Entwürfe, Christiane auf einem Kanapee, die Arme resolut verschränkt, und Christiane seitlich gewandt.

Das zweite Blatt besonders schön: mit wenigen Strichen das Gesicht, Konzentration auf die Körperhaltung. Von Meyers Zeichnungen geht die gleiche Energie wie von Goethes Zeichnungen aus.

Zwei weitere Blätter, Vorarbeiten offenbar für das Aquarellgemälde mit August (KK 2381 und KK 2382 KzW). Eine Arbeitsskizze, die die Haltung des Kindes auf dem Schoß der Mutter festhält. Eine zweite, die die Köpfe zeigt. Mutter und Kind haben ein Lächeln im Gesicht, bei Christiane ist es in den Mundwinkeln. Eine schöne Zeichnung, 412x412 mm, Graphit, Feder und Tusche, ganz sparsam, wenige Striche.

Die kleine Bleistiftzeichnung von Heinrich Lips, 16,3 x 26,1 cm. Die Porträtierte sitzt auf einem Stuhl, ein Tischchen daneben, auf dem der rechte Ellenbogen ruht, die Hand hängt entspannt über die Tischkante, auf ihrem Schoß liegt ein Buch, einen Finger der linken Hand hat sie als Lesezeichen zwischen den Blättern. Die Haltung ist ein wenig steif, offenbar vom Zeichner so arrangiert. Das lange Haar ist mit einem Band zusammengebunden, das knöchellange weite Gewand sehr schlicht. Im Gegensatz zu den Goethe-Zeichnungen mit den selbstbewußten, fast strengen Zügen wirkt das Gesicht auf Lips' Zeichnung sehr kindlich, weich, fast ein wenig ausgeliefert und traurig.

Eine Stimmung von Verlorenheit geht von der Zeichnung aus. Sie wird durch den Raum und die Gegenstände hervorgerufen, die Christiane umgeben. Es ist eine Art Vorsaal, in den Tisch und Stuhl nur zum Zweck der Porträtsitzung gerückt scheinen. Er hat etwas unbehaglich Leeres und Museales. An der Wand, über Christianes Kopf, im Ausschnitt des unteren Bilddrittels sichtbar, hängen drei große Italienzeichnungen, das römische Pantheon, das Kolosseum, eine italienische Landschaft. Darunter ein kleines Bild: Goethe in der Campagne. Es ist ein Arbeitsentwurf zu Tischbeins großem gleichnamigem Gemälde. Gezeichnet von den Malern Bury, Schütz und Tischbein. Christiane, die unter den Bildern bzw. in Augenhöhe mit Goethes Porträt sitzt, ist ohne Bezug zu alledem. Auch das Buch auf ihrem Schoß wirkt wie ein Fremdkörper. Ihr Blick ist in eine Ferne gerichtet, die das eigene Innere zu sein scheint. Je länger man die kleine Bleistiftzeichnung von Lips betrachtet, desto verlassener wirkt diese Frau mit dem kindlich traurigen Gesicht.

Lips' Zeichnung wird auf 1791 datiert. Vielleicht ist sie gegen Jahresende entstanden. Dann könnte die Verlorenheit, die von ihr ausgeht, auch mit den für Christiane schmerzlichen Vorgängen im Herbst 1791 zusammenhängen.

Im März 1791, als Goethe dem Herzog schreibt, *Amor* mache ihm vor den Toren der Stadt seine *Späße durch alle zwölf Categorien* vor, ist Christiane zum zweitenmal schwanger. Über den Schwangerschaftsverlauf wissen wir wiederum nichts.

Am 14. Oktober 1791 kommt ein Sohn tot zur Welt.

Im Weimarer Totenbuch 1791-1804 auf Seite 10 der Eintrag: *den 15. Oktober Christiana Sophia Vulpiußin totgeb. Söhnlein.* Das Kind bleibt ohne Namen. Im Taufregister von 1787-1797 auf Seite 150: *Christiana Sophia Vulbiusin, den 14. October einen unehel. Sohn Todt zur Welt geboren, und ist den 15. dieses beerdigt worden.*

Das Kind ist als unehelich eingetragen. Das ist bitter für Christiane.

Die Beerdigung findet auf dem Jakobskirchhof statt. (Die Familie Vulpius hat einen Begräbnisplatz im ersten Grabfeld in der Nähe des Pentzschen Erbbegräbnisses. Heute ist das der Garten Am Jakobskirchhof 9.) In der Grabstätte liegen Christianes Großeltern, ihre Eltern, die Stiefmutter, Stiefgeschwister, ihre Geschwister. Nun das eigene Kind.

Bei Goethe findet sich kein Wort darüber. Er speist an der Fürstlichen Tafel, und die Freitagsgesellschaft wird in diesen Tagen gegründet.

Auffällig ist Goethes Schweigen über seine Privatsphäre. Alles, was Christiane und das Kind betrifft, hält er fast geheim. In seinen Briefen an Freunde keinerlei Mitteilungen darüber. Nur Nachrichten über seine Arbeit und das Hofleben. Selbst der Mutter gegenüber schweigt er. Einzig Carl August gegenüber macht er eine Ausnahme.

Ist es ein vorsätzliches Schweigen, gehört es zu der von ihm gewählten Lebensform? Kommt er, der die Tabus gebrochen, damit dem Regelverhalten entgegen? Will er leicht zu Verletzendes schützen?

Was immer seine Motive gewesen sein mögen, seine Mutter z. B.

kann es kaum anders denn als Vertrauensbruch oder Unaufrichtigkeit ihr gegenüber gewertet haben.

Über fünf Jahre läßt Goethe sie im ungewissen. Sie erfährt weder von Christiane noch von seinem Sohn. Alljährlich zu Weihnachten, wenn Katharina Elisabetha ihren Enkelkindern, den Töchtern von Cornelia, Christgeschenke sendet, geht auch ein Paket nach Weimar für die dem Sohn nahestehenden Kinder. Am 19. Dezember 1792 heißt es: *Hir schicke ich Christkindleins bon bon mit Bitte dem jungen Herder Augst benamset etwas in meinem Nahmen davon zu komen zu laßen.* Da weiß sie noch immer nicht, daß sie einen fast dreijährigen Enkel gleichen Namens hat. Für Christiane muß das Verbergen ihrer Person und des Kindes vor seiner Mutter schmerzhaft gewesen sein.

Der *stille häußliche Kreis* außerhalb der Stadt. Geht er durch die Tore, ist er ein anderer. Führt er eine Doppelexistenz?

Sein vom 1. bis 16. Januar 1791 überliefertes Tagebuch weist aus: fast jeden zweiten Tag speist er zu Mittag bei Hofe. Die Aufmerksamkeiten gegen die Herzoginnen Anna Amalia und Louise nimmt er sehr ernst. Komödien-, Ball- und Redoutenbesuche. Er feiert in Bürgerhäusern und bei Hofe, als sei er noch der Junggeselle, als den Hof und Stadt ihn über ein Jahrzehnt kennt.

Er übernimmt neue Pflichten für den Herzog, so die Kommission für den Wasserbau, die sich mit der Flußregulierung der Saale in Jena beschäftigt. Im März 1791 wird ihm Carl August die Oberdirektion des Weimarer Theaters übertragen. Sein »Egmont« wird uraufgeführt. »Clavigo« wird gegeben.

Mein Leben im Ganzen ist vergnüglich und gut, ich habe alle Ursache mit meiner Lage zufrieden zu seyn und mir nur Dauer meines Zustandes zu wünschen, resümiert er am 20. März 1791. Aber: Die *vis centripeta* scheint zu Stillstand zu führen, ... *wecke mich wenn ich schlummere*, bittet er Knebel, und am 18. April 1792 schreibt er dem Herzog: ... *was mich selbst betrift, so geht es mit mir so einförmig und sachte daß man wie an einem Stundenzeiger nicht sieht daß ich mich bewege ...*

Ein verdächtiges Zufriedensein? Das häusliche Glück als ein sein Schaffen gefährdender Trancezustand. Lorbeerkranz und sexuelle Erfüllung, Liebe und Ruhm schließen einander aus, die Elegien und Epigramme haben es am Rande bereits thematisiert. Nach den »Römischen Elegien« und den »Venezianischen Epigrammen« entstehen keine Gedichte mehr. *Es scheint nach und nach diese Ader bei mir ganz auszutrocknen*, kommentiert er. Spricht vom *prosaischen Deutschland, in dem* es überhaupt verwunderlich sei, wenn *noch ein Wölckchen Poesie über meinem Scheitel schweben bleibt*.

Eine *neue Laufbahn* werde er einschlagen.

Nicht Literatur, nicht Dichtung wird es sein. Sondern das solide Studium der objektiven Welt. Botanik, Geologie, Farbenlehre. *Mein Gemüth treibt mich mehr als jemals zur Naturwissenschaft. Das Licht und Farbenwesen verschlingt immer mehr meine Gedankenfähigkeit* ... Eine *neue Theorie des Lichts, des Schattens und der Farben* ist am Entstehen. *Wenn ich mich nicht betrüge, so muß sie mancherlei Revolutionen sowohl in der Naturlehre als in der Kunst hervorbringen. Denn die Zeit des Schönen ist vorüber nur die Noth und das strenge Bedürfniß erfordern unsere Tage*. Eines der Zimmer in den Jägerhäusern hat er zu einer *Camera obscura* ausgebaut. *Ich habe diese Zeit nur im Lichte und in reinen Farben gelebt*, schreibt er am 1. Juli 1791 dem Herzog, *und habe wunderbare Versuche erdacht und kombinirt auch die Regenbogen zu großer Vollkommenheit gebracht daß der alte Neubert ausrief: der Schöpfer selbst kann sie nicht schöner machen. Auf der Mich*(aelis) *Messe gedencke ich das Tracktätchen herauszugeben*.

Er sucht Freunde unter Naturwissenschaftlern, knüpft Kontakte zu Lichtenberg und Sömmering. Lädt Leute ein. *Wie sehr wünschte ich Sie einmal in meiner camera obscura bewirten zu können*, schreibt er am 25. Juni 1792 an Georg Forster nach Mainz: *Ich hoffe diesen Herbst auf gutes Wetter, und dann hoffe ich sie in den Stand zu setzen, daß alle wichtige Versuche darin angestellt werden können. Außer diesem engen Bezirk habe ich noch mancherlei Maschinen und Einrichtungen, um teils im Freien, teils im Theatersaale der sich dann auch ganz verfinstern läßt, Versuche anzustellen, die mehr Platz und größere Distanzen erfordern. So habe ich z. B. einen Regenbogen unter allen Umständen durch eine Feuerspritze mit einer sogenannten Windblase hervorgebracht, bei Sonnenschein, bei*

Mondschein, beim Scheine einer Reverbères, bei einem großen angezündeten Strohfeuer.

Im Archiv finde ich eine *Sonderrechnung: Baurechnung und Belege zum Umbau der Jägerhäuser für die Familie Gore 5. Sep. – 28. Okto. 1791.* Vom *Wertherschen Wohnhaus* ist die Rede. Am 10. September: *Zu der Küche in der Mansarde wo der Herd zu stehen kommt mit Holz ausgestaltet*, am 17. September: *eine neue Stalltür*, am 10. Oktober: *Vergrößerung des Rauchfanges* (GSA 34 IX, 6,3).

Seit dem Herbst 1791 müssen Christiane und Goethe gewußt haben, daß ihnen wieder ein Umzug bevorsteht. Der Herzog benötigt die Quartiere. Der Umbau für die nächsten Mieter beginnt.

Goethe wird seinen Wunsch, ins Haus am Frauenplan zurückzukehren, dem Herzog gegenüber geäußert haben; in der monatelangen Gemeinsamkeit in den schlesischen Feldlagern oder bei den gemeinsamen Mittagstafeln bei Hofe.

Als die Sache spruchreif wird, ist Carl August bei seinen Regimentern in Aschersleben und Magdeburg. Er beauftragt Voigt, ein neues Quartier für Goethe zu suchen.

Goethe wird sofort aktiv. Die Vorgänge vom Frühjahr 1792 belegen, wie wichtig für ihn das Haus am Frauenplan ist. Entschlossen greift er ein, besteht auf dem Ankauf durch den Herzog, weist jede andere Lösung zurück.

Der Ton seiner diesbezüglichen Schreiben ist ungewöhnlich drängend, Erregung schwingt mit; Goethe setzt alles daran, das Haus zu bekommen.

Die Verhandlungen Voigts mit Helmershausen, dem Besitzer des Hauses am Frauenplan, verkomplizieren sich, als Wieland Goethe sein Mietshaus, das Heidenreichische Haus, anbietet.

Goethe lehnt ab. Die Vorgänge werden öffentlich, werden zum Stadtgespräch. *Zu der Haußkauf und Veränderungs Angelegenheit*, wendet sich Goethe an Carl August, *welche Voigt mit einer Klugheit und einem Menagement das ihm Ehre macht bißher geführt hat, habe ich geschwiegen und würde mich in allem nach Ihrem Willen gerichtet haben, da ich die Sache als abgethan ansah.* Wenn der Herzog alle Zusammenhänge kennen würde, schreibt er, *Sie würden mir beyfallen daß ich lieber in das alte Hauß zurückziehen, als abermal einen allgemeinen Tadel über mich ergehen lasse wo ich nur leide.*

Voigt sagt mehr als ich sagen mag und kann, und wenn Sie die Zwischensätze nicht erfahren haben, so wird es Sie vielleicht wundern wenn ich mich erkläre: daß ich nunmehr das Heidenreichische Haus zu beziehen in jedem Fall ablehnen muß. Nur soviel sag ich: daß von Prinz August und Herdern an biß zur letzten Höckin auf dem Markte alles in Bewegung gesetzt worden, daß ein Halbdutzend bey diesen Veränderungen interessirte Menschen die Elasticität des armen Wielands so mißbraucht haben, um eine dem Zeitalter angemessene Schwingung hervor zu bringen.

Sein Ton wird fordernd: *Ich ersuche Sie also in Gefolg alles dessen recht dringend den Kauf des Helmershaußischen Hauses den Voigt provisorisch geschlossen zu ratihabiren, um so mehr als ich sonst für künftigen Winter kaum ein Unterkommen sehe. Dadurch wird aber die Sache auf einmal geendigt und vielleicht sehen alsdann die Menschen ein daß die Zumuthung weder so ungerecht noch so unbillig war als man sie ausschrie.* Goethe argumentiert Carl August gegenüber auch mit Kosten: *nämlich daß ich das Helmershausische Hauß beziehe, dessen Acquisition und bessere Einrichtung Sie nicht mehr kosten wird als die doppelt und dreyfache vorgeschlagene Veränderung.* Der Brief ist undatiert, stammt von Ende April oder Anfang Mai. Vom April existiert ein ebenso dringliches Schreiben an Voigt. *Ich bitte daher Ew. Hochwohlgeb. den Kauf so bald als möglich zu schließen, da ich sowohl entschlossen bin die Bedingung des Quartiers für H*(elmershausen) *nicht zuzugeben, als auch Wie*(lands) *Quartier auf keine Weise zu beziehen. Die wenigen hundert Thaler die wir zu sparen hoffen konnten sind nichts gegen das Risico. Gestehen Sie 6 000 rh. zu ich will gern die Verantwortung gegen Seren. über mich nehmen wenn ja eine entstehen könnte. Verzeihen Sie meine Zudringlichkeit.*

Diplomatisches Geschick und Entschlossenheit Goethes. Keine drei Jahre sind nach der mutmaßlichen Strafmaßnahme des Hofes, der

Zwangsräumung, vergangen, als es ihm gelingt, mit seiner Lebensgefährtin und dem Sohn, in das Haus am Frauenplan zurückzukehren und vor aller Augen in seiner freien Beziehung zu leben.

Freilich, abermals wird es ihn Dienste und Begleitung bei Kriegszügen kosten, ehe Carl August ihm das Haus zum Geschenk macht. Das wird 1794 sein. Ein förmliches Dokument aber, auf das Goethe drängt, wird noch sieben Jahre auf sich warten lassen; die Schenkungsurkunde trägt das Datum 18. Dezember 1801. Da aber noch immer *Bedenklichkeiten walten* wegen der fragwürdigen Liaison, behält sich Carl August den letzten Schritt, den juristischen Eintrag des Eigentums in die Kataster, noch vor. 1806, nach der Schlacht von Jena und Auerstedt, als unsicher ist, ob Carl August als Mäzen bleibt, als die Existenz des Weimarer Fürstentums überhaupt auf dem Spiel steht, sieht sich Goethe dadurch bedrängt und gefährdet.

Im Frühjahr 1792 gibt Goethe sofort Umbauten in Auftrag. Sie deuten darauf, daß er sich im Haus am Frauenplan für Lebenszeit einzurichten gedenkt. An Stelle der engen barocken Haupttreppe vom ersten zum zweiten Stock wird eine breite repräsentative Treppe nach dem Vorbild italienischer Renaissancebauten entworfen, und eine Wendeltreppe, die Vorder- und Hinterhaus verbinden soll, wird gebaut.

Ich verändere mein Quartier und muß bauen eh ich einziehen kann. Aber aus dem Nacheinander von Bauen und Umzug wird nichts. Bereits Ende Juni muß er das Quartier wechseln. *Ich bin nun im Ausziehn und habe keinen gesunden Gedanken.*

Der Grund für die Eile ist der Krieg gegen Frankreich. Österreicher und Preußen marschieren auf Paris zu, ein Feldzug gegen die Französische Revolution. Carl August nimmt als preußischer General an dem Krieg teil und wünscht seinen *Künstler und Gast* als Begleiter.

Goethe sagt nicht nein.

Knebel, sein intimer Freund dieser Zeit, schreibt wenige Tage vor Goethes Abreise zur Preußischen Armee nach Koblenz: *Es ist mir fast wehmütig geworden, daß er dahin soll; doch es gehört wahrscheinlich in sein Schicksal, und in sein besonder System von Nach-*

giebigkeit (gegenüber Carl August). *Ich bin diesen Morgen bei ihm gewesen, in seinem nun wieder neuen Hause, das er sich sehr artig zurichtet.*

Herzog Carl August dagegen wird davon sprechen, sein Künstlerfreund habe ihn *aus wahrer persönlicher Anhänglichkeit an meine Person* auf sein *Verlangen* auf den *Feldzug in Frankreich* begleitet, und er wird diesen Umstand in der Schenkungsurkunde des Hauses nicht unerwähnt lassen.

Am 8. August 1792 verläßt Goethe mit seinem Diener Götze Weimar. Heinrich Meyer gibt Geleit bis Gotha.

IV

Das Goethehaus am Frauenplan
Stahlstich von O. Wagner und L. Schütze. 1827

Der Feldzug in Frankreich. Daß eigene Interessen auf dem Spiel stehen, bekundet Herzog Carl August unumwunden; *die Überpflanzung neufranzösischer Grundsätze auf deutschen Boden* ist zu verhindern. Es sei *keineswegs eine Schimäre*, schreibt er am 15. Juli an den noch in Weimar weilenden Goethe, er habe *Beweise erhalten ... daß, wenn Österreich, Preussen und Rußland nicht so kräftig dem Strom entgegenarbeiten, die Unruhen schon gegenwärtig in mehreren Teilen von Deutschland würden ausgebrochen sein.*

Sein eigenes Herzogtum wird im Sommer 1792 Schauplatz dafür: in Jena gibt es eine Studentenrevolte. Voigt und Goethe haben den Auftrag, sie niederzuhalten, was sie auch tun. Es ist *unglaublich*, empört sich Carl August, *wie sehr der Mittelstand in allen Ländern ... von der Sucht, unter moralischen Vorspiegelungen, Scheingründen, poetischen Träumen sich zu den Herren der Schöpfung machen zu wollen, angesteckt* sei. Daher sei es *ein wahres Glück, daß die großen Mächte der Anarchie, welche gewiß der ganzen Menschheit drohete, den Kopf abbeißen.*

Die Französische Revolution als Anarchie, der Kopf der Revolution Paris; *ohne diese Stadt ihrer jetzigen Form und Wesen nach, gänzlich zu zernichten*, könne, ist Carl August überzeugt, *niemals dauerhafte Ordnung und Ruhe in Frankreich hergestellt* werden. Paris soll *einer militärischen Exekution und einem gräßlichen Ruine preisgegeben werden*, heißt es im Manifest des Oberkommandierenden der Koalitionsarmeen vom 25. Juli 1792.

Carl August denkt sich den Weg über Verdun nach Paris als eine Art Spaziergang. *Wir werden Champagner trinken, ohne einen Schuß zu tun.* Es wird sich als völlige Fehleinschätzung erweisen, der Frankreichfeldzug endet mit einem militärischen Fiasko.

Goethe ist *weder am Todte der Aristocratischen noch Democratischen Sünder im mindesten etwas gelegen.* Er, der sich über ein Jahrzehnt mit den Widersprüchlichkeiten der zum Herrschen Geborenen abgequält hat, wie sollte er für sie Partei ergreifen. Aber auch die anderen, die sich nun *zu Herren der Schöpfung machen wollen*, die den Sturz des Ancien régime betreiben, interessieren ihn wenig.

Er will nicht Partei sein, nicht Meinungen hören, sondern das

Leben beobachten. Die Revolution in Frankreich geht ins vierte Jahr. Goethe mißfällt von Anfang an (seine Zurückhaltung mit Äußerungen hat vermutlich damit zu tun), wie gewaltsam und ausschließlich die Vorgänge in Frankreich das gesprochene und geschriebene Wort beherrschen.

Auch 1792, er geht über Frankfurt, besucht seine Mutter und Freunde, stört ihn das; *denn wo zwey oder drey zusammenkommen, hört man gleich das vierjährige Lied pro und contra wieder herab orgeln und nicht einmal mit Variationen sondern das crude Thema. Deßwegen wünschte ich mich wieder zwischen die Thüringer Hügel wo ich doch Hauß und Garten zuschließen kann*, schreibt er am 18. August. *Leider kommen die Zeitungen überall hin das sind jetzt meine gefährlichsten Feinde.*

In Mainz, wo er zwei Abende mit Georg Forster und Caroline Böhmer verbringt, notiert er: *Große republikanische Spannung der Gemüther. – Mir wird unwohl in der Gesellschaft.* Forster dagegen schreibt: *Goethe, selbst ziemlich aristokratisch.*

Goethes Rolle als Begleiter des Herzogs ist von vornherein zwiespältig. Der berühmte Dichter, den Carl August seinen militärischen Freunden vorführen kann, der in Zivilkleidern, in Rock und Weste, mit Diener und Koffer in seiner böhmischen Halbchaise neben der Armee herzieht. Ein Privatmann, der auf des Herzogs Kosten am Krieg teilnimmt. Ein Voyageur, *müssiger Zuschauer*. Der, wie Goethe selbst sagt, die leitenden Militärs, ausnahmslos Aristokraten, in Ruhepausen *mit kurzen Sprüchen erheitert und erquickt.* Ein Mann, der Haus und Herd mit *Zelt und Marquetenterey* vertauscht; *ich kann sehr zufrieden sein, daß ich in des Herzogs Schlafwagen eine Stelle gefunden habe, wo ich die Nacht zubringe.* Ein Schriftsteller, der seine *neue Laufbahn*, das wissenschaftliche Werk nun, auch im Krieg vorantreibt.

Feldpoet nennen ihn die Soldaten des Herzogs. Tagsüber sitzt er in seinem Zelt und arbeitet an der Farbenlehre. Herzoglicher Schlafwagen und Zelt sind keine dreißig Schritt voneinander entfernt. Der Boden ist von Regengüssen aufgeweicht; *daß ich mich abends mußte hinein, und morgens wieder heraustragen lassen.* Die den *Feldpoeten* durch den Schlamm tragenden Weimarer Soldaten.

Goethe, der mitunter, so notiert der Kämmerer Wagner, *für eigenes Geld Tabak unter die Reuter austeilt*, sieht sich selbst als *Kanzleimann*. Auf den Rückseiten zerschnittener, auf weißem Papier aufgezogener topographischer Karten führt er ein Kriegstagebuch »Poetische Tagesbefehle, Satirische Ordres Du Jour«. Und er erledigt die Korrespondenz für Carl August, an Voigt, den ersten Mann der Regierung in Weimar, und an die Schwester des Oberkommandierenden der gesamten militärischen Unternehmung, an die Herzogin Anna Amalia.

Am 25. August ist Goethe *ohngefähr noch eine Tagreise von der Armee entfernt*. Am 27. hat er sie erreicht. Am 2. September: *Wir sind schon weiter in Frankreich, das Lager steht bey Verdün*. Die Armee gehe *gegen Paris*. *Es geht alles so geschwind*; der Vormarsch nach Paris steht auch für ihn außer Frage.

Es ist höchst interessant, gegenwärtig zu seyn da wo nichts gleichgültiges geschehen darf, schreibt er am 10. September an Voigt. Der Absender lautet: *Jardin Fontaine, vor den Thoren von Verdün. Den Kriegsgang unter einem so großen Feldherrn und die französische Nation zu gleicher Zeit näher kennen zu lernen giebt auch einem müssigen Zuschauer Unterhaltung genug.*

Am 19. September ist Valmy erreicht. Hier bringt das französische Sansculottenheer die preußische Armee zum Stehen. Der Spaziergang ist beendet. Am 20. September beginnt die Kanonade von Valmy.

Der Krieg geht nicht nach Wunsch, teilt Goethe Voigt mit. *So viel ist zu sehen daß sich die Unternehmung in die Länge zieht*. Am 27. September dann: *Wir stehen nicht weit von Châlons das wir vielleicht nie sehen werden*. Von Paris ist nicht mehr die Rede.

An die Herzogin berichtet er verschleiernd: *Es ist bißher, Danck sey der Vorsicht unsers großen Heerführers, alles zu ordentlich gegangen, wir haben unsern Weg so ruhig und sicher zurückgelegt daß ich kaum einigen Unterschied empfand wenn ich im feindlichen Lande von Ort zu Ort mich mitbewegte, es war eben als wenn man in einer großen Suite von Weimar nach Eisenach führe*. Dann macht er das Wetter verantwortlich; *es hat die böse Witterung uns mehr als alle andre Übel gepeinigt ... Man schilt öffentlich Jupitern einen Jakobiner ia einen sans culotte.* Dieser Brief ist vom 25. September. Ein zwei Tage später abgesandter Privatbrief an Knebel enthält mehr Realismus: *Man fängt an den Feind für etwas zu halten den man bißhierher verachtete.*

Am 30. September kommt der Befehl zum Rückzug, ohne daß die preußische Armee einen Angriff auf die Sansculottenheere gewagt hätte. Zehn Tage später analysiert der Herzog die Lage nüchtern in einem Brief an seine Mutter: *Soviel kann ich nur sagen, daß wir eilen mussten, die Champagne zu verlassen, weil wir einsahen, dass an keine Kontrerevolution noch an Übergang der Linientruppen zu dencken sei, und wir, von Feinden umgeben, in einem Lande, das uns sehr übel wollte, zumal wir es tüchtig ausplünderten, uns befänden, wo unsere Kommunikation mit unsern Magazinen, bei den erschrecklich bösen Wettern und Wegen, zu beschwerlich und gefährlich wurde. Eine Bataille zu wagen war nicht ratsam ... Wir haben uns also eilends zurückbegeben.*

Der schmähliche, chaotische Rückzug. Von *einem bösen Traum* wird Goethe sprechen, *der mich zwischen Koth und Noth, Mangel und Sorge, Gefahr und Qual, zwischen Trümmern, Leichen, Äsern und Scheishaufen gefangen hielt.*

Er erlebt Infektionskrankheiten, die Ruhr bricht aus, Hunger, es gibt kein Brot; Wassermangel, die Teiche sind von Pferdekadavern und menschlichen Leichen vergiftet, er sieht seinen Diener Götze das zusammengeflossene Regenwasser vom Lederverdeck des Reisewagens schöpfen. Auf den aufgeweichten Wegen können die vier kleinen Pferde die Halbchaise nicht mehr ziehen. Goethe wechselt in den *Küchwagen* des Herzogs, liest dort in seinen physikalischen Büchern. Verläßt ihn, als er ein Pferd bekommt, übergibt der Küchenmagd die Bücher zur Verwahrung bis Weimar. Reitet mit der Armee weiter.

Endlich, am 9. Oktober, *hatten Durchl. Herzog die Gnade*, notiert Kämmerer Wagner, *unsere Kranken zu besserer Genesung nach Verdun zu schicken. Herrn Geheimen Rath v. Goethe lag ebenfalls etwas daran, aus dem üblen Wetter zu kommen.* Goethe mit Ruhrkranken im Wagen, er steckt sich an. Auf dem Weg sieht er seinen Diener mit Gefährt und Koffer vor sich herfahren. Über Etain – Longuyon – Lonwy geht es nach Luxemburg. *Die Armee ist noch zurück, die Wege sind so ruinirt, das Wetter ist so entsetzlich, daß ich nicht weiß, wie Menschen und Wagen aus Frankreich kommen wollen*, schreibt er, fühlt sich *an Leib und Seele zerschlagen und zerstoßen*. Hat *lange Haare*, die wie ein *verworrener Hanfrocken umherquollen*, sein *Bart* ist *strauchig*. Götzes Ausgabenbuch vermerkt am 21. Oktober in Luxemburg: *Friseur*.

Von Luxemburg geht es nach Trier. Dort mietet Carl August am 1. November für die Kranken ein Schiff; Goethe fährt mit Götze die Mosel bis Koblenz hinab. Erbittet dort Urlaub von der Armee. Besorgt einen Kahn, über Köln (*in Köln Savelatwurst – Brod – Bisquit-Kuchen – Obst*, vermerkt Götzes Ausgabenbuch) geht es den Rhein abwärts nach Düsseldorf. Goethes Ziel ist sein Freund Jacobi.

Am Abend des 6. November ist Düsseldorf erreicht. *Wir haben in diesen 6 Wochen mehr Mühseligkeit, Noth, Sorge, Elend, Gefahr ausgestanden ... als in unserem ganzen Leben*. Er ist außer Gefahr, ist den *Trümmern, Leichen, Äsern und Scheishaufen* entkommen. Fühlt sich *wie neu gebohren ..., fange erst wieder an gewahr zu werden daß ich ein Mensch bin*.

Dieser Feldzug wird als eine der unglücklichen Unternehmungen in den Jahrbüchern der Welt eine traurige Gestalt machen, resümiert er. Und als er gegen Ende des Jahres 1792 sein Kriegstagebuch durchliest und redigieren will, stellt er fest, er habe *manches falsch gesehen und unrichtig beurteilt*. Da es ihm *bedenklich* scheint, *dergleichen Papiere irgendeinem Zufall auszusetzen*, verbrennt er seine Aufzeichnungen, *vernichtet das ganze Heft in einem lebhaften Steinkohlenfeuer*.

Die literarische Vermarktung seiner Kriegsabenteuer geschieht erst dreißig Jahre später, in den beiden Texten »Campagne in Frankreich« und »Belagerung von Mainz«. Da liegt das geschichtliche Resümee bereits abgeschlossen vor ihm. Erst da wird er jenen Satz formulieren, den er in Valmy angesichts der Kanonade der Sansculotten gesagt haben will: *Von hier und heute geht eine neue Epoche der Weltgeschichte aus, und ihr könnt sagen, ihr seid dabei gewesen*.

Sein historisch-authentischer Satz in einem Privatbrief an Knebel vom 27. September 1792 lautet: *Es ist mir sehr lieb daß ich das alles mit Augen gesehen habe und daß ich, wenn von dieser wichtigen Epoche die Rede ist sagen kann: – et quorum pars minima fui* (und worin ich eine kleine Rolle spielte).

Von diesem Frankreichfeldzug 1792 ist erstmals Goethes Post an Christiane überliefert. Zwölf Briefe.

Sie schreibt ihm ebenfalls. *Deine Briefe*, so er, *hab ich nun alle, mein liebes Herz … Ich war recht vergnügt soviel von dir zu lesen.* Sie sind nicht erhalten.

Mein Liebstes, meine liebe Kleine, mein Kind, nennt er Christiane. Gesteht seine Sehnsucht. *Ich vermisse dich sehr. Mein einziger Wunsch ist Dich und den Kleinen wiederzusehen, man weiß gar nicht was man hat wenn man zusammen ist.*

Wärst du nur jetzt bei mir, wünscht er sich am 10. September aus dem Lager bei Verdun: *Es sind überall große breite Betten, und Du solltest Dich nicht beklagen, wie es manchmal zu Hause geschieht. Ach! mein Liebchen! es ist nichts besser als beisammen zu sein.*

Goethe wirbt um Christiane. Er ist im vierten Jahr ihrer Liebe keineswegs ein selbstgewisser Überlegener, er bekennt Ängste und Unsicherheiten. *Behalte mich nur so lieb wie ich dich.*

Dieser Gedanke kehrt immer wieder: *sey ein treus Kind …, Du mußt mich aber nur lieb behalten und nicht mit den Äugelchen zu verschwenderisch umgehen. … Behalte mich ja lieb! Denn ich bin manchmal in Gedanken eifersüchtig und stelle mir vor: daß Dir ein anderer besser gefallen könnte, weil ich viele Männer hübscher und angenehmer finde als mich selbst. Das mußt Du aber nicht sehen, sondern Du mußt mich für den besten halten, weil ich Dich ganz entsetzlich lieb habe und mir ausser Dir nichts gefällt.*

Seine Eifersucht kränkt sie offenbar, denn er entgegnet: *Wenn ich Dir etwas schrieb das Dich betrüben konnte, so mußt Du mir verzeihen. Deine Liebe ist mir so kostbar, daß ich sehr unglücklich seyn würde sie zu verlieren, Du mußt mir wohl ein bißchen Eifersucht und Sorge vergeben … Solang ich Dein Herz nicht hatte, was half mir das Übrige, jetzt da ichs habe, möcht ichs gern behalten. Dafür bin ich auch Dein.*

Eine Liebeserklärung! Welch ungewohnte schutzlose Offenheit. Allein diese wenigen Sätze lassen ahnen, was zwischen beiden in den vier Jahren an Nähe und Vertrautheit entstanden ist.

Das Verhältnis des sechzehn Jahre älteren Mannes zu seiner Geliebten, *liebes Kind, liebe Kleine*. Wiederholt er die Vaterrolle, die einst sein eigener Vater seiner viel jüngeren Frau gegenüber einnahm, gefällt er sich darin? *Wo das Trier in der Welt liegt, kannst Du weder wissen, noch Dir vorstellen* ... Er ist der Mann, der in die Welt hinauszieht, sie die Frau, die zu Hause bleibt. In ihrer häuslichen Umgebung stellt er sie sich vor: *iß Deine Kohlrabi in Frieden*. Wenn er an sie denkt, so *auch an alles, was um Dich ist, an unsre gepflanzten Kohlrüben und so weiter*.

Assoziiert dieses *und so weiter* nicht eine leichte Ungeduld? Im Hinabbeugen zu seiner Liebsten verkleinert der Liebende sich, bringt sich auf ihr Maß.

Sein Briefton wird ein anderer. Es ist nicht mehr der spitze belehrende, der der aufreizenden Intellektualität seiner frühen Briefe an die Schwester Cornelia. Nicht mehr die faszinierende, mit Liebeswerbungen durchwobene intime Ausbreitung seiner Gedankenwelt, seine spannungsreiche Selbstdarstellung in den Briefen an seine geistige Freundin Charlotte von Stein.

Die Briefe an Christiane Vulpius werden von der Alltäglichkeit bestimmt. Die intellektuelle und künstlerische Selbstmitteilung ist weitgehend ausgeklammert. Auch das für ihn so charakteristische Aufklärerische fehlt, er beschränkt sich Christiane gegenüber auf das, was er sich von seiner *Kleinen* wünscht: *sey mir ein rechter Hausschatz ... bereite Dich, eine liebe kleine Köchin zu werden ... bereite mir eine hübsche Wohnung ... Mache nur, daß unser Häuschen recht ordentlich wird ... Ich dencke immer an Dich und den Kleinen und besuche Dich im Hause und im Garten und denke mir schon, wie hübsch alles sein wird, wenn ich wiederkomme.*

Wir sind so nah an Champagne, klagt er, *und finden kein gut Glas Wein. Auf dem Frauenplan solls besser werden, wenn nur erst mein Liebchen Küche und Keller besorgt*. In Frankfurt habe ihn die Mutter mit Essen verwöhnt. *Es wird mir aber noch besser schmecken, wenn mein lieber Küchenschatz die Speisen zubereiten wird.*

In seiner Lebensmitte bedarf er keiner Frau, der er wie der Schwester Cornelia alles Entstehende mitteilt, er braucht keine Erzieherin wie Charlotte, die ihm durch ihre Anteilnahme zum unverzichtbaren Teil seiner Selbstaufklärung wird.

In seiner Lebensmitte ist eine Frau für ihn wichtig, die Bett und Tisch mit ihm teilt. Ihm Behagen, Behaglichkeit in weitestem Sinne schafft: im Bett, am Tisch, im Haus.

Zwei Frauen haben seine Kindheit und Jugend bestimmt und seine Vorstellung von Weiblichkeit geprägt. Mutter und Schwester, die grundverschieden sind, den denkbar größten Gegensatz bilden. Folgt Goethe zunächst mit Charlotte dem Typ der Schwester, so wählt er als reifer Mann den Typ der Mutter.

Christiane ist seiner Mutter in vielem ähnlich. Auch ist sie keine intellektuelle Frau; mögliche Gefährdungen für das Werk schließen sich somit aus. Wie die Mutter ist sie naiv, heiter, anspruchslos. *Frohnatur*, nennt Goethe seine Mutter, von *lebendiger Heiterkeit* spricht er, die solche Frauen *um sich her verbreiten, ohne weitere Ansprüche zu machen.*

Die Anspruchslosigkeit bezieht er vor allem auf seine Person. Sie bedeutet *kritiklose* Zustimmung zu allen seinen Handlungen, somit Freiheit für sein Werk. Viele Jahre besucht er die Mutter nicht, schreibt ihr kaum, dennoch bleibt er unerschütterlich der Mittelpunkt ihres Lebens. Bedingungslose Liebe, die keinerlei Ansprüche stellt, einzig den, ihren *Hätschelhans* glücklich zu wissen.

Sein Wohlergehen steht über allem. *Ich vor meine Person*, schreibt sie, *befinde mich wie gewöhnlich gantz zufrieden – und laße die Dinge die ich doch nicht ändern kan ihren Gang gehen – nur Weimar ist der einzige Ort in der gantzen weiten Welt woher mir meine Ruhe gestört werden könte – geht es meinen Lieben dort gut; so mag meinetwegen das rechte und lincke Rheinufer zugehören wem es will – das stöhrt mich weder im Schlaf noch im Eßen.*

So wünscht Goethe sich auch Christiane. In Zusammenhang mit Kriegsereignissen wird er später von ihrer *glücklichen Art zu sein* sprechen. Und stets von ihr als guter Mutter und tätiger Gattin. *Belesen, politisch und schreibselig* dagegen *seien Eigenschaften, die*

Du Dir nicht anmaßest. Christiane beherzigt den Leitspruch seiner Mutter, dem die Schwester nicht zu folgen vermochte: *Sey eine gute Gattin und deutsche Haußfrau, so wird Deine innere Ruhe, den Frieden Deiner Seele nichts stöhren können.* Christiane hat nicht den *Fehler in der Erziehung*, sich zu wenig um *Küche und Keller* zu kümmern, den Cornelias Ehemann beklagt. *Hausschatz, Küchenschatz* soll sie nach Goethes Wunsch sein. *Bettschatz*, fügt die Mutter hinzu. Christianes Rolle ist vorgegeben, festgelegt. Goethe ist dankbar, wenn Christiane sie erfüllt.

Zeichen der Dankbarkeit – zuweilen zwiespältige – werden zeitlebens seine großzügigen Geschenke sein. 1792 ist er noch keine fünfzig Meilen von Weimar entfernt, da schreibt er Christiane: *Von Frankfurt soll aber bald das zierlichste Krämchen ankommen.* Von dort dann: *Meine erste Sorge war das Judenkrämchen das morgen eingepackt und die nächste Woche abgeschickt wird. Wenn es ankommt, wirst Du einen großen Festtag feiern, denn so etwas hast Du noch nicht erlebt.* Drei Tage später: *Das Judenkrämchen geht auch heute ab ... Ich wünschte ein Mäuschen zu sein, und beim Auspacken zuzusehen.* Am 8. September aus dem Lager bei Verdun: *Eh wir hier abreisen, wird ein Körbchen abgehen mit Liqueur und Zuckerwerk, davon genieße was mit Herrn Meyer, das übrige hebe auf, ich schicke Dir noch allerlei in die Haushaltung. Aus Paris*, versichert er ihr, *bringe ich Dir ein Krämchen mit, das noch besser als ein Judenkrämchen sein soll.*

Die in Weimar Zurückgebliebene. Das große Haus am Frauenplan. Demoiselle Vulpius, das Kind, der Hausfreund Heinrich Meyer, die Tante, die Schwester, Sutor und eine neueingestellte Magd unter einem Dach.

Helmershausen, der Besitzer, bewohnt noch einen Teil der vorderen Räume.

Christiane und Heinrich Meyer beaufsichtigen den Umbau des Treppenhauses, die Arbeit der Zimmerleute, den Kaminbau, die Malerarbeiten. Meyer beginnt das Haus mit seinen Gemälden zu verzieren. Provisorien überall, Schmutz, Lärm.

Wiederum verwaltet Philipp Seidel das Portefeuille. Bezahlt

Handwerker und Bedienstete. Seine *Sonderrechnung* von August bis Dezember 1792 (GSA 34 XI, 01) enthält Beträge für *Madmoiselle Vulpius*, mehrmals 13 beziehungsweise 40 Taler. Eine Quittung: *Zwei Carolins habe ich von dem Herrn Rentkommisair Seidel erhalten. Weimar, den 15ten Sept. 1792 Christiana Vulpius*. Seidel bezahlt auch den Konditor Wilhelm Schwarz. Jetzt sind es nicht Näschereien, sondern *3 Port. Mittagessen, 3 Port. Abendessen.* Die Hausfrau bestellt sie in der Zeit vom 29. bis 31. Juli und vom 1. bis 4. August täglich. Im Jägerhaus hat das Goethe des öfteren getan. Nun gibt auch sie ihre Bestellung an Schwarz. Sieben Tage hintereinander. Auszug, Umzug. Häufen sich Räum- und Saubermacharbeiten, wird die Küche getüncht, oder lernt sie einfach, mit einem großzügigeren Lebensstil umzugehen?

Christiane im Haus am Frauenplan. Ich sehe sie vor mir, wie sie bisher unerreichbare Dinge beim Delikatessenhändler Stepheno Salice kauft.

Sehe sie die Annoncen der Weimarer Wochenzeitung durchgehen. *Bey Ortelli seel. Wittwe, ist frisch angekommen: ... allerhand feine Olitäten; extra guter Kirsch-Saft, nebst Kirsch Ratafia und andere Liqueurs ... auch extra feine Turiner Chocolat, alles um billige Preiße*, kann sie in Nr. 60, Mittwoch, den 1. August 1792, lesen, am 26. September: *Schöne saftige Cittronen sind bey dem Kaufmann, Hr. Hergt, an der VorwergsGasse, in sehr billigen Preißen, so wohl einzeln, als im ganzen zu haben*. Christiane, die einkauft, der Diener Sutor hat sie zu begleiten, den Markteimer zu tragen.

Ich sehe, wie sie am Abend in Kochbüchern liest. Vielleicht in jenem aus dem Besitz ihres Bruders, das 1995 mit dem Vulpius-Nachlaß wieder nach Weimar kam. »Unterricht für ein junges Frauenzimmer, das Küche und Haushaltung selbst besorgen will, aus eigener Erfahrung ertheilt von einer Hausmutter«, Frankfurt und Leipzig 1785 und 1788. Da kann sie lernen, wie ein *ausgelöster Kalekutischer Hahn* in *Austern-Sauce farcirt* wird, wie *junge Hühner mit Sardellensoße* bereitet, *Aalraupen zu sieden, Krebse mit Anis und Dill* anzurichten sind, *Froschkeulen, Fasane* und *Trappen* gebraten, *Gänse mit Kastanien* gefüllt werden. Wie man Brühen bereitet, *für Lerchen eine Brühe aus Pomeranzen, Wein, Ingwer,*

Zucker und Butter, wie man *Sardellensoße* macht: *Nehmt 3 oder 4 Sardellen, thuet ein wenig Butter in ein Casseroll, lasset es zergehen und thut die Sardellen hinein, nebst ein wenig geriebener Semmel, Pfeffer, Ingwer und Muskatnuß und gießt gute Rindfleischbrühe daran, lasset es wohl kochen und richtet es dann an, zu was ihr wollt.*

Goethe würde diese Art Lektüre seiner Liebsten behagen. In einem Lehrgedicht von 1795 definiert er weibliche Arbeit als Arbeit in Keller, Küche, Nähstube und Garten. *Immer*, so heißt es da, *ist so das Mädchen beschäftigt und reifet im stillen / Häuslicher Tugend entgegen, den klugen Mann zu beglücken. / Wünscht sie dann endlich zu lesen, so wählt sie gewißlich ein Kochbuch.*

Ist vielleicht der Bruder zu Gast? Seit 1791 lebt er wieder in der Stadt. Konnte er in Leipzig nicht Fuß fassen? Vermutlich drängt es ihn nach Weimar. Die Beziehung seiner Schwester zu dem großen und mächtigen Mann, zu dem von ihm seit der Gymnasiastenzeit verehrten Autor. Die Hoffnung, daß vom Glück der Schwester auch für ihn etwas abfällt.

Seinem 1790 erschienenen Trauerspiel »Serafina« hat er eine Widmung gegeben: *An den Herrn Geheimen-Rath Johann Wolfgang von Göthe Exzellenz zu Weimar*. Datiert ist sie: *Leipzig, am 1. Oktober 1789.*

Nach dem »Glossarium« sind »Skizzen aus dem Leben galanter Damen«, eine »Beschreibung der Bastille«, mit Notenbeigaben und Kupfern versehen, erschienen. Aufführungen seiner Stücke gab es in verschiedenen Städten. »Der glückliche Tag« wurde am 23. Februar 1789 in Bayreuth, das Trauerspiel »Leidenschaft und Liebe« am 7. Januar 1790 am Hoftheater in Dresden uraufgeführt, das Lustspiel »Liebesproben« ist in Leipzig auf die Bühne gekommen.

Trotzdem reicht es keineswegs zu einer freien Schriftstellerexistenz.

Als Goethe Theaterdirektor wird, sieht er in Weimar für den Bruder seiner Liebsten eine berufliche Möglichkeit. Ab 1792 läßt er ihn als freien Mitarbeiter für sich arbeiten. Christian August Vulpius stellt Bühnenfassungen her, richtet Stücke ein, übersetzt, legt Opern neue Texte unter, da die Weimarer Bühne mit ihrem geringen

Etat sich keine honorarpflichtigen Textfassungen leisten kann. Er verfaßt zu Opern von Karl Ditters von Dittersdorf und Mozart neue Texte, sie werden von anderen Bühnen übernommen. Seine Textfassung von »Figaros Hochzeit« wird bis ins 20. Jahrhundert gespielt.

Die Uraufführung in Weimar ist am 7. Dezember 1793. Anfang Januar 1794 kommt seine Bearbeitung von Mozarts »Zauberflöte« auf die Bühne. Am 24. Oktober 1794 werden »Die vereitelten Ränke« mit Cimarosas Musik aufgeführt. Zeitweise arbeiten Goethe und Vulpius zusammen, teilen sich in Übersetzungen. Belegt ist es von »La Maga Circe« des Pasquale Anfossi. Goethe übersetzt die Gesänge, Vulpius die Dialoge.

Auch eigene Stücke von Christianes Bruder kommen am Weimarer Hoftheater zur Aufführung. Am 7. Juni 1791 »Das rote Käppchen« mit der Musik von Dittersdorf, am 24. November 1791, ebenfalls mit der Musik von Dittersdorf, »Hieronimus Knicker«. *Sage Deinem Bruder, er möge mir nur manchmal von unserem Theaterwesen ein Wort melden.*

Der Bruder bei der Schwester zu Besuch am Frauenplan. Wie früher gehen beide gewiß zusammen in die Komödie. Christiane hat sie wohl stets besucht, in ihrer Zeit in Bertuchs Werkstatt, in der der Heimlichkeit mit Goethe, in den Jahren in den Jägerhäusern. Selbst als sie schwanger war. Am 11. November 1789 stellt Schwarz *1 Glas Bunsch in der Cometge* in Rechnung (GSA 34 VIII, 3,11). Am 10. Oktober 1792 schreibt Goethe seiner Liebsten: *Nun wirst Du ja auch wieder in die Komödie gehen und die Abende wenigstens eine kleine Lust haben.*

Das Komödienhaus ist der Ort in Weimar, wo Hof und Stadt sich treffen, alle Stände zu finden sind.

Sollten sich da Charlotte von Stein und Christiane Vulpius nicht begegnet sein? Die eine in der Loge, die andere auf der Bank. Über Charlottes Gewohnheiten des Komödienbesuches ist wenig überliefert. Im November 1790 schreibt sie: *aber eigentlich kann ich dem nachgespielten menschlichen Leben keinen Genuß abgewinnen; vielmehr weckt mirs manches Weggelittene wieder auf.*

Als sich am letzten Apriltag 1790 die Witwe eines Buchbinders in der Ilm ertränkt, genau an jener Stelle, wo im Januar 1778 sich die Laßberg mit dem »Werther« in der Kleidertasche das Leben genommen hatte, schreibt Charlotte an Knebel, dessen Bruder auch Selbstmord begangen hat: *Wohl Denen, die die Kraft haben, das Leben wegzuwerfen, wenn es ihnen und Anderen zur Last wird.*

Bezieht sie diese Äußerung auf sich, auf ihren Mann? Josias von Steins Lähmung schreitet voran, die Schlaganfälle wiederholen sich, *außer Ja und Nein war er nicht im Stande etwas deutliches zu sagen*, überliefert der Sohn. Zuweilen erkennt er niemanden mehr.

Charlotte hat diesen Mann zu pflegen. *Da die Vorhänge gefallen sind und die Kulissen in gerader Linie mir die Perspektive genommen, so ist mein Leben ganz alltäglich und unpoetisch*, an Knebel.

Ob es die Komödie war, die Ackerwand, der Park oder die Seifengasse, es ist unmöglich, daß sich die beiden Frauen nicht begegnet sind, das Haus am Frauenplan und das Stiedenvorwerk liegen kaum drei Wegminuten voneinander entfernt.

War es einst Charlotte, die Geschenke von Goethe erhielt, so ist es nun Christiane. Die Kiste aus Frankfurt trifft ein, das Körbchen *mit Liqueur und Zuckerwerk* aus Verdun. Die Geschenke aus Paris aber bleiben aus.

Stattdessen Nachrichten von Rückzug und Flucht. Ankündigung der Heimkehr. Aus Koblenz am 4. November: *Ich hoffe, daß Du nun eingezogen und in der Ordnung bist, daß die Treppe immer weiter rückt. Gebrauchet ja die Zeit, die ich abwesend bin, um so viel fertig zu machen, als die Wittrung erlaubt.*

Ausruhen will Goethe sich in Düsseldorf bei Jacobi, will dann zu den *mütterlichen Fleischtöpfen* eilen, über Frankfurt nach Weimar gehen. Aber die französische Armee hat Frankfurt besetzt. Carl August ruft Goethe zu sich. Die Mutter teilt ihm die *Ordre* des Herzogs mit, zugleich ihre Besorgnis. *Ich weiß nicht ob ich wünschen soll, dich bald zu sehen oder ob das Gegentheil zuträglicher wäre.* Goethe begibt sich nicht erneut in Gefahr, wählt eine andere Reiseroute. Als Frankfurt wieder von den Alliierten eingenommen ist, schreibt Carl August ihm am 27. Dezember von dort: *Deine 2 Briefe, mein*

Lieber, habe ich richtig erhalten, ich hätte dich freylich gerne gesprochen, ehe du nach Hause kehrtest, unter den gegebenen Umständen aber war es dir nicht zu verargen, daß du in ein menschliches Leben zurückeiltest, da du das unmenschliche so treu mit mir außgehalten hattest.

Von Eile kann nicht die Rede sein; fast einen Monat bleibt Goethe in Düsseldorf, fährt am 4. Dezember, da seine *leichte böhmische Halbchaise* ausbleibt, in einem von Jacobi geborgten, *an Eisen ziemlich schweren Reisewagen* in Richtung Münster, verweilt dort über eine Woche als Gast der Fürstin Gallitzin (*Von Münster kann ich nur sagen daß ich dort sehr glücklich war*), erreicht am 13. Dezember Kassel, am 15. Gotha, besucht den Herzog auf Schloß Friedenstein. Die Herzogin Charlotte von Sachsen-Gotha notiert: … *ich sahe ihn bey mir von 7 uhr bis 9, allein er erzählte nicht das geringste neue … die Lust zum Bataillieren ist ihm vergangen.*

Am Abend des 16. Dezember trifft er wieder in Weimar ein. *Die Meinigen wohl*, heißt es. *Mein Vorhauß und meine Treppen sind gut gerathen, mein Hauß übrigens noch ziemlich unwohnbar. – Ich dachte diese Weyhnachtsfeyertage nach Jena zu gehen.*

Seine Arbeit absorbiert ihn sofort wieder. Wohl wird es Liebesstunden geben. *Mit dem schönen Geschlechte kann man sich hier, wie überall, nicht ohne Zeitverlust einlaßen*, hatte er dem herzoglichen Freund aus Italien geschrieben. Christiane, die auf ihn wartet, mit der er sich *ohne Zeitverlust einlaßen* kann. Er arbeitet an der Farbenlehre; beginnt, um sich *von der Betrachtung der Welthändel abzuziehen*, den »Reineke Fuchs«, *etwa 45 000 Hexameter … in Zwölf Gesänge abgetheilt.*

Das Gedicht ist seit Homer die vollkommenste Epopöe, wie Sie's, lieber Gleim, in Goethes glücklichen Hexametern sehn werden, begeistert sich Herder, nicht ohne Neid: *ich bin sehr alt und werde es von Stunde zu Stunde. Goethe wird dagegen jung, korpulent und rund von Stunde.* Caroline Herder schreibt im gleichen Brief vom 5. April 1793: *Es hat den Anschein, daß uns Goethe bald wieder verlassen und zum Herzog gehen wird. Bedauern Sie ihn und uns! Doch scheint er lieber in jene Gegenden zu gehen, als wir ihn lassen.*

Mitte April ist Goethe *reisefertig*, die *Welthändel* locken; er *werde wenn sich Maynz nicht kurz resolvirt, der Blokade oder Belagerung beywohnen.*

Ich möchte wissen, was ihn eigentlich diesmal wieder aufs neue in das wilde Getümmel des Lagers gebracht hat. Ob des Herzogs dringendes Bitten oder das sonderbare innere Treiben des sonderbaren Menschen oder der bloß philosophische Zweck, Menschenkenntnis zu sammeln und neue Erfahrungen auch mit über sich selbst zu machen, fragt sich Helene Jacobi. Goethe bleibt noch bis Mai, am zweiten wird sein »Bürgergeneral« im Komödienhaus uraufgeführt. Am zwölften reist er.

Sein Sohn hat die Blattern, eine damals gefährliche Krankheit mit hoher Sterblichkeitsrate. Christiane ist wieder schwanger, sie ist im dritten Monat.

Die guten Götter mögen ... ihn bewahren bei seinem zweiten Feldzug, schreibt Herders Frau.

Von Frankfurt aus, wo er die Mutter besucht, geht Goethe ins preußische Hauptquartier nach Marienborn bei Mainz. *Die Armee steht um eine große Stadt, ... man schießt Tag und Nacht*, schreibt er am 29. Mai der in Weimar zurückgebliebenen Christiane. Am 3. Juni: *Es fehlt an nichts und es ist viel lustiger als vor dem Jahre.* Am 7.: *Wären gewisse Umstände nicht* (ihre Schwangerschaft ist gemeint), *Du müßtest mich besuchen.* In einem Dorf ist er einquartiert. Da ihn die *Wanzen* plagen, zieht er ins Zelt um, schläft *angezogen, in einer Strohbucht*, mit einer *Decke, die*, schreibt er ihr, *uns, hoffe ich, bald wieder zusammen zudecken soll.*

Von diesem Sommer 1793 sind erstmals Briefe von Christiane Vulpius überliefert. Sind sie durch Zufall Goethes Autodafé von 1797 entgangen. Sind es alle, die sie geschrieben hat? Wir wissen es nicht. Elf Briefe sind vorhanden. Von ihrer Hand. Es ist das fünfte Jahr ihres Zusammenlebens. Es sind Liebesbriefe. *Du bist mein einziger Gedanke*, schreibt sie, *mir kömmst Du nicht aus den Gedanken. Ich bin immer betrübt, ich habe es Dir nicht schreiben wollen, aber seit Du weg bist, kann ich mich über nichts recht freuen. ... Du fehlst mir ... jede Freude ist nur halb, wenn Du nicht dabei bist.*

... ich liebe Dich über alles. Engel, nennt sie ihn, *mein Einziger, Du Liebster, mein Bester, Du Süßer. Deine Dich ewig liebende Christel*, unterzeichnet sie einen der Briefe.

Sie ist die Energievolle, wie seine Zeichnungen sie zeigen, zugleich auch die Ängstliche, die Lips festgehalten hat.

Angst hat sie vor allem um ihn, der in Kriegsnähe ist: *wie kann ich froh sein, wenn Du in Gefahr bist ... es soll itzo im Lager gar gefährlich sein.* Immer wieder bittet sie ihn, sich fernzuhalten: *Gehe ja nicht in Krieg ... begib Dich nicht mit Gewalt in Gefahr.* Sie ersehnt jeden Brief, der ihr sagt, er lebt; *hier ist (es)*, schreibt sie ihm am 14. Juni, *abscheulich, denn ehe ich Deinen vorigen Brief bekam, habe ich vor Angst Tag und Nacht nicht ruhen können, denn es hieß, es wäre alles gefangen.*

Er versucht sie zu beruhigen: *ich werde mich um Deinetwillen schonen, denn Du bist mein Liebstes auf der Welt.* Als das preußische Hauptquartier in der Nacht zum 31. Mai von den Franzosen angegriffen wird, sei er, ihrer *Bitte eingedenk*, erst, *da es Tag war und alles vorbei, hinunter geritten. Da lagen die armen Verwundeten und Todten, und die Sonne ging hinter Mainz sehr prächtig auf.* Ist es der Anblick dieser Toten (Major von Laviere und Rittmeister Voß aus Weimar sind darunter), der ihn erstmals darüber nachdenken läßt, in welch ungesicherter Lage er, stößt ihm etwas zu, die schwangere Frau und das Kind in Weimar zurückgelassen hat. Am gleichen Tag jedenfalls richtet er ein Schreiben an Voigt, der die Regierungsgeschäfte für den abwesenden Herzog in Weimar führt, bittet ihn, *nehmen Sie sich der meinigen an wenn mir ein Unfall begegnen sollte.*

Auffällig ist, Christiane klagt an keiner Stelle über Zurücksetzungen, die ihr aus ihrem freien Zusammenleben mit Goethe vielleicht erwachsen. Sie nimmt es als selbstverständlich, natürlich, bewegt sich überall ungezwungen.

In der Kirche: *Am Sonntag ... bin ich in (der) Kirche gewesen, weil Herder predigte.*

Auf dem Musikfest: *Nach Mittage sind wir auf den Vauxhall, da wurde das schöne Kleid bewundert und gelobt.*

In der Komödie: *Gestern war ich in der Komödie.*

Auch wenn sie von ihrem Umgang mit den Handwerkern, dem Bauverwalter Steffany, dem Gärtner und Hofgärtner berichtet, kein Wort von Zurücksetzung. Man wendet sich an sie. *Geheime Rath Gülicke hat mich bitten lassen, das Schreiben sobald als möglich an Dich zu schicken.*

Und immer wieder erzählt sie in ihren Briefen von Haus, Stall und Garten. *Mit der Arbeit im Hause geht es sehr geschwind ... der Tapezier fängt an, mein Kämmerchen ist fertig ... der Saal wird zu Ende jener Woche möblirt, die Stühle sind in der Arbeit.*

... itzo werden noch die Ställe geräumt ... Habe recht viele Gänse und Hühner angeschafft, und habe meine Freude so an dem Wesen.

In Gärten und auf dem Lande ist alles gepflanzt und zurechte. Im *alten Garten*, dem am Stern, sei es *itzo ganz herrlich: die Rosen blühen*, sie habe Kirschen gepflückt und *zum ersten Mal ... Kirschkuchen gebacken*; im *Garten im Hause*, dem am Frauenplan, habe sie *Kohlrabi und Artischocken* geerntet.

Aber diese Woche habe ich auch eine große Betrübniß gehabt, ich hatt die Gurken so schöne gewartet und gegossen. Schicket der Hofgärtner vom Belvedere die Pflanzen vom Spargel, und die müssen gar tief mit einem Graben gepflanzet werden, und da gingen die Gurken beinahe alle zu Grunde, so daß ich habe frische legen müssen.

Goethe, der den Brief im Lärm des Kanonendonners liest, entgegnet: *Tröste Dich ja über Deine Gurken ...* und berichtet ihr von der Bombardierung des belagerten Mainz; wie die Stadt *so nach und nach vor unsern Augen verbrennt. Die Kirchen, die Thürme, die ganzen Gassen und Quartiere eins nach dem anderen im Feuer aufgeht. Wenn ich Dir einmal davon erzähle, wirst Du kaum glauben, daß so etwas geschehn könne.*

Wir erleben Christiane als Mutter. Ihre Berichte über den vierjährigen Sohn. Er hat die Krankheit überstanden. Sie hat ihn in Jena von Hofrat Stark behandeln lassen. *Du wirst Dich sehr freuen ...*

ihn gar nicht von Blattern verändert zu sehen, *er hat nicht viel und sie schwären nicht tief*. Als sie zurückkehrt und sie am Schloßturm ankommen, da *schriee der Kleine: »Mutter! da ist ja Weimar, nu bin ich froh, da komm ich beis Väterchen.«*

... der Kleine redet immer von Dir und lernt fleißig sein abc, das deutsche und das lateinische. Ihrem ersten Brief fügt sie einen Zettel vom Sohn bei, sie führt ihm die Hand: *Lieber Vater, ich bin wieder gesund, schicke mir was.*

Am 25. Juli schreibt sie: *Nun muß ich Dir doch auch etwas vom Kleinen schreiben; der sieht ganz anders aus, viel hübscher, mir kömmt es vor, er sehe Dir sehr ähnlich. Er hat seine Freude sehr an Thieren und einem lebendigen Habicht im Garten und einem Eichhörnichen, das hat sich aber diese Nacht von der Kette los gemacht und ist fort, da hat er den ganzen Morgen geweint.* Augusts Tierliebe, die wohl durch die Tiere in den Jägerhäusern geweckt wurde, hält an; als Student wird er seine Stube voller Vögel haben.

Auch das zu erwartende Kind spielt in Christianes und Goethes Briefwechsel eine Rolle. Von Freundinnen, *Schätzchen* ist die Rede, von der *Wernern* und der *Burkhardtin*, von *ein paar Kose-Weibern*, die sie besuchen, *vermuthlich aus Neugier* wegen der Schwangerschaft, *die itzo ziemlich augenscheinlich wird.* Sind es ehemalige Nachbarinnen aus der Jakobsgasse, Mädchen, mit denen sie am Werkstattisch bei Bertuch saß? Sind sie geladen, oder drängen sie sich auf? Christianes verändertes Leben, ihr Wohlstand als Magnet? Frauen, die auf den sich wölbenden Leib starren; zum drittenmal öffentlich werdende Unzucht. Neiderinnen, die, kaum über die Schwelle nach draußen getreten, tuscheln, zischeln? Christiane ist arglos, nimmt alles vorurteilslos und freudig auf.

Goethe schreibt ihr: *Nimm Dich auch hübsch in Acht, daß Du Dir und dem Ankommenden nicht schadest.* Für die gute Hoffnung, die anderen Umstände, haben die beiden ihre eigenen Wortschöpfungen. Das künftige Kind wird *Pfuiteufelchen* genannt, die Schwangerschaft *Krabskrälligkeit.* Goethe gebraucht die Worte als erster, aber ehe sein Brief sie erreicht haben kann, verwendet sie sie ebenfalls.

Er schickt ihr einen *großen seidnen Shawl, mit dem Du die pfui*

Teufelchen zudecken kannst. Und ein Kleid, *da wärst Du in der Krabskrälligkeit recht geputzt.*

Ich bin recht wohl mit der Krabskrälligkeit, schreibt sie, und Mitte Juni: *Das Pfuiteufelchen hat sich gemeldet, und es wird wohl seinen Besuch im October machen. Da bist Du doch wohl wieder da. Ach ja, da läßt Du mich nicht allein!*

Dieses *Ach ja, da läßt Du mich nicht allein!* ist nicht als Forderung, nicht einmal als Bitte geäußert, lediglich als Wunsch, als sage sie es zu sich selbst. Aber ihre Angst vor dem Alleinsein bei der Niederkunft schimmert doch durch.

Anderseits ist sie in allen Dingen des Lebens couragiert, stets tätig, und – das machen diese elf ersten überlieferten Briefe deutlich – sie kann sich freuen, kann feiern.

Ich bin so vergnügt, daß ich einen Brief von Dir habe ... alles ist zusammen gerufen worden, und vor lauter Freuden wird auf Deine Gesundheit eine Flasche süßer Wein getrunken.

Auch der einzig überlieferte Eintrag Christianes in das Stammbuch eines unbekannten Freundes kennzeichnet ihre Lebenshaltung: *Freu Dich des Lebens solang das Lämpchen glüht / Pflücke die Rose eh sie verblüht.*

Als es dem Kind besser geht, macht sie mit ihm Ausflüge. *Mir gefällt es auch in Jena, aber auf dem Lande doch noch besser. Gestern sind mir in Burgau gewesen, da hat mir die Gegend sehr wohl gefallen, die Saale und die schönen Berge und die Dörferchen. ... ich sehe hier immer viel Neues, aber ich wünsche mir nur immer, daß ich das alles mit Dir sehen könnte, und wir könnten so ein paar Schlampamps-Stündchen halten, da wär ich recht glücklich.*

Wenn Du nur wiederkömmst, wenn noch die schönen Tage sind, daß wir noch mannichmal im Garten am Hause schlampampsen können.

Schlampamps-Stündchen, schlampampsen – ihre Ausdrücke für Liebesstunden, Stunden von Nähe und Gespräch.

Goethe nennt sie *mein liebes Kind, meine Kleine.* Sie nimmt diese Rolle an; von sich und dem Sohn als seinen *beiden Kindern*, schreibt sie. An anderer Stelle heißt es: *Ich will aber recht artig sein.* In ihren späteren Briefen verlieren sich solche Kindklischees, Goethe dagegen wird noch die Fünfundvierzigjährige mit *mein liebes Kind* anreden. Deutlich wird in Christianes Briefen von 1793, daß sie mit dieser Kindrolle auch spielt, kokettiert, sie, wenn es ihr nötig scheint, durchbricht, handelt, ohne ihn zu fragen. So in bezug auf seine Mutter.

Goethe hat bei seinem Besuch in Frankfurt im Mai 1793 der Mutter gesagt, wie und mit wem er lebt. Seine *Ehe ohne Zeremonie* geht ins fünfte Jahr. Das Enkelkind ist dreieinhalb. Ein weiteres Kind wird erwartet.

Katharina Elisabetha richtet daraufhin einen Gruß an Christiane aus, gibt dem Sohn ein Geschenk für sie.

Christianes Reaktion zeigt, wie lange sie darauf gewartet hat und wie wichtig ihr die Anerkennung durch die Schwiegermutter ist.

... der Gruß von der lieben Mutter, schreibt sie Goethe, *ging mir über alles, ich habe vor Freuden darüber geweint. Ich habe was ohne Dein Wissen gethan, ich habe an die liebe Mutter geschrieben und mich bei ihr bedankt, mein Herz ließ mir es nicht anders zu, ich mußte schreiben, Du wirst doch nicht böse darüber?*

Auf diesen Brief hin gibt es eine kurze Verständigung zwischen Mutter und Sohn. *Ich werde an dein Liebgen schreiben – und den Brief an Herrn Mahler Meyer /: Er heißt doch so ??:/ adresiren.* Dann: *ich habe ein gutes Briefelein an dein Liebgen geschrieben.*

Daß Ihnen die überschickten Sachen Freude gemacht haben, war mir sehr angenehm, heißt es darin, *tragen Sie dieselben als ein kleines Andencken von der Mutter deßjenigen den Sie Lieben und hochachten und der wircklich auch Liebe und Hochachtung verdient.*

Katharina Elisabetha sendet am 11. Juli mit dem Postwagen *Zeug zu Unterbetten, 1 gantzes Stück Bettzwilch, 2¾ Ellen zum zweyten Pfühl* und ein *Taffelgedeck von 1 Taffeltuch und 12 Servietten* nach Weimar, den Begleitbrief an Christiane mit *Ihre ergebene Dienerin Goethe* unterzeichnend.

Ihr Ton ist freundlich und zugleich distanziert. Die Geliebte des Sohnes wird nicht als Schwiegertochter angeredet, das Kind nicht als Enkelkind.

Christiane schreibt einen zweiten Brief; *und da habe ich ihr wie-*

der geantwortet, ich wünsche mir nur, sie noch einmal in meinen Leben zu (sehen) und zu sprechen.

Katharina Elisabetha entgegnet darauf nicht, bricht den Kontakt ab, wendet sich wieder ausschließlich an den Sohn, grüßt den *Bettschatz*, die *Freundin*. Sie braucht Zeit, um sich mit der *Ehe ohne Zeremonie* abzufinden. Im September 1795 dann heißt es: *doch da unter diesem Mond nichts Vollkommenes anzutrefen ist, so tröste ich mich damit, daß mein Hätschelhans vergnügt und glücklicher als in einer fatalen Ehe ist – Küße mir deinen Bettschatz und den kleinen Augst ...* Welcher Art ihre Kümmernis ist, geht aus demselben Brief hervor; Christiane und Goethe erwarten wieder ein Kind: *Auch gratulire zum künftigen neuen Weltbürger – nur ärgert mich daß ich mein Enckelein nicht darf ins Anzeigblättgen setzen laßen – und ein öffendlich Freudenfest anstellen –.*

Ihren ersten Brief an Christiane schließt sie: *Verzeihen Sie daß Ihnen von Kriegs und Kriegs-geschrey so was vor tragire – wir sehen und hören aber Tag-täglich nichts als Bomppen – Kuglen – Pulver – Wägen – Blesirte – Krancke – Gefangne u.d.g. Tag und besonders Nachts gehts Canoniren beynahe an einem fort.*

Auch Goethe schreibt: *Es ist weder Tag noch Nacht Ruhe.* Was hält ihn da, einzig die Pflicht dem Herzog gegenüber? Reisen sind stets auch Voraussetzung für seine Kreativität. Es scheint ein eigenartiger Spannungszustand zu sein; *ich habe viel ausgedacht und im Kopfe geordnet.* Er redigiert im Geschützlärm »Reineke Fuchs«, arbeitet an der »Lehre der farbigen Schatten«. Als er letztere Jacobi schickt, fügt er an: *Ich werde eine meiner Batterien nach der anderen auf die alte theoretische Festung* (Newton) *spielen lassen und ich bin meines Successes zum Voraus gewiß.*

Vier Monate wird die Belagerung von Mainz dauern, bis die zerstörte Stadt kapitulieren muß. Was ist mit den Freunden vom Vorjahr, mit denen er zwei Abende in Mainz verbrachte? Georg Forster hat sich mutig an die Spitze der Mainzer Jakobiner gestellt. Am 25. März 1793 ist er nach Paris gegangen, um den Anschluß an Frankreich zu fordern. Sich des Scheiterns schon bewußt. Am 10. Januar 1794 stirbt er krank und einsam in Paris. Caroline

Böhmer hat wenige Tage nach Forster mit ihrer Tochter und Frauen von führenden Jakobinern und deren Kindern Mainz verlassen. Es herrscht Lynchjustiz. Auf Georg Forster ist ein Kopfgeld ausgesetzt. Die Frauen werden von preußischen Posten verhaftet, als Geiseln auf der Festung Königstein interniert. Dort bekommt Caroline die Gewißheit, daß sie schwanger ist. *Für die Gefangenen etwas zu thun wird schwer halten, sie sind dem Churfürsten übergeben und überlassen*, schreibt Goethe.

Mainz sei *wieder in deutschen Händen. Wir wollen alle einander Glück wünschen*, teilt er am 24. Juni Jacobi mit, und am 27.: *Die letzten Tage, der Capitulation, der Übergabe, des Auszugs der Franzosen gehören unter die interessantesten meines Lebens.*

Am 9. August schreibt er nach Weimar an sein Liebchen: *Wie sehr verlange ich wieder nach Ruhe bei Dir, denn es geht alles so confus um mich her. … Es ist doch gar schön, wenn man seiner Geliebten wieder näher kommt.* Und am 19. August an Jacobi: *Mein herumschweifendes Leben und die politische Stimmung aller Menschen treibt mich nach Hause.*

Am 22. August ist Goethe wieder in Weimar.

Für Christiane beginnt der siebente Schwangerschaftsmonat. Hatte sie ihm bereits nach Mainz geschrieben: *Ach ja, da läßt Du mich nicht allein … denn man ängstigt sich doch immer*, so belegen zwei undatierte Briefe – vermutlich vom Spätherbst –, wie sehr selbst kurze Abwesenheiten sie beunruhigen. Ihre vorsichtigen Formulierungen zeigen, Goethe hört es nicht gern. Er ist oft in Jena. Es sei ihr, ohne ihn, *ein bißchen courios zu Muthe. Wenn du aber hier bist, ist es doch besser.* Sie bittet ihn, zu schreiben, wie *die Krabskrälligkeit heißen soll, denn einen Taufnamen muß es doch haben.* Sie rechnet die Posttage, fügt hinzu: *Ich glaube, es wird so lange warten.*

Am 21. November 1793 kommt das dritte Kind von Christiane Vulpius und Goethe zur Welt. Der Taufakt wird im Haus vollzogen. Der Ortswechsel von der Sakristei der Hofkirche zum Wohnhaus am Frauenplan geht auf Herder zurück. Der hat bereits 1791 Einwände erhoben, daß die Taufe eines unehelichen Kindes in der Kirche geschehe. *Zur Vermeidung des Aufsehens*, heißt es am 17. September 1793 an Goethe, solle der schon *vorigesmal vorgeschlagene Modus beibehalten* werden.

Das Kind wird nicht als unehelich eingetragen, hat aber – juristisch gesehen – wiederum keinen Vater. Der Vermerk Nr. 41 im Taufbuch 1787-1797 der Hofkirche lautet: *Des weiland Fürstl. Säch. Amts Archivari allhir Herrn Johann Friedrich Vulpius nachgelassenen eheleibliche einzige Tocher erster Ehe, Johannen Christianen Sophien Vulpius Töchterlein, ist gebohren Donnerstags als den 21ten Novembr. a. c. früh 6 Uhr, und gedachten Tages abends 5 Uhr, von dem Herrn Collaborator Harseim im Hause getauft worden. Erhielt in der heiligen Taufe den Namen: Carolina. Die einzige Taufpathin war Demoiselle Juliana Augusta Vulpius, oben genannten Amts Archivarii Vulpius nachgelassene einzige Schwester.*

Goethe habe *sein Töchterchen selbst gehoben*, das heißt getauft, berichtet Charlotte von Stein ihrem Sohn Fritz, er *hat nun auch ein Töchterlein, er hat eine entsetzliche Freude darüber.*

Dreizehn Tage lebt Carolina. Am 3. Dezember stirbt sie.

Die Krankheitsanzeichen, die bei dem Neugeborenen auftreten, werden sich beim vierten und fünften Kind fast in gleicher Weise wiederholen: Ein gesundes Kind kommt zur Welt. Es wird trotz Nahrungsaufnahme schwächer und schwächer. Das vierte Kind lebt fünfzehn Tage, das fünfte und letzte drei Tage. Die Symptome deuten darauf, so die heutige Medizin, daß es zwischen Christiane und Goethe eine Unverträglichkeit der Blutgruppen gab, bedingt durch den sogenannten Rhesus-Faktor. Bestärkt wird diese Vermutung dadurch, daß das erste Kind gesund zur Welt kam. Die Unverträglichkeit der Blutgruppen der Eltern führt vom zweiten Kind an beim Neugeborenen zur Vergiftung des Blutes, zur Erythroblastose, zum Tod. Ein Blutaustausch, wie er heute in solchen Fällen vorgenommen wird, rettet das Leben des Neugeborenen. Damals war das nicht möglich.

Das Weimarer Totenbuch 1791-1804 weist als Todesursache *Streckfluß* aus; auf Seite 83 steht: *den 4. December Christiana Sophia Vulpiußin Wochen Töchterlein mit der Viertel Schule beerdigt.*

Dem kleinen Mädelein seine Rolle war kurtz – Gott! Erhalt dich und was noch übrig ist, schreibt die Mutter von Frankfurt.

Goethe einen Tag nach der Beerdigung an Jacobi: *die trübe Jahreszeit hat mir trübe Schicksale gebracht. Wir wollen die Wiederkehr der Sonne erwarten.*

Von Christiane gibt es kein Zeugnis.

1794 gehen die Umbauarbeiten im Haus am Frauenplan dem Ende entgegen.

Der repräsentative Eingangs- und Empfangsbereich. Die breite Treppe mit der geringen Tritthöhe, die einen gemessenen Schritt erfordert, eine Aura erzeugt. Das in den Boden vor dem Saal eingelassene *SALVE*. Kunstgegenstände, Nachbildungen antiker Plastiken schon im Treppenhaus.

Von einem *Pantheon voll Bilder und Statuen* spricht Jean Paul; Voß von einem *prächtigen Haus*, das mit *Statuen und Gemälden des Altertums prangt*. Ein Haus, *inwendig neugebaut*, mit *feinstem epikuräischem Geschmack*, urteilt ein Besucher 1794, mit einem *fürstlichen Kabinett von Handzeichnungen berühmter Meister*.

Das Wort fürstlich könnte für alles stehen. Als Goethes Mutter von Sophie La Roche einen Bericht über das Haus am Frauenplan bekommt – sie selbst wird nie in Weimar zu Gast sein –, ist die Frankfurter Großbürgersfrau erstaunt über die vornehme Einrichtung und den aufwendigen Lebensstil des Sohnes.

Das ist nicht jener *stille häußliche Kreis*, den er mit Christiane schaffen wollte, nicht jene Künstlerboheme, die ihm in den Jägerhäusern zeitweise wohl vor Augen schwebte, als er seine römischen Malerfreunde nach Weimar einlud.

Goethe selbst spricht von seinem Haus am Frauenplan als einem *Museum*. Es ist ein Haus, das vorgeführt werden will, das Besucher erwartet und anzieht.

Der Empfang von auswärtigen Dichtern und Künstlern. Hölderlin und Voß, Kleist und Jean Paul, die Brüder Schlegel und Hegel und Schelling werden zu Gast sein. Und immer wieder durchreisende Fremde. Die Kunstsammlungen werden vorgeführt, die grafischen Blätter gezeigt, es gibt Tees und Dejeuners, Soupers, es wird zum Kaffee ins Gartenkabinett geladen und zur Mittagstafel in den Saal.

Der Weimarer Hof ist zu Gast, die beiden Herzoginnen, die fürstlichen Kinder, die Prinzessinnen und Prinzen. Die in Weimar tonangebenden Herren Voigt, Bertuch, Böttiger, die Freunde Wieland, Knebel und Herder.

Männerrunden. *Wolltest du*, schreibt Goethe im Mai 1794 an Herder, *Sonntag Mittag mit mir essen, so lüde ich Knebeln ein und wir verschwätzten einige Stunden, ohngedenck der vielen Hälse und Beine die es jezt an allen Orten und Enden der armen Menschheit kostet.*

Runden, überwiegend Frauen, vor allem aus dem Kreis der Hofdamen.

Eine Gesellschaft im Haus am Frauenplan beschreibt Charlotte von Steins Schwester Sophie von Schardt am 15. September 1793: *... habe ich bei einem déjeuné Franckenbergs, Gores, die Herzogin-Mutter, Hofdamen, Wieland, Meyer gesehen und die Voß mitgebracht. Daselbst Kaffee getrunken, bon bons gegessen und Gemmen beschaut. Das Gespräch teilte sich zwischen Kunst, Politik und Hauben nebst Müffen von Silberlöwen.*

Im Frühjahr 1794 läßt Goethe *im Hinterhaus einreißen*. Zieht, Meyer ist in Dresden, in dessen Mansardenzimmer. *Ich habe mich in Ihre Zimmer einquartiert und lasse die Gartenstuben indeß einrichten, es wird ein artig Quartier.*

Er reist mit Carl August nach Dessau und Dresden, in der *Hoffnung, daß während meiner Abwesenheit alles sollte wiederhergestellt sein.*

Aus Dessau schickt er Christiane Kattun: *Laß Dir gleich ein Hauskleid machen, damit mein Kind geputzt ist, wenn ich wiederkomme.*

Von Dresden: *Wende die Zeit an, daß so viel möglich alles in Ordnung kommt.* Christiane ist diesmal ohne Meyer, sie beaufsichtigt und erledigt alles allein.

Das *artig Quartier* wird fertig; es sind seine Arbeitszimmer zum Garten zu. Und eine Schlafkammer. Der *grüne Alkoven*, in dem sie in den folgenden Jahren gemeinsam schlafen. Später wird er zur Bibliothek.

Seitdem ich in meinen kleinen Stuben bin, arbeite ich fleißig. Die Weiträumigkeit des Hauses. Für seine Arbeit ist Platz. Für Geselligkeit und Repräsentation, für seine Kunstsammlungen, für Gäste. Und für die Familie.

Christianes Zimmer liegen zwischen privaten und repräsentativen Räumen, zwischen Hinter- und Vorderhaus. Von ihrer kleinen Stube aus der Blick in den Garten auf der einen, in den Hof auf der anderen Seite. Sie kann ankommende Besucher, Lieferanten, Fuhrleute, vor allem aber die eigene Dienerschaft beobachten. Der Brunnen im Hof. Sie blickt in die gegenüber zu ebener Erde liegende Küche. Von der einen Seite ihres Durchgangszimmers gelangt sie schnell in Goethes Arbeitsstuben und ihr gemeinsames Schlafzimmer. Durch die andere Tür in den Raum, in dem sie täglich essen, und in die obere Vorwärmküche. An das kleine Speisezimmer schließt sich der Saal an. Und von ihrer Stube gelangt sie über die schmalen Stiegen schnell hinunter in den Hof. Über die Treppe, die nach oben führt, zu den Kammern der Bediensteten. Ich kann mir Christiane vorstellen, treppauf-treppab durch das Haus; nicht nur ihre Tanzschuhe läuft sie durch, auch die Alltagsschuhe.

Auf der breiten Empfangstreppe aber, die zum Verhalten des Schritts zwingt, kann ich mir Christiane nicht vorstellen. Auch nicht im Gespräch, das *sich zwischen Kunst, Politik und Hauben nebst Müffen von Silberlöwen* teilt.

Es gibt keinen einzigen Beleg, daß Christiane in den ersten Jahren am Frauenplan beim Empfang von Besuchern anwesend ist. Dafür aber mehrere Zeugen, daß sie im Hintergrund bleibt, nicht in Erscheinung tritt.

Goethe allein ist Hausherr und Gastgeber im Haus am Frauenplan. Er empfängt die Besucher, führt das Gespräch, legt die Speisen vor, bestimmt die Atmosphäre.

Christiane hat, sind Gäste im Haus, voll zu tun. Das Menü, kochen, anrichten, die Tafel schmücken, der richtige Wein. Dessert und Kaffee zur gewünschten Zeit. Gesellschaften von zehn und mehr Personen. Das Davor und Danach. Der *Haus- und Küchenschatz* richtet alles zur Zufriedenheit des Gastgebers.

Geschieht das in beiderseitiger Übereinstimmung? Der Dirigent in ihrer Beziehung ist zweifellos er. Hätte Christiane den Wunsch nach Dabeisein geäußert, hätte er ihr schnell entgegnen können, daß ihr zur Salondame und Gesellschafterin alle Voraussetzungen fehlen.

Sie hat diesen Wunsch vermutlich nie geäußert.

Doch sie hätte gesellschaftlichen Umgang mit Goethes Freunden und Besuchern nur an seiner Seite, mit seiner Hilfe lernen, Sicherheit gewinnen können. Später wird er ihn von ihr fordern, ohne sie darauf vorbereitet zu haben. Im Dezember 1808 *wird zum erstenmal Gesellschaft der ersten Frauen der Stadt* bei ihr sein. Auch Frau von Stein ist da. *Angenehm ist es mir freilich nicht, in der Gesellschaft zu sein*, kommentiert sie. *Indessen, da er das Kreatürchen sehr liebt, kann ichs ihm wohl einmal zu gefallen tun.*

Wären die adligen Damen auf Dauer seinem Haus wirklich ferngeblieben, wenn er Christiane von Anfang an zu den Gesellschaften hinzugezogen hätte? Oder hätte Charlotte vielleicht bereits 1792 vom *Kreatürchen*, das er *sehr liebt*, gesprochen und einen Sinneswandel gegenüber Christiane, auch bei anderen adligen Damen erwirkt? Folgt Goethe einzig der Etikette?

Er hält Christiane in den ersten Jahren wohl bewußt fern, verbirgt sie regelrecht vor der adligen Gesellschaft und vor auswärtigen Besuchern. Der Grund scheint zu sein: Mit Christiane ist er jener *andere Mensch*, von dem er Charlotte in seinem Trennungsbrief geschrieben hatte: *bin ich ein anderer Mensch und muß in der Folge mich noch mehr verändern.* Mit Christiane ist er jenseits seiner höfischen Existenz, er hat sich mit ihr zunächst in den Jägerhäusern, dann im Haus am Frauenplan einen Freiraum, in gewisser Weise eine oppositionelle Existenz geschaffen, die sich dem Zugriff des Adels, des Hofes entzieht und zu der er durch das Verbergen ihrer Person den Zugang verweigert.

Die Vulpius habe *alles verdorben, ihn* (Goethe) *der Gesellschaft entfremdet*, wird der Herzog noch 1824 Kanzler Müller gegenüber sagen.

Nicht sie ist es. Er schafft sich durch den Ausschluß der Öffentlichkeit diesen Freiraum mit ihr. Vielleicht auch in der Hoffnung, Christiane nicht durch die Gesellschaft zu verformen, sie als das *Gleinne nadur Wessen* zu belassen, das ihm die Dreiundzwanzigjährige so anziehend gemacht hat. Sein Konzept wird nicht aufgehen, wird sich als Illusion im Laufe der Jahre erweisen.

Die ersten sechs Jahre, in denen Goethe für *seinen Haus-, Küchen- und Bettschatz* die Reibungsflächen mit der Gesellschaft so gering wie möglich hält, sind für Christiane wie auch für ihn unbeschwert glücklich, für sein dichterisches Werk dagegen nicht schöpferisch-produktiv. Arbeit und Familie sind unter einem Dach. Goethe kann Christiane seine langen Abwesenheiten, seine Reisen mit seinen Pflichten dem Herzog, dem Fürstenhof gegenüber erklären.

Im Sommer 1794, am 17. Juni, schenkt der Herzog Goethe das Haus am Frauenplan, das ihm bisher lediglich zur freien Verfügung stand. Der Lohn für die Begleitung in die Feldzüge. Zur *schicklichen Einrichtung des Hauses* werden 1 500 Taler beigefügt.

Mit der Hausschenkung durch den Herzog findet die Zeit nach Goethes Rückkehr von Italien, finden die Jahre vor den Stadttoren in den Jägerhäusern, die Bau- und Einrichtungsphase und in gewisser Weise auch die erste Phase des Zusammenlebens mit Christiane Vulpius einen Abschluß.

Goethes *Magd* nennt Wieland Christiane Vulpius, ihre offizielle Bezeichnung bei Hofe ist: *die von Goethische Haushälterin.* Das entspricht den Realitäten und der Form ihres Zusammenlebens, wie es sich nach außen hin darstellt.

Daß die wilde Ehe des Dr. Goethe und seiner Demoiselle Vulpius immer wieder zu Klatsch und Spekulationen Anlaß bietet, ist nur natürlich. Die Vermutungen gehen in den ersten Jahren – in der Folgezeit wird sich das ändern – überwiegend in Richtung einer festen Bindung.

Einige meinen, er werde sich wohl noch gar das Schätzchen antrauen lassen ... Man meint noch immer, daß er seine bisherige Mätresse Dlle. Vulpius, einmal heiraten werde.

David Veith berichtet bei seinem Weimar-Besuch im März 1794

Rahel Levin, *die Vulpius* sei *ihm zur Lincken angetraut*. Wenig später korrigiert er sich: *Die Vulpius ist ihm nicht angetraut.*

Schiller schreibt an Körner: *die so oft von ihm gelästerte Weiberliebe* scheine *sich an Goethe rächen zu wollen. Er wird wie ich fürchte, eine Torheit begehen und das gewöhnliche Schicksal eines alten Hagestolzen haben. Sein Mädchen ist eine ziemlich berüchtigte Mlle Vulpius, die ein Kind von ihm hat, und sich nun in seinem Haus fast so gut als etabliert hat. Es ist sehr wahrscheinlich, daß er sie in wenigen Jahren heiratet.*

In den Herbst 1794 fällt ein Ereignis, das Christianes und Goethes Verhältnis verändert. Es ist Goethes Freundschaft zu Schiller. Das Werk tritt in den Vordergrund. Die Frau tritt zurück. Für Goethe sind es glückliche Schaffensjahre. Für Christiane die eines schmerzlichen Lernprozesses. Dennoch sind – um es vorwegzunehmen – diese Jahre bei allen Widersprüchen eine Zeit der Nähe und Übereinstimmung, eine Zeit des relativen Friedens. Goethe schenkt anderen Frauen kaum Aufmerksamkeit, und er reist selten. Die Arbeit absorbiert ihn.

Von *neuem Frühling* wird Goethe sprechen, den er Schiller verdanke, von *zweiter Jugend. Sie haben mir eine zweite Jugend verschafft und mich wieder zum Dichter gemacht, welches zu sein ich so gut wie aufgehört hatte.*

Die beiden Männer werden sich wie Liebende zueinander verhalten. Von *lebhafter Sehnsucht* wird die Rede sein. Goethe: *Leben sie wohl und lieben mich, es ist nicht einseitig.* Schiller: *Aber weder von Ihnen zu hören noch zu sehn, ist etwas, wozu ich mich kaum mehr gewöhnen kann.*

Einen Anlauf von sieben Jahren hat diese Freundschaft gebraucht. Seit Juli 1787 ist Schiller in Weimar, da war er achtundzwanzig und gekommen, um Goethe zu beeindrucken und in Carl August einen Mäzen zu finden.

Goethe hat sich unnahbar gegeben. Schillers rebellischer Gestus ist ihm durch die Ereignisse in Frankreich fremd geworden. Die

»Räuber« seien ihm *verhaßt*, weil *ein kraftvolles, aber unreifes Talent gerade die ethischen und theatralischen Paradoxen von denen ich mich zu reinigen gestrebt, recht im vollen hinreißendem Strome über das Vaterland ausgegossen hatte ... ich glaubte alle meine Bemühungen völlig verloren zu sehen*. Auch Schillers philosophische Neigungen sind ihm fremd. Er sieht sein eigenes *Glaubensbekenntnis* von Schiller *in einem falschen Lichte* dargestellt, spricht davon, *daß zwischen zwei Geistesantipoden mehr als ein Erddiameter die Scheidung machte*.

Schiller ist enttäuscht über die Zurückweisung. *Wenige Sterbliche haben mich so interessiert*, schreibt er über Goethe. *Ich betrachte ihn wie eine stolze Prüde, der man ein Kind machen muß, um sie vor der Welt zu demütigen.*

Ich glaube in der Tat, er ist ein Egoist in ungewöhnlichem Grade ... Er macht seine Existenz wohltätig kund, aber nur wie ein Gott, ohne sich selbst zu geben ... Mir ist er dadurch verhaßt, ob ich gleich seinen Geist von ganzen Herzen liebe und groß von ihm denke. ... Eine ganz sonderbare Mischung von Haß und Liebe ist es, die er in mir erweckt hat. Schillers Bitterkeit wächst.

Dieser Mensch, schreibt er am 9. März 1789 an Körner, *dieser Goethe, ist mir einmal im Wege, und er erinnert mich so oft, daß das Schicksal mich hart behandelt hat. Wie leicht ward sein Genie von seinem Schicksal getragen, und wie muß ich bis auf diese Minute noch kämpfen*!

Ihn quält vor allem seine finanzielle Lage. Hochverschuldet ist Schiller nach Weimar gekommen.

Für kurze Zeit war er als Theaterdichter in Mannheim angestellt. Zwei Jahre hat er in Dresden bei Christian Gottfried Körner vom Geld eines privaten Mäzens gelebt. Herzog Carl August hatte ihm 1784 den Titel eines »Weimarischen Rates« verliehen, als Schiller ihm bei dessen Besuch am Darmstädter Hof den ersten Akt von »Don Carlos« vortrug. Der Titel bietet ihm als Deserteur aus Württemberg, als Persona non grata, einen gewissen Schutz, ändert aber seine finanzielle Bedrängnis nicht. Vermittelt hatte die Lesung Charlotte von Kalb aus Weimar, deren Ehemann in der Garnison Landau Major ist. Charlotte verliebt sich in Schiller, er sich in sie, sie will seine Muse sein. In Weimar, der Herzog und Goethe sind nicht da, besorgt sie ihm im Sommer 1787 eine Wohnung, einen Bediensteten, führt ihn bei Hofe ein. Der Ehemann ist abwesend, Schiller, der Liebhaber, korrespondiert mit ihm. *Seine Freundschaft für mich ist unverändert, welches zu verwundern ist, da er seine Frau liebt und mein Verhältnis mit ihr notwendig durchsehen muß*. Eine Art Ehe zu dritt; für Schiller ist keine Existenz darauf zu gründen.

Goethe ist es dann, der sich um eine Professur für Schiller bemüht. Vom 9. Dezember 1788 ist sein »Promemoria an das Geheime Consilium«. *Endesunterzeichneter empfielt diese Angelegenheit zur Beschleunigung damit mehrgedachter Rat Schiller noch vor Ostern sich als Magister qualificiren könne*. Historiker, ein Brotberuf, der kein Brot bringt. Die von Goethe vorgeschlagene Professur ist eine außerordentliche, das heißt ohne ein Gehalt, allenfalls Kollegiengelder sind zu erwarten. Schillers Kosten allein für die Einrichtung des Amtes sind hoch. *Die Professur soll der Teufel holen*.

Schiller sieht als einzigen Ausweg die Heirat mit einer vermögenden Frau. Am 9. März 1789 schreibt er an Körner nach Dresden: *Könntest Du mir innerhalb eines Jahres eine Frau mit 1200 Thl. verschaffen, mit der ich leben, an die ich mich attachieren könnte, so wollte ich Dir in 5 Jahren – eine Fricericade, eine klassische Tragödie und weil du doch so darauf versessen bist, ein halb dutzend schöner Oden liefern – und die Academie in Jena möchte mich dann im Arsch lecken*.

Schillers *Abenteuer auf dem Katheder*. Am 26. Mai 1789 hält er in Jena seine Antrittsvorlesung »Was heißt und zu welchem Ende studiert man Universalgeschichte«. Sie erregt Aufsehen. Herzog Georg von Sachsen verleiht ihm den Titel eines Hofrates. Carl August gesteht ihm ab 1790 ein Jahresgehalt von 200 Talern zu.

Die Suche nach einer vermögenden Frau geht weiter.

Am 22. Februar 1790 heiratet Schiller Charlotte von Lengefeld. Er hat zwar keine Frau mit 1200 Talern, die von Lengefelds sind nicht vermögend, aber er heiratet in den erblichen Adelsstand.

Eine schwere Krankheit zwingt ihn 1791 zur Aufgabe des Universitätsamtes. Seine letzten fünfzehn Jahre sind von dieser Krankheit überschattet, er lebt zum Tod hin. Ende 1792 gewährt ihm der Herzog von Schleswig-Holstein Augustenburg ein jährliches Stipendium; der Schriftsteller Jens Baggesen ist sein Fürsprecher beim dänischen Hof.

Goethe hält sich noch immer zurück. Erst der Sommer 1794 bringt eine Annäherung. Im Juli begegnen sich Goethe und Schiller zufällig in Jena, Goethe folgt Schiller im Gespräch in dessen Wohnung, trägt ihm seine »Metamorphose der Pflanzen« vor. Danach schreibt Schiller einen Brief, in dem Goethe sich erstmals verstanden fühlt, Schiller habe *mit freundschaftlicher Hand die Summe* seiner *Existenz* gezogen, heißt es in Goethes Erwiderung.

Schiller berichtet darüber am 1. September 1794 an Körner: *Goethe, der mir nun endlich mit Vertrauen entgegenkommt.* Zwischen ihren *Ideen* habe sich *eine unerwartete Übereinstimmung* gefunden, *die um so interessanter war, weil sie wirklich aus der größten Verschiedenheit der Gesichtspunkte hervorging ...; er fühlt jetzt ein Bedürfnis, sich an mich anzuschließen und den Weg, den er bisher allein und ohne Aufmunterung betrat, in Gemeinschaft mit mir fortzusetzen.*

Anfang September lädt Goethe Schiller in sein Haus am Frauenplan ein. *Sie würden jede Art von Arbeit ruhig vornehmen können. Wir besprächen uns in bequemen Stunden, sähen Freunde die uns am ähnlichsten gesinnt wären ... Sie sollten ganz nach ihrer Art und Weise leben und sich wie zu Hause möglichst einrichten.*

Schiller schreibt seiner Frau am 12. September: *Ich werde künftige Woche auf vierzehn Tage nach Weimar abreisen und bei Goethe wohnen. ... Unsere nähere Berührung wird für uns beide entscheidende Folgen haben, und ich freu mich innig darauf.*

Am 16. September dann: *Seit drei Tagen bin ich hier ... Ich habe alle Bequemlichkeiten ... und wohne in einer Reihe von drei Zimmern, vorn hinaus.* Am 20.: *Ich bringe die meiste Zeit des Tages mit Goethe zu ... Er las mir seine ›Elegien‹, die zwar schlüpfrig und nicht sehr dezent sind, aber zu den besten Sachen gehören, die er gemacht hat. Sonst sprachen wir sehr viel von seinen und meinen Sachen, von anzufangenden und angefangenen Trauerspielen und dergleichen. Ich habe ihm meinen Plan zu den »Maltesern«* (Wallenstein) *gesagt, und nun läßt er mir keine Ruhe, daß ich ihn bis zum Geburtstag der regierenden Herzogin, wo er ihn spielen lassen will, doch vollenden möchte. ... Er hat mich gebeten, seinen »Egmont« für das weimarische Theater zu korrigieren, weil er es selbst nicht wagt, und ich werde es auch tun. Meinen »Fiesko« und »Kabale und Liebe« rät er mir, auch nur ein wenig zu retouchieren, daß diese Stücke ein bleibendes Eigentum des Theaters werden. Was seinen Anteil an den »Horen« betrifft, so hat er großen Eifer, aber freilich wenige vorrätige Arbeit. Seine »Elegien« gibt er uns, und zwar gleich für die ersten Stücke. Alsdann hat er mir vorgeschlagen, einen Briefwechsel mit ihm über Materien zu eröffnen, die uns beide interessieren, und dieser Briefwechsel soll dann in den »Horen« gedruckt werden.*

Eine intensive Arbeitsfreundschaft mit starken schöpferischen Impulsen für beide entwickelt sich.

Schiller schreibt seine großen Dramen, die »Wallenstein-Trilogie«, »Maria Stuart«, »Die Jungfrau von Orleans«.

Goethe nimmt seinen »Wilhelm Meister« wieder vor. »Hermann und Dorothea« entsteht. Die Arbeit am »Faust« geht weiter.

1797 wird für beide das Balladenjahr. Schiller gründet die Zeitschrift »Die Horen«. Sie verfolgen ihr satirisch-politisches Gemeinschaftsprojekt der »Xenien«. Debattieren die künftige Rolle der Kunst in der durch die Ereignisse in Frankreich so gründlich veränderten Welt. Die Ergebnisse: Goethes Aufsatz »Literarischer Sansculottismus« von 1795, Schillers Arbeit »Über naive und sentimentalische Dichtung« von 1796.

Über eintausend Briefe werden sich die Freunde schreiben, mehr als sechzig Wochen gegenseitiger Besuche wird es bis 1799, bis zu Schillers Übersiedlung nach Weimar, geben.

Schillers Frau und Kind werden ganz selbstverständlich in die Freundschaft einbezogen. Die Familie gehört dazu. Goethe spielt mit dem Kind. Er ißt oft in der Familie. Charlotte ist bei den Abendgesprächen der Männer meist zugegen. Stets enthalten Goethes Briefe an Schiller auch Grüße an dessen Frau, zuweilen kleine Mitteilungen. Gelegentlich schreibt Charlotte an Goethe, wenn Schiller krank oder verhindert ist.

Christiane dagegen wird in den tausend Briefen, die die Freunde wechseln, kaum erwähnt. Goethe beendet keinen seiner Briefe mit Grüßen von seiner Frau.

Auch Friedrich Schiller übergeht Goethes Gefährtin. Bereits bei seinem ersten Besuch am Frauenplan im Herbst 1794 zeichnet sich das ab. Christiane hat ihn vierzehn Tage lang zu Gast im Haus. Sie richtet ihm die drei Zimmer, sorgt für seine Bequemlichkeit, sein leibliches Wohl. Nach vierzehn Tagen verläßt er das Haus ohne ein einziges Wort des Dankes an sie.

Hätte er das auch getan, wenn Goethe, der zehn Jahre ältere, um dessen Zuneigung er so lange geworben hat, ihm die Frau, mit der er, wie er sich Schiller gegenüber ausdrückt, im *Ehstand ohne Zeremonie* lebt, als seine Gefährtin vorgestellt hätte?

Schiller betont in seinen Briefen an seine Frau, daß er Christiane niemals zu Gesicht bekommen habe. Hat Goethe sie um dieses Unsichtbarbleiben, um diese Zurückhaltung gebeten?

Offenbar. Und was für die vierzehn Herbsttage 1794 gilt, läßt sich abgewandelt auf die gesamte Zeit der Freundschaft übertragen.

Wenn man Schillers kleines Geburtshaus in Marbach vor Augen hat, weiß, in welch ärmlichen Verhältnissen er aufgewachsen ist, denkt man, er müßte Verständnis für Christiane haben.

Wie ist sein Verhalten zu erklären? Ist es seine adlige Frau, die ihn bestimmt? Und die auch Goethe zu seiner Handlungsweise drängt?

... bei einer ewigen Verbindung, die ich eingehen soll, darf Leidenschaft nicht sein, schreibt Schiller. Als Ideal erschien ihm Wielands Ehefrau; *häßlich wie die Nacht, aber brav wie Gold ... ein gutmütiges nachgiebiges Geschöpf wie er's braucht, äußerst wenig Bedürfnisse und unendlich viel Wirtschaftlichkeit.*

In Schillers Blick waren eine von Wielands Töchtern, dann unter anderem die Schwestern von Lengefeld, Charlotte und die verheiratete Caroline. *Beide Geschöpfe (ohne schön zu sein) anziehend und gefallen mir sehr*. Lotte ist schüchtern und schweigsam, Caroline literaturinteressiert, agil, wandlungsfähig. Schiller verliebt sich in Caroline. Eine schwebende Sache, wiederum zu dritt, entsteht. Lotte erscheint ihm *innig gut*, aber: *so ists doch ein toter Umgang*. Er neigt immer stärker zu Caroline. Er entscheidet sich für Lotte. Später sagt er, wenn er Caroline gewählt hätte, so würde *einer an den andern zu viele Forderungen gemacht haben*. Bei Lotte besteht diese Gefahr nicht. *Was Caroline vor Dir voraus hat*, teilt er Lotte mit, *mußt Du von mir empfangen; Deine Seele muß sich in meiner Liebe entfalten, und mein Geschöpf mußt Du seyn.*

Goethe kennt Charlotte von Lengefeld schon viele Jahre. Sie ist das Patenkind von Charlotte von Stein und deren engste Freundin. Die Lengefelds waren Pächter eines Steinschen Gutes, das in der Nachbarschaft von Schloß Kochberg, in Rudolstadt, lag. Die beiden Frauen sind sich in vielem ähnlich. Auch Charlotte von Lengefeld sollte vor ihrer Verheiratung Hofdame werden. Auch sie achtet auf Etikette, sie wird *die Dezens* genannt. Die vierundzwanzig Jahre jüngere Charlotte ist oft nur das Echo der älteren. In bezug auf Goethe und Christiane, seine *Mätresse*, wie Charlotte von Stein spitz sagt, ganz gewiß. Goethe weiß folglich um den Adelsstolz von Schillers Frau, um ihre Wertvorstellungen und ihre Nähe zu Charlotte von Stein.

Er sieht darin auch eine Chance, sich der einst geliebten Frau wieder anzunähern.

Diese Konstellation, Rücksicht auf den Freund und dessen Frau, verbunden mit dem Wunsch, sich Charlotte von Stein wieder zu nähern, könnte Goethes Handlungsweise bestimmt haben.

Frau von Stein nimmt die Vorgänge sensibel wahr. *Daß Goethe sich Schiller immer mehr nähert, fühle ich auch, denn seitdem scheint er mich wieder ein klein wenig in der Welt zu bemerken. Es kommt mir vor, er sei einige Jahre auf eine Südseeinsel verschlagen gewesen und fange nun an, auf den Weg wieder nach Hause zu denken*, gesteht sie am 25. Februar 1796 ihrer Freundin Charlotte von Schiller.

Ein erstes Indiz für die mit der Freundschaft zu Schiller einsetzende Veränderung in der Beziehung zwischen Christiane und Goethe sind zwei Briefe von ihr vom Januar 1795.

Das vertraute *Du* ist einem steifen *Sie* gewichen. Der Ton hat sich verändert, klingt gestelzt. Goethe ist in Jena. Sie schreibt ihm nach dort. Berichtet ihm vom Komödien- und Redoutenbesuch. Letzterer habe ihr *recht wohl gefallen*, aber *wie ich nach Hause* kam, *da ge-*

fiel mir es nicht. Das Haus ist leer, er ist nicht da. *Ich wünsche, daß Sie bald wieder zurückkommen und mich recht lieb haben. Leben Sie recht lieb.* Vom Sohn heißt es: *Der Kleine wünschte auch sehr, daß Sie möchten kommen.* Im zweiten Brief: *Das Bübchen spricht den ganzen Tag von Ihnen; alleweile muß ihm Ernestine die Hand führen, daß er Ihnen einen Brief schreiben will. ... Mir ist es sehr leid, wenn ich mir denke, daß Sie vielleicht in der Kälte sich nicht wohlbefinden. ... Ich wünsche mir, daß Sie bald wiederkommen; seien Sie doch so gütig und schreiben Sie mir ein Wort auf Sonnabend.*

Zuweilen läßt Christiane ihre Briefe von Goethes Sekretär schreiben. Ende 1794 wird Götze entlassen, 1795 Johann Ludwig Geist eingestellt. Könnte der veränderte Ton damit zusammenhängen? Das steife *Sie* wohl kaum. Christiane ist unzufrieden mit Goethe und kann das kaum verbergen.

Nachdem alles im Haus am Frauenplan fertig ist, trennt Goethe Arbeit und Familie, verlegt seinen Schreibplatz nach Jena. Um dem Freund nah zu sein. Im Schloß schafft er sich ein Quartier. Von *seperat-extemporierter Studentenwirtschaft* spricht er, von der *jenaischen absoluten Stille*, von seiner *Jenaer Einsamkeit.* In Knebels alter Stube, heißt es 1802, *bin ich immer ein glücklicher Mensch, weil ich keinen Raum auf dieser Erde so viel produktive Momente verdanke.*

Er arbeitet tagsüber im Schloß. Die späten Nachmittage und Abende verbringt er in Schillers Familie. *Goethe ... kömmt alle Nachmittage um 4 Uhr und bleibt bis nach dem Abendessen. Gewöhnlich tritt er schweigend herein, setzt sich nieder, stützt den Kopf auf, nimmt auch wohl ein Buch und einen Bleistift und Tusche und zeichnet. Diese stille Szene unterbricht etwa der wilde Junge einmal, der Goethe mit der Peitsche ins Gesicht schlägt, dann springt dieser auf ... und ist nun, ohne zu wissen wie, in Bewegung gekommen. Dann folgt gewöhnlich ein interessanter Diskurs, der oft bis in die Nacht fortdauert.*

Das Schloß hat hohe kalte Räume, ist im Herbst feucht. Immer wieder wird er sich erkälten. Mit dem Essen geht es schlecht; *denn was das Essen betrifft, leb ich schlecht und theuer*, schreibt er Christiane. Für sie beginnt die Zeit ihrer zwei Haushalte. Sie hat ihn in Jena zu versorgen.

Am 3. März schreibt Goethe ihr: *Schicke mir doch sechs Bouteillen Wein und eine gute Salvelatwurst.* Am 9. April dann: *Die Chocolade fangt an zu fehlen. Schicke mir doch welche, auch Sonnabend wieder Wein.* Nicht immer kann Christiane die Wünsche erfüllen. Einmal antwortet sie: *Mit der Gänseleberpastete habe ich mir alle Mühe gegeben, aber umsonst, es sind keine Gänselebern zu kriegen und keine Trüffeln.*

Im Februar ist Goethe kurz in Weimar. Anfang März geht er wieder nach Jena. Er bemüht sich um Harmonie mit Christiane. *Wenn ich länger ausbleibe, so komm einmal herüber.* Vom 29. März bis zum 2. Mai arbeitet er in Jena.

Wie ist euer Osterfest abgelaufen, fragt er Christiane. Er selbst feiert in Schillers Familie. ... *vergnügt*, antwortet sie, *weil es schlechtes Wetter war, so wußten wir nicht recht, was wir anfangen sollten. Da wurden 2 Violinen herbeigeschickt und die Damen spielten das Clavier und sangen, endlich kamen noch 2 und ein Baß, und es wurde in meinem zukünftigen Zimmer getanzet, und so blieben sie bis 2 Uhr.*

Er erwidert: *Es freut mich, wenn ihr euch lustig gemacht habt.*

Er ermuntert sie, ihr eigenes Leben zu führen, mit ihren Freunden zu feiern. Versucht, einen auch für sie erträglichen Modus zu finden. Christiane reagiert enttäuscht: *Ich hätte mir nicht gedacht, daß Du so lange in Jena bleiben würdest.* Ende April dann: *Daß Du heute oder morgen nicht kommen werdest, mein Lieber, hätte ich nicht geglaubt. Ich hatte schon alle Anstalten gemacht. Aber künftige Woche doch. Mir wird die Zeit sehr lang. Ich wollte, ich wär noch bei Dir, ohne Dich ist doch alles nichts.*

Wenige Tage vorher ist sie zu Besuch bei ihm gewesen. Vom 14. April ist ein Jenaer Torzettel *für Demoiselle Volpius und Gesellschaft* überliefert. Zufällig. Goethe hat ihn als Umschlag für Versentwürfe des Helena-Aktes von »Faust II« benutzt.

Christianes Klagen gehen weiter. Dieses *ohne Dich ist doch alles nichts* wird in zahlreichen Varianten den Ton ihrer Briefe bestimmen. Goethe muß sich verteidigen, wenn er sich zur Arbeit zurückzieht. Ihre Vorstellungen davon, wieviel Zeit man miteinander verbringen soll, divergieren erheblich.

Die *anmutigen Spazirgänge* ihrer Liebesstunden bleiben nicht folgenlos. Anfang 1795 ist Christiane wieder schwanger. Sie schreibt ihm, daß es ihr nicht gut gehe. Benutzt sie das als Druckmittel? Goethe fühlt sich offensichtlich bedrängt, blockt ab: *Ich wünsche zu hören, daß Deine Uebel leidlich sind, wenn sie nicht sich bald gar entfernen.*

Im Juli, Christiane ist im sechsten Monat, reist Goethe allein zu einer vierwöchigen Kur nach Karlsbad. In diesen Sommerwochen erscheinen seine »Römischen Elegien« in Schillers Zeitschrift »Die Horen«.

Schiller, der ihren Kunstwert schätzt, hat *die derbsten* weggelassen, *um die Dezenz nicht zu sehr zu beleidigen.*

Weimar hat seinen Skandal. Wie erst hätte die Stadt reagiert, wenn ihr zu Ohren oder vor Augen gekommen wäre, was Goethe in seinem »Walpurgissack«, der Mappe mit den *unziemlichen Dingen* verwahrt, zeitlebens unveröffentlicht läßt; oder etwa jenen Vers: *Was gibst du dir mit Lieb und Ehre / Und andern Dingen so viele Pein! / Wenn ein tüchtiger S.. nur wäre / Die Weiber würden sämtlich zufrieden sein.* Schiller beruhigt den Freund. *Ueber die Elegien freut sich alles und niemand denkt daran, sich daran zu skandalisieren*, schreibt er ihm nach Karlsbad. *Die eigentlich gefürchteten Gerichtshöfe* – Carl August ist gemeint - *haben freylich noch nicht gesprochen.* Der äußert wenig später mit deutlicher Kritik an Schillers Herausgeberschaft: *Wenn sie vor den Druck in die Hände mehrerer Freunde wären gegeben worden, so würde man vielleicht den Autor vermocht haben, einige zu rüstige Gedanken, die er wörtlich ausgedrückt hat, bloß erraten zu lassen; andere unter geschmeidigeren Wendungen mitzuteilen, noch andere ganz zu unterdrücken.*

Schiller reagiert gelassen: *Der Brief des Herzogs ist drollig genug. Die Idee wird wohl seiner Frau so wie die Humanität darin Herdern angehören.*

Dessen Äußerung, »Die Horen« seien nun mit ‚u' zu drucken, und die des Weimarer Gymnasialdirektors, *alle ehrbaren Frauen* in

Weimar seien *empört über die bordellmäßige Nacktheit*, wurde bereits erwähnt.

Die jungen Romantiker in Jena dagegen loben die »Römischen Elegien«. *Was sagst Du zu den göttlichen »Elegien«*, fragt Friedrich Schlegel seinen Bruder Wilhelm. Caroline schreibt: *Es sind muntere Dinger, und ich mag sie gern.*

Charlotte von Stein findet die »Elegien« *leichtfertig; in einer einzigen, der sechsten, war etwas von einem innigen Gefühl*, gesteht sie ihrer Freundin Frau von Schiller. Die Elegie enthält jene Klage der Geliebten über die Leichtfertigkeit der Männer: *Geh / ihr seid der Frauen nicht wert! wir tragen die Kinder / Unter dem Herzen und so tragen die Treue wir auch, / Aber ihr Männer ihr schüttet mit eurer Kraft und Begierde / Auch die Liebe zugleich in den Umarmungen aus!*

Charlotte von Stein beim Lesen dieser Verszeilen.

Und Christiane, in der vielleicht die Erinnerung *an des geschaukelten Betts lieblicher knarrender Ton* erwacht. Die »Elegien« enthalten auch dies: *Wenn das Volk mich verklagt, ich muß es dulden und bin ich / Etwa nicht schuldig? Doch ach! schuldig nur bin ich mit dir! ... Arm war ich leider, und jung und wohlbekannt den Verführern.*

Charlotte von Stein schreibt, sie *habe für diese Art Gedichte keinen Sinn. Ich glaube, daß sie schön sind; sie tun mir aber nicht wohl.* Ihre Verletzung wird offenbar. *Die bewußten Elegien habe ich schon mehrmals loben hören, aber mir sie zu lesen zu geben, hat mich der ehemalige Freund vermutlich nicht würdig gefunden.*

Monate zuvor, im Januar 1795, hat Goethe die Beziehung zu Charlotte wieder aufgenommen, indem er ihr seinen gerade erschienenen »Wilhelm Meister« schenkt. *Er hat mich, ich weiß nicht, wie ich dazu komme, mit einem Exemplar beehrt.* Es *fängt mit einem Gefühle an, das ich dem Goethe als völligen Erdensohn gar nicht mehr zutraute.* Sie findet *seine Frauen drin alle von unschicklichem Betragen, und wo er edle Gefühle in der Menschennatur dann und wann in Erfahrung gebracht, die hat er alle mit einem bißchen Kot beklebt, um ja in der menschlichen Natur nichts Himmlisches zu lassen.*

Goethe hatte sie in jenem Trennungsbrief von 1789, als er ihr schrieb: *Ich habe kein größeres Glück gekannt, als das Vertrauen gegen Dich*, beschworen, wenn sie ihm nicht helfe, daß sein Verhältnis stehenbleibe, wie es stehe, *bin ich ein anderer Mensch und muß in der Folge mich noch mehr verändern.*

Diesen anderen Menschen nun nimmt Charlotte vor allem an ihm wahr. Sie spricht mit Bedauern von ihm. *Ich muß immer in meinem Herzen sagen: Armer Goethe. … Es ist doch schade, daß der Goethe in so dummen Verhältnissen steckt. Er hat Verstand und eine Seite von Bonhomie, und nur sein dummes häusliches Verhältnis hat ihm etwas Zweideutiges im Charakter gebracht.*

Seine Leibesfülle deutet sie ebenfalls als ein Zeichen der Verwandlung in diesen anderen Menschen. *Entsetzlich dick* findet sie ihn, *mit kurzen Armen, die er ganz ausgestreckt in beiden Hosentaschen hielt. Ich möchte nur wissen, ob ich dem Goethe auch so physiognomisch verändert vorkomme als er mir*, schreibt sie ihrem Sohn Fritz; *Der arme Goethe, der uns sonst so lieb hatte.* Über den Sohn, Goethes ehemaliges Ziehkind, gab es in den Jahren nach dem Bruch den einzigen Kontakt. Goethe kümmert sich, vor allem nach dem Tod des leiblichen Vaters, um dessen Ausbildung.

Als Fritz, der in Jena und auf der Hamburger Handelsakademie studiert hat, mit vierundzwanzig für eine Zeit als Kammerassessor in Weimarischen Diensten ist, heißt es bei Christiane, die vermutlich zuschaut: *Am Sonnabend war Ball bei Hof, und ich und alle guten Freundinnen haben uns in Fritz Stein wegen seines schönen Tanzens in ihn verliebt.* Charlottes anderer Sohn Karl ist 1796 noch unverheiratet, seine Mutter meint: *ich glaube beinahe, er heiratet gar nicht und nimmt sich zuletzt ein Mamsellchen wie Goethe, denn er findet das so artig, und mir sind diese Verhältnisse zum Ekel.*

Als Goethe im Sommer 1795 nach Karlsbad reist, ist er auf Ehefrieden aus. Noch aus Jena schreibt er: *Ehe ich weggehe, muß ich Dir noch, mein Liebchen, ein Wort sagen, daß ich Dich liebe und an Dich denke.* Von Karlsbad: *der Brunnen bekommt mir gut und fegt alles Böse aus; ich hoffe, recht ausgespült zu Dir zu kommen.* Ist das ein Hinweis auf seine Mißlaunigkeit, auf Spannungen, auf seine Hypochondrie? Aus Frankreich schrieb er ihr 1792, er *habe keine Zeit, hypochondrisch zu sein, ... an Hypochondrie ist gar nicht zu denken. Du wirst einen recht munteren Freund wieder kriegen.*

In Karlsbad besucht er *Concerte und Bälle.* Macht *Bekanntschaften. Alle Hoffnungen auf Arbeit, und was ich mir hier vornehmen wollte*, schreibt er Christiane, *muß ich aufgeben und bringe meine Papiere zurück, wie ich sie mitgenommen habe. Dagegen will ich im August in Deiner Nähe desto fleißiger sein.*

Die Gesellschaft ist sehr zahlreich und angenehm, es gibt manchen Spaß und Äugelchen die Menge, wobei ich mich immer mehr überzeuge:

Von Osten nach Westen,
Zu Hause am besten.

Mehrfach ist noch von *Äugelchen* die Rede. Jahre zuvor war er es, der mahnte, jetzt ist sie es. Bereits nach Jena schrieb sie: *mache ja nicht so viele Äugelchen. Mit mir ist nichts zu befürchten, denn ich sehe erbärmlich aus und habe Dich auch gar sehr lieb.* Auch in ihren Briefen nach Karlsbad spielen Befürchtungen wohl eine Rolle, denn er beschwichtigt: *Äugelchen setzts auch genug ... die Dir aber keinen Abbruch thun.* Dann: *Die Äugelchen nehmen sehr ab ... Schließlich: daß zu Hause, bei seinem Liebchen, das Beste in der Welt ist, denn am Ende wers nicht hat, sucht ein Zuhause und ein Liebchen.*

Reisen, andere Eindrücke und Erlebnisse lassen ihn das Haus am Frauenplan wieder in einem anderen Licht erscheinen. Nach vierzehn Tagen Karlsbad schreibt er Christiane: *ich sehne mich herzlich wieder nach Hause*; man sehe wie sehr *man Ursache hat seinen treuen Hausschatz zu lieben und zu bewahren. ... Ich freue mich auf Dich, aufs Bübchen und auf unser Haus und Hauswesen. ... Liebe mich, wie ich am Ende aller Dinge nichts Besseres sehe, als Dich zu lieben und mit Dir zu leben.*

Seine Karlsbad-Reise endet nicht in Weimar, sondern in Jena. Drei Tage vor seinem Geburtstag geht Goethe nach Ilmenau. Die Bergwerksaufsicht gehört noch immer zu seinen Verpflichtungen.

Erstmals nimmt er seinen fünfjährigen Sohn auf eine Reise mit. *Wir kommen, meine Liebe, nicht zurück, wie Du uns erwartest. Es finden sich der Geschäfte so viele, daß ich wohl noch acht Tage hier bleiben muß*. An Schiller zu gleicher Zeit: *Ich war immer gerne hier … ich glaube es kommt von der Harmonie in der hier alles steht. Gegend, Menschen, Clima, Thun und Lassen*. Er arbeitet an seinem »Märchen«.

Ich behalte den Kleinen bei mir, schreibt er Christiane. … *er sitzt eben auf dem Canapee, ich habe ihn ausgezogen, und wir sind die besten Freunde*. Er läßt dem Sohn einen *Berghabit machen* …, *und morgen, da die Bergleute einen Aufzug haben, soll er mitgehen*.

Am 6. September kehrt Goethe mit dem Sohn nach Weimar zurück. Er sendet Schiller das fertige Manuskript seines »Märchens«. Täglich gehen Briefe zwischen den Freunden hin und her.

Morgen hoffe ich bey Ihnen zu sein, Goethe am 3. Oktober nach Jena.

Aber der Herzog ruft ihn Mitte Oktober nach Eisenach. Christiane ist hochschwanger.

Am 11. verläßt Goethe Weimar. Zwei Tage später schreibt er ihr: *Nur soviel, mein liebes Kind, daß ich in Eisenach bin und wohl sobald nicht fortkomme; ich hatte nicht ohne Grund gesorgt, denn die Österreicher sind mit 60tausend Mann über den Main gegangen und werden sich wohl um Frankfurt herum mit den Franzosen balgen*.

Christiane muß befürchten, daß er in den Krieg geht, daß sie allein ist, wenn das Kind geboren wird. … *noch nie*, schreibt sie ihm, *ist mir ein Abschied schwerer geworden als dieser. Ich habe mich die paar Tage gar nicht beruhigen können*.

Sie ängstigt sich auch um Goethes Mutter; *die arme Frau Räthin kommt mir den ganzen Tag nicht aus dem Sinn*. Bereits im Vorjahr ist Frankfurt beschossen worden. *Meine Mutter*, schrieb Goethe damals, *steht auch auf dem Sprunge, sie hat sich endlich entschlossen, was transportabel war wegzuschicken. Ich habe indessen einige Zimmer zurechte gemacht um sie allensfalls aufzunehmen*. Die Mutter entgegnete aber: *Vor dein gütiges Anerbieten mich aufzunehmen dancke dir – aber alles im Stiche laßen!! Wie würden sie haußen wenn sie ein lehr Hauß antrefen!* Nun ist sie erneut in Gefahr.

Goethe weiß zu verhindern, daß er in die kriegerische Gegend reisen muß. *In ein solches Gewirre möchte ich von heiler Haut mich nicht hineinbegeben*, am 13. Oktober an Schiller, *da ich dergleichen anmuthige Situationen schon kenne.* Er bleibt in Eisenach. Daß er seinen *hiesigen stillen Aufenthalt ... gleich benutzt* habe, teilt er dem Freund mit; er übersetzt, schreibt am »Wilhelm Meister«, *denn wenn ich mich hier nicht vorsätzlich zerstreuen will, so bin ich einsamer und ruhiger als zu Hause.*

Am 16. Oktober kündigt er Christiane seine Rückkehr an: *ich gehe nicht nach Frankfurt, sondern komme bald wieder.*

Am 22. Oktober ist er in Weimar. Schiller drängt, daß er nach Jena kommen solle. Aber Goethe schreibt ihm: *Jeden Tag erwarte ich einen neuen Weltbürger in meinem Hause, den ich doch gern freundlich empfangen möchte.*

An Schiller heißt es mit Anspielung auf dessen zweijährigen Sohn Karl: *Das Schwiegertöchterchen säumt noch.* Christiane und Goethe wünschen sich also ein Mädchen. Goethes Vaterwerden ist Gegenstand des Gesprächs zwischen den Freunden. Auch in Karlsbad sprach Goethe davon. Zwei seiner Verehrerinnen, Rahel Levin und Marianne Meyer – überliefert Humboldt –, *sollen, wie sie erzählen, bei dem erwarteten neuen Ankömmling in Weimar Patenstelle vertreten.*

Am Abend des 30. Oktober 1795 bringt Christiane ihr viertes Kind zur Welt. Es ist ein Junge. Einen Tag später, *des abends 1/2 6*, wird er, auf Herders Rat, *um Aufsehen zu vermeiden, von dem Herrn Collaborator Harseim im Hause* auf den Namen *Carl* getauft (Taufbuch 1787-1797, Seite 439). Taufpaten sind nicht Rahel Levin, nicht Marianne Meyer, nicht Friedrich Schiller, sondern wiederum ist es als einzige Christianes Tante.

Statt eines artigen Mädchens ist endlich ein zarter Knabe angekommen, und so läge denn eine von meinen Sorgen in der Wiege. Nun wäre es an Ihnen, zu Bildung der Schwägerschaft und zu Vermehrung der dichterischen Familie für ein Mädchen zu sorgen. Ich komme nun bald, schreibt Goethe dem Freund am 1. November.

Einige Tage bleibt er noch bei Mutter und Kind. Am 5. November fährt er nach Jena. Nicht ohne Ängste, wie sein Brief vom 9. zeigt: *Ich bin hier recht vergnügt und fleißig, wenn ich nur auch wüßte, daß Du und der Kleine recht wohl bist. Laß mir doch so bald als möglich ein Wort schreiben. Vielleicht bleibe ich bis zu Ende der Woche hier, denn im stillen Schloß läßt sichs gut denken und arbeiten. Abends bin ich bei Schillern, und da wird bis tief in die Nacht geschwätzt. Ich wünsche Dich recht wohl zu wissen, und daß der Kleine brav trinkt, ißt und zunimmt.*

Am 10. November feiern die Freunde Schillers Geburtstag. Am gleichen Tag Christiane: *Es thut mir leid, daß ich Dir nicht schreiben kann, daß wir beide wohl sind. Ich bin recht wohl, so daß ich außer Bette sein kann. Aber das Kleine ist seit 2 Tagen sehr matt und schläft den ganzen Tag. Und wenn es essen und trinken soll, so muß man es aufwecken. Und da ißt es auch. Der Doktor und die Liebern trösten zwar gut, aber ich läugne es nicht, ich bin sehr ängstlich dabei. Ich wollte Dir, mein Lieber, erst nichts schreiben, aber es ist doch besser, Du weißt es, und deshalb schicke ich Dir einen Boten, daß ich auch gleich ein Wort von Dir höre und etwas getröstet werde ... Sei so gut und schreibe mir ein Wort zu meinem Trost. Leb wohl, zur Ende der Woche erwarte ich (Dich).*

Goethe bricht seinen Arbeitsaufenthalt in Jena sofort ab, am 11. November ist er in Weimar.

Am 16. November stirbt das Kind. *Ein kleiner Ankömmling hat uns schon wieder verlassen*, schreibt er an Meyer und an Schillers Frau: *Der arme Kleine hat uns gestern schon wieder verlassen, und wir müssen nun suchen durch Leben und Bewegung diese Lücke wieder auszufüllen.*

Am 18. November wird das Kind auf dem Jakobsfriedhof im Grab der Familie Vulpius beerdigt. Das Totenbuch 1791-1804 weist auf Seite 66 aus: *den 18. November Mademoisell Vulpiusin Wochen Söhnlein mit ¼ Schule.*

Goethe spricht, als er Schiller für dessen Anteilnahme dankt, von zwei Arten von Schmerzbewältigung: *sich dem Schmerz natürlich zu überlassen, oder sich durch die Beyhülfen die die Cultur anbietet zusammen zu nehmen. Entschließt man sich zu dem letzteren, wie ich es immer thue, so ist man dadurch nur für einen Augenblick gebessert und ich habe bemerkt, daß die Natur durch andere Krisen immer wieder ihr Recht behauptet.*

Von Christiane gibt es auch diesmal kein Zeugnis. Ein einziges Mal wird es in ihren Briefen in bezug auf den Schmerz anderer heißen: *und wenn man weiß, wie wehe es thut, ein Kind zu verlieren*. Ihr wird die erste Art, *sich dem Schmerz natürlich zu überlassen*, nahe sein und der Brief der Mutter aus Frankfurt vielleicht ein Trost. *Daß dem lieben Söhngen seine Rolle hienieden so kurtz aus getheilt war, thut mir sehr leid – freylich bleiben nicht alle Blüthen um Früchte zu werden – es thut weh – aber wenn die Saat gereift ist und kommt denn ein Hagelwetter und schlägts zu Boden was in die Scheuern eingeführt werden solte, das thut noch viel weher – Wenn aber nur der Baum stehen bleibt; so ist die Hoffnung nicht verlohren. Gott! Erhalte dich – und den Lieben Augst – und deine Gefährtin.*

Das Jahr 1796 bringt für Christiane die gleiche Situation: sie besorgt die große Wirtschaft im Haus am Frauenplan.

Goethe wünscht sich nach Jena zu Schiller. *Ich verlange recht Sie wieder zu sehen und im stillen Schlosse zu arbeiten.* Sein Leben in Weimar sieht er als *Quodlibet, in welchem sich hunderteley Arten von Geschäftigkeit und hunderteley Arten von Müssiggang kreuzen*; sein Weggang ist dringlich für seine Arbeit: *mein Roman ... gleicht einem Strickstrumpf der bey langsamer Arbeit schmutzig wird. Indessen wird er im Kopf überreif.*

Es ist keineswegs die Familie, die ihm diese *hunderteley Arten von Geschäftigkeit* und *Müssiggang* aufdrängen, es sind seine Verpflichtungen als Theaterdirektor und dem Hof gegenüber; alles Zwänge, die er sich selbst geschaffen hat. *Ein buntes Leben: Cour, Diné, Concert, Soupé und Redoute. Montag Don Juan. Die überige Woche geht auf Proben hin.* Wie in jedem Jahr hat er für die Geburtstagsfeier der Herzogin Louise zu sorgen. Am 30. Januar an Schiller: *Der erste Act wäre überstanden! ein Aufzug, den ich zur gestrigen Redoute arrangiren half, es ging alles gut ab, obwohl der Saal übermäßig voll war.* Theaterproben. Eine Oper. Der Text ist von

Vulpius, die Musik von Süßmayer. Goethe: *es wird ein lustiges und erbauliches Werk.* Am 10. Februar: *Nachdem uns die Redoute eine Nacht weggenommen, und wir ziemlich spät aufgestanden sind* … Am 12. Februar: *Ich leide noch immer unsäglich am Carneval, und durch die abermalige Ankunft von fremden Prinzen werden unsere Theater- und Tanzlustbarkeiten verruckt und gehäuft.* Am 14. Februar: *Die erste Repräsentation der neuen Oper ist glücklich vorbei.*

Am 16. Februar kehrt er Weimar den Rücken. Am 23. März kommt er mit Schiller zusammen zum Frauenplan zurück. Einen Monat lang gibt es Theaterfestlichkeiten. Iffland aus Berlin spielt die Hauptrolle in »Egmont«, den Schiller auf Bitten Goethes bearbeitet hat. Spielt den Karl Moor in dessen »Räubern«. Goethe hat für die Zeit der Theateraufführungen auch Schillers Frau in das Haus am Frauenplan eingeladen. Sie lehnt ab. Logiert mit dem Sohn bei ihrer Freundin Charlotte im Stiedenvorwerk. Goethe nimmt diese Gelegenheit wahr, schickt seinen August dorthin. Wie einst Charlottes Fritz wird nun sein Sohn zum Vermittler.

Sein kleiner August kommt jetzt oft als Spielkamerad vom kleinen Schiller zu mir. Er scheint ein gutes Kind … Ich kann manchmal in ihm die vornehmere Natur des Vaters und die gemeinere der Mutter unterscheiden. Einmal gab ich ihm ein neu Stück Geld; er drückte es an seinen Mund vor Freuden und küßte es, welches ich sonst am Vater auch gesehen habe. Ich gab ihm noch ein zweites Stück, und da rufte er aus: »Alle Wetter!«

Mitte Juni 1796: *Augustchen brachte mir gar letzt seinen Vater geführt, als ich unter den Orangenbäumen vor meinem Hause saß. Er nahm es an, sich neben mich zu setzen. Es ist mir noch immer unbegreiflich, daß er mir so fremd werden konnte.*

Von da an ist August immer häufiger bei ihr; aus den Briefen an seinen Vater geht es hervor. Charlotte findet ihn *so possierlich und gescheit, daß* sie *ganze Tage mit ihm spielen könnte.* Sie schenkt ihm wiederholt Geld, lädt ihn zum Mittagessen ein. *Der kleine August hat eine rechte Anhänglichkeit an mich und besucht mich immer,* schreibt sie am 8. September 1796.

Goethe fördert das. *Grüße das Bübchen und schicke es fleißig zu Frau von Stein*, heißt es am 6. September 1796 an Christiane. An

Charlotte dagegen: *Erlauben Sie auch ferner meinem armen Jungen, daß er sich Ihrer Gegenwart erfreuen und sich an Ihrem Anblick bilden dürfe. Ich kann nicht ohne Rührung daran denken, daß Sie ihm so wohl wollen.* Der gleiche Ton, 1789 über Christiane: das *arme Geschöpf*, nun über den Sohn: der *arme Junge.*

Goethe nimmt die alte Gewohnheit der kulinarischen Geschenke wieder auf, die in ihrer früheren Beziehung eine große Rolle gespielt hat. Er schickt Charlotte zum Geburtstag *geräucherten Lachs und Hamburger Fleisch.*

Ob die fleischerenen Gaben unsere Geister wieder zusammenbinden werden, schreibt sie am 2. Januar 1797 ihrem Sohn Fritz, *weiß ich nicht. Aber das ist gewiß, daß ich seinen August recht liebhabe.*

Wie Christiane sich wohl dazu verhält? Da sie gutmütig und vorurteilslos ist, wird sie kaum Einwände haben. Und da es Goethes Wunsch ist, wird sie dem Folge leisten.

Sie nimmt die Dinge jedoch nicht passiv hin. Will, wie ein Brief von Frau von Stein belegt, an dem guten Verhältnis Goethes und des Sohnes zu ihr teilhaben. Ihr zum Geburtstag eine Freude bereiten. Christiane bäckt ihr einen Kuchen.

Charlotte kommentiert das einen Tag später in einem Brief an Schillers Frau: *Stellen Sie sich vor, daß die Jungfer Vulpius mir eine Torte zum Geburtstag geschickt hat! Goethe ist ein ungeschickter Mensch; er wollte, August sollte mich damit anbinden; konnte er nicht ein Zettelchen dazu schreiben, anstatt daß die Magd mit dem stattlichen Kuchen und einem Kompliment von der Mlle. V*(ulpius), *eben da ich Besuch hatte, mir ins Kabinett trat? Das gibt nun eine ordentliche Stadtgeschichte, wo ich drüber ausgelacht werde.*

Der Kuchen mit einem *Zettelchen* von Goethe wäre willkommen, mit einem *Kompliment von der Mlle. V.* wird er ihr zur Peinlichkeit.

Sie stellt sich als Opfer dar. Eine ähnliche Haltung ist durch Charlotte von Schiller überliefert. Am 17. Februar 1801 schreibt sie Fritz von Stein, Schiller sei *fast täglich* in Goethes Haus. *Daß wir Frauen nicht so sans facon in seinem Hause Eintritt haben können und wollen, hängt von seinen inneren Verhältnissen ab. Obgleich*

Schiller selbst nie die Dame des Hauses als Gesellschafterin sieht und sie nie bei Tisch erscheint, so können doch andere Menschen es nicht glauben, daß sie sich verberge, wenn unsereins auch diese Gesellschaft teilte. Sie wissen am besten, wie die Menschen hier sind, wie sie lauern usw. Man wäre vor tausend Erdichtungen nicht sicher …

… wenn unsereins auch diese Gesellschaft teilte. Sind es wirklich die anderen? Ist es die öffentliche Meinung, sind es die Weimarer, wie diese Briefstelle und die Charlotte von Steins vom *ausgelacht werden* nahelegen?

Oder ist es eher die Befangenheit in den Standesschranken, deren Auswirkungen im alltäglichen Umgang heute schwer vorstellbar sind; wie zum Beispiel soll man nachvollziehen, daß Geld an den Mund nehmen und küssen als Ausdruck einer *vornehmeren Natur* und die Worte *Alle Wetter*! als Ausdruck einer *gemeineren Natur* gelten.

Als »Hermann und Dorothea« erscheint und Goethe Christiane ein Exemplar schenkt, Charlotte dagegen keines erhält, schreibt sie an ihre Freundin, sie habe das Buch *durch die dritte Hand* bekommen, es sei *recht poetisch schön … Nur schade, daß bei der Gattin, die am reinlichen Herde kocht, immer die Jungfer Vulpius die Illusion verdirbt.*

Dies und die Kuchenepisode machen deutlich, Charlotte von Stein wünscht keinen Kontakt zu Christiane, sie möchte ausschließlich mit Goethe und dem Sohn verkehren.

Das gilt gleichermaßen für Schillers Frau. Selbst wenn Christiane mit ihrem Sohn in Jena ist, wird zwar August eingeladen, sie aber nicht.

Goethes und Christianes Leben verläuft weitgehend getrennt voneinander. Tagsüber ist sie mit den Bediensteten zusammen. Die Abende, Wochenenden und Festtage verbringt sie mit ihren Freunden. Sie ist in Goethes Abwesenheit auf ihren Freundeskreis angewiesen. Das sind die Komödianten. Vor allem aber ihre Verwandten. Die außerhalb der Gesellschaft Stehenden und die *Weimarische*

Armuth. Der Bruder. Die Stiefschwester und die Tante, die mit im Haus leben. Der Onkel, jener Johann Andreas Rühl bzw. Riehl, der das Geschäft von Christianes Großvater übernahm, den der Niedergang des Strumpfwirkerhandwerks um Beruf und Besitz brachte. Riehl hat sich zunächst als *Schreibmeister* durchzubringen versucht, 1787 eine Stelle als *Fürstlicher Hofkapelldiener* bekommen. Er hat zehn Kinder, lebt in äußerster Armut. Christiane sieht, wie sich das Schicksal ihres Vaters und ihrer eigenen Kindheit wiederholt. Bei der Tochter Christiane Friederike Emilie übernimmt sie 1792 die Patenschaft. Zuweilen ist eines der Kinder am Frauenplan zu Besuch; ein Brief Augusts an seinen Vater bestätigt, *der kleine Riehl spiele* bei ihm.

Im Frühjahr 1797 verwendet sich Christiane für ihren Onkel. Im März ist der Hoftheaterdiener Friedrich Höpfner gestorben, der Posten frei geworden. Der Wechsel vom Kapelldiener zum Theaterdiener bedeutet Aufstieg.

Ich bitte Dich recht sehr, schreibt sie Goethe, *daß Du doch den Dienst nicht sogleich vergäbest. Ich wünschte Dich erst mündlich darüber zu sprechen. Werde aber ja nicht böse auf mich; dem alten Riehl sein jeziger Dienst ist gar zu schlecht.*

Christianes Bruder unterstützt sie, schreibt der *Excellenz Goethe: Dieselben möchten doch ... auf den armen Capelldiener Riehl reflectiren, der mit jährlichem Gehalt von 50 Talern mit seinen armen Kindern beinahe verhungern muß.*

Goethe antwortet Christiane: *Wegen Riehls wird sich die Sache vielleicht machen lassen.*

Am 14. Juni kommt sie nochmals auf den *armen Riehl. Seine Frau hat sich über alle diese Geschichten so angenommen und geärgert, und liegt am Tode. Das ist ein großes Unglück vor den Mann und vor die armen Kinder*. Riehls Frau stirbt im gleichen Jahr.

Goethe *reflectirt* auf Riehl, der bekommt die Hoftheaterdienerstelle. Auch einem der Söhne Riehls, dem einundzwanzigjährigen Gottlieb Wilhelm Christian, verschafft Goethe ein Jahr später einen Posten als Schreiber an der Bibliothek.

Als der *andere Mensch*, der er mit Christiane ist, wird er immer wieder mit dem Lebensumfeld, aus dem sie kommt, konfrontiert.

Und nicht nur durch ihre Verwandten. In Zusammenhang mit jener frei gewordenen Hoftheaterdienerstelle heißt es bei Christiane: *Es ist überhaupt wegen des Diensts bei mir nicht leer geworden, ich soll vor alle ein gut Wort einlegen.* Es gibt vielfache Belege in ihren Briefen, daß sie Goethe gegenüber immer wieder Fürsprecherin für Bittsteller ist, die sich an sie wenden.

Sie bittet auch für ihren Bruder. Schriftlich gibt es darüber nur ein einziges Zeugnis vom 26. Mai 1797. *Nun aber komme ich auch mit einer Wehklage. Der unglückselige Theater-Dichter ist in der größten Noth und Betrübniß. Er bitte sehr, daß Du, Lieber, seinen bestimmten Gehalt von Ostern angehen lassen möchtest, weil er schon Vorschuß bekommen hat.* Sie schließt den Brief: *Du wirst Deinen Hasen nicht unerhört lassen.*

Vier Jahre war Vulpius freier Mitarbeiter des Theaterdirektors Goethe. Er hat 47 Stücke neu eingerichtet, bearbeitet oder selbst geschrieben. Die Honorare sind äußerst dürftig. Für eine dramatische Bearbeitung erhält Vulpius je nach Umfang 1 bis 3 Taler, für einen Operntext 13 Taler, eine gereimte Antritts- oder Abschiedsrede bringt ihm 3 Taler pro Stück. Eine Quittung belegt, für zwei eigene Lustspiele und die Umarbeitung von drei Opern bekam er insgesamt 65 Taler.

Er ist ständig in Geldnot. Mehrmals stellt er Anträge, um ein festes Gehalt beim Theater oder eine Anstellung bei der Bibliothek zu bekommen. Er erhält darauf keine Antwort. Er kennt das von seinem Vater. Die Schwester und Goethe als Fürsprecher sind seine einzige Chance. Am 25. Juni 1795 schreibt er letzterem, er sei *fest überzeugt daß Ew. Excellenz bei Durchlaucht* erwirken könne, *mich in der Funktion eines Bibliotheks-Sekretärs bey der Bibliothek brauchbar anzustellen. ... ohne tätige Hülfe* wisse er sich *wahrlich nicht mehr zu retten*, er könne weder Hauszins noch Feuerholz bezahlen. *Ich überlasse es nun ganz Ew. Exzellenz, mich vom Untergang zu retten.*

Goethes Antwort darauf ist nicht bekannt. Am 8. Juni 1796 quittiert Vulpius 4 *Scheffel Korn*, die er aus Goethes Haus erhält (GSA 34 XII, 5,6).

Anfang 1797 hat er wohl alle Hoffnung auf eine feste Anstellung in Weimar aufgegeben. Er will nach Wien gehen, wo ein Stück von ihm aufgeführt wird. Er bietet Goethe seine Bücher an. *Es würde mir sehr weh tun, sie in meiner Abwesenheit versteigert sehen zu müssen, da sie meine einzige Freude sind. Deshalb bitte ich Ew. Exzellenz mir diese kleine Bibliothek im Ganzen abzukaufen.* (GSA Brief vom 28. 2. 1797, 28/16, Bl. 98-99) Er will davon seine Schulden tilgen und die Reise finanzieren.

Erst Vulpius' Entschluß, Weimar zu verlassen, veranlaßt Goethe, ihm eine Stelle als Bibliotheksregistrator mit einem jährlichen Salär von 100 Reichstalern zu verschaffen. Am 30. März erfolgt die Ernennung. Christian August Vulpius ist fünfunddreißig. Im »Intelligenzblatt der Neuen allgemeinen deutschen Bibliothek« Nr. 32 von 1797 wird unter der Rubrik »Beförderungen, Dienstveränderungen« gemeldet: *Zu Weimar wurde der bekannte Schriftsteller, Herr Vulpius, als Registrator bey der Herzoglichen Bibliothek angestellt.*

Im Dezember 1800 wird er dann zum Bibliothekssekretär befördert. Im Mai 1801 heiratet er. Von seiner Besoldung von 100 Talern jährlich kann er kaum leben. Die ihm zu Ostern 1801 von Voigt versprochene Zulage bleibt aus. Er wendet sich am 28. Juni 1802 wieder an Goethe: *Um unser Heil in der uns drückenden Verlegenheit auf allen Ecken zu versuchen will ich mit meiner Frau zu einer Tante nach Salzungen gehen.* Er erhofft sich von ihr eine Unterstützung, bleibt sie aus, wisse er nicht, *wie es diesen Winter mit uns werden soll.*

1802 ruft ihn Goethe nach Jena, um die Büttnersche Bibliothek zu ordnen. *Bibliothekssecretair Vulpius*, schreibt er am 11. Mai an Schiller, *hat sich musterhaft gezeigt, er hat, in dreyzehn Tagen, 2134 Stück Zettel geschrieben.* 1803 verleiht die Jenaer Universität Vulpius den Doktortitel. 1805 wird er zum Bibliothekar befördert.

Goethe hat sich immer für den Bruder seiner Frau eingesetzt, wenn auch zögerlich. Was zu verstehen ist, denn er will sich nicht dem Vorwurf der Vetternwirtschaft aussetzen. Christian August Vulpius hat Goethes Vertrauen mit unendlichem Fleiß und lebenslanger Dienstwilligkeit und Liebe erwidert, ohne auf dessen Gegenliebe zu treffen.

Goethe wird ihn als Schwager niemals anerkennen. Niemals verwandtschaftliche Vertraulichkeit im persönlichen Umgang mit Vulpius aufkommen lassen. Zur Familie darf er sich nicht rechnen. Auch Goethes Eheschließung mit Christiane wird daran nichts ändern. Goethe spricht vom *Registrator*, vom *Bibliothekar*, vom *guten Rath Vulpius*, niemals vom Schwager. Vulpius redet Goethe zeitlebens mit *Ew. Exzellenz* an, unterzeichnet mit *untertänigster Diener*. Dritten gegenüber spricht er vom *Geheimen Rat*.

Goethes Distanz und Förmlichkeit mag zum einen damit zusammenhängen, daß ihn verwandtschaftliche Verhältnisse nie sonderlich interessiert haben, das läßt sich auch an seinem Verhalten gegenüber seinem Schwager Schlosser, Cornelias Töchtern, selbst an dem seiner Mutter gegenüber beobachten.

Zum anderen hat sein Verhalten gegenüber Vulpius literarische Hintergründe. Goethes frühes Urteil über dessen Verse als *Exkremente der Weimarischen Armuth* wird nie aufgehoben. Autoren, die sich nach dem Geschmack des Publikums und nach literarischen Moden richten, sind ihm zuwider. Gleich, ob sie es aus finanzieller Not oder anderen Erwägungen tun. Ähnliche Vorbehalte hat Goethe auch gegen Bertuch, dessen Drama »Elfriede« viele Jahre auf dem Spielplan des Weimarer Theaters steht, und der als ökonomisch erfolgreicher Weimarer Verleger den literarischen Markt mit Unterhaltung und vordergründiger Belehrung bedient. Was Schiller über Bertuch äußert, könnte Goethe auch über Vulpius gesagt haben: *Der Mann bildet sich ein, daß wir Berührungspunkte hätten.* Christian August Vulpius trifft Goethe zudem an einer wunden Stelle, der breiten Leserresonanz. Vulpius ist ein vielgelesener Autor. 1798 gelingt ihm mit seinem »Rinaldo Rinaldini, der Räuberhauptmann. Eine romantische Geschichte unseres Jahrhunderts« ein großer Publikumserfolg. Vom »Rinaldo Rinaldini« erscheinen fünf Auflagen und in kurzer Zeit Nachdrucke, Bearbeitungen und Dramatisierungen. 1800 kommt er in London in englischer, ein Jahr später in Paris in französischer Übersetzung heraus. Er wird ins Russische, Ungarische, Polnische, Schwedische und Dänische übertragen. Wie auch andere Bücher von Vulpius. In den 1800 erscheinenden »Historisch-statistischen Nachrichten über die berühmte Residenzstadt Weimar« wird Vulpius nach Wieland, Goethe und Herder an sechster Stelle genannt. Vor ihm rangieren Bertuch und Böttiger, ihm folgen Falk, Scherer, Jean Paul und Merkel.

Goethes Vorbehalte gegen Vulpius' gefälliges und unreflektiertes Schreiben sind selbst in seiner freundlichen Äußerung vom 7. August 1799 unschwer erkennbar: *Ihren Rinaldo habe ich mit Vergnügen gelesen, sollte sich einmal eine neue Ausgabe nötig machen, so wäre es wohl der Mühe werth, daß Sie ihn noch einmal durcharbeiten, ich würde dabei gern mit meinen Bemerkungen dienen.*

Dieser Brief ist fast der einzige, in dem Goethe sich zu Vulpius' Arbeit äußert. Die 150 zum großen Teil noch unveröffentlichten Briefe, die Vulpius an Goethe geschrieben hat, beantwortet dieser meist nur mit kurzen Sachnotizen auf dem Amtsweg oder mündlich. Alle Annäherungsversuche von Vulpius, die in seiner Lage auch Spuren von Devotheit und zuweilen den Ton einer versuchten, aus der Unsicherheit heraus mißglückten Vertrautheit tragen, bleiben unerwidert. Goethe wahrt Distanz.

Als Vulpius zum Beispiel 1797 im Berliner »Archiv der Zeit« als Mitverfasser von Goethes und Schillers »Xenien« vermutet wird, versucht sich Vulpius darin. *Indessen, in der ersten Bewegung, schrieb ich, um nur zu sehen, ob ich wirklich Xenien machen könnte – in ein paar Abenden deren über 100. Ich mag nicht daran denken, sie drucken zu lassen, aber ich habe eine Parthie davon abgeschrieben, und schicke sie Ihnen hierbei*, schreibt er Goethe am 22. Februar 1797. Auf Goethes Antwort, vielleicht mündlich oder über Christiane mitgeteilt, kann man aus Vulpius' Erwiderung schließen. Am 5. März schreibt er: *Ew. Exzellenz. Rathe zu Folge werde ich, was die »Xenien« betrifft, schweigen.*

Von Schiller gibt es ein hämisch-arrogantes Urteil über Vulpius. Es bezieht sich auf die Person, meint aber möglicherweise Vulpius' »Rinaldini«, durch den er seine »Räuber« in die Ebenen der Abenteuer- und Unterhaltungsliteratur gezogen sieht.

In großer geistiger Anstrengung erarbeiten Goethe und Schiller ein ihrer Zeit weit vorausgreifendes ästhetisches Programm. Ihre dabei in ästhetischer Hinsicht vielleicht notwendige, in menschlicher Hinsicht aber verletzende Arroganz bekommen nicht nur Autoren wie Vulpius zu spüren, die eilig und publikumsnah ums tägliche Brot schreiben, sondern ebenso literarisch anspruchsvolle Autoren, die nicht in das klassische ästhetische Konzept passen, wie etwa Jean Paul und Heinrich von Kleist.

Christian August Vulpius wird von Goethe als Autor und Kollege nie akzeptiert, als Bibliothekar als ein Untergebener betrachtet und in bezug auf sein Haus und seine Familie als ein Dienender angesehen. *Dein Bruder*, schreibt Goethe am 11. Mai 1802 an Christiane, *hat ja wohl die Gefälligkeit, indeß in unserer Hinterstube zu schlafen, daß jene Seite nicht ganz allein steht.*

Gelegentlich übernimmt Vulpius für Christiane das Briefschreiben. *Ew. Excellenz soll ich, da meine Schwester eben nicht sehr geschwinde mit der Feder fortkömmt, schreiben*, heißt es am 19. Juni 1798. Er ist vermutlich oft im Haus. Aber nur in Goethes Abwesenheit. Als Gast zu Gesellschaften wird er nie geladen. Selbst in Goethes Arbeitsräumen muß er sich auskennen; *in meinem hintern Vorzimmer neben dem Mikroskop liegen Bücher*, Goethe am 8. Februar 1799 an Christiane, *unter denen mir Dein Bruder den Theophrastus de coloribus aussuchen mag*. Am 15. Oktober 1798: *Laß durch den Registrator die beiden Bücher … aufsuchen, sie stehen beide auf dem Bücherbrett an der Thüre in meinem Wohnzimmer.*

Die engste Bindung hatte Christian August Vulpius wohl zu Goethes Sohn. (Wie dieser später zu Vulpius' Sohn Rinaldo.) Vulpius liniert August Schreibblätter und Briefbogen, übt mit ihm Schönschrift, diktiert ihm Briefe. Zeichnet mit ihm (vielleicht ist Augusts Lust zum Zeichnen von ihm geweckt). Macht ihm Geschenke. Schreibt zu seinen Geburtstagen kleine Stücke, die am Frauenplan aufgeführt werden. In Augusts Briefen an den Vater kommt *der Onkel* oft vor. *August*, schreibt Vulpius am 25. März 1797 an Goethe, *hat sich, glaube ich, am meisten über meine Bibliothekserhöhung gefreut.*

Auffällig an Christianes Briefen an Goethe ist, daß sie sich mit Nachrichten über den Bruder zurückhält, sowohl was den gemeinsamen Alltag als dessen Autorschaft angeht. Ein einziges Mal nur lobt sie Gedichte von ihm.

Diese Zurückhaltung – ihre natürliche Reaktion auf Goethes Distanz – gilt nicht für die erste Zeit der Freundschaft mit Schiller und der Wiederannäherung an Charlotte. Signalisiert sie ihm damit, daß die Trennung ihrer Lebenssphären sie auf ihre Verwandten zurückverweist?

Nicht nur vom Bruder, auch von Ernestine und der Tante ist die Rede. *Es ist überhaupt zwischen uns 3 Geschwister eine große Einigkeit*, schreibt sie. Erzählt vom gemeinsamen Alltag: *die Ernestine hat sich bei der Gamby einen großen Hut gekauft, der ihr sehr gut steht, und ich und mein Bruder haben auch noch allerlei von unserer Garderobe verkauft. Es war vorgestern eine ordentliche kleine Auction bei uns. Das hat uns recht Freud gemacht, aus so altem Kram Geld zu lösen, genug, es ist auch vor die Ernestine ein halbseidenes Kleidchen im Handel, mir müssen sie doch etwas herausputzen.*

Ernestine ist im heiratsfähigen Alter, sie hat einen Verlobten, einen Jenaer Studenten namens Friedrich Christoph Gottlieb von Lützow. Christiane nennt ihn den *langen Baron. Der lange Baron kommt heute und bleibt das Fest hier*, schreibt sie an Goethe. *Die Ernestine beträgt sich auch recht gut bei ihrer Geschichte. ... Daß Du Lützow auch vor einen guten Menschen hälst, hat Ernestinen sehr zufrieden gemacht.*

Sie reisen mit Lützow nach Erfurt; *wo Lützow ist, muß man ihm nachsagen, daß es alles auf einem sehr honetten Fuß gehen muß.* Später ist aber von den *Launen* dieses so *ehrbarlichen Liebhabers* die Rede, noch später davon, daß es *was Elendes* sei, *so eine lange Liebschaft.* Die Sache zerbricht, der Adlige verläßt Ernestine. Kommt noch einmal zurück. Christianes Bruder schreibt: *Die letzte Affäre mit Lützow hat ihr den Rest gegeben; sie hat schrecklich gelitten.* Erlebt Christiane das als Spiegel ihres eigenen möglichen Schicksals?

Ich sehe Christiane mit ihren Verwandten. Wie sie mit der Tante zur Leuchtenburg nach Kahla fährt. Mit der Schwester zum Tanz geht. Mit beiden die Komödie besucht. Wie sie mit dem Bruder nach Jena reist. Wie sie feiert. Wie sie kegelt. *Am Sonntag haben mir in dem Garten*, schreibt sie Goethe am 31. Mai 1797, *wo die geschlossene Gesellschaft ist, gefrühstückt mit meinem Bruder, und alle die Wei-*

ber, wo ihre Männer dabei sind, waren da. Und einige haben gekugelt, ich und das Bübchen auch … ich habe 6 Kegel bezahlt bekommen und das Kind 4, es hat mir sehr wohl gefallen.

Goethe ist Kegeln wegen der Lärmbelästigung verhaßt, von *Müßiggang*, von *nutzlosen Übungen* spricht er.

Christianes Art, sich zu vergnügen, unterscheidet sich von der seinen grundlegend. Es gibt wenig Berührungen. Goethe sucht sie nicht. Hat aber auch nichts gegen Christianes Umgang, im Gegenteil, er toleriert, befördert ihn. Sein einziges Kriterium ist seine Arbeitsruhe. Nur einmal formuliert er einen Einwand: *Du hast in Deiner kurzen Abwesenheit gesehen, wie sich Deine Leute betragen haben, und was Du allenfalls für Einrichtungen machen müßtest, wenn Du länger wegbleiben solltest.*

Caroline Schlegel schreibt, Christiane habe *in Goethes besten Zimmern* in dessen Abwesenheit *ein Fest gegeben, dessen Evan Evoe in der ganzen Gegend umher erschollen ist.* Und weiter: *Die Weimarer behaupten, Goethes Finanzen wären in einem sehr schlechten Zustande, und zwar durch die Vulpius, die ihre Unordentlichkeit und ganze Sippschaft mit ihnen nähret.*

Über die Finanzen zu dieser Zeit geben Rechnungsbücher und der Briefwechsel zwischen Christiane und Goethe Aufschluß. Oft ist von Geld und Wirtschaftlichkeit die Rede. Am 14. September 1796 schreibt Christiane: *Mit Geldausgaben habe ich beinahe alles besorgt, und wenn ich alle Zettel und den Gärtner bezahle, wird wohl beinahe nichts übrig bleiben. Das betrübt mich sehr, und hier ist es in kurzer Zeit einen guten Theil theurer worden.*

Am 25. März 1797: *Wenn ich das alles rechne, komme ich doch gewiß ordentlich aus. Denn bei itziger Zeit ist es würklich Kunst; denn, wenn Du nicht da bist, es sind unser doch immer 6 zu Tische, und ich habe es die Zeit, daß Du nicht da warst, sehr eingetheilt, so daß die Köchin immer nicht mit mir zufrieden ist. Freilich weil der Bube krank war, habe ich … auch wieder etwas Apartes kochen müssen. … Von dem Carolin, den Du mir schicktest, habe ich das Komödie-Abonnement bezahlen müssen und Starke den Thaler. 2 Paar Strümpfe vor Dich, habe Holz lassen machen, dem Kutscher Trinkgeld.*

Die Zeit, da Philipp Seidel an Christiane Geld zahlt, selbst in Goethes Anwesenheit, ist längst vorbei. Jetzt hat sie das Heft fest in der Hand, sie erledigt alles. Für Eintragungen in das Ausgabenbuch steht ihr zuweilen Goethes Sekretär zur Verfügung. Der Hausherr drängt, daß sie auch das übernimmt. Vom Oktober bis Dezember 1794 sind viele Eintragungen von ihrer Hand. *3 Pfund Caulade, Rum, Zieback, biskwüdt, Garn zu Strümpfen, Zwirn zu Nähen, Dringelt vor den Wein 2 Männer, für Sardelen Salt, für bar schwarze Schuhe vor mich, Schuh zu besolen vor mich und A., vor mich 1. Th. 15 gr., Müzen vor Dir 1 gr., fuder in die Cabe*, steht unter anderem da (GSA 34 XI, 6,1).

In den Rechnungsbüchern 1795 findet sich erstmals die Rubrik: *vor mich und Augustchen*. Vom Januar bis März 1795 – es ist der Beginn ihrer zwei Haushaltungen, Goethe ist in Jena – sind fast alle Einträge von ihrer Hand: *Mietgeld, Holz zu machen, Accis*. Auch Porto und Frachtgeld trägt sie ein, *2 Briefe von Jena: 2 Briefe von Ho. Meyern* (GSA 34 XII, 2,1).

Auch die Einträge für April bis Juni 1795 sind ausschließlich von ihr, mit vielen Tintenklecksen und breitgelaufenen Buchstaben. Auch ein Zettel liegt bei, auf dem sie eine Gesamtabrechnung für die Monate versucht (GSA XII, 2,3).

Bei den aufbewahrten Belegen für 1795 findet sich eine *Rechnung über Equipage*. Da sind ihre *Schlittenfahrten*, am 5. Januar *zum Ball an masque 2 Tour* und die Fahrten zur *Redoute* am 17. Februar jeweils *1 Tour Redoute 1 Retour*, am 27. Februar dann *Redoute 2 Tour 2 Retour* aufgeführt. Am 26. September zahlt sie dem Kutscher Schilling *8 Reichtaler für 7 Chaisenfuhren*. Vier davon hat sie gemacht: *Mad. den 30. Juni. Mad. den 29. Juli, Mad. den 1. August, Mad. den 5. September* (alle Angaben GSA 24 XII, 5,6).

Sie bezahlt Dr. Buchholz die Rechnung für *Räucherpulver, Holunderblüten und Kamille*. Dem Chirurgus Samuel Ernst Hergt *Vor ein Spanisches Fliegen ... Plaster dem Herrn Geheimen Rath. Vor ein Spanisches Fliegen Pflaster der Madmoiselle, den kleinen August zweimal an einem bösen Fuß in der Besorgung gehabt.*

Zahlt die Gelder für Küchenausgaben. Vom 12. Dezember 1795 gibt es einen Beleg, daß Christiane vom fürstlichen Mundkoch Thumhardt *frische Trüffeln* aus den Fürstlichen Küchenvorräten erhalten hat. Die *Consumtion zu Verfertigung einer Gänse-Leber-Pastete* ist beigelegt: *6 Gänseleber Kalbfleisch, frischer Speck, geräuchter Schinken, Kalbsfüße Sardellen Zitrone Nössel Wein Nössel guten Weinessig, 4 Stück Eier, Butter frische Trüffeln* (GSA 34 XII, 5). Die Pastete wird nach Jena gehen, Christiane versucht, Goethe alle Wünsche zu erfüllen.

Daß sie stets auf *Wohlfeilheit*, auf Sparsamkeit bedacht ist, dafür gibt es viele Belege. So rechnet sie Goethe vor, wie man am kostengünstigsten mit den Einquartierungen des Militärs verfährt. *Es ist wegen der Soldaten publicirt worden, daß wer ihnen Quartiergeld gibt, kann sie gleich wieder fortschicken. Der Herr Geheime Rath Voigt und Schmidt geben dem Mann die Woche 12 Groschen vor alles, und wir geben die Woche 16 Quartiergeld vor 2 Mann und die Kost, da kommt es uns beinahe 3 Thaler die Woche. Wolltest Du auch dem Mann 12 Groschen wie jene geben, oder soll es so bleiben, wie es war?*

Sie protestiert, wenn sie Ausgaben als Verschwendung empfindet. Ein Beispiel vom März 1796 belegt es. Goethe arbeitet in Jena, die Freitagsgesellschaft soll ohne ihn weiterhin im Haus am Frauenplan tagen. *Nun ein Wort von der Freitagsgesellschaft*, schreibt ihm Christiane. *Den ersten Freitag waren sie beinahe alle da, den 2. nur etliche, und gestern gar kein Mensche. Ich hatte alles wie immer besorget, und das schöne Holz verbrennt, und halb 1 Uhr kam der junge Voigt und sagt erst, daß niemand käme. … man verbrennt das Holz, gibt das Geld aus, und es kommt kein Mensch.*

Man muß sich vorstellen, daß Christiane, die dem großzügigen Haushalt vorsteht, täglich auch mit einer von Ärmlichkeit und steter Not gekennzeichneten Lebensweise konfrontiert wird; durch Bruder, Onkel und Freunde. Und ihre eigene Erinnerung daran ist gewiß noch lebendig.

Die Wohlhabenheit des Hauses Goethe wird sie zeitlebens nicht als die ihre betrachten. Von 1803 gibt es ihre Bemerkung: *wenn ich reich wäre.* 1813 schreibt sie: *wäre ich selbst vermögend.* Da ist sie seit sieben Jahren nach dem Gesetz seine Ehefrau.

Mit welcher inneren Unruhe mag sie ihre Lage in den Jahren empfunden haben, als sie und ihr Sohn wirtschaftlich völlig ungesichert und juristisch rechtlos – stößt Goethe etwas zu – neben ihm leben. Möglicherweise war es ein Gesprächsgegenstand zwischen ihnen. Goethes Bemühungen 1796, eine Witwenpension vom Fürstenhof für sie zu erwirken, läßt darauf schließen.

Überliefert ist diese Bemühung durch eine Briefäußerung des Herzogs an Minister Voigt. Im Frühjahr 1794 hat Carl August Goethes Garten in den Ilmwiesen als Spielplatz für seine Kinder gepachtet. Da Christiane ihn bewirtschaftet, läßt Goethe von ihr den Wert bestimmen. Sie kommt auf 80 Taler pro Jahr. Der Herzog zahlt das. Kündigt aber Anfang 1796 den Garten, da ihm die Pachtsumme zu hoch ist.

Goethe, schreibt Carl August an Voigt, *hat sich neulich geäußert, daß, wenn ich seiner Wittwe eine mäßige Pension ansetzte, er den Garten wohlfeil lassen wollte; die Frau meinte dabei, daß ihr Land lieber sei wie Geld. Ich kann den Garten der Kinder wegen nicht gut entbehren.* An anderer Stelle schreibt er Voigt: *Goethe will seinen Garten verkaufen; er hätte gern Geld dafür, aber die Frau will dieses nicht, weil sie weiß daß es zersplittert werden würde (durch Ankäufe von Kunstgegenständen), sie wünscht lieber Grundstücke. Lassen Sie nachsehen, was die Kammer an Krautländereien in der hiesigen Flur noch besitzt.*

In Goethes und Christianes Briefen vom Februar 1796 ist wiederholt von einem Krautland die Rede. Möglicherweise ist es das Stück, das Voigt herausgesucht hat. Ein *Krautland*, was *60 Taler* kostet und *sehr nah von unserem Garten* liegt – so Christiane. Goethe: … *wenn es Dir gefällt, so kaufe es, denn diese Fleckchen werden täglich theurer … beschreibe mir es doch genauer.* Christiane: *es liegt ganz an der Lotte … wenn Du wiederkömmst, wollen wir zusammen hin gehen. Es wird Dir gewiß gefallen.*

Die Kaufurkunde ist vom 23. März 1796, nach ihr kaufte der Raths-Baukämmerer Stichling in Christiane Vulpius' Auftrag und mit ihrer Vollmacht das *hinter der Lotte neben Frau Maroldin gelegene Krautland, so dem Rathe lehnet, vor 50 Reichsthaler, in Laubethalern a 1 Thaler 15 Groschen.*

Die Briefäußerungen des Herzogs, *die Frau meinte dabei, die Frau will dieses nicht*, sind aufschlußreich. Christiane hat als Haushaltsvorstand für Küche und Keller zu sorgen. Den Hausgarten hat Goethe 1794 in ein botanisches Versuchsfeld verwandelt. Im unteren Garten spielen die Kinder des Herzogs. Beide Gärten kann sie nur eingeschränkt bewirtschaften. Sie hat aber sommers den Tisch zu bestellen – Spargel und Artischocken liebt Goethe besonders – und Wintervorräte zu schaffen. Nicht nur Obst, eingeweckt und gedörrt, Pflaumen, als Mus gekocht, sondern die Vorräte an Kartoffeln, Mohrrüben, an Fässern mit gesäuertem Kohl und mit eingelegten Gurken im Keller.

Um eine annähernde Vorstellung vom Umfang von Christianes Haushaltung zu haben, sei ein Zettel Goethes vom 18. Januar 1800 herangezogen, auf dem er notiert, was vom Lande an den Frauenplan zu liefern ist. *Der Pachter zu Oberroßla hat zu liefern jährlich: 340 Stück Butterwecken – 100 Wecken Maibutter – 192 Paar Käse – 24 Schock Eier – 3 Schock Waizen – 3 Schweine – 12 Martinsgänse – 12 Enten – 24 Paar Tauben – 34 Stück junge Hühner – 3 fette Truthähne – 2 fette Truthühner – 4 Schock Lerchen – 6 Schöpsenkeulen – 40 Pfund Pökelfleisch – 1 Viertel getorte Zwetschchen – ½ Scheffel Erbsen – ½ Scheffel Linsen – Milch zu Festzeiten.*

Die Besucher, die Christiane am Frauenplan zu bewirten hat, werden zudem immer zahlreicher. Land, das sie bewirtschaften kann, ist ihr dabei selbstverständlich wichtiger als Kunstgegenstände, als grafische Blätter, Gemmen und Antiken. Auch die Not, in der sie aufgewachsen ist, wird ihre Haltung bestimmt haben. Das Korndeputat, der Scheffel Getreide vom Fürstlichen Amt, von dem die Familie, später sie und ihre Geschwister sich ernährten. Eigenes Land, wie es die Großeltern in der Wagnergasse besessen hatten, hat für sie gewiß einen wichtigen Stellenwert. Auch bei dem Gedanken, wenn sie und das Kind im Ernstfall sich allein zu ernähren hätten.

Ob Goethe, in seinem Leben niemals von finanziellen Sorgen existentiell bedrängt, sich in Christiane, für die er jene *mäßige Pension* beantragt, wirklich hineinversetzen kann?

Seine Gedanken- und damit Rücksichtslosigkeit seiner Mutter gegenüber in Geld- und Besitzfragen zeigt, daß es nicht seine Stärke ist, sich in die Lage anderer zu versetzen.

Als er 1792 die Mutter nach dreizehn Jahren erstmals wieder in Frankfurt besucht, der Vater ist zehn Jahre tot, fragt sie ihn um Rat, ob sie das große Haus am Hirschgraben, in dem sie allein lebt, verkaufen solle. Der Sohn rät ihr zu. Noch von Frankreich aus schreibt er an Voigt: *In Franckfurt habe ich gefunden daß ich eine Summe Geldes daher ziehen und in Weimar anlegen könnte. Schon lange habe ich Lust zu einem Gütchen, besonders zu dem Lobedaischen Griesheimischen. ... Könnte man nicht erfahren ... ob das Gut zu einem leidlichen Preis zu haben wäre.*

Voigts Antwort ist nicht bekannt.

Goethe handelt übereilt. Die Mutter muß erst einen Käufer finden, die Bildersammlungen des Vaters verkaufen, die Bibliothek auflösen, entscheiden, was mit Hausrat und Möbeln geschehen soll.

Im Herbst 1792 besetzen die Franzosen Frankfurt. Als sich Ende 1793 die Lage etwas beruhigt hat, teilt sie dem Sohn am 7. Januar 1794 mit, sie werde, wenn der Verkauf zustande komme, in eine kleine Mietwohnung ziehen; *nur die Intereßen muß du mir geben – denn da ich hernach keine Hauß habe, so muß ich im Zinß wohnen ... Sterbe ich so hat jeder doch schon etwas im Besitz* (die beiden Erben sind Goethe und der Mann bzw. die Töchter seiner Schwester Cornelia) – *die Capitalien die hir angelegt sind – bleiben vor der Hand – und sind bald getheilt.*

Wiederum wird Goethe sofort aktiv, noch ehe er das Geld in Händen hat.

Die Mutter ist entsetzt: *verkaufe doch die Haut nicht biß du den Bären hast ... Du bist also genöthigt da du kein Geld hast 45 000 rth. zu verintreßiren – und Gott weiß wie lange zu verintreßiren – kanst du mir denn den Ausgang dieses leidigen Kriegs sagen – weiß du denn ob uns unsere Besitzthümer bleiben? daß du Güter zum voraus drauf kaufen wilst*, schreibt sie ihm am 21. Januar: *und wenn ich dich in oben gesagter Verlegenheit wüßte, das würde mich mehr ängstigen, als alle ohne Hoßen in ganzt Franckreich. ... Das Gut scheint mir zu groß vor dich – du bist kein Landmann – hast andere Lieblings Beschäftigungen – wirst leicht zu bevortheilen seyn u. s. w. und wenn du denn ein Gut haben wilst – muß es den eins um so einen enormen preiß seyn. Wie du hir warst, so sprachst du von einem von viel geringeren Gehalt – aber 45 000 rth!! da wurde mir ganz schwindlich vor den Augen. Noch einmahl – thue was du wilst – nur ängstige mich nach geschenen Sachen nicht.*

Der Sohn reagiert nicht. *Hast du meinen letzten Brief weges des Guts beherzigt?* fragt sie am 21. Februar, *ich möchte eben nicht gern eine Last auf deinem Halsse wißen – das würde mich sehr drücken.*

1794 wird Frankfurt von den Franzosen beschossen. Da Goethe seine Mutter durch seine Aktivitäten unter Druck setzt, bemüht sie sich weiter, einen Makler zu finden: *auch würde ich dir keine Silbe biß zum Ausgang er seye nun so oder so geschrieben haben, wenn dein Gedancke dich auf neue mit dem Guts Kauf einzulaßen – mir das Schreiben nicht als höchst wichtig vorgestelt und mir ängstliche Gedancken und Überlegungen zugezogen hätte … und Unruhe im Gemüthe ist mir ärger als / : ich schriebe das schon einmahl: / als alle ohne Hosen bey der gantzen Armee – die haben mir noch keine einzige schlaflose Nacht gemacht.*

Erst Mitte September lenkt der Sohn ein. Sie bedankt sich: *vor deinen letzten lieben Brief der mich von so großer Sorge und Bangigkeit befreit hat.*

Am 1. Mai 1795 schreibt sie ihm, *daß* sie *das Hauß um 22000 f im 24 fuß verkaufen kan*, bittet ihn, *wenns möglich ist:/ mit ehester Post* seine *vitimirte Einwilligung* zu schicken. Im Sommer 1795, als die von Goethe und *Schlosser vidimirten Vollmachten ankommen* –, wird *als denn der rechte Kaufbrief nach der Ordnung unterschrieben und besiegelt.*

Goethe bemüht sich sofort um ein Landgut. Die Verhandlungen ziehen sich noch über zwei Jahre hin. Wiederholt wird in den Briefen zwischen Christiane und ihm davon die Rede sein.

V

Der Leipziger Marktplatz
Aquarell von Carl Benjamin Schwarz

Obgleich beider Wirkungskreise getrennt verlaufen, läßt Goethe Christiane an seiner durch die Freundschaft zu Schiller neugewonnenen dichterischen Produktivität teilhaben. Das ist neu in seiner Beziehung zu ihr. Er unterrichtet sie vom Fortgang seiner Arbeiten, versucht auf diese Weise, Verständnis für seine Abwesenheiten bei ihr zu finden. Vor allem in den Jahren 1796 bis 1798.

Als er Anfang Januar 1796 in Jena ist, teilt er ihr mit: *In acht Tagen hoffe ich mit dem siebenten Buche zu Stande zu sein, und dann werde ich vergnügt zurückkehren.* Er schreibt am »Wilhelm Meister«.

Am 20. Februar heißt es: *Ich habe beim Einpacken das Beste vergessen, nämlich das siebente Buch meines Romans und die Papiere, die sich aufs achte beziehen. Es liegt alles beisammen in dem Schreibtische an der Thüre, in der untersten Schublade nach dem Ofen zu. Packe nur alles, was in dieser Schublade liegt, wohl zusammen und schicke mirs.*

Hier, mein Bester, schicke ich Dir, antwortet sie, *was Du verlangst, es ist alles, was in der Schublade war ... Zum Roman wünsche ich den besten Humor, und daß das 8. Buch bald fertig werde, damit ich Dich bald wieder bei mir habe, denn ich bin den ganzen Tag allein.*

Ihr freundlicher Ton kann die Klage nicht ganz verbergen. Sechs Tage später heißt es: *Daß Du so lange drüben bleiben willst, ist mir nicht ganz recht, denn seit Du weg bist, bin ich nicht recht freudig.*

Goethe muß ihr geantwortet haben, daß er nicht wie vorgesehen vorwärtskomme. *Daß es mit dem Roman nicht gehen will, ist ja curios*, entgegnet sie und fügt tröstend hinzu: *doch vielleicht gehet es noch, man muß nicht gleich verzagen.*

Am 5. März wieder ungeduldig: *Aber daß es so lange währt, bis Du wiederkommst, ist nicht recht.*

Goethe lädt sie daraufhin nach Jena ein. Vom 8. bis 12. März ist sie dort, Sohn, Bruder und Ernestine begleiten sie.

Am 16. März kommt Goethe nach Weimar zurück. Sein Tagebuch: *Abends mit V im Garten.* In den folgenden Wochen finden jene bereits erwähnten Theaterfestlichkeiten statt. Schiller ist für einen Monat zu Gast. Auswärtige Besucher kommen, Iffland und andere; Christiane hat vollauf zu tun.

Als Schiller am 26. April Weimar verläßt, folgt ihm Goethe bald nach Jena nach.

Christiane muß protestiert, es ihm schwer gemacht haben. Sein knappes Schreiben, nachdem er Weimar verlassen hat, läßt auf ihren Widerstand schließen. 1. Mai: *Ich bitte Dich recht herzlich, mein liebes Kind, die schönen, guten Tage zu genießen, die Du vor so vielen andern haben kannst, und Dir das Leben nicht zu verderben, noch verderben zu lassen. Du weißt, daß ich zu Hause nicht zur Sammlung kommen kann.*

Erstmals gibt er ihr schriftlich, was er ihr mündlich wohl schon oft gesagt hat: er kann *zu Hause nicht zur Sammlung kommen.*

Tage später schickt er ihr *eine gute Art Brezeln, ... die, von Zeit zu Zeit, mit einem Gläschen rothen Wein genossen, Dir und dem Kleinen wohl schmecken und bekommen werden.* Eine versöhnende Geste wohl.

Er teilt ihr mit: *und mit dem Roman will es auch nicht recht fort.* Christiane erwidert darauf: *Ich will zu Dir kommen, mein Lieber, ich wünsche recht herzlich, Dich wiederzusehen, und bei dem schönen Wetter bringe ich Dir vielleicht Lust zu dem Roman mit.* Und sich ihrer möglichen Störung bewußt: *Mir können ja in dem Nebenstübchen sein, ich bringe mir was zu arbeiten mit.* Vom 19. Mai an ist sie mit dem Kind in Jena. Am 23. machen sie zu dritt einen Ausflug zu den Dornburger Schlössern. Am 25. besuchen sie den Jahrmarkt in Lobeda.

Spätsommer und Herbst vergehen auf die gleiche Weise. Goethe arbeitet in Jena, versucht die Eheharmonie durch Besuche Christianes aufrechtzuerhalten. Am 23. August: *ich kann noch nicht mit hinübergehen, ich kann euch aber auch nicht da behalten, denn es ist noch sehr viel zu thun, wobei ich mir ganz allein überlassen sein muß ... Da Du Dich beschwerst ... vor Ende dieser Woche werde ich hier mit meinen Sachen nicht fertig,* am 4. September. Am 9.: *Ich kann Dir nicht sagen, mein liebes Kind, ob ich in den nächsten Tagen kommen werde, es kommt alles darauf an, ob sich die Lust bei mir zu einer neuen Arbeit einfindet. Geschieht das, so bleibe ich hier, es ist nämlich die große Idylle, von der Du weißt; könnte ich diese noch diesen Monat fertig machen, so wäre ich über alle Maßen glücklich*. Am 13. September: *mit meiner Idylle geht es sehr gut, sie wird aber viel größer als ich gedacht habe. Den Sonnabend erfährst Du, was ich weiter vorhabe.*

Dieses *von der Du weißt* – er schreibt an »Hermann und Dorothea« – ist wiederum ein Beweis, daß er versucht, sie Anteil nehmen zu lassen.

Vom 19. September bis zum 25. ist sie bei ihm in Jena. Bereits wenige Tage danach schreibt sie: *die kalten Tage und die langen Abende wollen mir gar nicht gefallen. Das Bübchen sagt heute: »Ach, du lieber Gott! kömmt denn mein Vater wieder nicht?«*

Der Herbst 1796 ist, wie das vorausgegangene Jahr und das davor, für Goethe und Schiller äußerst produktiv. Viele Xenien entstehen, diese, wie Schiller sagt, *nichts verschonende Satire*, die *Pfähle ins Fleisch der Kollegen. Mordbrennerische Füchse* nennt Goethe sie. Caroline Schlegel äußert sich über Goethe und die Xenien gegenüber ihrer Freundin Luise Gotter: *Wenn Du den Almanach siehst, so wirst Du auch sehen, wie er sich seither mit dem Totschlagen abgegeben hat. Er ist mit der Fliegenklappe umhergegangen, und wo es zuklappte, da wurde ein Epigramm. Schiller hat ihm treulich geholfen; sein Gewehr gibt keine so drollige Beute von sich, aber ist giftiger.*

Am 6. Oktober geht er nach Weimar zurück, weil der Herzog Geschäfte für ihn hat. Am 15. klagt er Schiller: *es ist wirklich eine Art der fürchterlichsten Prosa hier in Weimar*. Am 26.: *Ich wünsche sehr zu hören daß der Wallenstein Sie ergriffe, es würde Ihnen und dem deutschen Theater recht wohl bekommen. – Ich habe diese Tage angefangen die Eingeweide der Thiere näher zu betrachten.*

Am 29. Oktober fährt Goethe mit seinem Sohn in den Thüringer Wald. Im Ilmenauer Bergwerk ist ein Stollen gebrochen. Er hat Geschäfte zu erledigen und hofft auf Arbeitsruhe. *Ein schönes Glück wär's wenn mir in Ilmenau noch ein Stück des Epischen Gedichts gelänge* – er meint »Hermann und Dorothea« –, *die große Einsamkeit scheint etwas zu versprechen*. So am 29. an Schiller.

Am 1. November an Christiane: *Noch will mirs hier nicht recht behagen, denn der Kleine, so artig er auch übrigens ist, läßt mich die Nächte nicht ruhig schlafen und Morgens nicht arbeiten. So geht mir die Zeit verloren und ich habe noch nicht das Mindeste thun können.*

Christiane ist es nicht recht, daß er den Sohn mitgenommen hat; sie ängstigt sich, mißtraut seiner väterlichen Sorgfalt: *Laß, Lieber, das Kind nur nicht bei geladnes Gewehr gehen … Seit Du weg bist, bin ich gar nicht recht ruhig geworden, denn gleich, wie Du weg warst, erfuhr ich, daß in Ilmenau viele Leute krank wären und stürben, und da bin ich um Dich und um das Bübchen sehr in Angst. Ich dächte, Du kämst so bald, als Dein Geschäfte vorbei ist, zurück, denn ich bin nicht ehr ruhig, bis ich Dich wiederhabe. Zur Kirchweihe will ich nicht gehen, denn ich könnte doch nicht vergnügt sein.*

Weihnachten verbringt Goethe mit seiner Familie. Am 24. Dezember schickt er Wieland von Christianes Weihnachtsstollen: *Da unsere Schüttchen dieses Jahr wieder nicht übel gerathen sind, und sie Dir sonst wohl zu schmecken pflegten, so schicke ich hier beykommend ein Stück.*

Am 28. Dezember reist er mit dem Herzog nach Dessau. Von dort schreibt er Christiane am 3. Januar: *An das Gedicht* – wiederum ist »Hermann und Dorothea« gemeint – *habe ich wenigstens gedacht und werde den Plan ausarbeiten, so weit mir nur möglich ist; so kann es alsdann einmal, ehe wir es uns versehen, fertig sein. Lebe recht wohl, grüße Herrn Jacobi und macht euch auf der Redoute recht lustig.*

Er selbst besucht am 6. Januar in Leipzig einen Ball, *wo 216 Personen gegenwärtig waren und ich viele Bekanntschaften machte und erneuerte.*

Am 10. Januar ist er zurück, drei Tage später geht er nach Jena.

Am 10. Februar, er war kurz am Frauenplan, fährt er wiederum nach Jena. Frau und Kind begleiten ihn bis Kötschau. Als Goethes Kutsche auf dem Berg ist und sich entfernt, *da*, schreibt ihm Christiane, *fingen mir alle beide eins an zu heulen*. Sie ist unzufrieden mit ihm, er läßt sie zu oft allein.

Erst am 17. März sehen sie sich wieder. Sie treffen sich in Kötschau, sie kommt von Weimar, er von Jena; sie verbringen den Tag miteinander. Am Abend schreibt er ihr: *Es war mir gar zu ange-*

nehm, Dich einmal wiederzusehen, und ich habe jetzt wieder Lust, noch die Sachen wegzuarbeiten. Sie, einen Tag danach: *es ist mir ... so eine angenehme Erinnerung, wenn ich mir denke, daß mir uns so vergnügt sahen und sprachen und uns lieb hatten.*

Goethe bestätigt ihr, daß das Wiedersehen seiner Arbeit förderlich ist. Er wirbt um ihr Verständnis.

Christiane versucht zu verstehen. Ein Beispiel dafür ist der Briefdialog der beiden im Februar und März 1797 über das Versepos »Hermann und Dorothea«.

Sie am 22. Februar: *Ich wünsche Dir, daß der Herr von Schönfuß bei Dir einkehren möchte und Dir die allerbeste und förderseligste Laune zum Gedicht mitbringe.*

Er am 24.: *in Erwartung der Laune zum Gedicht.*

Sie am 25.: *ich will recht beten, daß es bald an das Gedicht kommt, daß wir es uns alsdann können recht wohl sein lassen.* Am 1. März: *Da hätte mein Gebet dießmal nichts geholfen.*

Er am 3.: *das Gedicht* sei *wieder im Werk ... Ich sehe ... die ersten Gesänge durch.*

Sie am 4.: *daß aber das Gedicht im Werden ist, freut mich, da habe ich doch Hoffnung.*

Er am 7.: *Mit dem Gedichte geht es ganz gut, und ich bin nahe am Ende, doch weil ich die ersten Gesänge wieder vornehmen muß, so gibt es noch manches zu thun, und ich will daran arbeiten, so lange ich Lust behalte, damit ich mich so viel als möglich frei davon mache.*

Sie darauf am 8.: *Du mußt Dich wegen uns in nichts irre machen lassen. Denn mir waren schon einmal schuld, daß das Gedicht nicht fertig wurde.*

Er am 10.: *Sobald das Gedicht fertig ist, soll die Seife ankommen und noch etwas dazu, damit Du Dich auch auf Deine Art mit mir freuen könnest.*

Sie am 12. oder 13. März: *bleib so lange drüben, als Du es vor nöthig hält.*

Er am 14.: *da mein Gedicht sich zu Ende neigt; ich will aber, da ich einmal so weit bin, von hier nicht weggehen, bis das Ganze fertig ist.*

Sie am 15.: *und daß das Gedicht zu Ende geht, ist mir auch recht.*

Er am 21.: *Ich bin nun so weit, daß die letzte Hälfte des Gedichts nun auch rein abgeschrieben ist, freilich nicht zum letzten Male ... es wird sich nun bald ausweisen, wann ich wiederkommen kann.* Am 24. dann: *Ich habe nunmehr festgesetzt, daß ich heute über 8 Tage, den 31. März, wieder bei Dir anlangen will.*

Er kommt zurück, bleibt sechs Wochen am Frauenplan. Am 19. Mai geht er wieder für einen Monat nach Jena. Christiane ist Pfingsten allein. *Pfingsten, das liebliche Fest*, schreibt sie ihm, den Anfang seines »Reineke Fuchs« zitierend (es ist das einzige Werk-Zitat, das sich in ihren Briefen findet), *ist dieses Mal nicht lieblich, denn ich sitze zu Hause, und mir ist alles verdrüßlich.* Er erwidert ihr darauf am 6. Juni: *Der Schluß des Gedichtes hat sich noch nicht gezeigt, dagegen habe ich aber eine große Gespenster-Romanze für den Almanach in diesen Tagen fertig gemacht.*

Es ist »Die Braut von Korinth«. Tage später schreibt Goethe »Der Gott und die Bajadere«. Am 10. Juni 1797 heißt es an Schiller: *Leben sie recht wohl und lassen Ihren Taucher je eher je lieber ersaufen. Es ist nicht übel, da ich meine Paare in das Feuer und aus dem Feuer bringe, daß Ihr Held sich das entgegengesetzte Element aussuchte.* Zwischen den beiden Dichterfreunden entstehen im Wettstreit die Balladen.

Nach den »Römischen Elegien« und den »Venezianischen Epigrammen« sind die beiden großen Balladen »Die Braut von Korinth« und »Der Gott und die Bajadere« wohl die Dichtungen Goethes, die am engsten mit Christiane verbunden sind. Ihr Leben geht in seine Dichtung ein, freilich nicht im engen biographischen Sinne.

Goethe nennt die »Braut von Korinth« Christiane gegenüber *eine Gespenster-Romanze*, so als handle es sich um ein Stück in der Art des »Rinaldo Rinaldini« ihres Bruders.

Und sie entgegnet ihm auf die Mitteilung, daß er die »Braut von Korinth« beendet hat: *Daß wieder etwas fertig sein würde, dachte ich mir gleich, der Schatz muß immer fleißig sein. Ich dächte aber, Du fingst nichts Neues an, und sähest, daß vielleicht das Gedicht fertig wär, und machtest itzo eine Weile nichts mehr, denn es ist doch ein bißchen zu arg, und am Ende könnte es Dir doch auch schaden.*

Gerade zu einem Zeitpunkt, da ihr eigenes Schicksal ihm zum Vorwurf für seine Dichtung wird, und in eine hochproduktive glückliche Schaffensphase hinein, macht sie ihm Vorschriften. Um ihn bei sich zu haben, möchte sie ihn vom Schreiben abhalten.

Goethes Versuch, sie, wenn nicht am Inhalt seiner Arbeit, so doch am äußeren Fortgang zu beteiligen, endet damit, daß Christiane sich in seine Arbeit einmischt. Der Konflikt ist damit vorprogrammiert.

Er schwelt wohl schon des längeren im Hinblick auf Goethes italienischen Reiseplan.

Christiane weiß, sie muß bald längere Zeit ohne ihn auskommen, für ein halbes Jahr und mehr. Bereits 1795 hatte Goethe nach Italien gewollt. Christianes Schwangerschaft hatte ihn gehindert. Heinrich Meyer ist bereits vorausgefahren. Goethe und er planen ein gemeinsames großes Kunstbuch über Italien. 1796 machen Kriegswirren Goethes Reisepläne zunichte. Die napoleonischen Truppen marschieren in die Lombardei ein. Im Frühjahr 1797 erreicht ihn die Nachricht vom Friedensschluß. Nun will er sofort reisen.

Christiane muß von Anfang an gegen diese Italienreise gewesen sein. Meyer, vom Krieg in Italien überrascht, war, wie Goethe Christiane am 13. September 1796 mitgeteilt hatte, *sehr unruhig ... Er grüßt Dich schön ... Ich fürchte fast, er packt auf und kommt zurück, du wäre denn Dein Wunsch erfüllt.* Am 25. Februar 1797 schreibt Christiane nach Jena: *Wenn Du so weg bist, sehe ich immer, wie schlecht es mir zu Muthe sein wird, wenn Du in Italien sein wirst.* Am 3. März: *Es wird mir sehr schlecht gehen, wenn Du weggehest ... ohne Dich will mir gar nichts gefallen.* Am 8.: *Mir ist alles gar nicht recht; man sagt sogar, ich habe sehr übeln Humor. Ich sehe nicht ein, wie ich es ein halbes Jahr aushalten soll.*

Goethes Mutter unterstützt sie, als sie von der Absicht ihres Sohnes erfährt, nach Italien zu reisen: *so würde der Gedancke daß du in das Land wo jetzt Räuber und Mörder ihren Sitz aufgeschlagen haben hin wollest mir alle Freude vereitelt und geheimen Kummer hätte mir allen Spaß verdorben.*

Goethe aber hält an seinem Plan fest. *Eine große Reise und viele von allen Seiten zudringende Gegenstände* seien ihm, heißt es am 2. August 1796 an Schiller, *nöthiger als jemals.*

Vermutlich ist es Christianes massiver Widerstand gegen diese Italienreise und ebenso sein Wissen, daß er in der Tat in eine gefährliche, vom Krieg gezeichnete Gegend gehen wird, die ihn zu dem Entschluß drängen, Christiane und den Sohn nach neun Jahren Zusammenlebens wirtschaftlich sicher zu stellen, d.h. ein Testament aufzusetzen.

Die juristische Fixierung seines Verhältnisses zu Christiane bringt Goethe eine spannungsvolle und unruhige Zeit. Er summiert seinen *Ehstand ohne Zeremonie*, sein Lebensjahrzehnt mit Christiane. In zwei Jahren wird er fünfzig. In seinen Briefen an Schiller ist immer wieder von *aufräumen* die Rede. *Ich suche so viel als möglich aufzuräumen ..., zu ordnen und zu schematisieren.* Werke nimmt er sich vor, auch Briefe. Er liest frühe, unter anderen auch die, die er und Christiane im Jahrzehnt ihrer Gemeinsamkeit gewechselt haben. Es kommt zu einem großen Autodafé vieler Lebenszeugnisse, unter anderem seiner Briefe bis 1792 an Christiane und ihrer Liebesbriefe an ihn aus den frühen Jahren.

Die Testamentsangelegenheit verzögert die Reise. Nach der Erbfolge ist, da Goethe seinen Sohn nicht legitimiert hat, seine Mutter die natürliche Erbin. Ihr notariell beglaubigter Erbverzicht auf Haus und Vermögen des Sohnes ist Voraussetzung, daß er ein Testament aufsetzen kann. Goethe scheint die Sache mit Christiane besprochen zu haben. Am 30. Mai schreibt er ihr aus Jena: *Den inliegenden Brief an meine Mutter gibst Du Mittwoch Abend auf die Post.* Wenig später: *Hier schicke ich Dir einen Brief meiner Mutter, daraus Du sehen kannst, wie gut sie denkt.*

Bereits am 5. Juni antwortet die Mutter: *Alles was ich vermag um dich ruhig und zufrieden zu machen will ich von gantzem Hertzen gerne thun – ohngeachtet ich gantz gewiß weiß, daß Gott mich deinen – ich kan das Wort nicht schreiben – nicht erleben läßt; so will ich doch auf deine Erbschaft Verzicht und überhaubt alles thun was dir Vergnügem machen kan – damit du ruhig und ohne Kummer die Reiße antreten – und noch 40 Jahre theils in Italien theils in Weimar des Lebens genüßen kanst und solts ... Die Briefe habe sogleich besorgt.*

Am 17. Juni übersendet sie die Erbverzichtserklärung, froh, daß sie *die Acte* so schnell erhalten hat; *du kanst*, heißt es im beiliegenden Brief, *sie einmahl deinen Enckeln vorweißen damit sie sehen wie du vor sie gesorgt hast – zu etwas weiterem dient sie nicht – darauf gebe ich dir mein Wort.*

Goethe könnte das Testament jetzt aufsetzen.

Aber ein neuer zeitverzögernder, den Italienplan gefährdender Umstand tritt hinzu. Meyer erkrankt in Italien, reist in seine Heimat zurück, um sich in Stäffa am Züricher See auszukurieren. Goethe teilt daraufhin Schiller am 22. Juni mit: *Da es höchst nöthig ist daß ich mir, in meinem jetzigen unruhigen Zustande, etwas zu thun gebe, so habe ich mich entschlossen an meinen Faust zu gehen.* Schiller ist erstaunt, entgegnet am 23.: *Ihr Entschluß an den Faust zu gehen ist mir in der That überraschend, besonders jetzt, da Sie sich zu einer Reise nach Italien gürten.*

Daß ich jetzt dieses Werk angegriffen habe ist eigentlich eine Klugheitssache, erwidert Goethe am 24., *denn da ich bey Meyers Gesundheitsumständen noch immer erwarten muß einen nordischen Winter zuzubringen, so mag ich, durch Unmuth über fehlgeschlagene Hoffnung, weder mir noch meinen Freunden lästig seyn und bereite mir einen Rückzug in diese Symbol-, Ideen- und Nebelwelt mit Lust und Liebe vor.*

Erst am 22. Juli teilt Goethe dem Herzog mit, seine Mutter habe auf *seine sämmtliche Erbschaft renunciirt*, bittet ihn, *daß nach meinen erfolgenden Ableben keine Obsignation Statt habe, vielmehr meine Erben ohne dieselbe und ohne weitere gerichtliche Inventur zu dem Besitz meines Nachlasses gelangen.*

Der Herzog genehmigt es. Goethe setzt daraufhin sein Testament auf; es liegt ein Konzept von seiner Hand und eine Reinschrift von seinem Diener Geist vor. Das Testament trägt das Datum des 24. Juli 1797. Goethe gibt seinen *letzten Willen* kund: *Ich setze nämlich den mit meiner Freundinn und vieljährigen Hausgenossin, Christianen Vulpius, erzeugten Sohn August zu meinen Universal-Erben ein*

... seiner erstgedachten Mutter hingegen vermache ich den Niesbrauch alles dessen, was ich, in hießigen Landen zur Zeit meines Todes besitze, dergestalt daß sie zeitlebens in dem ungestörten Besitz desselben bleibe ... doch unter der Bedingung daß sie auf die Erziehung unsres Sohnes mütterlich das nöthige verwende.

1., *Es bleibt ihr also überlassen in meinem Hause, auf dem Frauenplan, sich und ihrem Sohne ein Quartier vorzubehalten, und das übrige zu vermiethen.*

2., *Wegen Benutzung des Gartens am Sterne nach ihrer Ueberzeugung zu handeln.*

3., *Das sich vorfindende baare Geld nach den Umständen zu gebrauchen und zu nutzen.*

4., *Auch allenfalls von meinem Mobiliar-Vermögen, als Büchern Kunst und Naturalien-Sammlungen einiges zu veräussern anzulegen und zu verwenden.*

Als Vormund für den Sohn bestimmt Goethe den Minister Voigt, dieser hat auch Christiane in Punkt 4 zu beraten, und er wird mit dem *Geschäft eines Exekutors dieses Testamentes* betraut.

Am 27. Juli 1797 wird das Testament durch eine Deputation bei Goethe abgeholt. Am 28. Juli 1797 fügt er noch zwei *Anordnungen* hinzu. *Nachricht wegen meines Hauses* ist die eine überschrieben, die andere *Verordnung wegen meiner Schriften.*

Christiane wird nach den neun Jahren ihrer juristisch völlig ungesicherten Existenz beruhigt sein. Und zugleich von Vorfreude erfüllt. Goethe hat beschlossen, um ihren Klagen über seine Reise die Spitze abzubrechen, sie die erste Wegstrecke bis Frankfurt mitzunehmen, sie seiner Mutter vorzustellen, und ihr damit einen lang gehegten Wunsch zu erfüllen.

Besorge nur von Deiner Seite, daß wir packen und reisen können, sobald wir wollen, hatte Goethe ihr bereits am 30. Mai geschrieben, *und daß ich nachher damit keine Sorge, noch Beschwerlichkeit habe. Für alles Übrige, was nöthig ist, will ich sorgen.* Am 6. Juni: *Wir müssen nun eben noch so manches abwarten und uns in der Stille zu unserer Expedition vorbereiten.* Am 9. Juni: *Alle Einrichtungen können nunmehr aufs beste gemacht werden, und ehe 14 Tage herumgehen, kann alles in der besten Ordnung sein.*

Als Meyers Nachrichten über seine Krankheit sich bessern, entschließt Goethe sich, zu ihm in die Schweiz zu reisen. Am 7. Juli schreibt er ihm nach Zürich, er werde bald *so los und ledig als jemals* sein. *Ich gehe sodann nach Frankfurt mit den Meinigen, um sie meiner Mutter vorzustellen, und nach einem kurzen Aufenthalte sende ich jene zurück und komme, Sie am schönen See zu finden.*

Am 27. Juli, an dem Tag, an dem das Testament abgeholt wird, bittet Goethe Kanzler Koppenfels um Reisepässe. *Da ich aber auch meine kleine Familie bis Frankfurt mitzunehmen denke und sie besonders auf dem Rückwege, den sie allein zurücklegen, sich selbst überlassen muß, so hätte ich auch für Mutter und Sohn um einen besonderen Paß zu bitten. Ich überlasse Ew. Hochwohlgebornen, ob Sie unbedenklich finden, etwa dergleichen auf »Frau Vulpius und Sohn« ausfertigen zu lassen, oder was Sie sonst schicklich und zweckmäßig finden. Es ist ohnehin nur auf allen Fall, indem Reisende, besonders auf dieser Route, sehr selten um Pässe gefragt werden.*

Am 30. Juli, nachmittags 4 Uhr, passiert Christiane mit Goethe und dem Sohn August das Weimarer Stadttor. Es ist ihre erste große Reise. In Erfurt wird die Nacht verbracht. Kurz nach 4 Uhr geht es weiter über Mechterstedt und Eisenach nach Marksuhl. Am 1. August über Vacha, Buttlar und Hühnfeld nach Fulda. Den folgenden Tag bis Gelnhausen. Hier trennt sich Goethe von Christiane. Nimmt eineinviertel Stunden nach Mitternacht die Extrapost nach Frankfurt, wo er morgens 8 Uhr eintrifft.

Mir wäre es sehr lieb wenn du es einrichten könstes bey hellem Tag in Goldenen brunen deinen Einzug zu halten – des Nachts ankommen lieb ich nicht – zumahl in einem dir gantz frembten Hauß – Hir hast du meine Willens meinung, hatte die Mutter ihm geschrieben. Sie möchte die Zeremonie der Ankunft auskosten. Goethe kann sie auf diese Weise auf die Schwiegertochter und den Sohn vorbereiten.

Zwölf Stunden später, abends 8 Uhr, treffen Christiane und

August in Frankfurt ein. Sie werden im Gasthof zum »Weißen Schwan« untergebracht. Goethe wohnt bei der Mutter am Roßmarkt. Im »Weißen Schwan« essen sie alle zusammen zu Mittag. Er sei *nur beschäftigt*, so Goethe am 4. August an Meyer in Stäffa, *diesen Fremdlingen alles zu zeigen, da sie Montags, den 7., schon wieder abreisen*. Drei Tage nur ist Christiane in Frankfurt. Am 7. heißt es: *Fuhren die Meinigen um 3 Uhr fort.*

So kurtz unsere Zusammenkunft war, so vergnügt und hertzlich war sie doch, wird die Mutter Christiane schreiben und die Hoffnung äußern, sie einmal länger bei sich zu haben. Diese kurze Begegnung genügt, um die Frauen Freundinnen werden zu lassen. Fortan ist es Christiane, die der Mutter Nachrichten über ihren *Hätschelhans* sendet.

Liebe Tochter, nennt sie sie nun, spart nicht mit Lob. *Sind Sie meine Liebe arbeitsam – sorgsam – wirthschaftlich – damit wenn der Hätschelhans zu rück kommt – Er Kammern und Speicher angefült von allem guten vorfinden wird – nehmen Sie auch davor meinen besten Danck – denn ein wirthschaftliches Weib – ist das edelste Geschenck vor einen Biedermann ... Bleiben Sie bey denen Ihnen beywohnenden Edlen Grundsätzen – und Gott! und Menschen werden Wohlgefallen an Ihnen haben – auch wird die Ernde die Mühe reichlich belohnen.*

Stets fordert sie Christiane zum Briefschreiben auf. *Sie haben so viele Geschäfte Liebes Weibgen – so was ist nun grade mein Casus nicht – ... wenn ich aber so einen Lieben Brief aus Weimar bekomme – dann geht alles flinck von statten und ich fühle mich immer um 10 Jahre jünger – Jetzt wißen Sie das mittel mich zu verjüngen – geben Sie mir zuweilen solche Lebens-tropfen und ich Tantze noch den Ehren tantz auf Augsts Hochzeit.*

Christiane schickt der Mutter Bücher, Modejournale, den »Merkur« und die Neuerscheinungen des Sohnes. Sie berichtet ihr vom Alltag am Frauenplan. Die Briefe, die Christiane über ein Jahrzehnt an Goethes Mutter schreiben wird, sind nicht erhalten.

Der Abschied von Frankfurt. Bis Hanau wird Christiane von Goethes Diener Geist begleitet, dann reist sie mit dem Kind allein weiter. Goethe hat sie beauftragt, ein Reisetagebuch zu führen. Sie hält jede

Einzelheit fest. *Ganz zufrieden bin ich freilich nicht*, berichtet sie noch aus Hanau, *daß Du, mein Lieber, nicht bei mir bist, ich will mich aber recht gut aufführen und nicht gramseln.*

Christiane hat sich gut auf die Reise vorbereitet, sie trägt zu ihrem Schutz zwei Pistolen bei sich.

Am zweiten Tag begegnen ihr Soldaten. *Es hatten die Kaiserlichen Husaren exercirt, und mir mußten halten, daß sie vor uns vorbei konnten. Da kamen etliche von den Husaren-Officiers zu uns an den Wagen und unterhielten sich mit mir ... Es wurde auch über die Pistolen gesprochen, die ich, da ich Soldaten kommen sahe, ein bißchen weiter als sonst herausgucken ließ. Sie waren gar nicht garstig; wär ich nicht so betrübt gewesen, daß Du nicht bei mir warst, es hätte gewiß ein bißchen Äuglichen gegeben; aber so ging es dießmal so ab.*

Noch am gleichen Abend sind ihr die Pistolen wiederum von Nutzen. In der Herberge in Neuhof, in der sie absteigt, logiert Militär. *Das ganze Haus ist voll Kaiserliche Soldaten; ich bin mit meinen 2 Pistolen durch ein 50 Mann ins Haus gegangen, und es hat keiner gepiepst.*

Am *Mittag, den 9. August, Mittewoch*, erreicht sie *Rasdorf*. Sie klagt über schlechtes Essen. *An was ich mich und das Bübchen erhole, ist der Wein, den ich im »Weißen Schwan« habe mitgenommen, und Semmeln.* (Kindern Wein trinken zu geben, war damals nicht unüblich.) *Was hilfts?* schreibt sie in ihr Reisetagebuch, *man muß nur immer gutens Muths sein. Wir legen doch alle Tage ein gutes Stück Weg zuruck.*

In Rasdorf hat sie einen Roßhändler aus Weimar getroffen, einen Schwager von Goethes Diener Götze, sie fährt mit ihm weiter. Am Abend des 9. August erreicht sie Marksuhl, schläft in der »Goldenen Krone«, am 10., gegen Mittag, ist sie in Eisenach, fährt, die Hörselberge zur linken, den Inselsberg auf der rechten Seite, an dem Tag bis Gotha. Übernachtet in der »Schelle« am Markt. Um ein Uhr in der Nacht notiert sie im Gothaer Gasthof noch ihre Erlebnisse: *mir haben, ich und das Kind, immer von Dir gesprochen. Bei dem Hörsel, so weit als mir den Inselsberg nur sehen konnten, hieß es immer: Ach, wenn nur der gute Vater bei uns wär!*

Am Mittag des 11. August erreicht sie Weimar. *Ich bin heute von der Reise sehr echauffirt, daß mir diese paar Zeilen fürchterlich heiß machen.*

Der achtjährige August fügt – vermutlich nach dem Diktat von Christianes Bruder – ein Briefchen bei. *Lieber Vater! Ich bin glücklich nach Weimar gekommen und habe unter meine Kinder Zuckerbrod ausgetheilt, das ich in Erfurt gekauft hatte. Ich danke Ihnen sehr, daß Sie mich in Frankfurt herumgeführt und mir so viel Schönes gezeigt haben.*

Zwei Tage später bedankt auch Christiane sich: *wie Du, Lieber, so gut warst und uns so lieb hattest, das werd ich nie vergessen. Und die liebe Frau Rath hat uns so gut aufgenommen! ich glaube, ich bin nach der Reise ganz anders, ich komme mir ganz glückselig vor. Ich werde wohl nie wieder gramselen.*

Sie informiert Goethe auch über ihre Ausgaben. *Das Silbergeld reichte nur bis Erfurt; in Marksuhl war ein Jude, da habe ich noch vor 2 Laubthaler cattune Halstücher gekauft. Denn Du weißt wohl, wie es ist; es hieß doch: ich käme von Frankfurt, und ich wollte doch auch ein bißchen Aufsehen machen. Du wirst gewiß nicht böse darüber werden. Wenn Du wiederkömmst, will ich Dir die Rechnung geben.*

Christiane trägt ihr neues schwarzseidenes Kleid im Park zur Schau. Goethe erkundigt sich danach: *Schreibe mir ja, wie das schwarzseidne Kleid gerathen ist, und wann Du es zum ersten Mal angehabt hast.* Sie besucht ihre Freundinnen, lädt sie ein. *Ich werde noch sehr lang davon zu erzählen haben; in Weimar sind die Leute sehr neugierig und haben sich wegen unserer Reise allerhand Mährichen gemacht.*

Sie ist in heiterster Stimmung, feiert, bittet Goethe um Wein aus Frankfurt. *Wenn nur etwas Wein käme, sonst werde ich doch ein bißchen unglücklich … auf Deinen Geburtstag da müssen doch auch etliche Bouteillen aufgehn, denn da werden meine guten Freunde, jung und alt, eingeladen. Wenn ich nur ein paar Fläschchen Malaga hätte! Was recht übel war, daß mir in Frankfurt keine Flasche Champagner getrunken haben. Das betrübt mich ordentlich.*

… *itzo*, fügt sie später hinzu, *sehe ich erst, wie nothwendig der*

Wein ist, weil ich keinen habe. Mein Mägelchen thut mir gewaltig wehe, wenn ich keinen trinke.

Goethe beruhigt sie über ihre Geldausgaben, und er schickt ihr auch Wein aus Frankfurt, *einen Eimer Markobrunner 81ger.*

Während ihrer gemeinsamen Reise hat Goethe offensichtlich seine weiteren Reisepläne verschwiegen oder Christiane gar im Glauben gelassen, er bleibe in Frankfurt. *Ich bin nur zufrieden, wenn ich mir denke, daß der gute Schatz bei der lieben Frau Rath ist, wo es Dir gut geht.*

Als sie am 18. August die Nachricht bekommt, daß er nach der Schweiz reist, klagt sie: *Ich und das Kind haben beide sehr geweint. Es soll nach der Schweiz auch wegen des Kriegs übel aussehen. … und ich bitte Dich um alles in der Welt, gehe itzo nicht nach Italien! Du hast mich so lieb, Du läßt mich gewiß keine Fehlbitte thun. Was mich die Menschen hier ängstigen, daß Du nach Italien gingest, das glaubst Du gar nicht; dem einen hat es der Herzog selbst gesagt, das andere weiß es von Dir gewiß, ich will gar keinen Menschen mehr sehen und hören. Lieber, Bester, nimm mir es nicht übel, daß ich so gramsele, aber es wird mir dießmal schwerer als jemals, Dich so lange zu entbehren; mir waren so aneinander gewöhnt. Die Wege in* (den) *Garten sind nicht allein groß, alles im ganzen Hause kommt mir groß und leer vor … Du glaubst gar nicht, wie lieb ich Dich habe, ich träume alle Nacht von Dir.*

Goethe antwortet ihr darauf: *Vor allen Dingen muß ich Dich bitten, mein liebes Kind, daß Du Dich über meine weitere Reise nicht ängstigst und Dir nicht die guten Tage verdirbst, die Du haben kannst. Du hast Dich mit Deinen eignen Augen überzeugt, daß ich in meiner hiesigen Lage* (in Frankfurt bei der Mutter) *nicht würde arbeiten können, und was sollte ich sonst hier thun?*

Er beruhigt sie: *ich kann Dir wohl gewiß versichern, daß ich dießmal nicht nach Italien gehe. Behalte das für Dich und laß die Menschen reden, was sie wollen.*

Er sagt ihr – aus Schonung – nicht die Wahrheit. Noch hat er keine Entscheidung getroffen. Er überlegt, ob er den Winter in der Schweiz verbringt. Es wäre, heißt es an Schiller, *der geschickteste*

Platz ..., um abzuwarten, ob Italien oder Frankreich auf's künftige Frühjahr den Reisenden wieder anlockt oder einläßt.

Goethe begegnet Christianes Ängsten mit großer Geduld. Beruhigt sie mit Versicherungen seiner Liebe. *Du glaubst nicht, wie ich Dich vermisse ... Denn jetzt schon möchte ich lieber bei Dir zurück sein, Dir im grünen Alkoven eine gute Nacht und einen guten Morgen bieten und mein Frühstück aus Deiner Hand empfangen.* Auch da sagt er ihr wohl nicht die ganze Wahrheit. Er stellt ihr neue Reisen in Aussicht: *Künftig, meine Beste, wollen wir noch manchen Weg zusammen machen.* Das schreibt er am 15. August. Am 11. September: *Mein einziger Wunsch bleibt immer, daß ich mit Dir und dem Kinde, wenn seine Natur ein bißchen mehr befestigt ist, und mit Meyern noch einmal eine schöne Reise thun möchte, damit wir uns zusammen auch auf diese Weise des Lebens erfreuen.*

Er möchte Christiane zufrieden wissen. Doch ihre Klagen werden drängender. Am 25. September: *Ich will nicht gramseln; aber ich weiß nicht, es ist mir dießmal, als wär mir es* (un)*möglich, länger ohne Dich zu leben.* Am 2. Oktober: *Des Abends ist mein letzter Gedanke an Dich und des Morgens ist es wieder der erste. Es ist mir heute so zu Muthe, als könnte ich es nicht länger ohne Dich aushalten. Es hat auch heute alles im Hause schon über meinen übelen Humor geklagt ... Ich habe Dir es immer seither verschwiegen, aber länger will es nicht gehen. ... Kurz, wenn Du nicht da bist, ist es alles nichts. Und wenn Du nach Italien oder sonst eine lange Reise machst und willst mich nicht mitnehmen, so setze ich mich* (mit) *dem Gustel hinten darauf; denn ich will lieber Wind und Wetter und alles Unangenehme auf der Reise ausstehen, als wieder so lange ohne Dich sein.*

Das sind entschiedene Worte.

Goethes Reisen sind ein wichtiges Element der physischen und psychischen Ökonomie seines Künstlertums, sind Teil seiner Kreativität. Das trifft selbst auf Reisen zu, die er an der Seite des Herzogs unternahm und die er Christiane gegenüber als Pflichterfüllung ausweisen konnte. Werden seine Reisen nun von Christiane diktiert? Ist sein Alleinreisen nun zu Ende? Sie will ihn stets begleiten. Wenn er das nicht zuläßt, wird sie handeln: sich hinten auf die Kutsche setzen; ein Bild, übertragbar auf anderes.

Zuerst ihre Unzufriedenheit mit seiner *Jenaischen Einsamkeit.* Dann ihre Ratschläge, daß er die Arbeit unterbrechen, *itzo eine Weile nichts mehr machen* solle. Nun ihr Anspruch, mit ihm gemeinsam zu reisen.

Goethe muß sich im wichtigsten Teil seiner Existenz, in seinem Schaffen bedrängt fühlen.

Die juristische Fixierung durch das Testament hat nicht das gebracht, was er sich wohl, um ihre Klagen zu beenden, erhofft hatte: eine größere Freiheit; *so los und ledig als jemals* würde er sein, hatte er dem Freund Meyer mitgeteilt.

Das Gegenteil scheint einzutreten. In jener Zeit entsteht das Gedicht »Amyntas«, in dem Mann und Frau im Bild der Ungleichheit erscheinen, der Mann als der Baum, die Frau als ihn umrankender Efeu, der ihm Kraft nimmt, ihn zu ersticken droht. Dieses Bild der Ungleichheit wird für das zweite und dritte Lebensjahrzehnt seiner Gemeinschaft mit Christiane bestimmend bleiben. Erst kurz vor ihrem Tod wird es – durch ein Erlebnis mit einer anderen Frau, mit Marianne von Willemer – abgelöst vom Symbol des zweigeteilten Blattes des Gingkobaumes, dem Bild für Partnerschaft, für Gleichheit von Mann und Frau im »Gingo biloba«-Gedicht im »West-östlichen Divan«.

Im Herbst 1797 verbirgt Goethe sich selbst und Christiane gegenüber die Schärfe des Konfliktes. Er argumentiert: z.B. mit Geld. Verschleiert damit seine eigenen Bedürfnisse und erweckt auch falsche Erwartungen bei Christiane. *Nur jetzt wünschte ich reicher zu sein, als ich bin*, schreibt er ihr, *daß ich Dich und den Kleinen auf der Reise immer bei mir haben könnte.*

Am 23. September heißt es, leicht ungeduldig und vorwurfsvoll: *Mit meinen Reisen wird es künftig nicht viel werden, wenn ich Dich nicht mitnehmen kann.* Am 25. Oktober aus Zürich: *Der Gefahr wegen hätte ich wohl nach Italien gehen können, denn mit einiger Unbequemlichkeit kommt man überall durch, aber ich konnte mich nicht so weit von euch entfernen. Wenn es nicht möglich wird, euch mitzunehmen, so werd ich es wohl nicht wiedersehen.*

In gewissem Sinne macht er sie für das Scheitern seiner Italienreise verantwortlich. Christiane hätte das als Alarmzeichen deuten müssen. Aber er sagt es ihr liebend, so daß sie sich in Sicherheit wiegt. Am 30. Oktober, er ist bereits, zusammen mit Meyer, auf der Heimreise, schreibt er ihr: *Ich kann aber auch wohl sagen, daß ich nur um Deinet- und des Kleinen willen zurück gehe. Ihr allein bedürft meiner, die übrige Welt kann mich entbehren.*

Christiane wird glücklich darüber gewesen sein, wird es für einen Sieg gehalten haben. Aber es ist ein Pyrrhussieg. Der Konflikt schwelt.

Goethe muß sich am Ende des ersten Jahrzehntes eingestehen, daß es ihm nicht gelungen ist, den Teil seines Lebens, über den er allein entscheiden und bestimmen muß, das dichterische Schaffen, aus seinem Leben mit Christiane auszuschließen.

Daß er für sie, vor allem auch durch die nichtlegalisierte Form ihrer Beziehung, zur einzigen Bezugsperson geworden ist, wird ihm nun zur Last, wird ihm zur Fessel.

Er selbst scheint sie fest zu ziehen mit jenem: *Ihr allein bedürft meiner, die übrige Welt kann mich entbehren.* So, als existiere sein Schaffen nicht und als habe er den Vorsatz, die *Pyramide* seines *Daseyns so hoch als möglich in die Lufft zu spizzen*, aufgegeben. Der Zwiespalt zwischen liebendem Mann und schaffendem Dichter? Die Elegie »Amyntas« thematisiert ihn: *Und so saugt sie das Mark, sauget die Seele mir aus … Nichts gelangt zur Krone hinauf, die äußersten Wipfel / Dorren, es dorret der Ast über dem Bache schon hin. / Ja, die Verräterin ist's! sie schmeichelt mir Leben und Güter, / Schmeichelt die strebende Kraft, schmeichelt die Hoffnung mir ab.*

Die Elegie ist eine Ansprache des Amyntas an den Arzt seines *Leib's und der Seele*, an Nikias. Nikias rät, das Messer anzusetzen, den Baum vom Efeu zu befreien. Amyntas wehrt sich: *du reißest mit diesem Geflechte … das Leben mir aus.*

Hab ich nicht selbst sie genährt und sanft sie herauf mir erzogen? … Soll ich nicht lieben die Pflanze, die, meiner einzig bedürftig, / Still, mit begieriger Kraft, mir um die Seite sich schlingt? / Tausend Ranken wurzelten an, mit tausend und tausend / Fasern, senket sie, fest, mir in das Leben sich ein.

Halte das Messer zurück! o Nikias! schone den Armen, / Der sich in liebender Lust willig gezwungen, verzehrt. / Süß ist jede Verschwendung! o! laß mich der schönsten genießen! / Wer sich der Liebe vertraut hält er sein Leben zu Rat?

Goethes Bekenntnis scheint im dichterischen Gleichnis der Elegie eindeutig. Könnte man sich Schiller als Nikias vorstellen, der wenig später von Goethes *elenden häuslichen Verhältnissen* sprechen wird?

Kommt Goethe wirklich einzig Christianes wegen zurück?

... *ich würde persönlich die Reise ohne Bedenken unternehmen, wenn mich nicht andere Betrachtungen abhielten*, heißt es am 14. Oktober an Schiller. *Vielleicht sehen wir uns also sehr bald wieder, und die Hoffnung, mit Ihnen das Erbeutete zu teilen und zu einer immer größern theoretischen und praktischen Vereinigung zu gelangen, ist eine der schönsten, die mich nach Hause lockt.*

Schiller hatte, seine *große Einsamkeit* beklagend, für den Fall, daß Goethe nach Italien geht, sensibler und genauer als dieser selbst wahrgenommen, daß die Reise ihm in seiner gegenwärtigen Schaffenssituation abträglich sein würde. An Meyer, der seit fast zwei Jahren von Goethe entfernt lebt, schreibt Schiller am 21. Juli 1797: Goethe sei jetzt auf dem *Gipfel ... Während wir andern mühselig sammeln und prüfen müssen, ... darf er nur leis an dem Baume schütteln, um sich die schönsten Früchte, reif und schwer, zufallen zu lassen. Es ist unglaublich, mit welcher Leichtigkeit er jetzt die Früchte eines wohlangewandten Lebens und einer anhaltenden Bildung an sich selber einerntet, wie bedeutend und sicher jetzt alle seine Schritte sind, wie ihm die Klarheit über sich selbst und über die Gegenstände vor jedem eiteln Streben und Herumtappen bewahrt. Doch Sie haben ihn jetzt selbst und können sich von allem dem mit eignen Augen überzeugen. Sie werden mir aber auch darin beipflichten, daß er auf dem Gipfel, wo er jetzt steht, mehr darauf denken muß, die schöne Form, die er sich gegeben hat, zur Darstellung zu bringen, als nach neuem Stoff auszugehen, kurz, daß er jetzt ganz der poetischen Praktik leben muß ... Ich gestehe daher, daß mir alles, was er bei einem längeren Aufenthalt in Italien für gewisse Zwecke auch gewinnen möchte, für seinen höchsten und nächsten Zweck doch immer verloren scheinen würde. Also bewegen sie ihn auch schon deswegen, lieber Freund, recht bald zurückzukommen und das, was er zu Hause hat, nicht zu weit zu suchen.*

Am 20. November 1797 ist Goethe nach vier Reisemonaten wieder in Weimar.

Das *alte schöne Leben der Mittheilung* mit Schiller setzt sich nicht fort. Goethe ist bei Christiane, ist im Haus am Frauenplan. Ständig vertröstet er den Freund. Am 9. Dezember heißt es, er werde noch *vierzehn Tage* in Weimar brauchen, dann *zu meiner Tages-Einsamkeit des Jenaischen Schlosses und zu unsern Abendgesprächen eilen.*

Weihnachten will er in Jena sein. Aber er bleibt bei seiner Familie, verbringt auch Silvester mit Frau und Kind. Er bleibt im Januar, Februar, fast bis Ende März. Schiller klagt, daß Goethes *Anherokunft so viele Verzögerungen findet.*

Goethe ordnet mit Meyer die mitgebrachten Kunstsachen, stellt sie aus. Liest viel. Nimmt den »Faust« wieder vor. Verfaßt zum Geburtstag der Herzogin einen Maskenzug auf das Jahr 1797. Begibt sich in die Weimarer *Theater- und Maskenwelt*, besucht Soupers und Bälle; auf einem Fest mit Christiane ist er bis zwei Uhr, so daß er, wie er Schiller schreibt, *einen schönen Morgen zum größten Teil verschlief.*

Er sei, klagt er dem Dichterfreund, *von aller Produktion gleichsam abgeschnitten.* Der *Effekt* der Reise stellt sich, wie Schiller es vermutet hat, nicht ein. *Das Material, das ich darauf erbeutet, kann ich zu nichts brauchen, und ich bin außer aller Stimmung gekommen, irgend etwas zu tun … Ich habe auch deswegen ganz pausiert und erwarte nur, was mir mein erster Aufenthalt in Jena bringen wird.*

Nach über einem Vierteljahr Nähe zu Christiane reist er am 20. März 1798 nach Jena.

Gleich am ersten Tag seiner Abwesenheit verhält sie sich äußerst unklug. Als sie aus der Komödie kommt, schreibt sie: *Mir ist es heute sehr gramselich zu Muthe. Hier in meiner Stube sitzt alles um mich herum und strickt, das Bübchen liegt auf dem Kanapé, und es will mir ohne Schatz gar nicht gefallen. Die Liebe ist groß.*

In den nächsten Briefen setzt sich das aber nicht fort. Offenbar hat Goethe mit ihr über die Notwendigkeit seiner Jenaischen Arbeitseinsamkeit gesprochen.

Ihr auch den Wert ihrer Hausarbeit vor Augen geführt. Im Frühjahr 1798 berichtet sie ihm öfter davon. Am 24. März: *Gestern habe ich bis Abends 11 Uhr die Stube voll Spinnerinnen gehabt und bin sehr vergnügt gewesen.* Am 28.: *Mir haben seit Montag gewaschen und getrocknet und heute bügeln mir, und die Stähle glühen, da kann ich Dir nicht mehr schreiben. Leb wohl und behalte Deinen Haus-Schatz lieb.*

Später wird sie einmal schreiben: *Mit Deiner Arbeit ist es schön: was Du einmal gemacht hast, bleibt ewig; aber mit uns armen ...* [Schindludern (?)] *ist es ganz anders. Ich hatte den Hausgarten sehr in Ordnung, gepflanzt und alles. In Einer Nacht haben mir die Schnecken beinahe alles aufgefressen, meine schöne Gurken sind fast alle weg, und ich muß wieder von vorne anfangen ... Doch was hilft es? ich will es wieder machen; man hat ja nichts ohne Mühe.*

Als Goethe sich über schlechtes Essen in Jena beklagt, erwidert sie ihm: *Daß Dir es mit dem Essen nicht gut geht, betrübt mich; ich wünschte, ich könnte mich alle Tage ein paar Stunden unsichtbar machen und Dir kochen, da sollte es wohl schmecken.* Sie hat also gelernt; unsichtbar müßte sie sein, um ihn bei der Arbeit nicht zu stören. *Die alte Götzen*, fährt sie fort, *könnte aber der Trabitiusen alles sagen, wie Du es gerne issest, und laß Dir ein paar junge Hasen schießen, und es gibt auch schon in Jena junge Hühner, habe ich gehört. Hier schicke ich Dir was Spargel.*

Dieser Brief, am Morgen des 23. Mai geschrieben, ist ein Postskriptum zu einem am Vorabend verfaßten, der ihre *Art zu sein* charakterisiert, auch ihren *guten Humor*, wie sie es selbst zuweilen von sich sagt. Sie versucht, mit seiner Abwesenheit umgehen zu lernen. *Nun, mein allerbester, superber, geliebter Schatz, muß mich ein bißchen mit Dir unterhalten, sonsten will es gar nicht gehen. Erstens muß ich Dir sagen, daß ich Dich ganz höllisch lieb habe und heute sehr hasig bin; zweitens, daß ich am Montag meine Wäsche aufgeschoben habe wegen des übeln Wetter, und erst heute Nacht gewaschen wird, und ich sehe zu meinem größten Vergnügen, daß das Wetterglas steiget. Drittens … Viertens* und so weiter. Und sie schließt: *Heute bin ich auf dem Jahrmarkt gewesen und habe mir Seife gekauft. Nun hoffe ich aber auch, daß mein Allersuperbester auch ein Laubthälerchen an mich wenden wird, weil ich so ein großer tugendhafter Schatz bin. Für heute Abend leb wohl, morgen ein Mehres.*

Am 25. Mai schreibt sie ihm: *heute wird auf meiner Seite gescheuert und rein gemacht, auch backe ich ein paar Kuchen, um mir das Fest mit dem Bübchen und Herr Meyern in der größten Ordnung etwas zu Gute* (zu) *thun.*

Ein andermal teilt sie ihm mit: *Aber ich bin bei allen Sachen so heiter und vergnügt, und es kann mich itzo nicht leicht etwas von meiner guten Laune bringen; und ich freue mich recht, wenn Du wiederkömmst und mich sehen wirst, ich bin so glatt … ich habe auch kein Tüpfelchen mehr.*

Goethe entgegnet darauf: *Ich hoffe, daß Du Dein glattes Gesichtchen, so wie die Äugelchen für den Schatz aufheben wirst.*

Wenig später besucht er sie *heimlich. Du mußt aber gegen niemand nichts merken lassen; ich werde eher spät als frühe kommen … Laß nur hinten den Garten auf.*

Hat Christiane sich mit den durch Goethes Arbeit bedingten Trennungen abgefunden? *Lieber wär mir es freilich*, schreibt sie ihm am 30. Mai 1798, *ich wär bei Dir. Da es aber nicht sein kann, so sehe, wie ich Tag für Tag immer etwas Nützliches thue, und wenn ich fertig bin, gehe ich aus, bin lustig, so gut als es gehen will, und freu mich schon wieder in Gedanken auf die Zeit, wo mir zusammen schwätzen.*

Der Schein trügt. Die Konflikte schwelen unter der Oberfläche, und, obgleich *die Liebe groß* ist, spitzen sie sich gefährlich zu.

In jener Zeit gibt es kaum einen Beobachter, selbst unter Goethes Freunden nicht, der das Verhältnis von Christiane und Goethe als glücklich bezeichnet hätte.

Schiller spricht von Goethes *elenden häuslichen Verhältnissen, die er zu schwach ist zu ändern ...* Durch *seine unglückliche Ehescheu* sei er *in ein Verhältnis geraten, welches ihn in seinem eigenen häuslichen Kreis drückt und unglücklich macht und welches abzuschütteln er leider zu schwach und zu weichherzig ist.*

Caroline Schlegel meint: *Was ich sah, paßte alles zum Besitzer. Seine Umgebungen hat er sich mit dem künstlerischen Sinn geordnet, den er in alles bringt, nur nicht in seine damalige Liebschaft, wenn die Verbindung mit der Vulpius ... so zu nennen ist. Ich sprach noch heute mit der Schillern davon; warum er sich nur nicht eine schöne Italienerin mitgebracht hat? Jetzt tut es ihm freilich auch wohl nur weh, die Vulpius zu verstoßen, und nicht wohl, sie zu behalten.*

Sind es Beobachtungen besorgter Freunde? Redet Schiller nicht das nach, was er von seiner Frau und Charlotte von Stein hört? Spricht Caroline Schlegel nicht, nachdem sie Christiane nur einmal *flüchtig in der Komödie sah*?

Leute, die niemals in Weimar waren, maßen sich an, über Goethes und Christianes Leben zu urteilen. Körner z. B. schreibt auf Schillers Brief von den *elenden häuslichen Verhältnissen* Goethes: *Man verletzt die Sitten nicht ungestraft. Zur rechten Zeit hätte er gewiß eine liebende Gattin gefunden, und wie ganz anders wäre da seine Existenz! Das andere Geschlecht hat eine höhere Bestimmung, als zum Werkzeug der Sinnlichkeit herabgewürdigt zu werden, und für entbehrtes häusliches Glück gibt es keinen Ersatz. Goethe kann selbst das Geschöpf nicht achten, das sich ihm unbedingt hingab. Er kann von anderen keine Achtung für sie und die Ihrigen erzwingen. Und doch mag er nicht leiden, wenn sie gering geschätzt wird. Solche Verhältnisse machen den kraftvollsten Mann endlich mürbe.*

Hülsen entgegnet dem Philosophen Schleiermacher: *In Ihrem Urteil über Goethe muß ich noch bemerken, daß das Verhältnis zwischen ihm und seiner Geliebten doch vielleicht reiner ist. Die christliche Einsegnung ist freylich nicht erfolgt ... Ich weiß, daß Goethes Genossin keineswegs eine Magd im Hause war. Ich selbst habe beide Hand in Hand und in traulichen Gesprächen öffentlich spazierengehen sehen, und ein schöner munterer Knabe begleitet sie. Auch habe ich die Frau selbst gesprochen und könnte nicht sagen, daß es ihr an Bildung fehlte. Sie hat sehr viel Einnehmendes ...*

Sonst will ich freilich die Heiligkeit des Geschlechtsverhältnisses bei Goethe nicht suchen. Sein Leben hat ihn nicht darauf zugeführt.

Goethes freie Lebensform, sein Heidentum provoziert: Christiane wird denunziert wegen der drei fehlenden Worte des Ehesakramentes, von denen ihr Bruder in seinem »Glossarium« sprach.

Wissen sie wirklich alle besser als Goethe selbst, welche Frau ihm notwendig ist, welcher seine Liebe gehört?

Nicht eine *schöne Italienerin*, noch eine *liebende Gattin*, nicht *die Heiligkeit des Geschlechtsverhältnisses* ist sein Problem.

Sondern wie die Frau, mit der er lebt, sich zu seinem Werk stellt. Er muß ihr, ohne ihre Liebe zu verlieren, bewußt machen, daß sein Schaffen der Mittelpunkt seines Lebens ist, daß er von den Bedürfnissen dieses Schaffens her dieses Leben frei (soweit er von den Hofzwängen frei ist) organisieren, sich in völlig freier Selbstentscheidung jederzeit in Einsamkeit zurückziehen oder reisen können muß, ohne ihre Vorwürfe, Klagen, ihr *Gramseln*, ihren *üblen Humor*.

Er muß Christiane gegenüber jenes *Ihr allein bedürft meiner, die übrige Welt kann mich entbehren* zurücknehmen. Muß ihr nüchtern die Bedingungen ihres Zusammenlebens klarmachen.

Christianes verhängnisvollem *und machtest itzo eine Weile nichts mehr* vom 7. Juni 1797, als er ihr die Fertigstellung der »Braut von Korinth« mitteilte, folgt am 19. November 1798 ein ähnlicher Rat.

Seit seiner Rückkehr ist Goethe in *einer Art Verzweiflung* über seine Unproduktivität. Am 16. Mai schreibt er an Schiller: *Es wird nun bald ein Jahr, daß ich nichts getan habe.*

Am 25. gesteht er auch Christiane, *wie sehr mich die vorjährige Reise ganz aus dem Geschicke gebracht hat, und wie ich jetzt erst wieder anfange, mich zu finden.* Im August heißt es über seine *Jenaer Schloßeinsamkeit: selbst hier wird es mir schwer, mich wieder völlig zu sammeln.*

Erst im Winter kehrt seine Konzentrationsfähigkeit zurück. *Schreibe mir*, drängt ihn da Christiane, *wie es Dir mit Deinen Arbeiten geht. Mir ist es, als wärst Du schon sehr lange weg; wenn es*

Dir nicht glücken will, so komm lieber zu mir. Du mußt mir es nicht übelnehmen, ich bin Dein Hase und möchte nur immer bei Dir sein, ... mache ja in Jena nicht zu viel; es träumt mich alle Nacht davon. Es ist aber, weil ich immer am Tage daran denke.

Mit dieser Äußerung nimmt der Konflikt 1798 für Goethe eine solche Schärfe an, daß er mit dem Gedanken gespielt oder gar den Versuch gemacht haben muß, sich von Christiane zu trennen. In Weimar kursiert in diesem Jahr das Gerücht, Goethe werde eine andere Frau heiraten.

Wollte er seinem Leben mit fünfzig tatsächlich eine neue Richtung geben; um im Bild des »Amyntas« zu bleiben, den Baum vom Efeu frei machen, *los und ledig* werden?

Es gibt dafür mehrere Indizien, sowohl von seiner als auch von ihrer Seite.

Zunächst das Landgut. Am 8. März 1798 kommt endlich, nach mehrjährigen Verhandlungen, der Kauf zustande. Das Gut liegt in Oberroßla, zwei Wagenstunden von Weimar entfernt.

Rückerinnernd wird Goethe von seiner alten *Parkspielerei zu geschlängelten Wegen und geselligen Räumen* sprechen, davon, daß *Grund und Boden ... einträglich hätte werden sollen.*

1798 verband er wohl noch andere Absichten damit. *Erfreue Dich an den ländlichen Beschäftigungen*, rät er Christiane nach ihrem ersten Aufenthalt dort. *Es ist recht gut, wenn Du alles näher kennen lernst ... Denke, daß ich Dich liebe, und daß ich keine andre Sorge habe, als Dir eine unabhängige Existenz zu verschaffen; es wird mir ja das auch wie so manches Andre gelingen.*

Eine *unabhängige Existenz*? Für Christiane, die niemanden außer ihm hat, kann das nur bedeuten, eine Existenz, unabhängig von ihm. Durch sein Testament hat er sie im Fall seines Todes gesichert. Der Versuch einer Abfindung? Ihre wirtschaftliche Selbständigkeit bereits zu seinen Lebzeiten?

Sollte sie vielleicht dort leben? Wollte er sie dort besuchen? Welche Überlegungen er im einzelnen hatte, ob er an räumliche Trennung, Trennung auf Zeit oder weitergehende dachte, wissen wir nicht. Auch nicht, wie er sich dann die Wirtschaftsführung im Haus am Frauenplan vorstellte.

Goethes Mutter erkennt das Problem sofort. Neben den Haushaltungen in Weimar und Jena bedeutet das Landgut eine enorme Mehrbelastung für die ›Schwiegertochter‹. … *legen Sie Sich ja nicht mehr Last auf als Sie tragen können* – warnt sie Christiane, *Ihre Gesundheit könte drunter leiden – wo doch so viel vor meinen Sohn, als vor uns alle darann gelegen ist – Es ist recht schön daß Sie meine Liebe, so eine Brave Hauß-Mutter sind – aber mann kann auch dem guten zu viel thun. Schonen Sie also ich bitte Ihnen Ihre uns allen so theure Gesundheit!*

Der Gutskauf findet, wie Goethes und Christianes Reise zur Mutter im Vorjahr, sein Echo in der Weimarer Redeszene. Böttiger notiert in sein Tagebuch über Goethes Mutter: *Mit Goethes Verbindung mit der Dame Vulpia ist sie zufrieden, weil sie es muß. Goethe fühlte indes das Mißverhältnis seiner Verbindung sehr gut und kaufte deswegen in Roßla das Gut.*

Nach dem Kaufabschluß bittet Goethe den Herzog, *dem Lehngut zu Oberroßla, welches die Eigenschaft eines Sohn- und Tochterlehns* hat, da *nach dieser Lehneigenschaft die freye Disposition des Besitzers einigermaßen beschränkt ist, die Qualität eines freyen Erblehns zu verleihen.* Auch das legt den Gedanken an Christiane nahe.

In den Sommer 1798 fällt das Einweihungsfest. Es wird groß gefeiert. Christiane entwirft die Speisefolge, Goethe das Programm. Als die offizielle Übergabe heranrückt, schreibt er ihr: *Bei der Übergabe verspreche ich Dir, als bloßer Zuschauer zu erscheinen.* Auch Johannis und Kirchweih wird mit den Dorfbewohnern gefeiert. Christiane schickt, wenn sie in Oberroßla weilt, sogar den Sohn dort in die Schule.

Das Anziehende des Gedankens für Goethe, sie dort leben zu wissen. Sein Leben auf dem Frauenplan von seiner Arbeit und dem Repräsentieren her zu bestimmen. Die Zwänge, die ihre freie Lebensform mit sich bringt, würden entfallen. Für ihn. Für sie. Christiane versteht, mit einfachen Menschen umzugehen, die Dorfbewohner würden sie akzeptieren. Sie liebt Feld und Garten, ist von Kind auf mit ländlichen Beschäftigungen vertraut. 1798 widmet Goethe ihr seine »Metamorphose der Pflanzen«; eine Ansprache an die Geliebte, in der er ihr im Naturgleichnis von der Naturgesetzlichkeit ihrer Bindung erzählt: O *! gedenke denn auch wie, aus dem Keim der Bekanntschaft, / Nach und nach in uns holde Gewohnheit ersproß ... Denke wie mannigfach bald diese bald jene Gestalten, / Still entfaltend, Natur unsern Gefühlen geliehn.*

Er könnte sie dort besuchen, wann immer er wollte.

Ist vielleicht sein heimliches Kommen von Oberroßla, als er durch die Gartenpforte schlüpft, eine Art Probehandeln? Wie auch Christianes Aufenthalte auf dem Gut. Sind ihre Zeilen von dort ein Indiz dafür? *Lieber, allerbester, einziggeliebter Schatz*, schreibt sie ihm am 16. oder 17. Juli 1798 von Oberroßla. Sie ist, inmitten der Festvorbereitung, während sich alles freut, bedrückt: *Nur mit mir will es nicht recht gehen; zumal wenn ich so vor mich allein bin, da mache ich mir noch allerlei Gedanken. Ich bitte Dich nur, Lieber, nicht anders als sonst von mir zu denken und mich nur lieb zu haben. Das ist mein einziger Wunsch.*

Ist auch das Schweigen der Mutter gegenüber ein Indiz für die ungelösten Konflikte? Ende Oktober schreibt diese an den Sohn: *Ich frage also hirmit, was das bedeute, daß weder Demoiselle Vulpius – weder Augst – weder du das mindeste von sich hören laßen – Ich hoffe daß angenehme Verhinderungen die Ursach Eures Stillschweigens geweßen sind.* Im November geht die Mutter auf Christianes Antwort ein: *ich habe mich gantz in Ihre unruh und sorgenvolle Lage versetzt*, schreibt sie, *daß wäre ich an Ihrer Stelle geweßen ich gewiß an kein Schreiben gedacht hätte.* Was mag im Brief der ›Schwiegertochter‹ gestanden haben?

Daß auch Christiane der Gedanke einer tatsächlichen Trennung von Goethe beschäftigte, dafür gibt es zwei Hinweise. Der erste: Nach fast zehn Jahren gemeinsamen Lebens macht sie eine Art Inventur. Auf sieben Seiten listet sie alle Gegenstände auf, die sie aus der Jakobsgasse, aus ihrem Elternhaus, mitgebracht hat. Und ihre persönlichen Sachen, Kleider und Schuhe, die sie besitzt. Was anderes könnte die Auflistung ihres Eigentums bedeuten, als der Gedanke an eine Trennung?

Der zweite Hinweis ist ihr Brief vom 24. November 1798. Christiane wird in Weimar ins Gesicht gesagt, daß Goethe eine andere Frau heiraten werde. Das berichtet sie ihm, und zugleich schreibt sie von einem Angsttraum. *Vorgestern in* (der) *Komödie kommt Meisel und fragt mich ohne Umstände, ob es wahr wär, daß Du heurathst, Du schafftest Dir ja schon Kutsche und Pferde an. Ich wurde den Augenblick so böse, daß ich ihm eine recht malicieuse Antwort gab, und ich bin überzeugt, der fragt mich nicht wieder. Weil* (ich) *aber immer daran denke, so habe ich heute Nacht davon geträumt. Das war ein schlimmer Traum ... Ich habe dabei so geweint und laut geschrien, daß mich Ernestine aufgeweckt hat, und da war mein ganzes Kopfkissen naß. Ich bin sehr froh, daß es nur ein Traum war.*

Dieser Traum spiegelt gewiß ihre realen Trennungsängste. Fünf Tage vorher hat sie ihm jenen Brief geschrieben: *mache ja in Jena nicht zu viel; es träumt mich alle Nacht davon. Es ist aber, weil ich immer am Tage daran denke.* Die zeitliche Nähe der beiden Briefe, fast der gleiche Wortlaut: da sie am Tag daran denke, träume sie in der Nacht davon.

Diese beiden Briefe Christianes vom 19. und vom 24. November 1798 bewirken bei Goethe eine Veränderung.

Er reagiert am 25. November. *Da Du mir schreibst, daß Du heute nach Kötschau fährst, so will ich Dir, da eben ein Bote geht, dahin einen Gruß senden. Es freut mich, daß ihr schön Wetter habt, und wünsche, daß Dir dieses Vergnügen, so wie alle andre Freuden dieser Woche recht wohl anschlagen und alle Grillen und Träume verjagen mögen. Mit meinen Arbeiten geht es sehr gut, und wenn es noch eine Zeit lang dauert, so werden wir uns Ostern einer guten Einnahme zu erfreuen haben.* Die Unterschrift wie üblich: G. Zwei Tage später rückversichert er sich: *Hast Du einen Brief erhalten, den ich Dir am Sonntag schrieb? und der Dich in Kötschau oder Weimar finden sollte.*

Der Brief ist nüchtern und sachlich. Kein Werben um Verständnis mehr. Goethe redet von Tatsachen. Er weist Christiane auf die Notwendigkeit des Geldverdienens mit seiner Kunst hin, bringt auch gleich einen Zeitraum ins Spiel – von vier Monaten –, in dem er Abgeschirmtheit und Einsamkeit braucht. Er dementiert die Heiratsgeschichte nicht, tut sie als *Träume*, als *Grillen* ab, weist sie auf ihre *Vergnügen* und *Freuden* hin, wie er das bereits mehrfach tat; *verdirb die guten Tage nicht, die Du haben kannst.* Zugleich spricht er von: *wir*; schließt also Christiane und den Sohn in sein Leben ein. Durch seine Arbeit sorgt er für sie. Er appelliert an ihren Realismus. Der Brief beendet die Diskussionsphase. Ein entschiedenes Wort zum Abschluß.

Der November 1798 setzt eine Zäsur. Die Definition der Beziehung als wirtschaftliche Gemeinschaft. Nicht 1806, das Jahr der juristischen Legitimierung, ist als Beginn der Ehe zu sehen, sondern das Jahr 1798. Die testamentarische Festlegung bringt Goethe nach überwundenen Widerständen größere Freiheiten. Christiane muß sein Werk mit allen daraus resultierenden Einschränkungen, als das vorrangige und ihm existentiell Wichtigste akzeptieren und dahinter zurücktreten.

Von Christianes Seite gibt es von diesem Zeitpunkt an deutliche Zeichen einer Neuregelung ihres Miteinander.

Ihre massiven Einwände gegen sein Fernsein hören auf. Sie klagt nicht mehr und wenn doch, nimmt sie es sofort zurück. Sie bedrängt ihn nicht mehr, geht auf alles ein. Am 23. März 1799: *Daß Dir es mit arbeiten so gut geht, freut mich; ich werde unterdessen recht lustig sein*. Am 10. Mai 1799: *Mit meinem nüberkommen mache es nur so, daß ich Dich nicht störe; ich möchte Dich nicht verdrüßlich machen*. Zwei Tage später: *Doch alles, wie Du willst*. Am 6. August: *Schreibe mir ja, ob es Dir recht ist, sonst komm ich, wenn Du es haben willst*. Am 2. Oktober: *Da Dir es mit Deinen Arbeiten gut geht, mein Lieber, so muß ich wohl zufrieden sein, daß Du noch nicht kömmst*.

Goethe am 12. Mai 1799: *Ich schicke Dir von »Hermann und Dorothea« zwei Exemplare, eins für die Mutter und eins für Dich; lasse aber Deins nicht durch viele Hände gehen*. Es ist jenes Werk, von dem es im März 1797 hieß: *mir waren schon einmal schuld, daß das Gedicht nicht fertig wurde*.

Diese Schuld lädt sie nicht mehr auf sich. Und nur mit äußerster Vorsicht versucht sie, ihm das Haus am Frauenplan als Arbeitsstätte nahezulegen. Am 25. September 1799: *Deine Zimmer, mein Lieber, und das ganze Haus ist in Ordnung und erwartet seinen Herrn mit der größten Sehnsucht. Es würde vielleicht mit den Arbeiten hier besser gehen als sonst. Du kannst hier wie in Jena im Bette dictiren, und ich will des Morgens nicht ehr zu Dir kommen, bis Du mich verlangst. Auch der Gustel soll frühe nicht zu Dir kommen.*

Der Hintergrund für diesen Brief ist die Aufgabe ihres gemeinsamen Schlafzimmers. Auch das hängt mit Goethes Arbeitsrhythmus zusammen, er ist ein Morgenarbeiter.

War 1793 noch in seinen Briefen aus Mainz die Rede von der *Decke*, die uns *bald wieder zusammen zudecken soll*, so heißt es am 7. Dezember 1796 an Schiller: *Ich muß Anstalt machen, meine Schlafstelle zu verändern, damit ich morgens vor Tage einige Stunden im Bette diktiren kann.*

Der *grüne Alkoven*, nach dem Garten zu, in den hinteren Räumen neben seinem Arbeitszimmer, in dem er ihr *eine gut Nacht und einen guten Morgen bietet*, wird aufgegeben.

... ich habe die Erfahrung wieder erneuert, am 9. Dezember 1797, wiederum an Schiller, *daß ich nur in einer absoluten Einsamkeit arbeiten kann und daß nicht etwa nur das Gespräch, sondern sogar schon die häusliche Gegenwart geliebter und geschätzter Personen meine poetische Quellen gänzlich ableitet.*

Als er im Sommer 1799 Weimar wegen des Herzogs nicht verlassen kann, entschließt er sich, *in den Garten zu ziehen ... Ob die Einsamkeit des Ilmtals zu dem einzigen, was not ist, viel helfen wird, muß die Zeit lehren*, am 31. Juli an Schiller. Selbst der Gedanke, daß Christiane und der Sohn im Stadthaus verbleiben und zu ihm in den Garten kommen könnten, stört ihn. Er schickt Frau und Kind für vier Wochen nach Jena; *da ich nicht nach Jena entweichen konnte, so mußten die Meinigen weichen, denn dabei bleibt es nun einmal: daß ich ohne absolute Einsamkeit nicht das Mindeste hervorbringen kann*, am 7. August an Schiller.

Im Gartenhaus redigiert er Gedichte, erinnert sich an *einfache und dunklere Zeiten*, bleibt, für ihn ungewöhnlich, bis weit nach Mitternacht auf, beobachtet mit einem Teleskop den Mond. *Denn in einer so absoluten Einsamkeit, wo man durch gar nichts zerstreut und auf sich selbst gestellt ist, fühlt man erst recht und lernt begreifen, wie lang ein Tag sei.*

Christiane wünscht er, daß ihre Reise – sie fährt von Jena zum Jahrmarkt und zur Komödie nach Rudolstadt – eine *Lustreise* werde. Das bedrohliche Bild der Kutsche, auf die sie sich hinten drauf setzen werde, ist verschwunden. Sie erwidert ihm: *Und wenn Du vergnügt bist, das ist mir lieber als alles.*

Christianes Einsicht wird belohnt.

Goethe lädt sie zu einer Reise nach Leipzig ein. *Bringe nichts als weiße Kleider mit … Ein Hütchen kannst Du gleich hier kaufen.* Sie soll mit der Kutsche kommen. Sie haben seit Mitte 1799 eine eigene, aber noch keine Pferde. *Ich überlasse Dir, ob Du unsern Wagen nehmen willst oder den Wagen des Kutschers, von dem Du die Pferde nimmst. Doch wäre es gut, wenn die Equipage ein bißchen artig aussähe, denn man fährt doch spazieren, und da mag man gern ein bißchen geputzt erscheinen.*

Verschweigen soll sie die Reise: *Nur muß ich Dich inständig bitten, niemand nichts davon zu sagen, damit nicht etwa jemand auf den Einfall kommt, Dich zu begleiten … Vielleicht wäre es am artigsten, wenn Du Sonnabends hierher kämest, weil ein Meßsonntag gar lustig ist und alles spazieren reitet und fährt und geputzt ist. … Du fährst auf alle Fälle am Hôtel de Bavière an.*

Den Tag, den er festlegt, das Schweigen darüber, den Wert, den er auf das Äußere legt, die Kutsche, das weiße Kleid, sind dies Zeichen einer heimlichen Hochzeitsreise?

Er wird mit ihr an der *Table d'hôte* speisen, wird sie ausführen und ihr all die Aufmerksamkeit zuteil werden lassen, die sie in Weimar oft vermißt. *Es wird Dir und dem Kind viel Freude machen, Leipzig in dieser schönen Jahreszeit zu sehen; die Spaziergänge um die Stadt sind so schön, als man sie nur wünschen kann. Das sogenannte Panorama, worin man die ganze Stadt London, als stünde man auf einem Thurm, übersieht, ist recht merkwürdig und wird euch in Verwunderung setzen. An der Komödie ist nicht viel, Du sollst sie aber auch sehen, nur um der Vergleichung willen. Sonst gibt es noch mancherlei, und besonders die vielerlei Waaren werden euch großen Spaß machen. Und ganz ohne kaufen wird es nicht abgehen, das sehe ich schon im voraus.*

Am 10. Mai 1800 kommt Christiane mit August in Leipzig an. Es gibt kein Zeugnis von ihr über diese Reise. Einzig Goethes Tagebuchnotizen und die Eintragungen ins Ausgabenbuch vermitteln einen Eindruck.

Im Tagebuch unter dem 10. Mai: *Nachmittags kamen die Meinigen. Abends spazieren und im Garten gegessen.* Am 11.: *Früh durch die Stadt gegangen, in der Nikolaikirche. In Auerbachs Keller. Mittags zusammen an der Table d'hote. Nach Tische um die Stadt gefahren. Nach Gaschwitz und Connewitz. Abends nach der Funkenburg, zusammen zur Nacht gespeist.* Am 12.: *Früh verschiedenes einzukaufen ausgegangen, dann zu Herrn Unger, Cattuntapeten und Bordüren besehen: Mittags zusammen an der Table d'hôte ... Abends noch durch die Buden, verschiedne Waaren ausgesucht. Sodann in die Komödie. »Ariadne auf Naxos«. »Die Entdeckung von Steigentesch«.* 13. Mai: *Abends in die Komödie, ward »Abälino« gegeben.* 14.: *Abends ins »Requiem«, sodann in Rudolphs Garten zu Herrn Unger und Gesellschaft.* Die Auflistung der Ausgaben: 4 *Hüte (4 Taler 4 Groschen), 31 Ellen Kattun (10 Tl. 20 Gr.),* 2 *Sonnenschirmchen (2 Tl. 14 Gr.), 10 Ellen Musselin (6 Tl. 18. Gr.), 1 Fächer zum Aufziehen (2 Tl. 2 Gr.),* 4 *Salzfässerchen (14 Gr.), 1 Halstuch für Herrn Eisert (12 Gr.), Augustchen nach und nach (12 Gr.).*

Christiane an Goethes Seite an der *Table d'hote*, neben ihm in der *Equipage* auf der Spazierfahrt durch die Messestadt, in Auerbachs Keller, an den Marktbuden, Hüte und Sonnenschirme aussuchend, mit ihm bei seinen Freunden, bei seinem Verleger Unger, in der Komödie, im Konzert. Am Abend hören sie zusammen das »Requiem« von Wolfgang Amadeus Mozart, Mozarts letztes Werk, kurz vor seinem Tod, vor neun Jahren entstanden. Am nächsten Tag verläßt Christiane mit Goethe und dem Sohn Leipzig, am 16. Mai treffen sie wieder in Weimar ein.

Im selben Jahr läßt Goethe Christiane und sich zeichnen, eine Art Doppelporträt, das man als Hochzeitsbildnis ansehen könnte. Die Kopien der Bilder hängen heute nebeneinander in den hinteren Räumen des Hauses am Frauenplan. Friedrich Bury, ein Malerfreund Goethes aus der Italienzeit, hat sie gemacht.

Seit acht Jahren ist es wieder ein Porträt von Christiane. Wie die Bleistiftzeichnung von Lips und das Aquarell von Meyer, die 1791 und 1792 in den Jägerhäusern entstanden sind, ist auch das Bury-Porträt Ergebnis des Umgangs mit ihr; Bury wohnt im Haus am Frauenplan, erlebt Christiane in ihrem Alltag.

Die Originale. Schwarze Kreide, sehr weich im Strich, der Hintergrund dunkel, beides Brustbilder, die Haltung in etwa gleich. Goethes Porträt mißt 68 x 52 cm, Christianes 64,5 x 47 cm. Die Stimmung, die von beiden ausgeht, ist sehr verschieden. Goethe wirkt mürrisch und angespannt, seine Augen sind kalt, die Mundwinkel herabgezogen, er hat ein Doppelkinn. Mit der rechten Hand hält er verkrampft ein Tuch vor der Brust zusammen. Christiane dagegen lächelt, ihre Augen sind warm, sie scheint in sich zu ruhen, ein spöttischer, leicht ironischer Zug ist um ihren Mund; alles ist schmeichelnd, das im Haar zu einer Schleife gebundene Seidenband, die schwarze Spitze am Hals. Sie sitzt seitlich auf einem Stuhl, den Oberarm auf die Lehne gestützt, ihre Hand hängt entspannt herab.

Der einundfünfzigjährige Goethe – die fünfunddreißigjährige Christiane. Sie kann es, das läßt das Porträt ahnen, nicht leicht gehabt haben mit diesem griesgrämig, unzufrieden und bedeutungsschwer wirkenden Mann. Nichts erinnert mehr an den schlanken anziehenden Achtunddreißigjährigen aus dem ersten Jahr ihrer Begegnung.

Abgesehen davon, daß man noch immer streitet, ob das Porträt wirklich Christiane oder eine Weimarer Schauspielerin darstellt; sollte Friedrich Bury sie idealisiert, in der Zeitmode des französischen Schönheitsideals gemalt, ihn dagegen, den berühmten Mann und Freund der Italienzeit, ins Gegenteil verkehrt haben? Das ist kaum denkbar. Goethes Beleibtheit trägt dazu bei, daß er verändert aussieht. Porträts von anderen Künstlern aus annähernd der gleichen Zeit zeigen ihn in ähnlichem Habitus und Körpergestus. Von Caroline Schlegel, die ihn 1792 in Mainz traf, ist überliefert, daß sie ihn bei der Wiederbegegnung im Juli 1796 in Jena, hätte er seinen Namen nicht genannt, nicht wiedererkannt hätte, *so stark ist er in den drei Jahren geworden.*

Freilich bleibt offen, inwieweit auch die Grenzen von Burys Porträtkunst sichtbar werden. Als 1802 der berühmte Schadow Goethe malen will, lehnt Goethe ab. Und Schadow erregt sich darüber, daß ein so unbedeutender Maler wie Friedrich Bury den bedeutenden Goethe habe porträtieren dürfen.

Friedrich Burys Porträt der fünfunddreißigjährigen Christiane zeigt mit jenem spöttischen Lächeln und dem Ausdruck der inneren Gelassenheit Züge, die sich in ihren Briefen gerade jener Jahre widerspiegeln.

Seit zwölf Jahren lebt sie mit Goethe. Die Form der freien Liebe macht ihr das Leben in Weimar nicht leicht. Die Jahre von Goethes Freundschaft mit Schiller haben sie in ihrer gesellschaftlichen Anerkennung keinen Schritt weiter gebracht.

Dies und wohl auch mancher offene Affront der Weimarer (der im Brief vom 25. November 1798 berichtete wird nicht der einzige gewesen sein) ebenso die ausgestandenen Konflikte mit Goethe zwingen sie zum Nachdenken über den Umgang der Weimarer mit ihr. Mit dem Ergebnis, daß sie sich 1799 und 1800 erstmals über ihr Verhältnis zu den Weimarern äußert.

Gerade im Komödienhaus, das alle Stände besuchen, erlebt sie Zurücksetzung. *Meine Bank*, schreibt sie am 2. Oktober 1799 an Goethe, *gönnt uns niemand, sie möchten gar zu gerne uns einige Plätze abnehmen.*

... ich werde immer mißtrauischer gen alle Menschen, weil sie nur immer aus Interesse mit mir umgehen. Und dann drastisch: *die Menschen werden mir immer mehr verhaßt. Ich will nächstens auch mit auf die Leuchtenburg ziehen.*

Auf der Leuchtenburg im Saaletal befindet sich ein Irrenhaus; nur das kann Christiane mit ihrer Anspielung meinen. Hält sie die kleine Weimarer Welt für ein *Narrenhaus*, wie einst ihr Bruder in seinem »Glossarium auf das 18. Jahrhundert« schreibt, die *Welt* als ein *Narrenhaus*, ein *Ort, wo wie Götens Werther sagt, nicht leicht einer den andern versteht.*

Goethe entgegnet sehr allgemein und philosophisch auf ihre Anspielung mit der Leuchtenburg: *Was die Menschen überhaupt betrifft, so thu ihnen nur so viel Gefälligkeiten, als Du kannst, ohne Dank von ihnen zu erwarten. Im Einzelnen hat man alsdann manchen Verdruß, im Ganzen bleibt immer ein gutes Verhältniß.* An anderer Stelle tröstet er sie: *Betrübe Dich nicht über das, was außer Dir vorgeht! die Menschen sind nicht anders gegeneinander im Großen wie im Kleinen.*

Daß er selbst etwas zur Verbesserung ihrer Lage tun könnte, davon spricht er nicht.

Sie muß allein ihren Weg finden, ihr Verhältnis zu den Weimarern bestimmen. Sie erwidert ihm, sie *thue in allem* ihre *Schuldigkeit*. Aber: *Gefällig bin ich nur gegen alle Menschen zu viel, ich glaube nur, ich bin zu gut, und die Menschen mißbrauchen meine Güte.*

Ich werde es freilich nicht anders machen. Da sie nicht ändern kann, daß die Menschen *aus Interesse* mit ihr umgehen, schlußfolgert sie: *Ich will mich also darüber wegsetzen und meinen Weg vor mich gehen, meine Haushaltung gut versehen und meinen Schatz lieb haben, und meine Freude an dem Buben sehen.*

Haus, Mann und Kind im Mittelpunkt ihres Lebens. Und Goethe als ihre einzige Bezugsperson: *Ich habe Deine Liebe und bin überzeugt, daß Du mich sehr liebst. Dieses soll mich immer, wenn die Menschen mich betrüben, wieder zufrieden und froh machen.*

Sein Wohlsein, diese Schlußfolgerung hat sie aus den Auseinandersetzungen der vergangenen Jahre für sich gezogen, steht über allem. Christiane gibt Goethe damit das, was er von ihr erwartet: *Und wenn Du vergnügt bist, das ist mir lieber als alles.* Das ist das Fazit ihres Nachdenkens.

Sie will sich *durch nichts lassen verbittern. Die Weimarer thäten es gerne, aber ich achte auf nichts.* Sie werde, fügt sie hinzu, *dann mannichmal eine steife Kaffee-Visite machen ... Da kann* (ich) *Dir aber versichern, daß in solcher Gesellschaft beinahe kein vernünftiges Wort gesprochen wird und so gelogen wird, daß man erschrickt.*

Reagiert Goethe darauf mit einer stärkeren Einbeziehung Christianes in seinen Freundeskreis? Im Tagebuch vom 19. Mai 1799 findet sich der Eintrag: *Mit den Meinigen Nachmittag zu Schiller, wo sich Frau von Stein befand.*

Auch den Umzug Schillers Ende 1799 nach Weimar nutzt Goethe, um die Familienkontakte enger werden zu lassen. Nicht Charlotte von Stein, sondern Christiane ist es diesmal, die Schillers Sohn aufnimmt, um Schillers hochschwangere Frau in der Umzugszeit zu entlasten.

Vom 6. bis 26. November ist der fünfjährige Karl am Frauenplan. Christiane berichtet Goethe: *Er hat sich so an mich gewöhnt, daß er überall mit mir herumgeht und mich nur seine gute Damela nennt.*

Als Charlotte im Wochenbett am Nervenfieber erkrankt, bittet Goethe Christiane, alle drei Kinder und die Amme aufzunehmen. Sie erwidert: *Die beiden Kinder, den Karl und Ernst, will ich sehr gern nehmen, denn Du weißt, daß ich gerne alles thu, was Du wünschest. Aber mit der Amme und* (dem) *kleinen Kinde geht es ohnmöglich an; ich will Dir es mündlich auch sagen, warum, und Du wirst mir Recht geben. Ich dächte, die könnte recht gut bei Wolzogens sein.*

Nun in Weimar ansässig ist Schiller fast täglich Gast im Haus am Frauenplan. Goethe sorgt wie ein Liebender für ihn. *Ich dächte, Sie entschlössen sich auf alle Fälle, um halb neun Uhr zu mir zu kommen. Sie finden geheizte und erleuchtete Zimmer, wahrscheinlich einige zurückgebliebene Freunde, etwas Kaltes und ein Glas Punsch*, schreibt er ihm am 23. Dezember. Am 27.: *Den Abend heute bringen Sie wohl bei mir zu.* Am 29.: *Ich frage an, ob Sie mich heute ein wenig besuchen wollen? Sie können sich ins Haus bis an die große Treppe tragen lassen, damit Sie von der Kälte weniger leiden. Ein Gläschen Punsch soll der warmen Stube zu Hülfe kommen, ein frugales Abendessen steht nachher zu Befehl.*

Silvester sind die Freunde zusammen. Am ersten Tag des neuen Jahres Goethe an Schiller: *Ich war im stillen herzlich erfreut, gestern abend mit Ihnen das Jahr und, da wir einmal 99ger sind, auch das Jahrhundert zu schließen.*

Bereits 1798 ist der Weimarer Theaterneubau mit »Wallensteins Lager« eröffnet worden. 1799 werden »Die Piccolomini« und »Wallensteins Tod« gegeben. Die »Wallenstein-Trilogie« – die Freunde arbeiten gemeinsam an den Inszenierungen – wird für Autor und Theaterdirektor ein großer Publikumserfolg. Die Weimarer Komödie, die nicht immer einen guten Ruf hatte, macht sich damit einen Namen in ganz Deutschland. Schillers Erfolg als Dramatiker läßt ihn in Weimar zum *Götzen des Tages* werden. Am 20. Januar schreibt er dem Freund: *Ich lege hier eine Szene aus »Wallenstein« für Vulpius bei.* Christian August Vulpius veröffentlicht sie in seiner neugegründeten Zeitschrift »Janus«.

Goethe und Schillers Gemeinsamkeit setzt sich fort, sie lesen einander vor, tauschen Geschriebenes aus, der eine arbeitet am »Faust«, der andere an der »Jungfrau von Orleans«.

Aber Goethe gibt seine Jenaer Arbeitsstätte nicht auf. Nun muß Schiller, um den Freund zu sehen, mit der Kutsche dorthin reisen. Und nun ist es Schillers Frau, die sich über die Abwesenheit ihres Mannes beklagt. In dieser Situation reflektiert Goethe erstmals über die Zumutungen für die Frauen. In einem Brief vom 23. September 1800 heißt es: *Um mir nicht den Fluch der Ehefrauen noch mehr zuzuziehen, als er schon auf mir liegt, will ich Sie nicht zu Ihrer Herreise aufmuntern.*

Den ganzen September 1800 über arbeitet Goethe im Jenaer Schloß am »Faust«, am Helena-Akt. Auch im November und Dezember.

Christianes Briefe enthalten keinerlei Klagen. *Ich lebe so ganz stille und zufrieden.* Sie hat vollauf zu tun, berichtet von ihrem Alltag. *Morgen wollen wir nach Holzdorf in die Schoten fahren.* Drei Tage später: *Es sind wieder 3 Fuhren Holz diese Woche herein gekommen.* Die zwei Gärten, das Krautland in Weimar, das Landgut in Oberroßla. *Lieber, bester Schatz, ich kann Dir weiter nichts schreiben, als daß ich Dich recht von ganzen Herzen liebe und recht fleißig bin. Habe mich nur auch so lieb wie ich Dich*, Christiane am 13. September an Goethe.

Am 20. September äußert sie den Wunsch, ihn zu besuchen, läßt auch den Sohn dies schreiben. *Wollen Sie nicht so gütig sein und uns die Bitte gewähren, von der meine liebe Mutter in ihrem heutigen Briefe an Sie spricht???*

Goethe erwidert: *So gern ich euch und mir das Vergnügen machte ... so muß ich es uns doch versagen. Ich bin bisher sehr gestört worden.*

Christiane fügt sich.

Ihre Briefe aus dieser Zeit belegen, sie lädt weniger Gäste und Gesellschaften ein; sie zieht sich von den Menschen, die *nur immer aus Interesse mit* ihr *umgehen*, zurück. Zuweilen ist sie depressiv. Sie langweilt sich an den Abenden. Liest. Aber Lesen ist ihre Sache nicht. ... *denn ich habe alle Abende vor langer Weile gelesen und bin allemal um halb 9 Uhr zu Bette gegangen.* Eine Ausnahme gibt es, von einer Lektüre wird sie gefesselt. *Aber einmal bin ich so ins Lesen hineingekommen, daß ich bis um 1 Uhr gelesen habe; und wenn der Gustel auf dem Kanapée sich nicht geregt hätte, ich hätte noch länger gelesen. Das war die »Heilige Genoveva« von Tieck, das ist sehr schön.* (Ein ähnlich freundliches Urteil über ein Lektüreerlebnis durch ein Werk Goethes gibt es nicht, zumindest kein schriftlich überliefertes.)

Wenn die Winterlustbarkeiten, Redouten und Eislauf beginnen, lebt sie wieder auf. Im Dezember ist sie mit Weihnachtsvorbereitungen beschäftigt, wie in jedem Jahr wird der Thüringer Stollen, das *Schüttchen*, gebacken.

Bereits am 16. Dezember trifft eine Kiste mit Christgeschenken von der Schwiegermutter aus Frankfurt ein. In jedem Jahr wiederholt es sich; mehrere An- und Rückfragen gehen wegen der Geschenke hin und her. In dem Jahr geht es um die Frage, wie die Hemden für den Sohn ausfallen sollen, ob sie der Mode entsprechend Batist zu Krausen und Manschetten brauche oder ob die Leute in Weimar es anders tragen! ... *wie es bey meinem Sohn Mode ist – das müßen Sie die Güte haben mir mit ein paar Worten zu schreiben.*

An diesem Dezembertag, als die Kiste aus Frankfurt eintrifft, schreibt Christiane *Abends 9 Uhr* einen übermütigen Wunschzettelbrief an Goethe: *Nun wünschte ich nur, der heilige Christ verlör in Jena 10 Ellen weißen Halb-Atlas, die Elle zu 12 Groschen, das wären 5 Thaler; das wäre dem heiligen Christ ein Leichtes. Oder nur 5 und ½ Elle Calico-Halb-Atlas, das wäre nur 2 Thaler 18 Groschen, die Elle zu 12 Groschen. Das müßte der heilige Christ aber bald verlieren; solltest Du ihm etwa unverhofft begegnen, so kannst Du mit ihm darüber sprechen. Du mußt aber ja nicht böse werden, daß ich Dich mit einem solchen Auftrage beschwere; ich werde auch nicht böse, wenn es mir abgeschlagen wird. Wenn er nichts verliert, so ziehe ich mich wieder wie das vorige Mal an und bin auch zufrieden.*

Goethe will Weihnachten in Weimar sein, aber erst Heiligabend kommen. Christiane bittet ihn, schon am Vortag da zu sein: *Wir haben doch noch allerhand zu sprechen.*

Aber er kommt nicht. Enttäuscht schreibt sie am Abend des 23.: *Da es freilich nicht möglich war, daß du kommen konntest, so muß ich mich darin schicken; aber betrübt bin ich doch, denn wenn Du morgen nicht hier bist, so ist der ganze Spaß nichts.*

Goethe vermerkt am 24. Dezember in seinem Tagebuch: *Tancred geendet.* Am 2. Weihnachtsfeiertag kehrt er mit Schelling zum Frauenplan zurück.

Er hat sich überanstrengt, sich in den feuchten Jenaer Schloßgemäuern eine Erkältung zugezogen, sie nicht auskuriert. In Weimar bekommt er hohes Fieber, Krampfhusten und eine Gesichtsrose, er ist tagelang besinnungslos, man fürchtet um sein Leben. Christiane pflegt ihn, er braucht sie, sie ist ständig um ihn. Als Goethe später seine Erinnerungen schreibt, erwähnt er sie mit keinem Wort; *der Herzog, mein gnädigster Herr, die Gefahr überschauend, griff sogleich persönlich ein und ließ durch einen Eilboten den Hofrath Starke von Jena herüberkommen. Der Fürst ließ in seiner sorgfältigen Leitung nicht nach, der hocherfahrne Leibarzt, im Praktischen von sichrem Griff, bot alles auf und so stellte Schlaf und Transpiration mich nach und nach wieder her. ... Durchlaucht dem Herzog konnt ich am 24. ... für die bis zuletzt ununterbrochene Sorgfalt mit erheitertem Geiste danken ... Auch konnte ich zunächst mit genesendem Blick die Gegenwart der Durchlauchtigsten Herzogin Amalia und Ihrer freundlich geistreichen Umgebung bey mir verehren.*

Ganz anders liest es sich in seinen Briefen aus jenen Tagen. *Wie gut, sorgfältig und liebvoll sich meine liebe Kleine bei dieser Gelegenheit erwiesen*, schreibt er am 1. Februar 1801 seiner Mutter, *werden Sie sich denken, ich kann ihre unermüdete Thätigkeit nicht genug rühmen. August hat sich ebenfalls sehr brav gehalten, und beide machen mir bei meinem Wiedereintritt in das Leben viel Freude.*

Unsere gantze Stadt, erwidert die Mutter, *war über deine Kranckheit in alarm – so wie deine Beßerung in den Zeitungen verkündigt wurde – regnete es Zeitungen in meine Stube – jedes wolte der erste sein, mir die frohe Nachricht zu hinterbringen.* Sie bedankt sich bei Christiane für die Pflege. Ist um deren Gesundheit besorgt. Nach der Anstrengung solle sie sich erholen.

Am 25. März geht Goethe für fünf Wochen nach Oberroßla. Einen Teil der Zeit verbringt Christiane mit ihm auf dem Landgut.

Goethes Mutter hatte recht behalten, er war kein Landwirt. Auch Christiane hatte keine glückliche Hand. Der von ihr ausgesuchte Pächter Johann Friedrich Fischer erwies sich als unzuverlässig, er lieferte weder die vereinbarten Naturalien, noch hielt er die Verträge ein. Im Frühjahr 1800 muß Goethe gegen ihn gerichtlich vorgehen. Caroline Herder schreibt am 15. April 1801, Goethe habe *bei dem Hofgericht einen Prozeß, den er zwar gewonnen und den Pachter herausgeworfen hat, indessen aber Unkosten und Verdruß davongetragen. Jetzt, heißt es, will er das Gut selbst administrieren – durch die Mademoiselle Vulpius. Die Nachbarschaft prophezeit aber kein Gelingen, da er und sie die Landwirtschaft nicht verstehen.*

Auch der neue, von Goethe ausgewählte Pächter Reimann entspricht nicht den Erwartungen. Goethe kommt in Oberroßla nicht zur Arbeitsruhe. Auch Christiane kann sich nicht zwischen dem großen Haushalt und dem Gut teilen. 1803 verkauft Goethe das Gut wieder. Er veräußert das für 13 125 Reichstaler gekaufte für 15 500 Reichstaler.

Er sei noch in einem *reconvalescirenden Zustand*, schreibt Goethe aus Oberroßla an Schiller. Er will zur weiteren Erholung mit seinem Sohn für zwei Monate zur Kur nach Bad Pyrmont reisen.

In Oberroßla faßt er den Entschluß, August, den er 1797 testamentarisch als seinen Erben eingesetzt hat, auch juristisch anzuerkennen. Ist es die überstandene schwere Krankheit, die ihn dazu bewegt, oder die Vorstellung, in den öffentlich ausliegenden Badelisten von Pyrmont den Sohn als August Vulpius eingetragen zu sehen? (Für das Kind ist es längst zur Gewohnheit geworden, in den Briefen an den Vater mit *August Göthe* zu unterzeichnen.) Ist es das Alter, August wird zwölf?

Goethe zieht ihn stärker auf seine Seite. Daß er Augusts Bindung an Charlotte von Stein fördert, ist nur ein Beispiel. Das gemeinsame Reisen von Vater und Sohn ein weiteres. Hatte er Christiane nicht 1797 versprochen: *Künftig, meine Beste, wollen wir noch manchen Weg zusammen machen*, und sie darauf verwiesen, daß sich *die Natur des Kindes ein bißchen mehr befestigt* haben müsse. Nun, da dies eingetreten ist, reist er mit ihm allein.

Am 5. Juni verlassen Vater und Sohn Weimar. Der Sekretär und Diener Geist fährt mit, er fungiert als Kindermädchen. Er ist es auch, der die Berichte von der Reise gibt; *Wertheste Demoiselle*, schreibt er am Abend des 6. Juni aus Göttingen. Goethe fügt nur wenige Sätze an, versichert Christiane, daß *das Kind sehr gut und artig* sei, *und daß wir oft vom Mutterchen sprechen.*

Christiane ist allein in Weimar, den Juni, den Juli bis Mitte August. Diesmal ist es nicht die Arbeit, die Goethes Abwesenheit notwendig macht. *Meine Akten sind übrigens sehr mager geblieben, die Badelisten und Komödienzettel machen den größten Teil davon aus*, schreibt er an Schiller.

In Goethes Abwesenheit wird Christiane am 18. Juni 1801 das Dekret über die Legitimierung des Sohnes überbracht.

Die Formalitäten haben sich vom April bis zum 18. Juni hingezogen. Notwendig waren: ein Brief Goethes an den Herzog, dessen Brief an die Regierung, die Ausstellung des Dekrets durch diese, die Rücksendung zur Unterschrift an den Herzog, wiederum dessen Rückgabe des Papiers an die Regierung, deren Kanzlei die Übergabe an den Antragsteller vornimmt.

Goethe hat in einem nur im Konzept erhaltenen Brief vom April 1801 Carl August gebeten, seinen natürlichen Sohn in Ansehung dessen bürgerlicher Stellung *proper natales ... mit einem Legitimationsdekret zu begnadigen* ... und so ... *eines jungen Mannes Glück auf die Zukunft zu bestätigen.*

Der Herzog beauftragt die Regierung, die erforderlichen Schritte einzuleiten. *Wir sind von dem Geheimden Rat von Goethe allhier, daß sein natürlicher Sohn August, per Rescriptum legitimirt werden möchte, submissest angegangen worden*, schreibt er am 5. Mai 1801, *und begehren hierauf gnädigst, Ihr wollet das desfallsige Legitimations-Diplom begreifen lassen und solches mittels Berichts zur Vollziehung anhero einsenden. An dem geschieht Unsere Meinung und Wir sind Euch in Gnaden gewogen.*

Am 15. Mai berichtet die Regierung dem Herzog: *Zu untertänigster Befolgung Euer pp. über das von dem Geheimen Rat von Goethe für seinen natürlichen Sohn angebrachte Legitimationsgesuch unterm 5. d. M. an uns erlassenen höchsten Rescriptes haben wir das auf »legitimationem plenam« gerichtete Diplom entwerfen lassen, senden solches zu Höchstdero gnädigst gefälligen Vollziehung devotest ein und beharren in tiefster Verehrung.*

Das Diplom hat den Wortlaut: *Demnach Uns der Veste Johann Wolfgang von Goethe, Unser Geheimer Rat, allhier, unterthänigst bittend angelanget, daß Wir seinen natürlichen Sohn August »per Rescriptum« zu legitimiren in Gnaden geruhen mögten und Wir durch Ertheilung der »legitimationis plenae« diesem Ersuchen zu willfahren Uns entschlossen und daher benannten von Goethischen Sohne nicht nur das Gebrechen seiner Geburt aus Landesfürstlicher Macht und Gewalt entnommen und denselben in den Stand ehelich erzeugter Kinder auf die beständigste Weise als solches geschehen kann und Kraft hat, gesetzt, sondern ihm auch das »ius successionis ab intestato« in das väterliche Vermögen zugestanden haben, als verordnen und wollen Wir aus Landesherrlicher Macht, daß selbigem seine außereheliche Geburt von niemand zu einiger Verkleinerung und Nachtheil oder sonstiger Behinderung vorgerückt werden solle bey Vermeidung ernsten Einsehens und unnachbleiblicher schwerer Strafe.*

Dieses am 15. Mai 1801 ausgestellte Schriftstück geht zurück an den Herzog. Da er nicht in Weimar, sondern in Bad Pyrmont ist, unterschreiben die beiden dienstältesten Mitglieder des Geheimen Conseils, Voigt und Schmidt, und schicken es an die Regierung zurück. *Wir lassen Euch das von Euch für den Sohn des Geheimen Rats von Goethe allhier entworfene und mittelst Berichtes vom 15. dieses Monats anher eingesendete Legitimations-Diplom vollzogen hierbei wiederum zufertigen und begehren andurch gnädigst, Ihr wolltet das desfalls weiter Nötige besorgen.*

Der Kanzleisekretär und Botenmeister Johann Nikolaus Wickler notiert am 12. Juli: *Dem Vesten Herrn Johann Wolfgang von Goethe, Fürstlich Sächsischem Geheimen Rat allhier, wird das für seinen Sohn August ausgefertigte und von Serenissimo »clementissime Regente« gnädigst vollzogene Legitimations-Diplom im Anschluß originaliter übersendet.*

Sechs Tage später wird der Kanzleivermerk hinzugefügt: *Insinuiert der von Goethischen Haushälterin durch den Regierungsdiener Harseim. den 18. Juni 1801. Wickler.*

Harseim auf dem Weg zum Frauenplan. Er läßt sich melden. Christiane bittet ihn vielleicht ins Haus, setzt ihm etwas vor, ein armer Teufel wie einst Graf, der Amtsdiener ihres Vaters, wie ihr Vater selbst, dieser *Regierungsdiener Harseim.* Vielleicht erkundigt sie sich nach dessen dreizehnjähriger Tochter. Sie ist krank. Vier Wochen später wird sie sterben. Im Weimarer Wochenblatt vom 18. Juli lese ich: *Meinen auswärtigen Anverwandten und Freunden mache ich hierdurch bekannt, daß es Gott gefallen hat, meine älteste Tochter, Christiana Ottilia Philippina durch sanften Tod den 15ten dieses Monaths zu sich zu nehmen. Harseim, F. Regier. Diener.* Am *17ten July* wird *die Jungfer C. O. P. Harseim, ... alt 13 Jahr, 7 Wochen,* zu Grabe getragen, wie die Rubrik *Beerdigte bey der Stadt-Gemeinde* ausweist.

Christiane liest. Wie mag ihr zumute sein, als sie das Papier überfliegt. Sie wird als Mutter nicht einmal erwähnt; *das Gebrechen seiner Geburt* wird von ihrem Sohn genommen. Er erhält Goethes Namen, während sie das Fräulein, die Demoiselle Vulpius bleibt. Kein Wort vermutlich darüber zu Harseim.

Die überlieferten Briefe Christianes aus jener Zeit belegen: es ging ihr nicht gut. *8 Tage war ich recht krank und wußte doch nicht, was mir fehlte. Ich glaube, es war Sehnsucht nach Dir und dem guten Kinde.*

Heute ist es nun schon 4 Wochen, daß Du weg bist; mir ist es aber, als wär es ein Vierteljahr. Sie verliert völlig das Zeitgefühl. Einen Brief, den sie Ende Juli schreibt, datiert sie auf den *27. August. ... Es ist freilich länger geworden, als ich mir dachte*, klagt sie. Führt sogar vorsichtig das Geld an: *Ich glaube, daß alles sehr theuer in Pyrmont ist.* Goethe, der zusätzlich zu Geist noch einen ortskundigen Lohndiener in Bad Pyrmont eingestellt hat, erwidert: *Die Ausgaben waren mäßig, ich habe mich aber auch durchaus eingeschränkt.* Christiane hat keine Post; *hatt ich in 3 Wochen keinen Brief. Da war ich sehr in Angst; ich habe manchen Tag gar nicht essen können.* Sie macht deutlich, mit der Alleinreise von Vater und Sohn ist sie nicht sehr einverstanden. Aber – es ist Goethes erste größere Reise seit 1797 – sie hat keine generellen Einwände, im Gegenteil: *ob mir gleich alles nicht recht ist. Deine Gesundheit geht über alles.*

Goethe denkt sich etwas aus, was sie erfreuen könnte. Auf der Rückreise soll sie ihm mit Meyer, dem Hausfreund, bis Kassel entgegen kommen.

Christiane mißtraut dem. *Auf Cassel freu ich mich auch recht sehr. Wenn meine Freude nur nicht in den Brunnen fällt. Dieß ist immer der Fall, wenn man sich so freut.* Und tatsächlich bringt die Ankunft des Herzogs in Bad Pyrmont den Plan zunächst ins Wanken. Dann aber, am 13. August, reisen Christiane und Meyer. Goethe hat ihr mitgeteilt: *Ich wünsche, daß du Sonnabend, den 15. August, in Cassel eintreffest, ich werde an demselbigen Tage auch anlangen. Du kehrst im Posthause am Königsplatz, bei Madame Goullon ein; wer zuerst kommt, macht Quartier, so daß wir zwei Zimmer haben, eins für Dich und Gustel, eins für mich und den Professor.* Er kündigt Geschenke an. *Ein recht zierliches Unterröckchen und einen großen Shawl, nach der neusten Mode, bring ich Dir mit. In Cassel kannst Du Dir ein Hütchen kaufen und ein Kleid.* Sie hatte ihm wegen der Geldausgaben geschrieben: *wenn Du mir gar nichts mitbringest, so bin ich auch zufrieden.*

Wiederum gibt es von Christiane kein Zeugnis. Nur Goethes Tagebuchnotizen existieren. Und die Reiserechnungen sind überliefert. Fünf Tage halten sie sich in Kassel auf, besuchen die Wilhelmshöhe, gehen ins Theater. Der *Wittib Le Goullon* im *Posthause* wird die Rechnung bezahlt. Am *Morgen* stets *Caffe, Suppe und butter brod für 3 ½ Personen.* Am 17. August steht eine Bouteille *Champagner* auf der Rechnung, am 19. und 20. jeweils eine Flasche *Malaga* (GSA 34 XV, 4,3). Auf der Weiterreise sind sie am 22. August auf der Wartburg: *um 10 Uhr in Eisenach, gegen Abend die Wartburg und den Metilstein besucht.* Am 25. in Gotha. Der Kutscher legt das Chaussee-Geld aus, bezahlt den Hausknecht. *In Gotha Chausee Geld 4 gr., den Pferden Heu 2 gr.* (GSA 34 XV, 4,3). Die Rechnung insgesamt in Gotha beträgt *20 Rth. 2gr.*, das *Trinkgeld 1 Rt. 1gr.* (GSA 34 XV, 2,1).

In Gotha trennt sich Christiane von Goethe und Meyer, fährt mit dem Sohn nach Weimar.

Daß er jetzt Goethes Namen trägt, schafft dem Zwölfjährigen Zugang zum Fürstenhof. *Der Ball bei dem Prinzen*, schreibt August dem Vater am 4. November, *ist am Sonnabende sehr gut abgelaufen. Wir fingen um 5 Uhr an zu tanzen, und einige Musici aus der Capelle machten Musik. Unsere Tänzerinnen waren: 2 Comtessen von Egloffstein, die jüngste Imhof, die kleine Schuhmann; die Tänzer aber die beiden Egloffsteine, Graf Marschalls Theodor, Steins Dieterich, ich, Böhme und Schumann. Die Herzogin und die Prinzessin sahen uns einige Zeit zu, ich konnte ihnen aber meine Tanzkünste nicht zeigen, weil ich keine Dame hatte ... Um 9 Uhr war der Ball zu Ende.*

Im Maskenzug zum Geburtstag der Herzogin am 30. Januar 1802 wird August als Amor gehen und der Herzogin Verse überreichen. Das bedeutet seine Anerkennung in der Öffentlichkeit. Sie erregt beim Adel nicht wenig Aufsehen. Am 4. Februar 1802 schreibt Sophie von Schardt: *ein Kind der Liebe stellte den Amor dar ... Die Leute sagen, das sei unrecht gewesen, ein Kind der Liebe hätte nicht dürfen als Amor vor honetten Leuten erscheinen.* Düntzer überliefert nach heute verlorengegangenen Quellen: *Vielfachen Anstoß erregte es, daß Goethes August als geflügelter Amor im Triumphe herumgetragen wurde und zuletzt der Herzogin Goethes schöne Stanzen überreichte.* Frau von Stein *wunderte sich, daß die Herzogin, die doch das Ideal der Würde und des Anstandes sei, keinen Anstoß daran genommen.* Die Mutter des Kindes, auch das überliefert Düntzer, sei *immer neben dem Zuge hergegangen.*

Goethe wird später von Augusts *glücklicher Kindheit* sprechen. Er war mit Christiane als Mutter immer zufrieden. Es gibt in seinen

Briefen keinerlei Einwände oder Vorschriften hinsichtlich ihrer Erziehung. Diese ist wohl der seiner Mutter in vielem ähnlich. Man kann sich vorstellen, daß Christiane sich ebenso wie die Schwiegermutter empört, als Goethe dem Vierjährigen eine Spielzeugguillotine schenken will und sie in Frankfurt bestellt. *Lieber Sohn!* schreibt da Katharina Elisabetha, *Alles was ich dir zugefallen thun kan, geschieht gern und macht mir selbst Freude – aber eine solche jnfame Mordmaschine zu kaufen – das thue ich um keinen preiß – wäre ich Obrigkeit die Verfertiger hätten an Halseißen gemußt – und die Maschine hätte ich durch den Schinder offendtlich verbrennen laßen – was! die Jugendt mit so etwas abscheuliches spielen zu laßen – ihnen Mord und Blutvergießen als einen Zeitvertreib in die Hände geben – nein da wird nichts draus.*

August spielt mit Kastanien, fädelt sie auf, *behängt sich am ganzen Körper mit Kastanienketten.* Er hat sein Schattentheater, auf dem nicht nur *ein Hanswurst mit seiner Columbine, der Doctor Faust ... Bäume* und *Blitze* auftreten, sondern auch *eine lebendige Katze.*

Er hat seine Tiere, er besitzt einen kleinen Garten und eigene Bäume, einen Feigenbaum zum Beispiel. August wächst ungezwungen und frei auf. Er erlebt die Mutter bei der Arbeit im Haus und im Garten. Ist stets mit ihr zusammen. Begleitet sie auf ihren *Lustreisen* nach Jena und ins Saaletal, zum Jahrmarkt nach Naumburg. Er liegt bis Mitternacht bei ihr auf dem Kanapee. Er geht mit ihr schon zeitig in die Komödie.

Kein Lesen- und Schreiben-Lernen mit drei, kein Griechisch und Latein mit sieben, wie das Goethe von seinem Vater erfahren hatte. Augusts schulische Ausbildung wird nicht forciert. Erst relativ spät, 1797, taucht der Name eines Lehrers auf. Unter der Aufsicht von Professor Kästner erhält August Unterricht bei dem Theologiestudenten Adolf Friedrich Theophil Eisert.

Mutter und Sohn haben einen sehr geschwisterlichen Umgang miteinander. Das mag zum einen damit zusammenhängen, daß Christiane bereits als heranwachsendes Mädchen für ihre Geschwister und Stiefgeschwister sorgen mußte. Zum anderen mit ihrem Altersunterschied zu Goethe, der Kindrolle, die sie ihm gegenüber einnimmt und die er befördert. Christianes Verhältnis zu August hat viel Ähnlichkeit mit dem Elisabetha Goethes zu ihrem kleinen Sohn.

Es gibt eine Art Wettstreit um Goethes Gunst, den Christiane mehrfach als *unser Väterchen* bezeichnet. Einmal schreibt sie: *Das war heute eine große Betrübniß, daß ich keinen Brief bekam, und das gottlose Bübchen hat sich gefreut, daß er einen hatte, und wurden bald uneinig darüber*. Ein andermal: *wir streiten uns des Morgens im Bette, wer Dich zuerst grüßen will.*

Die Nähe des Sohnes zur Mutter geht vielfach aus Augusts Briefen an den Vater, ebenso aus den ihren an Goethe hervor. Als sie im November 1799 krank ist, schreibt sie Goethe: *Der August ist mir nicht vom Bette gekommen; er wird alle Tage vernünftiger, so daß* (ich) *oft vor ihm erschröcke.*

Dieses *erschröcken* ist Christianes erste Wahrnehmung, daß August dem Ende seiner Kindheit zugeht.

Tage später fährt er ohne ihre Erlaubnis mit Schillers Sohn nach Jena. Es gibt die erste Klage Christianes über ihn in einem Brief: *Auf den August bin ich dießmal in Ernst böse; er ist gegen meinen Willen mit nach Jena gekommen. Ich wollte haben, daß beide dableiben sollten; aber bei dem Gustel half kein Bitten und Flehen, und war es nicht zu Dir, so hätte ich mein Mutterrecht gebraucht, und er hätte zu Haus bleiben müssen. Denn ich darf mir nicht denken, daß so etwas in einem andern Fall geschehen könnte, wenn er älter wäre. Das könnte mich sonst sehr betrüben. Indeß will ich nicht hoffen, daß so etwas auf die Zukunft Einfluß hat; davor ist mir sein gutes Herz Bürge.*

Goethe bittet Herder, seinen Sohn auf die Konfirmation vorzubereiten. *Wir gingen am Donnerstage zu dem Herrn Präsident Herder*, schreibt August am 1. Mai 1802 dem Vater. *Da er aber in der Kirche die Confirmanden examinirte, gingen wir hinüber und hörten etwas zu. … Weil er mich nicht kannte, fragte er mich nach meinem Namen. Auf seiner Stube sagte ihm Herr Eisert, was er bisher in den Religionsstunden mit uns getrieben habe. Nun fragte er mich und Ernsten nach unsern Alter. Mich fand er alt genug, aber Ernst war ihm zu jung. Da er aber hörte, daß ich mich nicht gern allein confirmiren lassen möchte, so sagte er, daß wir beide in die Vorbereitungsstunden kommen sollten, wenn er es uns sagen ließe.*

Am 13. Juni 1802 ist Augusts Konfirmation. Er, der unter dem Namen Vulpius getauft wurde, wird nun unter dem Namen von Goethe konfirmiert. Goethes Tagebuch vermerkt: *Mittags zu Tisch: Herrn Konsistorialrat Günther, Herr Professor Kästner und Frau, Herr Eisert.* Herder und dessen Frau sind nicht zugegen. Am 14. Juni schreibt Goethe ihm: *Mit herzlichem Danke empfinde ich die Neigung, mit der Du das gestrige Geschäft vollbracht hast, empfehle Dir den Knaben auch für die Zukunft und lege die Note bei.*

Christiane sieht, wie der Sohn in den folgenden Jahren in die Welt des Vaters hinüberwechselt und die ihre immer weniger tangiert. Das ist es wohl, was ihr das Lösen der Mutter-Kind-Beziehung besonders schwer macht.

Das Kind ist sehr artig, nur sehe ich ihn zu wenig. Nach der gemeinsamen Reise von Vater und Sohn nach Bad Pyrmont läßt Goethe den Sohn immer öfter zu sich nach Jena kommen. Christiane empfindet das als Zurücksetzung, am 23. Januar 1802 schreibt sie: *Den Gustel beneide ich recht sehr und bin deßhalb ein bißchen grämlich; das mußt Du mir verzeihen, … denn ich wär auch gerne bei Dir.* Und am 25. Januar: *Hier schicke ich Dir unser liebes Kind mit großer Betrübniß, daß ich nicht mit kann.*

Das Sich-Lösen von Mutter und Sohn spiegelt sich auch in den Rechnungsbüchern, in den Eintragungen von Christianes Hand. Der Wechsel von *Augustchen* zu *August.* Bei dem Neunjährigen heißt es: *Für Augustchen einen Hut aufzufärben* (GSA 34 XIV, 1,3). Auch 1801 wird die Rubrik *Für mich und Augustchen* fortgesetzt. Im November: *Augustchen auf der Redoute 8gr.* (GSA 34 XV, 1, 1-4). Gelegentlich schreibt sie aber auch schon *August.* Am 9. Januar 1802 zwischen den Eintragungen *1 Paar Schuh auf d. Redoute* und *2 Gläser Punsch für mich* der Eintrag: *warme Strümpfe für Augustchen* (GSA 34 XV, 5,1). In einem Umschlag, der Rechnungen von 1802 enthält, findet sich: *Augustchen baar 5 gr., Augustchen zum Feuerwerk 2 gr. 10 pf.* (GSA 34 VII, 2,6). Auch bei den Belegen von 1803 liegen lose Zettel: *Vor mich und Augustchen*, einmal die

Ausgabe von *14 Rt. 16 gr.*, dann nochmals: *Vor mich und Augustchen 24 Rt. 16 gr.* (GSA 34 XIII, 1,1).

Die Zäsur tritt Ende 1803 ein. Die Koseform verschwindet, in den Rechnungsbüchern *Weihnachten bis Ostern* 1804 heißt es: *Ich und August* (GSA XVI, 5). Am 25. Dezember 1803 ist August vierzehn geworden.

Christianes schwierige Stellung in Weimar. Neid und Häme, die Goethe gelten, treffen sie. Ein Beispiel von 1803. *Stein (auf Nordheim)*, schreibt Karl von Stein seinem Bruder Fritz, *geht wunderbar mit Goethen um. Auf einer Redoute sagte er ihm: »Schick dein Mensch nach Hause, ich habe sie besoffen gemacht«. Also Goethe geht hin und deutet der armen Vulpius an, nach Hause zu gehen, die ganz nüchtern gewesen ist.*

Auch Charlotte von Stein schießt weiter ihre Pfeile ab. *Seine Demoiselle, sagt man, betrinkt sich alle Tage, wird aber dick und fett. Der arme Goethe, der lauter edle Umgebungen hätte haben sollen! Doch hat er auch zwei Naturen.* Als ihr erzählt wird, daß Christiane am Frauenplan mit am Tisch sitzt, Goethe ihr vor Fremden Komplimente macht, sie hört es von Luise von Göchhausen, diese wiederum hat es von Wieland, der mit am Tisch saß, schreibt sie: *Er hatte bei Goethe mit Jacobi und des Jacobis Schwester zu Mittag gegessen; die Vulpia war von der Gesellschaft. Am Tisch, sagt Wieland, habe er* (der Hausherr) *ihr mit zarten Attentionen begegnet, und doch ist's entweder Lüge, oder er müßte eine Analogie mit der Mägdenatur haben.*

Die Erwähnung, daß sie mit am Tisch sitzt, ist von Anfang 1806. Es sind auswärtige Gäste. Nicht Weimarer. Wenn diese zu Gast sind, ist sie wohl nicht zugegen. So bei der Ende 1801 von Goethe gegründeten Mittwochsgesellschaft »Cour d'amour«, die sich während der Wintermonate nach der Komödie bei ihm versammelt. *Goethe hat eine Anzahl harmonisierender Freunde zu einem Klub oder Kränzchen vereinigt, das alle vierzehn Tage zusammenkommt und soupiert*, schreibt Schiller am 16. November an Körner: *Es geht recht vergnügt dabei zu, obgleich die Gäste zum Teil sehr heterogen sind, denn der Herzog selbst und die fürstlichen Kinder werden auch eingeladen ... es wird fleißig gesungen und pokuliert.*

Obgleich Schiller selbst nie die Dame des Hauses als Gesellschafterin sieht und sie nie bei Tisch erscheint, notiert Schillers Frau im Februar 1801. Christiane bleibt der *Küchenschatz*, der *Hausschatz*, der alles zu Goethes Zufriedenheit erledigt. Auch seinen Haushalt in Jena versorgt und über seine langen Abwesenheiten nicht klagt.

Goethe ist oft in Jena. Die Stadt hat auch ohne Schiller seine Reize für ihn behalten. Begegnungen mit Humboldt und Fichte; die Freundschaft zu Schelling. Es sind vor allem die jungen Romantiker, die ihn anziehen. Eine neue Generation. Bereits 1796, als sich mit der Ankunft von August Wilhelm Schlegel und Caroline Böhmer (die Heirat mit Schlegel hat ihr nach Mainz die bürgerliche Reputation wiedergegeben) der Kreis der Frühromantiker in Jena zu formieren beginnt, schreibt Goethe an Meyer: *denn freylich auf junge Leute müssen wir denken, mit denen man sich in Rapport und Harmonie setzen kann, von älteren ... ist nichts zu hoffen.*

Während sich die Jungen, die neue Schreib- und Lebensformen ausprobieren, über Schillers Familienidylle mokieren, sich über sein Werk lustig machen, über sein »Lied von der Glocke« fallen sie *vor Lachen fast von den Stühlen*, kann sich Goethe ihrer Verehrung erfreuen. Sie huldigen ihm, August Wilhelm Schlegel wird in die positive Kritik zu Goethes »Wilhelm Meister« einstimmen. Von Goethe als der *alten göttlichen Exzellenz* wird Dorothea Veith sprechen. *Im Geiste der immer neuen jenaischen Jugend werden die Abende gesellig hingebracht*, schreibt Goethe Schiller im Januar 1802. *Gleich Sonntags bin ich bei Lodern, bis 1 Uhr in der Nacht, geblieben ...*

Der Jenaer Kreis trifft sich nun ohne Schiller und mit Goethe als Mittelpunkt. Goethe wünscht sich Schiller in den Kreis. Aber Schiller ist durch Haus und Familie an Weimar gebunden, muß gerade um diese Zeit aus finanziellen Erwägungen sein Gartenhaus in Jena aufgeben. *Es ist gegenwärtig hier gerade eine lustige und gesellige Epoche*, schreibt Goethe ihm am 9. März, *und ich bin meist Mittag oder abends auswärts.* Am 16.: *Daß übrigens einige Frauenzimmer hier noch singlustiger als unsere Freundinnen und dabei, glücklicherweise, musikalischer sind, wodurch denn meine innere Sing-*

lust von Zeit zu Zeit erregt wird. Goethes Wohlbefinden steigert sich durch die jungen Mädchen, denen er sich zuneigt. Wilhelmine Herzlieb, der Pflegetochter in Frommanns Haus. 1802 lernt er Silvie von Ziegesar kennen. Seine Nachricht an Schiller von der schönen Geselligkeit in Jena schließt er: *Dagegen kann ich noch keine produktiven Momente rühmen, die sich überhaupt immer seltener machen.*

Schiller ist höchst unzufrieden mit seinem Freund. Bereits im Juni 1801 hatte er Cotta geschrieben: *er ist seit lange ganz unproduktiv, und es ist nur zu wünschen, daß er nicht ganz alle seine poetische Tätigkeit verlieren möge.* Im Dezember: *Er hat aber leider seit seiner Krankheit gar nichts mehr gearbeitet und macht auch keine Anstalten dazu. Bei den trefflichsten Planen und Vorarbeiten, die er hat, fürchte ich dennoch, daß nichts mehr zustande kommen wird ... Beinahe verzweifle ich daran, daß er seinen »Faust« noch vollenden wird.*

Als Goethe am 19. Januar 1802 dem Freund über die *Jenaer Schloßeinsamkeit* schreibt, *keinem Raum auf dieser Erde ... verdanke* er *soviel produktive Momente. Es ist lustig, daß ich an einen weißen Fensterpfosten alles aufgeschrieben habe, was ich, seit dem 21. Nov*(ember) *1798, in diesem Zimmer von einiger Bedeutung arbeitete. Hätte ich diese Registratur früher angefangen, so stünde gar manches darauf, was unser Verhältnis aus mir heraus lockte*, muß Schiller das wie eine Beschwörung der Vergangenheit vorkommen.

Die Lebens- und Arbeitsweise der beiden Freunde ist grundverschieden. Schiller führt kein großes Haus, geht wenig in Gesellschaften, arbeitet zurückgezogen und ganz auf sich konzentriert. Goethe dagegen braucht immer die Fülle des Lebens, innerhalb dieser nur Momente des Alleinseins.

Drückt sich in Schillers Haltung vielleicht schon die Ahnung aus, daß er nur noch wenig Lebenszeit hat? Er ist ein bereits vom Tode gezeichneter Mann, ihm verbleiben fünf Jahre. Vor Goethe dagegen liegen noch dreißig Lebens- und Schaffensjahre.

Das *wohltätigste Ereignis meines ganzen Lebens* nennt Schiller seine Freundschaft zu Goethe. Als *inneren Zustand* der *Beraubung* empfindet er dessen Abwesenheit. Der Freund wisse seiner *Existenz einen ganz anderen Schwung* zu *geben*, ihn *immer nach außen und in die Breite zu treiben, wenn ich allein bin*, schreibt Schiller, *versinke ich in mir selbst.* Eine ähnliche Beobachtung macht Karl Wilhelm Funk: *Goethes Umgang ist ihm als Schriftsteller sehr heilsam. Statt … ihm Trockenheit mitzuteilen, zieht ihn der durchaus verfeinert sinnliche Goethe immer wieder in die Körperwelt zurück und gewinnt selbst, indem er sich an diesen, ich möchte sagen, ganz transzendentalen Menschen anschließt.*

Goethe dagegen beneidet Schiller, weil, schreibt er ihm, *Sie in Ihrem Kreise und auf Ihrem Wege bleiben und also sicherer vorwärts gehen*. In seiner *Lage* sei *das Voranschreiten … eine sehr problematische Sache*. Er spielt auf seine Bindungen an den Fürstenhof, seine vielfältigen Verpflichtungen an. Mit den Jahren haben sie sich von der Politik auf Kultur und Naturwissenschaft verschoben. Goethes Verantwortung für das Theater in Weimar, für Universität und Botanischen Garten in Jena. *Abends weiß ich wohl daß etwas geschehen ist, das aber auch wohl ohne mich und vielleicht ganz und gar anders hätte geschehen können*. Seine *Geschäfte* seien *polypenartig, wenn man sie in hundert Stücke zerschneidet, so wird jedes einzelne wieder lebendig*. Der durch diese Geschäfte eintretende *Zeitverlust* werde ihm *immer bedenklicher*.

Doch Goethe braucht sie offenbar, die *Weimarische Societätswoge*, die *Zerstreuungen des Weimarer Lebens*, das *Getöse um ihn herum*, wie er selbst sagt. Und er braucht die *lustige und gesellige Epoche* in Jena. Er ist dort frei von allen Weimarer Hofpflichten und allen Spannungen, die seine Lebensform mit Christiane nach außen hin mit sich bringt. Es gibt mehrere Zeugnisse dafür, daß er in Jena weitaus heiterer und aufgeschlossener ist als in Weimar.

Seine Briefe an Christiane verschweigen weitgehend die heiteren und genußvollen Aspekte der Jenaer Geselligkeit. Sehr nüchtern klingen seine Botschaften. *Ich … mache das, was ich mir vorgenommen habe, hintereinander weg. … Ich habe von denen Tagen, die ich hier zugebracht, nicht viel zu sagen, indem ich wohl einiges gelesen, aber nicht gearbeitet habe*. Beiläufig – auf Silvie von Ziegesar anspielend – fügt er hinzu: *Übrigens ist es hier ganz munter, indem Frau von Ziegesar mit ihrer jüngsten Tochter hier ist.*

Christianes Besuch wehrt er ab: *Auch will ich von meinen Lieben nichts sehen, bis ich hier fertig bin.*

Christiane wird seine Briefe zu lesen verstehen. *Leb wohl*, schreibt sie ihm am 15. März 1802, *und denke auch bei den Äuglichen manichmal an Deinen Haus-Schatz.*

Keine Vorwürfe. Keine Vorhaltungen. Und im Haushalt läuft alles. Sie erfüllt alle seine Wünsche.

Goethe hat seinen Diener Götze bei sich. Er habe ihm *fürtreffliche Knackwürste* ausgemacht, schreibt er Christiane, sie *mögen nur ein klein bißchen zu stark gesalzen sein. Deine bleiben noch immer die besten. Sorge ja bei der neuen Schlacht dafür, daß sie gut werden, weil ich zum Frühstück nun daran gewöhnt bin ... Mein Mittagstisch ist wie immer nur zur Noth genießbar.*

Christiane erwidert: *Es betrübt mich recht, daß mein lieber Schatz so übel mit dem Essen dran ist; das ist immer das Schlimme bei Deinem Aufenthalt in Jena. Ich wollte, ich wär dadrüben, ich wollte Dir gerne alles selbst kochen. Wenn wir wieder zusammenkommen, so sollst Du alles auf das beste haben.*

Hier schicke ich Dir das ganze Wildpretkeulchen, wie ich es bekommen habe, und 2 Feldhühner, die laß Dir aber selbst von der Trabitiusen braten; da hast Du doch 2 Mittage was. ... in (den) *Gärten ist alles in der größten Ordnung; und mit meiner Viehzucht bin ich recht wohl zufrieden und füttere alles selbst, damit ich Dich, wenn Du wiederkömmst, auf das beste damit regaliren kann.*

Fast jeder seiner Briefe enthält Bitten um Wein; *drei Bouteillen rothen Wein* wünscht er am 6. April, *einige Fläschchen Port und Madera* am 4. Mai. Gelegentlich gibt es auch Tauschangebote: *frage beim Hofkammerrath an: ob er Dir etwas Caviar ablassen möchte? Wenn Du mich damit versorgst, so bringe ich Dir auch einige Flaschen Champagner mit.*

Einmal ist Goethe bei der Aufzählung der Dinge, die er von Weimar wünscht, gestört worden; die Botenfrau, die den Weg zu Fuß zurücklegt, die schwere Lasten, Bücher, Essen, einmal sogar Goethes Badewanne auf ihrem Rücken trägt, ist gerade weggegangen, er schickt einen Zettel hinterher: *Erstens möchte ich einiges Geld, etwa 2 Carolin. Zweitens ein hübsches Stück Schinken. Drittens einige Gerichte Bohnen. Die letzten waren das einzige Gute und Schmackhafte, was ich die ganze Zeit zu Hause genossen habe.*

Am 19. Februar: *Wenn Du mir das Nachtwestchen, das Du mir versprachst, nun wolltest machen lassen, geschähe mir ein Gefalle; ich gehe nun den ganzen Tag am liebsten in so einem leichten Wämschen, und da trifft mich manchmal jemand in meinem gegenwärtigen an, das nicht zum besten aussieht.* Am 12. März dann: *Wolltest Du mir die Sammtweste und außerdem noch ein paar leichte ordinäre Westen schicken, weil es für die dicken Westen jetzt zu warm wird.*

Vielfach ist bei Christiane von Geld die Rede. Es wird alles teurer. Sie achtet auf Sparsamkeit. Mahnt zum Beispiel am 27. September 1800 die Rückgabe von Flaschen an, die Goethes vierundzwanzigjähriger Sekretär Johann Jakob Ludwig Geist nach Weimar zurückzubringen habe: *Geist muß mir folgende leere Bouteillen liefern:*

12 Bouteillen von rothem Wein,
2 Bouteillen von Franz-Wein
2 Nößel
6 Bouteillen Wasser.

Am 17. Februar 1802 heißt es: *Ich habe Geist nun vier Schachteln geschickt, aber ich bekomm keine wieder.*

Aber nicht nur um Wein, Essen und Kleidung kümmert sich Christiane. Sie erledigt auch Brief- und Frachtpost, übernimmt die Korrespondenz an die Mutter nach Frankfurt, verschickt Gedicht-Exemplare (der Bruder muß kontrollieren, daß sie die Lagen nicht durcheinander bringt) oder läßt neu erschienene beim Buchbinder binden. *Besorge die Inlagen bestens, sowohl in der Stadt, als auf der Post*, schreibt Goethe. Christiane legt großen Wert auf die exakte Erledigung all dieser Dinge. Als Goethe einmal ein Paket vermißt, schreibt sie ihm: *Du wirst auch noch nicht gehört haben, daß ein Brief oder ein Paket, das Du mir schicktest, liegen geblieben wäre ... Daß es bei mir weggekommen ist, davor wollt ich mit meinem Leben stehen.*

Christiane erledigt täglich ein großes Arbeitspensum. Sie hat die Tante und Ernestine als Hilfen, sie hat eine Köchin und eine Magd. Dennoch: sie muß alles organisieren, die Arbeit muß ihr schnell von der Hand gegangen sein.

Ihr Leben erschöpft sich nicht in der Haushaltung und dem Warten auf Goethe. Stets bleibt ihr genügend Zeit für Vergnügungen, sie versteht es immer besser, ihr Leben ohne ihn zu gestalten.

Im Winter 1802 zum Beispiel lernt sie Schlitten fahren und nimmt Tanzstunden. ... *der Kutscher hat mir das Fahren gelernt, und ich habe selbst gefahren ... ich bin in der Stadt durch alle Gassen und um alle Ecken recht gut gefahren. ... Wenn Du wiederkommst ... so mußt Du mir erlauben, daß ich Dich einmal fahren darf.*

Auch habe ich schon zwei Tanz-Stunden gehabt und denke, Du sollst auch noch sehen, wie ich recht gerade einhergehe.

Von Reitstunden dagegen, die ihr Goethe vorgeschlagen hatte, ist nicht mehr die Rede. 1796 schrieb er ihr aus Jena: *richte Dich ein, daß wir ein gut Stück des Octobers hier zubringen können; sorge für Deine Reitequipage, und was dazu gehört; denn da wir die Reitbahn im Hause haben, und der Stallmeister auf jede Art gefällig ist, so wäre es unverantwortlich, wenn ich Dir den Spaß nicht machen wollte.*

Christiane besucht Redouten, Bälle, Konzerte und die Komödie. Die Art, in der sie Goethe darüber berichtet, charakterisiert sie. *Heute beschäftige ich mich*, schreibt sie ihm am 10. Februar, *mit meinem Redoutenstaat, und morgen wird geschlachtet. Da will ich Dir nächstens schreiben, wie ich mit meinem Schweinchen zufrieden.* Drei Tage später: *Die Redoute war recht artig, nur ich habe ein bißchen zu viel getanzet und bin heute sehr müde ... Hier schicke ich Dir etwas von meinem Schweinichen.*

Am 17. Februar dann: *Diese Woche gibt es nichts zu tanzen, als den Sonntag ist Concertball, wozu schon Spitzen und alles gewaschen wird.* Am 20.: *Und die nächste Woche kommt alles zusammen. Den nächsten Freitag ist Ball auf dem Stadthause, wozu ich eingeladen bin; den Sonntag drauf ist Concert und Ball; den Dienstag ist Redoute. Das ist starke.*

Im Brief vom 7. Februar schreibt sie: *Ich bin ringsum mit kranken Freunden umgeben, und wenn ich nicht gar zu frohen Muth hätte, so sähe es schlecht aus.*

Die *kranken Freunde* sind *Professor Meyer* und *Doktor Meyer*. Christiane mag beide, steht ihnen nahe. Der *Professor* ist Heinrich Meyer, der Schweizer, der sie und den Sohn porträtiert hat, mit dem sie seit zwölf Jahren, erst in den Jägerhäusern, dann am Frauenplan unter einem Dach lebt. Oft über Monate, wenn Goethe verreist ist, allein mit ihm. Er hat sie von Anfang an – im Gegensatz zu den Weimarern, auch im Gegensatz zu Schiller – als Lebensgefährtin seines Freundes akzeptiert, ihr den Respekt gezollt, den die Einheimischen ihr versagen. *Der Hausfreundin küsse ich die Hände*, schreibt er Goethe am 21. Februar 1797. Er macht ihr, wie Goethes Briefe belegen, kleine Geschenke. Sie kocht, wäscht für ihn, näht ihm Hemden, reist mit ihm.

Über die Jahre entsteht Vertrautheit und Nähe. Der Blick des Fremden, des italienerfahrenen, andere Lebensweisen kennenden Schweizers auf die kleine Hof- und Beamtenstadt Weimar und die Weimarer ist wohl in vielem skeptisch und stimmt mit dem Christianes überein; sie machen sich zuweilen gemeinsam darüber lustig.

Doktor Meyer ist der Mediziner Nikolaus Meyer. Er stammt ebenfalls nicht aus Weimar, sondern aus Norddeutschland, aus Bremen. Er ist zum Medizinstudium nach Jena gekommen. Im Jahr 1800, vierundzwanzigjährig, schließt er seine Ausbildung als *Wundarzt* und *Geburtshelfer* ab, promoviert mit einer Arbeit über vergleichende Anatomie. Das ist ein Thema, das Goethe sehr interessiert. Er stellt dem jungen Mann seine naturwissenschaftlichen Sammlungen zur Verfügung. Von Ende Dezember 1799 bis zum Sommer 1800 ist Nikolaus Meyer Gast am Frauenplan.

In der Küche präpariert er seine Mäuse, benutzt den Herd, legt die Skelette der Mäuse unter dem Hausdach aus.

Auch Nikolaus Meyer muß Christiane von Anfang an vorurteilslos entgegengetreten sein. Sie ist für ihn die Herrin des Hauses. Zwischen dem Vierundzwanzigjährigen und der Fünfunddreißigjährigen entwickelt sich eine Freundschaft.

Im Herbst besucht er Weimar erneut. *Da wahrscheinlich Meyer den Sonnabend kommen wird*, schreibt Christiane am 17. September an Goethe, *so wollte ich, wenn Du nichts dagegen hast, eine kleine Gesellschaft von jungen Leuten bitten den Sonntag.* Meyer fährt wenig später zu Goethe nach Jena, dessen Tagebuch vermerkt das Zusammensein mit ihm am 29. September und am 7. und 11. Oktober.

Im Dezember 1801 erkundigt er sich bei Christiane: *Hast Du diese Zeit nichts von Meyer gehört?* Sie erwidert: *Meyer hat ... einen sehr langen Brief geschrieben.*

Im Januar 1802 ist Nikolaus Meyer erneut in Weimar. Im Februar dann die beiden *kranken Freunde*. Zunächst ist nur Heinrich Meyer krank. Christiane läßt für ihn, der in der Mansarde im oberen Stockwerk wohnt, Dr. Huschke kommen und zieht auch Nikolaus Meyer, den *Hausdoktor*, zu Rate.

Sie berichtet Goethe, Heinrich Meyer sei eigensinnig, nehme nie *die abscheuliche Medicin ein ... Wenn er nur nicht so wunderlich wäre und folgte mir und dem Meyer.* Als es ihm besser geht, wird Nikolaus Meyer krank. Sie kümmert sich auch um ihn, der in der Nähe wohnt. *Mit den beiden Kranken habe ich aber wegen des Essen recht meine Noth.*

Auch über Doktor Meyers Krankheit berichtet Christiane Goethe. Er habe als Arzt einen *Brownianer, den Hunnius erwählt*, habe einem Freund nach Jena geschrieben, damit *jemand um ihn sei.* Meyer glaube, er *habe ein Brustgeschwüre ..., er stürbe*, Christiane am 20. April. *Aber Hunnius sagt, es wäre ein starkes Katarrhalfieber.*

Goethe erwidert: *doch thut es mir leid, daß der Doctor krank geworden ist. Sorge für ihn, so gut Du kannst, und besuche ihn manchmal. Du kannst ja Ernestinen mitnehmen, daß es nicht etwa falsch gedeutet wird.*

In den zwölf Jahren ihres Zusammenlebens hat Goethe ihr – soweit es schriftlich überliefert ist – keine Verhaltensvorschriften gemacht. Zum erstenmal reagiert er mit einem Verweis auf Etikette, auf möglichen Klatsch. Geht ihm die Sympathie zu weit?

Als Nikolaus Meyer wieder gesund ist, fährt Christiane mit ihm und August am 13. März, *bei dem schönen Tag*, nach Oberroßla. Auch das berichtet sie nach Jena. Wenig später verläßt Meyer die Stadt. Er muß sich am Frauenplan sehr wohlgefühlt, zu allen Hausbewohnern, auch zur Tante, zu Ernestine und August ein freundschaftliches Verhältnis gehabt haben. Seine Korrespondenz belegt es. Christianes Bruder, ihr Sohn, Goethe und sie selbst werden seine Briefpartner.

VI

Der Brunnen in Bad Lauchstädt
Kolorierter Stich von Schwarze

Meine liebe Freundin, nennt Meyer Christiane, und er sich *unverändert ihr aufrichtiger Freund.*

Christiane erwidert in gleicher Weise. Über ein Jahrzehnt werden sie Briefe tauschen; nur ein Bruchteil davon ist überliefert. Von Christiane sind vierunddreißig Briefe aus dem Zeitraum Mai 1802 bis Juli 1813 erhalten.

Der erste überlieferte Brief von ihr ist vom 20. Mai 1802.

Eine große Offenheit charakterisiert ihn. *... seit 4 Wochen befinde ich mich so übel*, schreibt sie dem Freund, *daß mir alle Lust zum Leben vergeht ... entweder wird es besser, oder man geht sachte zur Ruh, wo es doch am besten ist. ... Ich kann mir jetzo recht gut vorstellen, wie Ihnen zumuthe war, als Sie krank waren nun geht es mir ebenso, alles ist mir verhaßt, und doch fehlt mir eigentlich nichts, ich habe alles, was ich nur wünsche, es geht aber nichts auf dieser Welt über Gesundheit und frohen Muth; wenn man das nicht hat, so ist das ganze Leben nichts ... wenn Sie schreiben, erwähnen Sie nichts von meiner Krankheit, denn ich weiß nicht, ob es recht sein könnte, daß ich davon geschrieben habe.*

Warum sollte sie es nicht mitteilen, zumal der Freund Arzt ist? Daß Christiane Goethe Krankheiten verschweigt, ist zur Gewohnheit geworden. So wünscht es Goethe. Nachrichten über Krankheiten empfindet er als Arbeitsstörung, auf Reisen als Beunruhigung. Auch wenn August krank ist, teilt sie ihm das meist erst mit, wenn dessen Zustand sich bessert. Goethe lobt sie dafür. So hält sie es auch mit ihren Krankheiten. Im Herbst 1799 hat sie Ohnmachten und muß die *spanische Fliege* gebrauchen. Goethe erfährt es von Christian August Vulpius, und als er sich erkundigt, entgegnet sie: *Lieber, bester Schatz, ich habe dem Gustel gesagt, er soll nichts sagen, daß ich nicht wohl bin. Muß es mein Bruder doch sagen!*

Meyer, dem Freund, vertraut sie im Mai 1802, was sie zunächst, wie immer – daher ihre Verunsicherung –, Goethe verschweigt. *Ich befinde mich leidlich wohl*, heißt es am 28. April an Goethe, *bin aber sehr fleißig. Gestern bin ich den ganzen Tag auf dem Krautland gewesen und habe Kartoffeln und Türkisch Korn gelegt, und heute Morgen bin ich schon wieder um 6 Uhr in den alten Garten gegangen und habe da auch Kartoffeln gelegt. Es gibt nun sehr viel in beiden Gärten zu thun.* Am 1. Mai: *Ich bin recht fleißig im alten Garten.*

Erst am 5. Mai schreibt sie: *ich bin einige Tage recht krank gewesen. Ich werde wohl einmal etwas Ordentliches brauchen müssen, denn es ist mir schon eine ganze Zeit nicht wohl; ich glaubte aber immer, es sollte wieder vergehen.* Goethe entgegnet: *Wegen Deines Befindens mußt Du einmal Hofrath Stark fragen und Dich alsdann auch zu der Verordnung halten. Ich glaube, daß Dir das Baden das Zuträglichste wäre, wenn Du Dich ordentlich abwartetest.*

Christiane am 8. Mai: *Ich befinde mich wieder etwas besser, aber ganz recht ist mir doch nicht, und ich kann auch nicht recht sagen, was mir fehlt.*

Bald wird sie es entdecken. Sie ist wieder in anderen Umständen. Sie ist siebenunddreißig, hat sie keine Schwangerschaft vermutet? Es sind die gleichen Symptome wie bei den vorigen Schwangerschaften in den ersten Monaten: Übelkeit, Angstzustände, Depressionen. Diesmal sogar, wie sie Nikolaus Meyer gesteht, Lebensüberdruß, Todesgedanken.

Nachdem sie Gewißheit über ihren Zustand hat, ist sie offenbar sehr beunruhigt. Was verständlich ist bei der vorausgegangenen Totgeburt und dem Tod des dritten Kindes nach wenigen Tagen.

Nikolaus Meyer ist *Geburtshelfer*, er berichtet Goethe in jenem Sommer, er habe eine *äußerst gefährliche Geburt ... mit vielem Glück beendigt.* Christiane hat den Brief sicherlich gelesen. Meyer wird später zwei medizinische Arbeiten verfassen: »Geschichte einer durch den Kaiserschnitt glücklich beendeten Entbindung« und »Über Ursachen des Erstickungstodes der Kinder in oder gleich nach der Geburt«.

Am 23. August schreibt Christiane an Meyer, es ist der zweite von ihr überlieferte Brief. Wieder enthält er, in einer Andeutung, eine vertrauliche Mitteilung. Goethe, der zunächst nichts gegen ihre eigenständige Korrespondenz mit Meyer hat – *grüße ihn von mir, wenn Du schreibst ...*, heißt es einmal –, kann den Brief nicht gelesen haben.

Christiane kommt sofort zur Sache: *Was mich freut*, schreibt sie, *das ist, daß Sie anfangen, Freude und Lust an Ihren medizini-*

schen Geschäften zu finden ... überhaupt wünsche ich mir, wegen Etwas nur (für) *eine Stunde mit Ihm zu sprechen, was sich nicht dem Papier anvertrauen läßt, doch bitte ich Sie, darauf antworten Sie mir nicht.* Gewiß bezieht sich diese Stelle auf ihre Schwangerschaft.

Es ist für lange Zeit der letzte Brief, den Christiane ohne Goethes Wissen an Meyer sendet, wenig später ändert er den Modus, bei Christiane heißt es: *Schon längst hatte ich mir vorgenommen, Ihnen zu schreiben, da wir aber beschlossen hatten, unsere Briefe miteinander an Sie abzusenden, so hat sich's immer weiter verzögert als es eigentlich billig war.*

Christiane geht es während der Schwangerschaft nicht gut. Sie kann nicht schlafen. *Heute Nacht habe ich beinahe kein Auge zuthun können.* Im August drückt die Sommerhitze. *Lieber, es ist hier gar zu heiß; in meinen itzigen Umständen ist es beinahe nicht zum aushalten ... und Wein darf ich wegen dem vielen Blute gar nicht trinken.*

Sie versucht sich mit Arbeit abzulenken. *Ich bin itzo sehr fleißig und beschäftige mich mit allerlei. Ich bleiche mein gutes Tischzeug, das diesen Winter sehr viel bei den Kränzchen gelitten hat, bin viel im alten Garten und lebe so stille hin*, schreibt sie ihm am 14. August.

Sie hat, wie bei den vorigen Schwangerschaften, geschwollene Füße, kann schlecht laufen. Trotzdem tanzt sie am 21. August auf der Redoute 2 *Tänze und eine Quadrille.*

Am 28. August, zu seinem Geburtstag, kommt Goethe zurück und bleibt bis zur Ankunft des Kindes in Weimar.

Zu dem noch unsichtbahren Wesen wünsche von Hertzen Glück Heil und Seegen, schreibt Goethes Mutter am 12. Oktober an Christiane: *Gott! Bringe es gesund ans Tages licht ... es wird mir ein wahres Vergnügen seyn etwas beyzutragen den kleinen Graß-affen in etwas heraus zu Stafiren – da ich aber nicht gern Ihnen ins Gehege kommen – und dadurch auf der einen Seite zu viel, und auf der andern zu wenig geschehen möge; so ersuche ich Ihnen Liebe Tochter mir gantz offenhertzig zu berichten – was ich thun soll um Ihnen*

Freude zu machen. Am 5. November schickt sie Leinwand, Spitzen und englischen Barchent für ein Wochenbett-Kleid.

Das Kind soll, wird es ein Mädchen, Kathinka heißen. So berichtet Christianes Bruder an Nikolaus Meyer. Seine Frau wird die Taufpatin sein. *Meine Frau wird binnen 14 Tagen Gevatter, bei meiner Schwester stehen*, heißt es am 1. Dezember.

Der Name *Kathinka* kommt in Christianes Briefen an Goethe in dieser Zeit mehrmals vor. Es wird ihre Wahl sein. Kathinka ist die Heldin in Kratters Schauspiel »Das Mädchen von Marienburg«, das Christian August Vulpius für die Weimarer Komödie bearbeitet. Ein Herrscher, Zar Peter I., verliebt sich in Kathinka, ein einfaches Mädchen aus dem Volk. Eine neu in die Stadt kommende Schauspielerin, Wilhelmine Maaß, übernimmt als Antrittsrolle die Kathinka. Nach der ersten Aufführung schreibt Christiane an Goethe: *Und ich sehe, die kleinen Leute sehen doch auch nicht übel aus, und es kann sich auch einmal ein Zar in einen kleinen Schatz verlieben.*

Am 16. Dezember kommt Christiane mit einer Tochter nieder. Schiller schickt am selben Tag einen Zettel ins Haus am Frauenplan. *Ich erfahre soeben zufällig, daß man Ihnen zu einem angenehmen Ereignis im Hause Glück zu wünschen hat. Ich wünschte es von Ihnen bestätigt zu hören. ... Empfehlen Sie mich der Kleinen recht freundschaftlich und versichern sie meines besten Anteils.* Mit der *Kleinen* ist das Kind gemeint, nicht etwa Christiane. Über sie kein Wort.

Goethe antwortet sofort: *Herzlich danke ich für den freundschaftlichen Anteil. Ein ganz kleines Mädchen ist bei uns glücklich angekommen. Bis jetzt geht alles gut. Die Kleine wird sich Ihres Andenkens recht erfreuen.*

Die Taufe soll vermutlich am Sonntag, dem 19. Dezember, sein. Aber bereits am 18. muß, wie das Kirchenbuch ausweist, das Neugeborene *wegen zugestoßener Schwäche von der Wehmutter, Frau Gottschalgin, genothtaufelt* werden.

Bei uns geht es nicht gut, wie Sie mir vielleicht gestern in der Oper anmerkten, Goethe am 19. an Schiller. *Der neue Gast wird wohl schwerlich lange verweilen.*

Offenbar die gleichen Symptome bei dem Neugeborenen wie bei

Caroline 1793 und dem kleinen Carl 1795, die eine Vergiftung des Blutes infolge der Blutgruppenunverträglichkeit zwischen Christiane und Goethe vermuten lassen.

Am 19. Dezember stirbt das Kind. Schiller muß auch diesmal ein Wort an Christiane gerichtet haben, denn in Goethes Zeilen vom 19. heißt es: *die Mutter, so gefaßt sie sonst ist, leidet an Körper und Gemüt. Sie empfiehlt sich Ihnen bestens und fühlt den Wert Ihres Anteils.*

Im Weimarer Totenbuch 1791 bis 1804 steht auf Seite 213: *Sonntags, den 19ten Decb. a. c. starb der Demoisselle Johanna Christiane Sophia Vulpius ihr am 16ten Decb geborenes Töchterlein nach zu Hause erhaltener Nothtaufe, in einem Alter von 4 Tagen, an Ströckfluß, und ward Mittwochs, ... als dem 22ten dito, mit der Viertelschule beerdigt.*

Goethe teilt der Mutter den Tod des Kindes mit. *Dein letztes Schreiben*, erwidert sie, *hat mich sehr betrübt – getäusche Hoffnungen thun weh – nichts hielft als die Zeit die wohltäig den Schmertz in den hintergrund stelt – das trösten habe ich nie leiden können – den wenig Menschen sind im stande sich in die Lage des Traurigen zu setzen und werden demnach leidige Tröster – von mir erwartet keinen Trost – aber Dancksagung an Gott! der Euch gesund erhalten hat.*

Das Jahr 1802, das für die beiden, für Goethe mit seiner Jenaer Geselligkeit, für Christiane mit ihren Weimarer Winterlustbarkeiten so gut begonnen hatte, endet mit Trauer.

Auch das neue Jahr bringt nichts Gutes. Christiane, die sich seelisch und körperlich noch kaum erholt haben kann, muß sich ganz Goethe zuwenden.

Er wird *täglich verdrüßlicher*, verläßt das Haus nicht mehr, zeigt sich vor keinem Menschen. Schiller schreibt am 17. Februar 1803: *Seit einem Vierteljahre hat er, ohne krank zu sein, das Haus, ja nicht einmal die Stube verlassen ... Es ist zu beklagen, daß Goethe sein Hinschlendern so überhandnehmen läßt und, weil er abwechselnd alles treibt, sich auf nichts energisch konzentriert.* Schiller sieht ihre Freundschaft in Gefahr; denkt sogar daran, Weimar zu verlassen. *Wenn Goethe*, schreibt er verärgert, *noch einen Glauben an die*

Möglichkeit von etwas Gutem und eine Konsequenz in seinem Tun hätte, so könnte hier in Weimar noch manches realisiert werden in der Kunst überhaupt und besonders im Dramatischen. Es entstünde doch etwas, und die unselige Stockung würde sich geben. Allein kann ich nichts machen, oft treibt es mich, mich in der Welt nach einem andern Wohnort und Wirkungskreis umzusehen; wenn es nur irgendwo leidlich wäre, ich ginge fort.

Mich dauert der Geh. R. sehr, Christianes Bruder am 26. Februar. *Er ist nun seit 7 Wochen nicht aus dem Haus gegangen, u als er neulich in den Garten, an die Luft kam, ist er umgesunken.* Am 12. März: *Daß der Geh. R. wirklich, wenn auch nicht äußerlich, krank war, ist gewiß.*

Schiller spricht von: *ohne krank zu sein*, Vulpius von: *nicht äußerlich krank*. Christiane dagegen schreibt Nikolaus Meyer nach Bremen: *Ich lebe aber wegen des Geheimraths sehr in Sorge, er ist manchmal ganz Hypochonder, und ich stehe viel aus, weil es aber Krankheit, so thue ich Alles gern, habe aber so gar niemand, dem ich mich vertrauen kann und mag. Schreiben Sie mir aber auf dieses nichts, denn man muß ihm ja nicht sagen, daß er krank ist.*

Einzig sie sieht in seiner Hypochondrie eine Krankheit. Die Ursache sind Angriffe auf ihn als Dichter und Theaterdirektor. Im Vorjahr hat er Friedrich Schlegels Drama »Ion« auf die Bühne gebracht und eine negative Kritik Böttigers zu dieser Aufführung verhindert. Zugleich hat er als Zensor in »Die Kleinbürger«, ein Stück des in Weimar lebenden und viel gespielten Dramatikers August Kotzebue, eingegriffen. Streit ist darüber zwischen den seit langem existierenden Parteiungen in Weimar ausgebrochen. Goethe wird öffentlich massiv angegriffen.

Christian August Vulpius schreibt im Dezember 1802: *Merkel und Kotzebue haben sich vereiniget der Literarischen Welt eine Brille aufzusetzen u in einem eigenen Journale, werden sie beweißen, daß Goethe gar kein Dichter ist, daß M. und K. allein Kenner des Geschmacks sind u daß K. eigentl. Deutschlands einziger Dichter ist.*

Kotzebue gründet mit Merkel in Berlin die Zeitung »Der Freimüthige«. Bereits in den ersten Nummern vom 4., 10. und 21. Januar erscheinen drei Polemiken gegen Goethe. Seine Unterdrückung von Böttigers Rezension des »Ion« wird attackiert. Ebenso seine Art, in der Weimarer Komödie bei Premieren den Applaus zu dirigieren und das Publikumsgelächter bei unfreiwillig komischen Textstellen zu unterdrücken. Von seinen Voltaire-Übersetzungen des »Mahomet« und des »Tancred« heißt es in einer Kritik Ferdinand Hubers: *Unpoetischer wurde wohl nie ein Poet übersetzt.*

Unser literarisches Wesen, so Knebel in bezug auf Weimar, *liegt in einem schändlichen Pfuhle.* Böttiger eifert gegen Goethe, er lasse sich von den *Eingebungen der Schellingschen- und Schlegelschen Clique ... beherrschen.* Die Kotzebue-Parteiung (Goethe wird später Kotzebue *den Todfeind aller Weimarischen Thätigkeit* nennen) versucht Schiller auf ihre Seite zu ziehen, die Spannungen zwischen den Dichterfreunden ausnutzend. Bisherige Freunde Goethes aus dem im Vorjahr gegründeten, vierzehntägig bei ihm sich versammelnden Kreis bleiben seinem Haus fern, wechseln zur Kotzebue-Partei. *Das Kotzebuesche Wesen hat ihn sehr getroffen*, kommentiert Christianes Bruder. *Der verwittwete Hof, hat gleichsam offene Fehde gegen G., u dort hängt alles auf des Kotzen Buben Seite. Man sollte sie alle ihm zu fressen geben. Das Volk hier verdient G. gar nicht! Der Schuft hat sogar Parthie hier; können Sie sich das denken? Nur der Herzog steht fest bei G. u hat K. sein Land verboten.*

Goethes Lage ist äußerst kompliziert und widerspruchsvoll. Er steht allein. Der Kreis der Frühromantiker ist zerfallen. Auch sie haben diese Parteiung bereits 1799 zu spüren bekommen. Als Ferdinand Huber ihre Zeitschrift »Das Athenäum« frontal angreift, erwidert Caroline Schlegel ihm: *Wie heiß werden Ihnen auch Böttiger, Kotzebue, die ALZ, Nicolai etc. samt allen Gegnern Fichtes und alles, was Höfen und Fürsten anhängt, dafür danken.*

Am Zerfall des Kreises der Frühromantiker ist Goethe nicht unschuldig, denn er hat im Atheismus-Streit für die Entlassung Fichtes als Universitätsprofessor in Jena plädiert, hat die Partei der Macht, die seines Fürsten, ergriffen. (Später wird er seine diesbezüglichen amtlichen Schreiben zurückfordern und vernichten; ein Zeichen, daß er sich der Zwiespältigkeit seiner Entscheidung wohl bewußt, sie ihm unangenehm war.) Schelling, der im Sommer 1803 Jena verläßt, urteilt am nachsichtigsten über Goethe: *weil er im Grunde ganz in derselben Lage ist wie wir, da er in Weimar ganz allein steht und selbst seine unmittelbaren Bekannten mehr oder weniger auf beiden Achseln Wasser tragen.*

Goethes bedrückende, ihn lähmende Situation. Christiane: *ich stehe viel aus, weil es aber Krankheit, so thue ich Alles gern.* Sie verhält sich lebensklug und praktisch. Seine Hypochondrie ist ihr nichts Neues. Längst hat sie sich daran gewöhnt, mit einem zuweilen mißgestimmten und übellaunigen Gefährten umzugehen. Im Winter 1802 und im Frühjahr 1803 aber wird ihr wohl eine Geduldsprobe besonderer Art abgefordert.

Wie aus ihren Briefen an Nikolaus Meyer hervorgeht, kennt Christiane die Hintergründe. *Unsern lieben Geheime Rat beurtheilen Sie ganz recht*, schreibt sie dem Freund am 7. Februar 1803, *wenn Sie überzeugt sind, daß er zu den Kotzebueischen Ausfällen schweigen wird. Was für Zeit und Kräfte hätte er verloren, wenn er seit dreyßig Jahren von allem Ungeschickten, was man über ihn gedruckt hat, hätte Notiz nehmen wollen. Er arbeitet vielmehr diesen Winter Manches, das Ihnen so wie allen Freunden gewiß Freude machen wird, es geht bey ihm, wie Sie wissen, immer vorwärts, ohne daß er sich viel umsieht.*

Vermutlich gibt Christiane Goethes Worte wieder. In dieser Zeit ist sie die einzige, die weiß, daß er arbeitet, und auch, woran er arbeitet. Schiller gegenüber, der ab Ende März wieder fast täglich im Haus ist, schweigt er. Gekränkt schreibt dieser: *denn auch mir hatte er wie der ganzen Welt ein Geheimnis daraus gemacht.*

Er meint »Die Natürliche Tochter«, deren Aufführung Goethe für die Weimarer Komödie vorbereitet. Er hat das Stück im Vorjahr geschrieben. Christiane am 5. Mai 1802: *Ich freu mich recht, wenn Du wiederkömmst, etwas von dem neuen Stück zu hören.* Schiller am 9. Juni: *Ich gratuliere zu der glücklichen Entbindung des Werks und freue mich auf die Mitteilung desselben.* Goethe hat an dem Stück weiter gearbeitet, dem Freund den Text aber nicht gezeigt.

Am 2. April 1803 ist die Premiere. Christiane berichtet Meyer darüber: *Es wurde mit großem Beyfall aufgeführt, die Jagemann spielte die natürliche Tochter sehr schön, ich habe Sie nur bei der Aufführung gewünscht sowie auch bei der Braut von Messina von Schiller.*

Aber während das Publikum Schiller drei Wochen zuvor ein *dreimaliges Vivat* zuruft, verhält es sich bei Goethe zurückhaltend. Der Erfolg ist mäßig. Böttiger spricht von *zuviel unverdauliche Kost auf eine Mahlzeit.* Karoline Herder dagegen lobt das Stück. »Die Natürliche Tochter« sei *das Höchste, Schönste, was er je gemacht hat ...* Aber: *Das Publikum und die jenaischen Studenten sind freilich noch zu sehr an den Schillerschen Klingklang und Bombast gewöhnt, der ihre Ohren kitzelt. Daher hat es den Beifall nicht gehabt, den ihm aber auch nur die Verständigen geben können ... Daß die Schillersche Partei so laut entgegen diesem Stück ist, ist auch ein Zeichen, wie es mit dem Verhältnis dieser zwei Geister steht.*

In Berlin, wo die »Natürliche Tochter« ebenfalls gespielt wird, wird die Aufführung *ausgepocht.* Schadow habe die *Auspocher* bestellt, schreibt Fichte nach Weimar. Schadow, gekränkt, weil Goethe sich von ihm nicht porträtieren lassen wollte, ist ein erklärter Gegner von dessen Auffassungen zur Bildenden Kunst, er greift sie an, charakterisiert sie als falsch, als hemmend und Verwirrung stiftend.

Goethe hat kein Glück mit seiner »Natürlichen Tochter«. Bei Knebel heißt es: *Er muß die Nichtigkeit des abgeschmackten Märchens doch endlich erkennen.* Herder, der zu Goethes großer Freude das Stück lobt, *endigte mit einem zwar heiter ausgesprochenen aber höchst widerwärtigen Trumpf ... »Deine Natürliche Tochter gefällt mir viel besser, als Dein natürlicher Sohn«.* Noch nicht ein Jahr ist vergangen, seit Herder August konfirmiert hat. Goethe spricht vom *schrecklichen Gefühl ... das mich ergriff; ich sah ihn an, erwiderte nichts und die vielen Jahre unseres Zusammenseins erschreckten mich in diesem Symbol auf das fürchterlichste. So schieden wir.* Es ist das letzte Gespräch, das letzte Zusammensein der einstigen Freunde. Am 18. Dezember 1803 stirbt Herder.

Die Theatermißerfolge Goethes setzen sich fort, ebenso die literarischen Angriffe auf ihn. Mit Kotzebues Weggang von Weimar tritt Mitte 1803 zunächst eine Beruhigung ein. Christianes Bruder kommentiert: *Übrigens hat sich bei uns in W*(eimar) *ein großer Wind gelegt, seit K*(otzebue) *ihn M*(erkel) *nach Berlin mitgenommen hat, und B*(öttiger) *sitzt ganz still in der antiquarischen Ecke, um Bolzen zu schnitzen für die beiden literarischen Buben der eleganten Gosse, soi-disant der kritischen Welt.*

Vielleicht ist es Christianes Vorschlag, die durch die Parteiung dezimierte Runde am Frauenplan durch eine andere zu ersetzen. *Jetzt speisen Sonntags jedesmal 2 Schsplr. u 1 Schauspielerin beim Geh. Rath*, schreibt ihr Bruder am 12. März an Meyer. Sie bestätigt dies wenig später: *Der Geh. Rath sieht itzo die Schauspieler mehr als sonst, alle Woche haben wir solche zu Gaste und so geht es reihum.*

Will Goethe Christianes Beistand, ihre Geduld belohnen? Will er das Haus für sich? Im Sommer schlägt er ihr vor, daß sie allein verreisen und sich erholen, eine Kur in Bad Lauchstädt machen solle.

Bad Lauchstädt liegt im Stifte Merseburg, drei Meilen von Halle entfernt. Ist berühmt wegen seines *hülffreichen Wassers zum langen Leben*, seines *gesund Wassers*, welches *in vielen sonderlich langwierigen Krankheiten als Fiebern, Geschwulst, Bleichsucht bei Frauenzimmern etc.* empfohlen wird.

Seit 1791 ist es die gewinnbringende Sommerspielstätte des Weimarer Hoftheaters. Die Studenten aus Halle kommen in Scharen, da in Halle, wo *junge Leute zum Dienst des Staates ausgebildet werden … öffentliche SchauSpiele* laut *königlichem Dekret bei Strafe verboten sind.* Das Lauchstädter Theater ist eine Art Scheune, die Studenten nennen es *Schafhütte*, Kirms spricht von *quasi Stall.* Goethe wird mit einem Theaterneubau beauftragt. Nach vielen Schwierigkeiten kommt der im Frühjahr 1802 zustande. In nur zwölf Wochen entsteht ein neues Haus. Die Baukosten betragen 9 000 Taler, ein Sechstel muß Goethe von seinem eigenen Geld vorschießen. Im Mai ist Richtfest. Am 21. Juni 1802 ist die Einweihungsfeier.

Christiane ist mit Goethe und dem Sohn August zugegen gewesen. *Das Theater ist hier sehr schön geworden*, schrieb sie ihrem Freund Meyer, *es können tausend Menschen zusehen, – im ersten*

Stück, das mit einem kleinen Vorspiel vom Geheimen Rat anfing, betitelt: »Was wir bringen«, waren 8 Hundert Menschen – wir waren auf dem Balkon in einer sehr schönen Loge, und wie das Vorspiel zu Ende war, so ruften die Studenten »Es lebe der größte Meister der Kunst, Goethe!« Er hatte sich ganz hinten hingesetzt, aber ich stand auf, und er mußte vor und sich bedanken. Nach der Komödie war Illumination und dem Geheimen Rat sein Bild illuminirt und sein Name brennt. Und wir speisen mit im Salon, wo auch wieder alles illuminirt war, und der ganze Saal mit Blumen-Guirlanden geschmückt ... Sie haben auf dem Geheimen Rat und mein Vivat zugerufen.

Wer heute nach Bad Lauchstädt fährt, kann fast alles so vorfinden, wie es einst war. Die von einer steinernen Balustrade umgebene Brunnenkammer der Heilquelle. Den Badepavillon. Das Lusthäuschen, das *Assemblee-Hauß*. Den spätbarocken Tanzsaal mit der Spiegelfassade, der Musiklaube und den sich durch Erd- und Obergeschoß ziehenden, übereinanderliegenden hohen Fensterreihen.

Das spätbarocke Theater. Aus Holzfachwerk mit Lehmsteinausmauerung auf einem Sockel von Bruchstein erbaut. Dreigegliedert, ein niedriges Kassenhaus, der höhere Raum für die Zuschauer und der höchste das Bühnenhaus. Das leuchtende Gelb der Außenfassaden. Und im Inneren, im kuppelartig gewölbten, an einen Zirkus erinnernden Zuschauerraum, pompejanisches Rot, und Grau und Gelb als festliche Farben. Hölzerne Umgänge, neun Logen oben. Die Bühne, der rote Vorhang, in den damals ein Bühnenarbeiter von oben hineinspringen mußte, um ihn zu bewegen, Wind- und Donnermaschine, mit Leinwand bespannte Holztrommeln, der Schnürboden mit den Versenkungen. Die Kulissen wurden einst mit Wellen bewegt, sechs Bühnenarbeiter waren nötig, um die Hauptwelle zu drehen.

Nur die Lampenbäume mit den Rüböllampen, mit denen Bühne und Zuschauerraum erhellt wurden, sind verschwunden. Und die Krambuden in der Allee, in denen Strumpfbänder und Tanzschuhe zu haben waren. Und der Italiener Sangusto, bei dem Christiane Champagner und Sardellensalat kaufte.

Eine Erinnerung an sie aber gibt es; in einem kleinen Rundtempel am Parkteich steht auf einer Stele ihre Büste, die Karl Gottlob Weißer 1812 geschaffen hat. Da war sie seit sechs Jahren auch juristisch Goethes Ehefrau und trug den Namen von Goethe; als Christiane von Goethe war sie mehrfach in Bad Lauchstädt zu Gast. Bis heute steht dort: Christiane Vulpius.

Von Weimar aus konnte man damals auf zwei Wegen nach Bad Lauchstädt gelangen. Über die beschwerlichen Feldwege Buttelstedt – Buttstedt – Rastenberg – Schafstädt. Oder über die bessere Poststraße Apolda – Naumburg – Weißenfels. Für letztere mußte Chausseegeld entrichtet werden, und deshalb benutzten die Weimarer Schausteller die Feldwege.

Auch Christiane wählt diese für ihre Reise am 12. Juni 1803. Sie fährt mit eigenen Pferden, eigener Kutsche. Hat einen Bediensteten bei sich. Carl Johann Gensler, der im gleichen Jahr eingestellt worden ist. Der Kutscher ist der achtundzwanzigjährige Johann Michael Goldschmidt, der seit 1799 am Frauenplan in Dienst steht.

Christiane übernachtet in Buttstedt, anderntags, *um 4 Uhr*, kommt sie in Lauchstädt an.

Am gleichen Tag wird sie von den Weimarer Komödianten willkommen geheißen. *Und als wir am Tische saßen und speisten, so ließen mir die Herrn ein Ständchen bringen. ... Um 10 legten wir uns zu Bette* (das *wir* könnte sich auf die Schauspielerin Silie beziehen, mit der Christiane zusammen wohnte), *und um 11 Uhr bekamen wir wieder ein Ständchen, das gar nicht enden wollte; es wurden 9 Tänze gespielt, die ganz neu waren. Und so müde als man war, mußte man doch aufstehen und ein bißchen huppen. Und um 1 Uhr bekamen wir eins mit lauter Clarinetten und Flöten.*

... es ist mir, als hätte ich wieder ganz neues Leben bekommen, schreibt Christiane bereits in ihrem ersten Brief aus Bad Lauchstädt an Goethe.

Zugleich macht sie sich Vorwürfe, daß alles zu kostspielig sei, sie zuviel Geld ausgebe. Sie muß das Quartier für drei Personen bezahlen. Das ihre kostet pro Tag 8 Groschen. Für den Diener und den Kutscher zahlt sie für ein *einschläfrig Domestiken Bette* pro Tag *4 gr*. Der *Schuppen* für den Wagen kostet ebenfalls *4 gr*. Die Pferde brauchen Stall und Futter. Und die Ausgaben für die *dejeneus* und *Soupés*.

Goethe beruhigt sie: *Die Kosten mußt Du nicht scheuen! Mache Dir wegen der Ausgaben kein Gewissen, ich gebe alles gern, und Du wirst zeitig genug in die Sorglichkeiten der Haushaltung zurückkehren.*

Auch ob es im Haushalt am Frauenplan ohne sie gut gehe, beschäftigt sie. *Schreibe mir nur aufrichtig, wie es mit der Haushaltung geht* ... Goethe erwidert: *Im Hause vermissen wir Dich sehr, und Ernestine wird für Sorgen schon ganz mager, auch muß ich manchmal ein neu Gemüs oder sonst was zukaufen, weil das Ausgesetzte nicht reichen will.* Christiane entgegnet: *Wenn Du auch, Lieber, Ernestine etwas geben mußt, ich will schon alles wieder in das Gleise bringen, wenn ich wiederkomme. Sei nur ja nicht verdrüßlich darüber.* Und wenig später: *Sollte Ernestine kein Geld mehr haben, so gib ihr etwas, ich will es alsdann ins Buch schreiben.*

Manchmal denke ich mir aber doch, daß (ich) *Dir vielleicht nötig bin. Bei Zahlung des Geldes da wirst viel zu tun haben, und ich wäre Dir doch wohl nützlich. Schreibe mir darüber; ich möchte Dir gern beistehen.*

Goethe beruhigt sie wiederum: *Im Hause läßt sichs auch besser an, und da der Herzog wieder hier ist, werde ich öfter nach Hofe geladen; manchmal bin ich in Tiefurt, und da ich öfters reite, so vermisse ich die Pferde auch nicht. Sei also nur froh und außer Sorgen ... Bleibe nur in Lauchstädt, so lange Du Lust hast; auf alle Fälle sehe ich gern, wenn Du Dich den ganzen Monat Juli dort aufhältst, denn ich habe eine wichtige Arbeit vorgenommen, wobei mir die Einsamkeit wohltut, ob ich mich gleich oft genug nach Dir sehne.*

Wie ich Dir für alles Gute danken will, weiß ich gar nicht, schreibt Christiane. *Im Stillen danke ich Dir, Lieber, immer dafür und bitte Gott, daß er Dir für diese Güte wieder allerlei Gutes erzeigen möchte; denn ich weiß sehr gut, daß es kein anderer Mann thät. Du sollst mich aber auch noch in der Ewigkeit dankbar finden.*

Goethe setzt dagegen: *Mein einziger Wunsch ist, daß Du heiter und liebend zurückkommst.*

Christianes Tage in Bad Lauchstädt sind ausgefüllt mit Baden, Ausflügen in die Umgebung, Spaziergängen in der Allee und am Brunnen, mit geselligen Essen, Bällen, Tanzvergnügungen und mit den allabendlichen Komödienbesuchen.

Alles notiert sie für Goethe, er hat sie gebeten, ein Tagebuch zu führen. *Fahre ja fort, mir täglich zu schreiben, was Dir begegnet, wir lesen alsdann zusammen das Tagebuch und manches fällt Dir dabei wieder ein.* Da sie einen Bedienten hat, steht ihr auch ein Sekretär zur Verfügung, Gensler macht die Aufzeichnungen nach ihrem Diktat. Einmal bittet sie, Geist *solle Karlen noch ein Schreibenbuch machen und mitschicken.*

Die tägliche Berichterstattung hat ihren Sinn. Vor allem in bezug auf das Theater. Später, als Christiane mehrere Jahre hintereinander während der Sommerspielzeit der Weimarer Komödie in Bad Lauchstädt weilt, wird er ihr schreiben: *Es ist mir von großem Werth, daß Du wieder in Lauchstädt warst. Denn gewöhnlich kochen sie im Sommer einen garstigen Hexenbrei, den ich im Winter schmackhaft machen soll.* Und: *Daß Du mit der Theaterwelt der alten und jungen in Verbindung bleibst, ist mir sehr angenehm.* 1807: *Ohne Dich, weißt Du wohl, könnte und möchte ich das Theaterwesen nicht weiterführen.*

Der Lauchstädter Aufenthalt 1803 ist ihre Bewährungsprobe. Sie ist gewissermaßen stellvertretend für ihn anwesend. Daher Kutsche, Pferde und Bediensteter. Sie kann über seine Theaterloge frei verfügen.

Über jede Vorstellung berichtet sie, wie gespielt wurde, was es an besonderen Vorkommnissen gab, wer herausgerufen wurde, wer da capo oder Bravorufe bekam. Besonders das *Applaudisement*, die Reaktion des Publikums, wird sorgsam registriert. Bis hin zur Übermittlung der täglichen Einnahme der *Casse* gehen ihre Informationen. »Nathan der Weise« 50 Taler, »Maria Stuart« 192 Taler, »Turandot« 82, »Die Braut von Messina« 248 Taler, »Die Natürliche Tochter« 209 Taler, »Die Verwandtschaften« 73 Taler, »Schreibe-Pulte« 95 Taler und so fort.

Christiane besucht die Proben, hat ständigen Kontakt zu den *Wöchnern*, den dienstältesten Schauspielern, die die Spielleitung für jeweils eine Woche übernehmen. *Grüße die Wöchner! auch wer sonst … ins Ganze des Geschäftes eingreift*, bittet Goethe sie. Sie kennt die Komödianten, ist mit vielen von ihnen befreundet. Kann alle Entwicklungen, Streitigkeiten und Intrigen beobachten und über sie berichten. Und Gefälligkeiten erweisen, zum Beispiel der Schauspielerin Caroline Jagemann (*Ich ließ der Jagemann den Wagen anbieten*), denn sie, Christiane ist in ein und derselben Gasse mit ihr aufgewachsen, ist zur Mätresse des Herzogs avanciert.

Die Komödianten wissen, daß Christiane Goethe berichtet und es auch von ihr abhängt, wer im Herbst in Weimar des Sonntags am Frauenplan bei Tische sitzen darf. Sie werden sie hofieren; der Umgang der Schauspieler mit der Frau ihres Theaterdirektors kann nicht ohne das von Christiane so verabscheute *Interesse* sein. Sie begegnet dem offenbar auf ihre naive und vorurteilsfreie Weise.

Einmal berichtet sie Goethe von einem *recht spaßhaften Abenteuer* mit einem *sehr artigen jungen Berliner, der mich vor eine Weimarische Schauspielerin hielte.*

Ein andermal wird sie aufgefordert mitzuspielen: *Ich sollte auch der Silie ihren Bräutigam machen, aber ich habe mich schön bedankt; denn wenn so was herauskäme, ich ließ' mich nicht wieder sehn.*

Auf dem Sommerspielplan 1803 stehen Schillers und Goethes neue Stücke, »Die Braut von Messina« und »Die Natürliche Tochter«. Das Publikum wünscht die Anwesenheit der Dramatiker. Goethe hält sich zurück, überredet Schiller zur Reise. *Höchst erfreulich war mirs*, teilt er Christiane mit, *daß Herr Hofrath von Schiller sich entschloß, nach Lauchstädt zu gehen, und ich verlange sehr, zu hören, wie es Sonnabend, Sonntag und Montag gegangen ist.* Am Samstag, dem 2. Juli, kommt Schiller an, am Sonntag, dem 3., steht »Die Braut von Messina« auf dem Spielplan, am Montag, dem 4., »Die Natürliche Tochter«.

Christiane berichtet: *»Die Braut von Messina« war, und die Einnahme war 248 Thaler. Es war aber nicht im Theater auszuhalten vor Gluth; ich ging heraus und kam kaum bis am Salon, als ein großes Gewitter kam.* Schiller schreibt unter dem gleichen Datum an seine Frau: *es war eine drückende Gewitterluft, und ich habe mich weit hinweg gewünscht … wobei die Donnerschläge und besonders der Regen so heftig schallten, daß eine Stunde lang man fast kein Wort der Schauspieler verstand und die Handlung nur aus der Pantomine errathen mußte … Wenn sehr heftige Blitze kamen, so flohen viele Frauenzimmer aus dem Haus heraus, er war eine ganz erstaunliche Störung.*

Über den nächsten Abend übermittelt sie: *»Die natürliche Tochter« hat sehr gefallen und allgemein, aber man wünschte sie nur noch einmal zu sehen. Sie haben auch alle recht gut gespielt, besonders Graff und die Miller haben besser als in Weimar gespielt. Und man wünschte nur, daß Du hier sein möchtest* … Am 5. dann: *Die Einnahme in der »Natürlichen Tochter« war 209.*

Auf Schiller sei – so ihr Bericht – nach der Aufführung der »Braut von Messina« ein *Vivat mit Trompeten und Pauken* ausgebracht worden. Er wird gefeiert, auch »Maria Stuart«, »Wallensteins Lager« und »Die Jungfrau von Orleans«, haben großen Erfolg. *Heute ist die »Jungfrau von Orléans«, und es wird unmenschlich voll werden*, heißt es in Christianes Tagebuch am 11. Juli. Anderntags: In der *»Jungfrau« war es sehr voll. Die Einnahme war 358 Thaler … Daß Schiller hier ist, gibet gleich ein anderes Leben.*

Auch über ihre Begegnungen mit ihm berichtet sie nach Weimar. Bereits nach der »Braut von Messina« trifft sie ihn im Salon. *Ich habe mit Schiller an Einem Tische gesessen, und wir waren sehr vergnügt.* Am 11. Juli: *Nach der Komödie haben uns die Herren Offiziere und Herr Hofrath Schiller zu einem Soupé und Ball bei Chryselius eingeladen.* Den Tag darauf: *Von dem Herrn Hofrath hat es mich sehr gefreut, daß er sich bei Tische zu uns setzte* … Und von einer *großen Gesellschaft* erzählt sie, die *wurde sehr lustig, es wurde das Reiterlied und »Ein freies Leben« gesungen und dabei sehr viel Champagner getrunken. Ich sprach lange mit Herrn Hofrath Schiller; und als die Herren Offiziere zu lustig wurden, so gingen wir mit unserer Gesellschaft weg und fuhren noch bei Mondenschein auf dem Kahn. Das hat mir sehr gefallen. Sehr oft dachte ich aber: wenn nur der gute Schatz auch dabei wär! Der Geheime Rath war auch ein rechter lustiger Mann.*

Noch öfter ist von Schiller die Rede. Er dagegen erwähnt diese

Begegnungen in den Briefen an seine Frau mit keinem Wort. *Aus Weimar ist die Oberforstmeister Stein und ihre Mutter hier ... sonst ist außer Theater nichts von weiblicher Welt aus Weimar hier.*

Nicht nur nach der allabendlichen Komödienvorstellung gibt es Soupers, Tanz und Geselligkeiten. Auch an den Vormittagen. Man lädt einander ein; *auf den Dienstag will ich bei mir die Herren, die uns hier allerlei Vergnügen gemacht, zu Mittag einladen*, schreibt Christiane und: *Sonntag, den 3. Juli, habe* (ich) *in der Allee ein Déjeuner gegeben, den Leipzigern und denen, die hier artig gegen mich sind. Es waren 18 Personen. Der Karl und der Kutscher mußten aufwarten.*

Ein andermal ist sie zu einem *Frühstück* und zu einem *kleinen Manöver* gebeten. *Wer 3 Hiebe bekömmt, ist gefangen und muß bei der Zurückkunft 3 Bouteillen Champagner geben. Und wer in das Kornfeld reitet, der ist ersoffen. Also wollen wir sehen, wie es abläuft.* Als sie von dem *Feldzuge* zurück ist, schreibt sie: *ich habe mich sehr amüsirt, es war prächtig, es hat mir außerordentlich gefallen; so etwas habe ich noch nicht gesehen. Eine Partie hatte grüne Büsche und eine weiße Binde, das waren die Schweden; eine Partie Wagen und Reiter waren auf der, die andern auf der andern Seite. Ich war bei den grünen Büschen, Schiller war neutral. Gefangen ist keiner worden, und unsere Partie ist verrathen worden, und es hat keiner gesiegt. Mir war nur bange vor unsern Pferden wegen des Schießen, denn es wurde höllisch geschossen.*

Ihr fast kindliches Staunen über diese Art Vergnügungen. Ihre Freude daran.

Schiller stöhnt bereits vier Tage nach seiner Ankunft: *wenn man sich einmal frisch resolviert gar nichts zu thun, so läßt sichs unter dem Treiben einer Menge, die auch nichts zu thun hat, ganz leidlich müßig gehen. Länger freilich als 8 bis 12 Tage möchte ich einen solchen Zustand nicht aushalten.*

Schiller reist ab, *weil er*, wie Christiane an Goethe schreibt, *hört, daß Du nicht kömmst.*

Christiane wundert sich: *frühe wollen wir den Herrn Hofrath* (Schiller) *besuchen, um zu hören, ob es wahr ist, daß er fort will. Ich kann mir gar nicht vorstellen, wie es hier jemand nicht gefallen kann. Wenn ich reich wär, so ging' ich alle Jahr hierher.*

Daß Goethe solche Vergnügungen nicht mag, weiß Christiane. Was sie amüsiert, langweilt ihn. Ihre Ansprüche und Vorstellungen gehen weit auseinander. Als Goethe Jahre später mit ihr in Lauchstädt ist, bittet er seinen Freund Wolf in Halle um Bücher, *denn die 16 Stunden des Tages haben eine furchtbare Länge.*

Goethe hat Christiane und auch Schiller 1803 gegenüber offengelassen, ob er noch nach Lauchstädt komme. *... aus Deinem gestrigen Briefe*, schreibt Christiane, *sehe ich wohl, daß Du nicht kommen wirst. Und quälen will ich Dich auch nicht ... Denn ich weiß wohl, daß es Dir keinen Spaß macht hier.*

Wenn ich aber zu Hause komm, wirst Du mich sehr schmal finden ... von dem vielen Tanzen und Baden. Vom Brunnentrinken und Baden ist in ihren Berichten wenig die Rede. Nur anfangs heißt es: *Die Meerweiblichkeit ist itzo da,* (da) *habe ich noch nicht baden können. Sobald es aber vorbei ist, so will ich anfangen.* Mitte Juni dann: *Das Baden habe ich mehre Tage ausgesetzt, denn bei dem vielen Tanzen will es doch nicht recht gehn.*

Das größte Vergnügen für Christiane und ihrer Gesundheit wohl auch am zuträglichsten ist in Bad Lauchstädt zweifellos das Tanzen. *... man spricht hier sehr viel von mir wegen des Tanzen.* Sie ist stolz darauf, daß sie immer Tänzer hat, immer aufgefordert wird, obgleich sie sich nicht aufputzt. *Ich zog mich ganz simpel an, aber schön; that nichts von Ketten und gar nichts um ... Die Jagemann kam aber in ihrem ganzen Schmuck ... Es sind sehr viel Comtessen hier, die recht herausgeputzt sind. Doch trotz alle dem Putz tanze ich mehr als die überputzten Damen.* Ein anderes Mal: *... es waren gewiß 100 Frauenzimmer und meistens lauter Fräulein und Comtessen, und ich habe alles getanzet, was getanzet worden. Ich weiß auch gar nicht, wie es dieß Jahr ist, das Tanzen wird mir so leicht, ich fliege nur so, und vergnügt bin ich immer sehr.*

Das Tanzreglement in Bad Lauchstädt sieht vor, daß *die Taenze in dieser Ordnung, nehmlich 1., Walzer, 2., Ecossaise, 3., Quadrille, 4., Wiener Walzer, 5., Cottillon, 6., Angloise auf einander folgen, und wird für Eine jeder Nummer bey großer Concurrenz Eine halbe*

Stunde Zeit bestimmt. Ein jeder Theilnehmer am Tanze bezahlt a) Acht Groschen für die Music, und b) Vier Groschen für die Erleuchtung, welches von den Musikern und Einem Kellner bey dem Tanze werden eingesammelt werden.

Wenn sie alle Tänze aufgefordert wird, dann tanzt sie drei Stunden hintereinander. Die Achtunddreißigjährige ist nach ihren fünf Schwangerschaften stark geworden. *Liebe Tochter! Sie haben also wohl zugenommen, Sind hübsch Corpulent geworden*, schreibt Goethes Mutter ihr, *das freut mich, denn es ist ein Zeichen guter Gesundheit – und ist in unserer Familie üblich.*

Christiane beim Tanz: *ich fliege nur so.*

Nach dem Ball mußte ich mich aber ganz umziehn, denn ich war wie aus dem Bade gezogen.

Ihre Tänzer sind Offiziere und Studenten. Ein *Offizier von Berlin von den Gensd'armes* wird ihr *vorgestellt. Ein Herr von Nostiz, der mit seinem Vater da ist, so was Großes habe ich noch nicht gesehen*, berichtet sie Goethe. *Und da er sahe, daß er bewundert wurde, brachte ihn seine Eitelkeit dahin, daß er Schärpe, Kartusche und alles umhing, um sich zu zeigen.* Von jenem Herrn von Nostiz ist noch mehrfach die Rede, das sei *einmal eine Ausnahme von einem gewöhnlichen Offizier*, er gehöre *nicht zu den lärmenden und platten Offizieren.*

In die Loge zu mir kam Herr von Nostiz, der große Offizier, und ladete mich zu dem Ball ein. Ich tanz(t)e die erste Ecossaise mit ihm vor. Aber, mein Gott, wie schön tanzte der! ich habe selbst noch nicht so schön getanzet ... Dieses schreibe ich noch, als ich um 1 Uhr vom Balle komme. Das war ein Tänzer! so habe ich noch mit keinem getanzet. Ich habe aber auch 6 Tänze mit ihm getanzt.

Auch ein Student aus Breslau gefällt ihr, sie nennt ihn in ihren Briefen an Goethe *ein Äuglichen von der ganz jungen Art* und *mein schwarzköpfichtes Breslauerchen.* An anderer Stelle: *Mein Breslauer Äugelchen hat sich so stattlich herausgeputzt, daß es sehr gut aussieht, und tanzen thut es auch sehr gut.*

Einen Monat später will dieser Student Christiane in Weimar am Frauenplan seine Aufwartung machen, sie ist in Jena, Goethe schreibt ihr dorthin: *so vermelde ich Dir, daß gestern das Schwarz-*

köpfchen hier gewesen ist und sich eine ganze Hand voll Haare ausgerissen hat, als er Dich nicht fand.

Goethe hat keinerlei Einwände gegen ihre Tanzlust, im Gegenteil, er schreibt ihr: *Wie sehr von Herzen ich Dich liebe, fühle ich erst recht, da ich mich an Deiner Freude und Zufriedenheit erfreuen kann.* Sie berichtet ihm, daß sie sich in der Allee neue Schuhe gekauft habe, weil die ihren *alle durchgetanzt sind.* Noch am gleichen Tag tanzt sie die neuen wiederum durch; *wo ich auf der Stelle die neuen Schuhe durchgetanzt habe. Itzo habe ich 3 Tage hintereinander getanzet, und nun bin ich erst recht dabei.*

... schliefen wir bis 1 Uhr Mittags, notiert sie *Sonnabend, den 2. Juli. Ist das erlaubt? wirst Du sagen. Aber auch 2 Nächte nicht geschlafen.*

Er erwidert: *Schicke mir mit nächster Gelegenheit Deine letzten, neuen, schon durchgetanzten Schuhe, von denen Du mir schreibst, daß ich nur wieder etwas von Dir habe und an mein Herz drucken kann.*

Eine Liebeserklärung des Vierundfünfzigjährigen.

Mit den Äugelchen geht es, schreibt er dann doch, *merke ich, ein wenig stark, nimm Dich nur in Acht, daß keine Augen daraus werden.*

Du mußt mich für den besten halten, hatte er ihr 1792 in einem Anflug von Eifersucht geschrieben und ihr gestanden: *weil ich viele Männer hübscher und angenehmer finde als mich selbst.* In ihrem Brief aus Bad Lauchstädt erwidert Christiane: *wegen der Augen kannst Du ganz außer Sorge sein; aber Äuglichen gibt es, daß man sich nicht zu retten weiß.* Und als ob sie dieses: *Du mußt mich für den besten halten* noch in Erinnerung habe, fügt sie hinzu: *Denn hier unter allen denen ist kein Mann wie Du; wenn man sie näher kennt, kann man sie alle nicht achten ... Wie Du gibt es keinen Mann in der ganzen Welt.*

Es ist nicht nur das Tanzen, *Äugeln* und Amüsieren, das Christiane genießt; es ist die Anerkennung, die sie – anders als in Weimar – in Bad Lauchstädt in der Öffentlichkeit findet und die befreiend wirkt: *mir ist es, als finge ich erst an zu leben.*

... man ist hier sehr artig gegen mich; ich kann sagen, man ist artiger gegen mich als gegen andere Leute. – Mich hat es sehr gefreut, daß so viel Weimarer hier sind, die dieses alles mit ansehen. An anderer Stelle: *die Weimarer waren erstaunt.*

Die sie einengende Umwelt von Weimar existiert in Lauchstädt nicht. Realistisch fügt Christiane hinzu: *Das macht aber auch der Bediente, Kutscher und die schönen Pferde. ... Du glaubst gar nicht, was so eine Equipage und Bedienter vor einen Respect verschafft.*

Daß ihr Goethe Pferde, Kutsche und Bediensteten mitgibt und ihr seine Theaterloge anweist, hat seinen Grund. Er kennt die freiere Atmosphäre in Lauchstädt, weiß, daß sie ihr gut tun wird, sie ihr Gelegenheit geben wird, sich in öffentlichen Auftritten zu üben.

Christiane begreift das sehr gut. *Lustig bin* (ich), *wie Du nicht glauben kannst, und solche Einfälle, als ich hier habe, kommt mir kein einziger in Weimar in die Gedanken.* Und: *und da man weiter nichts zu thun hat, so kann man sich Mühe geben, gut zu sprechen und vorher allerlei zu überlegen. Weil man schon allenfalls weiß, mit wem man in Gesellschaft kommt, so geht es mir itzo recht gut vom Munde.* Der *Haus-* und *Küchenschatz* übt sich in Konversation.

Überhaupt, was ich die 5 Wochen Erfahrungen gemacht habe, die sind was werth. Wenn man nicht von Hause wegkommt, so ist man gar nichts werth. Ich kann Dir es niemals verdanken, daß Du dieß alles an mich wendest.

Goethe schreibt ihr: *Genieße alles mit frohem Herzen.* Er lobt sie: *Daß Dir alles glücklich von Statten geht, freut mich sehr, Du verdienst es aber auch, da Du Dich so klug und zierlich zu betragen weißt ... Thue mir aber nun die Liebe und übertreib es diese letzte Zeit nicht mit tanzen und schließe Deinen Aufenthalt mit einem mäßigen Genuß.*

Zu dem Zeitpunkt hat sie ihre Rückkehr bereits angekündigt, ist des Feierns und Ausgelassenseins überdrüssig: *es ist mit tanzen und äugeln just genug ... in Gedanken bin ich schon seit 8 Tagen immer bei Dir; ich habe hier keine Ruhe mehr ... ich habe keinen einzigen Wunsch, als bei Dir zu sein.*

Sie reist vorzeitig ab; *ist es mir doch auch sehr angenehm, daß Du früher zurückkommst*, erwidert ihr Goethe am 20. Juli, *denn freilich fehlst Du mir an allen Enden.*

In Christianes Abwesenheit hat Goethe das Gut in Oberroßla verkauft. *Das Geld schaffe ich wieder fort*, schreibt er ihr am 20. Juli, *durch eine Verbindung von Umständen komme ich mit den Intressen sehr leidlich weg. Wenn Du zurückkommst, wollen wir unsern Haushalt recht schön ordnen und von alten Sünden völlig reinigen.*

Das bezieht sich auf die immer wieder getäuschten Erwartungen, mit Lieferungen an Butter, Milch, Geflügel, Fleisch, Getreide und Obst vom Oberroßlaer Gut den Haushalt am Frauenplan zu versorgen. Auch der zweite Pächter *will* sich *zu keiner Abgabe der Victualien* verstehen. Dem Haus am Frauenplan wird lediglich das Recht eingeräumt, daß die auf den Weimarer Wochenmarkt *gesendeten Victualien* Christiane als erster *angeboten werden*, sie *bezahlt* sie *nach dem niedrigsten Marktpreis* jeweils *baar.*

Im geschlossenen Vertrag ist als einziges *alljährlich ein Schwein, gegen 80 Pfund, vor Weihnachten unentgeldlich nach Weimar zu liefern*, übriggeblieben. Einmal sendet Reimann freiwillig *einige Lerchen*, solche *im besten Wohlsein zu verzehren* wünschend und beanstandet zugleich Rechnungen. Mit dem Gutsverkauf sind nun die unabwägbaren Abhängigkeiten beseitigt, die, wie Goethe notiert, *in einer Haushaltung manche Unordnung verursachen.* Der Haushalt am Frauenplan muß sich nun ganz auf die Versorgung aus den beiden Gärten, dem eigenen Krautland und den Zukauf vom Weimarer Wochenmarkt konzentrieren. In Übereinstimmung legen Christiane und Goethe in vierzehn Punkten fest: *Was im Garten zu machen ist*, u.a. *etwas feinen Sand ins Spargelland, daß er mit untergegraben wird, das Spargelland ist hoch bis an den Schmidtischen Zaun fortzusetzen, Johannis- und Stachelbeerbüsche kommen in den Stadtgarten. Es ist für Mist um die Bäume und für Mist in das Land zu sorgen.* Selbst an Kleinigkeiten wird gedacht: *Das Gras im Pflaster um das Haus ist zu tilgen. Für Hopfenpflanzen ist bey Zeiten zu sorgen. Ein Eisen, die Füße abzukratzen an das Gartenhaus* (GSA 34 XIII, 1,1).

Christiane inspiziert ihren Keller, veranlaßt das Ausbessern ihrer Vorratsbehältnisse. Am 3. November 1803 stellt der Böttcher Johann Friedrich Hänßgen eine Rechnung, u.a. über: *2 GurkenFässer zugeschlagen, nebst 9 Reifen und einen neuen Boden, ein Eymer gebunden, einen großen Deckel zusammengefügt, Neu Deckel auf die Kraut Faß, 3 Gurken Fässer gebunden, in eine Bütte Bänder und einen Reif ausgeschlagen* (GSA 34 XIII, 1,1).

Um den Tisch im Haus am Frauenplan zu decken, sind stets auch Lieferungen von auswärts nötig. Der Wein kommt von Rammann aus Erfurt, die Teltower Rübchen aus Berlin. Von Frankfurt sendet die Mutter alljährlich im Herbst *Castanien*, und stets *Spaawasser*; von *36 Bouteillien* ist einmal die Rede, ein andermal: *Mit dem heutigen dato ist Fuhrmann Valentin Fräbel von Schmalkalden mit 50 Bouteillien Spaawasser nach Weimar abgegangen; ... du erhälst sie franck und frey – die Fracht ist bezahlt.* Der wichtigste Lieferant wird in dieser Zeit Nikolaus Meyer. An ihn gehen immer wieder Christianes und Goethes Bestellungen über *50 Pfund Butter*, er versorgt den Frauenplan von Bremen aus mit Wein, vor allem aber mit Fisch. Da wird für *überschickte Schellfische*, für *trefflichen Torschen*, für *Fäßchen Heringe und Bricken*, für *überschickten Hummer*, gedankt. In Körben werden sie auf Frachtwagen befördert, zuweilen kommen sie verdorben an.

Christianes große Hauswirtschaft. In Goethes Abwesenheit empfängt sie für ihn Besucher. Obgleich ihr *bange* ist *vor den Leuten ... die kommen.*

So vor dem *jungen Mann*, den *die Frau von Staël überall vorausschickt.* Es ist Benjamin Constant; *er scheint mir ein Franzose und ein Narr*, kommentiert Christiane, besinnt sich auf ihre Lauchstädter Erfahrungen, läßt den *Saal einheizen*, bittet *Grüner und Wolff ... 11 Uhr da zu sein, denn was soll ich mit so einem Narren allein machen?*

Nach Tagen schreibt sie: *Alleweile kommt der junge Herr von der Frau von Staël wieder zu mir im Namen der Frau von Staël, welche mich bitten läßt, ihr Nachricht zu geben, ob Du bald wieder zurückkämst ... Nun schreibe mir, was ich sagen soll.*

Madame de Staël will ein Buch über Deutschland schreiben. Schiller schildert dem Freund seinen ersten Eindruck: *Sie will alles erklären, einsehen, ausmessen, sie statuiert nichts Dunkles, Unzugängliches, und wohin sie nicht mit ihrer Fackel leuchten kann, da ist nichts für sie vorhanden … Für das, was wir ›Poesie‹ nennen, ist kein Sinn in ihr … das einzige Lästige ist die ganz ungewöhnliche Fertigkeit ihrer Zunge.*

Goethe muß sie empfangen, muß seinen Jena-Aufenthalt abbrechen. *Sie hat ihn so dringend und von allen Seiten darum bitten lassen, daß er nicht anders konnte; aber er sträubt sich und ist sehr melancholisch.*

Am 21. Dezember teilt ihm Christiane mit: *Ich schreibe Dir nur mit ein paar Worten, daß ich sehr beschäftigt bin wegen Fest und backen; und wegen Deiner Ankunft habe heute sehr viel eingekauft und erwarte Dich Sonnabend bei Zeiten mit großem Vergnügen und Freude. Und ich hoffe, Du sollst alles finden, wie Du wünschest.*

Am 24. Dezember kommt Goethe. Zum Mittag sind Frau von Staël, Schiller und dessen Frau, Hofrat Stark und *Serenissimus* zu Gast, wie sein Tagebuch vermerkt.

Mitte Januar ist Frau von Staël immer noch in Weimar; sie wird *an ihrem eigenen Leib die Erfahrung machen, daß … man wissen muß zu rechter Zeit zu gehen*, Schiller am 14. an Goethe. Dieser schützt einen *Catarrh* vor, geht nicht zu Hofe, gebraucht seine bereits im Vorjahr erprobte Rückzugstaktik (später wird er sie als *alte Kriegslist* bezeichnen), er legt sich ins Bett.

Henriette Knebel meint: *Goethe wird uns jetzt vielleicht wieder aufgehen, wenn Frau von Staël untergegangen ist*, und Charlotte von Stein schreibt am 8. März: *Goethe hat aus lauter Freude, daß die Staël fort war, seine ihm bequemere Donna zwei Tage nacheinander durch alle Straßen auf dem Schlitten gefahren.*

Der Brief Christianes vom 21. Dezember 1803 ist für lange Zeit der letzte überlieferte. Ihre gesamte Korrespondenz der folgenden sieben Jahre mit Goethe fehlt. Erst im Mai 1810 setzt sie wieder ein. Hat Goethe, der Zeugnisse ihrer glücklichen Jahre verbrannte, die dieser offenbar sehr spannungsreichen Jahre ebenfalls vernichtet? Noch mehrmals, u. a. 1828 und 1832 wird er Briefe verbrennen. Ob die Christianes aus jenen Jahren darunter waren, bleibt offen. Der Verlust kann auch in Zusammenhang mit dem Weggang des Sekretärs Geist stehen. Er hatte bisher alle Briefe in Faszikel abgeheftet. Goethes Korrespondenzen der Jahre 1806 bis 1810 dagegen wurden nur sporadisch gesammelt, weisen auch keine Heftspuren auf, sind z. T. von Mäusen angefressen. Erst nachdem die Sekretäre Kräuter 1811 und John 1814 eingestellt sind, werden die Briefe wieder in Faszikeln geordnet und die vorausgegangenen Jahre aufgearbeitet.

Um so wertvoller sind Christianes Briefe aus jenen Jahren an Nikolaus Meyer.

Vom Jahr 1804 sind insgesamt sieben erhalten.

... kein Mittag vergeht, schreibt sie dem Freund am 17. Januar, *wo nicht immer Fremde bey uns speisen, dann geht's ins Theater, wo wir itzo sehr viel hübsche junge Männer und Mädchen haben, alsdann gibt's Redouten, Harmonie- und Ressourcen-Bälle, wo ich mich denn immer sehr mit Tanzen amüsir. Denn ich tanze jetzt noch mehr als sonst und befinde mich recht wohl dabey.* Ende März: *So eben ... sind wieder sehr angenehme Freunde bey uns. Es war Voß, der Dichter mit seiner Frau, sie wohnen itzo in Jena, sind aber ein paar recht liebe Leute. Nachdem sie sich einige Tage bey uns aufgehalten haben, sind sie wieder nach Jena, und haben uns ihren ältesten Sohn geschickt, welcher auch ein sehr gebildeter junger Mann ist, und dem es bey uns besonders wohl gefällt. Und dem August sein Hofmeister, welcher auch ein gescheiter Mensch ist, so giebt es alle Mittag ein sehr gelehrtes Gespräch, und es fehlten nur Sie, lieber Freund, noch an unserem Tische und in unserer Mitte, und dann wäre alles vollkommen und gut.*

Zum erstenmal gibt es von ihr selbst den Beleg, daß sie, wenn Gäste von außerhalb da sind, mit bei Tisch sitzt. Im Familienkreis und mit jungen Hausgästen wie Voß oder vor Jahren Nikolaus Meyer war das wohl längst selbstverständlich, wie man aus Christianes Zeilen rückschließen kann.

Aus ihrem Brief geht zudem hervor, daß sich in bezug auf August einiges verändert hat. Von einem *Hofmeister* berichtet sie. Der Sohn selbst schreibt an Meyer: *Ich bin jetzt nicht mehr beim Herrn Eisert, sondern habe einen Hofmeister bekommen, welchen ich sehr lieb habe.*

August wird auf den Besuch des Weimarer Gymnasiums vorbereitet. *Ich bin jetzt auf der Schule und sitze in Prima*, wird er am 26. Juni 1805 dann Meyer berichten. Da er in Griechisch und Latein weit zurück ist, wird ein Hauslehrer eingestellt. Es ist der dreißigjährige Friedrich Wilhelm Riemer. Er kommt aus Rom mit einer Empfehlung von Humboldt, unterrichtete dessen Kinder. Im September 1803 ist er in Weimar. *Mademoiselle Vulpius acortierte* für ihn mit dem Nachbarn Friedrich Härtel ein Quartier bis 31. Oktober mit *Morgen und Nachmittags Caffee Frühstück und Erleuchtung für 8 rthl 21 gr 7 pfg.* Bereits im November, Heinrich Meyer hat geheiratet, ist ausgezogen, zieht der Hofmeister in die Mansarde am Frauenplan.

Die Veränderungen spiegeln sich auch in Eintragungen von Christianes Hand in den Rechnungsbüchern. Ab 1805 bekommt August von der Mutter Geld, das er selbst verwalten muß. *Augusten Viertel Jahresgeld 13 Talern* (GSA 34 XVII, 1). Mit dem Schuleintritt Augusts 1805 sind dann im *Quartal Johannis* am 29. Mai z.B. Ausgaben *August vor den Director* und *August in der Schule* verzeichnet (GSA 34 XVII, 1,2). Im Mai 1805 *ein neues Bett für August. August Schulgeld 1. T. 15 gr., dengleichen baar 1. T. 15 gr.* Das Schulgeld von 1 Taler und 17 Groschen taucht immer wieder auf, wie auch Taler und Groschenbeträge jeweils mit dem Vermerk: *Augusten baar.* Die Rechnungsbücher von 1807 enthalten dann *August Reitstunden 4 Monate 26 Taler, Französische Stunden 4 Taler, Rechenstunden 2 Taler. August nach Erfurt 1 T. 15 gr. nach Jena 1 Tl. 10 gr.* (GSA 34, XVIII, 3).

In Christianes Brief vom März 1804, in dem Riemer als Hofmeister erwähnt wird, heißt es weiter: *der Geheime Rat ... arbeitet den »Götz von Berlichingen« für das Theater um, und wir freuen uns alle schon auf die Aufführung. Auch ein neues Stück von Schiller wird einstudirt, »Wilhelm Tell«, wovon ich Ihnen sobald es aufgeführt wird, einen Zettel schicke.*

Am 4. Juli gibt sie dem Freund die Nachricht: *ich gehe auf etliche Wochen nach Lauchstädt und werde da das Tanz- sowohl als das Wasserbad gebrauchen. Die große Tanzlust will sich bey mir immer noch nicht verlieren.*

Vier Wochen ist sie in Bad Lauchstädt. Die Kurliste des Jahres 1804 vermerkt sie als hundertfünfzigsten Kurgast: *Demoiselle Vulpius aus Weimar*. Auch ihr Logis ist angegeben: *bei Franke.*

Im Hause geht alles recht ordentlich und zu meiner Zufriedenheit, schreibt Goethe vom Frauenplan. *Dein Geistchen scheint darin umzugehen und alles anzuordnen. ... Die Stunden, die ich sonst mit Dir verplaudere, arbeite ich am »Götz«, und so wird auch Dir ein Vergnügen auf Deine Rückkunft bereitet.*

Am 23. Juni wird Schillers »Wilhelm Tell« in Bad Lauchstädt in Anwesenheit der Königinmutter von Preußen, der Witwe von Friedrich Wilhelm II., aufgeführt. Die Weimarer Theaterleute bereiten ihr einen festlichen Empfang. Christiane ist zugegen.

Grüße die Theaterfreunde, schreibt ihr Goethe, *und mache ihnen begreiflich, daß die freimüthigen und eleganten Mißgönner* (er spielt auf die Kotzebue-Partei und die Zeitschrift »Der Freimüthige« an) *erst ihren Zweck erreichen, wenn man sich ärgert. Freilich muß es die Neider verdrießen, wenn die Königin Mutter von Preußen überall sagt und wiederholt, daß sie in Berlin so eine Vorstellung nicht zusammenbringen wie die vom »Tell«, die sie in Lauchstädt sah. Das macht bös Blut und Galle, die sie dann in ihren Blättern ausschütten.*

Auch andere Aufträge hat sie zu übermitteln: *Sage aber der Gesellschaft, daß, wie sie ankommen, Leseprobe vom »Götz« sein wird.*

... und bin recht wohl zufrieden, daß Du den 6. August, auf Deinen Geburtstag, nach Tische bei mir wieder eintreffest. Ich will eine Flasche Champagner parat halten, um Dich gut und freundlich zu empfangen. Denn mich verlangt sehr, Dich wieder zu haben. Im Hause geht alles ordentlich.

Dann wird der Plan geändert. Goethe fährt nach Lauchstädt und verbringt dort vierzehn Tage mit Christiane.

Auch August ist 1804 für eine Zeit bei der Mutter in Lauchstädt. In ihren Briefen an Meyer ist mehrfach von ihrem Sohn die Rede. Sie hat den Ablösungsprozeß bewältigt. *August ist groß geworden, daß ihn Herr Huck für meinen Bruder ansah und gar nicht glauben wollte, daß es mein Sohn sey. ... Wenn Sie jetzt August sehen sollten, ... er ist schon einen halben Kopf größer als ich.*

Nikolaus Meyer beschäftigt Christianes Gedanken. Kein Tag vergehe im Hause am Frauenplan, an dem nicht von ihm gesprochen werde. Nicht nur Geschenke, die er ihrem Sohn schickt, für *einen indianischen Schirm und zwei große Muscheln* bedankt er sich einmal, nicht nur die Viktualien, die in Goethes und ihren Briefen an Meyer stets erwähnt werden, mögen Anlaß für das Gespräch über ihn gewesen sein.

Nikolaus Meyer hat Christiane sein Porträt geschenkt, ein kleines Aquarell im ovalen Rahmen, das Bild hängt noch heute in ihrem Zimmer. *Unser Hausgenosse, Augusts Lehrer, Herr Riemer, wünscht recht sehr, Sie persönlich kennen zu lernen, da er fast täglich von Ihnen reden hört und Ihr Portrait in meiner Stube vor Augen hat*, schreibt sie Meyer. Und: *meine jungen Freundinnen beym Theater diese möchten alle den Herrn der in meinem Zimmer hängt, kennen lernen.*

Wiederholt lädt sie den Freund nach Weimar ein, alle im Haus würden sich darüber freuen, sie besonders; *denn ich leugne nicht, daß* (ich) *Sie recht sehr wieder einmal zu sprechen wünsche; denn unter allen meinen itzigen Freunden und Freundinnen ist auch nicht eines, mit dem ich so von Herzen reden könnte, als mit Ihnen.*

Sie nennt sich Meyers *alte Freundin*, seine *wahre Freundin*, seine *innige Freundin*. Er erwidert in gleicher Weise. Und auch er lädt sie nach Bremen ein. Eine Reise nach Norddeutschland hält sie für sehr unwahrscheinlich; *zu einer Reise nach Bremen wird der Geheime Rat sich wohl nicht entschließen können; denn er liebt die Ruhe jetzt mehr als alles und ist sehr bequem geworden.*

Der Brief mit der Einladung an Meyer ist vom 19. September 1804. Dann tritt eine Schreibpause ein.

Der nächste Brief ist vom 12. April 1805. *Ich bin fest überzeugt daß Sie es gewiß wissen, daß es weder leichter Sinn ist, noch daß ich Ihnen vergessen hätte, weil ich nicht geschrieben habe, sondern die traurige Lage in der ich mich befinde.* Sie spielt auf Goethes Krankheiten an. Seit der lebensgefährlichen Erkrankung 1801 hat er sich eigentlich nicht wieder richtig erholt. Wie im Winter 1801 fürchtet man auch jetzt um sein Leben. Goethe hat Nierenkoliken, die immer wiederkehren.

Der Geheime Rath hat nun seit einem Vierteljahr fast keine gesunde Stunde gehabt und immer Perioden wo man denken muß er stirbt. Denken Sie sich also mich, ich die außer Sie und dem Geheimen Rath keinen Freund auf dieser Welt habe und Sie, lieber Freund, sind wegen der Entfernung für mich doch so gut wie verloren. ... Ich bin wahrhaftig ganz auseinander. Und dann kommt noch dazu, daß die Ernestine sich abzehrt und auch dem Grabe sehr nahe ist, und die Tante ist auch sehr schwach, es ist also die ganze große Last der großen Haushaltung auf mich gewälzt, und ich muß fast unterliegen. Es wollen zwar die Leute behaupten, man sehe es mir nicht an, aber lange kann es doch nicht so fortgehen.

Und hier ist kein Freund, dem ich so Alles, was mir am Herzen liegt, sagen könnte, ich könnte Freunde genug haben, aber ich kann mich an keinen Menschen wieder so anschließen, und werde wohl so für mich allein meinen Weg wandeln müssen.

Sie schildert Meyer, wie sie den Sohn, der nach Frankfurt reist, bis Erfurt begleitet. Sie verläßt Goethe *wohl, ich war kaum ein Paar Stunden da, als ich einen Boten erhielt, daß Er sich sehr übel befände, ich reiste gleich zurück und fand ihn sehr schlecht. Itzo daß ich Ihm das schreibe, befindet er sich durch Hülfe des Hof Rath Stark besser, aber nicht außer Bette, und stelle mir nichts Gutes vor. Wenn Sie mir auf diesen Brief antworten, so adressiren Sie ihn an meinen Bruder oder an die Frau Doktorin Buchholz, weil ich weiß, der Geheimer Rat hat es nicht gern, wenn ich was von seiner Krankheit schreibe. Ach Gott, wenn Sie nur hier wären, ich glaube, die Ärzte kennen seine Krankheit nicht recht, oder es ist ihm nicht mehr zu helfen. Ich weiß gar nicht, was ich denken soll, der Zufall kommt gewöhnlich alle vier Wochen mit den größten Schmerzen, wobey er gewiß noch unterliegen muß. Ich glaube, es ist Hämorrhoidalumstände, denn der Schmerz ist im Unterleibe, aber Starke will nichts wissen ... Wenn dieser Brief nicht so geschrieben ist als er sollte, so verzeihen Sie einer Krankenwärterin. So eben als ich dieses schreibe, schläft Er ein bischen. ... Ich bitte Sie aber nochmals, wenn Sie mir auf diesen Brief antworten, den Brief nicht geradezu an mich zu adressiren weil er sonst immer in seine Hände kömmt.*

Goethes schlechter Zustand wird durch die literarischen Angriffe, die Attacken der Kotzebue-Partei, seine Schaffensprobleme und die geringen Reaktionen auf seine Theaterstücke verstärkt. Während Schillers »Wilhelm Tell« im März 1804 mit *dem größten Sukzeß, wie noch keins* seiner *Stücke* in Weimar aufgeführt wird, ist Goethes Götz-Premiere ein Mißerfolg. Das Stück wird als langweilig, als zu lang empfunden, es dauert fünf volle Stunden. *Am besten wäre es wohl, er ließe es so, wie es seit dreißig Jahren entzückt hat*, schreibt Hufeland. Und Henriette Knebel: *Ich kann nicht begreifen, wie man sich selbst ersticken kann, wie es doch mit unserm Goethe der Fall ist. Er hat jetzt an seinem »Götz« so viel verdorben und ihn wirklich durch seine neuen Zusätze lahm gemacht.*

Auch mit dem Verhältnis der Freunde zueinander steht es nicht zum besten; *ich verliere hier zuweilen die Geduld*, schreibt Schiller am 20. März 1804. *Es gefällt mir hier jeden Tag schlechter, und ich bin nicht willens, in Weimar zu sterben. Nur in der Wahl des Orts, wo ich mich hinbegeben will, kann ich mit mir noch nicht einig werden. ... Es ist überall besser als hier, und wenn es meine Gesundheit erlaubte, so würde ich mit Freuden nach dem Norden ziehn.*

Aber Schiller ist bereits todkrank, er ist an Weimar gebunden. Schillers Frau: *Goethe war auch krank ... Die Hofluft tut den schönen Geistern nicht wohl, Schiller wird auch immer krank, wenn er an Hof geht.* Charlotte von Stein: *Dieser Winter war uns allen unheilbringend, zu der Sorge um Schillers Gesundheit kam die Sorge um Goethe.*

Schiller resümiert den Winter 1804/05 in seinem Brief an Goethe: *Wir sahen uns diesen Winter selten, weil wir beide das Haus nicht verlassen durften.*

Ende Februar bekommt er Hoffnung. *Es ist mir erfreulich wieder ein paar Zeilen Ihrer Hand zu sehen*, schreibt er dem Freund am 22., und *es belebt wieder meinen Glauben, daß die alten Zeiten zurückkommen können, woran ich manchmal ganz verzage.*

Goethe geht es besser, er reitet aus. Am 25. April meldet er dem Freund: *Übrigens geht es mir gut, solang ich täglich reite.* Am 27.

oder 28. April notiert er: *Ich hoffe sie bald zu sehen.* Am 1. Mai sehen sich die Freunde ein letztes Mal; *ich fand ihn im Begriff, ins Schauspiel zu gehen, wovon ich ihn nicht abhalten wollte; ein Mißbehagen hinderte mich, ihn zu begleiten, und so schieden wir vor seiner Hausthüre, um uns niemals wiederzusehen.*

Am 9. Mai 1805 stirbt Schiller. *Den 11. wurde er, nach Mitternacht, von jungen Gelehrten zu Grabe getragen, u. ... in der St. Jakobs-Kirche ... vom Superintendenten Vogt parentirt, u dabei Mozarts Requiem von der Kapelle u den Sängern aufgeführt*, so Christianes Bruder. Goethe ist nicht anwesend. Man wagt nicht, ihm den Tod des Freundes mitzuteilen. Christiane fällt es zu. *Bei dem ersten Eindruck war niemand als die V*(ulpius) *zugegen.* Im Haus darf nicht darüber geredet werden, überliefert Riemer. *Am dritten Tage sprach er ... mit mir von dem Verlust, den die Literatur erlitten, was Schiller noch alles vorgehabt zu tun und zu leisten.*

Schillers Tod ist ein tiefer Einschnitt in Goethes Leben. *Ich dachte mich selbst zu verlieren, und verliere nun einen Freund und in demselben die Hälfte meines Daseins.*

Die Menschen sind hier gar sonderbar! schreibt Christian August Vulpius am 20. Mai: *Es ist schon, als wenn gar kein Schiller unter ihnen gelebt hätte, so, wie's bei Herdern auch war. Alles hat mit seinen oekonomischen Lagen zu thun, u alle jagen nur der Zerstreuung nach. Die Einweihung des neuen wirkl. prächtigen Schießhauses beschäftigt jetzt alle weit lustiger. Unsere Fr. Erbprinzessin wird im Septbr. in die Wochen kommen, u da giebts wieder Feten; das interessirt mehr.*

An diesem Tag, als Christianes Bruder das schreibt, führt bei Goethe die Erschütterung über den Tod des Freundes zu einem Rückschlag; *die Krämpfe kamen so schrecklich wieder, daß Starke von Jena um Mitternacht herbei mußte.*

Am 2. Juli dann teilt Christiane ihrem Bremer Freund mit: *Der Geheimer Rath befindet sich wieder etwas besser, aber das Übel kommt doch immer wieder, und man ist sozusagen keinen Augenblick sicher davor. Ich lebe in lauter Angst.*

Dennoch ist das Haus in dieser Zeit stets voller Besucher. *Seit einiger Zeit ist es bei uns von Fremden nicht leer geworden. Der Professor Wolf von Halle mit seiner Tochter war 14 Tage bei uns, Jacobi mit seiner Schwester ist erst seit gestern wieder von hier weg. Es will Ihn Alles besuchen.*

Im selben Brief heißt es: *heute um 4 Uhr gehen wir nach Lauchstädt und von da nach Halle*. Christiane und Goethe fahren zusammen, wohnen aber getrennt. Die Kurliste von 1805 weist aus: *Geheimrath von Goethe aus Weimar, bei Richter. Demoiselle Vulpius aus Weimar, bei Meister Derpschl.*

Goethe gebraucht auf Anraten seines Arztes das *Tuschbad* und kuriert sich mit *Egerwasser. Die Tuschbäder bekommen ihm sehr wohl*, berichtet Riemer, der mit August Ende Juli nach Bad Lauchstädt reist. *Er hält auf Diät und ißt des Abends nichts, außer Thee und vielleicht späterhin eine Suppe. Aber lange wird es wohl nicht dauern: denn der Hausgeist wird ihm so lange zureden, daß der Thee ihn schwäche und er etwas Ordentliches genießen müsse etc., wie wir es schon erlebt haben.* Es ist der erste Vorwurf Christiane gegenüber; es werden noch viele folgen. Im Gegensatz zu dem freundschaftlichen Verhältnis, das Heinrich Meyer zu Christiane hatte, scheint das von Riemer von Anbeginn durch Spannungen und Abstand gegenüber Christiane gekennzeichnet zu sein.

Am 12. August reist Christiane mit Riemer nach Weimar zurück, während Goethe und der Sohn sich noch *Bewegung und Zerstreuung* machen. Sie besuchen Halle, Nienburg, Magdeburg und Helmstedt, Halberstadt, das Bodetal und die Roßtrappe, Ballenstedt und Aschersleben. Von Helmstedt aus schreibt Goethe am 19. August an Christiane: *Von hier schreibe ich Dir einige Worte, damit Du erfahrest, wie es uns geht, und danke Dir vorher für alle Liebe und Treue, die Du mir auch in der letzten Zeit erwiesen hast; möge es Dir dafür immer recht gut gehen, wozu ich alles, was an mir liegt, zeitlebens beizutragen hoffe.*

Das kleine Wort *zeitlebens* in dieser Zeit gesagt und in diesem Zusammenhang hat wohl eine besondere Bedeutung. Christianes Reaktion darauf ist nicht überliefert.

Ihre Situation wird immer kritischer. Sie schildert sie Nikolaus Meyer am 25. November 1805, erklärt ihr Schweigen: *Wenn Sie aber jetzt meine häuslichen Geschäfte alle kennten, so würden Sie mich selbst entschuldigen. … Mit meiner Schwester geht es jeden Tag schlimmer. … Mit des Geh. Raths Gesundheit haben wir die beste Hoffnung. Er grüßt Sie herzlich und wird Ihnen über Alles, worüber er Ihnen die Antwort schuldig ist, nächstens selbst schreiben … Die glückliche Niederkunft unserer Großfürstin wird Ihnen bekannt seyn, sowie die Anwesenheit des russischen Kaisers bey uns, welche viel Spektakel und Lärm verursachte. Auch sieht es sehr kriegerisch bey uns aus. Fast alle Tage sehen wir durchziehende preußische Truppen und unser Theater ist immer voll Officiere.*

Unser Thüringen füllt sich mit Soldaten, heißt es auch bei Goethe. *Das incalculable der Zustände läßt Furcht und Hoffnung in suspenso und jedermann sucht nur über den Augenblick hinwegzukommen.*

Christianes Bruder schreibt: *Wir haben so viel Soldaten daß von Eisenach bis Jena 46000 Mann liegen. Unsere Stadt hat 1600 M., und die Theurung wird rasend. Die Russen haben leider! wie Sie nun wissen werden, die Bataille bei Austerlitz verloren, u es wird für Österreich ein sehr schlechter Friede werden. Wenn sich nur die Preußen aus der Affaire ziehen, daß wir Ruh kriegen.*

Christiane hat einen kranken Mann und eine kranke Schwester im Haus. Goethes Nierenkoliken wiederholen sich. Ob er dabei *so schrie daß ihn die Wachen am Tor hören konnten*, wie Falk es überliefert, sei dahingestellt. Der junge Voß, ein Vertrauter Goethes in dieser Zeit, notiert am 30. Januar 1806: *Goethe ist nicht, wie er sein sollte. Seine Nieren sind wahrscheinlich desorganisiert; er hat täglichen Blutabgang durch den Urin; oft aber stockt dieser, und dann ist er sehr krank. … Neulich sagte er: »Wenn mir doch der liebe Gott eine von den gesunden Russennieren schenken wollte, die zu Austerlitz gefallen sind!«*

Mitte Januar 1806 ein Brief Christianes an Nikolaus Meyer. *Meine Arbeiten und Bemühungen häufen sich alle Tage mehr und ich komme fast den ganzen Tag nicht zu mir selbst, und wegen der Preußen, die bey uns sind, haben wir alle Tage etliche Officiers zu*

Tisch und auch welche im Hause, und nun kommt noch dazu, daß ich dieses alles ganz allein besorgen muß, denn die gute Ernestine hat ausgelitten.

Christianes Schwester ist am 7. Januar gestorben. Am 12. Januar beerdigt worden. Christiane klagt: *Die Tante ist auch ganz stumpf geworden und ich fürchte auch sehr für sie.* Am 1. März stirbt auch diese. Am 4. März wird sie wie Ernestine in der Grabstätte der Familie Vulpius auf dem Jakobsfriedhof beerdigt. Das Weimarer Totenbuch 1806-1814 weist auf den Seiten 28 und 31 aus: *Dienstag, den 7. Januar a.c. Mittags 12 Uhr starb Demoiselle Ernestina Louisa Vulpius, dem Hr. Johann Friedrich Vulpius Fürstl. Sächs. Amtsarchivarius allhier hinterlassene einzige Tochter zweiter Ehe in einem Alter von 27 Jahren an der Auszehrung und wurde Sonntags darauf als den 12. Januar mit der großen Halben Schule beerdigt.* (Ihr Alter ist falsch angegeben, geboren am 28. Februar 1775, starb sie mit einunddreißig Jahren.) Am Rand ist der gezahlte Betrag vermerkt: *6 Rthl 13 gr.* und *Diac. Zunkel, Subconrector Stiebitz.* Drei Seiten weiter heißt es: *Sonnabend, den 1tehn Mart. a. c. früh 7 Uhr starb Demoiselle Juliana Augusta Vulpius ... in einem Alter von 72 Jahren an Schlag, und wurde Dienstag darauf als den 4. mit der ganzen Halbschule a 6 Taler 13 gr. beerdigt.*

Goethes Tagebuch vermerkt weder den Tod Ernestines noch den der Tante.

Christianes Bruder schreibt Meyer: *Wir beklagen die gute alte Pflegerin unserer Jugend recht sehr. Wer sie gekannt hat, beklagt sie mit uns, denn sie war wirklich recht sehr gut, u that keinem Menschen etwas zu leide!*

Und Christiane an ebendiesen über den Tod ihrer Schwester: *Sie können sich denken, wie unaussprechlich leid mir es thut, daß für diese Jugend keine Hülfe mehr war.*

Wir dürfen es dem Geheimen Rat noch nicht sagen, daß E(rnestine) *tod ist; es greift ihn alles gar zu sehr an. Er ist auch nicht recht taktfest*, schreibt der Bruder am Tag des Todes. Als es Goethe erfährt, *soll er sehr geweint haben.* So Charlotte von Stein. Charlotte von Schiller, die selbst gerade mit dem Tod konfrontiert wurde, schreibt – man kann die Anmaßung nicht nachvollziehen –: *Goethe hat Trauer im Haus. Die Schwester der Vulpius ist gestorben; der arme Mann hat so geweint! Dies schmerzt mich, daß seine Tränen um solche Gegenstände fließen müssen.*

Der Tod von Tante und Schwester ist in Christianes Leben ein ebenso tiefer und nachhaltiger Einschnitt wie in Goethes der Verlust des Freundes, der ihm zehn Jahre nahe war. Verliert er seinen Arbeits- und Gesprächspartner, so verliert sie zwei ihr seit der Kindheit nahe Menschen, zwei, die ihr zudem viele Jahre in ihrer täglichen Arbeit zur Seite standen. *Der Verlust von ihr*, der Tante, schreibt Christianes Bruder an Meyer, *u der Ernestine so kurz hintereinander, muß dem Haushalt viel Schaden u Eintrag thun, bei meiner Schwester; wie Sie leicht denken können.*

Beide fühlen sich allein. Von Christiane wissen wir es aus einem Brief an ihren Bremer Freund. *In allen meinen Leiden hat mir die Todtenfeyer von Schiller sehr viel Freude gemacht*, schreibt sie am 4. April 1806. Meyer, der nicht nur Mediziner ist, sondern auch Stücke verfaßt, veranstaltet im Bremer Theater eine Feier zu Schillers Tod, schreibt dazu einen Text, den er Christiane sendet. *Die Verse sind hier sehr gelobt worden, und es hat hier viel Aufsehen gemacht. Mein Exemplar ist gar nicht im Haus geblieben, und ich kann es noch nicht wieder bekommen. Es ist aber auch recht gut, und ich habe mich sehr gefreut wieder etwas von Ihnen zu sehen, ob ich mich gleich oft, welches Sie wohl nicht glauben, mich mit Ihren gedruckten und geschriebenen Briefen und Gedichten unterhalte. Ihre Briefe von Jena, die doch alle in einer gewissen Folge geschrieben sind, machen mir, wenn ich sie lese, viele Freude, besonders die Erinnerung, wie ich mit der Tante in dem kleinen Gartenhäuschen wohnte, und wir nach … all den Gegenden reisten. Dies ist meine Unterhaltung wenn ich allein bin.*

Eine andere, eine ruhige, nachdenkliche Christiane begegnet uns da. Und man fragt sich, ob sie mit ihren Nachrichten an Goethe über ihr stetes Heiter- und Lustigsein vielleicht auch dem Bild entsprechen will, das er sich von ihr macht. Diese andere Christiane braucht

Zuwendung, Gespräch, das ihr Goethe, selbst einsam, wohl nicht zu geben vermag.

Auch ihn bedrängt nach dem Verlust Schillers die Vorstellung seines Alleinseins. Voß überliefert, Goethe sei, als er bei einem Spaziergang im Park erfuhr, daß Voß' Vater von Jena wegzieht, darüber in Erregung geraten, habe geweint. *Er reihte an Schillers Tod meines Vaters Abgang.... Abends besuchte ich die Vulpius, die sagte mir, er sei noch auf seinem Zimmer eine Zeitlang bewegt gewesen, unter ander(m) hatte er gesagt: »Voß wird seinem Vater nach Heidelberg folgen, u. auch Riemern wird über kurz und lang wegziehn, und dann steh' ich ganz allein.«*

Zu Meyer spricht Christiane von ihrem *einzigen Wunsch ... mich mit Ihnen zu unterhalten. Da ich aber immer mehr die Unmöglichkeit einsehe, so soll es auch blos bey Wünschen bleiben, und es ist immer angenehm, wenn man noch etwas zu Wünschen hat.*

Die Einsamkeit beider nach dem Verlust ihnen naher Menschen. Goethe geht auf die Sechzig zu, Christiane ist gerade vierzig geworden. Goethe vermißt männliche Freunde, geistige Partner. Die Jahre der Arbeitsfreundschaft mit Schiller haben die Gewohnheiten des Paares befestigt. Christiane scheint nicht zu zählen, ihr ist die Haussphäre zugewiesen. In Überlegungen, sein Leben zu verändern, bezieht Goethe sie nicht ein. Sieht wohl für sich selbst zunächst keine Möglichkeit. *Eigentlich sollt ich eine neue Lebensweise anfangen; aber dazu ist in meinen Jahren auch kein Weg mehr. Ich sehe also jetzt nur jeden Tag unmittelbar vor mich hin, und thue das Nächste, ohne an eine weitre Folge zu denken.*

Aber schon im Sommer 1806 deutet sich diese *neue Lebensweise* an, die dann mit der Heirat im Oktober 1806 für das nächste Jahrzehnt bestimmend sein wird. Sie ist durch eine weitere Entfernung von Christiane gekennzeichnet.

Goethe entschließt sich zu einer Reise. Es ist nach der Schweiz-Reise 1797, als sich Christiane ›hinten auf die Kutsche setzen‹ wollte, und der Reise mit seinem Sohn 1802 nach Bad Pyrmont wieder die erste größere Reise. Er macht sie ohne Christiane. Er fährt mit Friedrich Wilhelm Riemer und Major von Hendrich nach Karlsbad.

Schickt Christiane nach Bad Lauchstädt. *Gute Déjeunés und Bälle wünschend*, so am 25. Juni noch aus Jena, am 28. Juli dann aus Karlsbad: *Lebe übrigens recht wohl bei Deinen Frühstücken, Mittagsessen, Tänzen und Schauspielen.*

Mehrmals betont er, obgleich er selbst über Geldentwertung und Teuerung durch den drohenden Krieg klagt, Christiane solle am Geld nicht sparen: *mache Dir mit der Brand und der Elsermann gelegentlich einen guten Tag. Ich habe schon darauf gerechnet, daß Du allenfalls etwas mehr ausgibst ... Wenn es Dich auch etwas mehr kostet, so hats nichts zu sagen ... wenn Du mit August einige mehrere Kosten hast, so nimm es nicht zu Herzen.*

Es fehlt nichts, schreibt er von Karlsbad, *als daß wir nicht alle zusammen hier sind*. Wenig später korrigiert er sich: *Auf kurze Zeit möchte ich Dich und August wohl hier sehen; aber im Ganzen ists nicht für euch*. Karlsbad ist die große Welt, Lauchstädt die kleine. Er braucht die große, braucht ihr Machtspiel, ihre Eitelkeiten, ihre Ausstrahlung, ihre geistigen Anregungen. Sein Interesse daran ist wieder erwacht. Auch seine Aufmerksamkeit für Frauen. Goethes Tagebuch belegt den Kontakt zu vielen Adligen, zu schönen Frauen, zu Schauspielerinnen. *Nach dem Frühstück bei dem Fürst Reuß Visite ... Fürstin Lubomirska und Graf Polocky ... Abends auf das Posthaus, wo Lobomirsky eine Fête gab. ... Bekanntschaft mit Graf Golowkin, Fürstin Lobomirska. Fürstin Dolgorucki.* (8.7.) *Madame Bethmann kam an.* (12.7.) ... *Gräfin Schimmelmann ... Aufwartung beim Prinz Carl von Hessen. Mit Madame Unzelmann spazieren ...* (13.7.) *Am Sprudel und Neubrunn ... Abends die erste Komödie. Spazieren mit Mad. Unzelmann nach dem Posthause ...* (15.7.) ... *Fürstin Nariskin mit ihrem Gefolge ... Ein anderes Frauenzimmer, das der Erbprinzeß Maria Paulowna gleicht. Beim Landgrafen von Hessen zu Tafel ... Abends auf dem Posthofe gegessen mit Madam Unzelmann* (16.7.) ... *Mit dem Landgrafen von Hessen über Urgeschichte und Gang der Menschheit ... der Fürstin Narischkin auf der Promenade vorgestellt. Bei der Hoheit zur Tafel ...* (20.7.) ... *Bei Frau Gräfin Schimmelmann zu Mittage ...* (25.7.).

In seinen Briefen an Christiane ist davon wenig zu lesen.

Da ist vielmehr von *Verdauung* die Rede; *die Verdauung fängt schon an, recht gut ihren Gang zu gehen.* Davon, daß *man sich hier viel mehr* zumutet *als zu Hause. Man steht um 5 Uhr auf, geht bei jedem Wetter an den Brunnen, spaziert, steigt Berge, zieht sich an, macht Aufwartung, geht zu Gaste und sonst in Gesellschaft ... und befindet sich ganz wohl dabei.*

Nur einmal berichtet er Christiane von einer Begegnung mit einer Frau. *Frau von Levetzow*, schreibt er am 28. Juli, *ist reizender und angenehmer als jemals. Ich bin eine Stunde mit ihr spazieren gegangen und konnte mich kaum von ihr losmachen, so artig war sie und so viel wußte sie zu schwatzen und zu erzählen.* Es ist die Mutter des Mädchens, in das er sich zwanzig Jahre später verliebt, dem er einen Heiratsantrag macht und von dem er abgewiesen wird.

Als Goethe von Karlsbad und Christiane von Lauchstädt zurück sind, geht endlich Mitte August 1806 Christianes Wunsch in Erfüllung: Nikolaus Meyer kommt nach Weimar. Er hat inzwischen geheiratet. Christiane hat ihm am 5. Mai geschrieben: *Besonders aber hat es mich gefreut, daß Sie sich endlich entschlossen haben in den Stand der heiligen Ehe zu treten, wozu ich Ihnen von Herzen Glück wünsche.*

Meyer bringt seine junge Frau mit. Goethe kommt von Jena herüber. Sie verleben Tage zu viert. Christiane wird wohl zu den von ihr so dringlich gewünschten Gesprächen mit dem vertrauten Freund gekommen sein, denn Goethe findet an Meyers junger Frau Gefallen. Er brachte, schreibt er, *sein junges hübsches wunderliches Weibchen mit, von dem ich allerley zu erzählen habe.* Am 14. August notiert er in sein Tagebuch: *Nachts Verkleidung der Dr. Meyern in einen Knaben.*

Diese Tage sind wohl die letzten unbeschwerten im Jahr 1806. *Hiesigen Orts sind die meisten Menschen voll Furcht vor den Franzosen; ganz unnötig, da uns die nähren Preußen schützen. Erst gestern sind wieder Fuseliers an uns vorbei ins Coburgsche gegangen. In Eisenach sind auch Preußen*, schreibt Riemer.

Goethe zieht sich nach Jena in *seine klösterlichen Schloßzimmer ... unter Steine und ausgestopfte Tiere zurück.* Am 3. September muß er zum Geburtstag des Herzogs zur Gratulationscour im Römischen Haus in Weimar erscheinen. Am 16. ist er bei ihm: *Abends bey Serenissimo wegen einiger Besorgungen in dessen Abwesenheit.* Am 17.: *Bey Serenissimo zum Abschiede.* Carl August geht als preußischer General in sein Hauptquartier, es ist nicht weit entfernt, in Niederroßla, in Schafstädt. Bereits am 24. ruft der Herzog Goethe: *Mittags in Niederroßla bey Serenissimo im Haupt Quartier.*

Am 26. September fährt Goethe mit Christianes Bruder nach Jena. Am 28.: *Hendrich und Vulpius zu Mittage.*

Am 1. Oktober muß Goethe seine Räume im Jenaer Schloß für den Fürsten Hohenlohe, den Kommandanten der preußischen Armee bei Jena, frei machen. Sein Tagebuch vermerkt am 3. Oktober: *Visiten. Prinz Louis (Ferdinand von Preußen). Beym Fürsten Hohenlohe zur Tafel.*

Am 6. Oktober kehrt er nach Weimar zurück. Am 10. notiert er: *Starker Truppenmarsch durch die Stadt und die Gegend.* Am 11. Oktober: *Der König* (Friedrich Wilhelm III.) *und die Königin* (Luise) *kamen um 10 Uhr.* Am 11. Oktober erreicht ihn die Nachricht, daß in den Kämpfen zwischen Franzosen und Preußen um den Zugang zum Saaletal Prinz Louis Ferdinand, der Führer des preußischen Korps, bei Saalfeld gefallen ist.

Am 12. Oktober schreibt Charlotte von Stein ihrem Sohn Fritz: *Mein Kopf ist mir heute recht schwer von allem Lärm, Furcht und Hoffnung. Die meisten um mich herum sind aber noch ängstlicher als ich. Goethe sagte, die Franzosen hätten ja schon längst die Welt überwunden, es brauchte kein Bonaparte. Die Sprache, Kolonien von Refugiés, Emigrierte, Kammerdiener, Köche, Kaufleute u. s. w., alles dies hinge an ihrer Nation, und wir wären verkauft und verraten.*

Am 13. Oktober notiert Goethe: *Ging ich mit Hendrich das Lager zu sehn.* Koes, der dänische Philologe, begleitet sie, er notiert in sein Tagebuch: *Spaziergang mit Goethe und dem Major Hendrich neben dem großen Lager. Der König steht jetzt hier mit 95 000 Mann; gestern schlugen die Sachsen bei Jena ein Lager auf. So weit wir über die Berge umher sehen konnten, standen Zelte; die Soldaten kochend Kohl und Kartoffeln, andere Holz umhauend aus den Alleen, andere Ochsen oder Kühe schlachtend, die nachher stückweise auf Pfählen ins Lager getragen wurden. Marketenderinnen mit Branntwein und Kaffee, Feldwachen, Hauptwache, Kavallerieregimenter defilierten vorbei, ringsherum stieg Rauch aus dem Lager herauf. Es war ein schöner Herbsttag. Goethe ist ein ansehnlicher Mann, herrliche Augen; doch schien sein Gemüt niedergedrückt durch die kritischen Umstände.*

Einen Tag später, am 14. Oktober 1806, kommt es bei Jena und Auerstedt zu den entscheidenden Schlachten.

In Auerstedt siegt Marschall Davout über die Preußen. Militärisch gesehen ist dies der weitaus bedeutendere Sieg. Aber da Napoleon in Jena ist, subsumiert er Auerstedt und Jena als eine Schlacht, deren Erfolg er sich allein zuschreibt.

Die Schlacht bei Jena beginnt um 6 Uhr am Morgen und endet gegen 15 Uhr. Die Einwohner Weimars erleben zuerst Flucht und Rückzug der Preußen. Gegen Abend und in der Nacht den Einzug der Sieger, der Franzosen, die die Stadt in Brand stecken und plündern.

Goethe trägt am 14. Oktober in sein Tagebuch ein: *Früh Kanonade bei Jena, darauf Schlacht bei Kötschau. Deroute der Preußen. Abends um 5 Uhr flogen die Kanonenkugeln durch die Dächer. Um ½ 6 Einzug der Chasseurs. 7 Uhr Brand, Plünderung, schreckliche Nacht.*

Weimar ist preisgegeben. Jeder Bewohner ist unter seinem eigenen Dach in Lebensgefahr. Und in Sorge um seinen Besitz. Fast kein Haus bleibt verschont. Goethes alter Freund Melchior Kraus, der Direktor der Zeichenschule, wird völlig ausgeraubt, er selbst so mißhandelt, daß er wenig später stirbt. Kanzler Koppenfels, jener, der 1797 den Paß für Christiane ausgestellt hat, verliert all sein Hab und Gut. Seinem Schwiegersohn Heinrich Meyer werden bei der Plünderung die wichtigsten künstlerischen Arbeiten entwendet; ein Verlust, den er sein ganzes Leben lang nicht verwinden kann. Christianes Bruder, dem der Herzog ein Jahr zuvor *freie Logis* nahe der Bibliothek, in einem am Park gelegenen Haus gegeben hat (*vier hübsche Stuben, Keller, einen schönen Hof*, dieser *geht in den Park, so wie unsre Kammerfenster*), flieht mit Frau und Kind in den Park, verbringt die Oktobernacht versteckt im Gebüsch. Er verliert alles, wird *von allen, allen entblöset*, wie er Nikolaus Meyer schreibt; *was meine Studirstube* (an) *Msptn. u Büchern, u a. Dingen hatte, ... was zur Wirtschaft gehörte. Denken Sie sich, daß ich nicht einmal ein Petschafft mehr hatte, daß Papier, Scheren, Messer, Bleistifte, kurz alle Kleinigkeiten der Art, fort sind! Spiegel zerschlagen, Kommoden, Pulte, erbrochen, u vom Löffel bis zur Lichtputze, vom Kamm bis zur Nadel vom Zinn bis zur Schere ... alles mitgenommen, der Wein, das Bier ausgetrunken, mitgenommen, die Fässer mit dem Eingemachten, das Brennholz, alles, alles dahin*! Charlotte von Stein, die, äußerst mutig, den verwundeten preußischen General Schmettau in ihr Haus aufnimmt, wird beraubt und ausgeplündert.

... nicht 10 Häuser, selbst das Schloß nicht, sind verschont geblieben.

Goethe notiert über die Nacht vom 14. zum 15. Oktober: *Erhaltung unseres Hauses durch Standhaftigkeit und Glück. Lieutenant Noisin.*

In dieser Nacht soll Christiane Goethe das Leben gerettet und er sie als Dank dafür Tage später geheiratet haben. So wird es bis heute dargestellt.

Von Christiane ist dazu nichts überliefert.

Goethe hat kein einziges Wort über den Vorgang verloren. Nicht in jenen Tagen selbst, und auch nicht später.

Ist die Geschichte von der Lebensrettung durch Christiane und die Geschichte der Ehe als Lohn dafür eine Erfindung? Achtzehn Jahre Zusammenleben und fünf gemeinsame Kinder haben den Makel der Ungleichheit nicht von Christiane nehmen können. Erst der Einsatz ihres Lebens »adelt« sie, macht sie ihm ebenbürtig, seiner würdig. Dient die Lebensrettungsgeschichte, in der sich wiederum eine Herabwürdigung Christianes verbirgt, dazu?

Oder ist die Geschichte der Heirat aus Dankbarkeit eine Kaschierung von Goethes plötzlichem Eheentschluß, soll von dem tatsächlich erstaunlichen Vorgang ablenken, daß Goethe den Tag der verlorenen Schlacht, den die Mehrzahl seiner Zeitgenossen als einen Tag der Schmach und Schande empfinden, für sich und Christiane durch die Hochzeit zu einem Freudentag macht; nicht von Katastrophe ist bei ihm die Rede, sondern von *Umwendung der Dinge*, von *Neuem.*

Über die tatsächlichen Vorkommnisse in der Nacht vom 14. zum 15. Oktober 1806 im Haus am Frauenplan gibt es keinerlei gesicherte Zeugnisse.

Am 15. Oktober notiert Goethe in sein Tagebuch: *Marschall Lannes im Quartier und General Victor. Bei Hofe wegen Ankunft des Kaisers. Nach Hause. Beschäftigt mit Sicherung des Hauses und der Familie.*

An diesem Tag schreibt Napoleon seiner Frau Joséphine nach Paris: *Meine Freundin, ich habe schöne Manöver gegen die Preußen ausgeführt, ich habe gestern einen großen Sieg erfochten. Sie waren 150 000 Mann stark, ich habe 20 000 Gefangne gemacht, 100 Kanonen und viele Fahnen erobert. Ich war unmittelbar in der Schlacht und nahe beim König von Preußen; ich habe ihn und die Königin beinahe gefangen genommen. Ich biwakiere seit 2 Tagen und befinde mich vortrefflich.*

Noch am Abend dieses 15. Oktober zieht er, inmitten von Brand und Plünderung, als Sieger der Schlacht in Weimar ein. Carl August gehört als preußischer General zu den Verlierern. Die Existenz des Herzogtums steht auf dem Spiel, ist in Napoleons Hand gegeben. Die meisten Hofleute sind geflohen. Herzogin Louise ist geblieben. Die Regierungsgeschäfte für den abwesenden Herzog führt Voigt. Er erbittet eine Audienz bei Napoleon, um die Stadt vor Plünderung und gänzlicher Vernichtung zu bewahren. Schickt in dieser Sache einen Zettel an Goethe, am Abend des 15. oder am Morgen des 16. Oktober. Goethe entschuldigt sich wegen Krankheit.

In den schrecklichen Augenblicken ergreift mich, schreibt er Voigt, *mein altes Übel. Entschuldigen sie mein Ausbleiben. Ich weiß kaum, ob ich das Billet fortbringe.*

Voigt vermerkt auf dem Billett von Goethe: *praesentirt 16. Oct. 1806 als ich eben zum Kaiser und König Napoleon als Mitglied des conseil administratif mit Geh. Rath von Wollzogen gehen wollte.*

Herzogin Louise ist Napoleon wohl bereits bei seiner Ankunft am Abend des 15. so entschieden und couragiert begegnet, daß sie Weimar, Schloß und Stadt vor der gänzlichen Plünderung und Vernichtung bewahren konnte. Ihr Auftreten findet Napoleons Bewunderung. *Voila une femme a la quelle pas meme nos deux cents canons ont pu faire peur*, sagt er respektvoll von ihr. Bei Christianes Bruder heißt es: *Die regierende Frau Herzogin ist geblieben. Ihre Standhaftigkeit hat Weimar gerettet. Sie blieb bei uns alles mit uns zu theilen, u Murat u Napoleon, haben sie geehrt u geschätzt.*

Goethe dagegen schreibt verschwommen: *Die regierende Herzogin hat mit uns die schrecklichen Stunden verlebt.* In einem Brief an Zelter kaschiert er seine Abwesenheit: *es war nicht Not, mich der öffentlichen Angelegenheiten anzunehmen, indem sie durch treffliche Männer genugsam besorgt wurden; und so konnt' ich in meiner Klause verharren, und mein Innerstes bedenken.* Im entscheidenden Moment hat er die Herzogin und seinen Amtskollegen Voigt allein gelassen. Wenig später lobt er Louise: *Die Herzogin ist wohl und hat sich auf eine Weise betragen, welche zu höchster Bewunderung auffordert. ... Ihr verdanken wir einige Hoffnung des Heils für künftig, sowie für jetzt die Erhaltung des Schlosses.*

Ob Goethe, seit dreißig Jahren nicht nur Dichter, sondern auch Staatsmann in Weimar, seine Abwesenheit in einer für die Stadt so existentiellen Situation Pein bereitet, ob er sie als Versagen empfunden hat, ist nicht überliefert.

Er will dem von ihm bewunderten Kaiser Napoleon nicht als Hofmann und Politiker, nicht als Stellvertreter seines fürstlichen Mäzens, zu dessen militärischem Engagement für Preußen er stets Abstand hatte, entgegentreten. Er will dem Genie der Macht gleichwertig als Künstlergenie begegnen. Er wartet auf eine bessere Gelegenheit. Die wird sich ihm zwei Jahre später, im Herbst 1808, beim Fürstenkongreß in Erfurt bieten, als Napoleon ihn in einer Audienz als Verfasser des »Werthers« empfängt.

Der letzte Tagebucheintrag vom 15. Oktober: *Beschäftigt mit Sicherung des Hauses und der Familie.*

Am 16. Oktober: *Lannes ab. Gleich darauf Marschall Augereau. In dem Intervall die größte Sorge. Bemühung um Sauvegarden u. s. w., bis endlich das Haus ganz voll Gäste war. Mit dem Marschall gespeist. Viele Bekanntschaften. Tätige Teilnehmung mancher Militärpersonen. Ankunft des Kommandanten Dentzel.*

An ihn muß Goethe sich gewandt haben. Dentzel, ein Theologe aus Jena, der es in seiner militärischen Karriere bis zum General gebracht hat, ist der französische Stadtkommandant von Weimar. Vom 17. Oktober datiert folgendes Billett: *Der Generaladj. des Kayserlichen Staabs bittet Hr. Hofrat Goethe ganz ruhig zu seyn. Der unterschriebene Commandant der Stadt Weimar wird auf Ersuch des Hr. Marschals Lannes und in Rücksicht des großen Göthe's alle Mittel nehmen, die Sicherheit Hrn Göthes und Ihres Hauses zu besorgen. G. F. Dentzel.*

Durch seine Vermittlung erhält Goethe am 16. Oktober eine *Sauvegarde*, d. h. einen im Namen des Kaisers erstellten Schutzbrief, der ihn und sein Haus in Zukunft vor Zugriffen der französischen Soldaten sichert. Ein Privileg, das nur wenigen Weimarern zuteil wird.

Christianes Bruder ist nach der Nacht im Park in das Haus der Schwester geflüchtet, hält sich vom 15. bis zum 17. mit Frau und Kind dort auf. Am 18. kann er, mit französischem Schutz, in seine geplünderte Wohnung zurück; als sie *mich endlich*, schreibt er an Meyer, *(da Napoleon Bücher von der Bibliothek verlangte,) auf Requisition seines Ingeniers d'Alma, Grenadiere, in meine Wohnung einsezten.*

Goethe vermerkt am 17. Oktober: *Marschall Augereau ab. Der Kaiser ging ab. Zur Einquartierung den chef de bataillon Dupuis. Mittag bei Lauhns, wo Dentzel einquartiert war, zu Tische. Wieland war von der Gesellschaft. Nachher aufs Schloß, wo die Absendung nach allen Enden hin, zum Herzog und Erbprinzen geschah.*

An diesem 17. Oktober, die Lebensgefahr ist durch den brieflich gewährten Hausschutz gebannt, ein erstes Aufatmen wird möglich, wendet sich Goethe mit einem Schreiben an den Oberkonsistorialrat und Hofprediger Günther, den Nachfolger Herders. *Dieser Tage und Nächte ist ein alter Vorsatz bey mir zur Reife gekommen; ich will meine kleine Freundinn, die so viel an mir gethan und auch diese Stunden der Prüfung mit mir durchlebte völlig und bürgerlich anerkennen als die Meine. Sagen Sie mir würdiger geistlicher Herr und Vater wie es anzufangen ist, daß wir, sobald möglich, Sonntag, oder vorher getraut werden. Was sind deßhalb für Schritte zu thun? Könnten Sie die Handlung nicht selbst verrichten, ich wünschte daß sie in der Sakristey der StadtKirche geschähe. Geben Sie dem Boten, wenn er Sie trifft gleich Antwort. Bitte!*

Goethe hat es eilig. Er drängt. Der 17. Oktober ist ein Freitag. *Sonntag oder vorher* ... Es liegt nur der Samstag dazwischen.

Der Hofprediger macht ihn vermutlich auf die notwendigen Formalitäten des dreimaligen Aufgebotes aufmerksam, wagt nicht, allein und so schnell zu entscheiden. Goethe fragt daraufhin bei Voigt an, dieser stellt am folgenden Tag zusammen mit Wolzogen ein offizielles Regierungspapier aus: *Erlaubnisschein für Seine Excellenz den Herrn Geheimden Rat Johann Wolfgang von Goethe wegen seiner vorhabenden Verehelichung mit Christiane Vulpius.*

Nachdem bei Seiner des regierenden Herrn Herzogs zu Sachsen Weimar und Eisenach Hochfürstlichen Durchlaucht von dem Fürstlichen Geheimden Rat Herrn Johann Wolfgang von Goethe allhier um die Höchste Einwilligung zu seiner vorhabenden Verehelichung mit seiner zeitherigen Hausfreundin Christiane Vulpius, hierselbst untertänigst gebeten worden und dieses Gesuch stattfinden zu lassen kein Bedenken gewesen, als hat demselben zu seiner desfallsigen Legitimation gegenwärtiger Erlaubnisschein unter Vordruckung des Fürstlichen Insiegels expedieret und ausgefertigt werden sollen.

Sig(natum) *Weimar den 18. Oktober 1806*

Im Namen und Auftrag Seiner des regierenden Herrn Herzogs zu Sachsen Weimar und Eisenach Hochfürstlichen Durchlaucht!

(gez.) G. Voigt *(gez.)* Wolzogen

... *besorgte ich*, schreibt Voigt am 19. Oktober an Goethe, *was nötig war, mittelst eines Voti, das sofort an die geistliche Instanz gegeben ... wurde. Es versteht sich, daß alle Dispensations- und Kanzleibrocken wegfallen, voraus vormals unsre Waisen und Armen sich ihr Brot nehmen halfen – Fuimus! Möge die Befestigung Ihres häuslichen Zustandes und seiner externen rechtlichen Folgen Ew. Exzellenz zu einiger mehrer inneren Ruhe des Lebens gerei-*

chen, und die treue Gefährtin Ihres Lebens solches verlängern und teilen helfen!

Am Sonntag, dem 19. Oktober, findet die Trauung in der Sakristei der Jakobskirche statt. Christiane und Goethe werden von ihrem sechzehnjährigen Sohn August begleitet und von dessen Hauslehrer Riemer. Sie fahren, wie von letzterem überliefert, mit der Kutsche in die Jakobsvorstadt und zurück. (An die Trauung durch den Hofprediger Günther erinnert noch heute eine Tafel an der Außenmauer der Jakobskirche.)

Im »Trauungsregister der Großherz. Hofgemeinde von 1801-1821« steht unter dem Jahr 1806: *Sr. Excellenz, Herr Johann Wolfgang von Göthe, Fürstl. Sächß. Geheimer-Rath allhier, mit Demoiselle Johanna Christiane Sophia geb. Vulpius, des weil. Herr Johann Friedrich Vulpius, Fürstl. Sächß. Amts-Copisten allhier, hinterlassene älteste Tochter, sind Dom. XX post Trinitatis als den 19. Octobris in allhiesiger Fürstl. Hofkirchen-Sacristei von dem Herrn Oberconsistorial-Rath Günther in der Stille copulieret worden.*

Einen Tag nach der Trauung schreibt Goethe seinem und Christianes Bremer Freund Nikolaus Meyer: *Wir leben! Unser Haus blieb von Plünderung und Brand, wie durch ein Wunder verschont. ... Merkwürdig ist es, daß diese Tage des Unheils von dem schönsten Sonnenschein begleitet und beleuchtet wa*(ren). ... *Um diese traurigen Tage durch eine Festlichkeit zu erheitern habe ich und meine kleine Hausfreundinn gestern, als am 20sten Sonntage nach Trinitatis den Entschluß gefaßt in den Stand der heiligen Ehe ganz förmlich einzutreten ...*

Wiederum einen Tag später, am 21., heißt es an Knebel: *Daß ich mit meiner guten Kleinen seit vorgestern verehelicht bin wird euch freuen. Unsre Trauringe werden vom 14. Octbr. datirt.*

Am 27. Oktober gratuliert Goethes Mutter zur Hochzeit: *Zu deinem neuen Stand wünsche dir allen Seegen – alles Heil – alles Wohlergehen – da hast du nach meines Hertzens wunsch gehan-*

delt – Gott! Erhalte Euch! Meinen Seegen habt Ihr hiemit in vollem Maas – der Mutter Seegen erhält den Kindern die Häußer – wenn sie schon vor den jetzigen Augenblick nichts weiter in diesen Hochbeinigen erbärmlichen Zeiten thun kan.

Und Christiane betreffend: *Grüße meine Liebe Tochter hertzlich – sage Ihr, daß ich Sie Liebe – schätze – verehre.*

Wenig später: *Deinem Lieben Weibgen dancke vor den lieben Brief den Sie mir geschrieben hat – Ihr schönes – heroisches – haußhälterisches Betragen hat mein Hertz erfreut – Gott! Erhalte Ihren frohen Mut.*

Kein Wort von der Lebensrettung durch Christiane. Die Reaktionen von Goethes Mutter auf die Briefe von Sohn und Schwiegertochter über die Oktobertage in Weimar lassen nicht auf eine solche Mitteilung Goethes oder Christianes schließen.

Wohl aber auf die Schilderung einer Lebensbedrohung. ... *das war wieder eine Errettung*, schreibt die Mutter dem Sohn, *wie die 1769 – 1801 – 1805 da nur ein Schritt ja nur ein Haar, dir zwischen Tod und Leben war. Vergiß es nie; so wie ich es auch nie vergeße.*

Die Geschichte der Lebensrettung taucht erstmals in einem Brief von Loder auf, jenem Jenaer Mediziner, dem damals der Körper der Kindsmörderin in die Anatomie gebracht worden war. Er schreibt den Brief aus Petersburg, bezieht sich demnach auf Mitteilungen von anderen. Datiert 8. April 1807, *brutale Kerls drangen mit ihren Degen auf ihn ein und hätten ihn vielleicht umgebracht oder wenigstens verwundet, wenn die Vulpius sich nicht auf ihn geworfen und ihn teils dadurch, teils durch einige silberne Leuchter, die sie sogleich hergab, gerettet hätte. Dafür hat er sie geheiratet, und der Herzog hat nachher seine Einwilligung dazu gegeben.* Riemer, der in der Nacht im Haus war, gibt nach Goethes Tod eine ähnliche Darstellung. In seinen 1841 veröffentlichten »Mitteilungen über Goethe« schreibt er, bereits am Nachmittag der Jenaer Schlacht sei der Eingang des Hauses am Frauenplan mit geflüchteten Stadtleuten und einem Dutzend elsässischer Kavalleristen gefüllt gewesen. Die erwartete Einquartierung eines französischen Marschalls sei ausgeblieben. Mitten in der Nacht hätten zwei Tirailleurs *in voller Bewaffnung* Einlaß begehrt, sie seien betrunken gewesen und später in die für den Marschall bereitgestellten Zimmer eingedrungen. Erst am nächsten Morgen habe er, Riemer, zu seiner Bestürzung von anderen Hausgenossen erfahren, daß die beiden in der Nacht in die hinteren Räume gelangt seien, Goethe mit dem Leben bedroht hätten, Christiane einen von den ins Haus Geflüchteten zu Hilfe gerufen und sie ihn so gerettet hätte. Das schreibt er 1841. Kein Wort davon in seinen Notizen und Briefen von 1806. Wie ist das zu erklären? Schweigt er, weil Goethe seinerseits über die Ereignisse der Nacht schweigt?

Hätte Christiane, wenn es sich so ereignet hat, nicht zumindest ihrem Bruder, der am Morgen nach dieser Nacht in ihrem Haus Unterschlupf findet, ein Wort davon gesagt? Auch in seinen ausführlichen Briefen an Meyer keine Erwähnung. Am 20. heißt es: *Sein Haus, ist verschont geblieben. Er hatte stets Marschälle drin. Er ist nicht geplündert; den ersten Abend hat er's mit Wein und Klugheit abgewendet, dann bekam er Sau(v)egardes, da die Genral. Viktor, Marschälle Ney, Lannes, Augerau, u andere Offiziere bei ihm logierten; zu weilen 28 Betten in seinem Hause ... dem Geheimen Rath selbst hat es über 2 000 Rthlr. gekostet; allein 12 Eimer Wein.*

Sagt Christiane nichts, weil sie voll zu tun hat? Nachtquartiere für Offiziere, Soldaten, sie muß Tischtücher als Bettlaken verwenden. Die Mittagstafel für die Marschälle. Hilfe für die ins Haus Geflüchteten, die Geplünderten. Ihr *heroisches – haußhälterisches Betragen*, wie die Schwiegermutter es nennt. *Meine Schwester stand bei*, schreibt der Bruder. Sie half ihm, sie half Meyer. Am 15. oder 16. sandte Goethe diesem ein Billett: *Sagen Sie mir mein werther Womit ich dienen kann: Rock, Weste. Hemd p. p. soll gern folgen. Vielleicht bedürfen sie einiger Viktualien?*

Verliert Christiane kein Wort darüber, weil sie ihre Handlungsweise für selbstverständlich hält?

Oder fühlt sie instinktiv, wenn es in der Tat so war, sie ihm das Leben gerettet hat, daß Schweigen angebracht ist, es einzig zwischen ihnen bleiben muß, die Vorgänge nicht an die Öffentlichkeit gehören. Das Moment der Beschämung für Goethe, wenn es so gewesen ist. Sein Leben durch eine Frau gerettet, während Louise in Abwesenheit ihres Mannes das Herzogtum rettete.

Die Nachricht von Goethes und Christianes Hochzeit wird sowohl in privaten Kreisen als auch in der Öffentlichkeit schlecht aufgenommen.

Das Wie und Wann und Warum, schreibt Riemer am 22. November 1806 an Frommann nach Jena, *eignet sich nur zur mündlichen Kommunikation.*

Frau von Stein schreibt am Tag der Hochzeit: *während der Plünderung hat er sich mit seiner Mätresse öffentlich in der Kirche trauen lassen, und war dies die letzte kirchliche Handlung, denn alle unsere Kirchen sind nun Lazarete und Magazine.*

Charlotte von Schiller am 24. November, daß Goethe *sich seiner selbst nicht so würdig gezeigt ... Die Trauung hat mir etwas Grauenhaftes, gesteh ich. In einer Kirche, wo Tote, Verwundete tags vorher lagen ... eine Zeremonie vorzunehmen, die jeder Mensch nur in den glücklichsten Tagen oder nie feiern sollte, dieses ist mir ein Gefühl, das ich nicht ganz verdrängen kann. Das Nachteilige des Eindrucks, den dieser Schritt auf die Gemüter tun muß, ist nicht zu unterdrücken.*

Goethes skandalöse Hochzeit, heißt es bei Gräfin Schimmelmann, mit der Goethe in Karlsbad verkehrte, *hat einen jeden geärgert. Man schrieb uns gleich, daß die Kanonen von Jena sein Hochzeitslied und sieben brennende Häuser in* W(eimar) *seine Hochzeitsfackeln gewesen wären!*

Öffentliche Blätter reflektieren das. In der von Goethes Verleger Cotta herausgegebenen »Allgemeinen Zeitung« ist zu lesen: *Weimar, 6. Nov. Gothe ließ sich unter dem Kanonendonner der Schlacht mit seiner vieljährigen Haushälterin, Dllm. Vulpius, trauen, und so zog sie allein einen Treffer, während viele tausend Nieten fielen. Nur der Ununterrichtete kan darüber lächeln. Es war sehr brav von Göthe, der nichts auf gewöhnlichem Wege thut.*

Goethe erwidert scharf, schreibt Cotta, *unschicklich* und *unanständig* würden *Privatleute* behandelt, *machen Sie diesen unwürdigen Redereyen ein Ende, die sehr bald ein wechselseitiges Vertrauen zerstören müßten.*

Was sind die Motive für Goethes tatsächlich seltsam überstürzt wirkende Heirat, die unter so unpassenden Umständen stattfindet?

Charlotte von Schiller vermutet, daß diesem Entschluß *ein panischer Schrecken zu Grund liegen* müsse. Sie hat damit nicht Unrecht.

Goethes Begrüßungsruf *Wir leben!* im Brief an Meyer läßt die Tiefe des Schocks in der Nacht vom 14. zum 15. Oktober ahnen. Vom *ungeheuren Kriegsstrom*, von *schrecklich dringenden Ereignissen*, von *zweiundsiebzig Stunden von Gefahr und Not*, schreibt er Schelling am 31. Oktober. (Es ist genau jener Zeitraum, da das Haus ohne *Sauvegarde*, ohne Schutz war.) Seine Worte: *in jener unglücklichen Nacht* (an Cotta 24. 10.), die *Stunden der Prüfung* (an Günther 17. 10.), *diese Tage des Unheils* (an N. Meyer 20. 10.), *in jenen Schreckenszeiten* (an Carl August am 25. 12.), streifen immer wieder den Tabubereich: die ausgelöste Angst, die Lebensgefährdung unter dem eigenen Dach, ohne es auszusprechen, ohne die Vorgänge im einzelnen zu benennen.

Bereits einmal – 1793 – ist Goethe vor den Franzosen geflohen. Nun sind sie unter seinem eigenen Dach. Das lange von Revolutionstumulten verschont gebliebene kleine Thüringer Herzogtum ist in den Mittelpunkt der napoleonischen Kriege gerückt. Sein eigenes Haus ist zum Schauplatz geworden.

Meine größte Sorge, schreibt er am 20. Oktober an Cotta, *in diesen schrecklichen Stunden war für meine Papiere und sie war nicht ohne Grund; denn in anderen Häusern haben die Plünderer besonders Papiere durcheinander geworfen, zerstreut und verderbt.* Und am 24.: *Ich werde nach dieser überstandenen Epoche um desto mehr eilen meine Manuscripte in Druck zu bringen. Die Tage des Zauderns sind vorbey, die bequemen Stunden in denen wir uns mit Hoffnung schmeichelten, unsere Versuche zu vollenden, und was wir nur entworfen hatten, auszuführen.*

Die Angst, bisher Ungedrucktes, Arbeit von Jahren, Jahrzehnten zu verlieren, vernichtet zu sehen. Seine größte Sorge ist sein Werk.

Der Schrecken dieser Nacht muß ihm schlagartig die Labilität seiner gesamten Lebensgrundlage bewußtgemacht haben.

Er lebt mit einer Frau in einer juristisch nicht gesicherten Beziehung. Er lebt in einem Haus, das ihm der Herzog geschenkt hat, das ihm aber im rechtlich-bürgerlichen Sinne nicht gehört. Die Vorbehalte Carl Augusts gegen die Form seines Zusammenlebens mit

Christiane haben den Fürsten bewogen, sich in der am 18. Dezember 1801 ausgestellten Schenkungsurkunde den letzten Schritt vorzubehalten. Das Eigentum ist nicht formal-juristisch auf Goethe übertragen. Das Haus steht nicht unter dessen Namen in den Katastern. Das Fürstliche Amt zahlt die Steuern.

Das heißt, Goethes gesamte Lebensbasis hängt von seinem fürstlichen Mäzen ab. Dreißig Jahre hat der Herzog alles mit *Federstrichen* für ihn gelöst.

Nun aber ist völlig offen, ob dieser Mäzen, ob Carl August oberster Landesherr bleiben, ob dieses Fürstentum überhaupt weiter existieren oder Napoleon anders verfügen wird. Carl August als Kommandeur der Avantgarde-Divison der geschlagenen preußischen Hauptarmee gefährdet das Herzogtum.

Bis zum Friedensschluß in Posen am 15. Dezember 1806, der den Beitritt des Herzogtums zum Rheinbund besiegelt, ist das Weiterbestehen der Weimarer Dynastie in der Schwebe, das Land wird in dieser Zeit als *pays conquis* behandelt.

Die feudalhöfischen Bande sind, wenn nicht aufgelöst, so doch aufs äußerste in Frage gestellt.

... wenn sie uns bleiben, schreibt Goethe vorsichtig seinem Freund und Mäzen. Und: *Wenn alle Bande sich auflösen wird man zu den häuslichen zurückgewiesen, und überhaupt mag man jetzt nur gerne nach innen sehen.*

Öffentliche Blätter sagen, daß er sich am Tage der Schlacht mit der Vulpius trauen ließ, heißt es bei Caroline Schelling am 30. November, *als wenn er Bande noch hätte knüpfen und fester anziehen wollen in einem Augenblick, wo alle Bande gelöst scheinen ... Ihre größte Sorge mag sein, ob sie unter der jetzigen Herrschaft bleiben.*

Zwar brannte die Welt an allen Ecken und Enden, wird Goethe schreiben, *aber das mittlere, das nördliche Deutschland genoß noch eines gewissen fieberhaften Friedens, in welchem wir uns einer problematischen Sicherheit hingaben.* Die Schlacht bei Jena, die Nacht des 14. Oktober, setzt dieser *problematischen Sicherheit*, diesem *fieberhaften Frieden* jäh ein Ende. Der Zusammenbruch der preußischen Militärmacht, der Sieg Napoleons. Goethe hat die geschichtliche Tragweite der Ereignisse wohl bereits in dieser Nacht erahnt, gespürt.

Mit Napoleon wird eine neue Ära anbrechen, die vom Code civil, vom bürgerlichen Gesetz bestimmt werden wird. Goethe begreift die Auflösung der alten feudalen Ordnung als Notwendigkeit und Chance einer Neuordnung seines Lebens. Er geht nach dieser Nacht sofort an die Sicherung seiner beruflichen, finanziellen und privaten Existenz. Er ordnet sein Leben neu auf der Grundlage der Anerkennung des bürgerlichen Gesetzes, versucht sich aus der Abhängigkeit von seinem Mäzen zu lösen.

Was er dazu sofort, ohne den Herzog tun kann, ist die Eheschließung.

Die Abwesenheit des Herzogs ist vermutlich sogar ein Vorteil. Carl August hätte ihm abgeraten; die Ratschläge des fürstlichen Mäzens gleichen immer Befehlen. Handelt er schnell, so schafft er vollendete Tatsachen.

Die Heirat ist der erste Schritt zur Anerkennung des bürgerlichen Rechts.

Und zugleich die Voraussetzung, um zu den vollen Besitzrechten seines Hauses zu kommen.

Er bittet den Herzog darum – an welchem Tag genau, ist umstritten –, schreibt ihm: *Sag ich es also geradezu! Um jene Wesen die mir so angelegen sind im Augenblicke auf irgend etwas anzuweisen hab ich nichts als das Haus das ich früher Ihrer vorsorglichen Güte verdancke und zu dessen Besitz mir im besorglichen Falle nur noch ein Letztes fehlt. Damals walteten Bedencklichkeiten ob, mir es eigenthümlich zuzuschreiben, sie sind schon durch die Zeit selbst ausgelöscht. … Dies ist also meine Bitte daß sie mir das Gegebene geben, wofür ich mich doppelt und dreyfach danckbar zu erweisen hoffe. Es wird ein Fest für mich und die Meinigen seyn wenn die Base des entschiedenen Eigenthums sich unter unsern Füßen befestigt, nachdem es so manchen Tag über unserm Haupte geschwanckt und einzustürzen gedroht hat.*

Mit Voigt hat er offenbar alles bereits vorbereitet, ist, wie 1794, als es um das Haus am Frauenplan ging, sehr aktiv geworden. *… es bedarf nur Ein Wort an Geh. R. Voigt um die Sache selbst … ganz in der Stille abzuthun.*

Reagiert der Herzog auf diesen Brief? Goethe, der mehrfach

Schreiben an ihn entwirft und wieder verwirft (*Gesteh ich's nur, schon manches Blatt hatte ich an Ew. Durchlaucht geschrieben und es jederzeit wieder vernichtet aus Furcht einer unangenehmen Berührung*), wendet sich am 25. Dezember 1806 an Carl August. Diplomatisch knüpft er an frühere Gemeinsamkeiten an. Er gratuliert dem Herzog und seiner Mätresse zur Geburt ihres Sohnes Carl Wolfgang, kommt auf den eigenen Sohn zu sprechen, den er als Grund für die Eheschließung angibt.

Da man der bösen Tage sich oft erinnert; so ist es eine Erheiterung auch der guten zu gedencken und mancherley Epochen zu vergleichen, so fiel mir auf daß heute vor siebzehn Jahren mein August mich mit seiner Ankunft erfreute. Er läßt sich noch immer gut an und ich konnte mir Ew. Durchl(aucht) *Einwilligung aus der Ferne versprechen als ich, in den unsichersten Augenblicken, durch ein gesetzliches Band, ihm Vater und Mutter gab, wie er es lange verdient hatte. Wenn alle Bande sich auflösen wird man zu den häuslichen zurückverwiesen, und überhaupt mag man jetzt nur gerne nach innen sehen.*

Goethe außert die Hoffnung, daß der Herzog bald zurückkehre, *nur von diesem Augenblicke werden wir die Epoche unserer Wiederherstellung datiren.* Zugleich fügt er jenes vorsichtige *wenn sie uns bleiben* hinzu.

Carl August antwortet seinem Freund am 12. Januar 1807, bedankt sich ausführlich für die Glückwünsche für seinen Sohn Wolfgang. Auf Goethes Eheschließung reagiert er kühl, kein Glückwunsch, keine Zustimmung. Aber er entspricht der Bitte, ihm das Haus zu übereignen. *Du bist also wohl, heiter, thätig und voll neuen Muthes, dein Hauswesen ist berichtigt und das sind lauter gute erfreuliche Dinge; genieße lange diese angenehme Lage! daß Dein Haus ganz dein eigen sey, das habe ich Voigten aufgetragen zu besorgen.*

Die Eingravierung – *Unsre Trauringe werden vom 14. Octbr. datiert* – hat eine symbolische Bedeutung. An diesem Tag endet die preußische Militärmacht auf den Schlachtfeldern von Jena und

Auerstedt, direkt auf Weimarischem Territorium. Es ist der Tag von Napoleons Sieg. Goethe macht den Tag zu einem Feiertag.

Es ist kein Zufall, daß er die Gravierung in den Trauringen Knebel mitteilt, der mit der überalterten preußischen Kriegsmaschinerie vertraut ist, der selbst im preußischen Militärdienst war und ihn verlassen hat, mit dem er oft über militärische Dinge debattiert.

Wohl auch über jene *Deroute* der Preußen, die er 1793 an der Seite seines Herzogs erlebt hat, als er Augenzeuge der Kanonade von Valmy wurde. Seine Flucht vor dem französischen Revolutionsheer, die ihn *zwischen Trümmern, Leichen, Äsern und Scheishaufen gefangen hielt*, bezeichnete er damals als *bösen Traum*.

Die schmähliche *Deroute* der Preußen leitete als Oberbefehlshaber der preußischen Armee Anna Amalias Bruder, der Herzog von Braunschweig. Vierzehn Jahre später gehört er wieder zu den leitenden Militärs, stirbt an den Verwundungen, die er in der Schlacht von Jena und Auerstedt erhält.

Für Goethe rücken Valmy und Jena und Auerstedt zusammen.

In Valmy erfuhr er die Übermacht der beweglichen und schlagfertigen französischen Kanoniere gegenüber der stockenden preußischen Kavallerie.

Als er sich 1797 in dem von Franzosen besetzten Frankfurt aufhielt, kam er mit französischem Militär in Berührung, staunte über die Jugend der Generäle, über die *große Ordnung und Tätigkeit* und *den Gemeingeist ihrer Soldaten und die lebhafte Richtung aller nach Einem Zweck*. Napoleon sah in einem Soldaten einen freien Bürger, verkündete: *jeder Soldat trägt den Marschallstab im Tornister*. Die Franzosen verfuhren nach der modernen beweglichen Tirailleurtaktik, während das altersschwache und rangbesessene preußische Militär noch immer die alte schwerfällige Linientaktik anwandte. In der Schlacht von Jena und Auerstedt sind die Folgen sichtbar.

Erlebte Goethe 1793 die Franzosen in ihrem eigenen Land, so ist 1806 Thüringen der Schauplatz. Goethe legen die heftig in seinen stillen Winkel eindringenden Kriegsereignisse rückblickend eine Parallele zur Schlacht von Valmy nahe.

Seine Prophezeihung über Valmy: *Von hier und heute geht eine neue Epoche der Weltgeschichte aus*, soll er nach Riemers Zeugnis zunächst über die Schlacht von Jena 1806 gesagt haben; *von diesem Tag, dem 14. Oktober an, beginne eine neue Epoche in der Weltgeschichte.* Erst 1809 dann: *Die Kanonade von Valmy entschied das Schicksal der Welt.* In der Trauerrede auf Wieland 1813 rückt Goethe Valmy und Jena unmittelbar zusammen; Valmy und Jena als ein einziges, vierzehn Jahre überbrückendes Epochenbild: die französischen Kanonenkugeln in Jena, die das deutsche Ancien Régime zerschießen und die Friedenszeit des klassischen Weimarer Jahrzehntes beenden. In seinen »Annalen zu 1806« bezeichnet er rückblickend das Jahrzehnt mit Schiller, das Zeitalter der Weimarer Klassik *als Stundenfrist der alten Epoche.*

Mit Napoleon beginnt der Eintritt in das *egoistische Zeitalter*, wie Goethe sagt. Er führt dieses *egoistische Zeitalter* auf Napoleons Taten zurück. Als Napoleon sich 1804 zum Kaiser der Franzosen krönen läßt, schreibt Jean Paul: *Und Goethe war weitsichtiger als die 2/2 Welt, da er schon den Anfang der Revolution so verachtete als wir das Ende.*

Goethe verachtete gerade *das Ende* nicht.

Bereits 1802 hatte er in einem Brief an Schiller den aus der *Sintflut* der Französischen Revolution auftauchenden Napoleon als Freiheitszeichen gedeutet. Er war von ihm fasziniert, sah ihn, den genialen Emporkömmling, das Vermächtnis der Französischen Revolution erfüllen, indem er Naturrecht gegen Geburtsrecht und Individualismus gegen Standesbindung durch eine Revolution von oben durchsetze.

Das heißt, anders als die Mehrzahl seiner deutschen Zeitgenossen deutet Goethe den Zugriff Napoleons auf den Osten, dessen Kriege nicht in erster Linie als Gebietsausdehnung, sondern als geographische Übertragung einer Revolution von oben.

Und damit ist für ihn der Tag der verlorenen Schlacht – wiederum im Gegensatz zur Mehrzahl seiner Zeitgenossen – nicht ein Tag der Schmach und Schande, der Katastrophe, sondern ein Tag des Neubeginns.

... so muß man sagen, daß Deutschland von einer innern Fäulnis weit schlimmer angegriffen ist, als von einer äußern Gewalt, von der man doch wenigstens einsieht was sie will und was sie kann,

schreibt er am 24. Dezember 1806 an Cotta. Er wird diesen Brief nicht abschicken, solch scharfe Äußerungen sind nicht für die Öffentlichkeit bestimmt.

Aber auch in dem einen Tag später, am 25. Dezember 1806, an den Herzog geschriebenen Brief, in dem er die Rückkehr des Herzogs wünscht – *nur von diesem Augenblick werden wir die Epoche unsrer Wiederherstellung datiren* –, spricht Goethe in bezug auf die Schlacht nicht von Katastrophe, sondern – vorsichtig – von *Umwendung der Dinge.*

Und er bezeichnet den Weimarer Staat Carl August gegenüber als *das nie wieder herzustellende Ganze.* Knebel gegenüber formuliert er weitaus drastischer, beim Einzug der Franzosen sei *die morsche Jenaische Verfassung* an der eigenen Altersschwäche zusammengebrochen. Die wissenschaftlichen und künstlerischen Anstalten, für die Goethe verantwortlich ist (für die Universität hat er von Napoleon einen Schutzbrief erwirkt), sieht er *als ein gesundes Glied innerhalb eines absterbenden Körpers.*

Heiratsentschluß und Eingravierung des Datums *14. Octbr.* liegt also eine weitvorausgreifende Bewertung der Situation zugrunde, ein kompliziertes Geflecht von nüchternen Überlegungen, in denen besitzrechtliche ein besonderes Gewicht haben. Ohne dieses komplizierte Geflecht ist das nachfolgende Ehejahrzehnt nicht zu verstehen, das durch Spannungen Goethes mit seinem Mäzen und der Weimarer Oberschicht und seine bis 1813 und darüber hinaus kaum verdeckte politische Isolierung bestimmt ist.

Im Dezember 1806 tritt Carl August, um sich und sein Herzogtum zu retten, den Rheinbundstaaten bei. Damit kommt das Weimarer Fürstentum unter das Protektorat Napoleons. Als Besatzung, als Fremdherrschaft wird dieser Status deklariert und von vielen, vor allem in der Oberschicht, so empfunden. Er schürt Franzosenhaß. Carl August bleibt bei seiner preußenfreundlichen Haltung. Goethe dagegen spricht im Hinblick auf Napoleons Protektorat von *neuer Staatsform*, er deutet die neue Herrschaftsform als *Phänomen der neueren Zeit.*

Nachdrücklich bekräftigt er seine Überzeugung, indem er seinen Sohn zum Studium des *Code civil* nach Heidelberg schickt. In Caspar Voghts Reisejournal vom 11. Oktober 1807 ist zu lesen: *Er*

(August) *soll nun in Heidelberg das Recht studieren, c'est à dire le Code Napoléon. Ich fand Goethe über das alles ganz resigniert. Das Alte sei vorbei. Es sei Pflicht, das Neue erbauen zu helfen. Der Mensch sei itzt mehr wie je Weltbürger, die Staaten müßten sich neu bilden.*

1813 macht Goethe seinen Sohn ein zweites Mal öffentlich zum Träger seiner napoleonfreundlichen Gesinnungen. Er verweigert ihm die Teilnahme am Feldzug gegen Napoleon. Selbst nach der Niederlage Napoleons 1813 in der Völkerschlacht zu Leipzig erwartet Goethe – wie die Geschichte zeigen wird zurecht – von der darauffolgenden Wende keine *Neugestaltung der Dinge*. Für den aufkommenden deutschen Patriotismus, die antinapoleonische Bewegung, zeigt er keinerlei Verständnis.

VII

Goethe und Christiane
Kreidezeichnungen von Friedrich Bury. 1800

Christiane, die *kleine Freundin*, die *gute Kleine*, die achtzehn Jahre die Demoiselle Vulpius war (selbst Goethe nennt sie in seinen Tagebüchern stets so, niemals *meine Frau*), sieht sich von einem Tag auf den andern mit Goethes Namen, seinem Adelstitel, seinem ihm vom Fürsten verliehenen Diensttitel ausgestattet: nun ist sie die *Frau Geheime Räthin von Goethe.*

Meine Frau wird fortan im Tagebuch stehen oder *die Geheime Räthin*, wenn Riemer oder ein Schreiber die Eintragungen vornehmen.

Wie mag Christiane das alles aufgefaßt haben? Die Hochzeit unter diesen Umständen. Diesmal trägt sie kein weißes Kleid wie in Leipzig, ist die Fahrt mit der Kutsche in die Jakobsvorstadt keine Spazierfahrt. Zum Feiern bleibt keine Zeit. Kaum wird sie zur Besinnung kommen.

Bereits einen Tag nach der Trauung führt Goethe seine Ehefrau in die Weimarer Gesellschaft ein. Er wählt dafür kein adliges Haus, keines eines lang ansässigen Weimarer Bürgers, sondern den Salon einer Zugereisten, einer Frau, die durch die Kriegsereignisse 1806, durch die *Feuertaufe*, wie Goethe sagt, *zur Weimarerin* geworden ist. Es ist Johanna Schopenhauer. Am 12. Oktober 1806 hat Goethe sie erstmals besucht. Am 20. dann habe er, so schreibt sie ihrem Sohn, Dr. Riemer geschickt, *um zu hören, wie es mir ginge; denselben Abend ließ er sich bei mir melden und stellte mir seine Frau vor. Ich empfing sie, als ob ich nicht wüßte, wer sie vorher gewesen wäre. Ich denke, wenn Goethe ihr seinen Namen gibt, können wir ihr wohl eine Tasse Tee geben. Ich sah deutlich, wie sehr mein Benehmen ihn freute. Es waren noch einige Damen bei mir, die erst formell und steif waren und hernach meinem Beispiel folgten. Goethe blieb fast zwei Stunden und war so gesprächig und freundlich, wie man ihn seit Jahren nicht gesehen hat. Er hat sie noch zu niemand als zu mir in Person geführt. Als Fremden und Großstädterin traut er mir zu, daß ich die Frau so nehmen werde, als sie genommen werden muß. Sie war in der Tat sehr verlegen, aber ich half ihr bald durch … Morgen will ich meine Gegenvisite machen.*

Goethes Wahl des Hauses, Christianes Verlegenheit – beides charakterisiert die Situation. Christiane hat plötzlich eine Rolle zu übernehmen, von der Goethe sie achtzehn Jahre ferngehalten hat. Nun ist sie den *steifen Kaffee-Visiten* ausgesetzt, von denen sie 1799 schrieb: *Da kann (ich) Dir aber versichern, daß in solcher Gesellschaft beinahe kein vernünftiges Wort gesprochen wird und so gelogen wird, daß man erschrickt.*

... habe ich müssen achtzehn vornehmen Damen Visiten machen, schreibt Christiane Ende 1808. Diese Christiane, die minutiös berichtet, wer vom Hofstaat, von Prinzen, Prinzessinnen, adligen Damen und Herren in Weimar oder in Karlsbad ihr Blicke gegönnt, sie begrüßt, Worte an sie gerichtet, Grüße an Goethe bestellt oder seine erwidert, ihr Artigkeiten über seine Verse gesagt hat, ist für mich die weitaus weniger interessante. Die Frau *Geheime Räthin*, zuletzt die *Frau Staatsministerin* wirkt zuweilen gezwungen und überfordert, in eine ihr nicht gemäße Rolle gedrängt. Dennoch, und das nötigt den größten Respekt ab, hat sie sie couragiert auszufüllen versucht und in allen für Goethe wichtigen äußeren Lebensbereichen in dem Ehejahrzehnt wohl auch zu seiner Zufriedenheit bewältigt.

Das Ehejahrzehnt, zugleich das letzte Lebensjahrzehnt Christianes, ist nach ihrem glücklichen ersten mit Goethe und dem zweiten spannungsreichen seiner Freundschaft zu Schiller für sie das wohl schwierigste.

Gehen wir zurück. Die testamentarischen Festlegungen 1797 hatten Goethe am Ende ihres gemeinsamen Jahrzehnts, nach überwundenen Widerständen von Christianes Seite, zwar nicht *los und ledig* gemacht, ihm aber größere Freiheiten in seiner Lebensgestaltung gebracht. Christiane mußte das Dritte in ihrer Beziehung, das Werk, und alle für Goethes Lebensweise sich daraus ergebenden Konsequenzen akzeptieren.

Das zweite Jahrzehnt war, trotz allem, von Nähe und relativer Harmonie zwischen beiden gekennzeichnet. Goethe unternahm keine längeren Reisen, wandte sich keinen anderen Frauen zu.

Mit der Eheschließung ändert sich das. Das *egoistische Zeitalter* nimmt der Sechsundfünfzigjährige durchaus für sich in Anspruch. Die *neue Lebensweise*, von der er nach Schillers Tod entmutigt sprach, für die er in seinen *Jahren keinen Weg mehr* sah, hat er nun gefunden. Die juristische Bindung 1806, die nach außen hin Nähe vorgibt, ist der Schritt zu weiterer Freiheit.

Vom Zeitpunkt der Heirat an wird Goethe alljährlich mehrere Monate *los und ledig* sein, wird getrennt von Christiane leben. Im Böhmischen, in Karlsbad, später in den Rhein-Main-Gegenden.

Und andere Frauen werden von da an seine Aufmerksamkeit beanspruchen, für sein Leben und Werk wichtig werden. In das Ehejahrzehnt fallen seine Freundschaften zu Wilhelmine Herzlieb, Bettina Brentano, Pauline Gotter und Caroline Ulrich; seine Leidenschaften zu Silvie von Ziegesar und Marianne von Willemer.

Die Eheschließung ist die Legitimation seiner Freiheit. Und diese Freiheit dient wiederum seinem Werk.

Das Jahrzehnt der Ehe mit Christiane ist nicht mehr die Zeit, da er *des Hexameters Maß, leise, mit fingernder Hand, / Ihr auf den Rükken gezählt*, nicht mehr die, da *des geschaukelten Betts lieblicher knarrender Ton* ihn erfreut, er beglückt ist, *halb nur gelehrt*, doch *doppelt vergnügt* zu sein, wie es die »Erotica Romana« assoziieren. Auch nicht mehr die der »Amyntas«-Elegie, da Amyntas wissend: *Nichts gelangt zur Krone hinauf, … sich in liebender Lust willig gezwungen, verzehrt*, Nikias mit den Worten *Wer sich der Liebe vertraut hält er sein Leben zu Rat?* davon abhält, den Baum vom Efeu zu befreien.

In dem Gleichnis, das auf Theokrit zurückgeht, heißt es im Original: *Gegen die Liebe, mein Nikias, wächst kein linderndes Heilkraut. / Balsam wüßt' ich ihr nicht noch Tränke; / Sie weicht nur den Musen. / Heilend und süß ist die Blume des Lieds.*

Das Ehejahrzehnt gehört fast ausschließlich dem Werk. Diese Begierde, die *Pyramide meines Daseyns … so hoch als möglich in die Lufft zu spizzen, überwiegt alles andre und lässt kaum Augenblickliches Vergessen zu. Ich darf mich nicht säumen, ich bin schon weit in Jahren vor, und vielleicht bricht mich das Schicksal in der Mitte, und der Babilonische Thurm bleibt stumpf unvollendet*, schrieb bereits der Einunddreißigjährige. Wie erst wird der Sechsundfünfzigjährige *sein Leben zu Rat* gehalten haben? Die Weiterführung und Vollendung des Werkes.

Christiane kommt die Rolle zu, dies zu akzeptieren. Goethes Verhältnis zu ihr ist in ihrem Ehejahrzehnt nicht von Liebe, wohl aber von großer Dankbarkeit bestimmt. Der Grundtenor seiner Dankesbezeigungen während seiner langen Abwesenheiten: *Da hab ich denn Zeit, allerlei zu überdenken, und da fehlt es nicht, daß ich mich Deiner und aller Liebe und Treue erinnre, die Du an mir thust, und mir das Leben so bequem machst, daß ich nach meiner Weise leben kann.*

Das geht offenbar nicht ohne gelegentlichen Widerspruch, der zwischen beiden zu Spannungen führt. Ein Beispiel dafür ist das Jahr 1810; *denn ohne Dich mag ich fast gar nicht in Weimar sein*, schreibt sie und er, daß er eigentlich wünsche, *das ganze Jahr in Karlsbad zu sein.*

Das Verhältnis zu den Weimarern wird durch die Eheschließung kaum erleichtert. Für Charlotte von Stein ist Goethe nun vollends der *andere Mensch* geworden, der *arme Goethe*, den sie bedauert. Christianes Erhebung zu seiner rechtmäßigen Ehefrau wertet sie als Sieg seiner *Mägdenatur*.

Besonders nachdem Goethe im Dezember 1808 kraft seiner Autorität Christianes Aufnahme in adlige Kreise durchsetzt, verstärkt sich die Feindseligkeit gegen sie. Von der *Kugelform der Frau Geheimerat*, die *an das runde Nichts* erinnert, *wie Oken die Kugel nennt*, schreibt Charlotte von Schiller, nennt Christiane *ein Nichts von Leerheit und Plattheit. Ich darf es manchmal gar nicht sagen, wie mich doch des Meisters Lage einengt und im Innern schmerzt. ... Welcher Dämon hat ihm diese Hälfte angeschmiedet!* Als Goethe 1811 mit Christiane in Karlsbad weilt, kommentiert sie: *Die dicke Ehehälfte haust schon dort, und ich bin ordentlich besorgt, daß die hohe Idee der Verehrung der dortigen nachbarlichen Welt vor den Meister nicht leidet, wenn sie dieses Bild des Lebens erblicken, daß so ganz materiell ist und an das sich alles Gleichartige auch hängt.*

Und Bertuch, der einstige Arbeitgeber Christianes, schreibt 1812 über Goethe, mit dem er in Spannung lebt: *Was den Großkophta betrifft, so ist er jetzt, seitdem er seine Christel zur Exzellenz gemacht hat, für das gesellige Verhältnis in Weimar gleich Null, und*

Sie als Fremder werden ihn nirgends treffen. Daß Sie ihn in seinem Hause nicht aufsuchen werden, versteht sich von selbst.

Das betrifft, wie gesagt, die spätere Zeit. Zunächst bleibt der Salon der Madame Schopenhauer wohl das einzige Haus, in dem Christiane Aufnahme findet. Sie geht auch allein dorthin. *Die Goethen kam allein*, notiert Johanna Schopenhauer am 30. Januar 1807.

In diesem Salon wird gezeichnet, musiziert, vorgelesen, die Gesprächsgegenstände sind Kunst, Literatur und Politik. Ist es für Christiane Pflichterfüllung, wächst sie hinein, geht gern dorthin? Oder ist ihr das bisherige Leben näher? Ein halbes Jahr nach der Eheschließung schreibt Voß einem Freund: *Lieber, die Vulpius ist nicht so schlimm, wie Du sie denken magst. Sie ist sinnlich, das heißt auf Vergnügungen ausgehend. Aber solange ich sie kenne, hat sie nichts getan, was auch bei dem strengsten Rigoristen ihr Renommee verdächtig machen könnte. Man braucht sie wahrlich nicht zu überschätzen; man lasse ihr nur, was sie hat ... Die Vulpius mag sein, was sie will, für Goethe hat sie von jeher mit beispielloser Treue gewacht, und sie durfte mit Recht Anspruch auf seine Dankbarkeit machen.*

Übrigens leben Goethe und seine Frau wie vorher. Er nennt sie »liebes Kind« wie vorher und sie ihn »lieber Geheimrat« ... Sie macht in ruhigen Tagen ihre Lustpartien, sie hat ihre Schauspielergesellschaften, alles wie vorher.

Im März 1807, Goethe wird seinen langen Sommeraufenthalt in Karlsbad schon planen, schlägt er Christiane eine Reise zu seiner Mutter nach Frankfurt vor. Er erfüllt damit einen lang gehegten Wunsch sowohl Christianes als auch der Mutter.

Sein Tagebuch vermerkt am 23. März: *Reiste meine Frau nach Frankfurt ab, und August begleitete sie zu Pferde bis Erfurt.* Am 12. April: *Um 5 Uhr kam meine Frau von Frankfurt zurück.* Am 15. April Riemer: *Die Geheime Rätin ist wieder zurück und unterhält uns von dem, was sie sah und hörte.*

Christianes Reiseaufzeichnungen sind wie alle Dokumente aus diesen Jahren vernichtet. Einzig daß sie wieder wie 1797 mit zwei Pistolen reist, ist belegt. Goethe will ihr *ein paar hübschere* kaufen, da die ihren *etwas zu colossal* seien. Ihre Schwiegermutter schreibt am 17. April nach Weimar: *Ja wir waren sehr vergnügt und glücklich beyeinander! Du kanst Gott dancken! So ein Liebes – herrliches unverdorbenes Gottes Geschöpf findet mann sehr selten – wie beruhigt bin ich jetzt / : da ich Sie genau kenne: / über alles was dich angeht – und was mir unaussprechlich wohl that, war, daß alle Menschen – alle meine Bekandten Sie liebten – es war eine solche Hertzlichkeit unter ihnen – die nach 10Jähriger Bekandtschaft nicht inniger hätte seyn können – mit einem Wort es war ein glücklicher Gedancke Sich mir und allen meinen Freunden zu zeigen alle vereinigen sich mit mir dich glücklich zu preißen.*

Am 2. Mai: *Meine Liebe – Brave gute Tochter grüße hertzlich ... Alle Freunde grüßen – das hirseyn meiner Lieben Tochter ist bey allen noch in Liebevollem Andencken.*

Und am 16.: *Sie sind bey Ihrer Nachhauße kunft recht in Thätigkeit gesetzt worden – da ich aber nun das Vergnügen habe Ihnen genauer zu kennen – durch die Kriegs trublen die Sie so meisterhaft bestanden haben in meinem Glauben an Ihnen gestärckt und befestigt; so haben meine Sorgen um alles was in Ihrem Wirckungs-(kreiße) liegt – von oben biß gantz herunter ein Ende. Das alles hat die nähre Bekandschaft mit Ihnen Bewerckscheligt – Gott erhalte und seegne Ihnen vor alle Ihre Liebe und Treue.*

Auffällig ist die von Weimar so abweichende freundliche Aufnahme Christianes in Frankfurt; Lob und Anerkennung für sie.

Mögliche Gespräche der beiden Frauen. Die Mutter, die den *Hätschelhans* – Inhalt und Stolz ihres Lebens – rühmt, erzählt, wie man zu ihr als Mutter des »Werther«-Verfassers wallfahrte: *so kommen sie denn um mich zu beschauen – da stelle ich denn mein Licht nicht unter den Scheffel sondern auf den Leuchter*; erzählt, wie die Besucher die Ähnlichkeit von Mutter und Sohn anmerken, berichtet, wie die Königin ihr, der Mutter des berühmten Goethe, ein Geschmeide schenkte, es ihr eigenhändig um den Hals legte. Christiane, die von ihrer Hauswirtschaft berichtet und den Reden der Schwiegermutter vom *Genie* ihres Sohnes zuhört. Erstmals ist da auch bei ihr von Goethes *Genie* die Rede, wie aus dessen Erwiderung hervorgeht. *Daß uns die liebe Mutter noch als Genien in Worten und Wer-*

ken erkennt, freut mich recht sehr, schreibt er Christiane nach Frankfurt.

Durch die Schwiegermutter wird Christiane erstmals von Bettina Brentano hören, die Goethe zu ihrem Gott erkoren hat. *Bettine ist jetzt täglich ein paar Stunden bei der alten Goethe*, schreibt Clemens Brentano Anfang Oktober 1806 an Arnim, *und läßt sich Anekdoten von dem geliebten Sohn erzählen, die sie für sich ganz mit den Worten der Mutter in ein Buch schreibt, um eine geheime Biographie dieses Göttlichen zu bilden.*

Kurz nach Christianes Rückkehr aus Frankfurt, trifft Bettine von Kassel kommend zu ihrem ersten Besuch in Weimar ein. Sie ist zweiundzwanzig, sie will Wieland und Goethe sehen, die Geschichte ihrer Großmutter Sophie La Roche, die mit Wieland verlobt war, und die ihrer Mutter Maximiliane Brentano, in die Goethe verliebt war, lebt schwärmerisch in ihr.

Sie ist vier Stunden bei Goethe; *bei ihm allein*, wie sie Arnim am 13. Juli 1807 berichtet, *daß ich auf seiner Schulter lag und beinah schlief, so still war die Welt um mich her, und er ließ sich's gefallen ... Ich trag einen Ring von ihm am Mittelfinger.*

Bettine berichtet auch Goethes Mutter. Diese legt ihrer Post nach Weimar einen Brief bei. *Hierbei komt ein Brieflein von der kleinen Brentano*, aus dem hervorgehe, *wie es ihr bei Euch gefallen hat.*

Christiane sendet beide Briefe nach Jena. Goethe schreibt ihr daraufhin: *Der Mutter Brief hat mich weit mehr erbaut als der Brief von Bettinen. Diese wenigen Zeilen haben ihr mehr bei mir geschadet, als Deine und Wielands Afterreden. Wie das zusammenhängt, auszulegen, dazu würde ich viele Worte brauchen.*

Diese Bemerkung läßt darauf schließen, daß Bettine weder auf Wieland noch auf Christiane einen günstigen Eindruck gemacht hat. Bettines Intellektualität und ihr exzentrisches Wesen haben, wie überliefert ist, oft befremdet und verunsichert.

Goethes Mutter vermittelt. Am 8. September 1807 schreibt sie dem Sohn: *Betine Brentano ist über die Erlaubnüß dir zuweilen ein plättgen zu schicken zu dörfen entzückt – antworten solt du nicht – das begere Sie nicht – dazu wäre Sie zu gering – belästigen wolle Sie dich auch nicht – nur sehr selten – ein Mann wie du hätte größeres zu thun als an Sie zu schreiben – Sie wolte die Augen-*

blicke die der Nachwelt und der Ewigkeit gehörten nicht an sich reißen.

Im November 1807 ist Bettine mit ihrer Schwester Meline wieder in Weimar. Goethes Tagebuch vermerkt: *Nach Tische kamen die Demoiselles Brentano.* Mehrmals sind sie dann Mittagsgäste bei Christiane und Goethe, am 2., 3., 4. und 7. November. Auch Savigny kommt mit seiner Frau, einer dritten Brentano-Schwester. Und Clemens Brentano und Achim von Arnim.

Als Dank schickt Bettine zu Weihnachten Geschenke, auch für Christiane. Sie bemüht sich auffällig um sie. Ebenso auffällig ist, daß Christiane nie selbst antwortet; sie überläßt es Goethe. *Nehmen Sie recht vielen Dank von uns dafür. Da unter allen Seligkeiten, deren sich meine Frau vielleicht rühmen möchte, die Schreibseligkeit die allergeringste ist, so verzeihen Sie, wenn sie nicht selbst die Freude ausdrückt, die Sie ihr gemacht haben.*

Mitte Januar 1808 schreibt Bettine Goethe, sich ihres Besuches in Weimar erinnernd: *Da ich an Deinem Arm durch die Straßen ging ... da war ich zufrieden; alle meine Wünsche waren schlafen gegangen.* Und an Arnim: *Wir wollen uns so an ihn drängen, daß wir ganz wie seine Kinder werden.*

Kann Christiane dieses schwärmerische Herandrängen des jungen Mädchens rein literarisch sehen? Sie wird verunsichert, schließlich vielleicht innerlich empört gewesen sein. Vor allem als Bettine ihren Sohn einbezieht. Als August im Frühjahr 1808 zum Studium nach Heidelberg geht, verbringt er drei Wochen in Frankfurt bei der Großmutter. Bettine führt ihn in die Gesellschaft ein, Goethe dankt ihr mit großen Worten dafür.

Christiane liest in Bettines Brief, wie diese sich zu Goethes Frau und zur Mutter seines Sohnes hochstilisiert; mehrmals nennt sie August *unseren Sohn, hab ihm wahrlich auch dreimal auf seinen Mund geküßt; hab ihn geküßt zur Erinnerung für mich – an Dich*, schreibt sie dem Vater. An anderer Stelle: *Küß mir deinen Sohn und meine, es wär ich.*

August ist noch zur rechten Zeit zu seiner Großmutter gekommen. Wie auch Christiane. Goethe war 1797 das letzte Mal in Frankfurt. 1802 schreibt Katharina Elisabetha, daß *Du wenn nicht dieses*

Jahr /: welches ich doch immer noch so etwas hoffe:/ doch gantz gewiß 1803 herkommen mußt – es sind jetzt 5 Jahre das ist kein Spaß. Es werden elf Jahre vergehen, ohne daß Goethe die Mutter besucht oder sie nach Weimar reist. Sie ist im achtundsiebzigsten Jahr. Am 13. September 1808 stirbt sie.

Die Nachricht von ihrem Tod geht in zwei Briefen nach Weimar; Fritz Schlosser schreibt an Goethe, Senator Jakob Stock adressiert an die *Frau Geheime Räthin von Goethe.*

Goethe ist Mitte Mai nach Karlsbad gereist, wird für Mitte September zurückerwartet. Seine Verliebtheit in Silvie von Ziegesar wandelt sich in diesem Jahr in eine Leidenschaft. Vierzehn Tage wohnt er mit der Familie Ziegesar in Franzensbad unter einem Dach. In den frühen Morgenstunden des 22. Juli fährt er überstürzt nach Karlsbad zurück. *Wie ich herübergekomen weiß ich selbst nicht*, steht in dem Brief, der Silvie durch den Kutscher überschickt wird. *Tochter, Freundin, Liebchen* nennt er sie. Er ist neunundfünfzig, sie dreiundzwanzig. *Adieu süßes Kind!* schreibt er, *liebste Silvie, süßes Kind.*

Nach der Rückkehr aus Karlsbad nach über vier Monaten führt sein erster Weg ihn nicht nach Weimar, sondern von Jena aus nach Drakendorf zu Silvie. Am 14. September trifft er in Jena ein. Am 15. fährt er nach Drakendorf. Zum 16. September hat er Christiane nach Kötschau bestellt.

Als Christiane die Nachricht vom Tod der Mutter erhält, fährt sie sofort nach Jena. Sie findet Goethe nicht, sendet einen Boten nach Drakendorf. *Als mich, liebste Silvie, der Eilbote aus Ihrem freundlichen Thale wegrief*, schreibt er am 21., *ahndete ich nicht was mir bevorstehe. Der Tod meiner theuren Mutter hat den Eintritt nach Weimar mir sehr getrübt.*

Christiane sagt es ihm erst am Nachmittag des 17. September in Weimar. Zu seiner Ankunft ist das Haus *mit Kränzen, Guirlanden, Teppichen behangen, mit Orangeriebäumchen besetzt, und der Fußboden mit Blumen bestreut*, heißt es in einem Brief von Christianes Bruder an ihren Sohn August. *Nach Tische mußte es Deinem Vater gesagt werden. Er war ganz hin. Vater und Mutter gehen in tiefster Trauer. Das wirst Du auch tun, der Frankfurter wegen we-*

nigstens. Deine Mutter reiset, wenn entsiegelt wird, persönlich nach Frankfurt.

Christiane muß sich sofort entschlossen haben, nach Frankfurt zu fahren. Darüber gab es offenbar Spannungen zwischen Goethe und ihr, denn er schreibt am 4. Oktober: *Manchmal ist mirs verdrießlich, daß Du so eigensinnig auf Deiner Reise bestandest.* Sie muß wohl auch bestimmt haben, daß sie Caroline Ulrich als Reisebegleitung mitnimmt. Ein Mädchen, das sie seit einiger Zeit an sich zieht, das ihre Tochter sein könnte, sie ist im gleichen Alter wie August. Sie kommt aus Rudolstadt, ist Waise, ihr Vater war Justizamtmann. Der Kontakt zu Christiane wird enger, ab 1809 lebt sie als Haustochter und Gesellschafterin am Frauenplan. Sie war, das ist mehrfach bezeugt, außerordentlich schön.

Am 1. Oktober reisen die beiden Frauen. Goethe ist mit anderen Dingen beschäftigt. Der russische Zar Alexander ist in Weimar. Napoleon wird erwartet, in Erfurt wird der Fürstenkongreß vorbereitet. Carl August ruft Goethe dorthin. Der Kongreß erscheint Goethe als Gelegenheit, eine Audienz beim französischen Kaiser zu erwirken.

Christiane macht in Erfurt kurz Halt, Goethe trifft sich mit ihr. Am 2. Oktober wird er von Napoleon empfangen. *Ich habe dem Kaiser aufgewartet, der sich auf die gnädigste Weise lange mit mir unterhielt*, schreibt er Christiane am 4. Oktober.

An diesem Tag kommt sie in Frankfurt an, wie das überlieferte Rechnungsbuch »Frankfurter und Heidelberger Reiserechnung« (GSA XVI, 2,4) belegt. Postgeld, Trinkgeld, Wagenmeisterei und Chausseegebühren, Ausgaben für Logis und Mahlzeiten sind verzeichnet. Christianes Reisebegleiterin Caroline führt es. Ihr diktiert sie auch das ausführliche Reisetagebuch, das, wie alle Zeugnisse aus diesen Jahren, vernichtet ist.

... heute kommt Dein Tage-Buch bis zum 27. incl., darüber ich viel Freude habe ... Fahrt in eurem Tagebuch fleißig fort, schreibt Goethe. Er wendet sich an beide, was ihm dann zur Gewohnheit werden wird. Später nennt er Caroline *den kleinen Secretarius, den hübschen Sekretär, den kleinen Mandarin*, mit dem er zufrieden ist; *Carolinchen soll geliebt sein, daß sie soviel auf ein Blatt bringt*,

heißt es einmal. Ein andermal, an Christiane gewandt: *Wenn Du meine Briefe nicht lesen kannst, so wird Uli aushelfen, ich gewöhne mir fast ihre Hand an, es sieht fast aus, als wenn ich in sie verliebt wäre.*

Sein Briefton, hat er neben Christiane auch die junge Caroline vor Augen, ist durchgehend heiter, fast kokett. Er nennt Christiane sein *geliebtes Weibchen*. Er freut sich, *daß es* ihr *wohlgeht*. Als er ihr eine für die Erbschaft notwendige Vollmacht schickt, fügt er hinzu: *Du wirst mich darin als Ritter des Sanct Annen-Ordens aufgeführt sehen*. Der Zar Alexander hatte ihm die Auszeichnung verliehen. *Der Kaiser von Frankreich hat mir auch den Orden der Ehrenlegion gegeben, und so wirst Du mich besternt und bebändert wiederfinden und mich hoffentlich wie immer lieb haben und behalten. … Laß Dir nur die Zeitungen geben, damit Du das Äußere siehst, was bei uns vorgegangen ist.*

Napoleon gibt in Weimar zu Ehren der Herzogin Louise einen Ball. Carl August veranstaltet für ihn eine große Jagd auf dem Ettersberg.

Zur Auszeichnung Goethes durch Napoleon schreibt Riemer an August von Goethe: *Das hätten Sie und ich am 14. Oktober nicht gedacht!*

Goethe genießt die hohe Anerkennung, auch in Weimar spricht er mit Napoleon, sein Tagebuch verzeichnet Militärs, Prinzessinnen, Prinzen, Hoheiten. *Noch schwirrt alles von Fremden um mich her*, vermeldet er am 16. Oktober nach Frankfurt.

Christiane regelt die Erbschaftsangelegenheit. Er, der erst Einwände gegen ihre Reise hatte, ist ihr dankbar, daß sie ihm dies abnimmt. Am 25. November schreibt er Knebel: *Meine Frau ist von Frankfurt zurückgekommen, wo sie mir die Liebe erzeigt hat, die Erbschaftsangelegenheiten nach dem Tode meiner guten Mutter auf eine glatte und noble Weise abzutun.*

Die Vollmacht hat folgenden Wortlaut: *In der Erbschaftsberichtigung meiner verstorbenen Mutter, der Frau Rätin Catharina Elisabetha Goethe zu Frankfurt am Main habe ich meiner Gemalin der Geheimen Räthin Christiana von Goethe Auftrag erteilt. Ich bevollmächtige daher dieselbe kraft diese hierdurch, die Verteilung sotha-*

nenen Nachlasses, es mag denselben betreffen, worinnen es nun immer will, statt meiner zu bewirken, und alles dasjenige, was mir bey Besorgung dieser Geschäfte selbst zu thun obliegen würde für mich zu thun und zu handeln. Ich erkläre demnach hiermit, daß ich alle Handlungen meiner Gemalin hierbey völlig genehmige und als die meinigen ansehe, sie mögen die Auseinandersetzung und Vergleichung der Erbschaftsteile … oder sonstige Dispositionen über den mir zugekomenen Erbanteil sowohl an baare Geld, Kapitalien, Pretiosen oder sonst betreffen. (Die Angaben nach der von August von Goethe zusammengestellten *Acta, Die väterliche Erbschaft betr. 1808* GSA A 28.)

Am 27. Oktober überträgt Christiane diese Vollmacht auf *Hr. Procuratoren D. Knapper*, streicht das durch, wohl, weil Goethe ihr schreibt: *Schlosser ist uns der nächste*, überträgt sie am 9. November mit ihrer Unterschrift auf *Fritz Schlosser*.

Goethe läßt es nicht an Ratschlägen fehlen: *Benehme Dich im Ganzen in Frankfurt, als wenn Du wiederkommen wolltest. Empfange Freundliches und Gutes von jedermann und bemerke nur, womit Du wieder dienen kannst … Geh in allem vorsichtig und sachte zu Werke, daß Du Freunde erwerbest und erhaltest. Wenn die Vertheilung geschehen ist, schreibe mir; laß nichts verkaufen.*

Der Hausrat der Mutter wird aufgeteilt. Von den *Pretiosen* geht zum Beispiel *1 Kranz mit Rosetten in Emalie* an Cornelias Tochter und *1 Golden Collice* und *1 Ring mit Haaren* an Goethe. Vom *Silberwerk* gehen *2 Leuchter 39 ½ Lo* an Goethe, *16 Stück Silberne CofeeLöffel* werden aufgeteilt und so weiter (GSA A, 28). Das *Eßzimmer* der Mutter, die *Mägdekammer, zwei Kammern unterm Dach, Küche, mittleres Zimmer* und die *hintere Kammer* sind auszuräumen.

Im Dezember schreibt Henriette Schlosser an eine Freundin: *Mit der Teilung sind wir nun ganz fertig … Sie, die Goethe, haben wir auch alle herzlich gerne, und sie fühlt dies mit Dank und Freude, erwidert es auch und war ganz offen und mit dem vollsten Vertrauen gegen alle gesinnt. Ihr äußeres Wesen hat etwas Gemeines, ihr inneres aber nicht. Sie betrug sich liberal und schön bei der Teilung, bei der sie sich doch gewiß verraten hätte, wenn Unreines in ihr wäre. Es freut uns alle, sie zu kennen, um über sie nach Verdienst zu urteilen und sie bei andern verteidigen zu können, da ihr unerhört viel Unrecht geschieht.*

Am 9. November borgt Christiane von Johann Jakob Willemer *1 000 Taler an Capitel.* Wozu, wissen wir nicht. Könnte es vielleicht mit den beiden Vorschlägen zusammenhängen, die Goethe Christiane macht? Sie solle für sich und den Sohn das Bürgerrecht von Frankfurt erwerben. Und solle in Frankfurt eine Wohnung einrichten.

Es könnte nichts schaden, wenn man ein klein Quartier, auf der Bockenheimer Gasse, oder unter der Allee, nicht weit vom Schauspielhause nähme und meublirte. Man muß auf allerlei denken. Du hättest einen angenehmen Aufenthalt eine Zeit des Jahres, wir wären eine Zeit lang zusammen ... Wie sehr wünscht ich, daß Du für den nächsten Sommer Dir dort ein erfreuliches Plätzchen bereitetest. Erstmals problematisiert er die getrennten Sommeraufenthalte: *Denn für mich wird Karlsbad, für Dich Lauchstädt am Ende doch auch nicht erfreulich ... Ich mag hingehen, wohin ich will, in Weimar werde ich schwerlich sein. Lauchstädt ist nichts mehr für Dich, und das Theater wird sich schon halten und finden.*

Die Erwerbung des Bürgerrechtes erfordert zusätzliche Papiere. *Taufscheine, Vollmacht wegen des Bürgerrechtes, und was sonst verlangt wird, soll folgen,* schreibt Goethe in der Nachschrift seines Briefes vom 16. Oktober.

Christiane muß ihn wohl sehr realistisch auf einige Widersprüche aufmerksam gemacht haben. Was sie im einzelnen geschrieben hat, wissen wir nicht. Etwa, daß Augusts Taufschein den Namen Vulpius trägt und dieser Taufschein ohne die Angabe eines Vaters ist. Oder daß ihr eigener Taufschein einen anderen Tag der Geburt enthält als den, den sie seit Jahrzehnten als ihren Geburtstag feiern, den 6. August. Sie aber ist am 1. Juni geboren. Und daß es Widersprüche zwischen Tauf- und Trauschein gibt.

Goethe bemerkt jedenfalls: *Wegen des Taufscheins werde ich die größte Vorsicht brauchen. Es ist wahr, Du hast mich zu lachen gebracht. Was aber doch noch merkwürdiger ist, Kaiser Napoleon hat mich in der Unterredung mit ihm zum Lachen gebracht.*

Christiane muß sowohl wegen der Wohnung als auch wegen des Bürgerrechtes Einwände bzw. sich ergebende Schwierigkeiten vorgebracht haben. *Viel werth ist mir*, entgegnet er, *daß Du schon fühlst, für Dich und mich finde sich dort kein Heil. Laß uns in Thüringen auf unserer alten Stelle verharren und unsre Gesellschaft nicht erweitern, sondern ausbilden.*

Er läßt den Plan fallen. Am 25. Oktober 1808: *Wegen des Bürgerwerdens habe ich mich anders bedacht. Es war ja eigentlich nur ein Wunsch, eine Grille von mir, und gegenwärtig ist es gar nicht nöthig, daß Du und August euch besonders darum bewerbest. Ich dachte, da Frankfurt jetzt einen Souverain hat, so könnte man über verschiedne Umständlichkeiten hinauskommen, wenigstens bei uns wäre alles mit Einem Federstrich des Herzogs abgethan; so aber setzt man dort die alten Reichsstädtischen Förmlichkeiten fort, die uns dießmal incommodiren. Lassen wir also die Sache hinhängen, bis ich vielleicht einmal persönlich den Fürsten darum ersuche. Was sollen wir Taufscheine produciren, die von einer Seite das große Geheimniß frauenzimmerlicher Jahre verrathen und von der andern mit den Trauscheinen nicht zusammenstimmen. Was sollen wir Gelder bezeugen, die niemals da waren, u. s. w. Herrn Landrath Schlosser schreibe ich beiliegend in gleichem Sinne. Er wird es ja auch wohl so gut finden. Man muß auch der Zukunft etwas überlassen.*

An Fritz Schlosser dann: *Daß die Meinigen in dem gegenwärtigen Augenblick das Frankfurter Bürgerrecht gewinnen, ist eigentlich nicht unumgänglich nothwendig. Es war ein Wunsch von mir, um auch für die Zukunft alles arrangiert zu sehen. Da aber so manche Dinge dabei zur Sprache kommen, die man lieber nicht anregt, so dächte ich, man könnte die Sache gegenwärtig ruhen lassen und in der Folge bei günstigerer Gelegenheit mit dem Gesuch wieder hervortreten. – Aufrichtig zu sein, so sind wir in unsern Verhältnissen gewöhnt, ja verwöhnt, daß in Fällen, wo etwas Versäumtes nachzuholen, etwas Verfehltes zu verbessern ist, der Souverän, mit Beseitigung üblicher Formen, den Mantel der Gnade überzieht, und das Vergangene der Vergessenheit widmet. Ich glaube wohl, daß dorten, bei kaum veränderter Verfassung, dergleichen nicht so ganz leicht sei. Da wir aber nicht gedrungen sind, so warten wir lieber einige Zeit ab. Vielleicht gelingt es mir einmal persönlich, um so mehr, als ich hoffen kann, meine liebe Vaterstadt auch wieder zu sehen und unserm Fürsten aufzuwarten schuldig bin.*

Die Zeit wird nicht kommen, 1817 scheidet er selbst aus dem Verband der Frankfurter Bürger aus.

Goethe wünscht Christiane bei ihren *Frankfurter Geschäften einen guten Succeß* und *Carolinchen*, die er zu grüßen bittet, *einen reichen Frankfurter.*

Allen Freunden, ehe Du von Frankfurt weggehst, wirst Du die besten und verbindlichsten Sachen sagen ... Herrn Schmidt danke in meinem Namen für die gefällige Aufnahme im Theater. Biete ihm die Manuscripte von »Götz«, »Egmont«, »Stella« an, sie hätten sie längst gern gehabt ... In einem früheren Brief: *Alsdann besuch Heidelberg, gehe über Würzburg und Bamberg nach Hause, damit Du ein wenig Welt siehst; ich will Dir schreiben, wen Du an gedachten Orten besuchen mußt.*

Bringe alles schönstens zur Ordnung, besuche August in Heidelberg, danke seinen Freunden und Gewogenen. Auch für Heidelberg läßt er es nicht an Ratschlägen fehlen: *gehe nach Deiner Art sachte zu Werke. Was August wohlgethan, ist Dir das Nächste, dem danke, sei freundlich und wohlgemuth mit ihnen. Was sich sonst zeigt, lehne nicht ab, und schaue ringsumher.*

Am 10. November wohl reisen Christiane und Caroline Ulrich von Frankfurt nach Heidelberg, denn im Ausgabenbuch steht am 9. neben einem *Abendessen* und *1 Boutelle Port-Wein* auch *eine Boutelle auf die Reise* (GSA XVI, 2,4). Seit dem Frühjahr 1808 studiert August in Heidelberg. Im April war er zunächst drei Wochen bei der Großmutter in Frankfurt. August sei *ein sehr lieber, braver Junge*, so Henriette Schlosser, *alle Menschen lieben und loben ihn, die ihn kennen. Genialisch wie sein Vater ist er nicht. Auch freut es ihn gewaltig, daß seine Mutter nun auch seines Vaters Frau ist. Er ... hängt kindlich an seinen Eltern und ist gegen uns alle zutraulich – und wir ganz charmiert in ihn.*

Christiane wird in der Wohnung des Sohnes, in der Hauptstraße beim Strumpfwirker Schweizer, sein und Goethe von der *Rein-*

lichkeit dieser *Wohnung*, von der *Aufwartung* und von Augusts *Vögeln* berichten. Wird vielleicht Professor Thibaut besuchen, bei dem August Code civil hört, ganz sicher die ihr aus Weimar vertraute Familie Voß; bei Thibaut und Voß hat August Familienanschluß.

Mutter und Sohn machen Reisen nach Schwetzingen und Mannheim, um die Goethe sie bittet. *Dabei empfehle ich euch, ja ich trage es euch auf*, schreibt er dem Sohn, *zusammen nach Mannheim zu fahren, damit die Mutter eine Stadt sehe, dergleichen sie noch nicht gesehen hat; wobei ihr aber nothwendig Herrn und Frau von Luck besuchen müßt.* An Christiane: *besonders daß ihr nach Mannheim fahrt und Herrn und Frau von Luck besucht. Es ist mein Wunsch; Du weißt, daß ich nicht gern sage: mein Wille. August drückt sich von solchen Verhältnissen weg, das nehm ich ihm nicht übel. Aber Du mußt diese Personen mit ihm sehen. Du fühlst, warum, und die ganze Sache ist ja nur eine Spazierfahrt.*

Aus einem Brief von Heinrich Voß an Christiane geht hervor, daß er sie nach Schwetzingen und Mannheim begleitet.

Das Ausgabenbuch belegt, daß Christiane und Caroline Ulrich in Heidelberg einen Ball besuchen, *den Wagen zum Ball 1 Thl. 10 Gr., auf dem Ball 22 Gr.* (GSA XVI, 2,4). In Heidelberg betragen ihre Ausgaben insgesamt 70 Taler, 20 Groschen und 5 Pfennige. Zusätzlich sind *für den Geheimerath* – vermutlich Geschenke – *75 Thaler* verzeichnet und *für August* an *Auslagen 93 Thaler* (GSA XVI, 2,4).

Christiane reist nicht über Würzburg und Bamberg zurück, wie Goethe ihr geraten; *damit Du ein wenig Welt siehst.*

Der Grund ist wohl ihre Unruhe. In jenem Brief, in dem Goethe ihr schrieb, *schaue ringsumher*, hieß es: *Sie hassen und verfolgen sich alle einander, wie man merkt, um nichts und wieder nichts, denn keiner will den andern leiden, ob sie gleich alle sehr bequem leben könnten, wenn alle was wären und gölten.* Liest sie heraus, daß sich diese Sätze auf ihn beziehen, auf seinen Ärger mit dem Theater? Am 7. November schreibt er ihr, *zwischen dem Guten* komme *einmal was Abgeschmacktes und gelegentlich was sehr Abgeschmacktes vor. Da muß man denn nur suchen, es wieder ins Gleiche zu bringen und nicht aufs Äußerste zu gerathen. So sind z. B. beim Theater Dinge vorgekommen, die viel gelinder abgegangen wären, wenn Du dagewesen wärest.*

An den Sohn: *das Theater läßt seine Mucken nicht. Sage der Mutter, daß ich allerlei hinhalte, bis sie kommt.*

Und nochmals an sie: *Um so nöthiger wirst Du sein, daß nicht alles ins Stocken geräth.*

Doch hoffe ich die Sache noch so zu halten, daß der Riß wieder zu heilen ist. In die Länge gehts freilich nicht; doch will ich, so lange ich noch einen Zug thun kann, mich nicht ungeschickter Weise gefangen geben.

Christiane reist auf dem kürzesten Weg nach Weimar. Am 23. November kommt sie an. Riemer notiert: *Nov. 23: Mittags traf die Geh. Räthin ein ... Abends ... Ward der Geh. Räthin ein Ständchen von Janitscharen-Musik gebracht. Nachher ihr Tagebuch von der Reise vorgelesen.*

Die Theatersituation hat sich aufs äußerste zugespitzt. Goethe hat sich *gefangen* gegeben.

Carl Augusts Mätresse, die erste Hofschauspielerin Caroline Jagemann, ist die Ursache.

Am 30. November berichtet Christiane dem Sohn nach Heidelberg: *Der Geheime Rat hat das Theater völlig niedergelegt, aber der Herzog will es durchaus nicht zugeben. Man schickt täglich sowohl an mich als an den Geheimerat Leute ab, die ihn bereden sollen, es nicht aufzugeben. Aber sein Entschluß ist fest, daß er es entweder ganz allein haben will oder gar nicht. Ich bin es sehr wohl zufrieden und sehe ein, daß es durchaus nicht anders angeht.*

Riemer notiert: *Dez. 1: Nach Tische mit Goethe, der Geh. Räthin die Theaterangelegenheiten besprochen. Goethes Vorschlag. Einwendungen dagegen und Offens. Dez. 2: Abends ... über Theaterangelegenheiten, und der Geh. Räthin Vorschlag von gänzlicher Separation der Oper vom Schauspiel und Drama überhaupt auch des Personals.* Christiane spricht mit. Diesen Vorschlag übernimmt Goethe, wie belegt ist.

1808 ist das Jahr, da er ihr aus Karlsbad geschrieben hat: *Du thust wohl, in Lauchstädt bis zu Ende zu bleiben, und mir geschieht eine große Liebe. Denn ohne Dich, weißt Du wohl, könnte und möchte ich das Theaterwesen nicht weiter führen.* Das bezieht sich auf vieles, vor allem vermutlich auf Christianes Verhältnis zu Caroline Jagemann. Christiane zeigt ihr Freundlichkeiten, vermittelt, glättet; *Dinge ... die viel gelinder abgegangen wären, wenn Du dagewesen wärest.* Der neue Streitpunkt ist der von Goethe geschätzte Sänger und Schauspieler Morhard, der, wie Christiane dem Sohn August nach Heidelberg berichtet, *so einen fürchterlichen Katarrh* bekam, daß es *ohnmöglich war* zu singen. *Die Jagemann hat aber geäußert: »Wenn der Hund nicht singen kann, so soll er bellen, und er muß singen!«* Als der Sänger nicht zur Probe kommt, wendet sich die Jagemann an den Herzog; *und dieser hat Morhard noch denselben Abend wollen über die Grenze bringen lassen, wo ihm denn der Geheime Rat nur geschwinde hat Wache geben lassen, um es zu mildern.*

Wilhelm von Humboldt, bei Goethe zu Gast, schreibt am 7. Dezember 1808: *Die Händel mit dem Theater dauern noch immer fort und haben dem armen Goethe nun schon volle vier Wochen Unruhe gekostet, in denen er schlechterdings nichts hat vornehmen können.* Wolff dann am 28. Dezember, daß der Streit durch die regierende Herzogin beendet wurde. *Wie denn nun seine Gegner das Heft ganz in Händen zu haben glaubten und sich über seinen Sturz schon laut zu freuen anfingen, trat unsre regierende Herzogin hervor, wie Karl Moor unter die Räuber, und befahl, daß Goethe jede seiner Bedingungen erfüllt werden sollte, und ihn selbst ersuchte sie mündlich, die Direktion zu behalten. Gestern abend wurde ihm die Beendigung der Sache und die Vollmacht schriftlich zugeschickt.*

Christiane bestätigt das in einem Brief an ihren Sohn vom 30. oder 31. Dezember: *Mit dem Theater hat es sich wieder so gut gemacht, da der Herzog Deinem Vater ein Reskript zugeschickt hat, daß er eigenmächtig machen kann, was er will.*

Ist es Christianes Beistand in Theaterfragen oder die *glatte und noble Weise*, mit der sie die Erbschaft in Frankfurt geregelt hat, oder die Einsicht in die Unhaltbarkeit der Situation, die Goethe endlich – im Winter 1808 – handeln lassen?

Ist es Christianes Drängen? Seit der Eheschließung hat sich für sie in ihrer gesellschaftlichen Anerkennung kaum etwas geändert. Das Getrenntleben der Ehepartner, Goethes monatelange Sommeraufenthalte in Karlsbad nähren zudem die Gerüchte seiner Nähe zu anderen Frauen. Wie wird Christiane damit fertig?

Ihre Briefe sind nicht erhalten, wir können es nicht nachvollziehen. Seine dagegen suggerieren, daß Christiane seine Verehrung anderer Frauen tolerierte, alles leicht und heiter nahm. *Daß ich hier in Gesellschaft der alten Äugelchen ein stilles Leben führe, dagegen hast Du wohl nichts einzuwenden*, schreibt er ihr 1808 aus Karlsbad, *auf alle Fälle wirst Du Dich zu entschädigen wissen, wovon ich mir getreue Nachricht ausbitte.* Als er ihr berichtet, Riemer habe ein *recht hübsches Äugelchen* gefunden, fügt er hinzu: *Was sich in diesem Capitel bei Dir ereignen wird, erfahre ich wohl doch auch.* An anderer Stelle: *Ich zweifle nicht, daß alter und neuer Äugelchen vollauf sein wird, dazu wünsche auch Glück.*

Das heißt, er ermuntert sie geradezu, läßt sie wissen, die Freiheiten, die er sich nimmt, gesteht er ihr in gleicher Weise zu.

Ob sie sich diese Freiheiten überhaupt wünscht? Wie sie auf Goethes *Äugelchen* reagiert, geht aus frühen Briefen hervor. *Hier folget, wie ich sehe*, schreibt sie im März 1796, *wieder ein Brief von Mariannichen? Das ist eine fleißige Schreiberin, das wird am Ende noch gefährlich werden ... Die vielen Briefe von dem Mariannichen machen mir doch ein bißchen Angst.*

Es ist Marianne Meyer, spätere von Eybenberg, Goethe hat sie 1795 in Karlsbad kennengelernt. Sie ist die, die mit Rahel Levin bei Goethes Kind Pate stehen sollte. Ein Briefwechsel entsteht, Marianne kommt nach Weimar. Fast jedes Jahr trifft Goethe sie in Karlsbad, am 2. Juli 1808 schreibt er Christiane: *Zum Schlusse muß ich noch melden, daß auch Marianchen angekommen ist, artig und gescheidt wie immer.* Am 1. August: *heute ist Frau von Eybenberg, sonst Marianchen genannt, von hier abgegangen, sie hat mir viel Freundliches erzeigt.*

Über ein anderes *Äugelchen*, vermutlich Bettine, heißt es bei Christiane: *Daß das Äuglichen bald bei der guten Frau Räthin sein wird, darum beneide ich sie.*

Einmal wird Christiane sogar eine Theateraufführung von

Shakespeares »Hamlet« verleidet, weil die Ophelia *dem jenaischen Äuglichen gleicht und auch so spricht*. Vermutlich ist es eine Anspielung auf Wilhelmine Herzlieb. Von ihr wird Goethe, als sie Herrn Pfund, ein Mitglied von Zelters Liedertafel in Berlin heiratet, Zelter schreiben: *Seine Braut fing ich an als Kind von acht Jahren zu lieben und in ihrem sechszehnten liebte ich sie mehr als billig*. Und Christiane im November 1812 gestehen: *Gestern Abend habe ich auch Minchen wiedergesehn ... Sie ist nun eben um ein paar Jahre älter. An Gestalt und Betragen u. s. w. aber immer noch so hübsch und so artig, daß ich mir gar nicht übel nehme, sie einmal mehr als billig geliebt zu haben*.

Ob Christiane Goethes Hinneigung zu jungen Frauen so leicht nahm, wie seine Briefe suggerieren, oder ob es sie belastete, vielleicht sogar ihr schlechter Gesundheitszustand in den Jahren 1807 und 1808 damit zusammenhängt, physische und psychische Dinge zusammenwirken, sei dahingestellt.

Im Sommer 1807 geht es ihr nicht gut, sie wird von einem *immerwährenden Catar ... incomodirt*, 1808 *schleppt* sie sich auf *eine wunderliche Weise herum*, so daß Goethe ihr rät, Dr. Kapp in Leipzig, dann Dr. Schlegel in Merseburg aufzusuchen. Ärztliche Gutachten gehen zwischen Karlsbad und Lauchstädt hin und her.

Daß Dir der Lauchstädter Aufenthalt keinen Spaß dieß Jahr gemacht hat, thut mir leid, schreibt Goethe ihr und an August nach Heidelberg: *Die Mutter war in Lauchstädt nicht ganz zufrieden ... doch muß man jetzt mit allem zufrieden sein und sich nur zu erhalten suchen*.

Das ist sein Grundtenor. Er spielt stets auf die Zeitumstände an. *Wenn die gute Laune sich nicht einstellen will, so denke nur, über welche ungeheure Übel wir hinausgekommen sind, und wie es uns vor Millionen Menschen gut geht*.

Christianes Einwände in ihren verlorengegangenen Briefen sind offenbar konkret, sind auf ihre Situation bezogen. Der Druck der Weimarer Verhältnisse muß eine Rolle spielen. Goethe reagiert mit allgemeinen Verweisen; die Menschen seien nun einmal so. Im Sommer 1808 beschwichtigt er sie: *Daß sie in Weimar gegen Frau von Staël Übels von Dir gesprochen, mußt Du Dich nicht anfechten las-*

sen. Das ist in der Welt nun einmal nicht anders, keiner gönnt dem andern seine Vorzüge, von welcher Art sie auch seien; und da er sie ihm nicht nehmen kann, so verkleinert er, oder läugnet sie, oder sagt gar das Gegentheil. Genieße also, was Dir das Glück gegönnt hat, und was Du Dir erworben hast, und suche Dirs zu erhalten. Ähnlich am 19. August: *Möchtest Du nun, meine Liebe, indem Du in Dein Haus zurückgekommen, auch Deinen guten Humor wiedergefunden haben. ...*

Wenn die Leute Dir Deinen guten Zustand nicht gönnen und Dir ihn zu verkümmern suchen, so denke nur, daß das die Art der Welt ist, der wir nicht entgehen. Bekümmre Dich nur nichts drum, so heißts auch nichts. Wie mancher Schuft macht sich jetzt ein Geschäft daraus, meine Werke zu verkleinern, ich achte nicht drauf und arbeite fort.

Die Parallelität ihrer und seiner Situation. Ihr, Christianes, *fort arbeiten*, die Sicherung des Hauses, die Einquartierungen, die Bindungen an die Schauspieler, die Erledigungen aller seiner Aufträge, wird durch ihre Lage erschwert. Nach wie vor verhalten sich die Weimarer zu ihr offenbar so, wie sie es seit achtzehn Jahren gewohnt sind. Noch immer sitzt Christiane in der Weimarer Komödie auf der *Bank*, die ihr *nicht gegönnt* wird. Und auch Goethe redet in seinen Beschwichtigungen zu ihr, wie er es in den achtzehn Jahren ihrer freien Lebensgemeinschaft getan hat. Das Urteil der Leute zu übergehen, war da wohl das einzig mögliche. Jetzt aber, da er sie *völlig und bürgerlich* anerkannt hat, wäre anderes nötig.

Das muß ihm im Winter 1808 bewußt geworden sein. Entschieden setzt er sich da für Christianes Anerkennung ein.

Er wählt diplomatisch den Weg über die adligen Frauen. Sucht sich Karoline von Wolzogen aus, Charlotte von Schillers Schwester. *Werden Sie wohl*, schreibt er, als er in ihr eine Verbündete findet, *gleiche Gesinnungen in den Gemütern Ihrer Schwester und Frau von Stein wecken?*

Goethe tut alles, um zu machen, daß die weimarschen Damen mit ihr umgehen sollen, meint Humboldt. *Karoline* (von Wolzogen) *tut es ohne Anstand, da sie mit Recht sagt, daß sehr viele von jeher aufs rechtmäßigste verheiratete Damen um kein Haarbreit amüsanter sind, und andere folgen ihr. Goethe ist darum auch äußerst gut mit Karolinen und lobt sie über alle Maßen.*

Humboldt selbst nennt die *Geheimrätin ... ein ganz leidliches Wesen.*

Angenehm ist es mir freilich nicht, in der Gesellschaft zu sein, schreibt Charlotte von Stein ihrem Sohn. *Indessen, da er das Kreatürchen sehr liebt, kann ich's ihm wohl einmal zu gefallen tun.*

Das bezieht sich auf die Teegesellschaft, die Christiane am Abend des 20. Dezember 1808 geben will. Achim von Arnim berichtet: *zum erstenmal Gesellschaft der ersten Frauen der Stadt, unter andern der Frau von Stein, bei seiner Frau.* Goethe ist diese Gesellschaft so wichtig, daß er alle Gäste in sein Tagebuch notiert: *Frau von Stein, Herr und Frau von Wolzogen, Herr und Frau von Schardt, Frau von Schiller, Herr von Einsiedel, Hofmarschall von Egloffstein, junge Gräfin von Egloffstein, Generalin von Wangenheim, Geheimer Regierungsrat von Müller und Frau, Frau Hofrätin Schopenhauer, Hofrat Meyer, von Arnim und Kügelgen.*

Dieser Teeabend am 20. Dezember 1808 hat die Bedeutung einer offiziellen Anerkennung Christianes als Goethes Ehefrau.

Sie vermerkt es stolz im Brief an den Sohn, den sie am 30. oder 31. Dezember diktiert: *Denke Dir nur, wer alles bei uns ist: Ein Herr von Kügelgen, der Deinen Vater malt, der Doktor* (Nikolaus) *Meyer, Herr von Humboldt, Werner, Arnim und noch mehrere Fremde. Dazu habe ich müssen achtzehn vornehmen Damen Visiten machen. Wir hatten einen Tee von dreißig Personen; alle Damen, die Du kennst: Frau von Wolzogen, Stein, Schiller und mehrere. Am zweiten Weihnachtsfeiertag war ein großes Souper bei Wolzogens, wo ich auch dazu eingeladen war, und ich habe die Schillern und Wolzogen recht liebgewonnen ... Und ich sitze nicht mehr auf meiner alten Bank ... ich sitze in der Loge neben der Schopenhauern. Du kannst also aus diesem Brief ersehen, daß meine jetzige Existenz ganz anders als sonst ist.*

Von Christiane als Ehefrau gibt es drei Porträts. Sie sind zwischen 1807 und 1812 entstanden und zeigen sie im Alter von zweiundvierzig, sechsundvierzig und siebenundvierzig Jahren. Ein Ölgemälde von Caroline Bardua, ein Miniaturgemälde von Joseph Raabe und eine Büste von Karl Gottlob Weißer.

Das Porträt von Caroline Bardua, das einzige, das eine Frau von Christiane geschaffen hat, ist fast unbekannt. Es lagert im Magazin. Die vereinzelten Abbildungen in Büchern geben keine annähernde Vorstellung vom Original. (Da das Goethe-Nationalmuseum umgebaut wird, alles ausgelagert ist, wird mir das Gemälde in einer engen Dachkammer des Schiller-Museums gezeigt. Es steht ohne Rahmen auf einer Staffelei, als sei es eben fertig geworden.) Caroline Bardua, die eine Zeit lang in Weimar lebte und im Salon der Madame Schopenhauer verkehrte, war sechsundzwanzig, als sie 1807 das Porträt schuf. Öl auf Leinwand, 61 x 51,5 cm.

Auf den ersten Blick ein herbes Bild. Eine ernste, fast verschlossen wirkende Frau. Ein schlichtes Kleid aus weißem Atlas. Das warme Ziegelrot des Schals. Die Haarfrisur hebt die Kinnpartie unvorteilhaft hervor. Betrachtet man es länger, erkennt man in der Zweiundvierzigjährigen die Züge, die Goethes frühe Zeichnungen festgehalten haben, vor allem die kraftvolle Energie. Sie wirkt aber nicht mehr naturgegeben selbstverständlich, sondern eher wie etwas, dessen Voraussetzung täglich neu zu schaffen ist. Man kann die Verschlossenheit auch als ein Sammeln von Kraft deuten.

Vier Jahre später entsteht das Miniaturgemälde von Raabe. Pauline Gotter hebt die *frapante Ähnlichkeit* hervor. In Raabes Porträt findet sich, was den Zeichner Lips 1791 bereits fasziniert hat: die Kindlichkeit Christianes. Raabe malt die Sechsundvierzigjährige mit einem arglos-kindhaften, naiven Gesichtsausdruck. Die großen fragenden Augen bestimmen das Bild. Christiane trägt, gegenüber dem Gemälde von 1807, die Haare kürzer, sie ist fülliger geworden.

Diese Fülle dominiert die 1812 entstandene Büste von Weißer. Das Original ist 68 cm hoch, steht auf einer runden Stele. Christiane trägt einen Mittelscheitel, die Haare sind onduliert. Von der Seite gesehen gibt ihr der starke Nacken und der Ansatz zum Doppelkinn etwas Matronenhaftes. Selbst Riemer, der nicht besonders gut auf Christiane zu sprechen ist, findet, daß diese Büste sie unvorteilhaft wiedergibt.

Charlotte von Schiller spricht von Christiane als *diesem Bild des Lebens*, als sei es etwas Verächtliches. Besucher am Frauenplan heben das *Gemeine* an Christiane hervor. Selbst die ihr in Frankfurt so zugetane Henriette Schlosser schreibt: *Ihr äußeres Wesen hat etwas Gemeines.*

›Gemein‹ im Sinne des damaligen Sprachgebrauchs von ›gewöhnlich‹, ›durchschnittlich‹. In der Tat zeigen uns die drei späten Porträts eine Frau, der wir jeden Tag auf der Straße oder auf dem Markt begegnen könnten.

Kein intellektuelles, durchgeistigtes Gesicht; Christiane wendet sich auch als Ehefrau nicht dem Stickrahmen, dem Klavierspiel oder ausschließlich den Buchseiten zu. Sie kocht, schafft Vorrat, bügelt, wäscht, sticht Spargel, legt Kartoffeln. Obgleich sie für dies alles Bedienstete hat. Um sie in dem großen Haushalt anzuleiten und zu beaufsichtigen, braucht sie keine schöngeistigen und intellektuellen Fähigkeiten, sondern Menschenkenntnis und lebenspraktisches Geschick. In Christianes Gesicht sind die Spuren der täglichen Arbeit eingezeichnet.

In allen Fragen der Haushaltung verlasse ich mich ganz auf Dich, schreibt Goethe seinem *Haus- und Küchenschatz.* Christiane hat gegenüber der Dienerschaft, den Händlern, Boten, der Polizei alle Rechte der Hausherrin. Goethe wußte sehr wohl, daß die offizielle Eheschließung die Voraussetzung für seine monatelangen Abwesenheiten war.

1805 hat das Haus sechs Angestellte. Einen Kutscher, einen Laufburschen, zwei Köchinnen, ein Hausmädchen, einen Bedienten. 1807 kommt noch ein Garderobenmädchen hinzu. Jeder der Bediensteten hat seinen eigenen Aufgabenbereich. Goethe verfährt nach dem Grundsatz seines Vaters, daß Bedienstete im Hause zu mehreren Verrichtungen nützlich sein müssen und legt das mit Christiane zusammen fest. Da heißt es z.B. *Den Kutscher betreffend: Bedingungen, die er zu erfüllen hat:*

1. Muß er seine Pferde, Stall, Wagen, Kutschzeuge alles sehr sauber

und gut halten. Auch die Reinlichkeit des Hofes wird ihm empfohlen.
2. *Dem Gärtner im Garten zu helfen.*
3. *Holz zu machen.*
4. *Im Herbst das Obst abzunehmen.*
5. *Beym Wäsche rollen zu helfen.*
6. *Auch wird alles Toback rauchen im Hause untersagt.*
7. *Auf dem Krautland zu helfen.*

Entsprechende Anweisungen wird es für alle Dienstboten geben, ebenso was sie an Lohn, Kleidung u. a. erhalten. Der Kutscher bekommt z. B.

1. *6 rthl. Monatl.:*
2. *Wann derselbe auswärts fährt wo nicht für ihn bezahlt wird, täglich 2 gr.*
3. *Die jährlichen Livre-Stücken*
   a.) ein Oberrock und ein runder Hut mit Tresse.
   b.) Eine Jacke mit einem geringen Hut.
   c.) Ein Paar ordinäre Stiefeln.
   d.) 3 Stck. Lbthlr: zu ein Paar Hosen.
4. *alle 2 Jahr:*
   ein Paar steife Stiefeln incl. in dieser Zeit einmal vorgeschuht.
5. *alle 3 Jahr 1. Roquelaure.*

Christiane hat demnach die Schuster-, Schneider- und Hutmacherrechnungen zu zahlen, den Lohn, das Mietgeld, das Kostgeld, hat für die im Haus Wohnenden für Essen zu sorgen, an Neujahrs-, Jahrmarkts- und Biergeld zu denken. Sie hat alle Fäden in der Hand zu halten, die Neuen anzulernen, alles zu beaufsichtigen.

Nicht immer ist Arbeitswilligkeit vorauszusetzen. *Dem Ernsten will immer die Arbeit nicht schmecken*, heißt es in einem der ersten überlieferten Briefe Christianes 1793. Es handelt sich um den Diener Sutor, der bald entlassen werden wird und sich zu der Zeit schon mit seiner Spielkartenfabrik abgibt, die er eröffnet.

Auch das Verhältnis der Diener untereinander ist nicht immer einfach. So wird zum Beispiel Gensler, der Christiane 1803 nach Lauchstädt begleitete, 1806 wegen einer Schlägerei mit dem Kutscher entlassen.

Ein besonderes Problem stellen für Christiane die Köchinnen dar. Ihre Briefe enthalten vielfache Klagen über sie. August wünscht seiner Mutter zu Neujahr *eine gute Köchin, die Sie niemals ärgern tut.* Am 21. November 1798 schreibt sie: *mit meiner Köchin habe ich meine Noth, die nimmt mir alles untern Händen weg, und ich muß den ganzen Tag die Augen auf alles haben. Ich habe mir aber eine andere gemiethet; auf Weihnachten muß sie fort. Wenn mir es nicht um die Leute wär, so schickte ich sie gleich fort.*

Wird ein Bedienter entlassen, ist ein Abgangszeugnis zu schreiben. Von Christiane ausgestellte sind nicht überliefert. Goethe attestiert einer Conradine Wagner, die vom 1. September bis 1. Dezember 1805 am Frauenplan als Köchin dient, sie habe sich *fleißig und ordentlich betragen, ... jedoch* sei *zu bemerken ... daß sie sich nicht als Köchin* hätte *vermiethen sollen weil sie hiezu kein Geschick hat.*

Eine andere erhält folgendes Zeugnis: *Charlotte Hoyer hat zwei Jahre in meinem Haus gedient. Für eine Köchin kann sie gelten, und ist zuzeiten folgsam, höflich, sogar einschmeichelnd. Allein durch die Ungleichheit ihres Betragens hat sie sich zuletzt ganz unerträglich gemacht. Gewöhnlich beliebt es ihr nur nach eigenem Willen zu handeln und zu kochen; sie zeigt sich widerspenstig, zudringlich, grob und sucht diejenigen, die ihr zu befehlen haben, auf alle Weise zu ermüden. Unruhig und tückisch verhetzt sie ihre Mitdienenden und macht ihnen, wenn sie nicht mit ihr halten, das Leben sauer. Außer andern verwandten Untugenden hat sie noch die, daß sie an den Thüren horcht.*

Die Köchin zerreißt dieses Attest, wirft die Papierfetzen auf die Treppe. Goethe übergibt diese der Polizei mit der Bitte um *Ahndung einer solchen Verwegenheit* nach *einsichtsvollem Ermessen.*

Daß bei Auseinandersetzungen der Herrschaft mit ihren Bediensteten die Polizei zu Hilfe gerufen wird, ist damals üblich. Nicht nur das corpus delicti in Gestalt der Papierfetzen wird der Polizei übergeben, sondern auch die Diener selbst. So wird Gensler inhaftiert. Christiane schreibt Goethe 1810 von einem neu erbauten *Gefängniß ... unter dem Schloßthurm, wo schon viele von der Dienerschaft gesessen haben, die es aber würklich auch verdient haben, weil sie ihre Nebenmenschen bemakelt haben.*

Am 14. Dezember 1808 berichtet der Nachtwächter im Frauentorbezirk der Polizei, gegen Mitternacht sei ein *gutgekleideter junger Mann* um das Haus Am Plan Nr. 33 geschlichen, sei eingedrungen, und, nachdem er *einen Mann in der Torfahrt als Wache postiret* und Lärm geschlagen habe, sei der Eingedrungene *ohne Stiefel oder Schuhe in größter Flucht zur Türe hinaus gefahren*. Es war wohl ein Liebhaber der Magd, Christiane findet die Stiefel am Morgen und entläßt die Magd sofort.

Bei den Köchinnen hat sie endlich mit Johanna Christiane Höpfner Glück. Sie ist einundzwanzig, als Christiane sie 1805 mietet. Bis 1816 wird sie im Haus bleiben.

Die sich wiederholenden Arbeiten in der Hauswirtschaft. Die kreisförmigen Bewegungen. Mehrfach hat Goethe Dritten gegenüber angemerkt, daß Christiane sich nie verändert habe. Komödienbesuche, Lustpartien, Kartenspiel und Tanz. Was ihm an der Fünfundzwanzigjährigen gefallen haben mochte, zieht es ihn gleichermaßen an der Fünfundvierzigjährigen an?

Oder gewinnt mit zunehmendem Alter der Frauentyp seiner frühen Jahre, die intellektuelle Frau, die Zuhörerin und Bewunderin, erneut an Reiz für ihn?

Christiane und Caroline in einem Atemzug nennend, spricht er von *unruhiger Nachbarschaft*, von *liebenswürdigen unruhigen Ungethümen*, die *man doch einmal nicht los wird, man mag sich stellen, wie man will.*

Goethes negative Äußerungen über Frauen häufen sich auffällig in seinem Ehejahrzehnt. Riemer überliefert (undatiert zwischen 1803 und 1813) Goethes Satz: *Wer zum Bewußtsein seiner Fehler gelangt, wird meistens darein verliebt und möchte sie um Himmels willen nicht ablegen. Ich mag meine Schnöckerei um die Weiber, die mir gefallen, nicht ablegen, ob ich gleich weiß, daß sie zu nichts führen kann und mir sonst schädlich ist.*

In jenem Dezember 1808 äußert er: *Es ist unglaublich, wie der Umgang der Weiber herabzieht.* Wenn dies ein Resümee seiner Erfahrungen mit Frauen ist, wie die Gesprächswiedergabe von Kanzler Müller nahelegt, dann wächst eine fast misogyne Sicht in ihm.

Die vielen negativ-generalisierenden Aussagen über Frauen in dieser Zeit scheinen das zu bestätigen. Von der *Grausamkeit* der *Geschlechter gegeneinander* spricht er 1811. Bei den Männern sei es die *Grausamkeit der Wollust, bei den Weibern die des Undanks, der Unempfindlichkeit des Quälens und anderes mehr*. Das männliche Prinzip ist für ihn das schöpferische, reiche, selbständige, gebende, das weibliche das empfangende, bedürftige, aneignende und abhängige. *Der Mann schafft und erwirbt, die Frau verwendet's: das ist auch im intellektuellen Sinne das Gesetz, unter dem beide Naturen stehen*, zu Riemer im November 1806; und im Dezember 1808: *Weiber haben keine Ironie, können nicht von sich selbst lassen*. Im Mai 1809 ebenfalls zu Riemer: *Weiber scheinen keiner Idee fähig ..., nehmen überhaupt von den Männern mehr als daß sie geben*.

Den Unterschied zwischen dem *Ewigweiblichen* seiner Dichtung und dem Zeitlichweiblichen seiner Lebensrealität benennt Goethe ausdrücklich. *Meine Idee von den Frauen ist nicht von den Erscheinungen der Wirklichkeit abstrahiert, sondern sie ist mir angeboren oder in mir entstanden, Gott weiß wie. Meine dargestellten Frauencharaktere sind daher auch alle gut weggekommen, sie sind alle besser, als sie in der Wirklichkeit anzutreffen sind*, heißt es 1828.

Bereits 1809 findet sich in einer Notiz Riemers vom 24. November der Schlüssel dazu. *Merkwürdige Reflexion Goethes über sich selbst: Daß er das Ideelle unter einer weiblichen Form oder unter der Form des Weibes konzipiert*. Eckermann gegenüber wird Goethe die Frauen *das einzige Gefäß* nennen, *was uns Neueren noch geblieben ist, um unsere Idealität hinein zu gießen*. Die Gefäß-Metapher wiederholt sich: *Die Frauen ... sind silberne Schalen, in die wir goldene Äpfel legen*.

Der Unterschied von *Idealität* und Realität, Werk und Biographie. Spiegelt er Goethes Frauenerfahrungen, insbesondere die der Jahrzehnte mit Christiane? Könnte man diese Erfahrungen – verkürzt – mit seinen Worten vom *hinan-* und *herabziehen* charakterisieren. In der Dichtung die berühmten Schlußverse des »Faust II«: *Das Ewigweibliche/ Zieht uns hinan*. Im Leben: *Es ist unglaublich, wie der Umgang der Weiber herabzieht*.

Unter den Gästen bei der großen Teegesellschaft am 20. Dezember 1808 erwähnen Goethes Tagebuch und Christianes Brief an den Sohn *Doktor Meyer*. Es ist Nikolaus Meyer. Im Dezember 1808 ist er zu Besuch in Weimar. Er will Bremen verlassen, mit seiner jungen Frau nach Weimar ziehen. Er kauft ein Haus in der Stadt.

Christianes Freude darüber wird von Goethe nicht gleichermaßen geteilt. *Rechte Freude kann ich nicht daran haben. Er thut es, um wohlfeiler zu leben. Das wäre recht gut, wenn er irgendwo wohlfeil leben könnte. Vom Übrigen sag ich nichts, Du weißt, was davon zu denken ist. Doch muß man es kommen lassen und ihm behülflich sein ... Schicke Deine Briefe nur nach wie vor.*

Goethe schließt daran noch einen Satz an, der für frühere Zeiten ihrer Liebe charakteristisch ist und sich seit Jahren nicht mehr in seinen Briefen findet: *Liebe mich recht schön und sei versichert, daß ich mich recht ungeduldig nach den Schlender- und Hätschelstündchen sehne.*

Nikolaus Meyer ist durch Carl August der Titel eines Weimarischen Rates verliehen worden. *Daß Meyer von Bremen Rath hier geworden ist, weißt Du wohl*, schreibt Christiane ihrem Sohn, *und daß er auf Johanni zu uns nach Weimar zieht und Huschken sein Haus gekauft hat.*

Im September 1809, Meyer ist wieder in Weimar, fragt Goethe aus Jena an: *Ich bin neugierig zu hören, wie sich Freund Meyer anläßt und wie es mit seiner Einrichtung werden wird. Behandle ihn nach unsrer Übereinkunft ... nur daß die Nachbarschaft uns nicht zu großer Gemeinschaft führe.*

Am 14. September besucht Christiane mit Meyer, Bruder, Schwägerin und Caroline Ulrich Goethe in Jena. Am 21. ist Meyer nochmals allein in Jena; Goethe ist unpäßlich, verläßt die Tafel, sie scheiden ohne Abschied.

Ihr Hiersein ist uns allen nur wie ein Traum gewesen, schreibt Christiane am 26. Oktober an Meyer. Sie bietet ihm, wie ihr Bruder, das Unterstellen von Möbeln an; *und ob Sie mich gleich immer schelten und einer Kälte beschuldigen, so wissen Sie nicht wie sehr ich mich auf Sie und Ihrer lieben Frau ihre Ankunft freue.*

Der Plan scheitert. Meyer wird zu seinem großen Bedauern nicht nach Weimar ziehen.

Für Christiane wird es eine große Enttäuschung gewesen sein. Sie wird Nikolaus Meyer versichern, *nie werde ich einen mir so theuren Freund als Sie mir sind, vergessen und mit neuen Freundschaften ist es der Fall auch nicht*. Und Meyer wird später Goethe gegenüber von Christianes *aufrichtig schwesterlicher Zuneigung* sprechen, von ihrer *unverhehlten Anhänglichkeit an einen treuen Freund, die durch keine Trennung gänzlich erlöschen konnte*.

Die Gründe für das Scheitern der Umzugspläne sind unbekannt. Ob Goethe sie zu verhindern wußte? Die Freundschaft seiner Frau zu dem viel Jüngeren ihn störte? Literarische Dinge hineinspielten; Meyers enge Bindung an Bertuch, seine Vertrautheit mit Christian August Vulpius?

Vulpius fällt es offenbar zuweilen schwer, das soviel großzügigere Leben der Schwester ohne Neid zu beobachten. *Alles geht, was Geld hat, in Bäder*, klagt er, und auf seine Schwester bezogen: Sie *ist jetzt mit August in Lauchstedt; ich aber stecke so sehr in (schlechtbezahlten) Arbeiten, daß ich mich kaum regen und bewegen kann*.

Ende 1809 erwirkt Goethe für ihn eine Erhöhung seiner Besoldung. Seine wenigen Zeilen an Voigt charakterisieren Vulpius' Lage. Goethe lobt seine Verdienste: *Daß er bei allem diesem seinen literarischen Erwerb sowie einen Teil von seiner Frauen Vermögen zugesetzt; das ist nicht zu bezweifeln; daß er bei der Plünderung viel gelitten, ist bekannt; daß er schon bisher mehr Zeit, als eigentlich seine Pflicht von ihm forderte, auf die Bibliotheksstelle verwendet, können wir ihm auch bezeugen, und ich finde daher, daß wir alle Ursache haben, sein angebrachtes Gesuch um Zulage von 200 Talern jährlicher Besoldung, welche Schmid von der Kammer bekam, bei Serenissimo zu unterstützen*.

Vulpius' Jahresgehalt wird daraufhin von 260 auf 400 Taler erhöht.

Auch 1809 wartet Goethe darauf, reisen zu können. *Wie sich der Frühling nur spüren läßt, gehe ich nach Carlsbad*, schreibt er bereits am 21. Dezember an Zelter und an Marianne von Eybenberg, er habe *keinen andern Plan, ... keinen Wunsch und wie diese sehn-*

süchtigen Dinge alle heißen, als den längsten Tag in Ihrer Gesellschaft in Carlsbad zuzubringen.

Aber Österreich hat Frankreich den Krieg erklärt; das Weimarer Herzogtum ist als Mitglied des Rheinbundes somit militärischer Verbündeter der Franzosen. Goethe spricht von *verschlingenden Zeiten.*

Noch glaubt er, reisen zu können. *Das Kriegstheater entfernt sich immer mehr von uns,* schreibt er aus Jena an Christiane, *es ist höchst wahrscheinlich, daß ich in einigen Wochen nach Karlsbad gehen kann.*

Während die Franzosen in Österreich vordringen, beginnt Napoleons Bruder Jerôme einen Feldzug nach Böhmen.

Goethe muß in Thüringen bleiben. Er zieht sich in seine *Jenaer Schloßeinsamkeit* zurück. Aber auch sie hat sich durch den Krieg verändert. 3 000 Franzosen hat das Schloß 1806 nach der Schlacht als Lazarett gedient; Baumaßnahmen sind notwendig. Goethe wird vom Herzog mit der Oberaufsicht über die Schloßreparaturen beauftragt. Auch seine Stuben werden gebaut. Er muß in einen Nebenflügel des Schlosses ziehen, wo er in einem Raum arbeitet, schläft und ißt.

Vom 29. April bis 13. Juni und vom 23. Juli bis 6. Oktober 1809 ist er in Jena; *wo ich einen Roman fertig zu schreiben suche, den ich vorm Jahre in den böhmischen Gebirgen konzipiert und angefangen hatte,* teilt er Zelter mit und Marianne von Eybenberg: *Man findet sich schon glücklich genug, wenn man sich in dieser bewegten Zeit in die Tiefe der stillen Leidenschaft flüchten kann.*

Er arbeitet an den »Wahlverwandtschaften«. Es ist nach Schillers Tod der große Neuansatz in seinem Werk. Er diktiert in äußerster schöpferischer Konzentration Riemer den Roman.

Christianes Aufgabe während der Niederschrift der »Wahlverwandtschaften« besteht darin, für sein leibliches Wohl zu sorgen, und alle Störungen von ihm fernzuhalten, ihm Schreibruhe zu verschaffen.

Wende alles, bittet er sie am 30. Mai, *was Du kannst, die nächsten acht Tage von mir ab: denn ich bin gerade jetzt in der Arbeit so begriffen, wie ich sie seit einem Jahre nicht habe anfassen können. Würde ich jetzo gestört, so wäre alles für mich verloren, was ich ganz nahe vor mir sehe, und was in kurzer Zeit zu erreichen ist.*

Christiane tut es, empfängt für ihn Besucher, so den Maler Kaaz. *Er ist nun wohl in mein Haus gezogen und meine Frau wird für ihn, nach ihrer Weise, sorgen.* Sie übernimmt – stellvertretend für ihn – gesellschaftliche Pflichten. *Nun habe ich aber auch eine recht dringende Bitte an Dich, daß Du die Frauen von Schiller, Wolzogen, Egloffstein, Schardt, und wenn es nur auf eine Viertelstunde wäre, besuchest und ihnen von mir freundliche Grüße bringest. Versäume das ja nicht und sage mir, wie Du es ausgerichtet hast.*

Künftige Woche wird angefangen am Roman zu drucken, am 25. Juli. Drei Tage später: *Die ersten Bogen des Romans sind in die Druckerei, und es braucht nur sechs bis acht Wochen Ruhe und Sammlung, so ist die Sache abgethan.* Am 1. August: *Wir haben den Druck des Romans angefangen, ohne zu wissen, wie wir damit zu Ende kommen wollen. Indessen, wenn wir den August und September gut anwenden, so ist Hoffnung, daß wir fertig werden. Nutze von Deiner Seite diese beiden Monate, so gut es gehen will.*

Wieder, wie in jenen glücklichen Schaffensjahren 1796/97 mit Schiller, läßt er Christiane am Fortgang und auch an den Ergebnissen seiner Arbeit teilhaben. Zuweilen besucht sie ihn in Jena. *Da Du einmal kommen willst, so sage ich Dir lieber gleich, daß es mir recht angenehm sein wird, denn es gibt doch mehr zu besprechen, als man glaubt.* Sein Tagebuch vermerkt am 11. Juni: *Kam meine Frau durch, als sie nach Kahla fuhr.* Am 12.: *Besuch von meiner Frau, die von Kahla zurückkam. Mittags aß dieselbe mit uns.* Am 28. August – es ist sein sechzigster Geburtstag – : *War meine Frau mit Madame Wolff, Demoiselle Engels und Elsermann angekommen. Den Morgen in ihrer Gesellschaft zugebracht. Mittags mit denselben und Herrn von Knebel gegessen. Nach Tische reisten sie ab.* Am 14. September: *Morgens war ich mit meiner Frau im Paradiese und Harrasischen Garten gewesen.*

Einen Tag danach schreibt er ihr: *Zuerst danke ich Dir und Deiner schönen Begleiterin für den angenehmen Besuch; sodann schicke ich ein Bändchen* (es sind die Druckbogen des ersten Teils der »Wahlverwandtschaften«), *aber nur unter den folgenden Bedingungen:*

1. *Daß ihr es bei verschlossenen Thüren leset.*
2. *Daß es niemand erfährt, daß ihrs gelesen habt.*
3. *Daß ich es künftigen Mittwoch wiedererhalte.*
4. *Daß mir alsdann zugleich etwas geschrieben werde von dem, was unter euch beim Lesen vorgegangen.*

Am 20. September nochmals: *Ich bitte Dich inständig, mir alle Besuche abzuhalten.* Am 22. September, eine Woche nachdem die Druckbogen in ihre Hände gelangt sind: *Weil ihr euch über den ersten Theil des Romans so freundlich geäußert habt, so soll die Hälfte des zweiten bis an einen Abschnitt die nächste Woche unter eben den Bedingungen zu euch gelangen. Du schickst mir den Band wieder, den Du in Händen hast, und wir hoffen nun, das Ende bald zu erreichen. Doch brauchen wir, wenn kein Hinderniß dazwischen kommt, immer noch zehn Tage.*

Am 3. Oktober: *Der Roman kommt in diesen Tagen zu Stande, ob ich gleich kaum werde ein vollständiges Exemplar mitbringen können. Es wird alsdann manches hin und wieder zu erzählen sein. Zu meinem Empfang erbitte ich mir einen recht guten, französischen Bouillon und wünsche, recht wohl zu leben.*

Am 7. Oktober, 11 Uhr vormittags, ist Goethe wieder in Weimar. Auch August ist zum Empfang da. Nach nur anderthalb Jahren hat er sein Studium in Heidelberg abgebrochen. Im Sommer dem Vater geschrieben, daß ihm das Klima nicht bekomme. Goethe geht darauf ein, läßt ihn zurückkommen. *Und freylich mag der Winter in Heidelberg hart seyn, besonders fur einen Studierenden*, schreibt er Cotta, bittet ihn, August einen Wechsel über 260 Gulden auszustellen für eine Rheinreise zu Fuß, die Goethe dem Sohn zu machen empfiehlt. Wie immer nicht ohne den Auftrag, alle Erlebnisse in einem Tagebuch festzuhalten.

Am 26. September ist August wieder in Weimar.

Goethes Arbeit in Jena verbietet eine Begegnung. August muß bis zum 7. Oktober warten. Aber sein Tagebuch will der Vater sehen. *Es ist gar nicht übel, in solcher Nähe sich durch Briefe und Billette zu unterhalten*, heißt es an Christiane, *ersuche Augusten, seine Reisebeschreibung bis ans Ende fortzusetzen, damit ich das Vergnügen habe, ihn noch schriftlich in Weimar anlangen zu sehen.*

Ebenso könntest Du Carolinchen sagen, daß sie mir schriebe, wenn Du auch nicht dictirtest. Im selben Brief: *Nehmt also dieses zur Regel. Alles was sich zufällig gibt, das sucht zu benutzen und zu beobachten, und schreibt mir mit jeder Post, was sich ereignet hat.*

Material, das er irgendwann für sein Schreiben brauchen kann. Es muß ein schlimmer Druck für die mit Goethe Lebenden gewesen sein, diese ständige Nötigung zum Brieftagebuchschreiben. Herder hat dies schon früh an Goethe beobachtet. *Hole der Henker den Gott*, schreibt er 1789, *um den alles ringsumher eine Fratze sein soll, die er nach seinem Gefallen brauche! Oder gelinder zu sagen: ich drücke mich weg von dem großen Künstler … der auch seine Freunde und was ihm vorkommt, bloß als Papier ansieht, auf welches er schreibt.*

Die mit Goethe lebende Familie kann sich nicht wegdrücken. Nie geht es bei dem verordneten Brieftagebuchschreiben um das eigene Innere, stets um für ihn gedachte Beobachtungen. Goethes Ausspruch unterstreicht das: *Wenn ich zwölf Söhne hätte, so schickte ich jeden an einen anderen Ort, um an meinem eigen Fleisch und Bein zu erfahren, wie es überall aussieht.*

Was werden die beiden Frauen ihm nach der Lektüre einzelner Teile der »Wahlverwandtschaften« geschrieben haben? Dem Autor, der in höchster Anspannung an dem noch nicht beendeten Buch arbeitet und von dem sie wissen, daß er allergisch auf jegliche Kritik reagiert? Humboldt überliefert: *Er hat keine Freiheit über seine eigenen Sachen und wird stumm, wenn man im mindesten tadelt.*

… was unter euch beim Lesen vorgegangen, will Goethe wissen; ihn interessiert ausdrücklich der Leseeindruck beider Frauen, der Neunzehnjährigen und der Vierundvierzigjährigen.

Liest die eine, die junge vor, hört die andere zu? Spiegelt sich die eine? Ahnt die andere, Christiane, was den Schreiber zu den jungen Frauen zieht? Die tiefe Eheaversion, die aus dem Buch spricht – ein leerer Schwätzer singt darin das Hohelied der Ehe – kann ihr nicht verborgen bleiben. Spürt sie, was Bettine Goethe schreiben wird, daß er in diesem *erfundenen Geschick … wie in einer Grabesurne die Tränen für manches Versäumte gesammelt* habe?

Ist sie in Gedanken bereits wieder mit *Dresdner Grütze* und *Kalbsfüßen in Gelée* beschäftigt? In den letzten Wochen der Niederschrift des Romans wünscht Goethe eben dies: *Grütze* und *Kalbsfüße*. Am 26. September: *Nun ersuche ich Dich aber, mir nächstens Folgendes zu schicken: ... Von der Dresdner Grütze so viel, daß ich mir alle Morgen kann in den Bouillon das Nöthige einrühren lassen.* Und: *Könntest Du mir eine Liebe thun, wenn Du mir Kalbsfüße in Gelée, die nicht gar zu sauer wäre, Sonnabend mit den Boten schicktest. Es ist mir gar angenehm, außer der Zeit etwas dieser Art zu genießen, und hier kann man es nicht haben, wie man wünscht.*

Wird Christiane später den Roman im Ganzen und mehrmals lesen? *Das Buch muß*, überliefert Wieland, *wie Goethe selbst sagt, dreimal gelesen werden.* Wird sie sich mit dem Buch unterhalten, wie sie das mit Nikolaus Meyers Briefen und Gedichten tut, von denen sie schreibt: *Dies ist meine Unterhaltung, wenn ich allein bin.* Wir wissen es nicht.

Daß die biographischen Hintergründe in sehr kurzschlüssiger Weise selbst die engsten Freunde beschäftigen und die erste Aufnahme der »Wahlverwandtschaften« bestimmt haben, ist belegt.

Wer die Personen in den Wahlverwandschaften sind, *hat man längst heraus*, schreibt Wilhelm Grimm, der im Januar 1810 in Weimar zu Besuch ist, an Achim von Arnim. *Der Architekt ist natürlich der Engelhardt, in welchen die Vulpius verliebt gewesen. Die Luciane ist ... Die Ottilie ist ein Fräulein, von der Goethe gesagt hat, es stäke nicht ein, sondern tausend Engel in ihr, die aber nicht da war; ebenso nicht der Offizier, der Eduard ist, darum ich auch ihre Namen vergessen.*

Ob Bettina Goethen als Ottilia oder Luciane oder als beides zusammen gesessen habe, fragt Jacobi, und Schelling will von Pauline Gotter in Gotha wissen, wie man das Buch dort auffasse. *Mir schien es, daß wenige oder fast niemand von meiner Bekanntschaft den rechten Gesichtspunkt dafür habe ... Von teils abgeschmackten, teils bloß äußerlichen Beurteilungen ...* berichtet er. *In München haben sich ordentlich Parteien darüber gebildet; namentlich die edle Familie ... machte sich's zum Geschäft, es auf alle Weise herabzusetzen.*

Goethes *Äugelchen* Marianne von Eybenberg, die das Buch sofort dreimal hintereinander liest, schreibt ihm am 24. Februar 1810 aus Wien: *nie sind die Buchhändler so bestürmt worden, – es war wie vor einem Bäckerhause, in einer Hungersnoth. ... Nie habe so enthusiastisch, so gescheut und so dumm und absurd über etwas sprechen hören als über diesen Roman.*

Die »Wahlverwandtschaften«, dieses *als Circular für ... Freunde* gedachte Buch sind ein enormer Publikumserfolg; aber im Sinne von Empörung und Skandal.

Friedrich Schlegel findet *das Ganze ... seltsam und gemein*, Jacobi *ärgerlich und ekelhaft*, er empört sich über den *doppelten Ehebruch durch Phantasie, der den Knoten des Stückes ausmacht ...*, *über die Himmelfahrt der bösen Lust; dieses Göthische Werk* sei *durch und durch materialistisch*. Wieland spricht von *Verdruß* und *Ekel*, den ihm dieses *Machwerk* bereitet habe. Es sei nur *verfaßt*, um *einige hundert Louisdor aus Cottas Casse in seine* (Goethes) *zu transportieren*. Die Unterhaltungsschriftstellerin Fridericke Unger schreibt, Goethe dränge dem Publikum *seinen letzten Stuhlgang* auf; mit fäkalischen Vokabeln wird der Roman mehrfach bedacht, das Wort von der *Afterkunst* kommt aus kirchlichen Kreisen. Als Heide und Materialist sitzt Goethe auf der Anklagebank, daß sein Privatleben mitassoziiert wird, steht außer Frage; der Sprung zum *Egoismus* des napoleonischen Zeitalters ist nicht weit. Metternich wird Goethe später einen *Sinnenmensch* nennen, *der nur wenige rein moralische und religiöse Begriffe* habe, *seine »Wahlverwandtschaften«* seien *ein höchst unmoralisches, der neuen Religion des Fleisches hingeneigtes Buch*.

Das Publikum habe sich gegen seinen Roman *wie gegen das Kleid des Nessus gebärdet*, äußert Goethe später. Henriette Knebel spricht schon am 7. Februar 1810 von bösen Kritiken, harten Rezensionen; *aber daß die Deutschen nur immer grob und hämisch gegeneinander sind, ist ärgerlich.*

Riemer notiert am 28. Januar 1810 in sein Tagebuch, daß Frommann, der Jenaer Verleger der »Wahlverwandtschaften«, zu Besuch gewesen sei und bei Tisch *allerlei Déraisonnements von Philistern über die »Wahlverwandschaften« erzählte.*

Goethe schreibt am 19. April, daß er ... *denke ... nach Böhmen zu flüchten, wo ich von aller deutschen Literatur und Gelehrsamkeit auf mehrere Monate in seliger Abgeschiedenheit zu leben hoffe.*

Am 12. März 1810 verläßt er Weimar für sieben Monate. Zunächst hält er sich für acht Wochen in Jena auf.

Es ist wohl auch die Lärmbelästigung durch die Haufische Wirtschaft und ihre Kegelbahn, die ihn Weimar den Rücken kehren läßt. Am 5. März 1810 hat er eine Eingabe an das Landespolizeikollegium gemacht: *Aus einer Kegelbahn sind zwei geworden, und anstatt, daß sonst wenigstens der Morgen ruhig war, und daß auch selbst Nachmittags- und Abendstunden Einschränkungen erlitten; so ward zuletzt von Morgen bis in die Nacht gekegelt, wobei es denn an Geschrei, Lärm, Streit und andren Unarten nicht gebrach. Daß man in Kriegszeiten, wo manches gute Gesetz schweigen muß, sich mehr gefallen läßt, als zu Zeiten der Ruhe, daß ich auch mehrere Sommer auswärts gelebt, ist Ursache daß ich nicht früher mich hierüber geäußert. ... Ich leugne nicht, daß mir die Sache sehr angelegen ist: denn eine der Hauptursachen, warum ich den Sommer auswärts zubrachte, war eben diese unruhige Nachbarschaft, die mir den ganzen Tag und weit in die Nacht hinein, mein Hinterhaus und meinen Garten unbrauchbar machte.*

Christiane besucht ihn Anfang April in Jena. Am 6. notiert er in sein Tagebuch: *Kam nach Tische meine Frau. 7.: mit den Frauenzimmern und August auf die Löbstedter Wiesen. Ferner in den botanischen Garten. Zu Tische alle beisammen. Abends gingen die Frauenzimmer auf den Ball. 8.: Mit den Frauenzimmern spazieren ... Abends bei Major von Knebel. Gezeichnet, während die übrige Gesellschaft tanzte.* Es ist eine Zeit voller Spannungen zwischen Christiane und ihm. Nach seiner Abreise nach Karlsbad wird er ihr schreiben: *denn ich will nur gern gestehn, daß mirs auf die letzte Zeit in Jena sehr übel zu Muthe war.*

Christiane wird viel auszustehen haben. Hat er im Vorjahr, während der Niederschrift der »Wahlverwandtschaften«, auf ihre Erledigungen stets mit Dank und auch kleinen Gegengaben reagiert, so ist sein Ton nun mürrisch und – es geht z. B. um *Blättchen*, um Grafiken, die sie mit Heinrich Meyer aussuchen soll – auch tadelnd: *Nur bitte ich Dich, gib diesen Sachen einige Aufmerksamkeit, daß sie nicht bloß im Sturm geschehen, und daraus Confusionen entspringen, wie leider schon der Fall war.*

Wieder steht das Essen zur Debatte. *Ich bitte Dich also aufs allerinständigste, mir mit jedem Boten-Tage etwas Gutes, Gebratenes, einen Schöpsenbraten, einen Kapaun, ja einen Truthahn zu schikken, es mag kosten, was es will damit wir nur zum Frühstück, zum Abendessen, und wenn es zu Mittag gar zu schlecht ist, irgend etwas haben, was sich nicht vom Schwein herschreibt. Ich mag Dir nicht sagen, wie verdrießlich und ärgerlich ich die Zeit her gewesen bin, wenn ich mit einem übertriebenen und ganz unschicklichen Aufwand entweder hungern oder etwas genießen mußte, was mir offenbar schädlich war*, schreibt er am 17. April an Christiane.

Und: *denke über alles nach, was Du mir etwa mitzugeben hast.* Sie erledigt die Reisevorbereitungen für ihn. *Denke nur ja auf alles*, mahnt er, *was ich etwa zu meiner Abreise noch bedarf, oder was vorher entschieden sein muß: denn ich möchte sie beeilen so viel als möglich. ... Die schwarzen Beinkleider sind angekommen und passen gut. Den schwarzen Hofrock laß mir zu einem Frack umändern ... Nun laß mir vor allen Dingen noch einen blauen Überrock, ein Paar schwarze Hosen und ein Paar Stiefeln machen. Diese soll aber der Schuster ja nicht enger machen als die letzten, wegen der warmen Strümpfe ... Die Pässe laß auch auf der Polizei ausfertigen und sie vom Sonntag Jubilate, das ist den 13. Mai, datiren. Übrigens sagst Du niemanden, weder wann ich gehe, noch daß ich nicht mehr hinüberkomme ... Die beiden Orden, sowohl den französischen als den russischen mit dem großen Bande, bringe wohleingepackt mit; man weiß nicht, ob man nicht in den Fall kommt, sie zu brauchen.*

Christiane fährt vom 12. bis 15. Mai nach Jena, um ihm die letzten Sachen zu bringen und Abschied zu nehmen. *In diesen drei Tagen haben wir übrig Zeit, alles zu besprechen*, hatte er ihr geschrieben. Sein Tagebuch vom 15. Mai enthält den Eintrag: *Mittags unter uns. Gegen Abend ging meine Frau weg.* Riemer dagegen notiert: 14. *Mai. Zu Knebel, wo Goethe und seine Frau. Eifersüchtiges Weinen derselben. Deshalb bald nach Hause. Nachher zusammen, doch sie ohne Anteil. 15. Mai: Mittags die Geheime Räthin zu Tische. Verdrießlichkeiten aus Eifersucht. Apaisiert hernach.*

Am 16. Mai, früh 8 Uhr, verläßt Goethe mit Riemer Jena. Erst am 2. Oktober wird er nach Thüringen zurückkehren. Vor seiner Abreise bittet er Charlotte von Schiller: *Mögen Sie mich in meiner Abwesenheit erfreuen, so erzeigen Sie den Meinigen etwas Gefälliges, die ich wieder, wahrscheinlich länger als billig ist, allein lasse. Verschaffen Sie meiner Frau das Glück, Frau von Humboldt kennen zu lernen.* Und Charlotte von Stein schreibt er: *Mögen Sie mir eine Wohltat erzeigen, so thun Sie in meiner Abwesenheit den Meinigen etwas zu Liebe, die ich abermals länger als billig allein lasse.*

Nach fast sieben Jahren fehlender Briefe Christianes an Goethe haben wir am 24. Mai 1810 wieder einen Brief, es ist der erste von ihr als seine Ehefrau.

Die anderen Frauen in Goethes Umkreis beschäftigen sie. Rückschließend kann man vermuten, daß sie sein Interesse an ihnen nicht so leicht akzeptieren konnte, wie Goethes Briefe suggerieren. Doch zugleich macht die Vorsicht ihrer Formulierungen ihre Toleranz deutlich. *Ist denn die Bettine in Karlsbad angekommen und die Frau von Eybenberg? Und hier sagt man, die Silvie und Gottern gingen auch hin. Was willst Du denn mit allen Äuglichen anfangen? Das wird zu viel. Vergiß nur nicht ganz Dein ältstes, ich bitte Dich, denke doch auch zuweilen an mich. Ich will indeß fest auf Dich vertrauen, man mag sagen, was man will. Denn Du bist es doch allein, der meiner gedenkt.*

Den Brief hat ihre junge Sekretärin Caroline Ulrich geschrieben. Am Ende fügt Christiane mit eigner Hand (GSA 28,355) Zeilen hinzu, die von Intimem sprechen. Und die von ihrer Seite eine mögliche Erklärung für die Spannungen beim Abschied in Jena geben. Sie habe sich bei seiner Abfahrt nach Karlsbad nicht wohlbefunden. *Gleich nach der Rückkehr von Jena bekam ich einen Besuch von einem Meerweibchen und befand mich auch gleich besser und zufriedener.* Glaubte sie wieder schwanger zu sein, fürchtete sie sich daher besonders vor der langen Trennung? Daß sie ihm diese Tatsache ausdrücklich mitteilt, ist ungewöhnlich.

Sie schreibt von einer Kur mit Wasser, die sie macht. *Ich habe auch viel Vertrauen zu dem Egerwasser. Und die Medicin, das wird ja alles wohl wieder in Ordnung bringen.* Die Rede ist auch vom *bösen Magen-Krampf, der, wenn man es so leicht nimmt, doch zuletzt auch übel werden kann. Denn die arme Teller hat daran sterben müssen. Ich bin freilich nicht so ganz schwach wie diese, aber durch die Länge kann einem doch so ein Übel sehr schaden.* Und als ob sie ihren Zustand zusammenfassen wolle: *ich fühle mich nicht mehr so stark wie sonst, Freude und Leid zu ertragen.*

Es gibt keine Vorwürfe wegen seiner Abwesenheit, wohl aber setzt sie seinem Satz, daß er *freilich wünschen müßte, daß ganze Jahr in Karlsbad zu sein*, den ihren entgegen: *denn ohne Dich mag ich fast gar nicht in Weimar sein.*

Ihre Pflichten erfüllt sie nicht immer freudig. Seit sie seine Ehefrau ist, kommen auswärtige Gäste auch in Goethes Abwesenheit, seine näheren Freunde logieren am Frauenplan. Sie schreibt: *so lange Du weg bist, bin ich beinah keinen Tag ohne Fremde gewesen, und dieß kostet einen doch am Ende nur Geld ... Knebel, Frommanns und mehrere; alle sind einige Tage bei mir geblieben, so daß ich zuletzt recht verdrüßlich wurde.*

Im Sommer 1810 gibt es wieder Einquartierungen. Seit dem Herbst 1805 haben sie nicht aufgehört. 1808 schreibt Christianes Bruder an Nikolaus Meyer *von fürchterlichen Durchmärschen ..., bei welchen z. B. meine Schwester in 3 Tagen 39 Mann Einquartierung hatte, ich 10 Mann.*

Nach dem *Einquartierungs-Regulativ*, publiziert im »Weimarischen Wochenblatt«, sind alle Bewohner *nach billigem Maasstabe ihres Vermögens, Erwerbs, Quartierraums und ihrer sonstigen Verhältnisse* einer Klasse zugeordnet. Es ist festgelegt, welche Häuser Offiziere, welche Gemeine zu nehmen haben. Der *gesetzliche Maasstab oder Divisor* der Einquartierung ist: *8. Klasse: ein Mann, 7. Klasse: zwei Mann*, und so fort bis zur *1. Klasse, die zehn Mann* aufzunehmen hat. *Offiziers werden nach folgendem Verhältniß auf*

Gemeine berechnet: für 4 Mann Majors für 6 Mann Obristen für 8 Mann Generals für 10 Mann. Unteroffiziers gelten Gemeinen gleich. Nur Feldwebel, Regimentstambours, Fouriers werden für zwei Mann gerechnet.

Auf den Einquartierungsbilletten ist der Stadtbezirk angegeben, *C Frauenthorbezirk Nr. 33, Straße: am Plan*, die Klasse, der Grad und die Anzahl der Offiziere bzw. Gemeinen. Ein P oder R kennzeichnet die Nationalität: Preuße oder Russe, damit vermieden wird, daß verschiedene Nationen zusammengelegt werden. Aus dem Goethe-Haus ist ein solcher Zettel vom 21. November 1813 überliefert. *Ein Offizier und ein Gemeiner auf zwei Tage attestirt* (GSA 34 XXII, 4,4).

Wenn Goethe anwesend ist, kommen die obersten Militärränge in sein Haus; die Mittagstafel muß entsprechend sein.

Wenn Christiane allein ist, nimmt sie *Gemeine* auf, versorgt sie mit einfacher Kost und läßt sie am Abend in die Komödie gehen. *Ich schicke*, schreibt sie Goethe nach Karlsbad, *nämlich meine Einquartirung immer ins Theater; ich lasse mir statt meiner Parterre-Billets Gallerie-Billets geben, und so kann ich auch ruhig hineingehen.*

Auch kostet mich die Einquartirung bestimmt zwanzig Thaler; doch wenn wir sie auswärts hätten, kostete es wohl viermal zwanzig. Sollten wir Einquartirung bekommen unter der Zeit, daß ich in Lauchstädt bin, so wird der Sprachmeister Körner in unserem Hause alles besorgen; doch hat mir die Polizei versprochen, daß ich in meiner Abwesenheit keine bekommen soll, denn ich habe mich dieses Mal schon beschwert, daß ich zu viel habe.

Als Ehefrau Goethes ist Christiane nun an die Konventionen des Weimarer Hofes gebunden. Goethe wünscht und fördert das: *es schickt sich immer, daß Du Hof-Trauer trägst, wie Du es dießmal auch gethan hast*, schreibt er im Frühjahr 1810, als Anna Amalias Schwester stirbt. Er weist sie auf die für den Sommer bevorstehende Hochzeit der Prinzessin Caroline hin: *Von Frankfurt laß Dir kommen, was für gut gehalten wird, daß Du bei den Vermählungsfeierlichkeiten, inwiefern Du dazugezogen wirst, anständig erscheinen kannst.*

Christiane berichtet: *Jetzt sind wir beschäftigt, sowohl unsern Putz zum Vogelschießen, welches heute seinen Anfang nimmt, zu ordnen, als auch zu den Festlichkeiten, die nun kommen sollen.*

Durchlauchte Prinzeß war auch sehr gnädig gegen mich, auch schickte die Herzogin die Gräfin Beust zu mir … überhaupt haben sich alle Hof- und andere Damen gegen uns beide so benommen, daß wir ganz glücklich und zufrieden nach Hause kamen.

Sie genießt nach den achtzehn Jahren, in denen sie geschnitten wurde, nun die Anerkennung und das Teilhaben am offiziellen Weimarer Hofleben.

Kurz vor der Hochzeit gibt es einen Ball. *Freitags vorher gab die Ressource dem Hof einen Ball, und ich brachte da einiges von meinem Putz an und erschien so, daß es bei jedermann Beifall fand … und die Prinzeß, welche auf dem Ball sehr freundlich mit mir gesprochen hat, hat mir einen recht herzlichen Gruß an Dich aufgetragen, so auch die beiden Prinzen.*

Zur Hochzeit selbst wird sie nicht geladen; *inwiefern Du dazugezogen wirst*, hatte Goethe ihr geschrieben. *Die Trauung ist schon am 1. Juli vollzogen worden; ich ging einige Tage vorher zu der Frau Hofmarschallin und erfuhr, daß von Damen niemand zu dieser Feierlichkeit eingeladen würde als die, welche an Hof präsentirt wären, und wo auch den Sonntag vorher eine ganze Menge erst präsentirt wurden.*

Christianes naiver Stolz über ihre neue Rolle geht auch aus ihren Briefen an Meyer hervor. Am 5. Juli 1810 schreibt sie ihm: *Wir haben unterdessen hier sehr viel Festlichkeiten und fröhliche Stunden gehabt wegen der Vermählung unserer Prinzessin Caroline mit dem Erbprinz Friedrich von Mecklenburg-Schwerin, und um so mehr, da ich und August an allen diesen Festlichkeiten Teil genommen haben; es waren Bälle und Festlichkeiten wie noch keine in Weimar waren und um so angenehmer war es uns, da vorigen Winter der Erbprinz sehr oft in unserm Hause war und ich ihn als einen der liebenswürdigsten Männer gefunden habe, so auch Prinz Gustav; überhaupt sind es zwey geistreiche Männer.*

Christianes Bruder dagegen lehnt die Hoffeste ab. *Lärm* sind sie für ihn. In seinen Augen *jagen* die Weimarer nur *Zerstreuungen nach. Sie kennen die Weimaraner*, schreibt er an Meyer, *die den Faiaken nichts nachgeben, wo es immer nur Spuk geben muß, um sich – zu zerstreuen.*

Meine Schwester ist wohl und tanzt … Meine Schwester, vom Ball in die Comödie, von diese auf die Redoute, zu einem Ball nach Jena, zu Tracktamenten etc. ganz wohl auf. Die kritischen Untertöne der Schwester gegenüber sind nicht zu überhören.

… der alte Frohsinn der Weimaraner, ist doch hin, u man ist zu arm geworden, um wieder Leben zu bekommen. Christian August Vulpius leidet noch immer an den Folgen der Plünderung, wie alle Weimarer mußte er Kriegskontributionen bezahlen. Vulpius sieht die Kostspieligkeit all dieser Hoffeste; die Jagd allein, die Carl August auf dem Ettersberg für Napoleon veranstaltet hat, habe *über 8 000 Thaler* gekostet, schreibt er Meyer.

Christiane scheint in ihrem großzügigen Lebensstil am Frauenplan manchmal zu vergessen, wie sie früher gelebt hat. Als zur Hundertjahrfeier des Lauchstädter Brunnens *jeder Badegast etwas für die Armen beitragen* soll, schreibt sie Goethe: *von mir werden sie wenig bekommen.* Rinaldo, den Sohn des Bruders, nennt sie das *arme Wurm.* Und ihren Bruder in einem Brief an Meyer einen *Hypochonder*, auf den er nicht hören solle; *lassen Sie sich nur nicht von meinem Bruder seiner hypochondrischen Laune irre machen.*

Zuweilen mokiert sie sich nun über Bürgerliche, lobt die Adligen; einmal, als sie sich auf einem Fest von lauter Bürgerlichen umgeben sieht, nachdem vorher die Herrschaften des Hofes mit ihr gesprochen haben, verläßt sie das Fest. *Es wurde sehr spät, als die Herrschaft wieder in* (den) *Saal zurückging*, berichtet sie Goethe, *sie speisten da; weil mich aber das haußenstehen im Saal ennuyirt, solange die Herrschaft speiset, und nur die Bürgerlichen tanzen, und es so curios aussieht, wenn man erst unter ihnen war, so ging ich mit August und Caroline zu Hause, wo wir ein gutes Abendbrod verzehrten und uns dann zu Bette legten.*

Im Ganzen jedoch behält sie wohl ihren realistischen Sinn. Als sie nicht zum Hochzeitsfest geladen wird, schreibt sie Goethe: *Doch gestehe ich Dir ganz aufrichtig, daß ich sehr zufrieden bin, nicht unter die Damen zu gehören, welche immer an Hof gehen müssen, denn die Ausgaben von Kleinigkeiten könnten leicht meine Casse ruiniren; denn da ist bald der Fächer aus der Mode, und die Krause kann man nicht an Hof tragen und jenen Kragen nicht, so daß man ganz confus wird. Doch für einmal will ich alles mitmachen, und wir geben uns alle mögliche Mühe, nicht proper, aber doch sauber und modern zu erscheinen.*

Am Abend des Hochzeitstages gibt es ein Freudenfeuerwerk. Christiane ist mit Caroline zu Herrn von Lewandowski geladen, bei jeder Rakete flog, wie sie berichtet, *auch ein Champagner-Stöpsel in die Höhe … und wir hatten uns beide lange nicht so gut amüsirt.*

Zu den Amüsements des Jahres 1810 gehört auch, daß die fünfundvierzigjährige Christiane Tanzunterricht nimmt. Zusammen mit der zwanzigjährigen Caroline. *Hier*, schreibt sie Nikolaus Meyer über Weimar, *ist Alles so tanzlustig, daß Alt und Junge wieder Tanzstunden nimmt, und wo Sie sich denken können, daß ich auch dabey bin.* Und an Goethe: *Seit wir von Jena zurück sind, haben wir bei dem neuen Tanzmeister Stunden genommen. … Seine schönsten Tänze sind Française, Bolero, Triolet, Monteviva, Birgotine. Ich suche das Leichteste und Passendste für mich aus, das Andere überlasse ich Carolinen; auch lerne ich recht hübsche Pas zur Ecossaise, diese Bewegung ist vorzüglich bei meiner Cur sehr gut, welche mich zwar ein bißchen angreift. Auch finde ich schon, daß ich etwas schmäler werde.*

Goethe hat keinerlei Einwände: *nimm von dem Tanzlehrer alles, was Dir gemäß ist … Lebe recht wohl … Empfiehl mich aller Welt.*

Als die Festlichkeiten vorbei sind, und in Weimar *alles so still wird*, schreibt Christiane an Meyer, *so will ich wieder das Frohe in Lauchstädt aufsuchen, denn ich befinde mich seit einiger Zeit zu nichts als Frohsinn gestimmt, und ich glaube dazu trägt bloß die Gesellschaft meiner guten Hausfreundin Caroline bey.*

Die Frauen reisen nach Bad Lauchstädt, bleiben dort mehrere Wochen. Christiane nimmt ihre Köchin mit *wegen des Badens*, auch die *Federbetten* gehen mit auf die Reise.

Mit meiner Gesundheit, berichtet sie Goethe, *geht es alle Tage besser. Den Merseburger Arzt habe ich noch nicht sprechen können … Ich will auch vor der Hand nicht in meine Gesundheit stürmen mit Arzeneien, da mir das Egerwasser allein so gut bekommt … Auf den Donnerstag will ich anfangen zu baden. Bis jetzt habe ich gar keine Anwandlung von Magenkrämpfen mehr. Der hiesige Arzt hat mir gerathen, nach dem Bad ein Glas Malaga zu trinken, und dieses will ich auch thun, weil das Baden den Magen doch wieder angreift.*

… mir bekommt das Baden und Tanzen beides außerordentlich gut. Je mehr ich Bewegung habe, desto besser befinde ich mich, schreibt sie Mitte Juli; Ende des Monats dann: *Seit zehn bis zwölf Tagen haben wir täglich einige Stunden getanzt und dieses, glaube ich, vollendet meine Cur besser, nebst dem Wasser, als alle Medicin; denn die Ärzte behaupten so, ich wäre vor lauter Gesundheit krank.*

Goethe freut sich über ihre Berichte, bittet sie: *Halte … zu allen Gliedern des Theaters ein gutes Verhältniß, insofern es nur möglich sein will … Empfiehl mich Frau von Heygendorf und wünsche ihr Glück zum jungen Sohn.* (Carl August hat 1809, kurz vor der Geburt ihres zweiten gemeinsamen Kindes, seine Mätresse zur Adligen gemacht.) *Du wirst ihr ja auf allerlei Weise assistiren*, bittet Goethe Christiane. *Grüße Frau von Heygendorf schönstens, und sei ihr behülflich und beiräthig.*

Richte alles recht ordentlich ein, damit wir einen frohen Winter haben. Ich wünsche öfter Freunde bei Tisch und die Musikübungen recht thätig und treulich fortgesetzt.

Am 2. Oktober ist er zurück. *Der Geheime Rat* sei *kerngesund aus Teplitz wiedergekommen*, er rühme *die Güte der dortigen Quellen sehr. Durchlaucht der Herzog hat ihn mit zwei schönen Pferden beschenkt, Zeug dazu und Fourage für dieselben. Er ist jetzt recht froh und bei Laune*, berichtet Christianes Bruder. Und Pauline Gotter: *Der Herzog tut alles mögliche, ihn wieder an Hof zu ziehen; er schenkt ihm Equipage, stellt seinen Sohn an und bezeigt ihm die artigsten und feinsten Aufmerksamkeiten, alles in der Absicht, daß Goethe diesen Winter nicht nach Jena gehen soll, was sein Plan war.*

Nach Hendrichs Zeugnis hat der Herzog als Gegenleistung Goethe *engagiert, daß er wöchentlich wenigstens zweimal bei Hofe speisen müsse.* Goethes Tagebuch erwähnt oft Hofbesuche. Auch Riemer schreibt: *Goethe ist wohl und sehr oft an Hof, wodurch man dort sehr glücklich ist.*

Das beste, was ich von meiner Sommerfahrt mit nach Hause gebracht habe, berichtet Goethe am 16. November Cotta, *ist ein Schema meiner Biographie … Ich arbeite es nun im Einzelnen aus … Ich bin genötigt in die Welt- und Literaturgeschichte zurück zu gehen, und sehe mich selbst zum erstenmal in den Verhältnissen, die auf mich gewirkt und auf die ich gewirkt habe; und dies gibt zu sonderbaren Reflexionen Anlaß.*

Christiane und Caroline Ulrich werden die ersten sein, denen er aus »Dichtung und Wahrheit« vorliest. *Abends den Frauenzimmern das Biographische angefangen vorzulesen. Sodann zusammen geblieben*, so sein Tagebuch vom 12. Februar 1811. Am 30. April: *Abends den Frauenzimmern vorgelesen den Schluß des Straßburger Aufenthalts.*

Auch bei Hofe liest er daraus vor und in seinem Haus. Bei Charlotte von Schiller, die Goethe stets *den Meister, den geliebten Meister* nennt, heißt es an die Erbprinzessin Karoline, die nun am Ludwigsluster Hof lebt: *Es ist jetzt eine Lektüre in den Blauen Zimmern, wo ich jedes Wort möchte behalten können, um es Ihnen zu sagen. Der Meister hat angefangen, sein Leben zu lesen. So eine schöne große Ansicht, so ein Bild des Ganzen führt er einem vor die Seele, und so liebenswürdig zeigt er das Liebenswürdige!*

Unser Herzog ist nie bei solchen Vorlesungen; der hört unterdessen Jagemannsche Späße. Der Erbprinz, seine Gemahlin, die zwei Oberhofmeisterinnen (von Wedel und Henckel von Donnersmark), *die Schillern, Tante Schardt, Frau von Pogwisch und ich sind die Zuhörer*, schreibt Charlotte von Stein. *Er weiß gar hübsch zu erzählen, und von Kindheit an ist er schon interessant. Er wird uns sein Christelchen auch interessant zu machen wissen in seiner poetischen Vorstellung, sowenig sie es auch in der Tat ist.*

Charlotte von Stein vermutet, daß als nächstes das erste Weimarer Jahrzehnt und die Geschichte ihrer Liebe erzählt werden wird.

Das veranlaßt sie, die Briefe Goethes hervorzuholen, sie gibt sie auch Freunden zu lesen, unter anderen Charlotte von Schiller. *Wie interessant war der Meister ehemals, wie weich, wie hat er geliebt, und wie konnte sich das ändern! Es ist mir ein Rätsel, diese Natur*, schreibt diese nach der Lektüre. Und unter diesem Eindruck gerät Christiane erneut auf den Prüfstand.

Sulpiz Boisserée, ein junger Mann, der das erste Mal in Weimar und bei Goethe zu Gast ist, meint dagegen: *Es muß auf jeden Fall ein höchst künstliches und merkwürdiges Buch werden; er hat da von einer Menge Menschen und Dingen zu reden, wovon er durchaus nicht alles mit klaren, baren Worten sagen darf. Das wird dann allerlei wunderbare Tänze zwischen dem verständigen Hofmann und dem tollen deutschen Burschen hervorbringen.*

Im Jahr 1811 fährt Goethe im Mai nach Karlsbad, und in diesem Jahr reisen auch Christiane und Caroline dorthin.

Wie schon in Frankfurt wird Christiane auch in Karlsbad gut aufgenommen. Goethe stellt sie Elisa von der Recke nach deren Zeugnis mit den Worten vor: *Ich empfehle Ihnen meine Frau mit dem Zeugnisse, daß, seit sie ihren ersten Schritt in mein Haus tat, ich ihr nur Freuden zu verdanken habe.* Frau von der Recke nimmt sich ihrer an. Später wird sie über Christiane urteilen: *Wodurch* ... sie *sich* ihr *empfohlen* habe, sei, *daß ich sie nie von andern Böses sprechen hörte; auch war ihre Unterhaltung, soweit ich sie kannte, immer so, daß ich mir es wohl erklären konnte, daß ihr anspruchsloser, heller, ganz natürlicher Verstand Interesse für unsern Goethe haben konnte.*

Goethe dankt Frau von der Recke am 8. November 1811 für ihre Eigenschaft, *Misverständnisse aufzuheben, und einen friedlichen Zustand in der Gesellschaft herzustellen ... ich und die Meinigen haben davon vergangenen Sommer die wünschenswerthesten Wirkungen erfahren. Meine Frau, die sich Ihnen angelegentlichst empfielt, ist noch immer durchdrungen und bewegt von Ihrer Güte.*

Auch an Frau Körner nach Dresden geht ein Dank. *Meine Frau rechnet es unter die vorzüglich glücklichen Ereignisse dieses Sommers, Sie und die lieben Ihrigen in Carlsbad kennen gelernt zu haben.*

Über die Tage in Karlsbad mit Christiane und Caroline schreibt Goethe Zelter: *Für diesmal hat es für mich eine eigene Physiognomie gehabt. Weil meine Frau hieher kam und die Equipage bei sich hatte, dadurch bin ich ins Freie und Weitre gelangt, ... habe mich auch an der Gegend und in ihrem Inhalt wieder frisch ergetzt, weil ich sie mit frischen Personen, die über gar manches in ein billiges Erstaunen gerieten und sich sehr wohl gefielen, durchwandern konnte.*

Goethe verläßt Karlsbad am 28. Juni. Christiane bleibt bis zum 15. Juli. In ihrem von Caroline geführten Brieftagebuch ist von Badebekanntschaften die Rede; vom *schönen Graf von Schulenburg*, von *Graf Wartensleben, Baron von Wickman*, von der *Gräfin Recke*, von ihrem Zusammensein mit Körner, mit Boisserée, mit dem Weimarer Diakonus.

Alle Prinzessinnen trugen mir viele Grüße an Dich auf ...; auch haben wir mit den Prinzessinnen Oblaten gespeist.

Die Hohenzollern ladete uns ein, morgen mit ihr auf den Ball zu gehen ... Wir putzten uns sehr schön zum Ball, die Fürstin von Hohenzollern holte uns ab; ... bei unserer Ankunft war der Ball schon ganz brillant. Die Fürstin und ich wurden beide der Prinzeß von Sachsen vorgestellt.

Und so weiter. Einmal heißt es: *die Ulrich hat Schuh' und Strümpfe durchgetanzt; sogar die Frau von der Recke tanzte Polonaise.*

Goethe spricht von *tagverzehrender Zerstreuung*. Über Teplitz ist er nach Weimar gefahren, hofft am Frauenplan Schreibruhe zu finden. Aber bereits im August setzt er erneut ein Beschwerdeschreiben auf: *Ew. Hochwohlgeborenen haben mich vor einem Jahre von der großen Unbequemlichkeit gefälligst befreit, welche mir die Kegelbahnen in der Nachbarschaft gegeben, und ich habe meinen aufrichtigen Dank nicht besser ausdrücken können, als daß ich dieses Jahr früher zurückgekommen bin, um sub umbra alarum tuarum mich meines stillen und heimlichen Gartens zu erfreuen. Aber unglücklicher Weise habe ich schon wieder eine Kegelei zu denunzieren ... Ich bin ohnehin hier außen in der Vorstadt zwischen manche Hand-*

werker eingeklemmt, zwischen Grob- und Nagelschmiede, Tischer und Zimmerleute, und sodann ist mir ein Leinweber der unangenehmste Wandnachbar. Doch macht man sich über solche notwendige Dinge noch Raison, indem man zugeben muß, daß ein Gewerb nicht geräuschlos sein könne. Wenn aber an Feierabenden und Sonn- und Festtagen der Müßiggang mehr Getöse macht, als die sämtlichen tätigen Leute zusammen in ihren Arbeitstunden, so wird man um so ungeduldiger.

Dennoch arbeitet Goethe konzentriert an »Dichtung und Wahrheit«. Für die Darstellung seiner Kindheit ist Bettine ihm unentbehrlich. Die Mutter kann er nicht mehr fragen; *in jedem Fall bedarf ich deiner Beyhülfe*, heißt es an Bettine. *Setze dich also nur gleich hin und schreibe nieder was sich auf mich und die Meinigen bezieht und du wirst mich dadurch sehr erfreuen und verbinden.*

Der Briefwechsel erhält dadurch neue Nahrung. Bettine schickt weiter ihre Geschenke nach Weimar, schreibt Goethe: *Die Frau grüß ich herzlich! Dem Sohn bin ich hold. Alles ist mir wert, was dein ist.*

1810 hatte Goethe Bettines Briefe mit nach Karlsbad genommen. *Deine Briefe wandern mit mir, sie sollen mir dort dein freundliches liebevolles Bild vergegenwärtigen.... Von dir liebe Bettine habe ich sehr lange nichts gehört und kann meine Reise in's Carlsbad ohnmöglich antreten, ohne dich nochmals zu begrüßen und dich zu ersuchen mir dorthin ein Lebenszeichen zu geben.*

Im August 1810 hatte Bettine Goethe im Böhmischen besucht. Er berichtete Christiane, wie sie auf ihn *zugesprungen kommt und noch völlig ist, wie wir sie gekannt haben.* Und: *Am Ende geht es denn doch wohl auf eine Heirat mit Arnim aus.* Am 13. August dann: *Bettine ist gestern fort. Sie war wircklich hübscher und liebenswürdiger wie sonst. Aber gegen andre Menschen sehr unartig.*

Ein Jahr später ist Bettine als Frau von Arnim in Weimar zu Gast. *Leider werden wir dieser Tage eine Unterbrechung haben*, schreibt Riemer am 22. August 1811. *Arnim mit seiner Bettine kommt heran ... Die Morgen wollen wir uns aber ungestört zu erhalten suchen.*

Vom 26. August bis 19. September halten sich Arnims in Weimar auf. Wiederholt sind sie Mittagsgäste bei Christiane und Goethe; zuweilen ist Bettine allein bei ihm. Im Tagebuch am 2. September: *Abends die Frauenzimmer auf dem Ball. Bettine blieb und erzählte nach ihrer Weise*. Vom 7. September überliefert Riemer, daß *Bettine … ihm* (Goethe) *gern von ihrer Liebe … vor geschwatzt hätte. Er kam ihr beständig dadurch in die Quere, daß er sie auf den Kometen … aufmerksam machte und dazu ein Fernrohr nach dem andern herbeiholte.*

In diesen Septembertagen 1811 kommt es zu einem Zerwürfnis zwischen Christiane und Bettine, in dessen Folge sich Goethe von Bettine lossagt.

Riemer überliefert, Bettinens *boshaften Bemerkungen verletzten Christiane, die ihr scharf daraufhin diente. Es kam zum Wortwechsel und endlich zu gröblicher Beleidigung. Goethe nahm seine schwer gekränkte Frau in Schutz und verbot Bettinen sein Haus.*

Goethe schweigt über den Vorfall. Ebenso Christiane. Kein Wort der beiden darüber.

Die Flut des Klatsches ist ungeheuer. Die ganze Stadt ist in Aufruhr, und alles erdichtet oder hört Geschichten über den Streit mit Arnims, schreibt Charlotte von Schiller.

Bettine – am 11. September passiert es, bis zum 19. ist sie noch in Weimar – verteidigt sich. *Eine Blutwurst*, die *toll geworden* sei *und sie gebissen hätte*, soll sie Christiane genannt und es *in ganz Weimar erzählt* haben.

Pauline Gotter in Gotha glaubt zu wissen, daß Christiane Bettine die Brille von der Nase gerissen und beschädigt habe. *Dank sei's der Vulpiade, ich habe nun nichts mehr von dieser Nebenbuhlerin zu befürchten*, frohlockt sie. *Daß die Gemeinheit nur von einer Seite obwaltete, hoffe ich zu Bettinens Ehre.*

Wilhelm Grimm wiederholt: *Es ist eine gemeine Person, das sagt ich Ihnen schon damals, wie ich sie gesehen hatte. Die Frau von Arnim hat ihr eine Ehre angetan, wenn sie mit ihr gesprochen*. Charlotte von Schiller meint, die *Bettina ist eigentlich bloß des Meisters wegen hier*.

Der *Vorfall* zwischen der jungen exzentrischen Romantikerin und Goethes Frau wird von Mit- und Nachwelt benutzt, um die

Vorurteile gegen Christiane zu befestigen, ohne daß jemals nach dem Anlaß des Streites gefragt worden wäre.

Doch war der Streitanlaß keine Eifersuchtsreaktion Christianes. Aller Wahrscheinlichkeit nach hat Bettine einen Menschen lächerlich gemacht, ihm nach Christianes Gefühl Unrecht zugefügt.

Der Ort des Streites und eine Bemerkung Arnims sprechen für diese Vermutung. Der Ort ist die Weimarer Zeichenschule. Heinrich Meyer, ihr Direktor, veranstaltet die Ausstellung. Meyer malt und zeichnet kaum noch, der Verlust seiner wichtigsten Arbeiten bei der Plünderung 1806 hat ihn so deprimiert, daß er sich auf Zuarbeiten für Goethe und auf seine Lehrtätigkeit konzentriert. Die Ergebnisse seiner Arbeit werden in der Ausstellung vorgestellt. Goethe besucht die Ausstellung bereits am 5. September, mehrfach ist in seinem Tagebuch davon die Rede, es ist ein Ereignis in Weimar. Meyer vertritt wie Goethe den klassischen Kunstkanon, der auch Christiane vertraut ist. Sie kennt Meyers Arbeiten seit über zwei Jahrzehnten. Bettine hat, wie Arnim und die jungen Romantiker überhaupt, eine völlig andere Kunstauffassung, sie liebt die Malerei des Mittelalters, der klassizistische Kunstkanon ist ihr fremd und der Dilettantismus der Weimarer Zeichenschule ein Anlaß zum Spott.

Achim von Arnim schreibt vom *Lächerlichen* der Ausstellung.

Ob Heinrich Meyer, der Überlieferung nach sehr schüchtern und leicht verletzbar, zugegen war, ist nicht bekannt.

Für das, was dann zwischen Christiane und Bettine geschieht, gibt es keinen Zeugen. Die beiden Frauen sind allein in einem Ausstellungsraum. Was es an Unverschamtheiten von Bettines Seite gegeben haben mag, läßt sich aus einem Brief Arnims an Savigny vom 28. September ahnen. Vom *niedrigen Leben* Christianes schreibt er, erklärt deren Heftigkeit – *es muß aber unter uns bleiben, das heist, Du und Deine Frau Ihr erzählt es nicht weiter* – mit folgendem Satz: *weil meine Frau wahrscheinlich mit ihren häufigen Besuchen ihrer Hurerey mit Schauspielern Hindernisse in den Weg legte.*

Christiane verläßt empört die Ausstellung. Ihr Bericht zu Hause veranlaßt Goethe zum Bruch mit Bettine.

Arnim versucht zu vermitteln. Am 19. oder 20. September schreibt er an Goethe: *Es bedarf keiner Versicherung, wie leid es mir getan, daß die öffentlichen Schimpfreden, welche die Frau Geheim-*

rätin über meine Frau ergossen, und die Folgen derselben auf die Gesundheit meiner Frau und auf das Stadtgespräch eine Trennung des Umgangs in den letzten Tagen notwendig machten. Eurer Exzellenz könnten mir vielleicht heimlich den Vorwurf machen, daß ich durch zweckmäßige Beruhigung zur rechten Zeit die fatale Szene auf der Ausstellung hätte hindern sollen. Ich kann mich dagegen leicht rechtfertigen. Frau v. Pogwitsch ist mein Zeuge, daß ich bis zu dem lärmenden Auszuge der Frau Geheimrätin aus den Zimmern nichts ... vernommen – sie hatte vorher wiederholt mit uns allen bei Lächerlichem gelacht –, weil ich im Nebenzimmer stand, meine Frau fand ich darauf bleich und zitternd wieder zwischen einer Menge Unbekannten, die sich teilnehmend um sie bemühten und sie ausfragten. Es war also nichts zu machen, als meine Frau eilig aus der neugierigen Menge herauszuführen und durch eine Bewegung den Schrecken zu vertreiben.

Arnim wendet sich an Riemer. Auch Bettine muß ihn aufgesucht haben, wie aus Arnims Brief hervorgeht; *inzwischen wird Ihnen meine Frau ausführlich die sonderbaren Begebenheiten erzählt haben, die uns in den letzten Tagen aus der Nähe des Geheimrates bannten. Daß es Goethe leicht gewesen wäre, ohne seiner Frau etwas zu vergeben, meine Frau für ihre lange gehegte fromme Anhänglichkeit tröstend zu belohnen und mit ein paar Worten für die erlittene Kränkung zu entschädigen.*

Bettine schreibt nach Charlotte von Schillers Zeugnis an Goethe. *Sie hat ihm vorgestern geschrieben, gesagt, sie wollte der Frau ihr Betragen ganz vergessen, er würde ihr immer lieb bleiben. Und er antwortet nicht, kommt nicht! Das ist eines meiner Leiden, denn die Frau wirft mir nun auch alle Tage Brocken hin über Herzlosigkeit und Schwäche des Meisters.*

Die einzige, die auf Goethes Seite steht, ist Henriette Knebel. *Fräulein Knebel aber will*, so Erbprinzessin Karoline an Charlotte von Schiller, *mir das Tun in sich selbst entschuldigen, will gar finden, daß Goethe recht habe und daß sie es sehr natürlich fände, sich eine in Liebe zudringliche Dame wie Bettina vom Halse zu halten.* Und wenig später Charlotte von Schiller: *Meyer sagte neulich recht klug und wahr, es könnte gleich wieder anders werden mit ihr, wenn sie sich an die Frau wendete; aber das dürfe man ihr und ihm nicht sagen, weil sie unzuverlässig wären. Bei solchen launenhaften Menschen ist das ganz wahr.*

Am 19. September fährt Bettine ohne Versöhnung. Im Januar 1812 läßt sie sich auf ihrer Fahrt durch Weimar bei Goethe melden. Er empfängt sie nicht.

Durch die Bettine-Affäre wird Goethes und Christianes Situation in Weimar nicht einfacher. Knebel, Goethes intimer Freund dieser Zeit, schreibt am 31. Oktober 1811 an seine Schwester: *Goethe wird noch etwas zurückgezogener und, wie ich merke, mit den Menschen eben nicht zufriedner.*

Immer stärker wächst der Wunsch in ihm, seinen Sohn für alle ihm lästigen Weimarer Angelegenheiten zu seinem Stellvertreter zu machen.

August hat nach seiner Rückkehr aus Heidelberg im Herbst 1809 sein Jura-Studium in Jena fortgesetzt. Der Vater hat ihm politische Betätigung und jeglichen Kontakt zu Studentenvereinigungen untersagt, ihn so, wie er selbst zugibt, in eine *peinliche Lage* gebracht, ihn *ganz isoliert*. Daraus, so an den Herzog, entspringe sein *gewissermaßen voreiliger Wunsch* um Anstellung des Sohnes bei Hofe, um ihn *aus lästigen Verhältnissen befreit und in einer heiteren Sphäre zu sehen ... Hinzu kommt noch daß er als Student von einer Gesellschaft der Honoratioren ausgeschlossen ist ... welche keine Studierenden aufnimmt.*

Goethe, der selbst stets die Gesellschaft von jungen Leuten sucht, verwehrt dem Sohn das Zusammensein mit Gleichaltrigen, wünscht seinen Umgang mit erfahrenen Männern. *Sobald er aus der Reihe der Studenten herausgehoben ist*, schreibt er dem Herzog, *hat er keine Anfechtung weiter und kann seine Winterabende in Gesellschaft von Professoren, fürstlichen Dienern, Kaufleuten und andern im Leben schon eingeweihten Männern zubringen.*

Der Herzog verleiht auf die Bitte des Vaters hin dem Sohn am 15. Oktober 1810 den Titel eines Kammer-Assessors. Das ist kein Amt, aber eine Aussicht auf eine Anstellung. Er erhält eine Hofuniform, sechs Tage später nimmt er erstmals an einem Essen bei Hofe teil. Im Frühjahr 1811 beginnt er eine praktische Ausbildung beim Rent- und Justizamt in Capellendorf.

Goethe drängt auf Verbeamtung des Sohnes. *Ew. Durchl. haben die Gnade gehabt ihm vorläufig den Charakter eines Cammerassessors zu ertheilen und in ihm dadurch die Hoffnung einer wircklichen baldigen Anstellung erweckt, die ihn bisher bey allen seinen Schritten belebt hat, und um deren unschätzbare Erfüllung Vater und Sohn hierdurch nochmals Ew. Durchl. unterthänigst angehen.* Zugleich gibt er seinem herzoglichen Freund zu verstehen, daß er den Sohn für sich als Sekretär braucht: *wünsche ich nunmehr meinen Sohn einige Jahre bey mir zu behalten, um die Zeit die mir noch vergönnt ist auch zu seinem Vortheil zu benutzen.*

Am 23. Dezember 1811 wird August zum Assessor beim Kammer-Kollegium ernannt. Im Januar 1812 tritt er sein Amt an. *Meinem Sohn August hat der Herzog die Gnade erwiesen, ihn als Assessor in die Kammer zu setzen, wo er, nach seinem Talent und seiner Gemütsart, ganz wohl plaziert ist*, schreibt Goethe an Caroline von Wolzogen, als habe er mit all dem nichts zu tun gehabt.

Den Sohn als seinen Stellvertreter zu wissen, bedeutet für Goethe Arbeitsruhe, die er durch die Zeitläufe immer stärker bedrängt sieht. Knebel überliefert, daß Goethe, *wie er mir ... sagte, zu dem Höhern und Poetischen jetzt schwerlich im Geiste gelangen dürfte.*

Napoleon hat inzwischen einen Krieg nach dem anderen siegreich beendet, beherrscht ganz Kontinentaleuropa und rüstet zum Rußlandfeldzug. In Weimar lebt als Schwiegertochter Carl Augusts Maria Pawlowna, die Schwester des Zaren. Das macht Napoleon mißtrauisch. Zudem auch Carl Augusts mangelnde Begeisterung für den Rheinbund und das französische Protektorat für ihn aktenkundig sind. 1812 richtet er zur Überwachung eine französische Gesandtschaft in Weimar ein. Die Instruktion für den Leiter, Baron Saint Aignan, lautet: *Die Stadt Weimar ist der Sammelpunkt einer Menge berühmter Schriftsteller, deren in ganz Deutschland gelesene Schriften einen großen Einfluß auf die öffentliche Meinung ausüben; und da sie häufig politische Fragen in rein literarischen Gegenständen verquicken, wird Herrn Baron von St. Aignan sich über alle neuen Werke, die in Weimar oder Gotha erscheinen, und den Geist, in dem sie verfaßt sind, auf dem laufenden halten müssen.*

Der Baron macht, ehe er zum Hofe geht, seine Antrittsvisite bei Goethe. Es entwickelt sich ein fast freundschaftliches Verhältnis zwischen den beiden.

Den Zweck seiner Sendung kennen Sie am besten, schreibt Goethe am 13. Februar 1812 an Reinhard, *da Sie eine gleiche an die Anhältischen, Lippischen pp. Häuser haben. Aufrichtig gesprochen; so glaube ich daß alles darauf ankommt daß man sich mit der Truppenstellung willfährig und thätig erzeige und dann möchte das Übrige alles gut seyn. Wollten Sie mir gelegentlich einige Wincke geben; so würde ich sie zum Besten benutzen.*

Um *Wincke* geht es Goethe wohl auch in den böhmischen Bädern Teplitz und Karlsbad, wo sich Europas bekrönte Häupter, die führenden Militärs und die Geistesgrößen – 1812 unter anderen Beethoven – versammeln.

In diesem Jahr verläßt Goethe Weimar bereits am 20. April.

Einerseits wird er durch seine unbeirrt napoleonfreundliche Haltung ins Schweigen gedrängt. Wilhelm von Humboldt gegenüber, den er in Karlsbad trifft, bekennt er seine Einsamkeit. *Es ist Goethen sehr schade*, notiert dieser, *so ungeheuer allein zu sein. Denn soviel Menschen er auch vorübergehend sieht, ist er mit keinem vertraut und hat mir versichert, daß, wenn er Meyer und mich ausnähme, im ganzen weiten Deutschland niemand sei, mit dem er eigentlich frei reden möge und könne.*

Andererseits sucht Goethe ständig die Nähe zur Macht und den Mächtigen, der *Wincke* wegen, und wohl auch um sein Bedürfnis nach Bewunderung und Anerkennung zu stillen. 1812 verfaßt er wie schon in den Vorjahren Huldigungsgedichte auf die in Karlsbad anwesenden Majestäten. *Drey Gedichte für Kaiserliche Majestäten … gaben mir eine ehrenvoll-angenehme Gelegenheit zu versuchen, ob noch einiger poetischer Geist in mir walte.* Die Verse »Ihro des Kaisers von Österreich Majestät«, »Ihro der Kaiserin von Österreich Majestät«, »Der Kaiserin Abschied«, »Der Kaiserin Ankunft«, »Der Kaiserin Becher«, »Der Kaiserin Platz« entstehen.

Goethes Huldigungsgedichte können nicht alle Parteien gleichermaßen zufriedenstellen. Österreich ist durch die Ehe der Kaisertochter Marie Louise mit Napoleon an Frankreich gebunden, muß, wie die anderen Verbündeten, sich mit einem Truppenkontingent am Rußlandfeldzug beteiligen. Die Stimmung in Österreich aber ist, wie in Preußen und ebenso in Weimar, antinapoleonisch.

Goethe heißt jetzt im »Moniteur« der Sänger des Kontinentalsystems, wegen der Karlsbader Verse, und seine Frau die Frau Abstinentalrätin, spottet Arnim in einem Brief aus Teplitz. Goethe dagegen schreibt an Christiane: *Von Arnims nehme ich nicht die mindeste Notiz, ich bin sehr froh, daß ich die Tollhäusler los bin.*

Diesen Brief sendet er am 5. August aus Teplitz nach Karlsbad.

Dort ist Christiane am 19. Juni mit Caroline angekommen, die beiden Frauen bleiben fünf Wochen. August übernimmt in Weimar die Sorge für das Haus. Am 30. Juni schreibt der Vater ihm: *Du erhältst hierdurch, mein lieber Sohn, die Nachricht, daß die Mutter glücklich angelangt ist und ihr die Cur sehr wohl bekömmt. Auch befindet sich gute Gesellschaft hier zu ihrer Unterhaltung, und jedermann benimmt sich gegen uns sehr freundlich, Frau von Recke, Graf und Gräfin Stolberg, Graf Geßler, vorzüglich aber Prinz Friedrich von Gotha, bei dem wir gestern sämmtlich gespeist und sehr gute Musik gehört haben.*

Wie im Vorjahr wird Christiane gut aufgenommen. Zu Elisa von der Recke entwickelt sich ein fast freundschaftliches Verhältnis.

Goethes Tagebuch. 20. 6.: *Um 11 Uhr zu Frau von Meyer und Graf Stolberg mit den Frauenzimmern, welche vorher bei Frau von Recke gewesen. Sodann auf der Wiese.* 24. 6.: *Nach Tisch bei Frau von Recke … Abends bei Prinz Friedrich. Vorlesung des sechsten Buchs.* 2. 7.: *Die Vorläufer der Majestäten abgewartet … Volkbewegung in Erwartung der Majestäten … Nach sieben Uhr kamen die Majestäten die alte Prager Straße herein.* 3. 7.: *Gingen die Majestäten spazieren … Mit den Frauenzimmern gespielt.*

Vom Spieltisch mit Christiane und Caroline wird Goethe von Carl August nach Teplitz gerufen. *Die Kaiserin scheint sehr zu wünschen, daß du her kömmst; wenn du ihr vorliesest, würdest du ihr viele Freude machen.*

Goethe fährt am 14. Juli nach Teplitz. Avanciert zum Vorleser der Kaiserin. Am 19. Juli berichtet er Christiane: *Fast alle Morgen habe ich das Glück gehabt, der Kaiserin vorzulesen. Sie spricht meistens dazwischen und äußert sich über die bedeutendsten Gegenstände mit außerordentlichem Geist und Originalität. Man kann sich kaum einen Begriff von ihren Vorzügen machen. Ihr werdet über gewisse Dinge, die ich zu erzählen habe, erstaunen, beinahe erschrecken.*

Die Kaiserin verfaßt ein Lustspiel »Die Wette«; *das ich ein wenig zurecht gerückt habe. Es soll gespielt werden die nächste Woche. Hievon sagst du niemanden.*

Goethe ist für die Hauptrolle vorgesehen, er hat sich schon eine Allongeperücke gekauft. Die Lächerlichkeit bleibt ihm erspart. Es kommt nicht zur Aufführung. Er wird krank.

Alle Einzelheiten, die kaiserliche Majestät, den Herzog Carl August und Goethe betreffend, werden der »K. u. K. Polizei- und ZensurHofstelle« in Wien in Spitzelberichten mitgeteilt.

Es ist nicht zu berechnen, schreibt Goethe an Christiane, *was dieß Verhältniß für Folgen haben kann ... Die Kaiserin geht erst den 10. August, und so werde ich nicht vor dem 12. wieder in Karlsbad eintreffen. ... so ist es mir ganz lieb, wenn Du bleibst und meine Ankunft abwartest.*

Christianes ihrem *hübschen Secretarius* diktierte Briefe aus Karlsbad sind nicht überliefert. Daß Goethe Nachrichten erwartet, geht daraus hervor, daß er Beethoven als Postboten gebrauchen möchte.

Es ist Herr von Beethoven von hier auf einige Tage nach Karlsbad gegangen, schreibt er am 27. Juli Christiane, *wenn ihr ihn finden könnt, so brächte mir der am schnellsten einen Brief.*

Christiane ist auch die Adressatin seines ersten Eindrucks von Beethoven: *zusammengefaßter, energischer, inniger habe ich noch keinen Künstler gesehen. Ich begreife recht gut, wie er gegen die Welt wunderlich stehen muß.*

Wenig später formuliert er: *Beethoven habe ich in Töpliz kennen gelernt. Sein Talent hat mich in Erstaunen gesetzt; allein er ist leider eine ganz ungebändigte Persönlickeit, die zwar gar nicht Unrecht hat, wenn sie die Welt detestabel findet, aber sie freilich dadurch weder für sich noch für andere genußreicher macht.*

Beethoven dagegen urteilt über Goethe am 9. August 1812 in

einem Brief an seinen Verleger Breitkopf und Härtel: *Goethe behagt die Hofluft sehr. Mehr als einem Dichter ziemt. Es ist nicht viel mehr über die Lächerlichkeit der Virtuosen hier zu reden, wenn Dichter, die als die ersten Lehrer der Nation angesehen sein sollten, über diesem Schimmer alles andere vergessen können.*

Humboldt überliefert von jenem Gespräch mit Goethe in Karlsbad: *Zu den Annehmlichkeiten Weimars, die er mir auch einmal hergezählt hat, rechnet er auch »das Frauchen«*. Humboldt kommentiert: *Das ist eins der schrecklichsten Dinge in der Ehe, daß Mann und Frau ... sich durch Gewohnheit und die Befriedigung kleiner physischer Bedürfnisse so herabstimmen, daß sie das Mittelmäßige und sogar das Gemeine gut und selbst unentbehrlich finden.*

Christiane überlegt, wie sie Goethes Arbeitsbedingungen in Jena verbessern kann. *Was Du mir wegen der Haushaltung sagen wirst, soll mir sehr willkommen sein, so wie auch, daß ich in Jena besser leben kann.* Sie schlägt ihm vor, von nun an die Köchin vom Frauenplan mitzunehmen.

Goethe ist hocherfreut, er kann nun auch Gastmähler in Jena geben. Mit Bitten um Wein verbindet er die Bemerkung: *Denn übrigens wollen wir an unserem Leibe und Gaumen nicht sparen ... Zu der Ordnung im Hause gratulire, so wie zu der reichlichen Kartoffelernte.*

Am 29. September trifft in Weimar die Nachricht von Napoleons *Einnahme von Moskau* ein. Über Maria Pawlowna, die Schwester des Zaren, äußert Goethe Meyer gegenüber: *ich wünschte gar sehr, durch Sie etwas von unserer liebenswürdigen Hoheit zu vernehmen, deren gegenwärtige Lage mir viel Pein macht.*

Goethe glaubt weiter an die historische Sendung Napoleons. In einem Konzept gebliebenen Brief an Reinhard versucht er seine Gedanken und Gefühle angesichts des Brandes von Moskau zu formulieren. Daß die Russen Moskau selbst in Brand gesteckt hatten, wie das mit anderen Orten auf der Marschroute der Grande Armée geschehen war, galt als ausgemacht. *Und nun weiß man freilich nicht, wo man alles das Erstaunen hernehmen soll, daß uns die großen Begebenheiten abnötigen. Unsere Einbildungskraft weiß sie nicht zu fassen und unser Verstand nicht zurecht zu le-*

gen. Die Weltgeschichte sammelt auf unsere Kosten sehr große Schätze.

In der Reinschrift heißt es: *Daß Moskau verbrannt ist, tut mir gar nichts. Die Weltgeschichte will künftig auch was zu erzählen haben.*

Kaum ein Jahr später, als nach der Völkerschlacht bei Leipzig in Weimar der Aufruf an Kriegsfreiwillige gegen Napoleon ergeht, schreibt Goethe seinem Freund Knebel: *Uns Übersechzigern aber bleibt nichts übrig, als den Frauen schön zu tun, damit sie nicht gar verzweifeln. Wie wollen wir das nun anfangen? Mit den Bejahrten spiele ich Karten, und die Jüngeren lehre ich etwas. Vivat sequens.*

Goethe arbeitet in Jena. Christiane und Caroline besuchen ihn dort. Das Tagebuch weist aus: Am 7. 11. 1812: *Gegen 12 Uhr die Frauenzimmer. Speisten wir zusammen ... Nach 6 Uhr die Frauenzimmer zu einer kleinen Collation. Gingen auf den Ball.* Am 8.: *Die Frauenzimmer in Zwätzen ... Abends Herr von Hendrich und Knebel. Letzterer blieb zum Whist.* Am 9.: *Die Frauenzimmer zum Frühstück und Abschied zu nehmen.*

Goethe spricht von *unruhiger Nachbarschaft*, davon, daß *man euch liebenswürdige, unruhige Ungethüme doch einmal nicht los wird, man mag sich stellen, wie man will ... Mit größtem Schrecken werdet ihr jedoch bemerkt haben, daß Karten und Spielmarquen zurückgeblieben sind.*

Zugleich beklagt er sich, daß Christiane und Caroline sich *auch nicht einmal eine Viertelstunde abmüßigen* können, *um mich in den unendlich langen Jenaischen Winterabenden einigermaßen zu unterhalten ... Ihr solltet bedenken, daß es mit den Äugelchen nicht mehr gehen will, die man denn doch am Ende zu Hülfe rufen müßte, wenn ihr gar zu sorglos seid. Mit dieser Drohung empfehle ich mich zum schönsten.*

Silvie von Ziegesar hat sich einem Jenaer Theologieprofessor zugewandt, den sie ehelichen wird. Wilhelmine Herzlieb ist mit ihrem Bräutigam Herrn Pfund beschäftigt. Pauline Gotter ist nach München gezogen, hat Schelling geheiratet. Der Kontakt zu Bettine ist unterbrochen.

Christianes Antwort auf den Vorwurf, *sorglos* zu sein, ist erstaunlich. Goethe ist wieder in Weimar, sie dagegen zu einem Ball mit Caroline nach Jena gereist. *Da ich überzeugt bin, daß Du uns kein Vergnügen störst*, schreibt sie ihm, *so will ich nur mit ein paar Worten melden, daß wir erst den Dienstag früh in Weimar ankommen können. Der Ball war sehr brillant, und heute haben Sturms, Döbereiners, Gruners und mehrere eine Partie nach Zwätzen arrangirt, wo wir auch wieder bis jetzt getanzt haben. Und morgen sind wir zu Knebels eingeladen; die Knebel hat es uns als einen Beweis unserer Freundschaft angerechnet, wenn ich bleiben würde*. Goethe muß allein fertig werden, Christiane schreibt: *Laß es nur gleich der Köchin wissen, die sich in allem helfen kann. Ich und Uli empfehlen uns zu fernerer Genade und Wohlwollen.*

Am 8. Dezember notiert Goethe in sein Tagebuch: *Kamen die Frauenzimmer von Jena zurück*. In der Nacht vom 14. zum 15. Dezember durchquert der in Rußland geschlagene Napoleon in Verkleidung auf seiner Flucht Thüringen. Am 26. Dezember schreibt Carl August an Goethe: *Weißt Du denn schon, daß St. Aignan beauftragt ist, dir vom Kaiser der Nacht schöne Grüße zu bringen? So wirst du von Himmel und Hölle beliebäugelt.*

Auch Goethes Tagebuch vermerkt am 15. Napoleons Aufmerksamkeit für ihn. *Herr von Wolbock, die Durchreise des Kaisers notificirend, sowie daß er sich nach mir erkundigt.*

Er ist an dem Abend mit Christiane und Caroline zusammen. *Abends Rabusche gespielt mit den Frauenzimmern und zu Tische geblieben.*

VIII

Bad Berka
Kolorierter Stich von Theodor Goetz

Über das Jahr 1813 wird Goethe am letzten Tag des Jahres notieren: *... dieses ganze Jahr durch von wirklichen Schrecknissen umgeben, Körper und Geist* haben *eine gewisse besorgende Stimmung angenommen, so daß man unversehens in den ruhigsten Augenblicken sich von panischen Schrecken überrascht und ohne äußeren Anlaß sich innerlich erschüttert fühlt.* Und: *... daß uns allen der Atem bis zum Außenbleiben mag gestockt haben.*

Völkerschlacht bei Leipzig. Truppenbewegungen durch Thüringen, durch Deutschland. Wechselnde militärische Konstellationen. Franzosen, Preußen, Österreicher und Russen in Weimar.

Ein traumatisches Jahr.

Schöpferische Arbeit unter diesen Bedingungen? Goethe sei, schreibt Luise Seidler am 26. Januar 1813, *jetzt immer so kränklich, so niedergeschlagen von den allgemeinen Weltbegebenheiten.* Knebel bemerkt Goethes *tiefen und schweigenden Ernst.* Charlotte von Stein konstatiert, er werde *tiefsinnig darüber*, da er ... *die hier so abwechselnde bald Lüge bald Wahrheit, ob Russen oder Franzosen uns zernichten würden, nicht ertragen* könne. Frau von Schiller urteilt: *Der Meister ist nicht krank; doch flieht er die große Welt und hält sich zu Hause.*

In der Tat glaubt Goethe zunächst, sich durch Rückzug in sein Haus Arbeitsruhe zu schaffen. *Er hatte sich vorgenommen*, so Knebel, *es diesen Sommer, wo möglich, in Weimar auszuhalten und dabei sich ganz auf seine Arbeiten, vorzüglich auf seine Lebensgeschichte, einzuschränken.*

An *lichte Punkte und lichte Menschen* will er sich halten, *das Übrige mag quirlen wie es will und kann.* August muß immer öfter den Vater vertreten, muß repräsentieren. Auch Christianes gesellschaftliche Pflichten wachsen. *Abends meine Frau aus der Schopenhauer'schen Gesellschaft. ... August von Hofe*, notiert er am 17. Januar in sein Tagebuch.

Entgegen Goethes Vorsatz zu bleiben, drängt Christiane ihn, bittet inständig, ja treibt ihn geradezu, Weimar zu verlassen.

Seine Arbeitsruhe und Sicherheit gelten ihr mehr als ihre Befürchtung, einem möglichen Kriegsgeschehen als Frau und Hausherrin allein ausgesetzt zu sein.

Zudem, vermute ich, ist sie die einzige, die um seine nie ausgesprochenen, tabuisierten Ängste während der lebensbedrohlichen Situation im eigenen Haus in den Kriegswirren 1806 weiß und die Wiederholung solcher Szenen fürchtet.

Von einer *Vorahndung meiner Frau*, die *mich ... aus Weimar trieb*, schreibt Goethe wenig später.

Am 17. April, früh sechs Uhr, verläßt er die Stadt. Am 22. teilt Knebel seiner Schwester mit: *Auf inständiges Zureden seiner Frau hat er sich endlich schleunig entschlossen abzureisen, und das Glück hat ihm dadurch gewollt, daß er die Szenen, die sich gleich tags darauf in Weimar durch Besetzung der Franzosen und Vertreibung der preußischen Piketts zugetragen, nicht daselbst miterlebte.*

Kampfhandlungen in und um Weimar am 18. April, zwischen Preußen, dem Blücherschen Korps und Franzosen. Verwundete in der Stadt. Erneute Besetzung durch die Franzosen. Einquartierungen.

Christianes *Vorahndungen* sind fast auf den Tag genau eingetroffen. Goethe ist seiner Frau gegenüber von einer großen Dankbarkeit erfüllt. Seine *Entfernung* aus der Stadt nennt er *wunderbar*, so *danke ich Dir herzlich für den Antrieb ... Einige Tage später wäre es unmöglich gewesen.*

Als einen *Flüchtling ... aus dem sehr unruhigen Thüringen* sieht er sich nun, der in das *friedliche Böhmen* zu gelangen sucht. Um die Abgeschiedenheit zu erreichen, muß er durch Gebiete mit Truppenbewegungen.

... als wir nach Roßla einlenkten, fanden wir alles im tiefsten Frieden, berichtet er Christiane; *freilich stiller als im Frieden, denn wir vermißten die Fuhrleute, die sonst um diese Zeit auf die Leipziger Messe zogen.* Er erlebt die Wege *so menschenleer, daß man in der Wüste zu fahren glaubte.*

In Leipzig sieht er die ersten Russen.

Bei Meißen begegnen ihm Jäger der königlich-preußischen Freischar. Einer namens Förster erkennt den Dichter, der, wie er noch am gleichen Tag seiner Schwester schreibt, eine *Militärmütze tief ins Gesicht gedrückt* und sich in einem *russischen Generalsmantel mit rotem Kragen* versteckt hat. *Der Feldwebel kommandierte: Präsentiert das Gewehr! und ich rief: »Der Dichter aller Dichter, Goethe lebe hoch!« Mit Hurrah und Hörnerklang stimmte die ganze Kompagnie ein.* Förster tritt an Goethe heran, sagt: *Es hilft Ew. Exzellenz das Inkognito nicht, die schwarzen Jäger haben scharfe Augen, und bei unserm ersten Ausmarsche Goethen zu begegnen, war ein zu günstiges Zeichen ... Wir bitten um Ihren Waffensegen!* Goethe erfüllt den Wunsch. *Zieht mit Gott, und alles Gute sei Eurem frischen deutschen Mute gegönnt*, soll er nach dem überlieferten Brief gesagt haben.

Goethe, der für Christiane und für sich als späteres Arbeitsmaterial Aufzeichnungen macht, erwähnt diese Episode mit keinem Wort. Vom Besuch des Meißner Doms, der Porzellanmanufaktur erzählt er. Und von einem Bild, das sich ihm im Fenster einer Wohnung auf dem Schloßplatz bietet. Ein kleines Mädchen wird von seiner Mutter angezogen, es *stand auf dem dunklen Grunde wie ein Porträtchen, das van Dyk und Rubens nicht schöner hätten malen können. Die Schönheit des Kindes, die günstige Beleuchtung, der dunkle Grund, der Firnis des Glases, alles trug dazu bei, daß man sich nicht satt sehen konnte; und als ihr nun die Mutter das Halskräuschen umlegte, war das Bildchen völlig fertig.*

Aus Dresden erfährt sie: *Des Nachts gegen 11 weckte mich eine fürchterliche Erscheinung. Die Straße war von Fackellicht erhellt, und ein wildes Kriegsgetöse hatte mich aus dem Schlafe geschreckt. Eine Colonne hatte in der Straße Halt gemacht. Es war eine unangesagte Einquartierung. Ganz verwünscht sah es aus, wenn sich die Thore der großen Häuser auftaten und 10, 20, 30 bei Fackelschein in ein Gebäude hineinstürzten.*

Es ist die Wiederholung der Szene von 1806. Nun, sieben Jahre später, wird das Tabuisierte ausgesprochen. Und es wird deutlich, das *Atemstocken* des Jahres 1813, der *panische Schrecken* selbst in den *ruhigsten Augenblicken*, ist nicht nur Gegenwart, sondern es hat seine Geschichte, die der Lebensbedrohung im eigenen Haus im Oktober 1806.

In Dresden erlebt Goethe am 24. April den Einzug des Königs von Preußen und des Kaisers von Rußland. Kosaken auf dem Dresdner Markt, die Menschen laufen zusammen, *als sie ein Kameel mit-*

brachten, zum ächten asiatischen Wahrzeichen. Goethe besucht Kügelgen, weilt mehrfach in Körners Haus, trifft dort Ernst Moritz Arndt. Auf Arndt macht der *große Mann keinen erfreulichen Eindruck. Ihm war's beklommen, er hatte weder Hoffnung noch Freude an den neuen Dingen. Der junge Körner war da, freiwilliger Jäger bei den Lützowern; der Vater sprach sich begeistert und hoffnungsreich aus, da erwiderte Goethe ihm gleichsam erzürnt: »Schüttelt nur an Euren Ketten, der Mann ist Euch zu groß, Ihr werdet sie nicht zerbrechen.«*

Napoleon ist gemeint. Der Sieger von Jena und Auerstedt, der inzwischen ganz Europa beherrscht. 1812 hat er den Rußlandfeldzug begonnen, an Napoleons Seite marschierten Österreicher, Sachsen und Preußen nach Rußland. Nun, ein Jahr später, haben sich die militärischen Konstellationen verändert. Nach Napoleons Niederlage ist Preußen zur Siegermacht übergegangen, hat sich mit Rußland verbündet.

Während Kutusow seine erschöpften Truppen an der Landesgrenze halt machen lassen will, drängt Preußen auf Verfolgung und Vernichtung der Franzosen. Der Zar gibt dem Druck der preußischen Verbündeten nach, die russische Armee überschreitet die Grenze.

Napoleon gibt nicht auf. Das 29. Bulletin der Grande Armée 1812 verkündet: *Die Gesundheit Sr. Majestät war nie besser.* Während die Überreste seiner in Rußland geschlagenen Truppen westwärts ziehen, schafft er in Frankreich eine neue Armee, an deren Spitze marschiert er erneut ostwärts. Goethes Tagebuch vermerkt die Stationen: Erfurt – Weimar – Dresden.

Am 2. Mai 1813 kommt es bei Lützen/Großgörschen zur ersten Schlacht zwischen der französischen und der preußisch-russischen Armee. Napoleon entscheidet die Schlacht für sich. Auch die nächste, am 20./21. Mai bei Bautzen, gewinnt er. Zwingt Preußen und Russen zum Rückzug. Stimmt einem Waffenstillstand zu.

Die preußisch-russischen Alliierten nutzen die Zeit, lassen neue Divisionen nachrücken, gewinnen Österreich und Schweden als Verbündete.

Zugleich sind sie verhandlungsbereit. Vor allem Österreich will Napoleons Sturz nicht, Metternich sorgt sich um die politische Stabilität Frankreichs, ohne Napoleon könnten sich dort revolutionäre Tendenzen breitmachen. Auch Rußland ist nicht sonderlich interessiert, den Krieg nach Frankreich hineinzutragen. Einzig Preußen drängt auf die Vernichtung der französischen Armee.

Napoleon ist nicht bereit, sich auf die Grenzen Frankreichs von 1792 zurückzuziehen. *Ich werde zu sterben wissen*, erklärt er Metternich, *aber ich trete keine Handbreit Bodens ab. Eure Herrscher, geboren auf dem Thron, können sich zwanzigmal schlagen lassen und doch immer wieder in ihre Residenzen zurückkehren; das kann ich nicht, ich, der Sohn des Glücks! Meine Herrschaft überdauert den Tag nicht, an dem ich aufgehört habe, stark und folglich gefürchtet zu sein.*

Dieses Gespräch findet im Juni 1813 in Dresden statt. Am 8. Mai ist Napoleon als Sieger in die Stadt eingezogen.

Goethe, dessen Sympathien, wie wir Arndts Schilderung entnehmen können, nicht bei den preußischen Patrioten, sondern bei Napoleon liegen, ist zu diesem Zeitpunkt bereits weitergereist.

Am 26. April ist er in Teplitz eingetroffen. So *friedlich*, wie er *Böhmen* ... glaubt, findet er es nicht. Er hat sich zwar vom *Kriegsschauplatz* entfernt, aber des *Nachts* sieht er noch *manchmal die Feuerzeichen am Himmel, wenn irgend ein unglücklicher Ort brennt, Kanonendonner* ist *in der Luft*. Er ist von *lauter Flüchtigen, Blessirten, Geängstigten umgeben; die Unruhe ist hier groß, die hier täglich und stündlich durch die Kommenden erregt wird*, berichtet er nach Weimar: *sie sind alle im Augenblick ersoffen und quälen sich von Morgen zu Abend mit den widersprechenden Neuigkeiten.*

Goethes Konsequenz daraus: *Gesellschaft seh ich fast gar nicht.* Er flüchtet in die Natur: *Der Frühling ist hier unendlich schön* ..., er hält Diät, badet: *Das Baden bekommt mir ganz außerordentlich wohl, ich wüßte nicht, mich jemals besser befunden zu haben*, er trinkt seinen Wein, beginnt mit der Arbeit. *Alles kommt darauf an, wie meine Arbeit von Statten geht.*

Er wartet auf den Herzog. *Meine Lage wird durch die Ankunft des Herzogs sehr gesichert*, schreibt er am 27. Juni nach Weimar, *denn es mag erfolgen, was da will, so ist er davon doch immer eher unterrichtet als wir Particuliers, und es ist meine Schuldigkeit und zugleich mein Vortheil, mich an ihn anzuschließen.*

Vier Monate wird Goethe in Teplitz bleiben.

Zwischen Böhmen und Thüringen gibt es während dieser Zeit einen ständigen Briefaustausch. Goethe unterrichtet seine Frau ausführlich über alles, sein Ton ist offen, freundlich, dankbar.

So wie er wird auch sie ihm in vielen Briefen alle Vorkommnisse detailliert geschildert haben, zumal sie mit Caroline Ulrich eine Sekretärin zur Hand hat.

Während Goethes Briefe überliefert sind, sind die ihren nicht erhalten. Hat Goethe, der Kästen voller Steine von Teplitz nach Weimar transportieren ließ, sie nicht mit zurückgenommen? Sind sie später verlorengegangen?

Der Verlust dieser Briefe ist besonders bedauerlich, da Christiane gerade in Situationen der Herausforderung und Eigenverantwortung ihre *glückliche Art zu sein* entfaltet, sich ihr Mut und ihre Courage bewähren. *Noch will ich hinzufügen, daß mich Dein Blatt auf den ganzen Tag vergnügt gemacht hat*, schreibt Goethe ihr. Sie, die immer gelobt sein möchte, wird ihm in ihrer bildhaften Art stolz berichtet haben, wie sie allein das Haus besorgt, ihm Arbeitsstätte und Besitz sichert; August, Caroline und sich über die schweren Zeiten bringt.

Um es uns vorzustellen, müssen wir den Anspielungen in Goethes Briefen nachgehen. *Was Du erduldet hast, möge eine fröhliche Folgezeit entgelten*, heißt es am 21. Mai. *Es freut mich sehr, daß ihr die bisherigen Unbilden mit gutem Muthe ertragen habt. Fahret ja so fort und in der Lage, in der ihr seid, beklagt euch ja über nichts: denn wie es in denen Gegenden aussieht, wo die Armeen wirklich zusammentreffen, das darf man sich gar nicht vergegenwärtigen*, am 1. Juni. Am 6. Juni: *danket Gott, daß ihr so davongekommen seid, ich habe ganz Anderes gesehen.* Und: *Daß Du das Mögliche thust, weiß ich und erkenn es.* Am 27. Juni dankt er ihr dafür, daß sie sich *immer thätig und resolut* verhalte. *Dieß wiederhole ich Dir: thue nur jeder in jedem Augenblick das Seinige. ... Man muß jetzt alle Verhältnisse respectiren, und Gott danken, wenn man leidliche Tage hat*, heißt es einen Tag später.

Am 3. August, gegen Ende seines Böhmen-Aufenthaltes, ein abschließendes Lob: *Ich kann Dir, mein allerliebstes Kind, nicht ge-*

nug danken, daß Du Dich so ruhig, gefaßt und zugleich thätig erhältst ...

Mehrfach vergleicht Goethe seine und ihre Situation, empfindet das Privileg seiner Abwesenheit. Freilich klingen dann seine Sätze immer etwas orakelhaft. *Wenn es Dir, mein liebes Kind. so gut geht, als Du es um mich sonst und jetzt verdienst, so kannst Du zufrieden sein.* Und als er Carl August in Teplitz erwartet: *Haltet euch nur an eurer Stelle, so gut ihr könnt, und wegen meiner seid unbesorgt; ich will schon das Meinige thun, damit meine Abwesenheit unserem Zusammensein zum Vortheil gereiche.*

Christiane in Weimar. Am 21. Januar 1814 hat der Herzog ein *Bequartierung-Regulativ* erlassen, das eine Ausnahmeregelung für einen Personenkreis festlegt, dem auch Goethe zuzurechnen ist.

Unter Paragraph 15 steht: *Folgende Personen sind wegen ihrer besonderen öffentlichen Verhältnisse zwar mit Natural-Einquartierungen zu verschonen, jedoch für jeden nach der Classen, in der sie stehen, auf sie kommenden Mann, 8 gr. Cassegeld an die Einquartierungs-Reluitions-Casse zu bezahlen schuldig.* Unter Punkt *1) Wirkliche Herzogl. Geheime Räthe und Mitglieder des Geheimen Consilii*, weiter *Ärzte*, die sich *bei der Feldsuite befinden* und *Mitglieder des Hofstaates*, die *in herrschaftlichen Gebäuden wohnen.*

Goethe gehört also laut Paragraph 15 zu jenen zur Zahlung zugelassenen Personen. Christiane hat in die *Reluitions-Casse* zu zahlen, aus der das Einquartierungs-Bureau finanziert wird.

Zugleich steht es dem genannten Personenkreis frei, dennoch Militär aufzunehmen, d. h. die Geldzahlungen durch *Natural-Einquartierungen* zu ersetzen.

Christiane tut das. Zum einen vielleicht, um nicht durch eine Sonderstellung bei den Weimarern Neid zu erwecken. Auf diese Weise teilt sie die Leiden der Mehrheit. Zum andern aus finanziellen Erwägungen. Die zu zahlenden Beträge sind hoch, und Christiane, die immer Sparsame und Umsichtige, gibt statt dessen ihre Arbeitskraft. Goethe anerkennt das. Am 26. Juni: *Daß Du Dich so gut eingerichtet hast, freut mich gar sehr. Deine Gegenwart erspart uns wenig-*

stens die Hälfte von dem, was es sonst kosten würde ... auch soll Dir dafür der schönste Dank gesagt sein, und ich hoffe, wir wollen das, was uns übrig bleibt, noch vergnüglich genießen.

Um die Kriegsaufwendungen zu bestreiten, werden in Weimar die Steuern erhöht, außerordentliche Abgaben eingeführt, Zwangsanleihen verordnet. Goethe legt seinem Brief vom 6. Juli eine Anweisung auf 300 Taler bei; *besorgt damit die Zwangs-Anleihe*, heißt es. Am Vorabend ist Carl August in Teplitz eingetroffen. Von *Durchlaucht dem Herzog habe ich so viel von euren Schicksalen gehört, daß ich gerne zahlen will, ohne gelitten zu haben, da ich doch, wenn ich mitgelitten hätte, noch darüber auch zahlen müßte.*

Wird der Herzog ihm von der Nervenfieber-Epidemie in Weimar berichten? Die Stadt steht ihr hilflos gegenüber, als Vorbeugungsmittel wird den Erwachsenen das Rauchen in den Straßen und den Kindern das Spielen in der Nähe des Totenackers verboten. Carl August wird wohl seinen sensiblen, gegenüber jeglicher Krankheit empfindlichen Freund mit dieser Nachricht verschonen.

Auch Christiane äußert sich dazu nicht. Verschweigen dagegen kann sie Goethe nicht, daß August, und danach auch Caroline, an einer in diesem Alter gefährlichen Sache erkranken, an Masern. Goethe erwidert: *Daß August von einer solchen Krankheit überfallen worden, ist sonderbar genug, er soll sich nur bei der Genesung schonen*. Später ist die Rede von den *genesenden Kindern*. Und am 3. August an Christiane der Dank dafür, daß *Du ... August und Uli wieder aufquäkelst.*

Goethe diktiert in Teplitz das Elfte bis Vierzehnte Buch seiner Autobiographie »Dichtung und Wahrheit«. Die vom Sekretär John niedergeschriebenen Manuskriptpartien gehen unter der Adresse August von Goethe nach Dresden, von dort weiter nach Weimar an Riemer. Goethe an Christiane: *Alles, was Riemer am Manuscript beliebt, billige im Voraus*. Er überträgt ihm *völlige Gewalt ... nach grammatischen, synthaktischen u. rhetorischen Überzeugungen zu verfahren.*

Als John erkrankt, stockt die Arbeit. *Seit vierzehn Tagen hat sich leider meine adoptive rechte Hand kranckheitshalber ins Bette gelegt und meine angebohrene Rechte ist so faul als ungeschickt ...*

Goethe läßt John vom Leibarzt des Herzogs behandeln, klagt über *Unannehmlichkeiten und Kosten*, die ihm das *verursache*. Er schickt den Sekretär zum Auskurieren nach Karlsbad. Beschließt dann seine Entlassung. Fünfundzwanzig ist Ernst Carl Christian John, er ist ein Studienfreund von August, hat wie dieser Jura studiert, seinen Doktor gemacht, seit dem 11. März des Vorjahres ist er Goethes Sekretär. Goethe spricht von Johns *Saumseligkeit*, von seinem *temperleinischen Eigensinn; er ist prätentiös, speisewählerisch, genäschig, trunkliebend, dämperich und arbeitet nie zur rechten Zeit.*

Diese Menschen, wie es ihnen wohlgeht, wollen sich und nicht der Herrschaft leben, und so ist es besser, man scheidet, schreibt er seiner Frau, ihr Wissen um seine Empfindlichkeiten voraussetzend: *so stellst Du Dir vor, was ich gelitten habe ...*, und sie bittend, wegen der Entlassung Johns Eltern gegenüber diplomatisch zu vermitteln: *sprich mit der Mutter, schonend, aber vernehmlich*. Christiane tut es.

... freilich wäre ich ohne diesen Vorfall jetzt schon völlig fertig, klagt er. Obwohl er einen anderen Schreiber findet, verschlechtert sich seine Stimmung in Teplitz zunehmend.

Es ist die *Verdüsterung des politischen und militärischen Himmels ...*, der *jegliches Behagen verscheucht*. Von *entsetzlichem Druck*, der auf ihm liege, von *hypochondrischer Noth*, lesen wir. In sein Tagebuch notiert Goethe am 26. Juli 1813: *Untröstlich militärisch politisches Gespräch*.

Drei Tage zuvor hat er Christiane gemahnt: *Behalte guten Muth! Mir will er oft ausgehen: denn in der totalen Einsamkeit, in der ich lebe, wird es doch zuletzt ganz schrecklich. Ich habe nun auch gar niemand, dem ich sagen könnte, wie mir zu Muthe sei.*

Wenig später: *Ich denke jetzt nur, meine Arbeit zu vollenden und zu euch zurückzukehren; ich habe es recht satt, wie Schillers Taucher, allein ›in der gräßlichen Einsamkeit und wohl gar unter den Ungeheuern der traurigen Öde zu leben‹.*

Am 10. August verläßt er Teplitz. Auf seinem Reiseweg begegnet ihm auf der Poststation in Peterswalde Herr von Webern, Präsident des Dresdner Landeskonsistoriums, der Goethe als *bekanntlich großen Verehrer von Napoleon* anspricht und den Wortlaut in seinem Tagebuch festhält. *Ich fragte ihn: Was sagen Sie nun zu Napoleons Lage? Er antwortete ruhig: »Er ist ein gehetzter Hirsch, das macht ihm aber Spaß.«*

Goethe bleibt einige Tage in Dresden. Napoleon ist in der Stadt. Ihm zu Ehren wird das *Napoleon-Fest* gefeiert; *Feuerwerk und Illumination. Am Brühlischen Palais dem Kayser begegnet welcher von einem kleinen Gefolge begleitet die Schanzarbeiten besehen hatte*, notiert er am 13. August. Wer Schanzen errichtet, macht sich zur Verteidigung bereit. Goethe kommentiert es nicht.

Über Altenburg, Köstritz und Jena erreicht er am 19. August 1813, abends neun Uhr, nach viermonatiger Abwesenheit wieder Weimar.

Am 12. Juli ist Christianes und sein 25. Hochzeitstag gewesen. Er *habe* ihn *bei einem großen Gastmahl im Stillen gefeiert*, hat er Christiane geschrieben. Von Wärme erfüllte Dankesbezeigungen scheinen Goethe in der Ferne leichter aus der Feder zu fließen als sie in Christianes Gegenwart zu äußern. Feiern sie nun gemeinsam?

Schon nach wenigen Tagen befällt ihn eine *Unpäßlichkeit*. Nach kaum einer Woche verläßt er die Stadt erneut. Im Tagebuch am 25. August: *Augusts Anregung meiner Abreise. Unruhe wegen der annahenden Österreicher*. Am 26.: *Entschluß, nach Ilmenau zu gehen. Vorbereitung, Abreise um 10 Uhr …*

Er fährt durch das Ilmtal. In der Entfernung von der Stadt der Gedanke an die Zurückbleibende. In der Kutsche auf dem Weg zwischen Weimar und Stadtilm entsteht das Gedicht »Gefunden«. In Stadtilm schreibt er es nieder.

Ich ging im Walde
So vor mich hin,
Und nichts zu suchen
Das war mein Sinn …

Mit Bleistift, in lateinischer Schrift, auf zwei Kleinoktav-Seiten schreibt er es, streicht *trugs zum* Garten, schreibt dafür *pflanzts im* Garten, setzt das Datum darunter: *26. August 1813*, faltet die beiden Blätter, siegelt mit Oblate, adressiert: *Frau von Goethe*.

Ein fast Vierundsechzigjähriger widmet diese Verse seiner Frau nach einem Vierteljahrhundert ihres gemeinsamen Lebens.

Zwei Tage später, am 28. August, schreibt er ihr: *Das war also auch wieder ein guter Rath, der mich nach Ilmenau hinwies.* Es ist sein vierundsechzigster Geburtstag. Er feiert ihn mit dem Herzog, den Erbprinzen, mit dem ganzen Ort. *Kleine Mädchen* bringen ihm *Sträuße, Mütter und Großmütter* erscheinen mit einer *bekränzten Kartoffeltorte, Gedichte* werden ihm überreicht, *drei hübsche Mädchen ... recitirten* sie, *und als die letzte mir den Kranz aufsetzte, küßte ich sie gar behaglich und holte es bei den anderen nach.* Ein ... *rührendes Fest ... wo ich im Sürtout und ohne Halsbinde figurirte,* berichtet er Christiane.

Hätte sie nicht gern mit ihm gefeiert? Mit ihm oder unter seinen Augen getanzt? *Am 29.: ... Abend Ball auf dem sehr wohlgebauten Felsenkeller-Saal, wo ich euch auch wohl hätte mögen herumspringen sehen.*

Goethe reitet mit dem Herzog und seiner Suite mehrmals durchs Gebirge, fühlt sich außerordentlich wohl.

Es ist das Atemholen vor dem *Stocken des Atems*, der Krieg kommt immer näher.

An jenem 27. August, da Christiane die mit Bleistift beschriebenen Kleinoktav-Seiten gelesen haben mag, Goethe *sechs Stunden zu Pferde* ist, kommt es in der Nähe von Dresden zur Schlacht zwischen Napoleon und den russisch-österreichischen Verbündeten. Napoleon kann die Schlacht für sich entscheiden. Doch seine Niederlagen bei Großbeeren, Kulm und an der Katzbach haben ihn empfindlich geschwächt. Am 6. September werden seinem Marschall Ney bei Dennewitz schwere Verluste zugefügt. An jenem 27. August massakrieren nach der Schlacht von Hagelberg preußische Soldaten, die Befehle ihrer Offiziere mißachtend, mehrere tausend französische Gefangene mit Gewehrkolben. Neue Waffen werden gegen die Franzosen eingesetzt. Am 16. September, im Gefecht an der Göhrde, von einer britischen Raketenbatterie erstmals an Land Congrevesche Brandraketen.

In den Tagen vom 16. bis 19. Oktober 1813 kommt es bei Leipzig zur Entscheidungsschlacht. Den Franzosen gelingt es zwar, der Einschließung durch drei Armeen zu entkommen, aber sie verlieren achtunddreißigtausend Mann, Tote und Verwundete, dreißigtausend geraten in Gefangenschaft.

Die Verluste der Alliierten, obwohl diese zahlenmäßig überlegen sind, liegen weit höher: vierundfünfzigtausend Tote und Verwundete.

Die Franzosen sind vom Nachschub abgeschnitten, auf der Seite der Alliierten dagegen kommen täglich neue Truppen hinzu. Und während der Schlacht gehen die Württemberger und die Sachsen zu den Alliierten über; die übrigen Rheinbundstaaten, darunter auch das kleine Herzogtum Sachsen-Weimar-Eisenach, haben sich kurz zuvor von Frankreich losgesagt, um nicht dessen Fall teilen zu müssen.

Napoleon muß mit seiner Restarmee den Rückzug antreten.

Weimar liegt auf dem Rückzugsweg der geschlagenen, fliehend sich verteidigenden französischen Armee und somit auf dem Weg der sie verfolgenden Sieger, der Preußen, Russen und Österreicher.

Zehntausende Soldaten und ebenso viele Pferde der Franzosen und der Alliierten kommen durch Weimar; ein Großteil von ihnen wird mit für die Bevölkerung unermeßlich hohen Verpflegungskosten und Schäden in der Stadt einquartiert.

Wieder – wie 1806 – ist Weimar von Brandschatzung und Vernichtung bedroht. Als erstes ziehen die Alliierten ein, russische Kosaken, preußische und ungarische Husaren sowie österreichische Dragoner. Sie sind es, die die vom Leipziger Schlachtfeld zurückflutenden napoleonischen Truppen am 22. Oktober vor den Stadttoren aufhalten und verhindern, daß Weimar niedergebrannt wird.

Goethes Tagebuch hält die Ereignisse in großen Zügen fest. 4. (10.): *Einquartierung* – *9.* (10.): *Unruhige Nacht wegen Annäherung der Österreicher. Eiliger Abzug der Franzosen.* – *13.* (10.): *Den Koffre gepackt* … – *16.* (10.): *Nachricht der Einnahme von Leipzig* … *19.* (10.): *Franzosen frühs in Weimar* … – *21.* (10.): *In der Nacht Kosaken* … *Unruhiger Tag* … *Canonade deutlich zu hören. Franzosen bey Apolda. Abends bey Umpferstedt. Die Cosaken brechen auf. Kurzes Gefecht zwischen Umpferstedt u. Schwabsdorf Franzosen gesprengt* ... 22. (10.): *Truppen Märsche Obristl. v. Bock sendet eine Sauvegarde. ... Kurz vor Tafel Überfall der Franzosen. Stundenlanges Gefecht. ... Truppenm. bis zur Nacht. Einquartierung* ... 23. (10.): *Graf Colloredo ... Unausgesetzte Truppen Märsche* ... 28. (10.): *Englischer Gesandte. Derselbe bey mir einquartirt* ... 30. (10.): *Scene mit neuer Einquartierung* ... 5. (11.): *Geschichte der Schlacht um Leipzig* ... 18. (11.): *Coffre ausgepackt.*

Zwischen den Eintragungen vom 13. Oktober: *Koffre gepackt* und vom 18. November: *Coffre ausgepackt*, liegt die Zeit des *Atemstockens*, des *panischen Schreckens*.

Die schlimmsten Tage müssen der 21. und 22. Oktober gewesen sein. Als *der erste freie Atemzug* ihm *vergönnt ist*, berichtet Goethe dem Kaiserhaus nach Wien: ... *wir hatten von der rohen losgelassenen Gewalt alles zu fürchten und vieles zu ertragen. Wenn Sie sich vorstellen daß wir in acht und vierzig Stunden die ganze Stufenleiter vom Schreckbarsten bis zum Gemeinsten durchduldet haben.*

Keine Einzelheiten, wir wissen nicht, was geschah. Wie 1806 war das Haus in diesen Stunden ohne militarischen Schutz; erst am 22. die Notiz: *Sauvegarde.* 1806 war Riemer im Haus. Jetzt eilt er von seiner Wohnung *nach der ersten Ruhe zu Goethe.* Christiane, offenbar noch in Erregung nach überstandenen Ängsten, macht ihm Vorhaltungen. Riemer notiert in sein Tagebuch: *Anzüglicher Vorwurf, daß ich jetzt erst käme, da es vorbei sei. Von Goethe entschuldigt.*

Gegen Monatsende teilt Goethe den auswartigen Freunden mit: ... *das Ungeheure* sei an ihm und den Seinigen *dergestalt vorübergegangen ... daß wir uns nicht zu beklagen haben ... ja unser Schicksal* ist *gegen das so vieler anderer höchlich zu loben.*

Am 6. November, der Koffer ist noch immer gepackt, ein Ereignis, das weder das Tagebuch festhält noch in einem Brief jemals Erwähnung findet. Die Wiederholung der Szene von 1806. Soldaten, die gewaltsam in das Haus am Frauenplan einzudringen suchen, Goethe in einem seiner hinteren Zimmer eingeschlossen. Überliefert ist sie durch einen Tagebucheintrag des preußischen Offiziers Ferdinand Heinke. Er ist jenes *schwarzköpfichte Breslauerchen*, Christianes Tanzbekanntschaft von Bad Lauchstädt. *Goethe gerät in Not dadurch*, so Heinkes Eintrag vom 6. November, *daß ihm das städtische Einquartierungsamt zwölf Mann Donische Gardekosaken zusendet. Er verschließt sich in ein hinteres Zimmer und sendet zu mir um Abwendung dieser Gäste, die bereits vor seiner verriegelten Haustür abgesessen hielten. Die gegenseitige Unkenntnis unserer Sprachen erschwert das Geschäft, und sie wollen mit Gewalt eindringen. Dieser wird preußische Gewalt von unserer herbeigeholten Wachmannschaft entgegengesetzt. Das Quartieramt wird gezwungen, andere Billetts zu geben; aber die Donier glauben dennoch ein Recht auf jenes Haus zu haben und wollen nicht weichen. Endlich nach zweistündigem Straßenskandal gelingt es, den russischen Etappenkommandanten aufzufinden und von diesem eine Ordre zu erwirken, auf welche die zwölf Riesen vom Don abziehn.*

Erster Schnee, vermerkt Goethes Tagebuch am 6. November und, *Mittags bey Hofe. Serenissimus über die Gegenwärtige Lage der Dinge …*

Heinkes Tagebuch ist eine spätere Reinschrift, erstmals 1927 von Max Hecker veröffentlicht. Ein Irrtum? Ein Wichtigtun? Heinke ist seit dem 1. November mehrfach zu Gast am Frauenplan, wie auch aus Goethes Notizen hervorgeht. Heinkes Aufzeichnungen vermerken einen Tag danach dessen Dank für die geleistete Hilfe.

Wie 1806 kann auch hier der Vorgang mit Schweigen übergangen worden sein; zumal man mit der Angst davongekommen ist, die Türen verschlossen geblieben sind.

Belegt ist, daß ab 23. Oktober Militär im Haus war. Der österreichische General Graf Hieronymus von Colloredo. Und vierzehn Offiziere. *Eine starke österreichische Einquartierung hatte … alle vorderen Zimmer in Beschlag genommen*, berichtet Friedrich de la Motte Fouqué, der, ein Kürassierregiment der Lützower Jäger befehligend, bis in die Nähe von Weimar gekommen ist, in die Stadt hineinreitet, um dem *Dichterheros* Goethe seine *Verehrung zu bezeugen. Ordonnanzen rannten auf und ab. Das schöne musivische: »Salve«, vor dem Eingange zu den Gemächern den Boden schmückend, war im Staube der gestiefelten Tritte fast unsichtbar geworden.*

Von Christiane gibt es kein Zeugnis aus diesen Tagen. Nachtquartiere für fünfzehn Männer. Muß sie wieder, wie 1806, Tischtücher als Laken verwenden? Die Offiziere sind fast ausnahmslos Adlige, mithin anspruchsvoll. Mehrere ältere sind darunter. Sie haben ein Anrecht auf ein Nachtgeschirr, einen Nachtstuhl gar. Einen einzigen Abtritt im Hof gibt es im Haus am Frauenplan.

Und die Verpflegung. Wilhelm von Humboldt, wenig später Gast bei Goethe, berichtet, dieser habe *den Feldzeugmeister Colloredo zur Einquartierung gehabt, der auf Goethes Kosten alle Tage 24 Personen zu Tisch gehabt hat. Die Geheimrätin versicherte, das koste 2 bis 300 Taler, und der Koch hätte ihr noch gesagt, daß sie sehr geizig wäre.*

Colloredo hat demnach seinen eigenen Koch, der die Frauen in der Küche dirigiert. In Kriegszeiten eine Mahlzeit für vierundzwanzig Personen. Die Vorratswirtschaft des Hauses wird auf die äußerste Probe gestellt. Das Herbeischaffen der Zutaten. Und der Arbeitsaufwand: Zubereiten, der Transport nach oben in die Aufwärmküche, Auftragen, Abtragen, Spülen des Geschirrs, Wasserholen, Scheuern von Töpfen, Pfannen, vom Kuchenherd. Wechseln des Tischzeugs. Und jeden Morgen Säubern der Zimmer, Ausgießen der Nachtgeschirre, Fegen der Treppen. Und wieder in die Küche. Aufgesprungene Hände, schmerzende Füße am Abend: Köchin, Hausmädchen, Dienstboten, alle haben voll zu tun. Christiane, die alles von früh bis spät dirigiert. Und Hilfe spendet, die andere von ihr erwarten. Am 25. Oktober Riemer: *Zu Goethe, meine Not geklagt. Gab die Goethen Wein.* Auch Christianes Bruder und seine Frau werden in Bedrängnis sein. Goethe: *Mittags die Dr. Vulpius.*

Am 26. Oktober vermerkt Goethes Tagebuch: *Colloredo ab. Das Haus gereinigt.*

Später, an den Teetischen, reduziert sich in Goethes Gespräch die Arbeit der Frauen auf Anekdotisches. Riemer berichtet, Goethe habe geäußert: *Dieser Krieg hat wenigstens das Gute und Segensreiche: es ist, als wenn die Weiber alle Kinder gekriegt hätten; denn die Einquartierung macht einer jeden zu tun, und es ist keine, die nicht von ihren Offizieren oder Gemeinen kindliche Tugenden oder Untugenden zu rühmen weiß.*

Was werden aber die Männer übers Jahr anfangen, habe er hinzugefügt. Ihm scheint es schon deutlich vor Augen zu sein. Er hat aus den Einquartierungen Gewinn gezogen, bilanziert: *Ich habe viele interessante Bekanntschaften gemacht, die ich wirklich als reichlichen Ersatz des Übels, das mir widerfahren, betrachten kann.*

Die »Tag- und Jahres-Hefte 1813« verzeichnen *Graf Metternich, Staatskanzler von Hardenberg; Prinz Paul von Würtemberg; Prinz August von Preussen ... nach der Schlacht von Leipzig in Weimar gesehen*. Im Tagebuch vom 26. Oktober: *Gegenvisite bei dem Grafen Metternich*. Zar Alexander I. von Rußland, Kaiser Franz II. von Österreich und König Friedrich Wilhelm III. von Preußen sind in Weimar. Goethe am 24. Oktober: *Bey Hofe. Große Tafel. Kaiser Alexander.*

... geist- und herzerhebend sei es, heißt es in einem Brief ans Kaiserhaus in Wien, *an den Ansichten solcher Männer Theil zu nehmen, die das Ungeheure Ganze leiten von dessen kleinstem Teil wir andern uns gedrückt, ja erdrückt fühlen.*

Dem österreichischen General Colloredo tritt Goethe mit dem ihm von Kaiser Napoleon verliehenen Kreuz der Ehrenlegion entgegen. *Pfui, Teufel, wie kann man so etwas tragen!*, wirft ihm Colloredo vor.

Man könne doch einen Orden, durch den einen ein Kaiser ausgezeichnet habe, nicht ablegen, weil er eine Schlacht verloren habe, kommentiert Goethe dies Wilhelm von Humboldt gegenüber und erregt damit auch dessen Unwillen.

Glaubt er nicht an Napoleons endgültige Niederlage?

Dem Lützower Jäger, dem jungen de la Motte Fouqué, der Napoleon einen *besiegten Weltsieger* nennt, entgegnet Goethe: *Besiegt?* Und spricht von dem von Napoleon zu erwartenden Widerstand.

Humboldt, der Preuße, schreibt am 26. Oktober 1813 mißbilligend über Goethe: *Allein die Befreiung Deutschlands hat noch bei ihm keine tiefe Wurzel geschlagen. ... Die Verheerungen der Kosaken, die wirklich arg sind, nehmen ihm alle Freude an dem Spaß. Er meint, das Heilmittel sei übler als die Krankheit, man werde der Knechtschaft loswerden, aber zum Untergehn.*

Goethe spricht von einer *konfusen Zeit*, vom *Krebsgang der Deutschen*, davon, daß *der Verstand sich vergebens anstrengt um auszusinnen wie hieraus eine neue Gestaltung der Dinge sich ergeben möchte.*

Das heißt, er macht keinen Hehl daraus, daß er dem mit Skepsis entgegensieht, was nach der napoleonischen Herrschaft in Deutschland an deren Stelle treten wird. Er stimmt nicht in den patriotischen Siegestaumel nach der Völkerschlacht zu Leipzig ein, in die Reden von Volkserhebung, Freiheit und Befreiung.

Ist denn wirklich das Volk erwacht? entgegnet er dem jungen Historiker Luden, der in Jena eine patriotische, antinapoleonische Zeitschrift gründen will, *weiß es, was es will und was es vermag? ... Der Schlaf ist zu tief gewesen, als daß auch die stärkste Rüttelung so schnell zur Besinnung zurück zu führen vermöchte. Und ist denn jede Bewegung eine Erhebung? Erhebt sich, wer gewaltsam aufgestöbert wird? Wir sprechen nicht von den Tausenden gebildeter Jünglinge und Männer, wir sprechen von der Menge, von den Millionen. Und was ist denn errungen oder gewonnen worden? Sie sagen, die Freiheit; ... Es ist wahr: Franzosen sehe ich nicht mehr und nicht mehr Italiener, dafür aber sehe ich Kosaken, Baschkiren, Kroaten, Magyaren, Kassuben, Samländer, braune und andere Husaren. Wir haben uns seit einer langen Zeit gewöhnt, unsern Blick nur nach Westen zu richten, und alle Gefahr von dorther zu erwarten; aber die Erde dehnt sich auch noch weithin nach Morgen aus.*

Mit seinem Kosmopolitismus, seiner gemäßigten Haltung, seiner Napoleonverehrung steht Goethe nicht nur allein gegen die offizielle preußische Politik und gegen Politiker wie den preußischen Minister von Humboldt, sondern auch gegen die Mehrheit der patriotisch gesinnten Weimarer Oberschicht.

Vor allem Frauen und Mädchen tun sich hervor. Die Weimarerinnen gründen einen »Patriotischen Frauenverein«, der – laut Wochenblatt Nr. 65 vom 14. August 1814 – unter anderem *218 Mützen, 188 Leibbinden, 60 Weiberröcke und 18 Schürzen* für die Unterstützung des Krieges gesammelt hat. Goethes spätere Schwiegertochter Ottilie von Pogwisch, genannt die *preußische Jungfrau wegen ihres großen Interesses, was sie an den preußischen Waffen nimmt*, etabliert mit Adele Schopenhauer einen Orden gegen *undeutsches Wesen und napoleonische Unterdrückung*, der Kriegsinvaliden und Soldatenfrauen helfen soll. Adele ist Geschäftsführerin, Ottilie Präsidentin. Ottilie deklamiert Theodor Körners Verse, sammelt Feldberichte der Landwehr aus Zeitungen und Privatbriefen.

Wie weit der patriotische Taumel geht, kann man einem Brief Charlotte von Steins entnehmen. Am 24. April 1814 schreibt sie, Goethe *scheint gar unseren jetzigen Enthusiasmus nicht zu teilen und man darf nichts von politischen Sachen bei ihm reden. Und doch ist gewiß seit Jahrhunderten nichts Interessantestes vorgekommen!*

Als Beweis des seit *Jahrhunderten … Interessantesten* führt sie an, in Weimar *Buschmänner* gesehen zu haben. *Die Männer fraßen lebendige Hühner; mit der abgezogenen Haut schmierten sie Arme und Beine … Goethe wollte sie nicht sehen und litt auch nicht, daß jemand von seiner Familie oder seinen Umgebungen sie sah.* Im Festsaal des Gymnasiums halten die Mullahs ihre mohammedanischen Gottesdienste ab.

Die *preußische Jungfrau* Ottilie wird lebenslang die Kriegsjahre von 1813/14 als Höhepunkt ihres Lebens empfinden. Sie verliebt sich in den preußischen Offizier und Freischärler Ferdinand Heinke, wird in einer mit einem Eisernen Kreuz bestickten Brieftasche Patronen, den Rest eines Handschuhs und ein Gedicht von ihm aufbewahren, wird ihrem Kriegshelden noch nach über vierzig Jahren sentimentale Briefe schreiben.

Es sind *die sämmtlichen müßigen, philisterhaften Zuschauer*, die so reden. Goethe sind sie verhaßt, er warnt Christiane immer wieder: *Allen tüchtigen Menschen bleibt durchaus nicht weiter zu thun, und wenn der Schmied immer sein Hufeisen schmiedet und die Köchin immer kocht, so ist das Nothwendige und Rechte gethan im Krieg wie im Frieden. Alles reden, schwätzen und klatschen ist vom Übel.* Das ist seine Haltung. Die erwartet er auch von seiner Familie.

Am 22. November 1813 erläßt Carl August einen Aufruf, um Kriegsfreiwillige für den Kampf gegen Napoleon zu werben. Die militärische Ausrüstung, Uniform, Gewehr, für Berittene das Pferd, muß vom Freiwilligen selbst gestellt werden, somit richtet sich der Appell an die Oberschicht, an die *Tausende gebildeter Jünglinge*, von denen Goethe spricht.

August von Goethe trägt sich in die Listen der Weimarer Freiwilligen als Nummer 50, als Jäger zu Fuß, ein.

Er tut es offenbar, ohne den Vater zu fragen. Er ist vierundzwanzig, ist Kammerassessor und Hofjunker.

Bestimmt ihn allgemeiner Erwartungsdruck, der Einfluß des Hofes, der gleichaltriger Freunde? Oder die *preußische Jungfrau* Ottilie? August ist in sie verliebt. *August Goethe* wolle *sich jeden Tag um Ottilie P. totschießen*, notiert Ferdinand Heinke am 19. November in sein Tagebuch. Ist es im wörtlichen oder übertragenen Sinne zu nehmen? In Heinke ist August eine Konkurrenz erwachsen, Ottilie hat ihn am 16. November kennengelernt, er entspricht ihrem Männlichkeits- und Heldenideal.

Als Goethe erfährt, daß sein Sohn sich in die Listen der Freischärler eingetragen hat, wird er sofort tätig. Schreibt an Fürst und Regierung. Läßt den Sohn geschickt im Hintergrund. Wenn er, Goethe, nicht wäre, *so möchte sich mein Sohn, wie so viele andere, auch einmal versuchen*. Er reklamiert ihn für sich: ... *in dieser Zeit (die pecuniarischen Unstatten gar nicht gerechnet) einen Fremden in das innerste meiner Correspondenz, meiner Arbeiten, meiner Verhältnisse einzulassen würde meine Lage unerträglich, ja, ich darf wohl sagen, mein Daseyn unmöglich machen*. Seinen *angebornen vertrauten Beystand* nennt er den Sohn. *Meine bürgerliche und ökonomische Lage*, schreibt er dem Herzog, *welche Ew. Durchlaucht geschaffen, würde* – behielte er den Sohn für sich – *dadurch erhalten, gesichert, und ich von allen Seiten in einer so stürmischen Periode beruhigt sein*.

Goethe wirft sein *Daseyn* in die Waagschale, der Herzog kann nicht anders, als dieser Bitte zu entsprechen.

Goethe erreicht, daß der Sohn offiziell in die Listen eingeschrieben bleibt, aber als Zivilperson wegen Kriegsfourage nach Frankfurt geschickt wird (zugleich dort nach dem großmütterlichen Vermögen sehen kann). Nach der Rückkehr wird er den militärischen Rang einer Ordonnanz des jungen Erbherzogs einnehmen.

In der Art, wie der Vater den Sohn dirigiert, kommt dessen Haltung zum Ausdruck. Daß Goethe für die patriotische Angelegenheit nicht gerade *enthusiasmiert ist*, schreibt Luise Seidler am 12. Dezember 1813, *beweist er doch auch, indem er seinem Sohn verweigert, sich unter die Freiwilligen zu stellen, der es wünscht und in kein gutes Licht durch sein Bleiben gesetzt wird.* Charlotte von Stein am 24. April 1814: *Goethe, wie man sagt, hat seinen Sohn nicht wollen mit den Freiwilligen gehen lassen, und ist er der einzige junge Mann von Stand, der hier zu Hause geblieben.*

Der Herzog gibt Goethe verärgert zu verstehen, daß er die Zeichen der Zeit verkenne und sein Erziehungskonzept veraltet sei. *...es ist mir sehr lieb, daß dein August sich unter die Schar der Freiwilligen gemeldet hat; dieser Entschluß macht seinem guten Willen und seinen Gesinnungen Ehre, und schützt ihn in der Meinung der Mitbrüder. Hinterdrein wird sich zeigen, wohin ihn sein eigner Wille führt, da das erste Gesetz der jetzigen Revolution ausspricht, denen jungen Leuten ihren Willen zu lassen.*

Einzig Charlotte von Schiller bringt für Goethe Verständnis auf. An die Erbprinzessin Karoline schreibt sie am 15. März 1814: *Über seinen Sohn habe ich manche Kämpfe. Ich finde es natürlich, daß der Vater in seinem Alter alles tut, um ihn nicht Militär werden zu lassen.* Und über ihren eigenen Sohn: *Karl hätte ich um keinen Preis, auch wenn ich darüber gestorben wäre, abgehalten, denn seine ganze Existenz, sein ganzes Wesen wäre zerknickt gewesen; er hätte melancholisch werden können. Aber da August selbst nicht den Trieb hatte, so bin ich des Vaters wegen froh, daß seine Neigungen mit dem Glück des Vaters übereinstimmen.*

Von der Stadt des preußischen Königs, von Berlin aus, beargwöhnt Wilhelm von Humboldt die Vorgänge im literarischen Weimar.

Endlich hat sich doch also auch ein Schiller in Bewegung gesetzt! kommentiert er am 1. Januar 1814, als sich Schillers Sohn Karl zum aktiven Kriegsdienst meldet. *Goethen kann ich mir vorstellen. Er gehört durchaus zu den gleichgültigen Naturen für alles Politische und Deutsche. Egoismus, Kleinmütigkeit und zum großen Teil ganz gerechte Menschenverachtung, die man aber nur nicht so anwenden muß, tragen zusammengenommen dazu bei. Die Frau hält ihn ihrerseits auch in den erbärmlichsten Ansichten in dieser Rücksicht gefangen ... Wie der Sohn denken mag, wünschte ich ordentlich zu wissen. Ich konnte ihm indes auch keinen Enthusiasmus abmerken.*

Christiane kann man sich in der Tat nicht als eine Mutter vorstellen, die den Krieg als *Tugendwecker* preist und in pathetischen Reden ihren Sohn beschwört, sich dem Vaterland zu weihen, wie es etwa Dorothea Schlegel tut, die ihren zwanzigjährigen Sohn Philipp auffordert, *dem guten Kaiser bis zum letzten Atemzug zu dienen*, ihm *treu bis in den Tod* zu sein, und die sich ihr mütterliches Erbteil auszahlen läßt, um ihren Sohn militärisch auszurüsten.

Goethes Abneigung gegen enthusiastische Väter ist durch jene Begegnung mit Körner und dessen Sohn im April 1813 in Dresden belegt. Der junge Körner, der sich *ein Vaterland erkämpfen wollte, und wenn es sein müßte mit meinem Blut* (als Sachse in der preußischen Armee), ist bereits im Juni schwer verwundet worden und im August bei einem nächtlichen Angriff in Gadebusch gefallen. Sein Lied von *Lützows wilder verwegener Jagd* ist, da die militärischen Unternehmungen der Jäger oft wenig effektiv sind, im Volksmund längst zu Lützows *stiller verlegener Jagd* geworden.

Was Goethe von Freischärlern und Carl Augusts Idee eines eigenen Weimarer Truppenkontingents hält, geht aus seiner Privatkorrespondenz hervor. *Unsere jungen Herren finden nichts bequemer als hinaus zu marschieren, um anderen ehrlichen Leuten eben so beschwerlich zu sein als man uns gewesen, und das ist ein sehr lokkender Beruf, da man noch nebenher für einen ausgemachten Patrioten gilt*, schreibt er seinem alten Freund Trebra. An Knebel: *Vor den Freiwilligen habe ich allen Respekt, wenn sie von Hause aus Masse machen und der Geist, der sie vereint, eintritt, anstatt des Handwerks, das sie noch nicht verstehen. Auch unsern paar Männchen will ich ihr Glück nicht absprechen*, fügt er hinzu, *aber sie müssen doch immer, wo nicht untergeschoben, doch angeschlossen werden. Was daraus entspringen kann, muß die Zeit lehren; ich wünsche, daß mein Mißtrauen möge beschämt werden.*

Und August selbst? Er ist in der Napoleon-Verehrung seines Vaters erzogen. Durch sein Studium des Code civil in Heidelberg ist sie vertieft worden. Humboldt kann ihm *keinen Enthusiasmus abmerken*, Charlotte von Schiller nicht den *Trieb* zum Militär erkennen. Eine Episode von 1814 bestätigt diese Beobachtungen. August ohrfeigt den fünfjährigen Sohn der Ballettmeisterin Ulrich, der am Frauenplan mit seiner Kindertrommel Lärm verursacht. Frau Ulrich zeigt ihn daraufhin wegen Körperverletzung bei der Polizei an. August muß *sich binnen acht Tagen* schriftlich dazu äußern. In seiner Verteidigung heißt es unter anderem: *Da man nun in dieser Zeit genugsam von wirklicher Militair Musik gestört wird, so scheint es kein unbilliges Verlangen, daß wenigsten dem nachäffenden Getöse der Kinder abgeholfen werden möchte.* Militärmusik als Störung, das läßt in der Tat nicht auf *Enthusiasmus* schließen.

Goethes geschicktes diplomatisches Spiel, daß der Sohn offiziell in die Listen eingeschrieben bleibt, aber nicht mit dem Militär ausziehen muß. Ein Spiel, das nur eines außer acht läßt, daß Goethe durch sein Alter, seine Macht, seinen Dichterruhm geschützt ist, während der Sohn schutzlos der Prosa des Weimarer Hoflebens ausgesetzt ist, weil er selbst, Goethe, ihn dort als seinen Stellvertreter hineinlanciert hat.

Für Goethe scheint die Sache erledigt, als August förmlich *vom aktuellen Militärwesen dispensiert* wird, der Brief des Herzogs mit dieser Nachricht eintrifft. *Entscheidung wegen August*, notiert er am 31. Dezember. Ein Schlußpunkt ist gesetzt. Damit ist die letzte Gefahr des Jahres 1813 beseitigt.

Das Jahr 1814 muß anders werden. Das steht für Goethe fest. Dies kann jedoch nur *im Gegensatz mit dem Lauf der Welt* geschehen, darüber haben ihn die Gespräche mit den Großen, den *Männern*, die *das ungeheure Ganze leiten*, belehrt. Als Indiz dafür kann eine Äußerung gegenüber Charlotte von Stein am 11. November 1813 gelten: Ihre *Frage, ob die Vernunft endlich in der Welt Herrscherin werden* würde, verneinte er; denn sie habe *keine Unterlage*, sei *bloß geistig: nur die Humanität müsse kultiviert werden.*

In einer Zeit, da Reden von Freiheit und Befreiung sich häufen, patriotische Gebärden schnell zu nationalistischen werden – Goethe notiert über die Deutschen: *ich habe sie noch nie so verbunden gesehen als im Haß gegen Napoleon* –, in dieser Zeit, die nach dem Wiener Kongreß eine Restaurations- und Restriktionsphase einleitet, zieht er sich zurück, konzentriert sich auf sein Werk.

Wie sich in der politischen Welt irgend ein ungeheures Bedroh-

liches hervorthat, so warf ich mich eigensinnig auf das Entfernteste, kommentiert er in den »Tag- und Jahres-Heften 1813«, nennt es eine *Eigentümlichkeit* seiner *Handlungsweise*.

Ein Brief an Knebel vom 10. November 1813 signalisiert, worum es sich bei diesem *Entferntesten* handelt: um das Studium Chinas. *Ich hatte mir dieses wichtige Land gleichsam aufgehoben und abgesondert, um mich im Fall der Not, wie es auch jetzt geschehen, dahin zu flüchten. Sich in einem ganz neuen Zustande auch nur in Gedanken zu befinden ist sehr heilsam.*

Gedankliches Auswandern als bewußte Abgrenzung zum Zeitgeschehen. Das ist der Keim zu einem Neuansatz in Goethes Schaffen, der in der Dichtung des »West-östlichen Divans« Gestalt annehmen wird. Dieses Neue im Werk bringt zugleich erneuertes Leben. Ähnlich wie vor fast dreißig Jahren, nach der Flucht nach Italien, wird es Goethe mit den Worten *Wiedergeburt* und *Verjüngung* umschreiben. Es ist ein fast Fünfundsechzigjähriger, der diese für ihn beglückende Erfahrung macht.

Christiane ist davon ausgeschlossen. Sie hat von sich aus intellektuell und lebenspraktisch keine Möglichkeit, diesen Neuansatz Goethes mitzuvollziehen. Goethe bietet ihr diese Möglichkeit nicht, wie es etwa 1809 noch, bei der Entstehung der »Wahlverwandtschaften«, im Ansatz der Fall war. Im Gegenteil, er zieht die junge Caroline Ulrich heran, trennt die beiden Frauen durch die Inanspruchnahme Carolines.

Der ohnehin mit den Jahren gewachsene Abstand zwischen den Ehepartnern vergrößert sich mehr und mehr.

Und: Während Goethe sich verjüngt, ist an der noch nicht einmal fünfzigjährigen Christiane, der bisher immer Energievollen, ein Nachlassen der Kräfte zu beobachten.

Wie schon oft in Goethes Schaffen, kündigt sich die neue schöpferische Phase durch eine gesteigerte Aufmerksamkeit für das Weibliche, für die ihn als Musen inspirierenden jungen Mädchen an.

Mit der Begründung, seine *ganze Kanzlei* – gemeint sind Sohn, Sekretär und Schreiber – habe *zu den Waffen gegriffen*, und unter Negierung einer anderen, leicht zu findenden Lösung, etwa der Einstellung eines neuen Schreibers, zieht Goethe Caroline zu den täglich anfallenden Schreibarbeiten heran. Sie wird sein Sekretär. Niemals vorher und niemals danach ist dieses Amt weiblich besetzt.

Im Oktober 1813 taucht ihre Handschrift erstmals in Goethes Papieren auf. Im November diktiert er ihr Teile von »Dichtung und Wahrheit«, im Dezember arbeitet er mit ihr am Schema der »Italienischen Reise«. Sie erledigt amtliche Schriftstücke und Abschriften. Goethe diktiert ihr seine Briefe. Zwischen Januar und April 1814 stammen die meisten von ihrer Hand. Auch in seinen Tagebüchern finden sich ihre Schriftzüge. Zuweilen korrigiert Goethe ihre Niederschriften mit roter Tinte. Schickt die Briefe aber trotz kleiner Verstöße und Fehler ab. Beseitigt diese nachträglich eigenhändig in Konzepten und Abschriften.

Fast den ganzen Tag hält sich Goethe mit der Vierundzwanzigjährigen in den hinteren Arbeitsräumen auf.

Christiane hat mit dem Haushalt und den Einquartierungen zu tun. *Wir sind sehr mit Einquartierung geplagt. Preußen, Russen, Sachsen folgt sich einander und räumt einander den Platz*, schreibt Riemer am 6. April.

Die Freischärler sind Ende Januar aus der Stadt gezogen. August ist zu der Zeit in Frankfurt. Am 2. Februar kommt er zurück.

Der Herzog befindet sich in Belgien, um als Oberbefehlshaber der sächsischen Truppen den belgischen Teil der Niederlande von der napoleonischen Armee zu befreien. Am 31. März zieht er mit den Alliierten in Paris ein. Napoleon dankt am 6. April in Fontainebleau ab, wird nach Elba verbannt.

Während all dieser Geschehnisse die intensivste Diktier- und Schreibarbeit im Haus am Frauenplan, für die Christiane tagtäglich die äußeren Bedingungen schafft.

Im Frühling hofft Goethe, mit Christiane und Caroline, seinen *beiden Frauenzimmern*, die Stadt zu verlassen, zu einem *Frühlingsaufenthalt* nach Bad Berka in den Thüringer Wald zu gehen.

Christiane bereitet alles vor. Am 12. April reist sie erstmals nach Bad Berka, dann am 5. und am 12. Mai. Goethe folgt am 13. In dem an der Ilm gelegenen, von Steinmauern und schattigen Kastanien umgebenen Edelhof (man kann ihn heute noch besichtigen) nahe der Berkaer Kirche, schafft sie ein wohnliches und repräsentatives

Quartier. Denn Goethe will Freunde empfangen. Sie transportiert sogar den großen Rom-Plan nach Berka, hängt ihn im weiträumigen Vorsaal auf.

Es ist der letzte gemeinsame Aufenthalt Goethes und Christianes außerhalb Weimars. Für Goethe wird dieser *Frühlingsaufenthalt* genußvoll und produktiv. Für Christiane dagegen kann er nicht gleichermaßen erholsam gewesen sein. Goethes Tagebuch vermerkt fast alle drei Tage ihre Fahrt nach Weimar. Nur ein einziges Mal ist dabei von einem Ball die Rede. Ansonsten dienen diese Fahrten dazu, am Frauenplan nach dem Rechten zu sehen. Der Sohn August trägt die Verantwortung. Die Mutter steht ihm bei, hilft ihm. Eine doppelte Haushaltung in jenen Wochen. Und dazu die seelische Belastung; die sich väterlich gebende Hinneigung Goethes zu Caroline, die ihr ihr eigenes Altern vor Augen führt. Nicht immer ist ihre Stimmung da ausgeglichen; Riemers Tagebuch berichtet von Übellaunigkeit und auch von Eifersucht. In Goethes Tagebuch kein Wort davon.

Goethe tat sehr schön mit ihr, notiert Riemer über Caroline, er ist gleichfalls in sie verliebt. Goethe ermuntert ihn, die beiden Männer scheinen zu wetteifern. Als Goethe Caroline zu Pfingsten einen Ring, einen kleinen Rubin mit Perlen (beziehungsreiche Anspielung, denn Caroline steht kurz vor ihrer Verlobung mit dem Arzt Kieser) schenkt, fordert er Riemer auf, seine Gabe zu deuten. Riemer verfaßt ein Sonett *auf ein glühend Herz, das Musenkost genossen*. Goethe erwidert mit den Gedichtzeilen *Wäre der Rubin mein eigen* ...

Von einem *Zauberkreis*, den er sich in der ländlichen Abgeschiedenheit geschaffen habe, spricht Goethe.

Freunde sind zu Gast, sie kommen von weit her, Zelter aus Berlin, Wolf aus Halle, Cotta aus Stuttgart.

Geselligkeit wird gepflegt. Man geht zum Badehaus, trinkt von der schwefelhaltigen Quelle; der Kurbetrieb ist ein Jahr zuvor, am 24. Juni 1813, eröffnet worden. Man spaziert in die ländliche Umgebung.

Abend für Abend spielt der Berkaer Lehrer und Badeinspektor Schütz, ein ausgezeichneter Organist und Pianist, auf dem *Wiener*

Klavier im Goethischen Quartier im Edelhof Mozart und Bach. Bei den Bachschen Fugen – Goethe vergleicht sie mit *illuminierten mathematischen Aufgaben* – legt er sich ins Bett; *man müsse der Bachschen Musik nicht merken lassen, daß man zuhöre*, meint er. Die anderen sitzen; Riemer beschreibt die ästhetische Wirkung Carolines: *Saß Uli in Goethes Stube ganz auf der Erde (wie die Genoveva bei Cranach, nur schöner).* An anderer Stelle seines Tagebuches schildert er sie als Vorleserin: *Anmutig im höchsten Grade. Melodische Stimme. Knabenhaft und mit einer gewissen Kadenz.*

Sie liest Goethe aus den Lebenserinnerungen des »Benvenuto Cellini« vor. Sie schreibt für ihn, arbeitet weiter als sein Sekretär. Die zwanzigbändige Werkausgabe für Cotta wird in Angriff genommen. Begonnene Arbeiten werden fortgesetzt, die »Italienische Reise«; *bedeutende Vorarbeit, die ich, mit Ulinen ... in Berka zustande brachte*, notiert Goethe.

Goethes China- und Orient-Studien bekommen während des *Frühlingsaufenthaltes* in Berka eine entscheidende Richtung. Das Auslösende ist ein Buch aus Cottas Verlag. Die nach dem Tode des persischen Dichters Schamse'd-din Hâfiz zusammengestellte Sammlung von Gaselen mit dem Titel »Divân«, erstmals ins Deutsche übertragen von Joseph von Hammer. Auf den Titelblättern steht 1812/13, aber das Buch ist erst erschienen und entweder mit Cottas Sendung vom 10. Mai gekommen, oder Cotta hat es bei seinem Besuch am 18. Mai selbst mitgebracht. Die Welt des Hâfiz (der Dichtername bedeutet: der den Koran auswendig weiß) wird fortan Goethes Welt. Und bald führt sein Hafis-Studium zu poetischen Ergebnissen, eigenen Divan-Versen. Vermutlich diktiert er sie Caroline; ihr Name ist als erster in Zusammenhang mit den Anfängen des »West-östlichen Divans« zu nennen.

Am 7. Juni Tagebucheintrag: *Hafis Divan*. Am 21. sein erstes Divan-Gedicht »Erschaffen und Beleben«. Am 26. Juni entsteht das Gedicht »Beiname«. Im Juli macht er Entwürfe zu »Sommernacht«, »Hafis' Dichterzüge« und anderen Divan-Gedichten. Der Neuanfang im Schaffen ist ihm gelungen. In Abkehr von der Zeit, in seinem Berkaer *Zauberkreis*.

Dennoch unterläßt Goethe es nicht, auch auf der politischen Bühne weiterhin zu agieren.

Geschäftig beteiligt er sich am Entwurf für ein Denkmal des preußischen Generals Blücher. Empfängt, noch in Weimar, den Staatswissenschaftler Sartorius, arbeitet mit ihm an Entwürfen für eine neue Verfassung; Sartorius wird dann an Goethes Stelle – der zunächst gefragt war – Herzog Carl August als Berater zum Wiener Kongreß begleiten.

Als Iffland, der Generalsekretär der Königlichen Schauspiele in Berlin, ihn bittet, ein Festspiel auf die Niederlage Napoleons zu verfassen, das zum Einzug der drei Siegermächte in die preußische Hauptstadt uraufgeführt werden soll, lehnt er zuerst wegen der Kürze des Termins (vier Wochen sind vorgegeben) ab, sagt dann aber zu; sieht – durchaus opportunistisch – darin eine Chance, sich den neuen Mächten anzudienen. Er diktiert Caroline die ersten Szenen von »Des Epimenides Erwachen«, zieht Riemer zur Mitarbeit heran. Kapellmeister Weber, der die Musik komponieren soll, eilt von Berlin nach Bad Berka, das Stück entsteht in engem Kontakt mit der Berliner Theaterleitung.

Und einen Orden verschafft sich Goethe. Die Kritik des österreichischen Generals Colloredo hat ihn gezwungen, den von Napoleon verliehenen Orden abzulegen. Der neue muß von einer Siegermacht sein. Humboldt und Herzog Carl August werden um Vermittlung gebeten. Humboldt notiert am 27. Oktober 1813: *als er mich bat, zu machen, daß er einen österreichischen Orden bekäme.* Humboldt nimmt es wohl nicht ernst genug, denn am 9. November schreibt er seiner Frau: *Ich muß aber die Sache mit dem Orden besser betreiben, als ich tat.*

Goethe entwirft schon vorsorglich ein Dankschreiben: *Die große unverdiente Auszeichnung, welche durch Ihro Kaiserlichen Majestät allerhöchster Gnade mir unverhofft zu Theil wird, hätte zu jeder Zeit einen unschätzbaren Werth gehabt, in gegenwärtigem Augenblick jedoch erhöht sich derselbe in's Unendliche, da ich an mir eine Epoche bezeichnet sehe, die in der Weltgeschichte einzig seyn wird. ... Ew. Exzellenz trauen mir zu, daß ich fühle was es heiße und bedeute eine solche Begnadigung aus der Hand zu empfangen die zu Leitung der größten Thaten geweiht ist. ... Erst jetzt wünsche ich mir verlängerte Tage um was mir an Kräften übrig bleibt, dem Dienste des Vaterlandes unter Ew. Excell. Leitung getrost zu widmen, und noch lange Zeuge zu seyn von dem Jubel mit dem Ew. Excell. Name von jedem Deutschen ausgesprochen wird.*

Tag und Monat sind offen, Ort und Jahr bereits bezeichnet: *Weimar d. ...... 1813*. Das Konzept muß also von November oder Dezember sein. Aber so rasch, wie er es sich vorstellt, geht es keineswegs. Fast zwei Jahre, bis zum August 1815, wird Goethe warten müssen, erst da *geruhet ... Se. k. k. Majestät*, der Kaiser von Österreich, *vermittels höchsten, aus Speyer vom 28. Jun. erlassenen Kabinets Schreibens*, ihm *das Commandeurs Kreuz des Österreichisch-Kaiserlichen Leopoldi-Ordens in Gnaden zu verleihen.*

Das nun abgesandte Dankschreiben hört sich ganz anders an. Goethe nimmt die Auszeichnung als *Aufforderung zu bedeutenden Leistungen*. Er fühlt sich zu Dank verpflichtet, weiß aber dafür keine Worte zu finden, sieht sich *genöthigt*, Kanzler Metternich, an den das Schreiben gerichtet ist, *dessen Ausdruck zu den Füßen des Trohns daher höchstderoselben weitumfassendem Geiste zutrauensvoll anheim zu geben.*

Tribut an den Zeitgeist. Der politische Opportunist Goethe. Der Dichter im poetischen Exilland, *im engen Zauberkreis*, im thüringischen Bad Berka. Ein Balanceakt. Goethe gelingt er. Fast.

Wie soll der vierundzwanzigjährige August – zwischen Vater und Sohn liegen vierzig Jahre, ein Altersunterschied von zwei Generationen – den Balanceakt des Vaters nachvollziehen, wie soll er mit den Erfordernissen einer Trennung von öffentlicher und privater Meinung, mit der Doppelzüngigkeit und Janusgesichtigkeit zurechtkommen?

An guten Ratschlägen dem Sohn gegenüber läßt es der Vater nicht fehlen.

Am 14. Januar schreibt er nach Frankfurt: *Fahre so fort, mit heiterem Sinn, auf zwei Dinge zu achten, erstlich, wo die Menschen hinaus wollen? und zweitens, wie sie sich deshalb maskieren? Zeige dich nicht allzu behäglich, damit sie dir dein Glück nicht übel nehmen.*

Heißt das, er setzt voraus, daß der Sohn die Maskierungen des Vaters kennt und teilt? Er ermutigt ihn, will ihm Selbstbewußtsein geben. *Die Menschen sind noch eben so absurd wie 1806* (da war August fünfzehn) ... *Wir sind mit Asche genug bestreut, und brauchen nicht noch gar einen Sack überzuziehen.* Teilt dem Sohn einen Satz über die Deutschen aus der Jenaischen Literaturzeitung mit, dem er zustimmt und sich als Anzeige vor *politischen Flugschriften* vorstellen kann. *Folgende Stelle*, heißt es da an den Sohn, *nimm dir zu Herzen, und sprich sie nicht aus. Insofern aber in Frankfurt Exemplare unserer Literaturzeitung gehalten werden, so mache die Menschen, gelinder Weise, darauf aufmerksam.* Er ermuntert geradezu zu konspirativem Verhalten.

Es ist eine Überforderung des Sohnes.

Am 21. Mai kehren die Kriegsfreiwilligen nach fünfmonatigem Einsatz zurück. Eine Schar von siebenundfünfzig Jägern zu Pferde und siebenundneunzig Jägern zu Fuß war ausgezogen. Gymnasiasten und junge Adlige ohne jegliche militärische Kenntnisse, im Eilverfahren notdürftig ausgebildet. Von den dreizehn Gymnasiasten, die mitgezogen sind, soll nur einer zurückgekehrt sein; die Angaben differieren, andere Zeugnisse sprechen davon, daß die unerfahrenen jungen Freischärler überhaupt an keinem Kampf teilnahmen.

August hat sich eine Uniform machen lassen, er liebt prächtige, bunte Röcke wie sein Vater. Bereits dem Fünfjährigen hatte Goethe eine Bergmannsuniform schneidern lassen, mit der er im Festzug marschierte. Bei der Heimkehr der Freischärler tritt August von Goethe ihnen in seiner Uniform als Ordonnanz des Prinzen entgegen, um sie zu begrüßen. Der Rittmeister von Werthern fordert ihn daraufhin zum Duell.

Zeit und Umstände des Geschehens sind nicht genau bekannt. Die Rückkehr der Freischärler wird in Weimar am Sonntag, dem 22., mit einem Ball gefeiert. Caroline Ulrichs künftiger Verlobter ist unter den Rückkehrern. Christiane und Caroline fahren nach Weimar. Goethes Tagebucheintrag vom 22.: *Nach Tisch fuhren die*

Damen nach Weimar zum Ball. Am 24., das ist der Dienstag: *Die Frauenzimmer von Weimar.*

Die Mutter ist also in Weimar, als der Sohn in die gefährliche Duellsituation gerät. August wird ganz sicher mit ihr gesprochen haben, sie wird ihm geraten haben, den Vater zu benachrichtigen. Am 23., Montag, sendet August einen Boten nach Bad Berka.

Von diesem 23. Mai Goethes Tagebuchnotiz: *Bote von August. Überlegung.*

Die Duellforderung ist eine Provokation, die eigentlich dem Vater gilt. Daß der Sohn nicht mitzog, hat in der Öffentlichkeit den mangelnden Patriotismus Goethes unter Beweis gestellt, eine Angriffsfläche geschaffen. Die Zielscheibe ist der Sohn. Was Goethe mit dem *Federstrich* des Herzogs erledigt glaubte, hat unterschwellig gearbeitet.

Knebel schreibt am 3. Juni, wohl den Kern der Sache treffend: *etwas Unvorsichtigkeit von Seite des jungen Mannes sowie des wohlmeinenden Erbprinzen* habe *stattgefunden; auf der andern Seite ist aber auch Neid und Jalousie, davon man einen Teil von dem Vater auf den Sohn überträgt ... unter den Deutschen waltet immer ein kleinlicher Geist, der echte Verdienste nicht mit liberalem Auge anzusehen und zu schätzen weiß. Was schadet es denn, wenn man dem Sohn um des Vaters willen mehr Ehre als andern antut? Nur für Geburt, Rang und Titel hat dieses Volk unbedingten Respekt.*

Goethe macht, als der Bote des Sohnes ihn mit der Nachricht erreicht, sofort seinen Einfluß geltend, entfaltet von Berka aus diplomatische Aktivitäten. Er wendet sich, der Herzog ist nicht im Lande, an eine der Hofdamen, vermutlich an Marie Henriette von Wedel. *Indem ich Ihnen, verehrte Freundin, für jene Warnung danke; so wünschte ich daß Sie nun auch Vermittlerin würden. Empfehlen Sie mich Durchl. der Herzogin zu Gnaden und Stellen Höchstderselben vor daß mein Sohn von Serenissimo nicht freigegeben worden, vielmehr als Ordonnanz bei Durchl. dem Prinzen angestellt geblieben, daß er Seinen Dienst pünktlich verrichtet und sich nur zuletzt auf des Prinzen ausdrücklichen Befehl die Uniform machen lassen, also nichts verschuldet und wohl hoffen darf daß man sich seiner an-*

nehme und den Kameraden und ehemaligen Jugend Freunden das eigentliche Verhältnis deutlich mache und sie versöhne. Die Herren von Voigt und Gersdorf würden gewiß hiezu behülfliche Hand leisten und durch Einsicht und Klugheit die Sache beilegen.

Goethes Tagebuch verzeichnet dann mehrere Besuche von Müller und Gersdorff in Berka. Ebenso Besuche des Sohnes. Am 9. Juni kann Voigt den Vater beruhigen: *Ich bin über den Ausgang der bewußten Ehrensache zufrieden.*

Wieder erledigt der Vater alles für den Sohn. Scheinbar. In Wirklichkeit tut er alles für sich. Nicht aus bösem Vorsatz oder mangelnder Liebe. Er kann nicht anders. Sein Selbstbild als bedeutender Dichter läßt ihn die natürliche Folge, daß der Vater für den Sohn da ist, außer Kraft setzen und umkehren: der Sohn ist ausschließlich für den Vater da. Seinen *angebornen vertrauten Beystand* nennt er ihn. Goethes Denkrichtung geht immer von sich zum Sohn hin, niemals umgekehrt. Den Sohn wird das – auf lange Sicht gesehen – das Leben kosten. Goethe hat offenbar nie darüber nachgedacht. Er erstickt seinen Sohn letztendlich in einer Art liebender Umarmung.

Ein Detail von 1814. Als die Duellsituation überstanden ist, macht der Vater dem Sohn ein Geschenk, das gedankenloser nicht hätte sein können. Er überläßt ihm seinen abgelegten, unbrauchbaren Napoleon-Orden. Wie hilflos der Sohn darauf reagiert, zeigt sein Gedicht »Der Traum«. August redet sich ein, daß der Orden ihm nicht vom Vater geschenkt, sondern von Napoleon selbst verliehen worden sei für seine Treue, die er ihm noch nach der Niederlage beweist.

Vielleicht wären die psychischen Schäden, die die Ereignisse von 1813/14 für August haben müssen, zu heilen gewesen, hätte Goethe nicht, um die Stellvertreterrolle des Sohnes bis in den privaten Bereich hinein zu perfektionieren, ihn mit jener *preußischen Jungfrau* Ottilie mit dem kriegerischen Männerideal verheiratet.

Für Goethe ist die Sache erledigt, als das Duell abgewendet ist, er verbucht es unter die *Händel* der *schlechten Sorte*, läßt sich nicht aus der heiteren, fast übermütigen Stimmung bringen.

Das Ich ist diesmal in ziemlich guten Umständen und würde wie eine epikurische Gottheit leben, schreibt er seinem Freund Knebel, *wenn nicht das Nicht-Ich mit Anmut und Unmut mich in meine Einsamkeit verfolgte. Ich habe beinahe so viele Händel auf dem Halse, von guter und schlechter Sorte, als der Marschall von Basompierre, welcher einer Tochter aus großem Hause ein Kind gemacht hatte, eine sehr gefährliche Ehrensache ausbaden sollte und zugleich im Fall war, von seinen Kreditoren in den Schuldturm geführt zu werden. Dies alles hat er ... vergnüglich überstanden, und so hoff ich, soll es mir auch ergehen.*

In bester Stimmung verläßt Goethe seine *beiden Frauenzimmer*, verläßt Berka, um in Weimar versäumte Hofpflichten nachzuholen; allzu lax hat er bisher die Siegesfeierlichkeiten für den aus Paris zurückzuerwartenden Herzog behandelt. Nun wird er in der Stadt selbst aktiv. Das Tagebuch vermerkt: *Beschäftigung mit den Gerüsten und Verzierungen der Ankunft des Herzogs. – Fortwährende Beschäftigung auf Straßen und Plätzen.* Alles wird in frisches Grün gehüllt. Aber der Herzog kommt nicht, er geht von Paris aus nach England. Girlanden und Siegeskränze verwelken.

Goethe denkt an seine Abreise. Er will in die Rhein-Main-Gegend, will in Wiesbaden die Kur gebrauchen. Der Plan geht auf eine Einladung Sulpiz Boisserées nach Heidelberg zurück. Christiane, die ihm zu dieser Reise rät, mag für Momente in der Hoffnung gelebt haben, daß Goethe sie mitnehmen werde. Boisserées Einladung von 1811 galt auch ihr. Goethe schrieb damals Boisserée: *Sie war zur Reise gleich bereit, ja sie hatte schon davon präludiert.*

Am 25. Juli 1814 verläßt er Weimar ohne sie. Die heitere Stimmung des *Berkaer Frühlingsaufenthaltes* wirkt fort. Bereits am ersten Tag die Notiz: *Den 25. schrieb ich viele Gedichte an Hafis, die meisten gut. Mittags Gotha, im Mohren wars behäglich.* Den 26.: *Herrlicher Duftmorgen um die Wartburg. Köstlicher Tag überhaupt ...* So geht es weiter.

Der Anblick des Rheins und der Gegend umher ist freilich etwas einzig Schönes ... Es ist völlig ein Mährchen. Vom *übermäßig schönen Rheingau ... die Gegend himmlich in der Runde*, berichtet er. Von *köstlichen Weinen* und *schönstem Essen: Lob der Gemüse. Wirsching und Kolrabi, wie ich sie in vielen Jahren nicht gegessen habe ... Allerlei gute Bissen wurden genossen: Artischocken, sodann zum Nachtisch frische Mandeln, Maulbeeren und dergleichen, das ich in vielen Jahren nicht geschmeckt.*

Überall, wo er hinkommt, wird er als der berühmte Dichter empfangen. *Meinen Geburtstag haben sie mehr als billig gefeiert. Äbtissin von Stein lud uns den 27. Abends ein, es war eine Gesellschaft von etwa 12 Personen, alle bekannt. Sie verzögerten das Mahl bis zwölf Uhr und feierten diesen Eintritt wie einen Neujahrstag. Frau von Holzhausen gab den 28. ein großes und überreichliches Frühstück im Cursaal.*

Mondschein und Sonnenuntergänge; die auf *Willemers Mühle ... unendlich schön.* In einem Brief an Christiane vom 8. August taucht erstmals der Name von Willemers Geliebten und Lebensgefährtin Marianne Jung auf. Christiane kennt sie von ihren Frankfurt-Reisen, war mehrmals dort zu Gast, so wie der Sohn August während seiner Heidelberger Studienzeit. Anfang August habe ihn, schreibt Goethe, Willemer *mit seiner kleinen Gefährtin* besucht.

August. September. Oktober.

... herrlicher Herbstmorgen, Heidelberg am 30. September. *Bei Weinheim war die Gegend köstlich*, am 9. Oktober. Am 12. die Mitteilung nach Weimar: *Abend zu Frau Geheimräthin Willemer: denn dieser unser würdiger Freund ist nunmehr in forma verheirathet. Sie ist so freundlich und gut wie vormals. Er war nicht zu Hause.*

Herrlich und *köstlich, unendlich, schön* und *himmlisch* sind die Worte, die den zurückgebliebenen Frauen Eindrücke von seiner Reise vermitteln sollen. Dagegen seine angstvollen, verdrießlichen, vom Kriegsgeschehen überschatteten Mitteilungen des Vorjahres aus Karlsbad. Rückhaltlos spricht er jetzt in dem Reisetagebuch von seinem Glück, seiner wiedergekehrten Genußfähigkeit; von der Einzahl zur Mehrzahl, vom Du zum Ihr wechselnd, beider Frauen, Christianes und Carolines gedenkend, beide herbeiwünschend. *Denn euch ... lebenslustigen Hasenfüßen wäre hier das köstlichste Gastmahl bereitet*; ein ander Mal: *Für die Hasen aber ist hier ein Saal gebaut ... Nein! so einen Sonntag wollt ich euch wünschen!*

Er verteilt Komplimente, nicht immer weiß man, wen er sich vorstellt, die Jüngere, die Ältere; er nennt Christiane eine *charmante Person*, dankt ihr für praktische Reiseratschläge, lobt sie: *Zuvör-*

derst also wirst Du abermals gerühmt, mein liebes Kind, daß Du mich in diese Gegend zu gehen bewogen. Erde; Himmel und Menschen sind anders, alles hat einen heitern Charakter und wird mir täglich wohlthätiger.

Zugleich ist ihm der Gedanke an seine Rückkehr nach Weimar angenehm. *Ich freue mich sehr, euch wiederzusehen. Es ist der Außenwelt nun genug, wir wollen es wieder im Inneren versuchen. Lebt wohl und liebt.*

Bei der Rückkehr von seiner Rheinreise im folgenden Jahr 1815 wird es ganz anders sein. Fast mit Grauen, als sei ein Fallbeil für ihn vorbereitet, wird er sich Thüringen nähern.

Christianes nachlassende Kräfte. Die Belastungen der Kriegsjahre, kein Auf- oder Ausatmen. Vom Dezember 1812 bis zum August 1814 fehlen die Briefzeugnisse. Riemers Aufzeichnungen notieren einen Krankheitsanfall Christianes, der das Schlimmste für sie befürchten läßt. Riemer sieht Goethe schon allein und Caroline Ulrich als neue Frau an seiner Seite.

In den mit dem 3. August 1814 wieder einsetzenden Briefen Christianes an Goethe wird der Anfall nicht erwähnt. *Wie Du weg warst, befand ich mich gar nicht wohl*, heißt es lediglich einmal, *es wurde mir von Huschken gerathen nach Berka zu gehen und ordentlich zu baden, und habe Selterwasser getrunken des Morgens.*

Das ist alles.

Der Aufenthalt in Berka ohne Goethe scheint Christiane besser zu bekommen als jene langen Wochen mit ihm. Die gespannte Aufmerksamkeit für jeden seiner Wünsche entfällt. Ebenso die seelische Belastung durch die Dreierbeziehung: er – sie – Caroline. Die beiden Frauen sind wieder allein, und ihr über Jahre gewachsenes Einvernehmen stellt sich wohl schnell wieder her.

Mit Post verwöhnt Christiane Goethe nicht. *Ihr sagt mir in Eil*, heißt es am 12. Oktober, *daß ihr euch sehr wohl befindet, das ist freilich besser, als wenn ihr mit vielen Worten von einem schlechten Zustand Nachricht gäbet; doch hätte etwas mehr auch nicht geschadet.*

Im ländlichen Kurbad entfällt die steife Hofetikette von Weimar; Christiane nimmt das mit Freude an, der *Durchlaucht Prinz kam selbst unter das Zelt*, schreibt sie Goethe, *so auch alle die Herren von Hof, und Graf Edling führte mich im Saal.*

Christiane kann Dinge tun, die in seiner Anwesenheit schwer möglich sind, sich Leuten zuwenden, für die Goethe wenig Interesse hat. Wie wichtig für ihre Selbstbestätigung die Wertschätzung durch andere ist, zeigt ihr Bericht an Goethe im Brief vom 25. August. *Am Sonntag hab ich ganz allein in der Kirche Gevatter gestanden und zwar bei der Frau, die uns aufgewartet hat; die Menschen waren ganz glücklich. Die Hebamme sagte zu den Leuten: »Ihr könnt zufrieden sein, denn so eine Taufe ist noch nicht in Berka gewesen.« Die ganze Kirche war voll, alle Badegäste darin … Und sogar spielte unser Herr Organist die Orgel, welches sonst beim taufen nicht der Fall ist. Ich habe mir durch dieses ganz Berka zum Freund gemacht.*

Es scheint, als ob beide, voneinander entfernt, besser zueinanderfinden können. … *ich freue mich recht sehr, aus Deinen Briefen zu sehen, daß Dir alles nach Wunsche geht*, schreibt ihm Christiane und bedankt sich, daß *Du mich wieder ein bißchen gelobt hast.* Ist das Wort *wieder* ein Zeichen für lang Vermißtes?

Sie erwartet seine Rückkehr: *Leb wohl, ich bin wie immer Dein, so lange ich lebe*, schreibt sie am 25. August. Vier Wochen später: *So wie ich mich dieses Mal auf Dich freue, läßt sich nicht beschreiben, ich darf mir es gar nicht denken.*

Und Caroline? Am Ende eines nach Christianes Diktat geschriebenen Briefes an Goethe heißt es: *Uli legt sich Ew. Exzellenz zu Füßen und wünscht nichts mehr, als bald ihr Amt wieder als Secretär anzutreten.*

Es wird anders kommen. Marianne Willemer erscheint in Goethes Leben. Auch das Leben von Caroline Ulrich ändert sich.

In Goethes Abwesenheit löst sie ihre Verlobung mit dem Arzt Kieser. Bereits einmal, ein Jahr zuvor, hatte sie Kiesers Werbung abgewiesen. Goethe hatte für sie damals den Absagebrief formuliert. Nach der Trennung von Kieser wendet sie sich überraschend Riemer zu, verlobt sich mit ihm, drängt auf schnelle Heirat.

Wählt Caroline Ulrich Riemer, um Goethe nahe zu bleiben? Goethe hatte ihr 1807 einen *reichen Frankfurter* zum Mann gewünscht, war stets darauf bedacht, sie in gute wirtschaftliche Verhältnisse zu bringen. Nun wählt sie den mittellosen Riemer, der von seinen Arbeiten für Goethe nicht leben kann, sich sein Geld am Weimarer Gymnasium verdienen muß. Diesen untersetzten Schlesier mit den Hängebacken, dem schwammigen Gesicht, den Verfasser trockener Verse unter dem Pseudonym Silvio Romano. Friedrich Wilhelm Riemer ist vierzig – der Altersabstand zwischen ihm und ihr ist der gleiche wie der zwischen Christiane und Goethe.

Goethe schätzt und braucht Riemer, den ausgezeichneten Philologen und Kenner alter Sprachen. Riemers Nähe zu Goethe wird auch die ihre sein, wenn sie an seiner Seite lebt. Daß eine Faszination vom Gedanken einer bleibenden Nähe zu Goethe für sie ausging, in ihre Entscheidung hineinspielte, sie vielleicht sogar bestimmte, ist nicht auszuschließen.

Hat Goethe vielleicht sogar den Gedanken dieser Verbindung in ihr geweckt, genährt? Wahlverwandtschaftsverhältnisse waren es, wie wir wissen, während all der Jahre. Bei seiner Rückkehr von der Rheinreise, am 27. Oktober, erfährt er von der bevorstehenden Heirat Caroline Ulrichs. Er zeigt sich nicht überrascht.

Am 8. November soll die Hochzeit sein. Am 3. stellt Goethe einen neuen Schreiber ein, er heißt wiederum John, es ist der zwanzigjährige Johann August Friedrich, der in Riemers Mansardenzimmer einziehen wird. Am 8. notiert Goethe in sein Tagebuch: *Riemers Trauung*. Er nimmt an Zeremonie und Feier nicht teil. Christiane richtet den beiden die Hochzeit aus. *Mit der Goethen*, so Riemers Notiz, *ins neue Logis, damit sie Anstalten für den Abend träfe*. Sie ist wohl auch bei der Trauung anwesend, die in der Sakristei der Jakobskirche, *unter Zudrang von Mädchen und Kindern*, vollzogen wird.

Caroline Riemer und Christiane werden weiterhin befreundet sein. Goethe wird das befördern; er bittet sie im letzten Lebensjahr seiner Frau mehrfach um ihren Beistand. Die Ehepaare besuchen einander, machen gemeinsam Ausflüge, auch nach Bad Berka.

Nach Christianes Tod wird – zunächst unterbrochen für zwei

Jahre durch eine Ungeschicklichkeit Augusts – Caroline Riemers Bindung an das goethische Haus bis 1832 anhalten. Goethes Tagebuch erwähnt Caroline oftmals.

Auch sie hat Tagebücher geschrieben. Über welchen Zeitraum ist nicht bekannt. Als Riemer nach Goethes Tod die »Mitteilungen über Goethe in drei Bänden« herauszugeben beginnt, existieren die Tagebücher noch, Riemer verwendet sie. Caroline, die so viel Jüngere, übernimmt für ihn, der Gicht in den Händen hat, die Schreibarbeiten. Schreibt sie ausschließlich nach seinem Diktat, oder bestimmt sie, beziehungsweise ihr Tagebuch, zuweilen auch Stoffwahl, Anordnungen, Aussagen? Etwa wenn die hausfraulichen Qualitäten der Schwiegertochter Ottilie in Zweifel gezogen werden, Bettina von Arnims Öffentlichkeitssucht angeprangert wird, *sich einem, der auf dem Weg zur Unsterblickeit ist, in den Arm zu hängen*?

Caroline stirbt 1855, zehn Jahre nach Riemer. Die Tagebücher sind nicht erhalten. Hat sie sie selbst vernichtet?

Dieser Verlust ist besonders bedauerlich in Anbetracht ihres vieljährigen Zusammenseins mit Christiane, ihrer Nahe zu beiden Ehepartnern.

Das Glück, das Goethe während der Rheinreise im Herbst 1814 empfindet, hat ihn auch körperlich beeinflußt, *ungeheuer heiter*, *überaus wohl und mitteilend* finden ihn die Freunde, Knebel meint, *er scheint sich diesen Sommer gleichsam verjüngt zu haben.*

Sofort nach der Rückkehr geht Goethe daran, die *Notamina dieses Sommer einigermaßen zu redigieren, daß mir von dem Eingesammelten so wenig als möglich verloren gehe ... Mir sind, unendliche Schätze des Anschauens und der Belehrung geworden.*

Er dankt Schlosser für die *Vermittlung* zu jenem *schönen Kreise* in Frankfurt. Von *verjüngt und zu früherer Tatkraft wiedergeboren zu werden* ist die Rede. Er bestätigt, was andere an ihm wahrnehmen. Und stellt den fränkischen, südlicheren Kreis gegen den nördlichen, spricht von Weimar als *einem engen Kreis*, in dem manches *mißlingt* und man *gar leicht zu Unmut und Hypochondrie verleitet* werde.

Hat er dabei auch seine Beziehung zu Christiane im Sinn?

Welche Rolle mag in jenem *schönen Kreis* im Fränkischen für ihn Marianne Willemer spielen? *Hundert Jahre bete das Feuer an, Falle einen Augenblick hinein und du verbrennst*, notiert er am 12. Dezember in sein Tagebuch. Es ist ein Ausspruch Moslih ud Din Saadis, eines persischen Dichters aus dem 11. Jahrhundert. Zwei Tage später schreibt er an Johann Jakob Willemer nach Frankfurt, daß er *der lieben Kleinen* (gemeint ist Marianne) *noch ein Blättchen schuldig* sei. Und weiter: *leben Sie beide schönstens wohl und gedenken mein, der ich* (er schreibt von Jena) *zwischen alten Wänden, Rauchfängen und Feueressen eingeklemmt bin, gedenken Sie mein, am offenen Fenster, im Angesicht des Stroms in diesem December-Frühling.*

Die Weite der Flußlandschaft gegen die bedrängende nördliche Enge. Der *enge Kreis*, alles deutet auf untergründige Ängste. Das glückliche Jahr 1814, die Befreiung von den politischen Zwängen, der schöpferische Neubeginn scheint bedroht.

Dichtung wird zum Fluchtpunkt, zum einzigen Aufenthaltsort. *Ich habe mich gleich in Gesellschaft der persischen Dichter begeben ... Schiras ... als den poetischen Mittelpunkt, habe ich mir zum Aufenthalte gewählt, ... habe mich ... mit aller Gewalt und allem Vermögen, nach dem Orient geworfen, dem Lande des Glaubens, der Offenbarungen, Weissagungen und Verheißungen.*

Seine Ängste und Vorahnungen scheinen sich zu bestätigen. Das Jahr 1815 beginnt mit einer schweren Krankheit Christianes. Am 3. April wird er an Willemer schreiben: *Ich habe viel gelitten, meine gute Frau war zwei Querfinger vom Tode.*

Wegstrecke von *zwei Querfingern.* Bis der Tod mit seiner Endgültigkeit sie erreichen wird, ist ihr noch eine Zeit von einem Jahr und fünf Monaten zubemessen.

Goethes *Verjüngung*, sein unbeirrtes Vorwärtsgehen bedingt die innere Abwendung von Christiane, darüber täuschen die Zeichen seiner äußeren Sorge und wahrgenommenen Verantwortung nicht hinweg.

Für Christiane wird es vermutlich die schwerste Zeit gewesen sein, sie muß sie allein durchstehen.

Unter dem Datum des 9. Januar 1815 notiert sie: *war ich sehr krank*, mit eigener Hand in ihren Gothaischen Schreibkalender. Ist es ein ähnlicher Anfall wie der, von dem Riemer ein Jahr zuvor berichtete und den Christiane Goethe verschwieg?

Goethes Tagebuch vermerkt an diesem 9. Januar: *Doppelter Unfall. Mittag gestört. Herstellung.* Wenig später berichtet er Voigt: *Freilich war der Unfall erzeugende Unfall, den mir ein wunderlich Geschick Dienstag zwischen 1 und 2 Uhr zudachte, etwas derb, und nur die liebevolle Teilnahme würdiger Freunde und Freundinnen (bei denen alles Gute verweilen möge!) konnte uns so schnell wieder aufrichten und herstellen, wenn ich gleich nicht leugnen will, daß die Nachempfindung mir noch in allen Gliedern liegt.* Später spricht er gar davon, daß *es den verruchten Dämonen beliebte mich auf eine empfindlich abgeschmackte Weise mit Fäusten zu schlagen.*

Was ist geschehen? Auf einer Ausfahrt, im Beisein anderer, muß es passiert sein. Eine schwere Ohnmacht Christianes, eine Kolik, ein Blutschlag, wie man damals den Schlaganfall nannte?

Der Schlag oder eine Art von Schlag im Wagen hat seine Richtigkeit, schreibt Riemer am 14. Januar an Frommann nach Jena, *wiewohl die Dame das selbst nicht weiß. Unterdes ist alles wieder gut, und es sind schon Supplikationen angestellt worden oder vielmehr herumgeschickt, Visitenkarten mit der Inschrift »Für genommenen Anteil höchlich dankbar«.*

Christiane erholt sich offenbar rasch.

Doch am 4. Februar folgt ein erneuter Anfall, von lebensgefährlichen Krämpfen ist die Rede. *In der Nacht vom Sonnabend, den 4., auf den Sonntag war die Frau einige Stunden (fast) tot*, teilt Charlotte von Schiller Knebel mit, *Huschke hat dem Sohn in Vertrauen eröffnet, sie könnte nicht leben. Doch hat es sich gebessert. Aber der Anfall von Krampf kann immer bei jeden Veranlassungen wiederkommen.*

Die Aussage des behandelnden Hausarztes Dr. Huschke klingt

ernst. Im goethischen Haus scheint man ihr nicht so großes Gewicht beizumessen.

Wieder erholt sich Christiane schnell.

Der Sohn wird dem Vater gegenüber schweigen. Christiane verdrängen, bagatellisieren. Goethe ihr darin vermutlich erleichtert folgen.

Krankheit als Arbeitsstörung. Sein glücklich-schöpferischer Zustand, er hält sich im Orient auf, in *heidnisch-mahometanischer Umgebung ..., mir scheint es, als wenn die Luft dorther mit Rosenduft und Ambrageruch geschwängert wäre*, schreibt er einen Tag nach dem ersten Anfall seiner Frau. Und vierzehn Tage später: *daß wir uns ganz wohl befinden, ja fürtrefflich, wenn wir die Kleinigkeiten des Tags nicht abziehen wollten.*

Christianes Krankheit zu den *Kleinigkeiten des Tags* gezählt? Von lediglich einer *Zerstreuung*, die ihr *nötig tut*, schreibt er nach den beiden Anfällen, den Ernst der Lage herunterspielend. Dann wieder ist er sich dessen voll bewußt, vor allem in jenem Satz an Willemer: *meine gute Frau war zwei Querfinger vom Tode.*

Goethe scheint verunsichert, hin- und hergerissen. Er will es nicht wahrhaben. Christianes Krankheit, in der sich für Momente die Vorboten des Todes zeigen, bedroht seinen schöpferischen Zustand.

Wie der Tod der Schwester Cornelia ihm ungelegen kam; *daß mir der Todt der Schwester nur desto schmerzlicher ist da er mich in so glücklichen Zeiten überraschte*, so überrascht ihn nun in einer Zeit des Neubeginns die Erkrankung Christianes, der sechzehn Jahre jüngeren, die er sich wohl als Pflegerin in seinem Alter vorgestellt hatte. Von *Belebung und Steigerung eines glücklichen Zustandes, der sich einem jeden reinfühlenden aus dem Divan darbieten muß ...*, sprechen die »Tag- und Jahres Hefte 1815«, davon, daß *das orientalische Interesse* sein *ganzes Vermögen mit sich fort riß ... wäre dieser Trieb aufgehalten, abgelenkt worden, ich hätte den Weg zu diesem Paradiese nie wieder zu finden gewußt.*

Die Absolutheit. Der Anspruch seines Künstlertums.

Nach dem zweiten Anfall Christianes faßt Goethe einen Entschluß. Entfernung heißt er. Er will die ihn gefährdenden, aufhaltenden, ablenkenden Bilder nicht vor Augen haben.

Am 27. Februar schreibt er dem Arzt Kieser: *Meine Frau wird in diesen Tagen nach Jena gehen, da ihr eine Ortsveränderung und Zerstreuung sehr nöthig thut. Haben Sie die Güte, ihr einige Aufmerksamkeit zu schenken. Herr Hofrath Stark ist von allem unterrichtet, es würde mir sehr erwünscht sein, wenn Sie mit ihm über ihren Zustand conferieren möchten.*

Am 2. März reist Christiane nach Jena. Am 4. schreibt Goethe ihr: *Mein größter Wunsch ist, daß Du Dich glücklich wieder herstellen mögest.* Am 8. dann: ... *laß mich mit jedem Botentage etwas von Dir wissen.*

Am 11. März: ... *vor allen Dingen aber sorge für Erheitrung und Erneurung alter angenehmer Bilder* ...

Die Wunschform hat sich in eine versteckte Befehlsform gewandelt.

Christiane versteht den Unterton sofort. Gesundwerden als Bedingung ihrer Rückkehr. *Hier bin ich aber wie ein Vogel so vergnügt. Dein treuer Schatz*, antwortet sie ihm. Die fast fünfzigjährige Frau, korpulent und schwerfällig geworden, von der Krankheit gezeichnet (Gedächtnisausfälle, Lähmungserscheinungen deuten in der Tat auf einen Schlaganfall: *Das Gehen wird mir doch nicht mehr so sauer wie im Anfang*), rettet sich in dieses Bild, um Goethe von ihrer Gesundheit zu überzeugen, ihm die Gewißheit der Rückkehr der *alten angenehmen Bilder* zu geben.

Sie kennt ihn. Krankheit verletzt sein ästhetisches Empfinden, ist eine Arbeitsstörung.

Jahre später, als Goethes Schwiegertochter Ottilie vom Pferd stürzt, ihr Gesicht von Wunden entstellt ist, verbietet Goethe ihr, unter seine Augen zu kommen; *um sich keinen unangenehmen Eindruck zu machen, ließ er ihr sagen daß er sie erst sehen wollte, wenn sie hergestellt sein würde, und dann sollte sie das Kleid anlegen, was sie zuletzt, als sie bei ihm war, trug.* Er werde, rechtfertigt er sich Kanzler Müller gegenüber, *solche häßlichen Eindrücke nicht wieder los ... Ich bin hinsichtlich meines sinnlichen Auffassungsvermögens so seltsam geartet, daß ich alle Umrisse und Formen aufs schärfste und bestimmteste in Erinnerung behalte, dabei aber durch Mißgestaltungen und Mängel mich aufs lebhafteste affiziert finde. Wie könnte ich mich über diese oft freilich peinliche Eigentümlichkeit ärgern, da sie mit anderen erfreulichen Eigenschaften meiner Natur innigst zusammenhängt? Denn ohne jenes scharfe Auffassungs- und Eindrucksvermögen könnt ich ja auch nicht meine Gestalten so lebendig und scharf individualisiert hervorbringen.*

Er führt seine Künstlernatur ins Feld. Wer wollte ihm da widersprechen? Wenn es um sein Werk, seine Arbeitsstimmung geht.

Ottilie hat lediglich das Heilen der Narben abzuwarten, es ist eine zeitlich begrenzte Verbannung aus Goethes Gesichtskreis.

Christiane aber? Werden die Anfälle wiederkehren, wie kann sie ihre Krankheit beeinflussen? Gesundheit als Pflicht.

Immer wieder schreibt sie ihm, daß es ihr viel besser gehe, *wie viel froher und heitrer ich jetzt bin, als ich war, da ich abreiste.*

Ihr eigener Hinweis auf ihre Stimmung deutet darauf, daß ihr Befinden nicht nur körperliche, sondern auch seelische Ursachen hat.

Als junge Frau hatte sie unter den Trennungen von Goethe gelitten. Schlechte Laune, Mißmut, Lebensüberdruß, Depressionen waren die Folge.

Hat sie jetzt das Gefühl, daß auch der anwesende Goethe für sie abwesend ist?

Der Bericht des Jenaer Arztes Stark legt gleichfalls nahe, daß Psychisches mit hineinspielt. *Spuren von Lähmung oder Krampf haben sich gar nicht gezeigt*. Er empfiehlt den weiteren Aufenthalt in Jena und Spaziergänge, da die *gemischte Thal- und Bergluft den Nerven mehr zusagt als die Luft in Weimar*. Die *Nerven*. Auch ein Brief Knebels an Goethe spricht von der Mitwirkung seelischer Faktoren an Christianes Zustand. Von ihrem *hypochondrischen Wesen*, das sich bestimmt in Jena *verlieren werde*, schreibt Knebel und moniert die *wunderlich strenge Diät* der Weimarer Ärzte, die Christiane *mitgenommen habe*, die Jenaer Ärzte seien *milder*, was ihm die Gewißheit ihrer Wiederherstellung gebe.

Christiane schreibt Goethe: *Es ist itzo mein einziger Gedanke, Dich wiederzusehen und Dir zu sagen, wie lieb ich Dich habe*. Ihm,

Goethe, verdankt sie ihre Gesundwerdung, er steht an erster Stelle; *wie freue ich mich, wenn ich jeden Morgen, wie ich aufwache, Dir danken kann, wie meine Kräfte wieder zugenommen haben. Ich danke auch alle Morgen Gott dafür.*

Wiederum scheint sie sich schnell zu erholen. Sie macht Spaziergänge, Besuche, fährt aus, wird besucht. Die Freunde, schreibt sie nach Weimar, *geben … sich alle Mühe, meinen Aufenthalt so angenehm als möglich zu machen.*

Ahnt sie, was hinter ihrem Rücken gesprochen wird? Nicht ihr, ihm gilt das Mitgefühl. Charlotte von Schiller an Knebel: *Der arme Geheime Rat Goethe hat jetzt viel Not. … Ich fürchte für ihn. Er kann das widerliche Leiden des Lebens nicht ertragen …* Johanna Schopenhauer verbreitet Christianes *gemachte Anstalten, selig abzufahren.* Riemer, als er Frommann vom Unfall Anfang Januar und Christianes Wiederherstellung berichtet, schließt: *Das Gegenteil wäre für ihn* (Goethe) *vielleicht gut gewesen, für uns andre gewiß.* Unverfroren assoziiert er ihren Tod; scheut sich nicht, diesen Brief einer Familie zu senden, der Christiane freundschaftlich verbunden ist.

Sie ahnt das alles gewiß. Doch: Sie nimmt wohl jede Freundlichkeit dankbar an. Es ist Selbstschutz. Seit Jahrzehnten hat sie gelernt, mit den bösen Zungen zu leben.

Der *vergnügte Vogel.* Hinter angestrengtem Optimismus ihre Ängste. Man spürt sie. Das morgendliche Gebet. Das ist neu. Und ihr Zeitgefuhl scheint verändert. Ihre Zeit ist bemessen. Die Sinnlosigkeit der ohne Goethe verbrachten Stunden. *Man macht mir allenthalben einen Spiel-Tisch,* schreibt Christiane ihm am 10. März 1815, *und so vergehet die Zeit, ich weiß nicht wie.*

In ihren ersten glücklichen Liebesjahren war er es, der das Verrinnen der Zeit ohne ihre Gegenwart als *fatal* ansah; *es ist gar zu nichts nütze, daß man sich von denen entfernt, die man liebt, die Zeit geht hin und man findet keinen Ersatz,* schrieb er ihr damals aus Frankreich.

Nun ist sie, Christiane, es, die das Vergehen der Zeit ohne ihn beklagt.

Was wird werden? Bereits am sechsten Tag ihres Jena-Aufenthaltes beschließt Goethe (die ärztlichen Gutachten von Dr. Kieser und Dr. Stark können noch kaum in Weimar sein), Christiane zu einer Badekur nach Böhmen zu schicken. *Meine gute Frau, die sich von einer schweren Krankheit wieder erholt ..., soll nach Karlsbad gehen, und ich wünschte ihr mit ein paar neuen Kleidern eine kleine Freude zu machen. Zwey Muster liegen bey, das seidene zeigt nur den Stoff an, nicht die Farbe*, schreibt er am 8. März 1815 an Schlosser nach Frankfurt.

Hat er diese Reise mit ihr besprochen? Wohl kaum. Traut sie sich die Strapazen zu?

Goethe denkt es sich wohl als eine Art Geschenk. Reiste sie nicht immer gern? Die Kriegswirren haben es in den vergangenen zwei Jahren nicht möglich gemacht. Es ist seine Form der Fürsorge. Bereits am 13. April 1815 bittet er seinen Leipziger Bankier Frege um Bereitstellung der Währung, da man *für den Anfang eine Summe des dortigen Papiergeldes mitzunehmen wünschte*. Am 21. Mai schließlich teilt er Frege mit: *ich habe ... zu Gunsten meiner Frau, welche sich nach Karlsbad begiebt, zwey Assignationen ausgestellt, jede zu Einhundert Gulden Sächsisch.*

IX

Goethes Hausgarten
Steindruck. Um 1830

Seine Reisepläne sind wohl lange schon fest im Kopf. Ins Offene, Weite, in die Rhein-Main-Gegend will er, wo *Erde, Himmel und Menschen anders sind.*

In jenem Brief an Willemer nach Frankfurt, in dem Goethe geschrieben hatte, daß Christiane *zwei Querfinger vom Tode* gewesen und nun *wieder auf den Beinen* sei, heißt es über ihn selbst: *Werde ich denn wohl das alles, bei einem schönen Oberrader Sonnenuntergang, hinter mich werfen und vergessen?*

Sein Brief ist vom 3. April. Bereits am 10. erwidert Willemer aufs freundlichste, lädt Goethe ein. *Erholen Sie sich doch bald von den Beschwerden des Winters zu Weimar an den Ufern des Mains. Sie könnten ja die Vor-Kur zu Oberrad einleiten und bei uns auf der Mühle wohnen. Platz ist genug da, und meine Frau und ich würden nie eine größere Freude empfunden haben wie die, Sie als Gastfreund bei uns zu sehen. Wenn Sie der Sonne müd sind, und der Arbeit, singt sie Ihnen von Ihren Liedern vor ... Der Wink, wann Sie allein zu sein wünschen, entweder im Garten oder auf Ihren Zimmern, soll uns nie entgehen, denn wir wissen recht gut, daß die bessere Gesellschaft ein Mann wie Goethe sich selbst ist.*

Christiane, von einem zweiten Genesungsaufenthalt aus Jena zurück, bereitet die Reise ihres Mannes auch diesmal sorgsam vor; es wird die letzte Reise sein, für die sie ihm alles zurechtlegt und packt.

Am 24. Mai verläßt Goethe Weimar.

Wer ist die Frau, die ihm seine Lieder vorsingt, die er im Tagebuch des Vorjahres erstmals am 4. August als *Demoiselle Jung* erwähnt, die er als Geliebte Willemers kennenlernt und die kurz darauf *förmlich verheiratet* und *Frau Geheimräthin Willemer* ist?

Ein Theaterkind aus Österreich, von unsicherer Herkunft. Ist der Vater der Instrumentenbauer oder der Theaterleiter Jung, oder trägt Marianne, um 1784 in Linz geboren, den Namen ihrer Mutter, einer Schauspielerin, die in Wiener Vorstadttheatern kleine Rollen spielt und im Herbst 1798 mit ihrer Tochter in Frankfurt am Main auftaucht, um eine Stelle als Theaterdienerin anzunehmen.

Die vierzehnjährige Marianne, von klein auf vermutlich auf den

Bühnenbrettern, wirkt in Opern und Singspielen mit, tanzt, übernimmt im Schauspiel Hosenrollen als Küchenjunge und Zwerg. Im Frühjahr 1800 hat sie in Frankfurt im Ballett »Die Geburt des Harlekins« ihren größten Erfolg.

Unter den Zuschauern sind Clemens Brentano und Katharina Elisabetha Goethe. Und Johann Jakob Willemer, ein Mann, der sie seit zwei Jahren beobachtet.

Willemer, von den Aktionären gerade in die Oberdirektion des Frankfurter Theaters gewählt, Geschäftsmann und Bankier, Theaterliebhaber und Verfasser von Stücken, Finanzagent der preußischen Regierung und Senator der Stadt Frankfurt. Er hat bereits zwei Ehen hinter sich, beide Frauen sind gestorben; er hat erwachsene Kinder und schon Enkelkinder.

Sein Interesse für das Theaterkind. Er überredet Mariannes Mutter, ihm die Tochter zu verkaufen. Er leistet sich den kleinen Harlekin, was Aufsehen in Frankfurt erregt. Gegen eine Abfindung von zweitausend Gulden und eine Rente überläßt Frau Jung ihre Tochter dem reichen Willemer und geht zurück nach Linz. Am 25. April tritt Marianne zum letztenmal im Theater auf, dann wird sie in Willemers Haus aufgenommen und zusammen mit den Töchtern Meline und Maxe erzogen.

Willemer ist vierzig, Marianne sechzehn. Sie werden – zwei Jahre später offenbar – ein Paar, leben in freier Liebes- und Lebensgemeinschaft. Willemer läßt der Gefährtin und Geliebten die beste Ausbildung zuteil werden. Clemens Brentano gibt ihr Unterricht auf der Gitarre, verliebt sich in sie, widmet ihr Verse; die Ausbildung wird bei dem Gitarristen Scheidler fortgesetzt. Sie wird im Klavierspiel unterwiesen, erhält Gesangsunterricht und Zeichenstunden, sie lernt Latein, Italienisch, Französisch. Willemer macht mit ihr eine Bildungsreise nach Italien. In Rom verkehren sie mit den Bildhauern Thorwaldsen und Schadow, Marianne wird von dem Dichter Zacharias Werner mit Sonetten umschwärmt.

Als Goethe Marianne Jung zum erstenmal sieht an jenem 4. August 1814, da ist sie dreißig und Willemer vierundfünfzig. Seit zwölf Jahren leben sie in wilder Ehe, einer freien Gemeinschaft, ähnlich jener, die Goethe für die ersten Jahrzehnte seines Lebens mit Christiane gewählt hat. Vom Typ her hat Marianne Jung Ähnlichkeit mit der Christiane von vor zwanzig Jahren; klein, gelocktes Haar, füllig, lebhaft, heiter.

Ist es Goethes Erinnerung an die ständigen Auseinandersetzungen mit der Umwelt, als er mit Christiane ohne juristische Legitimation außerhalb der Konvention lebte, die ihn vielleicht Willemer raten lassen, seine Beziehung zu Marianne zu legitimieren. Es ist nicht belegt, ob es ein solches indirektes oder direktes Gespräch gegeben hat. Aber es ist sehr wahrscheinlich.

Denn: auffällig ist die zeitliche Nähe der ersten Begegnung Goethes mit Marianne Jung und der juristischen Legitimierung ihrer und Willemers Beziehung. Ohne Frist und Aufgebot heiraten Marianne Jung und Johann Jakob Willemer am 27. September 1814. Goethe bezeichnet es als *Rettung der kleinen liebenswürdigen Frau.* Willemers Tat als *großes sittliches Gut.*

Diese entschieden positive Bewertung ist, bewußt oder unbewußt, eine Kritik an seinem eigenen Verhalten, seinem fast zwei Jahrzehnte langen Zögern Christiane gegenüber.

Die Neigung Mariannes und Goethes zueinander muß schon ihren Keim in den kurzen Begegnungen von 1814 haben, ehe sie im Sommer 1815 zu einer von beiden Seiten großen, verzehrenden Liebe und Leidenschaft wird.

Seine Sommerreise gleicht anfangs der des Vorjahres. Allerdings ist die Berichterstattung anders. Caroline hat nach der Heirat das Haus verlassen; die Goethe animierende heiter-vertrauliche Ansprache an beide Frauen entfällt, ein eher anonym-sachlicher Berichtston herrscht nun vor. *Kund und zu wissen jedermann, den es zu wissen freut, daß ich in Erfurt 7 ½ Uhr. in Gotha 11 – Eisenach 3 – eingetroffen. Daß mich unterwegs sogleich die guten Geister des Orients besucht*, am 24. Mai, am Abend nach der Abreise aus Weimar. *Mein »Divan« ist mit 18 Assessoren vermehrt worden*, am 27. Mai. Wieder *das heiterste Wetter. … Die Rosen blühen vollkommen, die Nachtigallen singen wie man nur wünscht und so ist es keine Kunst sich nach Schiras zu versetzen. … Ich … bade täglich und dictire dabei immer fort.* Wieder, wie im Vorjahr,

Berichte über Gaumengenüsse: *Brentanos haben mich von Frankfurt mit Artischocken versehen; heute sind große Krebse gekauft worden, von welchen das Stück etwas über 3 Kreuzer kostet. An Konfekt und getrockneten Früchten zum Nachtisch, nicht weniger an Chocolade lassen es die Freunde auch nicht fehlen.* Er gibt Christiane sogar die Größe der Krebse an: *Weimarisch Maß über 7 Zoll.*

Heiterste Laune, die selbst nicht getrübt wird, als sein Diener und Schreiber Carl Wilhelm Stadelmann erkrankt; *denn ich habe gelernt daß man bey meiner Taille, mit Rheumatismus in den Schultern doch noch, wenn's Noth thut, enge seidne Strümpfe selbst anziehen kann.*

Bis zum 21. Juli ist Goethe in Wiesbaden, dann reist er zu geologischen Studien an die Lahn, ist in Nassau bei Freiherrn von Stein, macht mit ihm eine Rheinreise, besucht den Kölner Dom; Stein veranlaßt ihn zur Abfassung des kulturpolitischen Memorandums »Kunst und Altertum am Main und Rhein«. Er kehrt, inzwischen vom österreichischen Kaiser mit jenem Orden bedacht, zu dessen Verleihung er selbst die Idee hatte, nach Wiesbaden zurück. Von dort schreibt er am 1. August seinem Sohn: *Sie haben mich enthusiastisch, ja fanatisch aufgenommen, so daß man es kaum erzählen darf.* Überall, wo er hinkommt, wird er gefeiert.

Und läßt sich feiern. Die begeisterte Aufnahme sehen die Veranstalter bisweilen anders. So schreibt Voß, Professor der Philologie in Heidelberg, als man Goethe dort erwartet: *Keiner freut sich recht. Ja, wenn man Goethe ohne die großen Schmäuse genießen könnte, die er erfordert! Hier genoß ich ihn nur in zwei Morgenstunden, wo ich ihn allein und im Schlafrock fand. Beim großen Schmause, den wir Professoren ihm im Wirtshause gaben, genoß ihn keiner; eine ausgestopfte Puppe mit seiner Larve hätte dieselben Dienste getan.*

Goethe will seine Sommerreise mit einem Besuch in Frankfurt beschließen. *Ich denke*, schreibt er am 11. Juli an Christiane, *noch ein Stückchen Badecur mitzunehmen, in Frankfurt wenige Tage mich herumzucomplimentiren und dann nach Hause zu eilen.* Das ist sein letzter Brief an sie. Am 3. August teilt er dem Sohn mit: *meine Ab-*

sicht ist nächsten Sonntag d. 6ten abzugehen. Bey Willemer auf der Gerbermühle dencke zu logiren.

Damit bricht die Korrespondenz nach Weimar ab.

Keine Erklärung. Keine Nachricht. Nicht Anfang August, sondern erst Mitte Oktober wird Goethe aus der Rhein-Main-Gegend nach Weimar zurückkehren.

In der am Main gelegenen Gerbermühle, dem Landsitz der Willemers, kommt Goethe am Mittag des 12. August an. Bis zum 17. September wird er dort wohnen. Lediglich die Woche vom 8. bis 15. September im Stadthaus der Willemers in Frankfurt zubringen.

Des Morgens arbeitet er, bleibt allein, mittags speist man gemeinsam, am Nachmittag ergeht man sich in der ländlichen Umgebung (eine ähnliche Tageseinteilung wie in Berka). Und am Abend: Geselligkeit, Vortrag, Gesang.

Eine heiter-schöpferische Atmosphäre, Goethes Divan-Dichtung wächst unaufhörlich.

Mariannes Begier darauf. Sie singt Goethe nicht nur seine Lieder vor, sondern folgt dem Vortrag seiner Verse – er liest die jeweils tagsüber entstehenden an den Abenden vor –, sie folgt Rhythmus, Reim und Sinn.

Und beginnt ihm zu erwidern.

Zunächst nimmt sie Hafis zu Hilfe, bedient sich der Stimme des persischen Dichters. Sie erfindet den Chiffrenbriefwechsel. Goethe hat ihr ein Exemplar der bei Cotta erschienenen Hafis-Gedichte in deutscher Übersetzung geschenkt. Die Abmachung des geheimen Briefwechsels ist wohl auf den 13. September zu datieren, als die beiden allein einen Spaziergang am Schaumainkai in Frankfurt machen. Jeder Chiffrenbrief besteht nur aus arabischen Ziffern. Er enthält Seite, Absatz, Verszeile von Hafis. Auf kleinsten Zetteln, auf Visitenkarten, wie es Goethe tut, kann man die Zahlen notieren, kann man sich die Chiffrenbriefe vor den Augen aller zustecken, denn Marianne und Goethe sind kaum jemals allein. Der Empfänger sieht in sein Hafis-Exemplar und findet die Auflösung. Die Verse des persischen Dichters zunächst als Medium.

Dann aber wird Marianne kühner, auf das allabendliche Vorlesen entstandener Goethischer Verse reagiert sie mit eigenen, tritt in einen lyrischen Dialog mit ihm.

Niemals vorher und niemals nachher ist es Goethe geschehen, daß eine Frau ihm auf gleichem ästhetischem und poetischem Niveau begegnet, zur Mitschöpferin seiner Dichtung wird. Das von ihm gebrauchte Bild vom Mann als Baum und der Frau als ihn umrankenden und zu ersticken drohenden Efeu wird da abgelöst von der Blättersymbolik des ostasiatischen mythenumwobenen Ginkgo biloba-Baumes, der mit seiner zweigeteilten Blattform des *Eins und doppelt* eine vollkommene Symmetrie darstellt und somit eine gleichwertige Partnerschaft assoziiert.

Felix Mendelssohn Bartholdy, Franz Schubert und Robert Schumann werden Marianne Willemers Gedichte als die Goethes vertonen. Niemand ahnt, daß einige der sublimsten Verse des »West-östlichen Divans« von einer Frau, von Marianne Willemer geschaffen sind.

Goethe gibt es niemals preis.

Er schweigt.

Auch über sein tiefes Glück, das er in diesen sechs Wochen mit Marianne erlebt. Nicht nur zum Zeitpunkt des Geschehens, etwa aus Rücksicht auf Christiane, sondern auch später; lebenslang wird er schweigen. Und Marianne Willemer, ebenbürtig ihm, auch sie wird schweigen, weit über Goethes Tod hinaus.

Die Beglückung, die die beiden wechselseitig empfunden haben müssen, die Einunddreißigjährige und der Sechsundsechzigjährige, läßt allein die Dichtung des »West-östlichen Divan« ahnen. Nicht in autobiographischer Enthüllung, sondern in höchster sprachlicher Verfremdung und Verschwiegenheit, in den Zwiegesprächen der Liebe zwischen Hatem und Suleika.

Ein wenig von der realen Atmosphäre jener Tage auf der Gerbermühle geben Boisserées Tagebuchaufzeichnungen wieder. Boisserée ist in Goethes Nähe und notiert Abend für Abend.

Vom 28. August, dem Geburtstag Goethes, berichtet er, wie die Frauen diesen mit *einem Turban aus feinstem indischen Muslin, mit einer Lorbeerkrone umkränzt*, schmücken. Willemer *auf des Alten*

Gesundheit mit einem *1748er Rheinwein*, Goethes Geburtsjahrgang, anstößt.

15. September: *Heiterer Abend; Goethe hatte der Willemer ein Blatt des Ginkho biloba als Sinnbild der Freundschaft geschickt aus der Stadt. Man weiß nicht, ob es eins, das sich in 2 teilt, oder zwei, die sich in eins verbinden. So war der Inhalt des Verses. – Wir saßen in der schönen warmen Abend-Luft auf dem Balkon.* Goethe hat wohl in der Abendgesellschaft das schon vollständig vorliegende Gedicht vorgelesen; seine Reinschrift des Gedichts ist datiert auf *d(en) 15. S(eptember 1815).*

16. September: *Abends singt die Marianne Willemer mit ganz besonderem Affekt und Rührung »Der Gott und die Bajadere«. Dann: »Kennst Du das Land« usw. auch ausdrucksvoller als ich es noch gehört. Nach Tisch liest Goethe die »Siebenschläfer« – den »Toten-Tanz« – das Sonett »Am Jüngsten Gericht* (Tag), *wenn die Posaunen schallen«. Die kleine Frau bemerkt und Goethe bestätigt, daß die Zeit während der Musik unendlich langsam gehe – die größte Komposition drängt sich in kurze Zeit-Raum zusammen – und scheine einem, bei dem größten Interesse, eine lange Zeit verflossen.*

An diesem 16. September, einem Samstag, schreibt Marianne für Goethe das Gedicht »Hochbeglückt in deiner Liebe«, das er redigiert in den »Divan« aufnimmt. Und auf den 17. September datiert sind die Handschriften des später ins »Buch Suleika« aufgenommenen Dialoges von Suleika: *Als ich auf dem Euphrat schiffte ...* und die Erwiderung Hatems: *Dies zu deuten bin erbötig ...*

Am 17., einem Sonntag, notiert Boisserée in sein Tagebuch: *Abends Gesang – »Kennst Du das Land« – »Der Gott und die Bajadere«. Goethe wollte dies anfangs nicht – es bezog sich auf ein Gespräch, das ich kurz vorher mit ihm geführt – daß es fast ihre* (Marianne Willemers) *eigene Geschichte sei – so daß er gesagt, sie soll es nimmer singen. ... Don Juan: »Gib mir die Hand, mein Leben«, als Arie gesungen. Goethe nennt sie einen kleinen Don Juan, würklich war ihr Gesang so verführerisch gewesen daß wir alle in lautes Lachen ausbrachen und sie den Kopf in d. Noten versteckte und sich nicht erholen konnte. ... Endlich las Goethe noch Gedichte. Man bat ihn wegen Herrn Mieg darum, und die kleine Frau schmückte sich mit ihrem Turban, einem orientalischen farbigen Shawl, den Goethe ihr geschenkt. Es wurde viel gelesen, auch viel Liebesgedichte an Suleika, Jussuph und Suleika usw. »Der Toten Tanz« wurde gesagt usw. Willemer schlief ein, wird darum gefoppt. Wir bleiben deshalb desto länger zusammen, bis 1 Uhr. Mondschein-Nacht. Der Alte will mich in seinem Zimmer noch bei sich behalten – Wir schwatzen, ihm fällt ein, mir den Versuch mit den farbigen Schatten zu zeigen, wir treten mit einem Wachslicht auf den Balkon – werden am Fenster von der kleinen Frau belauscht.*

Es ist der letzte Abend auf der Gerbermühle, der Abschiedsabend. Die Liebenden in ihrer Hochgestimmtheit; der anwesende Ehemann schläft ein. Am 18., am Abfahrtstag, steckt Marianne Goethe einen Chiffrenbrief zu, der als Keim für sein Divan-Gedicht »Vollmondnacht« angesehen wird; *Euch im Vollmond zu begrüßen / Habt ihr heilig angelobet.*

Am Montagmorgen fährt Goethe nach Heidelberg. Bereits der Samstag, der 23. September, vereint die Liebenden wieder, Marianne und ihr Mann kommen überraschend zu Besuch.

Am Mittag treffen sie ein. An diesem 23. September schenkt Marianne Goethe ihr Gedicht »Was bedeutet die Bewegung«, das er redigiert in seinen »Divan« aufnimmt, seine Reinschrift ist auf diesen Tag datiert.

Den Neckar aufwärts, notiert Goethe an jenem 23. September. Am folgenden Tag schreibt er mehrere »Divan«-Gedichte, unter anderem »An vollen Büschelzweigen« und jenes »Ist es möglich! Stern der Sterne« mit der Zeile: *Drück ich wieder dich ans Herz.*

Am 25. September sind die beiden allein im Heidelberger Schloßgarten. Am 26., einem Spätsommertag, nehmen sie Abschied voneinander.

Goethes tiefe Beglückung durch diese Beziehung. Zum allererstenmal – und es wird sich in seinem Leben nicht wiederholen – sind in ein und derselben Frau beide grundverschiedenen Formen des Eros vereinigt, zwischen denen er lebenslang schwankt.

Da sind zum einen Frauen wie Charlotte von Stein und Kindfrauen wie Caroline Ulrich oder Silvie von Ziegesar, die ihm körperliche Enthaltsamkeit aufzwingen bzw. die er sich selbst gebietet; bei denen es ihm aber gelingt, diese Ferne durch geistig-seelische Nähe und Vertrautheit aufzuheben; für eine Zeit zumindest.

Zum anderen Frauen wie Christiane oder Faustina, seine römische Geliebte (in gewisser Weise auch die *Misels* seiner Jugend), deren körperliche Nähe ihm Beglückung bedeutet. Und die Intimität der Körper läßt – wiederum für eine Zeit – geistige Ferne oder gar Fremdheit vergessen, er überspielt sie. In seiner Beziehung zu Christiane gelingt ihm das wohl fast ein Jahrzehnt lang.

Mit Marianne Willemer tritt ihm eine Frau entgegen, in der sich beide Beglückungen vereinigen könnten.

Aber dies bleibt Gedankenspiel. Die Lebensrealität beider, die Existenz der jeweils anderen Partner, schließt die physische Verwirklichung dieser Liebe aus. Sie materialisiert sich in Zeilen, Versen, Strophen, in Dichtung. Das ist ein einmaliges Glück.

Aber es ist nicht das Leben.

Die Erfüllung in der Dichtung – der Verzicht im Leben. Muß nicht das bereits in den »Wahlverwandtschaften« thematisierte *Säumnis des Lebens* Goethe erneut und mit vermehrter Bitternis bedrängt haben? Die mit Marianne aufschimmernde, ja greifbar nahe Lebensmöglichkeit ihm erneut deutlich gemacht haben, daß im Gegensatz zum *poetischen Werk*, das er *auszuführen und zu verantworten weiß*, ihm die *Lebenswerke nie recht gelingen wollen*, und daß dazu auch seine Beziehungen zu Frauen gehören?

Und müssen ihm nicht beim Anblick Mariannes seine Versäumnisse Christiane gegenüber vor Augen treten?

Marianne besitzt Erdenschwere und zugleich Leichtigkeit. Sie vermag tätig zu sein und zu repräsentieren, sie ist lebenstüchtig und versteht sich zugleich auf die Lebenskunst. Neigt sich bei Christiane nicht alles in Richtung des ersteren, der bloßen Natur, der Schwere, des ausschließlichen Tätig- und Tüchtigseins?

Und ist das nicht auch sein Werk? Dreiundzwanzig war sie, als sie zusammenkamen, als er Christiane zu sich nahm. Alles war offen. Alles möglich. Sie sein Geschöpf? *Wer macht Anspruch an die Empfindungen, die ich dem armen Geschöpf gönne* …, seine Worte 1789 gegenüber Charlotte von Stein.

Marianne ist Willemers Geschöpf; sein Besitz im wörtlichen Sinne, er hat sie gekauft. Aber er hat ihr Unterricht gegeben, hat ihr eine vorzügliche, vielseitige Ausbildung zuteil werden lassen.

Er dagegen hat Christiane zu einer Privilegierten gemacht, ohne ihr jemals im Leben die Privilegien zukommen zu lassen, die ihr die von ihm zugewiesene Rolle zu spielen ermöglicht und erleichtert hätten. Niemals eine Unterrichtsstunde, keine Ausbildung in irgendeiner Form. Er hat ihr nicht die geringste Chance gegeben, sich zu bilden.

Hausschatz, Bettschatz, das nächstliegende hat ihm immer genügt. Er hat sie in ihrem *Naturwesen* belassen und sie darin bestärkt.

1808 äußert er gegenüber Elise von der Recke über Christiane: *Sollte man wohl glauben, daß diese Person schon zwanzig Jahre mit mir gelebt hat? Aber das gefällt mir eben an ihr, daß sie nichts von ihrem Wesen aufgibt, und bleibt, wie sie war.*

Ist das nicht Selbstbetrug? Wie auch seine Toleranz ihrem Kartenspiel, ihren Tanzvergnügen gegenüber seiner Bequemlichkeit, seinem Wegsehen zuzuschreiben ist?

Und haben ihn die langen Abwesenheiten über viele Monate in jedem Jahr nicht gelehrt, die Konflikte zu überspielen, ihre Gemeinsamkeiten nach der Rückkehr immer auf den kleinsten gemeinsamen Nenner zu bringen?

Seine Mutter Katharina Elisabetha, die zeitlebens ihre in der Jugend durch ihren Vater vernachlässigte Ausbildung beklagt. Nicht aus Geldnot, sondern aus Gedankenlosigkeit geschah es. Seine Schwester Cornelia, die im Gegensatz dazu mit ihrer einseitig musischen Ausbildung unfähig für *Küche und Keller* wird.

Er hat als Achtunddreißigjähriger Christiane gewählt nach jenem Prinzip, das er bereits als Leipziger Student dem Kupferstecher Stock verkündete. Auf dessen Frage, worin er seine heranwachsenden Töchter ausbilden solle, hatte er geantwortet: *In nichts andern als der Wirtschaft. Laßt sie gute Köchinnen werden, das wird für ihre zukünftigen Männer das beste sein.*

Goethe hat in den Jahrzehnten des Zusammenlebens mit seiner Frau dieses Prinzip wohl nie in Frage gestellt.

Zugleich aber von Christiane verlangt, einem großen Haus –

Wohnhaus, Museum, Dichterwallfahrtsstätte, geistiger Treffpunkt europäischer Größen – vorzustehen. Nach der Legalisierung ihrer Beziehung 1806, sind ihr von einem auf den anderen Tag Pflichten auferlegt, von denen sie achtzehn Jahre ausgeschlossen, in denen sie somit ungeübt war.

Was hat er daraufhin für sie getan? Für sie gutgesprochen, immer wieder, sie Freunden anempfohlen. Ihre Lage erleichterte sich aber nicht, im Gegenteil, für ihre Rolle fehlte ihr nach wie vor der Text. Und sein für sie Gutsprechen, seinen Einfluß, seine Macht für sie geltend machen, blieb – zumindest in Weimar – weitgehend folgenlos, weil die letzten zehn Jahre die vorangegangenen achtzehn in dieser engen höfischen und kleinen bürgerlichen Stadt nicht auszulöschen vermochten.

Christiane verläßt zehn Tage später als Goethe Weimar, um zur Kur nach Karlsbad zu gehen.

Am frühen Morgen des 4. Juni fährt sie mit eigener Equipage und in Begleitung von Frau Kirsch, ihrer neuen Gesellschafterin, aus der Stadt.

Kötschau, Jena, das Tal der Saale, Rothenstein, wo der Urgroßvater begraben liegt und der barocke Stein in der Turmhalle an ihn erinnert.

Die erste Rast der beiden Frauen in Kahla. Den zweiten Tag bis Schleiz. Den dritten bis Hof. Die Dokumentation dieser Reise verdanken wir der Gesellschafterin. Sie schreibt, nach Diktat, die drei Briefe, die an Goethe gehen, sie nimmt die tagebuchartigen Eintragungen in den Gothaischen Schreibkalender vor, den Christiane mit eigener Hand am 1. Januar begonnen und mit der Eintragung: *war ich sehr krank* am 9. Januar beendet hat. Bis zum 3. Juni leere Blätter. Nun die Schriftzüge von Frau Kirsch: *Reiße ins Carls Bath.* Madame Kirsch oder Kirscht, die *Kirschen*, wie Christiane sie nennt, ist vermutlich Johanna Christiane Sophia Kirsch, geborene Müller. Eine Pfarrerstochter aus Troistedt, seit fünfzehn Jahren mit dem Weimarer Kaffeehausbesitzer Kirsch verehelicht. Eine Frau um die Sechzig. Sie war schon während der Jena-Aufenthalte Christianes Gesellschafterin. Da nach dem Karlsbad-Aufenthalt ihr Name unter den Frauen, die mit Christiane einen Spieltisch haben oder mit ihr Ausflüge machen, nur einmal wieder auftaucht, ist anzunehmen, daß die Sympathie zwischen den beiden nicht allzu groß war. Mir stellt sich Madame Kirsch vor allem durch ihre flüchtige, kaum lesbare Schrift vor. Im folgenden alle Tagebuch-Zitate nach ihrer Handschrift (in: »Gothaischer verbesserter Schreib-Calender«, Jg. 1815. GNM).

Berichtenswertes am vierten Reisetag. *Allein, wie wir von Hof weg waren und kamen in den Rehauer Wald, so wurden wir sehr angenehm überrascht: es begegneten uns zwei Trotschken, die wir von weitem vor Russen hielten und schon ziemlich verlegen waren; aber wie groß war unser Erstaunen, als es näher kam und wir sahen, daß es unser Groß-Herzog war. Er grüßte uns sehr freundlich; wie er einige Schritte vorbei war, fragte er seine Leute, wer wir wären. Er ließ sogleich halten und stieg aus, um zu meinem Wagen zu kommen. Wie ich es sahe, so stieg ich geschwind aus, um ihm entgegen zu gehen. Er war sehr gnädig und fragte gleich nach Dir, erkundigte sich nach meinem Befinden und wünschte mir Glück zu meiner Cur.*

Ein wichtiges Detail läßt Christiane in ihrem Brief an Goethe weg, es findet sich im Reisetagebuch: *Er* (Carl August) *fragte gleich nach Dir. Ich war so bestürzt, daß ich mich versprach und anstatt Wiesbaden Teplitz sagte. Er half mir aber gleich, indem er sagte, er habe gehört, Du seist am Rhein; da fiel es mir erst ein, daß ich mich versprochen hatte.*

Es ist die einzige Schilderung einer direkten Begegnung mit Herzog Carl August, die wir von Christiane haben. Der Abstand: Fürst und Gattin des Dichterfürsten. Ist ihre Verunsicherung Ausdruck ihres Wissens, daß der Herzog sie nicht mag, sie nicht anerkennt, sie selbst nach der Heirat einzig als Störung seines Verhältnisses zu seinem Freund empfindet? Noch 1824 wird er zu Kanzler Müller sagen, *die Vulpius* habe *alles verdorben, ihn* (Goethe) *der Gesellschaft entfremdet.*

Nichts von dem. Ihre Erklärung ist arglos und naiv. *Es war ein wunderschöner Russe bei ihm, es mußte ein Fürst sein, er hatte eine Menge Orden, war noch jung und war, was man einen schönen*

Mann nennen kann. Wir haben ihn den ganzen Weg nicht vergessen können, steht im Brief, und im Tagebuch ist hinzugefügt, der Russe habe *nicht wenig dazu beigetragen ...*, ihre *Verwirrung zu vergrößern.*

Am 8. Juni erreichen die beiden Frauen *Franzens-Brunn*, einen Tag später treffen sie in Karlsbad ein. In der Badeliste des Jahres 1815 steht auf Seite 18 unter der Nr. 207: *Frau Geheime Räthin von Goethe, und Madam Kirscht, aus Weimar, als Gesellschafterin. Ankunft 9. Juni, Einkehrhaus Schöne Königin auf der Wiese.*

Bade-Gäste sind 180 hier, berichtet Christiane. Elisa von der Recke sei darunter, *sie bleibt immer so herzlich und gut gegen mich.* Auch Weimarerinnen, Johanna Schopenhauer und die Geliebte des Herzogs. Christiane, ihr gegenüber immer auf Freundlichkeit bedacht, borgt ihr die Kutsche, *die Schimmelchen befinden sich wohl; sie fahren die Frau von Heygendorf alle Morgen ins Bad.*

Weitere Ereignisse in Karlsbad: Christiane erfährt aus der Zeitung, daß ihr Mann einen Orden vom Kaiser von Österreich bekommen wird. Sie schickt ihm den Zeitungsausschnitt, würde gern die erste sein, die es ihm mitteilt. Immer wieder muß sie Auskunft über Goethe geben. Stets wird auf seine Gesundheit getrunken.

Einmal gibt Ehlers ein Konzert. Bis 1805 war er Sänger und Schauspieler in Weimar. War mit Christiane befreundet, gehörte zu jenen, die ins goethische Haus geladen wurden. *Er hat wieder viel neue Lieder vom Geheimerat komponiert*, schrieb Christiane 1803 an Meyer, *der Geheime Rat ist sehr zufrieden mit ihm; er ist auch oft bei uns*. Ehe Wilhelm Ehlers abreist, besucht er Christiane, singt für sie. Das Tagebuch vermerkt es: *Ohngefähr um 11 Uhr kam Ehlers bei uns ... brachte die Gitarre mit ... Er erfreute uns mit ein paar schönen Liedern; besonders war ein Abschieds-Lied dabei, das konnte er ohne Rührung nicht weiter singen. Und so lief er fort. Mir ging es auch nahe; ich war froh, daß er ging, er ist doch ein guter Mensch.*

Trotz dieser kleinen Freuden ist ihren Briefen, stärker noch dem Tagebuch, zu entnehmen: ihr Allgemeinzustand ist schlecht, der Karlsbad-Aufenthalt verbessert ihn nicht, im Gegenteil.

Immer ist sie erschöpft, der Gebrauch des Salzes macht sie *matt*, das Baden verträgt sie nicht: *gebadet habe ich nur einmal, weil es mir nicht bekam*, mehrmals muß sie das Bett hüten, ein *starker Schnupfen* plagt sie.

Die von Goethe ersehnten Besserungsnachrichten sind stets von Einschränkungen begleitet. *Mir gehet es ganz leidlich*, im Brief vom 9. Juni. Es folgt die Relativierung: *ich glaube, daß es mir sehr nöthig ware, einmal wieder was zu brauchen. – Ich bin schon ganz anders als zu Hause*, am 19. Juni. Im Nebensatz dann: *sehe aber ein, daß ich sehr krank war.*

Das Gefühl ihres Verlassenseins, ihr körperlicher Zustand, eine dunkle, depressive Stimmung liegt über allem; *meine Anwesenheit in Karlsbad selbst hatte wenig Erfreuliches und Erheiterndes für mich.* Da sie weiß, Klagen sind nicht erwünscht, macht sie für ihre Stimmung die *üble Witterung*, Regen und Kälte verantwortlich.

Am 20. Juli fahren die beiden Frauen aus Karlsbad ab. In der Kurliste unter dem Datum: *Abreise. Wohin: Eger. Mit eigener Gelegenheit.* In Eger halten sie sich noch über eine Woche auf. Sie müssen mit einem *kleinen Stübgen vorlieb* nehmen, erhalten nicht das gewünschte Quartier, haben aber *eine schöne Aussicht*. Am Sonntag, dem 22. Juli, trinken sie am Brunnen *sechs Glas*. Am 25. kommt Christiane *blau und erfroren* vom Brunnen zurück – *ich glaube, ich habe mich verkühlt* –, sie muß sich niederlegen, bleibt im Bett. Am 26. die Notiz: *Diese Nacht habe ich unruhig geschlafen.* Am 28.: *Diesen Morgen ist es kalt und unangenehm hier.*

Einen Tag später der Aufbruch. *Sonderbar*, diktiert Christiane ihrer Gesellschafterin ins Tagebuch, *wie wir den 4. Juni abreisten, so regnete es, und diesen Morgen, wie wir den 29. Juli von hier abreisen so regnet es wieder.*

Sie fährt fort: *und so mußten wir den halben Weg bis Hof im Regen fahren … von dem üblen Weg ganz zerschlagen kamen wir um 5 Uhr an …*

Am Sonntag fahren sie bis Schleiz; *der Weg war so schlecht, daß wir glaubten der Wagen müßte in Stücke gehen.* Von Schleiz aus geht es ohne Aufenthalt *über Stock und Stein.* Unter dem Datum des

31. Juli die letzte Geldausgabe, vermutlich Trink- oder Wegegeld: *von Jena nach Weimar 3 Taler 6 Groschen*. Am ersten Augusttag, früh halb vier, treffen die beiden Frauen wieder in Weimar ein.

Anfang August will auch Goethe zurück sein. Er hat es ihr im Brief vom 11. Juni geschrieben und in seinem Schreiben an den Sohn vom 4. August bekräftigt.

Und ich denke, daß wir so ziemlich zusammen kommen, antwortet Christiane ihm aus Karlsbad.

Ihre Eile. Möchte sie vor ihm da sein, alles arrangieren? Ganz sicher. Sie möchte mit ihm an ihrem 50. Geburtstag zusammensein. Zeitlebens feiert sie mit Goethe ihren Geburtstag nicht am 1. Juni, dem Tag ihrer Geburt, sondern stets am 6. August. Warum, wissen wir nicht. Am 6. August 1815 feiert sie mit Freunden. Die Feier findet ohne Goethe statt.

Warten.

Mitte August. Ende August. Er kehrt nicht zurück. Und nicht einmal ein Zeichen kommt von ihm. Kein Brief, keine Nachricht.

Es ist – zumindest nach dem schriftlich Überlieferten – das erste und einzige Mal in ihrem fünfundzwanzigjährigen Zusammenleben, daß Goethe sie ohne Nachricht läßt, nicht einmal mehr die Form wahrt, und seine Frau dadurch bloßstellt. Sie schreibt ihm: *die Großherzogin, der Erbgroßherzog und alles erkundigte sich, wenn Du kämest; ich konnte ihnen aber keine genügende Antwort geben, da ich es selbst nicht wußte. Und den Zeitungen nach warst Du …*

Sie ist also auf die Zeitung angewiesen; die Weimarer werden das mit entsprechender Häme zur Kenntnis nehmen.

Was aber bedeutet sein Schweigen für sie in ihrer seelisch und körperlich unguten Verfassung?

Wie tief es Christiane verletzt haben muß, belegen ihre beiden Briefe vom 5. und 14. September 1815.

Es sind Abschiedsbriefe.

Da ich von Deiner Güte und Liebe so überzeugt bin und in Karlsbad den letzten Brief vom 11. Juli erhalten habe, wo Du meintest,

Du wolltest Anfangs Augusts in Weimar sein, so habe ich seit der Zeit von Tag zu Tag auf einen Brief von Dir gehofft, und so verging mir hier ein Tag still nach dem andern. Die Zeitmetapher in fast schmerzhafter Wiederholung; *und so verrinnt die Zeit. – Und so schleicht mir ein Tag nach dem andern hin.*

Kein einziger Vorwurf. Ein stilles Resümee.

Nun lebe wohl und glücklich, da bin ich zufrieden, schließt der zweite. Kein *wir* mehr – nur der Wunsch für den anderen.

Hinter der rastlos tätigen sehe ich die einsame Christiane, die zurückblickt, ihr Leben überdenkt. Vielleicht seine früheren Briefe liest. (Daß sie sie sorgsam verwahrt, ist belegt: *Es ist ein sehr guter Gedanke, mein liebes Kind*, schreibt er am 26. Juni 1813, *daß Du die Briefe von so langer Zeit her ordnest, so wie es sehr artig war, daß Du sie alle aufgehoben hast.*)

Mein einziger Wunsch ist, Dich bald wieder zu besitzen, Goethe an sie am 14. November 1792. Und aus dem Lager bei Marienborn, am 31. Mai 1793: *Behalte mich lieb, ich werde mich um Deinetwillen schonen, denn Du bist mein Liebstes auf der Welt.*

Und alle seine Versprechungen, gemeinsam zu reisen, derer sie sich erinnert. Italien damals. *Mein einziger Wunsch bleibt immer, daß ich mit Dir und dem Kinde, wenn seine Natur ein bißchen mehr befestigt ist, und mit Meyern noch einmal eine schöne Reise thun möchte.*

Als August größer ist, reist er mit dem Sohn, sie bleibt zurück.

Überhaupt, immer reiste er allein. Fast immer. Die wenigen gemeinsamen Reisen. Nach Frankfurt zur Mutter, nach Karlsbad, erst nach jahrelangem Drängen ihrerseits und hinausgeschobenen Versprechungen seinerseits verwirklicht, eingefordert beinahe wie eine Schuld, und die Tage immer rationiert.

Noch eine einzige Reise mit ihm! Es ist vielleicht gerade ihr Wissen um die Unausführbarkeit, ihre Ahnung, nicht wieder gesund zu werden, die sie ihren Reisewunsch äußern lassen. *Soeben fuhr Frau von Heygendorf mit 4 Pferden bei mir vorbei*, schreibt sie am 14. September an Goethe, *und ich kann nicht läugnen, daß in mir der geheime Wunsch, mitreisen zu können, lebhaft wurde, denn die Schweiz und Mailand mag gewiß sehenswerth genug sein. Wäre ich doch nur erst ganz wieder hergestellt und wohl, dann würde ich die Erfüllung des Wunsches, auch noch einmal mit Dir solch eine Reise zu machen, für viel ausführbarer halten.*

Christianes Briefe erreichen Goethe in einer Zeit höchsten Glücks. Der vom 5. September am 10. in Frankfurt, im Stadthaus von Willemers, der vom 14. September am 26. in Heidelberg, am Tag des Abschieds von Marianne.

Er antwortet am 12., einen Tag vor jenem Spaziergang mit Marianne, bei dem wohl der geheime Chiffrenbriefwechsel vereinbart wird und sie zusammen im Salzwedelschen Garten am Schaumaintor einen jener damals noch als botanische Kostbarkeit in Europa geltenden Ginkgo-Bäume sehen.

Was soll er ihr schreiben? Mitteilen kann und will er sich nicht.

Er solidarisiert sich mit ihr. *Wohl hat uns beide der Sommer übel behandelt*, schreibt er. Es ist eine Notlüge, eine tröstende, verschleiernde, aus Rücksicht, Schonung; sie ist ohne Zuneigung, Hineinversetzen in den anderen undenkbar. Sein eigenes Glück macht ihn empfänglich für ihre Lage. Aber an eine Veränderung und Erneuerung ihrer Beziehung denkt er nicht. Und so wiederholt er jene Formel, die er ihr gegenüber so oft gebraucht hat: *Dich zu zerstreuen, ist die Hauptsache; ... daß man sich durch äußere Gegenstände von der Betrachtung seines inneren Zustandes* ablenken müsse: *Deßhalb mache Dir so viel Bewegung und Veränderung, als Du kannst.*

Heißt das nicht auch, tue alles, damit du deine tatsächliche Lage nicht erkennst, überspiele es mit Geschäftigkeit. Eine Kapitulation seinerseits?

Kein Wort von Marianne. Wie beiläufig erwähnt er die Gerbermühle. *Nun zog ich mit Boisserée auf die Mühle, nachdem ich das Krämchen an Dich abgesendet hatte.* Als habe er mit den Geschenken seine Pflicht ihr gegenüber erfüllt. Dann ist von *köstlichen Bildern* die Rede; und wieder tröstend, versöhnend: *So wie auf die Gerbermühle, bei schönen Tagen, so zu den köstlichen Bildern wirst Du hergewünscht.*

Während der Niederschrift des Briefes, scheint es, ruft sich

Goethe die Weimarer Verhältnisse wieder ins Gedächtnis, er sieht die Vorteile dort und rückt zugleich von Frankfurt ab. *Daß wir in Weimar sind*, schreibt er, *daß August sich in das Hofwesen so gut findet, ist unschätzbar. Wie sich das alles in diesen Paradies-Gegenden treibt und reibt, ist höchst unerquicklich. Wie sehr wünsche ich, über alles das mit Dir zu sprechen und wenigstens für die nächste Zeit hierüber Maßregeln zu nehmen.*

Er sagt ihr damit, daß er sie braucht, betont ihre Gemeinsamkeit. Denkt sofort an deren Gestaltung. Der Anweisung, *sieh immer Leute*, folgt, *und leite Dir und mir manches gute Verhältniß ein.* Er bittet sie, sich mit Charlotte von Stein gut zu stellen, ebenso mit dem Ehepaar Riemer (*ich wünsche diesen Winter mit ihm das nähere Verhältniß, denn ich bringe viel zu thun mit*), dann Aufträge, was sie Kräuter, Meyer und dem Sohn August ausrichten solle. Und *denke darauf, wie wir diesen Winter abwechselnd die Tage zubringen. Etwas Musik wäre sehr wünschenswerth, es ist das unschuldigste und angenehmste Bindungsmittel der Gesellschaft.*

Im zweiten Brief an Christiane, am 26. und 27. September 1815 in Heidelberg geschrieben, findet sich eine Passage in einem für Goethe ganz ungewöhnlichen nachdenklichen selbstkritischen Ton.

Dieser Brief aus Heidelberg ist der letzte überlieferte von Goethe an Christiane. Somit bekommt er das Gewicht eines Abschiedsbriefes. Man könnte ihn als eine Art Bilanz, auch als eine Bitte um Verzeihung und Nachsicht lesen.

Bereits im Vorjahr hatte Goethe unter *denjenigen Vorteilen, welche mir meine letzte Reise gebracht …, die Duldsamkeit* genannt. Jetzt schreibt er: *Überall find ich nur Gutes und Liebes; bin überall willkommen, weil ich die Menschen lasse, wie sie sind, niemanden etwas nehme, sondern nur empfange und gebe. Wenn man zu Hause den Menschen so vieles nachsähe, als man auswärts thut, man könnte einen Himmel um sich verbreiten; freilich ist auf der Reise alles vorübergehend, und das Druckende läßt sich ausweichen.*

Die Möglichkeitsform … *man könnte einen Himmel um sich verbreiten*. Heißt das, ›ich habe es nicht getan‹. Ist es ein Eingeständnis, eine Ahnung, daß der ihm am nächsten stehende Mensch, Christiane, vielleicht am meisten darunter gelitten hat.

Der Brief schließt: *Nun wüßte nur noch das Wichtigste hinzuzufügen, den Wunsch, daß Du Dich immer mehr herstellen mögest. ... Lebe recht wohl und liebe mich. Verlangend, Dich wiederzusehen, die besten Wünsche.*

Die Gerbermühle verlassen und nach Heidelberg gehen muß Goethe, weil Herzog Carl August ihn zu sehen wünscht. Er hat Grund, diesem Wunsch umgehend nachzukommen.

Carl August ist vom Feldzug gegen Napoleon zurück, hat den Wiener Kongreß hinter sich, vom November 1814 bis Anfang Juni 1815 – es ist der 8. Juni, als Christiane ihm auf seiner Rückreise vom Wiener Kongreß begegnet – weilte er in Wien; Goethe, den er dorthin mitzunehmen wünschte, hatte sich geschickt entzogen. Über ein Jahr haben sie sich nicht gesehen. Carl August trägt jetzt den Titel einer Königlichen Hoheit, Weimar ist durch den Wiener Kongreß Großherzogtum geworden, neue Gebiete sind hinzugekommen, im Schacher der Siegermächte um die Neuaufteilung Europas sind dem winzigen Weimarer Fürstentum einige Brocken zugefallen; Veränderungen im Regierungs- und Verwaltungsapparat stehen bevor.

Am 28. September trifft der Herrscher in Heidelberg ein, am 30. notiert Goethe: *Mit Serenissimo nach Mannheim.* Der Herzog nimmt Goethe zu seiner Mätresse Frau von Heygendorf mit. Dann drängt er ihn, nach Karlsruhe zu gehen, *auf höchsten Befehl* findet die Reise vom 3. bis 5. Oktober statt.

Boisserée begleitet Goethe stets, und seine Tagebücher belegen, wie stark mit der Person des Herzogs und dessen Mätresse Weimar wieder in Goethes Gesichtskreis tritt und mit welch tiefer Unruhe ihn das erfüllt.

Carl August bedeutet Politik, bedeutet Spannung, Neugruppierungen, die im nunmehrigen Großherzogtum zu erwarten sind. Mit Caroline Jagemann (Goethe nennt sie stets bei ihrem Mädchennamen) verbindet er Komödie, Theaterdirektion, vor allem aber Christiane. Frau von Heygendorf war mit ihr zur gleichen Zeit in Karlsbad. Jetzt kommt sie direkt aus Weimar. Christianes Septemberbriefe. Ihr schlechter Zustand.

Goethes Angst.

Am 6. Oktober notiert Sulpiz Boisserée: *Dunkel-Wetter. Morgens: Goethe will plötzlich fort; sagte mir: ich mache mein Testament; wir bereden ihn mit großer Mühe, noch einen Tag auszuruhen und übermorgen zu reisen. Die Jagemann hat ihn von Mannheim gedrängt – und die andern Damen, er soll herüberkommen zu Tablauxs und Attitüden. Er fürchtet den Herzog. Er ist sehr angegriffen, hat nicht gut geschlafen. Muß flüchten.*

Die unklare Fluchtrichtung. Gibt er dem Wunsch des Herzogs und seiner Mätresse nach, könnte er Frankfurt berühren und Marianne wiedersehen. Er erzählt Boisserée, wie ihn vor vierzig Jahren in Heidelberg eine Stafette des Weimarer Herzogs erreichte, er umkehrte, nach Frankfurt ging und von dort nach Weimar. Die Wegscheide Frankfurt – Weimar. Steht er wieder an ihr? Das Glück mit Marianne Willemer und die Ungewißheit, die ihn zu Hause erwartet.

Bis zum 5. Oktober schwankt er. Am 6. schreibt er an Mariannes Stieftochter, daß er bis *gestern hoffen konnte Sie jeden Tag zu sehen und nun nimmt mich's beym Schopfe und führt mich … nach Hause.* Die Notiz in seinem Tagebuch: *Entschluß zur Abreise.* Am selben Tag teilt er Carl August mit: *Nun aber muß hoffen und bitten daß Ew. Hoheit mir nicht zürnen mögen, wenn ich anzeige: daß es mich beym Schopfe faßt und über Würzburg nach Hause führt.* Er bemüht das Wort *Dämon*, der ihn zurücktriebe, es sei *derselbige*, der ihn in die Rhein-Main-Gegend zu reisen *verführte.* Er schiebt Arbeit vor, gibt sich sachlich. Das Wort vom *Dämon* aber hat er in Zusammenhang mit Christianes Krankheitsausbruch gebraucht und wird es immer häufiger für Unausweichliches, für Schicksal, verwenden.

Und: nicht er faßt sich *beym Schopfe*, es faßt ihn. *Ich eile über Würzburg nach Hause … ganz allein dadurch beruhigt, daß ich … den vorgezeigten Weg wandle.*

Die Schwere seines Entschlusses. Als ob er sich zureden müsse; *Lassen Sie mich erst Unterwegs seyn und das als eine unausweichliche Notwendigkeit begreifen*, heißt es an Mariannes Stieftochter Rosine Städel.

Am 7. Oktober Boisserées Notiz: *Regenwetter. Morgens ganz früh Goethe unruhig – fürchtet eine Krankheit, will schon zu Mittag fort. Ich biete mich zur Begleitung an … Trauriger schwerer Abschied. Im Wagen erholt sich der Alte allmählich.*

Zwei Tage noch werden sie zusammen sein, der alte und der junge Mann, bis Würzburg wird Boisserée Goethe begleiten.

Am Abend des 7. Oktober erreichen sie Neckar-Elz. *Kaltes Zimmer*, notiert Boisserée. *Er ist munter, vergißt die Kälte indem er mir von seinen orientalischen Liebes-Gedichten vorliest. Wir schlafen in Einer Stube.*

Am Sonntag, dem 8.: *Heiteres Wetter. Morgens nach Würzburg. Liebes-Geschichten wechselseitig.* Zwischen dem *Alten* und dem *jungen Kunstfreund und Gesellen* ist in den langen Wochen des Beieinanderseins eine große Vertraulichkeit entstanden. Erinnerung an Gelebtes, Geschaffenes; immer wieder geht es um Frauen, literarische und reale.

Unterwegs kamen wir auf die »Wahlverwandtschaften« zu sprechen, notiert Boisserée. *Er legte Gewicht darauf, wie rasch und unaufhaltsam er die Katastrophe herbeigeführt … er sprach von seinem Verhältnis zu Ottilie, wie er sie lieb gehabt, und wie sie ihn unglücklich gemacht.*

Frankfurter Verhältnisse hält Boisserée fest, *alte Erinnerungen – wie oft er den Pfad durch die Gerber-Mühle gegangen nach Offenbach zur Schönemann.* Den Ausspruch des *Alten: Deutsche mögen nur gern die naiven, ruhigen, nicht die leidenschaftlichen Frauen.* Goethe wird getrieben, umgetrieben vom Abschied von Marianne und von der Ankunft bei Christiane. Er erwähnt Boisserée gegenüber sein kühnes erotisches Tagebuchgedicht. *Gedicht von einem Reisenden dem der Nestel geknüpft – erinnert sich seiner Frau, das Mädchen schläft ein*, notiert dieser.

Und immer wieder das Gespräch über die gerade durchlebten Tage: *von den Willemers – die Frauen gelobt.*

Kurz darauf ein Resümee. *Die Verhältnisse mit Frauen allein können doch das Leben nicht ausfüllen und führen zu gar zu vielen Verwicklungen, Qualen und Leiden, die uns aufreiben, oder zur vollkommenen Leere.* Dies nun findet seine Entsprechung in mehrfachen Äußerungen Goethes in unterschiedlichen Lebensaltern.

Was aber bedeutet es auf der Wegstrecke zwischen dem Abschied von der einen und der Ankunft bei der anderen? Werden mit der einen – Marianne – *Qualen und Leiden*, wird mit der anderen – Christiane – *vollkommene Leere* assoziiert?

Sulpiz Boisserée will den *Alten* in seinem schlechten Zustand bis nach Weimar begleiten. Goethe lehnt ab. Die letzte Wegstrecke wünscht er allein zu reisen. Wohl aus gutem Grund. Am 9. Oktober nehmen die beiden in Würzburg Abschied voneinander.

Bis zum Abend will Goethe Meiningen am Südwesthang des Thüringer Waldes erreichen. Am folgenden Tag den Kamm überqueren.

Er ist allein in den *Räumen zwischen Rhein und Main.* Als ob Thüringen sich mit einem bösen Omen ankündigen wolle, begegnen ihm russische Soldaten. *Auf den weiten Stoppelflächen hetzten Donische Kosaken verschüchterte Hasen. Eine meilenlange Kolonne des russischen Trains retardierte meinen Eilweg.*

Und ein weiteres schlechtes Omen, ein noch *schlimmeres Hinderniß*, der Wagen stürzt um. Goethe verletzt sich nicht. Der Unfall passiert eine Wegstunde vor Meiningen. Er legt den Weg in die Stadt zu Fuß zurück. Von dort, vom Gasthof Hirsch, sendet er einen Brief ins Willemer-Haus, adressiert an Rosine Städel, er legt einen geheimen Chiffrenbrief mit der Aufschrift *Marianne* bei. Die Auflösung, von Marianne nach Hammers Text auf einen Zettel notiert, gibt Goethes Abschiedsschmerz wieder, die letzte Zeile lautet: *Vom Freunde ferne trink ich Blut am Tisch der Trennung.*

An jenem 9. Oktober erhält Marianne die Nachricht von Goethes Abreise. *Soeben erhielten wir Goethes Brief und erfahren mit Bedauern, daß er über Würzburg nach Weimar reist*, schreibt sie da an Boisserée und: *der Westwind hat sein Amt angetreten und hat uns Regen gebracht.* Manches spricht für die Vermutung, daß Mariannes Lied *Ach! um deine feuchten Schwingen / West, wie sehr ich dich beneide: / Denn du kannst ihm Kunde bringen / Was ich durch die Trennung leide*, das Goethe auf den 23. September datiert, erst an diesem 9. Oktober entstanden ist.

Goethe berichtet Willemers vom Umschlagen der Kutsche. Wie stark er solche Geschehnisse als schlechtes Omen wertet, zeigt sich ein Jahr später. Als kurz nach Reiseantritt – er will in die Rhein-Main-Gegend, will zu Marianne – ein Mißgeschick mit dem Wagen passiert, die Achse bricht, Meyer, sein Begleiter, verletzt sich leicht an der Stirn, kehrt Goethe um, es bewegt ihn zur lebenslänglichen Aufgabe des Versuchs, Marianne wiederzusehen.

Goethe hat, als er am 9. Oktober in Meiningen nächtigt, den Gebirgskamm noch nicht passiert, ist wohl aber schon *auf die Höhe gelangt wo die Wasser nicht mehr nach dem Mayn fließen*. Er ist ein guter Therapeut seiner selbst. Die Wegstrecke, die er allein zurücklegt. Abschied und Ankommen. Er wird weder die *Leiden* noch die *Leere* wählen, er wird, wie immer, das Dritte wählen: sein Werk.

Am Morgen des 10. Oktober reist Goethe weiter, passiert den Kamm des Thüringer Waldes, überwindet die Höhe, der Weg führt abwärts, über die Nordseite der Gebirgshänge, um Mitternacht erreicht er das im flachen Vorland des Thüringer Waldes gelegene Gotha.

Am folgenden Tag, am 11. Oktober 1815, trifft er nach hundertvierzig Tagen Abwesenheit wieder in Weimar ein.

Verjüngt erscheint er, *so munter, froh und wohl*, wie er ihn *seit zehn und mehr Jahren* nicht gesehen habe, meint Meyer. Goethe geht sofort an die Arbeit. Bereits am Ankunftstag – des Mittags nach Tisch trifft er ein – steht im Tagebuch: *Ausgepackt und in Ordnung gebracht. Abends Riemer. Meyer.*

Nach einer so langen Abwesenheit der erste Abend nicht für Christiane. Auf ihre Anwesenheit im Haus deuten nur Goethes gelegentliche Tagebucheintragungen: *Mittags für uns*, hin.

Ihr Nebeneinander. Hat sich Christiane, lebensklug, erfahren und nachsichtig, damit abgefunden, daß sich ihre Gemeinsamkeit auf wenige Dinge im Alltag beschränkt?

Goethe, so Meyer, sei *vielfach tätig, welches eben ein guter Beweis seines völligen Wohlbefindens ist.* Theater- und Hofangelegenheiten, Politik, seine Aufsichten über die Weimarer und Jenaer Anstalten für Kunst und Wissenschaften, seine Werkausgabe, seine Dichtung, sein »Divan«. Am Heiligabend 1815 notiert Goethe: *Blieb für mich und redigierte ältere Gedichte.* Am Silvestertag: *Redaction von Gedichten.*

Wer des Feuers bedarf, sucht's unter der Asche, schreibt er dem Zeugen und Mitwisser seines Glücks Sulpiz Boisserée gegen Jahresende: *An diesem orientalischen Sprichworte sehen Sie, daß meine Verhältnisse nach Osten noch immer bestehn. Meine Sehnsucht in diese Regionen ist unaussprechlich.*

Christiane – sie hat noch ein halbes Jahr zu leben – hält sich an Goethes Ratschlag: *Dich zu zerstreuen ist die Hauptsache.* Sie lenkt sich durch *äußere Gegenstände von der Betrachtung* ihres *inneren Zustandes* ab.

Das Tagebuch ihres letzten Lebenshalbjahres, von dem Hans-Gerhard Gräf, der Editor ihrer Briefe, 1916 schreibt und das er auszugsweise zitiert, jener »Gothaische Schreib-Calender«, der im vergilbten Papierumschlag in Goethes Arbeitszimmer stehen soll.

Niemand hat die Spur verfolgt. Wie im Jahr von Goethes Tod stehen noch zwei Bände des Kalenders in seinem Arbeitszimmer, ein dritter in der Bibliothek; lediglich die Papierumschläge sind entfernt. Nach Tagen halte ich die Bücher in Händen. Auf den Rücken steht *Gothaischer Schreib-Calender* und die Jahreszahl, am Rand eine Goldlinie, die Einbände aus marmoriertem Papier. Verschiedene Farben, damit sich die Jahre unterscheiden. Die bei *Reyhers Wittwe und Erben* in Gotha gedruckten Jahrgänge 1815-1817. Jahrgang 1817, kein einziger Eintrag, ein leeres Buch. Das ist nach Christianes Tod. 1815 im Januar: *Reiße ins Carls Bath*, die Handschrift von Frau Kirsch, Christianes Reisebegleiterin. Der Jahrgang 1816: Fast lückenlose Eintragungen, Tag für Tag, vom 1. Januar bis zum 30. Mai 1816. *Der Gothaische verbesserte Schreib-Calender auf das Schalt-Jahr Christi 1816* gebunden in dunkles Braun mit Rot. Die Innenseiten von einem tiefen Blau.

Ein Geschenk Goethes an Christiane vermutlich. Als unaufgeschnittene Bogen gekauft, zum Buchbinder gebracht, der zwischen den derben Kalenderseiten jeweils einen Durchschuß gemacht und grünliches, feines Büttenpapier eingelegt hat. Das Ganze geheftet und gebunden.

Für jeden Tag eine halbe Seite, links die Tagesangabe, Sonnenauf-

und -untergangszeit, rechts der Raum für die Ausgaben, drei senkrechte Linien, für Taler, Groschen und Pfennige. Am Ende eine *Recapitulatio* für das Jahr. Und, was man damals wissen muß: Umrechnungskurse, eine Tabelle *Die Thaler zu Gulden und Gulden zu Thalern zu machen*, Zinsangaben: *Jährliches Intrese auf Taler zu 5 pro Cent*, Abstufungen bis zum wöchentlichen und täglichen Prozentsatz. Der *Post-Bericht*, wie *die ordinair=fahrenden Posten ... abgehen und ankommen*, Nachrichten über die *Fußbothen-Ordonnanz* und die *reitende Post*. Und die Sonnen- und Mondfinsternisse. Für das Schaltjahr 1816 wird angekündigt: *Wir haben in disem Jahre vier Finsternisse zu erwarten, zwey an der Sonne und zwey an dem Monde, wovon die eine Sonnenfinsterniß und die beyden Mondfinsternisse in unseren Gegenden sichtbar seyn werden.*

Die Eintragungen sind von der Hand Friedrich Theodor David Kräuters, er ist seit 1814 Goethes Sekretär. Christiane kommt gut mit ihm aus, er schreibt auch ihre Briefe. *Kräuter, der mich am besten versteht und in meiner Correspondenz der Brauchbarste ist*, heißt es bei ihr.

Der erste starke Eindruck der Lektüre des Tagebuches: die Fülle der Geschehnisse. Christiane ist von morgens bis abends auf den Beinen, sorgt, daß in dem großen Haus alles für den Hausherrn möglichst reibungslos läuft. Die Verantwortung für das Haus und ihn.

Zugleich ihre eigenen Bedürfnisse. Ihr Freundeskreis, Ausflüge, Spielgesellschaften. Die Tagebucheintragungen belegen, daß Christiane ihr Leben, das sie in den langen Abwesenheiten ihres Mannes von Weimar gewohnt ist, auch weiterführt, wenn er wieder anwesend ist. Und daß Goethe keinen Anspruch auf diesen Teil ihres Lebens macht.

Sie hat einen festen Kreis von Freunden. Zu den engsten gehört der Bruder. Das Tagebuch belegt, ihre Bindung an ihn, gewachsen in Kindheit und Jugend, als sie durch den frühen Tod der Eltern aufeinander angewiesen waren, hält bis zuletzt. Die Frau des Bruders, ihre Schwägerin Helene, ist darin eingeschlossen. Sie ist eine ihrer engsten Freundinnen.

Weitere Freundinnen sind die Jenaer Malerin Louise Seidler, mit ihr geht Christiane in die Komödie, mit ihr fährt sie in Weimar spazieren, sie besucht sie in Jena. Und die erste Schauspielerin am Hoftheater, die Mätresse des Herzogs, Frau von Heygendorf, auch da Einträge gegenseitiger Besuche. Und Louise Knebel, jene junge Kammersängerin, die Carl August geschwängert hat und die der vierundfünfzigjährige Knebel zu seiner Ehefrau machte.

Obwohl mehrmals Besuche von Frau von Stein erwähnt werden, ebenso einer von Charlotte von Schiller, ein Besuch bei Johanna Schopenhauer, zeigt das Tagebuch, daß sie bis zum Lebensende überwiegend den Freundeskreis beibehält, der ihr in den ersten Jahrzehnten durch ihre Nichtanerkennung in Weimar aufgezwungen worden war. Kleine Leute, niedere Hofbeamte, solche, die der Umgang ihres Vaters, des Amtsarchivars, gewesen sein könnten. Der Kammerbeamte Büttner, der Hofbeamte Peucer und der Kollaborator Lungershausen. Und Komödianten. Der Schreibkalender nennt die Schauspielerehepaare Unzelmann, Lortzing und Deny, Genast, Vater und Sohn, Ernestine Engels, den Sänger und Komponisten Moltke. Mit diesem Kreis verkehrt sie. Spazierfahrten unternimmt sie überwiegend mit Freundinnen; der abendliche Spieltisch, zu dem sie zum Whist- und Boston-Spiel ins Haus am Frauenplan lädt, vereint dagegen Männer und Frauen.

Die Aufzeichnungen lassen vermuten, daß Christiane zu ihren Bediensteten eine über das reine Anstellungsverhältnis hinausgehende freundschaftliche Beziehung hat. 25. März: *Dienemann mit der Horn getraut*, 8. April: *Dienemann und seine Frau ziehen ab. Ihr Wirtschaftsgeräthe nach Belvedere.* Johanna Christiana Höpfner, spätere Horn, ist 1805, mit einundzwanzig, Christianes Köchin geworden. Über zehn Jahre ist sie am Frauenplan. Johann Heinrich Dienemann, der Kutscher, ist 1810 als Vierundzwanzigjähriger ins Haus gekommen. Als er 1813 seinen Herrn nach Karlsbad kutschiert, schreibt Goethe an Christiane: *Der Kutscher ... läßt mir manchmal merken, daß er auch gegen Dich belobt sein möchte.* Jetzt heiraten Köchin und Kutscher, Christiane verliert sie. Dienemann übernimmt als Pächter den Gasthof am Schloß Belvedere. Auffällig vermehren sich nach dem 8. April Christianes nachmittägliche Kutschfahrten nach Belvedere, am 9., 10., 11., 12., 16., 18., 21. April, ebenfalls im Mai viele Fahrten.

Christianes Leben, das sie von ihrem Mann getrennt führt, steht das seine, von ihr abgegrenzte gegenüber. Die Hofpflichten nimmt Goethe ausschließlich allein wahr. Seine Einträge: 1. 3.: *Abends bey Serenissimo.* 7. 5.: *um ½ 11 beym Großherzog.* 14. 5.: *abends Gesellschaft bey Serenissimo.* Auch zu den Abendgesellschaften in die wichtigsten Häuser der Stadt geht er ohne seine Frau. Zu Voigts, zu Edlings. 30. 1.: *Abends große Gesellschaft bey Graf Edling.* 12. 3.: *War große Gesellschaft beim Grafen Edling.* Christiane macht keinen Anspruch auf diesen Teil seines Lebens geltend.

Auch keinen mehr auf seine Dichtung? Hier ist er es wohl, der sich zurücknimmt. Keine Mitteilungen, kein Vorlesen wie zu Zeiten, als Caroline noch an Christianes Seite war, wohl eher ein Abschirmen, Verhüllen. Er sucht andere Orte. Den Fürstenhof. *Abends bey der Großherzogin. Vorlesung des Divan*, notiert er am 20. Februar in sein Tagebuch. Charlotte von Stein und Frau von Schiller sind unter den Zuhörerinnen.

Auch wenn Goethe und Christiane am Abend beide im Haus am Frauenplan sind, gibt es kaum Gemeinsamkeiten. Ein Vergleich ihres Schreibkalenders mit seinem Tagebuch zeigt es. Jeder verbringt den Abend für sich und auf seine Weise.

Goethe arbeitet meist. Hält sich in den hinteren Zimmern auf. Ist allein. Hat Riemer oder Meyer zu Besuch.

Christiane hat ihre Spielgesellschaften. Sie nehmen zu, im März und April finden die Whist- und Boston-Abende zuweilen dreimal wöchentlich im Haus am Frauenplan statt. Immer eine Viererrunde von wechselnden Personen. Es kann in den Räumen des Vorderhauses nicht lautlos zugegangen sein bei den abendlichen Spielpartien.

Goethe allein bei der Arbeit, wenn zeitgleich das Kartenspiel im Gange ist. Tagebucheintragungen vom Freitag, dem 22. März. Sie: *KriegsSecretairn Wangemannin, Räthin Vulpius u. die Riemern Boston gespielt.* Er: *Shakespeares Heinrich IV. zweiter Theil.* Vom Sonntag, den 24. März. Sie: *Abends Spiel: Bassin, Rathin Vulpius u. d. Engels.* Er: *Shakespeares Heinrich IV. mit dem Original collationiert.*

Am 10. Februar Goethe: *Gallische Maske.* Schadow, Leiter der Hofbildhauerwerkstatt und Direktor der Kunstakademie in Berlin, hat erwirkt, daß er Goethes Gesichtsmaske abnehmen darf. Jene mit geschlossenen Augen, von der der Abguß in Gips und später in Bronze gemacht wird. Christiane, deren Tagebuch Schadow am 29. Januar, am 3. und 4. Februar als Mittagsgast an ihrer Tafel vermerkt, macht am Morgen dieses 10. Februar einen Parkspaziergang mit Caroline Riemer und Moltke, am Nachmittag fährt sie mit dem Schlitten aus.

Getrenntes Leben. Die Berührungspunkte sind die gemeinsamen Mittagsmahlzeiten, die Spazierfahrten und die Komödienbesuche. In auffälliger Weise gleichen die Gemeinsamkeiten der letzten Jahre denen der ersten.

Oft findet sich in den Tagebüchern der beiden die Notiz: *Mittags für uns. Mittags allein.* Bei den Mahlzeiten werden wohl alle nötigen Absprachen getroffen.

Die Spazierfahrten. Vom Arbeitsrhythmus her mag Goethe sie am späten Vormittag. *Spazieren gefahren mit dem Geh. R.*, trägt Christiane am 31. Januar vor Tisch ein. Am 24. und 28. Februar Ausfahrten; Christiane notiert am 28.: *Spazieren gefahren in d. Staatskutsche.* Und am 1., 2., 3., 7., 8., am 27. und 28. März in beider Tagebücher Einträge über Ausfahrten.

Goethe geht zuweilen zu Fuß, fährt am Vormittag allein aus, Christiane am Nachmittag mit mehreren Freundinnen, meist nach Belvedere.

Auch dorthin fahren Christiane und Goethe gemeinsam, wie ihre Schreibkalender ausweisen. Am 22. Februar und zum Osterfest, am Gründonnerstag, Karfreitag und Ostermontag. Zuweilen fährt auch jeder für sich. Einmal, am 14. März, treffen sie sich unverhofft. Goethes Tagebuch: *Nach Belvedere gefahren. Die warmen Häuser und das Erdhaus besehen.* Christiane: *Nach Belvedere gefahren mit der Riemern und anderen Freundinnen.*

Außerdem unternehmen sie Ausflüge in die weitere Umgebung. Am 13. Februar vermerkt das Tagebuch: *Mit dem Geh. Rath Schlitten gefahren und die Blankenhainer Schnitzwerke besehen.* Am 17. Christianes Eintrag: *Um 10 Uhr nach Berka. Mittags beym Bade Inspector. Auf dem Badeplatz. Zurück. Ein schöner Tag. Abends gelesen.* Goethe: *Um 10 Uhr nach Berka, Spazieren. Beym Bade-*

inspektor gegessen. Nach Tisch Sebastian Bachische Sonaten. Am Badeplatz. Nach Hause. Der Tag war sehr schön. Eine Woche später wird Berka *von der Erde weggebrannt*, am 26. April fahren sie nochmals nach Berka, sehen sich, wie Christiane notiert, die *schrecklichen Verheerungen des Brandes* an. Es ist ihre letzte gemeinsame Fahrt zu einem Ort außerhalb Weimars.

Ihr stärkster Berührungspunkt bleibt bis zuletzt die Komödie. Christianes Schreibkalender: 18. Februar: *nach Tische Transparents gesehen zu Hans Sachs*, 11. März: *Theater Costums angesehen.* Im Hoftheater zeigen sich beide in der Öffentlichkeit. Am 20. Januar notiert Christiane: *Abends: m. d. G. in der Loge.* Sie sitzt nicht mehr wie einst auf ihrer *Bank*, die ihr *niemand gönnt*, nicht mehr neben Madame Schopenhauer, sondern, wie in den letzten sechs Jahren wohl immer, neben ihrem Mann, dem Theaterdirektor, in seiner Loge.

Sie geht oft auch allein in die Komödie. Ihr Tagebuch bestätigt, daß ihr vom Bruder frühzeitig gewecktes Interesse für das Theater bis in ihr letztes Lebenshalbjahr anhält. Jeweils Montag, Mittwoch und Samstag ist Komödientag. Dreiundvierzig Aufführungen sieht Christiane in den fünf Monaten. In ihrem Schreibkalender notiert sie Stücktitel, meist in Verkürzung, ohne Angabe des Verfassers. Nur an wenigen Stellen (Notizen vom 21., 24. und 28. Februar) kommentiert sie Leistungen von Schauspielern oder Sängern.

Von den Vorstellungen erlebt sie fünfzehn mit Goethe gemeinsam, wie ein Vergleich mit seinem Tagebuch zeigt. Am 20. Januar hören sie in italienischer Sprache Cherubinis Oper »Der Wasserträger«. Am 19. Februar sehen sie ein Lustspiel von Jünger. Ihr Eintrag: *Abends: er mengt sich in alles.* Der seine: *Abends Er mischt sich in alles.* Am 2. März ein musikalisches Drama von Mehul. Sie: *Abends im Jacob u. sn. Söhnen.* Er: *»Josef in Ägypten«.* Am 9. März gleich zwei Lustspiele, am 11. »Die Aussteuer« von Iffland, am 18. »Das Epigramm« von Kotzebue mit Klingmann in der Hauptrolle. Am 20. »Das zugemauerte Fenster«, ebenfalls von Kotzebue und, wie es damals üblich ist, ein zweites Stück, die Oper »Antenore« von Pilotti Poißl. *Abends die ital. Oper Antenor, worin Brizzi u. seine*

Tochter gespielt und das zugemauerte Fenster, notiert Christiane. Am 25. März, wiederum in italienischer Sprache, die Oper »L' Addio d' Ettore o suo ritorno trionfante« und »Die Großmama« von Kotzebue. Am 30. März »Achill« von Paer. Am Ostermontag eine Oper von Winter. Sie: *Abends mit dem G.R. im unterbrochenen Opfer*. Er: *Das unterbrochene Opfer*.

Am 20. April ein Schauspiel von Weißenthurm. Am 1. Mai sind sie das letzte Mal gemeinsam im Theater. *Abends die Drillinge*, trägt Christiane ein, Goethe: *Die Drillinge*. Es ist ein Lustspiel von Bonin.

Am 3. Februar notiert Christiane: *Vier Kutschen Studenten zur Comödie im Schwan. Abends Don Carlos*. Es ist geblieben wie in den siebziger Jahren, als ihr Bruder in Jena studierte und die Studenten zu Schiller-Aufführungen *Räuberfahrten* veranstalteten. Auch jetzt kommen sie von Jena herüber, trinken, übernachten im Gasthaus zum »Weißen Schwan« am Frauenplan. Schiller ist noch immer der Zuschauermagnet.

Goethe hat es wesentlich schwerer. Im Februar 1816 wird Christiane, wie bereits mehrmals, Zeugin eines Theatermißerfolges ihres Mannes. Am 7. Februar ihre Notiz: *Abends im Epimenides der sehr gut ging*. Am 10. Februar: *Abends im Epimenides*. Es ist jenes Festspiel, das Auftragswerk zur Siegesfeier über Napoleon, das er im Vorjahr in Berka schrieb, das zum Einzug der Siegermächte in die preußische Hauptstadt im Oktober 1814 uraufgeführt werden sollte. Zum Verdruß Goethes kamen zum geplanten Termin in Berlin andere Sachen auf die Bühne, noch dazu mit Plagiaten seiner Ideen zur Dekoration.

Die Uraufführung in Berlin findet erst am 15. März 1815 statt, dem Jahrestag des Einmarsches der Sieger in Paris.

Ein denkbar ungünstiger Zeitpunkt. Denn Napoleon wendet noch ein letztes Mal die Lage. Am 26. Februar flieht er von Elba, landet am 1. März 1815 am Golf Juan und marschiert mit seinen Anhängern auf Paris zu. Am 20. März zieht er im Triumph ein, errichtet erneut seine Herrschaft. *Goethe glaubt, daß eine neue Revolution in Paris sehr wahrscheinlich sei*, schreibt Voigt an Eichstädt am 15. März, an jenem Tag, da in Berlin sein der Niederlage Napoleons gewidmetes Festspiel zur Uraufführung kommt. Der Erfolg ist sehr mäßig.

Dennoch setzt Goethe alles daran, daß das Stück Anfang 1816 zum Geburtstag der Herzogin in Weimar aufgeführt wird. Napoleons Herrschaft der hundert Tage ist inzwischen vorbei, nach der Schlacht von Waterloo hat er am 22. Juni 1815 endgültig kapituliert, die Engländer haben ihn im Oktober nach St. Helena, seinem letzten Verbannungsort, gebracht.

Goethe wendet große Sorgfalt an die Weimarer »Epimenides«-Aufführung. *Der Kapellmeister Weber von Berlin ist selbst gekommen, um seine dazu komponierte Musik zu leiten*, notiert Meyer am 27. Januar. Christianes Schreibkalender vermerkt *Cap. Mr. Weber aus Berlin* am 29. Januar als Gast an ihrer Mittagstafel. Auch die übrigen Mittagsgäste, *Geh. Hofr. Kirms, Cammerrath Kruse, Hofrath Meyer, Cap. Mr. Müller, Prof. Riemer, Hrr. Genast*, haben mit der Aufführung zu tun.

Dennoch ist auch in Weimar der Erfolg sehr gering. Schlimmer noch, es gibt Widerstände, die Musiker weigern sich zu spielen. Goethe ist empört, beschwert sich am 18. Februar bei der Hoftheater-Kommission. Sein Brief gibt seinen Ärger wieder, spiegelt aber auch seinen autoritären Anspruch als Theaterdirektor. Von *Schauspielern*, die *sich manchmal erdreisteten über aufzuführende oder aufgeführte Stücke mißbilligend zu sprechen*, schreibt er, dieses *Übel* sei zwar *völlig getilgt ... Nun aber scheint sich diese Roheit im Orchester einzufinden, indem ich, von vielen Seiten, hören muß, daß Glieder der Kapelle, im höchsten Grad der Unverschämtheit, gegen des Epimenides Erwachen und dessen Musik leidenschaftlich auftreten ... Läßt man ein solches Verfahren ungeahndet, so hängt es in der Zukunft von solchen sinnlosen Menschen ab, ein, mit so vielem Bedacht, Sorgfalt, Mühe und Kosten zu Stande gebrachtes Werk zu verschreien und dessen Wiederholung zu verhindern.*

Goethes Ärger über das *mißwollende Betragen* ist so groß, daß er ein *Gelübde* tut: *keine neue Komposition auf einem meiner Texte hier sobald aufführen zu lassen, damit nicht abermals die Gastfreundschaft gegen einen fremden Komponisten, so wie der mir schuldige Respect verletzt werde.*

Seine Kränkung hätte sich auf schönste Weise ausgleichen lassen, hätte er sich einer Postsendung aus Wien aufmerksamer gewidmet. Mit Begleitbrief vom 17. April 1815 sendet Joseph Edler von Spaun ihm ein Heft mit Kompositionen des neunzehnjährigen Franz Schubert. Es sind Vertonungen seiner Lieder, so u.a. vom »König in Thule« und Gretchens Lied am Spinnrad aus dem »Faust«. Den Noten ist die Bitte beigegeben, ihm, Goethe, diese Vertonungen widmen zu dürfen. Das Heft wird wieder in Franz Schuberts Hände gelangen, ohne ein einziges Wort Goethes.

Am 23. März: *Abends Wolfs letztes Spiel in Romeo und Julia*, notiert Christiane. Auch Goethes Tagebuch verzeichnet es. Wieder Ärger. Wieder seine Beschwerde bei der Hoftheater-Intendanz. *Es war darauf angelegt Wolffs nach »Romeo und Julie« herauszurufen und ihnen Gelegenheit zur Anrede an's Publikum zu geben. Dieß*, so Goethe, *sei zu verpönen.*

Die Beispiele für seinen autoritären Leitungsstil ließen sich beliebig fortführen. An Zelter heißt es einmal: *Wäre ich so jung wie Graf Brühl* (Brühl ist nach Ifflands Tod der neue Theaterdirektor in Berlin), *so sollte mir kein Huhn auf's Theater, das ich nicht selbst ausgebrütet hätte.*

Acht Jahre zuvor hat Goethe seiner Frau geschrieben: *Ohne Dich, weißt Du wohl, könnte und möchte ich das Theaterwesen nicht weiterführen.* Es wird für sie immer schwerer zu vermitteln, auszugleichen. Kaum ein Jahr nach ihrem Tod kommt es dann zum endgültigen Bruch, der Herzog legt Goethe die Abdankung von der Theaterintendanz nahe (Anlaß ist ein Streit mit Frau von Heygendorf über einen Hund auf der Bühne), Goethe ist gezwungen, von seinem Posten zurückzutreten.

Christianes langjährige Freundschaft zu Frau von Heygendorf wirkt offenbar ausgleichend. Humor war Goethes Stärke nicht. Gerade damit versuchen es vielleicht die beiden Frauen, einstige Nachbarskinder, in der selben Gasse aufgewachsen, nun Mätresse des Herzogs und Mamsellchen des Dichterfürsten, mit klingenden Namen: Frau von Heygendorf und Frau Staatsministerin von Goethe.

Christianes Ratschläge. Heiter, unkompliziert. Ohne ästhetische

Konzepte verläßt sie sich – sie kennt seine Empfindlichkeiten – einzig auf ihre Erfahrung, ihren Herzenstakt.

Nicht nur ihr enges Verhältnis zur ersten Hofschauspielerin, sondern ihre vielfachen freundschaftlichen Bindungen an die Komödianten kommen seiner Theatertätigkeit zugute.

Christianes Wärme, ihre Anteilnahme am Familienleben der Komödianten. An Geburt und Tod ihrer Kinder. *Madame Deny ins Wochenbett gekommen*, notiert sie am 16. April, und am 18.: *E. Genast mit der Nachricht von dem Tode von Hrn. Unzelmanns ältsten Knaben.* Kinder, das fällt auf, werden in ihrem Tagebuch oftmals erwähnt. Felix, der Sohn des Bruders, Knebels Kind mit seinem Fischgrätenunfall, der *kleine Deny*, der Sohn des Schauspielerehepaares. Das Neugeborene von Unzelmanns. Am 12. Februar: *Gevatterschaft bei Hrn. Unzelmann. Um 11 Uhr das Knäbchen im Haus aus der Taufe gehoben.*

Auch um Hochzeiten kümmert sie sich. Und an Geburtstage denkt sie. Vergißt den Riemers nicht, er wird im Haus am Frauenplan gefeiert, wie sein Tagebuch vermerkt. Auch den Carolines nicht. *Der Riemern zu ihrem Geburtstag gratuliert und angebunden*, heißt es am 14. März.

Diese Dinge sind wichtig und entspannend, in einer Zeit, da der Umgang mit Goethe zunehmend schwieriger wird. Andere bezeugen es. In jenen Februartagen 1816 zum Beispiel Charlotte von Stein. *Auf das Geringste, was man nicht ganz in seiner Vorstellung sagt*, beklagt sie sich über Goethe, *hat man einen Hieb weg. Ich frug ihn, ob diese Gedichte von einem oder verschiedenen orientalischen Dichtern wären ... erwiderte er: »Liebes Kind, das wird mir niemand erforschen.« Als wenn ich ein Mädchen von zehn Jahren wäre!* Charlotte von Stein ist da vierundsiebzig.

Ebensolche Reaktionen Christiane gegenüber? Ganz sicher, und vielleicht noch größere Ungeduld; Erwartung, daß sie Anweisungen ohne Erklärung seinerseits, widerspruchslos ausführt. Christiane wird es tun, wie sie es immer getan hat.

Welcher Abstand zu seinem Tun aber mag wohl in den Jahren ihres Nebeneinanders und seiner langen Abwesenheiten in ihr gewachsen sein?

Wie zum Beispiel mag sie in ihrem letzten Lebenshalbjahr die Goethe stark beschäftigenden politischen Veränderungen im Weimarer Herzogtum gesehen und für sich reflektiert haben?

Das Tagebuch weist ihr Interesse an den Beförderungen von Sohn, Bruder und Ehemann aus. 2. Januar: *Der Cammer Asessor das Diplom als Cammerrath*. 22. Januar: *Mein Bruder als Rath sich präsentierend*. 24. Januar: *Decret für meinen Mann als Staatsminister*.

Die Veränderungen im Großherzogtum Weimar haben Goethe den Titel eines Staatsministers gebracht. Demzufolge ist auch sie *Frau Staatsministerin*, die von August geführten Rechnungsbücher geben auch der Mutter ab dem Quartal *Ostern bis Johannis 1816* diesen Titel (GSA 34 XXVI, 1,2).

Goethe hat Sitz und Stimme im Staatsministerium (der Nachfolgebehörde des Geheimen Consiliums) verloren, er teilt sich sein Amt auf herzoglichen Befehl mit Minister Voigt.

Diese neuen Machtkonstellationen veranlassen ihn, für eine gute Plazierung seiner Person (und damit auch der Bereiche, die er vertritt) Sorge zu tragen. Vielfache Aktivitäten. Diplomatische Schreiben. Der Hinweis an den Herzog, daß *Weimar … den Ruhm einer wissenschaftlichen und kunstreichen Bildung über Deutschland, ja Europa verbreitet* habe, daß ihm, Goethe, *mir Überlebendem* nach dem Tod von *Wieland, Herder, Schiller und anderen … ein großer Theil jener nicht einträglichen Erbschaften zufallen*. Goethe knüpft daran die Bitte, daß er eine eigene Kanzlei erhalte, Schreiber, Sekretär und Sohn fortan aus der herzoglichen Schatulle bezahlt werden. Es geschieht. Auch um den Rang seines Amtes in der Hofhierarchie kümmert er sich. Der *unmaßgebliche Vorschlag* an Voigt, *mich bei dem Hofetat aufzuführen, und zwar so gleich nach dem Hofmarschallamte*.

Sorge, wie sein Amt zu betiteln sei. Boisserée schreibt er, er leite *das wundersamste Departement in der Welt, ich habe mit neun Männern zu thun, die in einzelnen Fächern alle selbstständig sind, unter sich nicht zusammenhängen und, bloß in mir vereinigt, eine ideelle Akademie bilden*. Der Aufgabenbereich, Leitung der großherzoglichen wissenschaftlichen und kulturellen Institute durch ihn und Voigt, wird, wie von ihm vorgeschlagen, unter dem Namen

»Oberaufsicht über die unmittelbaren Anstalten für Wissenschaft und Kunst in Weimar und Jena« zusammengefaßt.

Ein gewisses Kopf-an-Kopf-Rennen mit dem ihm befreundeten Voigt setzt ein. So leitet Voigt z. B. die Stiftungsfeier des »Weißen Falkenordens«. Goethe gehört zu den Empfängern des Großkreuzes des »Ordens der Wachsamkeit oder vom Weißen Falken«, mit dem am 30. Januar *die Minister Goethe, v. Fritsch, v. Gersdorff sowie der Generalmajor v. Egloffstein* geehrt werden, *eine Reihe weiterer Staatsdiener erhält Auszeichnungen geringerer Klassen*, notiert Voigt, der seinen Bericht schließt, Goethe habe *namens seiner und der Ritter eine Kleine Dankungsrede* gehalten.

Wie mag Christiane das Ordentragen, dieses bei Hofe Antichambrieren, Verbeugungen- und Kratzfüße-Machen, empfunden, gesehen haben? Goethe hält sie zeitlebens von der Politik fern (*politisch*, eine Eigenschaft, *die Du Dir nicht anmaßest*), sie kann daher weder die strategischen noch taktischen Erwägungen für solches Verhalten nachvollziehen.

Sicherlich hat sie es nicht immer ernst genommen, sich zuweilen über Goethe amüsiert, ihn komisch gefunden. Ihre Tagebuchnotiz vom 7. April: *Der G. R. zum Huldigungsfest bey Hof.* Das *Huldigungsfest* könnte ein Beispiel ihres verstohlenen Amüsements sein.

Mit dem Huldigungsfest am Weimarer Fürstenhof soll, so Goethe, der ... *Schlußstein eines neuen Gewölbes ... eingesezt werden.* Es ist *die zur Beratung der Verfassung bestimmte Versammlung*, auf der die beim Wiener Kongreß neuerworbenen Gebiete (die Einwohnerzahl erweitert sich von 100 000 auf 180 000) Carl August ihre feierliche Erbhuldigung darbringen werden.

Das Fest wirft seine Schatten voraus. Bereits am 23. März vermerkt Goethe: *Graf Edling wegen der Huldigungsfeierlichkeit.* Es geht um das Protokoll, um die Rangordnung bei den Feierlichkeiten. Goethe bestätigt das ihm von Edling Zugesagte sofort schriftlich an Voigt: *Auf Ew. Exzellenz gestriges wertes Schreiben* (in dem es ebenfalls um das Protokoll ging), *in welchem die verehrten Gesinnungen, die mich schon lange beglücken, so deutlich abermals hervorleuchten sah, überrascht mich Herrn Graf Edling mit der*

Nachricht, daß ich bei dem Huldigungsakt zur rechten Seite am Throne in Ew. Exzellenz Gesellschaft stehen soll. Worauf ich denn nun meinen devotesten Dank abstatten konnte, und solches sogleich zu melden nicht verfehle.

Dann wird Goethe krank und seine Teilnahme am 7. scheint unmöglich. Aber mit einem Willensakt zwingt er sich aus dem Bett. Was zeigt, wie wichtig es ihm ist. Zelter beschreibt er danach den Vorgang: *Den 2. April wurde ich von einem … starken rheumatischen Übel befallen, daß ich mich zu Bette legen mußte, nach meiner Einsicht schien es beinah unmöglich den 7. an meinem Platze zu sein. Da fiel mir glücklicherweise ein Napoleonischer Spruch in's Gedächtnis: »l' Empereur ne connoit autre maladie que la mort«, und ich sagte daher dem Arzte, daß ich, wenn ich nicht tot wäre, Sonntag Mittag um 12 bei Hof erscheinen würde. … ich stand Sonntag zur rechten Stunde an meinem Platze, rechts, zunächst am Thron, zugleich auch konnt ich noch bei Tafel allen mir obliegenden Schuldigkeiten genug tun.*

Nach Christianes Schreibkalender (Eintrag vom 5. April) übt er das Aufstehen bereits am Freitag. Vom Morgen des Huldigungsfestes ist ein Billett an seinen Ministerkollegen Voigt überliefert. *Ew. Exzellenz erlauben an diesem frohen Tage einen Morgengruß mit geziemender Anfrage: Da ich heute zu dem Glück gelange, so bitte meinen Wunsch nach äußerer Konformität dadurch zu begünstigen, daß Sie mir auf Nachstehendes eine geneigte Auskunft erteilen: Die beiden Sterne werden auf die Uniform geheftet, das Band des Falkenordens über der Uniform getragen, das Band des St. Annenordens hingegen unter derselben, so daß Schleife und Kreuz an der rechten Seite hervorsieht. Ist dieses so recht, so hoffe Ew. Exzellenz in solcher Gestalt nach einigen Stunden zu begrüßen.*

Das Zeremoniell findet statt. Goethe habe *bei der vorgestrigen Zeremonie … erzwungen*, schreibt Knebels Frau, *als erster Geheimrat mit allen seinen Orden dicht neben dem Großherzog zu paradieren.* Karl von Stein berichtet: *Daß auch gescheite Leute in diese Misères einigen Wert legen können, wo sie keinen haben, bewiesen Goethe und Voigt, welche sich um den ersten Platz am Thron des Großherzogs von Weimar stritten. Voigt hat behauptet, er führe das Staatsruder, aber Goethe hat ihn weggerudert durch die Ancienne-*

tät, was übrigens, da mehrere auf diesen Throntreppen herumstanden und herumtrampelten, niemand, der nicht den vorhergegangenen Disput wüßte, amüsiert oder aufmerksam gemacht haben würde. Voigt führt deswegen doch nach wie vor das Staatsruder; und Goethe flankiert auf dem Pegasus drum herum.

Und Christiane? Sie ist an diesem für Goethe so wichtigen Tag, dem Palmsonntag, zum Mittagessen zu Caroline und Riemer eingeladen. Ihr Tagebuch hält das Huldigungsfest aus ihrer Perspektive fest: *Der G. R. von der Tafel am Hof kam bey Riemers und brachte uns den Nachtisch.* Auch Ernestine Engels ist dort, auch sie notiert, daß Goethe *allerlei Konfitüren* brachte.

Weiter heißt es bei Christiane: *Abends für uns.* Bedeutet das einen gemeinsamen Abend am Frauenplan? Wohl kaum. Goethes Schreibkalender vermerkt: *Burtins Capitel über Restauration. Meyer. Schloßflügelbau. Böhmische Chronik.* Sein Briefbericht an Zelter über diesen Tag schließt: *... zog ich mich wieder zurück und legte mich ins' Bette, um zu erwarten, bis etwa der kategorische Imperativ uns wieder auf Leib und Leben hervorriefe.*

Der *kategorische Imperativ* ist sein Werk. Alles in Goethes Leben ist diesem Pflichtgebot zu- und untergeordnet: die Stellung bei Hofe, die Theaterintendanz, Haus, Sohn, Freunde, Frau.

Sein Werk, das seine Einsamkeit fordert und auf andere Weise Christianes Einsamkeit bedingt. Was tut sie an Abenden, wenn sie nicht in die Komödie geht, nicht Boston oder Whist mit den Freunden spielt. Sie liest. Auch darüber gibt ihr Tagebuch Auskunft. Acht Vermerke über Lektüre. Das einzige frühe Briefzeugnis, das überliefert ist, hat uns suggeriert, sie lese nur aus Langeweile und schlafe schnell darüber ein, wenn es nicht gerade Tiecks »Genoveva« sei. Der Austausch von Büchern und Journalen mit ihrer Schwiegermutter ließ dann andere Akzentsetzungen zu. Die beiden letzten Bücher, die sie liest, sind Pfeffels Erzählungen und »Das Paradies der Liebe« von James Lawrence.

Sein utopischer Roman mit dem Untertitel *Anmutige Abenteuer im Lande der Naiven an der Küste von Malabar wo Freiheit des Weibes den Menschen das Glück gewährt, sowie schreckliche Be-*

gebnisse in der ganzen übrigen Welt wo die unselige Ehe herrscht, konfrontiert sie mit frauenrechtlerischen Ideen, vorgetragen von einem Mann. Die Vorrede hat der Verfasser 1793 geschrieben, er bezieht sich auf Mary Wolstonecraft-Godwins ein Jahr zuvor erschienenes Buch über die Rechte der Weiber, schreibt, die *Hälfte des Menschengeschlechts* müsse die *Ketten brechen* und seine *natürlichen Rechte behaupten.*

In seinem »Paradies der Liebe« macht Lawrence ausschließlich die Erziehung für die Ungleichheit der Geschlechter verantwortlich, er traut den Frauen gleiche geistige und körperliche Kräfte zu, schildert ein matriarchalisches Gemeinwesen, in dem Sorgerecht für Kinder und Erbrecht ausschließlich bei den Frauen liegen; die Kinder kennen das Wort Vater nicht, sprechen von den Freunden ihrer Mütter. Eine Frau kann so viele Liebhaber haben, wie ihr Haus Türen hat.

James Lawrence ist für Christiane kein Unbekannter, er ist in Weimar gewesen, Goethe steht mit ihm in Briefwechsel.

Wieviel Zeit hat Christiane für eine solche Lektüre? Ihr Schreibkalender vermittelt den Eindruck des Hektischen, Gehetzten, Rastlosen.

Eben dieses: *Dich zu zerstreuen ist die Hauptsache.* Sie ist bereits eine schwerkranke Frau. Dazu eine, die einen riesigen Haushalt zu bewältigen hat.

Das ist in vielen Details ihrem Tagebuch zu entnehmen. Sieben Bedienstete arbeiten zu der Zeit im Goethe-Haus. Vier männliche: Kutscher, Diener, Schreiber und Sekretär. Drei weibliche: Köchin, Hausmädchen, Jungfer. Die notwendig gewordenen Neueinstellungen von Köchin und Kutscher. Am 8. April tritt – laut Schreibkalender – eine neue Köchin ihren Dienst an. Wir kennen nur ihren Nachnamen: Lincke. Der neue Kutscher ist Johann Georg Bartsch, dreiundzwanzig Jahre alt. Auch eine neue *Jungfer* wird eingestellt. Die Quartalsrechnung *Ostern bis Johannis 1816* (GSA 34 XXVI, 1,2) verzeichnet unter dem 14. April: *Minchen beym Abschied* einen Taler und 10 Groschen. Im Kalender unter dem 30. April: *die Jungfer aus meinen Diensten entlassen.* Am 2. Mai: *Eine neue Jungfer gemietet.* Es ist Christiane Rolsch, in der Quartalsrechnung ist *Mietgeld* für sie verzeichnet. Auch das Hausmädchen Hanne Grützmacher ist neu. Und der Diener Ferdinand Schreiber. Lediglich John und Kräuter, Schreiber und Sekretär, sind seit Ende 1814 angestellt. Alle Neuen sind unerfahren, Christiane muß sie einarbeiten, anleiten. Zugleich muß alles reibungslos laufen wie bisher.

Ihre täglichen Eintragungen im Schreibkalender: *Hauswirthschaftl. Gedanken – Hauswirthschaftl. Besorgungen – Hauswirthschafl. Bestimmungen und Anordnungen – Wirthschaftliche Anstalten – Anordnungen in der Wirthschaft.*

Mehrmals ist von Sorgen die Rede: *Wirthschaftl. Sorgen – Hauswirthschaftliche Sorgen.* Und immer wieder Rechnungen, Übersichten. 6. März: *Invendarium revidirt.* 12. März: *Das Invendarium vollendet. Hauswirthschaftliche Rechnung besorgt.* August, der Sohn, geht ihr dabei zur Hand, das *Ausgabenbuch von Weyhnachten 1815 bis Ostern 1816* (GSA 34 XXVI, 1,1) zeigt in der Vereinfachung der Rubriken seine Handschrift, das nächste, ab Ostern (GSA 34 XXVI, 1,2), wird weitgehend von ihm geführt.

Bis zuletzt, das belegt ihr Tagebuch, hat sie den Haushalt fest in der Hand, plant, leitet an, beaufsichtigt, arbeitet selbst. *Salzfleisch aufgehängt. Große Wäsche gebiegelt* (9.1.). *Die Wagen Reparaturen besprochen* (10.1.). *Brief an Ramann in Erfurt wegen Chambagner* (1.2.). *Waesche ausgesucht* (3.2.). *Brief an Ramann um 6 od: 8 Bouteillen Champagner* (8.3). *Die Oefen ausgebrannt* (19.4.). *Große Waesche* (25.4.). *Burgunder abgezogen* (3.5.).

Sie bäckt noch immer selbst, den Weihnachtsstollen; *Hefen und Milch zum Schüttchen, Rosinen zum Schüttchen*, vermerkt ihr Ausgabenbuch. Sie sorgt für neue Wäsche, *Spinnerlohn, Leinwand; Nachthemden zu machen*, findet sich unter der Rubrik »Allerley«. Sie läßt im Winter 1815/16 für 42 Taler das Holz – wie stets – von den *Züchtlingen* machen, (alle Angaben nach GSA 34 XXVI, 1,1).

Bis zuletzt auch wird die Wäsche im Haus gewaschen und gebügelt, erst als sie das Bett nicht mehr verlassen kann, notiert der Sohn August *9 T. 22 gr. 6p.* für *Wäsche welche während der Krankheit außer Haus gegeben* worden ist (GSA 34 XXVI, 1,2).

Im Tagebuch Ende April und Anfang Mai immer wieder ihre Einträge: *Im Garten.* Am 30. April: *Im Garten den ersten Spargel gestochen*. Auch für die Gärten, den am Haus, den am Stern, das Krautland nördlich vom Lottenbach, sorgt sie bis zuletzt. Tagebucheintrag am 29. Februar: *Brief Handelsgärtner Gottlob & Comp. in Arnstadt mit 2. Th. 11 gr. 6 pf. curr. für Sämereien*. Auch beim Gärtner gibt es einen Personalwechsel. Am 16. März: *Der neue Gaertner zum ersten Mal im Garten beschäftigt*. Im Ausgabenbuch als letzte von ihr veranlaßte Arbeiten: 23. März: *Dünger hereingetragen*. 2. April: *das Krautland zu graben und Weiden zu köpfen* (GSA 34 XXIV, 1,2).

Am 15. Mai notiert Christiane: *Voranstalten zur Carlsbader Reise*. Zu dieser Reise wird es nicht mehr kommen.

Welchen Aufschluß gibt der Schreibkalender über Christianes körperlichen Zustand?

Ein Jahr ist vergangen, seit sie *zwei Querfinger vom Tode* war.

Immer wieder, verteilt auf die Monate, Einträge: *unpaß, nicht wohl, ... das Bett gehütet, ... nicht gut disponiret, ... Anfall von Magenkrämpfen, ... wegen Unpäßlichkeit bald zu Bette*. Am 18. Januar *Vorbereitungen zum Ball. Vereitlung wegen eintr. Unpäßlichkeit*.

Auch Stimmungsschwankungen, Depressionen: *wegen unfreundlicher Witterung verdrüßlich, ... noch immer wegen kalter, regenhafter unfreundlicher Witterung kränklich*, heißt es, und: *Wehmütige Stimmung, gegen alles gleichgültig*, den Tag darauf: *Die Stimmung von gestern*.

Zu hoher Blutdruck offenbar, Nierenprobleme, in Zusammenhang damit bei zu fetten Speisen Magenbeschwerden. Die Gefahr eines erneuten Schlaganfalls. So ist aus heutiger Sicht zu vermuten. Die damalige Medizin steht dem Krankheitsbild hilflos gegenüber.

Christiane macht dem ohngeachtet keine Abstriche, schont sich in keiner Weise, geht allen ihren Verpflichtungen im Haushalt und Haus nach, hält ihren gewohnten Lebensrhythmus aufrecht.

Weiß sie, wie bedenklich ihr Zustand ist? Anhalten, Schonen, Müdewerden gibt es für sie nicht neben dem Mann, der sich um Jahre verjüngt hat, voller Schaffenskraft und Energie ist. Nur indem sie immer sofort wieder auf die Beine kommt, kann sie die *Erneuerung* der *alten angenehmen Bilder* herbeiführen; ... *vergnügt* ... *heiter* ... *leicht* ... *frei* ist ihre jeweilige Tagebuchdiktion dafür.

Am Gründonnerstag z.B. trägt Christiane ein: *Abends allein.* Meist ein Zeichen, daß es ihr nicht gut geht. Am Karfreitag ebenfalls: *Abends allein.* Am Ostersamstag: *nicht gar wohl* ... *Abends kränker.* Am Ostersonntag, am Mittag: *Magenkrämpfe.* Doch dann geht sie aus: *Abends zum Thee bey Wangemanns. Bis Mitternacht daselbst sehr vergnügt*, notiert sie.

Als Goethe am 11. Mai zu einem Arbeitsaufenthalt nach Jena geht, beginnt sie sofort mit dem alljährlichen Frühjahrsputz, der wegen Lärmbelästigung nur in seiner Abwesenheit geschieht. Ihr Eintrag vom 14. Mai: *Das ganze Haus gereinigt und geputzt.* Einen Tag später schreibt sie nach Jena: *Bei uns ist alles in Tumult, der Zauberlehrling ist in allen Zimmern eingekehrt; Deine Zimmer sind aber alle schon fertig.*

Sie hat sich übernommen. Am 17. Mai die Notiz: *Wegen Unpäßlichkeit zu Hause und allein.* Am 18. Mai ist sie im Garten, liest, ruft Kräuter, diktiert ihm einen Brief an Goethe. Und sie erhält einen von ihm, in dem er sie um Vorsicht gebeten und ihr zum Aderlaß geraten haben muß. Der Brief ist nicht überliefert. Aber Christianes Antwortbrief.

Für mich einer ihrer schönsten Briefe. Ihre Unpäßlichkeit zwingt sie zum Einhalt. Die Hektik fällt von ihr ab. Ruhe kehrt ein. Wie sie sich in den Septemberbriefen des Vorjahres ohne Klage und Vorwurf von ihm zurückzog, nicht mehr von einem ›wir‹ die Rede war, so zieht sie sich jetzt aus Haus und Garten am Frauenplan zurück, wiederum ohne Vorwurf. Es scheint, als habe sie bereits die Gewißheit ihres nahen Endes. *Ich freue mich unendlich, daß Dirs gut geht, denn das ist ja unser aller Glück*, beginnt ihr Brief. Dann schildert sie den Garten, den sie über ein Vierteljahrhundert gepflegt hat. *Dein Garten*, schreibt sie, *steht gegenwärtig in seiner größten Pracht* ..., und, daß sie *jeden Sonnenblick* nutze, *um in freie Luft zu kommen, die* ihr *so wohl thut.* ... *Die Apfelbäume blühen in höchster Fülle, es steht Blüthe an Blüthe, die Rabatten vor Deinen*

Fenstern schmücken die schönsten gefüllten Tulipanen, deren schöne Farben die stolzen Kaiserkronen verdunkeln, und trotz der geringen Wärme und den kühlen Nächten reift doch alles der Vollkommenheit entgegen. Möge Dich die schöne Blüthe in Jena für diese Entbehrung reichlichst entschädigen.

Am darauffolgenden Tag, am 19. Mai, hat sie einen ebensolch schweren Anfall wie im Januar des Vorjahres. *Um acht Uhr plötzlich beym Ankleiden eine starke Ohnmacht, eine Art Blutschlag, der mich besinnungslos zu Boden warf. Ärztliche Hülfe. Huschke und Kämpfer. Aderlaß. Spanische Fliege.* Sie bleibt den ganzen Tag im Bett.

Aber schon am nächsten ist sie wieder auf. *Erlaubniß des Arztes außer Bett zu bleiben. Ziemlich wohl, stark verminderter Blutandrang, es war mir sehr leicht.*

An diesem Tag benachrichtigt August den Vater in Jena über den Zustand der Mutter. *Ich muß Ihnen melden, daß die Mutter gestern nicht ganz wohl war ... Sie ist aber heute wieder hergestellt ... Sie können ganz ruhig bleiben. Ihr August von Goethe – in Eile den 20ten Mai 1816* (GSA 28/70 Blatt 189).

Der Sohn bagatellisiert. Ebenso Christiane. Goethe darf nicht aus seiner Arbeit herausgerissen werden. Christiane geht zur Tagesordnung über. Am 21. ihre Notiz: *Haeusliche Beschäftigungen.*

Am 22. Mai im Schreibkalender: *Nachricht von dem Geh. Rath von Jena.* Und: *Brief an den Geheim. Rath nach Jena.* Wiederum ist sein Brief nicht überliefert, ihrer dagegen erhalten. Sie erwidert ihm am 22. nicht auf sein Schreiben von diesem Tag, sondern auf das vom 18. Mai. *Lieber Geheimerath! Ich habe Dich um Verzeihung zu bitten, daß ich Deinem gut gemeinten Rath wegen des Aderlasses nicht schleunig genug nachgekommen, wodurch höchstwahrscheinlich ich diesem Unfalle entgangen wäre,* heißt es. *Ich danke Gott, daß es so glücklich überstanden ist. Gegenwärtig befinde ich mich ziemlich wohl, der Kopf ist mir sehr leicht, alle Sinne sind frei und heiter, und nirgends ist mehr ein Druck oder betäubende Schwere zu bemerken. Nur die spanische Fliege incommodirt mich noch etwas.* Als Postskriptum steht, daß sie Goethe zwei Bouteillen von seinem geliebten Wertheimer Wein schicke, und sie beklagt, daß kein Champagner im Keller sei.

Das ist der allerletzte Brief Christianes. Ich habe ihn im Archiv im Lesegerät. Der Zelluloid-Streifen des Films, den ich auf dem Bildschirm vergrößern kann. Ich möchte gern das Original sehen; eine Ausnahme wird gemacht. Christianes letzter Brief liegt vor mir. Er ist von Schreiberhand, sie hat ihn Kräuter diktiert. Hat nicht, wie sonst, den Satz vor der Unterschrift, jenes *Nun lebe wohl und glücklich da bin ich zufrieden*, wie im Brief vom 14. September 1815, oder das *Nun lebe wohl und vergnügt* im Brief vom 18. Mai 1816, mit eigner Hand hinzugefügt. Auch das *Leb nun wohl und gedenke mein* ist von Kräuter. Nur der Namenszug von ihr, auf die für sie charakteristische Weise: die drei Anfangsbuchstaben von Vornamen, Adelstitel und Nachnamen C, v und G in einem zusammengefügt: *CvG*.

Am 22. Mai, als sie diesen letzten Brief an Goethe diktiert, bittet sie Kräuter, in den Kalender zu schreiben: *Wirtschaftl. Anstalten. Wehmütige Stimmung, gegen alles gleichgültig Mittags mit dem C. R. allein.* Sie ißt also mit August zusammen. (Wie sie Goethe *Geh. Rath* nennt, so bleibt sie auch beim Sohn beim offiziellen Titel: *C. R.* = Cammerrath.) Ahnt der Sohn, wie krank seine Mutter ist?

Sie führt den Haushalt wie gewohnt weiter. Am Freitag, dem 24. Mai, notiert sie: *Vorbereitung zur großen Wäsche.* Und: *Die Stimmung von gestern.* An diesem 24. Mai reist Kräuter zu Goethe nach Jena.

Sie hat also keinen Schreiber zur Hand. An den folgenden Tagen, vom Samstag, dem 25., bis Dienstag, dem 28. Mai, gibt es daher keine Eintragung.

Goethe in Jena notiert am 20.: *August. Mutter.* Am 21.: *Huschke bessere Nachricht von Hause.* Am gleichen Tag gesteht Goethe Zelter: *Mein Befinden verlangt die größte Gleichheit im Leben und Genießen.* Am 24. seine Notiz: *In Griesbachs Garten. Den Prinzessinen die indischen Märchen erzählt.* Am 25. an Riemer: *Dem Frauchen meine besten Grüße. Ich werde es ihr von Herzen danken wenn sie der meinigen in diesen Momenten beisteht.*

Am 27. Mai speist er mit den Prinzessinnen, fährt mit ihnen nach Drakendorf zu Silvie von Ziegesar. Abends ist er allein. Am 28. liest er *bis tief in die Nacht hinein Calderon*, läßt sich *in ein … meerumflossenes, blumen- und fruchtreiches, von klaren Gestirnen beschienenes Land* versetzen.

In dieser Nacht hat Christiane einen erneuten schweren Anfall.

Ein Bote muß sofort nach Jena geritten sein, um Goethe zu holen. *Um 9 Uhr abgereist …* Zusammen mit Kräuter kehrt er zurück, *halb elf* sind sie in Weimar. Kräuter trägt in Christianes Schreibkalender ein: *29. Mittw.: In der Nacht von 1-4 die heftigsten Anfaelle von Krämpfen, von starken Ohnmachten begleitet. Hoechste Lebensgefahr.*

Goethe notiert am 29. in sein Tagebuch: *Gefährlicher Zustand meiner Frau.*

Am 30. Mai: *Meine Frau wieder außer Bett.*

Am 31.: *Rückfall meiner Frau.*

In Christianes Schreibkalender am 29. noch der Eintrag: *Ärztliche Hülfe. Aderlaß u. d. g. Sehr schwach und erschoepft. Um 12 Uhr der Geh. Rath retour von Jena. Den ganzen Tag im Bett.* Einen Tag später, *30. Donn.: Matt und schwach. Gegen Mittag das Bett verlassen. Die Riemern. Die Stube gehütet. Bald zu Bette.*

Mit diesen Worten bricht das Tagebuch Christianes mit dem Datum des 30. Mai 1816 ab.

Sie wird das Bett nicht mehr verlassen können. An diesem Tag sehen sich Goethe und Christiane vermutlich zum letzten Mal.

Vom 31. Mai, dem Tag, an dem Goethe notiert: *Rückfall meiner Frau*, gibt es eine Tagebuch-Notiz der Schauspielerin Ernestine Engels. *Früh ging ich zur Heygendorf. Nachher zur Goethen, die sehr krank war. Der Geheimerat bat mich, da zu bleiben. Ich blieb den ganzen Tag dort. Die Riemer und Vulpius auch.*

Christiane ist von drei Frauen umgeben, die ihr auch sonst nahestehen, von ihrer Schwägerin, ihrer langjährigen Gesellschafterin und der jungen Schauspielerin.

1. Juni, Goethe in sein Tagebuch: *Gefährliches Befinden meiner Frau während der Nacht.*

Am 2. Juni: *Mancherlei mundiert. Briefe u. desgl. Rhein und Mayn, 1. Heft: an Freiherrn von Stein nebst Brief; Schlosser nebst Brief: Toni Brentano; Ehrmann; v. Hügel; Willemer. Verschlimmer-*

ter Zustand meiner Frau. Minchen ward krank. Mittag Dlle Engels und Kräuter zu Tisch. Nach Tisch Paquet nach Frankfurt. Hofr. Meyer. Hofmedicus Rehbein. Verschlimmerter Zustand meiner Frau.

An jenem 2. Juni – es ist der Pfingstsonntag – sind wieder mehrere Frauen bei Christiane. Auch der Arzt ist anwesend, der Hofmedicus Rehbein. Von einer Krankenwärterin ist nicht die Rede. Übernehmen es die Frauen wechselweise? Können sie das rein physisch? Caroline Riemer zum Beispiel ist in anderen Umständen.

Und wer bleibt zur Nacht bei Christiane? Ernestine Engels am 2. Juni in ihr Büchlein: *Früh mit meiner Arbeit zur Goethen; sie war sehr krank. Die Müller und John kamen hin, später die Riemer. Ich blieb bis zur Probe dort ... Beim Nachhausegehn wieder zu Goethens; sie war bis zum Tode schlecht. Die Riemer und Vulpius blieben mit mir bis 10 dort. Dann traurig nach Hause; ich hatte eine schlaflose Nacht.*

Auch im Haus am Frauenplan gibt es wenig Schlaf. Goethe in sein Tagebuch: *Eine unruhige sorgenvolle Nacht verlebt. Die Köchin dieselben Anfälle, zu Bette.* Von den sieben Angestellten im Haus sind fünf neu. Nach kaum einem Monat Dienst noch unvertraut mit dem großen Haushalt. Christiane, die stets alle Fäden in der Hand hatte. Nun die Extrem-Situation. Ihr Ausfall. Der *haltbare Punkt fehlt*, von *Verwirrung* spricht Goethe.

Das im Tagebuch erwähnte erkrankte *Minchen* ist entweder Hanne Grützmacher oder Christiane Rolsch, Jungfer oder Hausmädchen. (Goethe pflegt beim Wechsel der Dienstboten den alten vertrauten Namen beizubehalten. Nach der Entlassung von Karl Stadelmann nennt er den nächsten Diener ebenfalls Karl.) Nun, nach Minchens Ausfall, auch noch die Erkrankung der Köchin. Auf einer einzigen weiblichen Hausangestellten ruht jetzt die ganze Last.

Am Morgen kommen die befreundeten Frauen wieder. Goethe am 3. Juni: *Frau von Heygendorf bei meiner Frau, die noch immer in der größten Gefahr. Mittag zu zwei. Divan. Briefe. Rhein und Mayn-Heft an von Schuckmann zu Berlin. Brief an Schadow, daselbst. Brief an von Preen nach Rostock mit Rhein und Mayn-*

Heft und Marmortäfelchen. Brief an Cotta nach Stuttgart. Entoptische Farben. Pflanzen-Extrakte, chemische Versuche damit. Hofr. Meyer. Zeitungen und Betrachtungen darüber. Den ganzen Tag über Minchen leidlich.

Am selben Tag notiert Ernestine Engels: *Früh zur Heygendorf. Dann mit ihr zu Goethens. Sie war um weniges besser. Die Lortzing kam auch hin. Wir waren alle in der Küche, weil die Köchin auch krank war. Dann ging ich mit der Lortzing nach Hause.*

Die Schauspielerinnen und die Mätresse des Herzogs kochend in der Küche, während der Dichter in seinen hinteren Zimmern sich philosophischen Gedanken hingibt, nach Tisch die Divan-Gedichte vornimmt, chemische Versuche mit Pflanzenextrakten macht, an seiner Post und anderem arbeitet.

Die schwerkranke Christiane in ihrem Zimmer. Der Dichter, der sich vom Sterben seiner Frau fernzuhalten sucht, um das Werk wachsen zu lassen.

Diese Haltung gegenüber Krankheit und Tod ihm nächster Menschen ist mehrfach aus Goethes Leben überliefert. Wenn Krankheit oder Tod in seiner Nähe auftreten, stürzt er sich in Arbeit, hält nicht nur an seinem gewohnten, strengen Tagesrhythmus fest, sondern steigert ihn geradezu, vermehrt seine Energien. *Ich muß mit Gewalt arbeiten, um mich oben zu halten.* Er begegnet dem Tod, indem er ihm den Rücken kehrt, flieht.

Kein anderer Mensch wohl hat Goethes Verhältnis zum Tod so nah und existentiell erfahren und bitter durchlebt wie Christiane. Elias Canetti hat es philosophisch resümiert: *Goethe ist es geglückt, den Tod zu meiden. Mit Kälte erfüllt einen, daß es ihm so gut geglückt ist ...*

Goethe setzt dem Tod Tätigsein, *rastloses Wirken* entgegen. Als er 1830 die Nachricht vom Tode seines Sohnes erhalten wird, heißt es: *Ich habe keine Sorge, als mich physisch im Gleichgewicht zu bewegen.* Meist muß er die Konzentration auf die Arbeit, die ja seelische Verdrängung bedeutet, mit einem körperlichen Zusammenbruch bezahlen. So beim Tod des Sohnes.

Bei Christiane entgeht er dem. Offenbar, weil er in den letzten beiden Tagen, am 4. und 5. Juni, die Distanz noch vergrößert. Sein Wort vom physischen Gleichgewicht ist ein Schlüssel für die Vorgänge der nächsten Tage im Haus am Frauenplan, für Goethes Krankwerden, seinen Rückzug ins Bett.

Am 4. Juni notiert er im Tagebuch: *Mancherlei expediert und beseitigt. Sendung an Staatsminister von Voigt besorgt. Brief an J. A. Barth in Breslau. Brief an Geh. Hofr. Eichstädt zu Jena wegen Notizen von Byron. Meine Frau noch immer in äußerster Gefahr. Kräuter war die Nacht bei mir geblieben. Spazieren gefahren mit Hofr. Meyer. Sehr kalte Luft. Zu zwei gegessen. Nach Tische Kanzler von Müller. Plötzlicher heftiger Fieberanfall. Ich mußte mich zu Bett legen.*

Mehrfach hat Goethe den Rückzug ins Bett als *Kriegslist* bezeichnet und sie bei vielfachen Gelegenheiten angewandt. Jetzt ist es die instinktive Abwehr, er will sich den Vorgängen nicht aussetzen, die Bilder, die er nicht wieder loswerden würde, nicht zur Kenntnis nehmen. Daß er den Sekretär Kräuter die Nacht über bei sich behält, mag von seinen Ängsten zeugen.

Die Krankheit des Hausherrn verändert einiges. In den folgenden Tagen werden offizielle Bulletins über Goethes und Christianes Zustand unten im Haus am Frauenplan ausgelegt, so daß Besucher, Freunde und Bekannte, Neugierige, sich informieren und ihre Anteilnahme durch Schreibung ihres Namenszuges in bereitliegende Listen bekunden können. Ist es Goethes Anweisung oder Augusts oder Kräuters Idee?

Von der Hand des letzteren sind die Bulletins. Unter dem Datum des 5. Juni ist zu lesen: *Die Frau Geheimerätin befindet sich noch indemselben gefährlichen Zustande, ja noch matter als bisher. Der Herr Staats-Minister, gestern abend von einem heftigen Fieber befallen, hat diese Nacht wohl geschlafen, und gut transpiriert. Dieselben sind hoffentlich bald wieder hergestellt.*

Die Listen sind überliefert (GSA A 41a). Über zwanzig Leute haben sich an diesem und am nächsten Tag eingetragen. Die Ehepaare Voigt und Riedel, Lasberg, Linker und Büttner. Eine Unterschrift *v. Tompson.* Es ist der Rittmeister von Tompson, jener schöne Russe, dem Christiane im Vorjahr auf ihrer Reise ins Böhmische begegnet ist. Auch der im Tagebuch erwähnte Diaconus Egorow findet sich ein. Und Hufeland und Kirms, Madame Schopenhauer,

Prof. Jagemann, Graf Edling, der Christiane in Berka zum Tanz führte, Legationsrat Bertuch und Staatsminister von Fritsch. Und an beiden Tagen die Frau Oberstallmeisterin von Stein.

Der Sohn August trägt jetzt die Verantwortung. *Den ganzen Tag im Bett zugebracht.* Goethe am 5. Juni in sein Tagebuch. *Meine Frau in äußerster Gefahr. Die Köchin und Minchen leidlich. Mein Sohn Helfer, Ratgeber, ja einziger haltbarer Punkt in dieser Verwirrung. Kräuter die vergangene Nacht bei mir.*

Das Bulletin vom Morgen des 6. Juni besagt: *Die Frau Geheimrätin liegt noch immer äußerst schwach, besinnungslos, von fürchterlichen Krämpfen gefoltert darnieder, wahrscheinlich ist ihre Auflösung nicht mehr fern. Der Herr Staatsminister hat diese Nacht wohl geschlafen, der Kopf ist frei und leicht, wird aber ohngeachtet noch heute das Bett nicht verlassen.*

Sein Willensakt vor kaum acht Wochen, am 7. April, am Tag der Huldigungsfeier bei Hofe, als er, von einem Spruch Napoleons angespornt, dem Arzt sagt, wenn er nicht *tot wäre*, würde er das Bett pünktlich verlassen und das auch tut. Jetzt das Gegenteil: die Entscheidung, das Bett nicht zu verlassen.

An diesem Tag, am 6. Juni 1816, stirbt Christiane. Goethe notiert am Sterbetag in seinen Schreibkalender: *Gut geschlafen und viel besser. Nahes Ende meiner Frau. Letzter fürchterlicher Kampf ihrer Natur. Sie verschied gegen Mittag. Leere und Totenstille in und außer mir. Ankunft und festlicher Einzug der Prinzessin Ida und Bernhards. Hofr. Meyer. Riemer. Abends brillante Illumination der Stadt. Meine Frau um 12 Nachts ins Leichenhaus. Ich den ganzen Tag im Bett.*

Wie alles in Goethes Leben wird selbst das Sterben seiner Frau zum Gegenstand von Klatsch und Spekulation. *Der Tod der armen Goethe ist der furchtbarste, den ich je nennen hörte*, schreibt Johanna Schopenhauer am 25. Juni 1816. Sie ist keine enge Freundin des Hauses, ist in den Tagen nicht bei Christiane gewesen, gibt über Zweite und Dritte Gehörtes und im Bulletin des Goethe-Hauses Gelesenes wieder. *Die entsetzlichen Krämpfe, in denen sie acht Tage lang lag, waren so furchtbar anzusehen, daß ihre weibliche Bedie-*

nung, die zu Anfang um sie war, auch davon ergriffen ward, und fortgeschafft werden mußte. Dies verbreitete allgemeinen Schrekken und niemand wagte, sich ihr zu nähern, man überließ sie fremden Weibern, reden konnte sie nicht, sie hatte sich die Zunge durchgebissen ... Allein, unter den Händen fühlloser Krankenwärterinnen, ist sie, fast ohne Pflege, gestorben. Keine freundliche Hand hat ihr die Augen zugedrückt. Ihr eigener Sohn ist nicht zu bewegen gewesen, zu ihr zu gehen, und Goethe selbst wagte es nicht.

Diese Version gelangt nach Berlin, zu Grimm, zu den Humboldts, nach Wiepersdorf zu den Arnims, verbreitet sich in literarischen Kreisen und darüber hinaus. Wird als gegeben genommen. Elise von der Recke erwidert Frau Schopenhauer: *Wahrlich! Diese gutmütige Frau hätte es wohl verdient, daß dankbare Herzen ihren letzten bitteren Kampf erleichtert und die unter furchtbaren Krämpfen Sterbende nicht verlassen hätten.*

Karoline von Humboldt dagegen mahnt zur Zurückhaltung: *Die Schopenhauer schreibt in die Welt allerlei Details herum, die es besser wäre mit Stillschweigen zu übergehen, sie mögen nun wahr sein oder nicht: Niemand sei bei ihr gewesen; Mann und Sohn hätten den Anblick ihrer epileptischen Zustände nicht ertragen können, und die Wartefrauen hätten sie ohne Beistand liegenlassen.*

Dieser Version Johanna Schopenhauers stehen, ausgenommen eine kurze Mitteilung von Christianes Bruder an Nikolaus Meyer, keine anderen Zeitzeugnisse gegenüber. Da sie kein günstiges Licht auf Goethe wirft, wird die Nachwelt sich in besonderem Maße bemühen, eine dem Dichtergenie angemessenere und dem Harmoniebedürfnis des breiten Publikums zuträglichere Version zu schaffen.

1871 – über fünfzig Jahre nach Christianes, fast vierzig Jahre nach Goethes Tod – veröffentlicht ein Mann namens Stahr einen Bericht über die letzten Tage und Stunden der Gemeinsamkeit von Christiane und Goethe. Er beruft sich auf Augenzeugen, gibt als Quelle die Erzählung *eines Freundes des Hauses* an, ohne seinen Namen zu erwähnen. In diesem Bericht wird Goethe *die zärtlichste Teilnahme* bescheinigt, fast stündlich sei er im Zimmer der Kranken gewesen. Vor allem aber sei er in der Todesstunde, gerufen von Dr. Rehbein, zu ihr geeilt.

Diese Version wird, vermischt mit Details aus der Schopenhauer-Version, fast ausnahmslos allen späteren Christiane-Darstellungen zugrunde gelegt. Einzig Wolfgang Vulpius und Eckart Kleßmann umgehen das Problem klug, klammern die Darstellung von Christianes Tod aus.

Meine Rekonstruktion des äußeren Ablaufs der Tage hat nicht das Ziel, daß wir uns anmaßen könnten, zu wissen, was vorging. Wohl aber das: dem Leser die Möglichkeit zu geben, Erfindungen und authentisch Überliefertes zu scheiden.

Nach heutigen Erkenntnissen starb Christiane von Goethe an Urämie, an Nierenversagen. Sie muß fürchterliche Schmerzen gehabt haben.

Ich suche nach Arzt- bzw. Apothekerrechnungen, die Anhaltspunkte dafür bieten könnten, wie man Christiane behandelt, ob man etwa durch starke Opiate ihre Schmerzen zu lindern versucht hat. Ich suche vergeblich. Einzig die Zahlung des Sohnes an Frau Denstedten *für geleistete Dienste … während der Krankheit der Mutter* (GSA 34 XXVI, 1,2) ist überliefert. In Goethes Aufzeichnungen wird nur zweimal ein Arztbesuch erwähnt, der Dr. Huschkes am 21. Mai, der von Dr. Rehbein am 2. Juni.

Wer ist bei der Sterbenden? Die Frauen – die des Bruders, die kleine Schauspielerin (ihr Tagebuch bricht mit dem 3. Juni ab), die Krankenwärterin, jene *Frau Denstedten* –, August, der Sohn?

Wir wissen es nicht.

Caroline Riemer? Wäre sie bei ihr gewesen, würde das überlieferte Tagebuch ihres Mannes (ihr eigenes ist nicht erhalten) es wohl nicht verzeichnen. Riemers ganze Aufmerksamkeit ist auf den Meister gerichtet. Bereits im Januar des Vorjahres hielt er es für das beste, wenn Christiane stürbe. Auch jetzt ist der Schutz des Meisters sein Anliegen. Aus einem Zeugnis Riemers geht unzweifelhaft hervor, daß Goethe, der während der letzten beiden Sterbetage Christianes in seinem Bett im hinteren Zimmer lag, die Nachrichten über ihren Zustand nur selektiv überbracht wurden. *Das Detail weiß Goethe schwerlich so wie wir, und zu seinem Glücke bleibt es ihm ferner verhüllt*, schreibt Riemer am 9. Juni an Frommann nach Jena. Sind mit dem *wir* er und seine Frau gemeint? Es bleibt offen. Von einem *harten und schrecklichen Ende* Christianes spricht Riemer.

Christian August Vulpius schreibt am 11. Juni an Christianes einstigen Freund und Vertrauten, den Arzt Nikolaus Meyer: *Ihre Freundin, meine Schwester, ist nicht mehr. Der Tod hat ihrer kraftvollen Gesundheit in einem schrecklichen Kampfe von fünf Tagen das Leben abgekämpft. Sie starb am 6. ... Mittag 12 Uhr an Blutkrämpfen der schrecklichsten Art, für sie und uns.*

Sie verschied gegen Mittag, vermerkt Goethes Tagebuch, und: *Meine Frau um 12 Nachts ins Leichenhaus.*

Was geschieht zwischen Mittag und Mitternacht?

Der Abschied der Nächsten. Goethe ist zu Bett. Er hält den *Tod* für einen *sehr mittelmäßigen Porträtmaler*, meidet den Anblick von Toten. *Ich habe mich wohl in acht genommen, weder Herder, Schiller, noch die verwittwete Herzogin Anna Amalia im Sarge zu sehen.*

Sohn, Bruder, Schwägerin?

Ferdinand Schreiber, der neunzehnjährige Diener, wird der Toten eine Locke abschneiden. Sie sind eine Zeitmode, diese Art von Reliquien. Auch Eckermann wird 1832, als ihm das Zimmer aufgeschlossen wird, in dem der tote Goethe liegt, in diese Versuchung geraten. *Ich hatte das Verlangen*, schreibt er, *nach einer Locken von seinen Haaren, doch die Ehrfurcht verhinderte mich, sie ihm abzuschneiden.* Eckermann, der Goethe so lange Nahe und mit ihm Vertraute, der es sich versagt. Und der Neunzehnjährige, kaum wenige Wochen als Bediensteter im Haus, der keine Scheu hat.

Christian August Vulpius erfährt davon und nimmt Ferdinand Schreiber, der aus Krankheitsgründen noch im selben Jahr, am 19. November, aus Goethes Diensten entlassen wird, die Locke ab, sendet sie Goethe am 29. Dezember 1816. *In dieser kleinen Schachtel befindet sich eine Locke meiner Schwester, welche ich Ew. Exzellenz übergebe; eben jener ... unglückliche Mensch, Ihr vormaliger Diener, der sich im Siechenhause befindet, hat ihr dieselbe im Tode abgeschnitten. Ich habe sie an mich gebracht, u. nun kommt sie in die gehörigen Hände* (GAS 28/73 Bl. 5). Goethe wird für die durch diese Hände gegangene Locke, wie überhaupt für Reliquien solcher Art, kaum Sinn haben, er läßt Vulpius' Brief ohne Dank, ohne Antwort.

Die Totenfrau wird ins Haus gerufen worden sein, sie wird den Leichenwagen begleitet haben, der um Mitternacht vom dunklen Trauerhaus durch die illuminierte, die Ankunft des Prinzenpaares feiernde Stadt, in die Vorstadt hinaus, zum Jakobsfriedhof fährt. An der Nordmauer steht das Leichenhaus. Es gibt in Weimar eine Vorschrift, daß keine Leiche, bis sie in die Erde gesenkt wird, ohne Aufsicht bleiben darf.

Ich finde einen kleinen Zettel der Totenfrau, auf der sie ihre *Auslagen* aufführt (GSA 34 XXVI, 7,1).

Die Totenfrau wacht von Mitternacht des 6. Juni, den Tag des siebenten über bis zum Morgengrauen des achten an Christianes Bahre. Sie näht das Totenkleid während der Zeit. Sitzt und näht, brennt Licht, ißt und schläft ein wenig. Der überlieferte kleine Zettel gibt Auskunft. Sie stellt den Stoff in Rechnung, aus dem sie das Kleid fertigt, und die Nadeln, die sie zum Nähen braucht. Und die Semmeln, die sie während dieser Zeit verzehrt, das Schmalz, das sie auf die Semmeln streicht, und die Wachslichte, die sie zur Nacht brennt. Es ist ein Betrag von fünf Talern, den ihr der Stadtkirchner Sander am 8. Juni auszahlt und den sie mit ihrem Namenszug quittiert: *Dorothea Wagenknechtin.* Dorothea Wagenknecht hieß Goethes erste Köchin in Weimar, die im Gartenhaus wirkte und die auch Christiane noch kannte. 1816 müßte sie achtzig Jahre alt sein. Aber sie ist 1806 gestorben. Es muß also eine andere gleichen Namens sein.

Am Morgen nach Christianes Tod, am 7. Juni, ist im Haus am Frauenplan folgendes Schreiben ausgelegt: *Gestern in der Mittagsstunde erschien der schmerzlich entscheidende Augenblick, der dem Leben der Frau Geheimerätin von Goethe ein Ziel setzte. Die hierdurch erregte Bestürzung und daraus erfolgte Gemütsbewegung verstattet nicht, die höchst verehrlichen und dankbarlichst anzuerkennenden Beileidsbezeugungen persönlich zu erwidern, welches besseren Zeiten vorbehalten bleiben möge.*

Der gewundene Stil läßt August als Verfasser vermuten.

Über dreißig Besucher tragen sich in die Kondolenzliste ein. Bereits an vierter Stelle, auffallend, zwei Frauen, die sich während der Krankheit Christianes nicht erkundigten und eintrugen: Gräfin Henckel und Frau von Pogwisch, Großmutter und Mutter von Goethes künftiger Schwiegertochter Ottilie. An allerletzter Stelle steht, verwischt, mit Tintenflecken: *Ein Fräulein von Bogwisch* (GSA A 41a).

Am 8. Juni ist Christianes Beerdigung auf dem Jakobsfriedhof und am selben Tag eine Feier in der Stadtkirche für sie.

Das Kirchenbuch der Stadt Weimar weist aus: *Die Hochwohlgeb. Frau, Frau Johanna Christiane Sophia von Göthe geb. Vulpius, Sr. Excellenz, des Herrn Johann Wolfgang von Göthe Großherzogl. S. Weimar, wirkl. Geheimen Raths Ehegattin starb Donnerstags, den 6. Juni Mittags halb 12 Uhr, 51 Jahr 5 Tage alt, am Blutschlag, und wurde Sonnabends, den 8. ej. früh 4 Uhr Standesgemäß vom Leichenhause, und zwar mit Gesang des Chores mit der Ganzen Schule erster Classe beerdigt, der gewöhnliche Leichen-Sermon aber Nachmittags 3 Uhr von dem Herrn General-Superintendenten Voigt in der Stadtkirche gehalten.*

Christianes Sohn August arrangiert alles, vermutlich in Absprache mit seinem Vater.

Goethe nimmt nicht an der Beerdigung, nicht an der Feier in der Stadtkirche teil. Sein Tagebuch vom 8. Juni vermerkt: *Meine Frau früh um 4 Uhr begraben.* Er arbeitet, ist wieder außer Bett, empfängt seine drei Ärzte. *Acten geheftet. Rehbein, Huschke und Kämpfer. Im Garten. Das nächst zu Beobachtende durchdacht.* Er erledigt am Vormittag eine umfangreiche Korrespondenz, schreibt an Schulz, Boisserée, Knebel, an Zelter und Seebeck. Letzterem, dem Physiker, berichtet er vom *geschliffenen Doppelspath*, der *vortrefflich gerathen* sei *und ... das Phänomen auf die herrlichste Weise* zeige. *Ich habe nunmehr höchst reine russische Glimmerplättchen, worunter einige die Umkehrung im vollstem Glanze darstellen. ... Ich habe indessen versucht, das Phänomen auf seine Elemente zurückzuführen, aber Zerstreuung und häusliche Wehethaten reißen mich ein wie das andere Mal davon los ...* An Zelter heißt es am Ende des Briefes: *Wenn ich dir derber geprüfter Erdensohn, ver-*

melde, daß meine liebe, kleine Frau uns in diesen Tagen verlassen, so weist du was es heissen will.

Mittags ißt er mit dem Sohn. Das Tagebuch weist es aus. Und es schließt an diesem 8. Juni mit: *Kupfer zu Peron. Um 3 Uhr Collecte meiner Frau von Voigt gehalten. Englische Journale. Meyer. Schloßflügelbau besonders.*

Christianes Sohn wird die Rechnung aufbewahren, die er dem Stadtkirchner Sander am 17. Juni 1816 für die Beerdigung der Mutter zahlt. *Bei der Beisetzung der seeligen Frau Geheime Räthin von Göthe haben sich nachstehende Ausgaben nothwendig gemacht als* ... Die Posten werden im einzelnen aufgeführt (GSA 34 XXVI, 7). Zwölf Männer hat August bestellt, die den Sarg der Mutter tragen. Die Anzahl der Sargträger ist ein Zeichen für eine repräsentative Beerdigung. Zwölf Träger. Vier Krückenträger dazu, offenbar um den Sarg in der Kirche und neben dem Grab abzustellen. Achtzehn Taler bekommt der Tischler für das Zimmern des Sarges. Siebzehn Taler erhalten die Sargträger. Auch der Herr Organist erhält sein Geld. Sowie der *Jacobskirchner für die Besorgung der Kirche*. Selbst die beiden Bälgetreter werden nicht vergessen. Und nicht die Schulkinder, die morgens um vier Uhr singen. Auch die Auslagen für *Kaffee* und *Zucker* und *Sahne* sind aufgeführt.

Der Stadtkantor Herr Kästner stellt in Rechnung, *bei der Beerdigung als auch bei der Gedächtnisfeier der Frau Geheimräthin von Goethe gesungen zu haben.* Und der *Todtengräber* wird *lt. Rech.* bezahlt. Es ist Johann Heinrich Bielcke. Bereits sein Vater war Totengräber, als der Sohn ihn 1801 beerdigte, trug er in das Begräbnisverzeichnis ein: *Gott verleihe allen und ihm eine sanfte Ruhe und am Jüngsten Tag eine fröhliche Auferstehung zum ewigen und seligen Leben. Amen.* Er hebt das Erdreich für Christianes Grab aus, aber nicht an der Ruhestätte der Familie Vulpius, wo Christianes Großmutter, ihre Eltern, die Stiefmutter, Geschwister, Ernestine, die Tante und ihre eigenen vier Kinder begraben sind. Seit 1806 ist auf dem Jakobskirchhof der Reihengräberzwang eingeführt. Nur Besitzer von Erbbegräbnissen machen eine Ausnahme, alle anderen werden nach dem Sterbedatum der Reihe nach beerdigt.

Hätte Goethe, der so oft durch *Federstriche* des Herzogs Ausnahmen erwirkte, ihr diesen Dienst nicht tun, sie bei ihren Kindern und ihren Angehörigen begraben lassen können?

Hat er nicht daran gedacht? Hat niemand gewagt, es ihm vorzuschlagen. Am allerwenigsten Christiane. Sie kennt seinen Abscheu vor dem Tod. Nie wird sie mit ihm während ihrer Krankheit über ihren Tod gesprochen haben. Hätte sie die Ausnahme selbst erwirken müssen? Fast scheint es so. Goethe wird seinem Freund Zelter einen Brief seiner Mutter zum Geschenk machen, in dem diese ihre Vorbereitungen auf ihren Tod schildert. Aus *jeder ihrer Zeilen*, so Goethe bewundernd, spreche sich ihr *Charakter aus; ... als sie sich ihren Tod selbst ankündigte*, habe sie *ihr Leichenbegräbnis so pünktlich* angeordnet, *daß die Weinsorte und die Größe der Brezeln, womit die Begleiter erquickt werden sollten, genau bestimmt war*. Diese Bewunderung bleibt Christiane versagt. Goethe liebte die stillen Abgänge; ... *was mir an Schillers Hingang so ausnehmend gefällt. Unangemeldet und ohne Aufsehen zu machen kam er nach Weimar, und ohne Aufsehen zu machen ist er auch wieder von hinnen gegangen*. Ein stiller Abgang war Christianes Tod – qualvoll für sie und die anderen – nicht.

Der Sohn August von Goethe kümmert sich um das Grab seiner Mutter, besorgt alles weitere auf dem Jakobsfriedhof. In den *Ein- und Ausgaben von Johannis bis Michaelis 1816* (GSA 34 XXVI, 1,4) finden sich als *Nachtrag Nr. 12 für die verstorbene Frau Geheimräthin* von seiner Hand eingetragene und von ihm beglichene Rechnungen für: *Maurerarbeit zur Befriedung des Grabes*. Weiter für: *Umfriedung des Grabes meiner Mutter* und für *KonsistorialGebühren desgl. KirchnerGebühren* und eine Summe *für den Gotteskasten*.

Zwei Tage nach ihrem Ableben läßt Goethe Christianes Zimmer ausräumen. Er lebt nicht rückwärtsgewandt, wie der Spruch auf ihrem Grab suggeriert: *Der ganze Gewinn meines Lebens / Ist, ihren Verlust zu beweinen*.

Er geht unbeirrt vorwärts. In seinem »Noch ein Wort für junge Dichter« heißt es: *Ihr seid nicht gefördert, wenn ihr eine Geliebte, die ihr durch Entfernung, Untreue, Tod verloren habt, immerfort betrauert. Das ist gar nichts wert, und wenn ihr noch so viel Geschick und Talent dabei aufopfert. Man halte sich ans fortschreitende Leben und prüfe sich bei Gelegenheiten; denn da beweist sichs im Augenblick, ob wir lebendig sind, und bei späterer Betrachtung, ob wir lebendig waren.*

Bey dem großen Verluste kann mir das Leben nur erträglich werden, schreibt er eine Woche nach Christianes Tod, *wenn ich nach und nach mir vorzähle, was Gutes und Liebes mir alles geblieben ist.*

Ein Jahr später, das offizielle Trauerjahr wird fast auf den Tag eingehalten, verheiratet Goethe seinen Sohn mit einer Adligen aus den Weimarer Hofkreisen; als wolle er Hof und Stadt gegenüber etwas wieder gut machen, was er selbst versäumt hat. *Hof und Stadt billigt die Verbindung, welche recht hübsche gesellige Verhältnisse begründet*, schreibt er. Es ist genau das, was ihm in den achtundzwanzig Jahren mit Christiane nicht gelungen ist.

Daß ihr Tod für die adelsstolze Großmutter und die Mutter Ottilies, Frau von Henckel und Frau von Pogwisch, die Voraussetzung für diese Ehe ist, ist gewiß. Wie auch Goethes Anteil an der Verbindung. Ebenso, daß Ottilie nicht August, den Sohn, sondern den berühmten Vater und nach Christianes Tod die Stelle der ersten Frau im Haus im Blick hat.

Hatte bereits Goethes entschieden positive Bewertung der Heirat Willemers – als *Rettung der kleinen Frau*, als *ein großes sittliches Gut*, bezeichnete er Willemers Tat – eine mögliche Kritik seines eigenen, fast zwei jahrzehntelangen Zögerns Christiane gegenüber impliziert, so verstärkt sich durch die Art, wie er seinen Sohn verheiratet, der Eindruck, daß er sein achtzehn Jahre währendes Experiment der freien Liebe wenn nicht als gescheitert sieht, so doch den *Lebenswerken* zurechnet, die ihm *nie recht gelingen* wollten.

Das aufschlußreichste Zeugnis für sein Gefühl des Scheiterns ist ein bedrückendes Resümee im fünften Jahr nach dem Tode Christianes. Ein junger Mann wendet sich ratsuchend an ihn, bewundert Goethe für sein Leben in freier Liebe, seine Form, sich antik zu bewegen, gesteht, er habe nicht den Mut, sei auch kein Künstler, er werde den profanen Schritt einer schnellen Heirat gehen. Goethe entgegnet ihm: *Zuvörderst aber will ich meinen Segen zu einer schleunigen Verehelichung geben … Alles was Sie darüber sagen, unterschreibe* (ich) *Wort für Wort, denn ich darf wohl aussprechen, daß jedes Schlimme, Schlimmste, was uns innerhalb des Gesetzes begegnet, es sey natürlich oder bürgerlich, körperlich oder ökonomisch, immer noch nicht den tausendsten Theil der Unbilden aufwiegt, die wir durchkämpfen müssen, wenn wir außer oder neben dem Gesetz, oder vielleicht gar Gesetz und Herkommen durchkreuzend* (einhergehen), *und doch zugleich mit uns selbst, mit Andern und der moralischen Weltordnung im Gleichgewicht zu bleiben die Notwendigkeit empfinden.*

Kaum zwei Jahre nach Christianes Tod, am 28. Februar 1818, wird der Jakobsfriedhof geschlossen. Ein neuer Friedhof am Poseckschen Garten entsteht. Der alte verfällt. Den Besitzern von Erbbegräbnissen kann man zunächst nicht verwehren, ihre Toten weiterhin auf dem Jakobsfriedhof zu bestatten. Aber man bewegt auch sie zur Aufgabe ihrer Rechte. Die Grabgewölbe werden ausgeräumt, stürzen ein. 1826 wird das Kassegewölbe geschlossen, in dem auch Friedrich Schiller liegt. Seine Gebeine werden exhumiert.

Goethe läßt sich für einige Tage Schillers mutmaßlichen Schädel ins Haus bringen. Goethe ist siebenundsiebzig. Der Gedanke an den eigenen Tod beschäftigt ihn, er hat die Idee einer gemeinsamen Grabstätte mit Schiller. Am 19. Januar 1827 schreibt er Sulpiz Boisserée: *Und so habe ich denn, das endliche Ende vorzubereiten, auf unsern neuen lieu de repos, neben der Fürstlichen Gruft, ein anständiges Gehäus projectirt, wo sie dereinst meine Exuvien und die Schillerschen wiedergewonnenen Reste zusammen unterbringen mögen. Die Freunde v. Müller, Coudrey und ein wohldenkender Bürgermeister haben die Ausführung unternommen … Das Local hat vor, neben und besonders hinter sich aufwärts schöne freie Räume, so daß Weimar sich bald eines Père la Chaise-Parks, bei beharrlichem guten Willen und wohlgeleitetem Geschmack, möchte zu erfreuen haben.*

Er verliert kein einziges Wort über Christianes verfallendes Grab.

Der Herzog wird Goethes Plan durchkreuzen. Als der sich über

Jahre hinziehende Bau der Fürstengruft Ende 1827 vollendet ist, läßt er Schillers Gebeine am 16. Dezember 1827 dort beisetzen.

Mit Goethes Tod 1832 und der Beisetzung seines Sarges neben dem Schillers in der Fürstengruft wird der Friedhof am Poseckschen Garten der Camposanto Weimars.

Für diesen Camposanto gibt Goethes Schwiegertochter Ottilie für sich, ihre Söhne Wolfgang und Walter und ihre jung in Wien verstorbene Tochter Alma ein repräsentatives Grabmal aus weißem Carrara-Marmor bei einem Schüler von Thorwaldsen in Auftrag. Alma wird einundvierzig Jahre nach ihrem Tod, 1885, nach Weimar überführt. An einer Überführung des Ehemannes August von Goethe, der 1830 im Alter von nur vierzig Jahren in Rom gestorben und in der Nähe der Cestius-Pyramide begraben ist, liegt Ottilie nicht. Von Christiane von Goethe ist bei ihr niemals die Rede.

In Zusammenhang mit jenem von Ottilie für den Camposanto Weimars entworfenen Familiengrab sind die Bemühungen der Weimarer Gesellschaft um Christianes Grab auf dem Jakobsfriedhof zu sehen. Dort sind Mitte des Jahrhunderts die letzten Gräber eingeebnet worden, ein öffentlicher Weg führt über den Totenacker.

Ein Studienrat namens Karl Kuhn versucht, die ursprüngliche Grabstelle aufzuspüren. Er schreibt von einer unterirdisch gemauerten Gruft nahe der Sakristei, deren Bezeichnung über der Erde nicht genau bekannt sei. Die hier publizierten Friedhofsrechnungen aus August von Goethes Besitz weisen auf eine Grabstelle im Freien; von *Umfriedung* und *Befriedung des Grabes meiner Mutter* ist die Rede; auch die gezahlte Summe von fünf Talern an den Totengräber spricht dafür, daß der Sarg in die Erde gesenkt wurde. Nach Kuhns Ermittlungen wird dann die Grabstelle festgelegt. Der rötliche Sandstein aus den bei Weimar gelegenen Ehringsdorfer Steinbrüchen für die Grabplatte gewählt. Der Stein gesetzt. *Der Gatte der Gattin* und die vier Goethe-Zeilen eingemeißelt. 1888 wird die Erinnerungsstätte eingeweiht.

Goethe hat nach Christianes Tod noch sechzehn Jahre gelebt.

Die *Analen meines Lebens*, die »Tag- und Jahreshefte«, die er zwischen 1819 und 1825 niederschreibt, umfassen ausnahmslos alle mit Christiane durchlebten Jahre. Sein Blick zurück findet sie nicht. Sie kommt in seinen Erinnerungen nicht vor. Für 1816, Christianes Sterbejahr, notiert er den *Tod der Kaiserin von Oesterreich*, der ihn *in einen Zustand*, versetzt habe, *dessen Nachgefühl mich niemals wieder verlassen wird.* Kein Wort über den Tod der Frau, mit der er achtundzwanzig Jahre gelebt hat.

Wie ist das möglich bei einem Dichter, der akribisch alles festhielt, seine nächste Umgebung über alles Buch führen ließ, der Freunde, nähere und fernere, Zeitgenossen, die seinen Lebensweg gekreuzt, begleitet oder mitbestimmt hatten, um Rückgabe von Briefen, Materialien, um Aufzeichnungen ihrer Erinnerungen bat, damit es seinem Schreiben zufließe, die Lücke zwischen gelebtem und erinnertem Leben sich fülle. Bei einem Dichter, bei dem das autobiographische Erzählen einen immer größeren Raum einnimmt; in der Anzeige von Goethes Werken der vollständigen Ausgabe letzter Hand sind von den geplanten vierzig Bänden allein die Hälfte autobiographische Schriften.

Ist es das Erleben jenes *Schlimmen … außer oder neben dem Gesetz*, jenes Gefühl: *ein poetisches Werk weiß ich auszuführen und zu verantworten, aber die Lebenswerke haben mir nie recht gelingen wollen*, das Goethe dazu bringt, nach Christianes Tod über sie zu schweigen? Er wird die Geschichte ihres Zusammenlebens nie erzählen. Wie er die Geschichte seiner Liebe zu Charlotte nie aufzeichnen wird. Auch über andere Menschen, die ihm nah und in seinem Leben wichtig waren, wird er schweigen, so über seinen *Urfreund* Knebel. Über Marianne von Willemer.

Das Nichtantasten gelebten Lebens, der Verzicht auf Verwandlung in Poesie, in *Dichtung* und *Wahrheit*. Ein natürlicher Selbstschutz. Er liefert sein Privatleben, sein Intimstes, nicht dem Publikum aus. Die Bilder der Erinnerung einzig für ihn. Wie Goethe, der so auf Offizielles und auf Repräsentation Bedachte, bestimmte Räume seines Hauses abschirmte, nicht betreten ließ, so hielt er auch Erinnerungsräume verschlossen. Sein Schweigen hat im Falle Christianes das Entstehen jener Klischees, Legenden und Halbwahrheiten befördert, die bis heute ihr Bild prägen.

An Goethes letztem Geburtstag, am 28. August 1831, soll die vom Bildhauer Weißer geschaffene Büste Christianes einen Kranz getragen haben. Im Juni 1816 schreibt Goethe seinem Verleger Cotta von *der Anmuth* Christianes, seiner *lieben kleinen Frau.* 1817 fügt er seinen Heften »Zur Morphologie« das Gedicht »Die Metamorphose der Pflanzen« bei, bezieht es ausdrücklich auf Christiane: *Höchst willkommen war dieses Gedicht der eigentlich Geliebten, welche das Recht hatte, die lieblichen Bilder auf sich zu beziehen; und auch ich fühlte mich sehr glücklich, als das lebendige Gleichnis unsere schöne vollkommene Neigung steigerte und vollendete.*

Achtundzwanzig Jahre lang hat Christiane sich im Kraftfeld von Goethes schöpferischer Produktivität bewegt, seine Schaffenskrisen, Verzweiflungen, Krankheiten, Neuansätze, seine Erfolge und Mißerfolge als Dichter, als Theatermann, Politiker und Höfling mitgetragen, unter den Bedingungen der *fürchterlichsten Prosa … in Weimar*, über ein Jahrzehnt in einem von Kriegsgeschehen geprägten Alltag.

Ihre große Lebensenergie half ihr, unter diesen Bedingungen zu bestehen, die Spannungen auszuhalten. Ihre Herkunft aus *der Weimarischen Armuth. … Da sind doch alle Tugenden beysammen, Beschränktheit, Genügsamkeit, Gerader Sinn, Treue, Freude über das leidlichste Gute, Harmlosigkeit, Dulden – Dulden – Ausharren*, sagt Goethe einmal über die *Classe von Menschen*, die man *die niedere* nennt. Christianes Energie kam in vielfacher Weise Goethes Leben und Schaffen zugute, als körperliche Beglückung, Sicherheit, Rückhalt, Behagen, Versorgtwerden, als Freiheit, den Aufenthalts- und Schreibort, unbesorgt um Haus und Besitz, zu wählen und nach Monaten, halben Jahren zurückzukehren.

Im Hinblick auf sich selbst verbrauchte sie diese Lebensenergie wohl, um die zu sein und die vorgeben zu können, als die Goethe sie sich wünschte, und die er in ihr sah, wie seine Bemerkung von ihrer *glücklichen Art zu sein* assoziiert: *ein Geschöpf, das in glücklicher Gelassenheit den engen Kreis seines Dasein hingeht, von einem Tag zum andern sich durchhilft.*

ANHANG

Nachbemerkung

Bei meiner Annäherung an die Persönlichkeit Christiane von Goethes fand ich mein Thema: Alltag und Alltagsbewältigung. Ein Gegenstand, der weder sensationell ist noch als besonders literaturwürdig gilt. Aber das Leben dieser Frau bestand in der Bewältigung des nüchternen Alltags. Indem ich von Herkunft, Kindheit, Jugend und den achtundzwanzig Jahren ihrer Gemeinsamkeit mit Goethe erzähle, versuche ich, die Darstellung eben dieses Alltags durchzuhalten; nur so, scheint mir, ist eine annähernde Vorstellung von ihrem Leben und ihrer Lebensleistung zu gewinnen.

Auf dem Hintergrund dieses gemeinsam und getrennt gelebten Alltags erwuchs letztlich Goethes Werk. Über die Sicht auf Christiane ergeben sich überraschende Einblicke in Goethes Arbeitsweise und die Entstehungsbedingungen seines Werkes; Christianes Anteil daran ist nur über den gelebten Alltag zu erahnen.

Mein Buch will nicht suggerieren, wir könnten wissen, wie das Leben dieser beiden Menschen war. Meine Recherche provoziert und fordert Abstand. Ich verzichte auf Fiktionen, auf das Ausfüllen von Leerstellen durch erzählerische Phantasie. Berühre die Intimsphäre dieser Liebe und Ehe nicht. Nur in Umrissen und Teilbeleuchtungen hebt sich im Buch die spannungsvolle und an Widersprüchen reiche Beziehung zwischen Christiane und Goethe und somit die Biographie dieser Frau heraus. Ich vertraue ausschließlich dem Verbürgten, dem Dokument. Insofern gleicht mein Buch einem Puzzle, in dem ein Drittel der Steine bereits verloren ist, oder einem alten Wandgemälde, das, nach dem Entfernen von Putz- und Farbschichten, nur in Umrissen, in Details sichtbar wird. Dem Leser ist es überlassen, mit dem von mir angebotenen Material umzugehen.

Dieses Buch ist keine wissenschaftliche Monographie. Ich nähere mich meinem Thema erzählerisch.

Überall dort, wo ich bei meinen Recherchen in Archiven auf unveröffentlichtes Material stieß und es im Erzähltext, nach den Handschriften transkribiert, wiedergebe, habe ich das für den Leser durch die Angabe von Fundort und Signatur kenntlich gemacht. Die Auflösung der Siglen findet sich im Literaturverzeichnis.

Auf einen wissenschaftlichen Anmerkungsapparat für die übrigen Zitate habe ich verzichtet; sie sind durchgehend in kursiver Schrift gesetzt.

Der Briefwechsel zwischen Christiane und Goethe wird dabei zitiert nach der einzig existierenden Briefedition »Goethes Briefwechsel mit seiner Frau«, herausgegeben von Hans Gerhard Gräf (Ausgabe von 1916). Christianes Briefe an Nikolaus Meyer und die seinen an sie werden nach der Ausgabe von Hans Kastens (1926) zitiert; danach auch die Briefe von Christian August Vulpius. Vulpius' Briefe an Goethe werden nach Otto Lerches 1929 erschienener Edition »Goethe und die Weimarer Bibliothek« wiedergegeben. Wo Lerche Vulpius' Briefe nur auszugsweise druckt, werden sie nach den Handschriften ergänzt, was im einzelnen kenntlich gemacht ist. Die Briefe von Goethes Mutter werden zitiert nach der Edition »Die Briefe der Frau Rath Goethe«, herausgegeben von Albert Köster (Auflage von 1968). Die Briefe von und an August von Goethe werden nach der Ausgabe von Gräf bzw. nach den »Eingegangenen Briefen« in Goethes Briefausgaben zitiert (siehe Literaturverzeichnis). Goethes weitere Briefe und seine Tagebuchaufzeichnungen werden – soweit die Bände erschienen sind – nach der Ausgabe »Johann Wolfgang Goethe. Sämtliche Werke. Briefe, Tagebücher und Gespräche« (Deutscher Klassiker Verlag, Frankfurt a. M. 1985 ff.) zitiert, die zwischen Goethe und Schiller gewechselten Briefe nach der 1984 im Insel-Verlag Leipzig erschienenen Ausgabe: »Der Briefwechsel zwischen Schiller und Goethe«; Goethes Briefe an Johann Jakob Willemer und dessen Familie und die Briefe Willemers bzw. von dessen Familie an Goethe nach der von Hans-Joachim Weitz 1986 herausgegebenen Edition »Goethe-Willemer Briefwechsel«, hiernach auch die Tagebuchaufzeichnungen Sulpiz Boisserées.

Besonders hilfreich während der Arbeit waren für mich Robert Steigers »Goethes Leben von Tag zu Tag«, Bd. 1 – 7, die »Weimarischen Wöchentlichen Frag- und Anzeigen« bzw. das »Weimarische Wochenblatt«, Jahrgänge 1765 bis 1816, Wolfgang Huschkes »Einige orts- und familiengeschichtliche Betrachtungen über Goethes Weimar« und Walter Schleifs Buch »Goethes Diener«.

Für die Unterstützung meines Buchprojektes danke ich Prof. Paul Raabe, Direktor der Franckeschen Stiftungen zu Halle, Prof. Ulrich Ott, Direktor des Marbacher Literaturarchivs, Prof. Lothar Ehrlich von der Stiftung Weimarer Klassik und Prof. Werner Keller, Präsident der Goethe-Gesellschaft.

Meine Arbeit in den Weimarer Archiven haben Prof. Gerhard Schuster vom Goethe-Nationalmusum, Dr. Jochen Golz vom Goethe- und Schiller-Archiv, Dr. Frank Boblenz vom Thüringischen Hauptstaatsarchiv, Dr. Michael Knoche von der Herzogin Anna Amalia-Bibliothek unterstützt; ich danke ihnen und allen ihren freundlichen und mir hilfreichen Mitarbeiterinnen. Ebenso danke ich Gabriele Kühn von den Historischen Kuranlagen und dem Goethe-Theater Bad Lauchstädt, den Mitarbeitern der Goethe-Gesellschaft in Weimar, dem Weimarer Superintendenten

Wolfram Lässig, Pfarrerin und Pfarrer Stier in Utenbach, Pfarrer Siebenhaar und seiner Frau in Rothenstein und Pfarrer Uwe Flemming in Mattstedt.

Für Hinweise und Auskünfte danke ich Prof. Dan Wilson (USA), Prof. Dorothea Kuhn (Marbach), Dr. Siegfried Seifert, Dr. Rosalinde Gothe, Dr. Roswitha Wollkopf, Dr. Christiane Junghanß (Weimar), für Entzifferungshilfen Karin Künzel vom Goethe- und Schiller-Archiv und Roswitha Otto vom Weimarer Kirchenamt.

Weiterhin danke ich für Rat und Hilfe während der vier Entstehungsjahre des Buches Ursula Emmerich, Gisela Templin, Christine Razum, Horst Drescher, Eberhard Gäbler, Hans Kaufmann, Martin Rector und meinen Freunden in Lappland. Vor allem aber danke ich meinem Sohn Tobias Damm für seine Mitarbeit, für die Bearbeitung des Manuskriptes mit dem Computer über die Jahre und geographischen Entfernungen hinweg.

Roknäs/Nordschweden, den 17. Oktober 1997 *Sigrid Damm*

Literaturverzeichnis

Archivalische Quellen

Siglen

GNM	Goethe-Nationalmuseum Weimar
GSA	Goethe- und Schiller-Archiv Weimar
ThHStAW	Thüringisches Hauptstaatsarchiv Weimar
STAW	Stadtarchiv Weimar
KzW	Kunstsammlungen zu Weimar
KAW	Kirchenamt Weimar

Goethe- und Schiller-Archiv Weimar
- Bestand Christiane von Goethe.
- Bestand Rechnungsbücher, Belege und Sonderrechnungen der Jahre 1788 bis 1817.
- Bestand Goethes Akten, Acta privata 1813.
- Bestand Christian August Vulpius.
- Bestand Wolfgang Vulpius.
- Dauerleihgabe Vulpius der Sparkassen-Kulturstiftung Hessen-Thüringen.
- Bestand Academica August von Goethe.

Goethe-Nationalmuseum Weimar
- Goethe Wohnhaus, Goethes Arbeitszimmer: *Gothaischer verbesserter Schreib-Calender*. Jahrgang 1816 und 1817. Goethes Bibliothek: *Gothaischer verbesserter Schreib-Calender*. Jahrgang 1815.
- Grafische Sammlungen.
- Gemäldesammlung.
- Skulpturensammlung.

Thüringisches Hauptstaatsarchiv Weimar
- Autographen Johanne Christiane E. L. Vulpius.
- Autographen Johann Friedrich Vulpius.
- Regierungsakte Nr. XVII.
- Geheime Canzley Acta die Bestallung der Stellen beym Hofmarschall Amt vom Jahre 1755-1809.
- Geheimde Canzley Acta. Die bey Fürstl. Camer Kanzley und resp. Renthery zu Weimar stehende Secretarios und sämtl. Subalternen wie

auch Verschiedener Personen Gesuch um dergl. Dienste 1756-1775.

Regierungsakte Nr. XIX.

Regierungsakte Nr. XXI.

Regierungs Acta Weimar 1770-71.

Geheimde Kanzley Acta. Die bey der Fürstl. Regierungs Kanzley zu Weimar stehenden Kanzlisten wie auch Verschiedener Personen Gesuch um dergl. Dienste 1755-1775.

Jahresrechnung von Serenis. Reg. vom 1. Oct. 1781 bis dahin 1782.

Belege zu den Jahresrechnungen 1781 bis 1785 und Cassabuch von 1786-91.

Registranda über die per subnotationem an die Fürstl. Collegia abgegebenen Sachen im Jahr 1782.

Registranda über die mit Serenissimi fürstlicher Unterschrift expedierte Verfügung im Jahr 1782.

Geheimde Canzley Acta Kindesmord.

Stadtarchiv Weimar

Bürgerbuch der Stadt Weimar 1726-1812.

Historisches Archiv (Kataster).

Karten-Archiv.

Kunstsammlungen zu Weimar

Nachlaß Heinrich Meyer.

Kirchenarchive

Kirchenamt Weimar.

Pfarramt Mattstedt-Wickerstedt.

Pfarramt Wormstedt-Utenbach.

Quellen

Goethes Briefwechsel mit seiner Frau. Hrsg. von Hans Gerhard Gräf. Bd. 1: 1792-1806, Bd. 2: 1807-1816. Frankfurt a. M. 1916.

Goethes Ehe in Briefen. Der Briefwechsel zwischen Goethe und Christiane Vulpius 1792-1816. Hrsg. von Hans Gerhard Gräf. Frankfurt a. M. 1994.

Goethe, Johann Wolfgang: *Sämtliche Werke, Briefe, Tagebücher und Gespräche.* (Frankfurter Ausgabe) Erste Abteilung: 27 Bände; Zweite Abteilung: 13 Bände. Frankfurt a. M. 1985 ff.

Goethe, Johann Wolfgang: *Werke.* Hrsg. im Auftrag der Großherzogin Sophie von Sachsen. (Weimarer Ausgabe) Weimar 1887-1919.

Goethes amtliche Schriften. Veröffentlichung des Staatsarchivs Weimar. Hrsg. von Willy Flach. Bd. 1. Weimar 1950. Bd. 2-4. Bearbeitet von Helma Dahl. Weimar 1968-1987.

Goethe, Johann Wolfgang: *Gedenkausgabe der Werke, Briefe und Gespräche. 28. August 1949.* Hrsg. von Ernst Beutler. Erg.-Bd. 2: *Tagebücher.* Hrsg. von Peter Boerner. Zürich 1964.

Goethes Briefe. (Hamburger Ausgabe in 4 Bänden) Hrsg. von Karl Robert Mandelkow und Bodo Morawe. Hamburg 1965-69.

Briefwechsel des Herzogs-Großherzogs Carl August von Sachsen-Weimar-Eisenach mit Goethe. Hrsg. von Hans Wahl. 3 Bde. Berlin 1915-1918.

Goethe, Johann Wolfgang: *Gespräche. Eine Sammlung zeitgenössischer Berichte aus seinem Umgang.* Auf Grund der Ausgabe und des Nachlasses von Flodoard Freiherrn von Biedermann ergänzt und hrsg. von Wolfgang Herwig. 5 Bde. Zürich/Stuttgart/München 1965-1987.

Der Briefwechsel zwischen Schiller und Goethe. Im Auftrage der Nationalen Forschungs- und Gedenkstätten der klassischen deutschen Literatur in Weimar. Hrsg. von Siegfried Seidel. 2 Bde. Leipzig 1984.

Goethes Briefe an Frau von Stein nebst einem Tagebuch aus Italien und Briefen der Frau von Stein. Mit einer Einleitung von K. Heinemann. 4 Bde. Stuttgart und Berlin o. J.

Goethes Briefwechsel mit Christian Gottlob Voigt. 4 Bde. Hrsg. von Hans Tümmler, Bde. 3 und 4 unter Mitwirkung von Wolfgang Huschke. Weimar 1949-1962.

Marianne und Johann Jakob Willemer: *Briefwechsel mit Goethe. Dokumente. Lebens-Chronik.* Erläuterungen. Hrsg. von Hans-J. Weitz. Frankfurt a. M. 1965.

Goethe in vertraulichen Briefen seiner Zeitgenossen. Zusammengestellt von Wilhelm Bode. 3 Bde. Berlin und Weimar 1979.

Lerche, Otto: *Goethe und die Weimarer Bibliothek*. 1929.

Die Briefe der Frau Rath Goethe. Gesammelt und hrsg. von Albert Köster. Leipzig 1968.

Briefe von Goethes Mutter an die Herzogin Anna Amalia. Hrsg. von Carl August Hugo Burkhardt. Weimar 1885.

»Aus den Weimarer Fourier-Büchern 1775-1784«. Mitgeteilt von Carl August Hugo Burkhardt. In: *Goethe-Jahrbuch*, Bd. 6. Frankfurt a.M. 1885.

Aus dem Goethehause. Briefe Friedrich Wilhelm Riemers an die Familie Frommann in Jena (1803 bis 1824). Hrsg. von Dr. Ferdinand Heitmüller. Stuttgart 1892.

Goethes Bremer Freund Dr. Nicolaus Meyer. Briefwechsel mit Goethe und dem Weimarer Kreise. Hrsg. von Hans Kasten. Bremen 1926.

Briefe des Herzogs Carl August von Sachsen-Weimar an seine Mutter, die Herzogin Anna Amalia. Oktober 1774 bis Januar 1807. Hrsg. von Alfred Bergmann. Jena 1938.

Bertuch, Friedrich Justin: *Wie versorgt ein kleiner Staat am besten seine Armen und steuert der Betteley*. (Nachdruck der 1782 anonym erschienenen Schrift.) Weimarer Schriften, Stadtmuseum Weimar, Heft 39. 1978.

Bradisch, Joseph A. von: »Sechs unveröffentlichte Urkunden zu Goethes Ehe.« In: *Chronik des Wiener Goethe Vereins*. 1957.

Doebber, Adolph: »Goethe und sein Gut Oberroßla«. In: *Jahrbuch der Goethe-Gesellschaft*. Bd. 6. Weimar/Leipzig 1919.

Flach Willy: *Goetheforschung und Verwaltungsgeschichte. Goethe im Geheimen Consilium*. Weimar 1952.

Flach, Willy: »Goethe und der Kindsmord«. In: *Thüringer Fähnlein*. Monatshefte für die mitteldeutsche Heimat. Heft 9, Jg. 3. Jena 1934.

Francke, Otto: *Herder und das Weimarische Gymnasium*. Hamburg 1893.

Francke, Otto: *Geschichte des W. Ernst Gymnasiums in Weimar*. Weimar 1916.

Günther, Gitta (Hrsg.): *Geschichte der Stadt Weimar*. Weimar 1996.

Heine, Heinrich: *Sämtliche Werke in vierzehn Bänden*. Hrsg. von Hans Kaufmann. München o.J.

Heinemann, Albrecht von: *Ein Kaufmann der Goethezeit. Friedrich Johann Justin Bertuchs Leben und Werk*. Weimar 1955.

Hoffmann, Johann: »Die Lauchstädter Kurliste im Auszuge vom Jahre 1721-1812«. In: *Bad Lauchstädt und das Lauchstädter Theater*. Lauchstädt 1912.

Wilhelm und Caroline von Humboldt in ihrem Briefwechsel. Hrsg. von Anna Sydow. 7 Bde. Berlin 1906-1916.

Huschke, Wolfgang: »Einige orts- und familiengeschichtliche Betrachtungen über Goethes Weimar«. In: *Festschrift für Friedrich von Zahn*, Bd. 1. Köln 1968.

Kaiser, Paul: *Das Haus am Baumgarten. Friedrich Justin Bertuch, sein Haus am Baumgarten und die Wirksamkeit seines Landes-Industrie-Comptoirs.* Weimarer Schriften, Stadtmuseum Weimar, Heft 32. 1980.

Keil, Richard und Robert (Hrsg.): *Goethe in Weimar und Jena im Jahre 1806.* Nach Goethes Privatacten am fünfzigjährigen Todestage Goethes. Leipzig 1882.

Klebe, Friedrich Albrecht: *Historisch-statistische Nachrichten von der berühmten Residenzstadt Weimar.* Reprint der Originalausgabe Elberfeld 1800. Leipzig 1975.

Kuhn, Karl: *Aus dem alten Weimar. Skizzen und Erinnerungen.* Wiesbaden 1905.

Möller, Wilhelm: »Richtstätten und Hinrichtungen in Weimar«. In: *Beiträge der Stadt Weimar.* Weimar o. J.

Riemer, Friedrich Wilhelm: *Mitteilungen über Goethe.* 2 Bde. Berlin 1841.

Riemer, Friedrich, Wilhelm: *Mitteilungen über Goethe.* Auf Grund der Ausgabe von 1841 und des handschriftlichen Nachlasses hrsg. von Arthur Pollmer. Leipzig 1921.

Rücker, Curt: *Die Stadtpfeiferei in Weimar. Eine musikkulturelle Studie.* Weimar 1939.

Schelling, Caroline. – *Caroline. Briefe aus der Frühromantik.* Nach Georg Waitz vermehrt eingeleitet und erläutert von Erich Schmidt. Leipzig 1913.

Schiller, Friedrich: *Briefe. Kritische Gesamtausgabe.* Hrsg. von Fritz Jonas. Stuttgart, Leipzig, Berlin und Wien 1892-1896.

Schleif, Walter: *Goethes Diener.* (Beiträge zur deutschen Klassik. Hrsg. von Helmut Holzhauer, Bd. 17.) Weimar 1965.

Stapff, Ilse-Sibylle: »Die Begräbnisstätten in der Jakobskirche und auf dem Jakobskirchhof in Weimar«. In: *Tausend Jahre Kirche in Weimar.* Vorträge zur Geschichte des kirchlichen Lebens anläßlich der 1000-Jahr-Feier der Stadt Weimar. O. J.

Steiger, Robert: *Goethes Leben von Tag zu Tag. Eine dokumentarische Chronik.* Zürich und München 1982 ff.

Uhde, Hermann (Hrsg.): *Erinnerungen der Malerin Luise Seidler.* Berlin 1922.

Unterricht für ein junges Frauenzimmer, das Küche und Haushaltung selbst besorgen will, aus eigner Erfahrung ertheilt von einer Hausmutter. Zweyter Theil Frankfurt und Leipzig 1785. Dritter Teil

Frankfurt und Leipzig 1788. (Aus dem Besitz von Christian August Vulpius.)

Verlassenschaften. Der Nachlaß Vulpius. Erschienen anläßlich der Ausstellung der Stiftung Weimarer Klassik im Goethe-Nationalmuseum. Weimar 1995.

Vulpius, Christian August: *Glossarium für das 18. Jahrhundert.* Frankfurt a. M. und Leipzig 1788.

Weimarische Wöchentliche Frag- und Anzeigen. Jahrgänge 1765-1768, Jg. 1770-72, Jg. 1774-77, Jg. 1780, Jg. 1792. Ab 1. April 1801 als *Weimarisches Wochenblatt*, Jahrgänge 1801-1816.

Benutzte Literatur (in Auswahl)

Ahrendt, Dorothee und Aepfler, Gertraud: *Goethes Gärten in Weimar.* Leipzig 1994.

Am Weimarischen Hofe unter Amalien und Karl August. Erinnerungen von Karl Frhr. von Lynker. Hrsg. von seiner Großnichte Marie Scheller. Berlin 1912.

Andreas, Willy: *Carl August von Weimar. Ein Leben mit Goethe 1757-1783.* Stuttgart 1953.

Bersier, Gabrielle: »Der Fall der deutschen Bastille. Goethe und die Epochenschwelle von 1806«. In: *Recherches Germaniques 20.* 1990.

Beutler, Ernst: *Essays um Goethe.* Zürich/München 1980.

Biedrzynski, Effi: *Goethes Weimar. Das Lexikon der Personen und Schauplätze.* München 1992.

Bode, Wilhelm: *Charlotte von Stein.* Berlin 1912.

Bode, Wilhelm: *Goethes Sohn.* Berlin 1918.

Böttiger, K.W. (Hrsg.): »Literarische Zustände und Zeitgenossen«. In: *Schilderungen aus Karl August Böttigers schriftlichem Nachlasse.* Leipzig 1838.

Braasch, E.O.: *Die württembergischen Vorfahren der Christiane Vulpius verehelichte Goethe.* Übersichtstafel zum Vortrag. Karlsruhe 1935.

Briefe von Goethes Frau an Nicolaus Meyer. Hrsg. von C. Schricker. Straßburg 1887.

Briefe von Goethes Mutter an ihren Sohn, Christiane und August von Goethe. Hrsg. von Bernhard Suphan. Weimar 1889.

»Briefe von Christian August Vulpius an Nicolaus Meyer«. Hrsg. von Albert Leitzmann. In: *Jahrbuch der Sammlung Kippenberg*, Bd. 5. Leipzig 1925.

Bruford, W.H.: *Kultur und Gesellschaft im klassischen Weimar.* Göttingen 1966.

Buddensieg, Hermann: »Christiane von Goethe. Zum Gedächtnis ihres 150. Todestages«. In: *Mickiewicz-Blätter*, Heft 32, Jg. 11. Heidelberg 1996.

Bülling, Karl: »Zur Jenaer Tätigkeit des Weimarer Bibliothekars Christian August Vulpius während der Jahre 1802 bis 1817«. In: *Aus der Geschichte der Landesbibliothek zu Weimar und ihrer Sammlung. Festschrift.* Hrsg. von Hermann Blumenthal. Jena 1941.

Bürgin, Hans: *Der Minister Goethe vor der Römischen Reise. Seine Tätigkeit in der Wegebau- und Kriegskommission.* Weimar 1933.

Burkhardt, C.A.H.: *Das Repertoire des Weimarer Theaters unter Goethes Leitung 1791-1817.* Hamburg und Leipzig 1891.

Burkhardt, C.A.H.: *Zur Kenntnis der Goethe-Handschriften.* Wien 1899.

Conrady, Karl Otto: *Goethe. Leben und Werk.* 2 Bde. Königstein 1982/85.

Düntzer, Heinrich: »Die ersten neun Jahre von Goethes Ehe«. In: *Euphorion.* Bd. 8, Heft 1. Leipzig und Wien 1901.

Eberhardt, Hans: *Goethes Umwelt. Forschungen zur gesellschaftlichen Struktur Thüringens.* Weimar 1951.

Eberhardt, Hans: »Weimar zur Goethezeit. Gesellschafts- u. Wirtschaftsstrukturen«. In: *Weimarer Schriften.* Heft 34. 1980.

Ehrlich, Willi: *Bad Lauchstädt. Historische Kuranlagen und Goethe Theater.* Bad Lauchstädt 1992.

Ehrlich, Willi: »Goethes Bibliothek in seinem Wohnhaus am Frauenplan in Weimar«. In: *Neue Museumskunde*, Jg. 15. Berlin 1972.

Eissler, Kurt R.: *Goethe. Eine psychoanalytische Studie. 1775-1786.* 2 Bde. München 1987.

Falk, Johannes: *Goethe aus näherem persönlichem Umgang dargestellt.* Hildesheim 1977. (Reprint der Ausgabe Leipzig 1832.)

Federn, Etta: *Christiane von Goethe.* Ein Beitrag zur Psychologie Goethes. Stuttgart 1916.

Femmel, Gerhard (Hrsg.): *Corpus der Goethe-Zeichnungen.* Leipzig 1958-1973.

Femmel, Gerhard und Michel, Christoph: *Die Erotica und Priapea aus den Sammlungen Goethes.* Frankfurt a.M. 1990.

Finkelburg, K.M.: »Auch ich ... Kindsmordjustiz und Strafrecht unter Goethe«. In: *Berliner Tageblatt*, 5. April 1931.

Frau Rath Goethe: *Gesammelte Briefe.* Hrsg. von Ludwig Geiger. Leipzig o.J.

Frau Rath. Briefwechsel von Katharina Elisabeth Goethe. Nach den Originalen mitgetheilt von Robert Keil. Leipzig 1871.

Freundschaftliche Briefe von Goethe und seiner Frau an Nicolaus Meyer. Hrsg. von Salomon Hirzel. Leipzig 1856.

Fuhrmann, Helmut: »Bild und Gestalt der Frau im Werk Goethes«. In: *Jahrbuch des Freien Deutschen Hochstifts.* 1989.

Geiger, Ludwig: *Goethe und die Seinen. Quellenmäßige Darstellungen über Goethes Haus.* Leipzig 1908.

Gesamtregister zu Goethes Weimarer Ausgabe. Hrsg. von Paul Raabe, Bearbeiterin Mechthild Raabe. 1990.

Gräbner, Karl: *Die Großherzogliche Haupt- und Residenzstadt Weimar nach ihrer Geschichte und ihren gegenwärtigen gesamten Verhältnissen dargestellt.* Ein Handbuch für Einheimische und Fremde. Erfurt 1830.

Hecker, Max (Hrsg.): *Goethes Briefwechsel mit Heinrich Meyer.* 4 Bde. Weimar 1917-1932.
Heinemann, Karl: *Goethes Mutter. Ein Lebensbild nach den Quellen.* Leipzig 1893.
Hess, Ulrich: *Geheimer Rat und Kabinett in den Ernestinischen Staaten Thüringens.* Weimar 1962.
Herder, Johann Gottfried: *Briefe.* Hrsg. von W. Dobbeck und G. Arnold. Weimar 1984-1988.
Herder, Johann Gottfried: *Herders sämtliche Werke.* Hrsg. von Bernhard Suphan. Berlin 1877-1913.
Hofer, Klara: *Goethes Ehe.* Stuttgart/Berlin 1920.
Huschke, Wolfgang: *Die Geschichte des Parks von Weimar.* Weimar 1951.
Jagemann, Caroline: *Erinnerungen. Nebst zahlreichen unveröffentlichten Dokumenten aus der Goethezeit.* Hrsg. von Eduard von Bamberg. Dresden 1926.
Jauerning, R.: *Die alten in Thüringen gebräuchlichen Maße und ihre Umwandlung.* Gotha 1929.
Jericke, Alfred: *Goethe und sein Haus am Frauenplan.* Weimar 1959.
Klauß, Jochen: *Alltag im klassischen Weimar.* Weimar o.J.
Klauß, Jochen: *Charlotte von Stein. Die Frau in Goethes Nähe.* Zürich 1995.
Klauß, Jochen: *Goethes Haus in Weimar.* Weimar o.J.
Kleßmann, Eckart: *Christiane. Goethes Geliebte und Gefährtin.* Zürich 1992.
Kleßmann, Eckart (Hrsg.): *Deutschland unter Napoleon in Augenzeugenberichten.* Düsseldorf 1965.
Kuhn, Dorothea: »Vertan und vertanzt. Zur Edition von Zeugnissen aus Goethes Rechnungsführung«. In: *Edition von autobiographischen Schriften und Zeugnissen zur Biographie.* Hrsg. von Jochen Golz. Tübingen 1995.
Lehfeldt, Paul: *Bau- und Kunstdenkmäler Thüringens.* Jena 1892.
Lucht, Friedrich Wilhelm: *Die Strafrechtspflege in Sachsen-Weimar-Eisenach unter Carl August.* Berlin und Leipzig 1929.
Mandelkow, Karl Robert: *Goethe in Deutschland.* Rezeptionsgeschichte eines Klassikers. Bd. 1, München 1980. Bd. 2, München 1989.
Martin, Bernhard: *Goethe und Christiane. Vom Wesen und Sinn ihrer Lebensgemeinschaft.* Kassel/Basel 1949.
Meier, Andreas: »Vergessene Briefe. Die Korrespondenz von Goethes Schwager Christian August Vulpius«. In: *Der Brief in Klassik und Romantik. Aktuelle Probleme der Briefedition.* Hrsg. von Lothar Bluhm und Andreas Meier. Würzburg 1993.

Menzel, Friedrich: »Goethes Haus zu Goethes Zeit«. In: *Goethe-Almanach auf das Jahr 1967*.

Menzel, Friedrich: »Goethes Haus zu Goethes Zeit. Studie über die Ursachen der seit Goethes Tode eingetretenen Veränderungen und die Möglichkeiten der Rekonstruktion des originalen Zustandes«. In: *Festschrift für Alfred Jericke zu seinem 60. Geburtstag*.

Michel, Christoph (Hrsg.): *Goethe. Sein Leben in Bildern und Texten*. Frankfurt a.M. 1982 (2. Auflage 1998).

Müller, Friedrich von: *Unterhaltungen mit Goethe*. Hrsg. von Renate Grumach. München 1982.

Müller-Harang, Ulrike: *Das Weimarer Theater zur Zeit Goethes*. Weimar o.J.

Nager, Frank: *Der heilkundige Dichter. Goethe und die Medizin*. Zürich/München 1990.

Parth, Wolfgang W.: *Goethes Christiane. Ein Lebensbild*. München 1980.

Perthes, Clemens Theodor: *Politische Zustände und Personen in Deutschland zur Zeit der französischen Herrschaft*. Gotha 1862.

Pfeiffer-Belli, Wolfgang: *Goethes Kunstmeyer und seine Welt*. Zürich/Stuttgart 1959.

Pollmer, Arthur: »Caroline Ulrich und Goethe«. In: *Jahrbuch der Sammlung Kippenberg*. 1927.

Redslob, Edwin: *Goethes Begegnung mit Napoleon*. Baden-Baden 1954.

Redslob, Edwin: »Louise von Weimar und ihr Verhältnis zu Goethe. Zu ihrem 200. Geburtstag«. In: *Goethe. Neue Folge des Jahrbuchs der Goethe-Gesellschaft*. Bd. 19. Weimar 1957.

Rohmann, Ludwig (Hrsg.): *Briefe an Fritz von Stein*. Leipzig 1907.

Scheibe, Siegfried: »Zur ersten Ausgabe des ›Rinaldo Rinaldini‹«. In: *Goethe. Neue Folge des Jahrbuchs der Goethe-Gesellschaft*. Bd. 22. Weimar 1960.

Schiller, Friedrich: *Werke. Nationalausgabe*. Hrsg. im Auftrag der Nationalen Forschungs- und Gedenkstätten der klassischen deutschen Literatur in Weimar (Goethe- und Schiller-Archiv) und des Schiller-Nationalmuseums in Marbach von Lieselotte Blumenthal und Benno von Wiese. Weimar 1961 ff.

Schöne, Albrecht: *Götterzeichen, Liebeszauber, Satanskult: Neue Einblicke in alte Goethetexte*. München 1982.

Schopenhauer, Johanna: *Ihr glücklichen Augen – Jugenderinnerungen. Tagebücher, Briefe*. Hrsg. von Rolf Weber. Berlin, Weimar 1978.

Schopenhauer, Johanna: *Jugendleben und Wanderbilder*. Danzig 1884.

Schuchardt, Christian: *Goethes Kunstsammlungen*. Bd. 1-2. Jena 1848.

Seifert, Siegfried: »›Verbertuchte Literatur‹ oder Die unendliche Geschichte vom Autor und Verleger am Beispiel Goethes und Friedrich Justin Bertuchs«. In: *Leipziger Jahrbuch zur Buchgeschichte*. Bd. 5. Leipzig 1995.
Steig, Reinhold: »Christiane von Goethe und Bettina Brentano«. In: *Jahrbuch der Goethe-Gesellschaft* 5. 1916.
Steiger, Günter: *Diesem Geschöpfe leidenschaftlich zugetan. Bryonphyllum calcinum – Goethes »pantheistische Pflanze«*. Weimar o.J.
Stettner, Thomas: »Zwei Bilder der Christiane Vulpius«. In: *Gefundenes und Erlauschtes*. Ansbach 1929.
Tümmler, Hans: *Das klassische Weimar und das große Zeitgeschehen*. Köln 1975.
Tümmler, Hans: »Goethes Weimar am Vorabende der Befreiungskriege. Aus den Berichten des französischen Gesandten Baron von Saint-Aignan 1812/13«. In: *Natur und Idee*. Weimar 1966.
Unseld, Siegfried: *Goethe und seine Verleger*. Frankfurt a.M. und Leipzig 1991.
Vietor-Engländer, Deborah: »Der Wandel des Christiane-Bildes 1916-1982«. In: *Goethe-Jahrbuch* 1980.
Vollmer, Werner (Hrsg.): *Briefwechsel zwischen Schiller und Cotta*. Stuttgart und Leipzig 1876.
Völker, Werner: *Der Sohn August von Goethe. Eine Biographie*. Frankfurt a.M. und Leipzig 1992.
Vulpius, Christian August: *Skizzen galanter Damen*. 4 Bde. Regensburg 1789-1793.
Vulpius, Christian August: *Historische Curiositäten*. Leipzig 1814.
Vulpius, Christian August: *Handwörterbuch der Mythologie*. Leipzig 1826.
Vulpius, Wolfgang: »Christiane von Goethe zum Gedächtnis. Rede am Grabe Christianes aus Anlaß ihres 200. Geburtstages«. In: *Goethe-Almanach auf das Jahr 1968*. Berlin und Weimar 1967.
Vulpius, Wolfgang: *Der Goethepark in Weimar*. Weimar 1975.
Vulpius, Wolfgang und Bergmann, Alfred: »Bibliographie der selbständig erschienenen Werke von Christian August Vulpius. 1762-1827«. In: *Jahrbuch der Sammlung Kippenberg*, Bd. 6. Leipzig 1926.
Vulpius, Wolfgang: *Christiane. Lebenskunst und Menschlichkeit in Goethes Ehe*. Weimar 1949, überarbeitete Fassung 1953.
Vulpius, Wolfgang: »Goethes Schwager und Schriftstellerkollege Christian August Vulpius«. In: *Goethe-Almanach auf das Jahr 1967*. Berlin und Weimar 1966.
Vulpius, Wolfgang: *Rinaldo Rinaldini als ein Lieblingsbuch seiner Zeit, literaturhistorisch betrachtet*. Dissertation. München 1922.

Vulpius, Wolfgang: *Goethe in Thüringen. Stätten seines Lebens und Wirkens*. Rudolstadt 1990.

Wahl, Hans: »Goethes Arbeitszimmer in der Stunde seines Todes (1924)«. In: *H. Wahl: Alles um Goethe. Kleine Schriften und Reden*. Hrsg. von Dora Wahl. Weimar 1956.

Walser, Martin: *In Goethes Hand. Szenen aus dem 19. Jahrhundert*. Leipzig 1985.

Wilson, Daniel W.: *Geheimräte gegen Geheimbünde. Ein unbekanntes Kapitel der klassisch-romantischen Geschichte Weimars*. Stuttgart 1991.

Wulfen, Erich: »Kriminalistik. Bekanntes und Unbekanntes über Goethe als Kriminalisten«. In: *Wissenschaftliche Beilage des Dresdener Anzeigers vom 29. März 1932*.

Bildnachweis

Die Reproduktion der Abbildungen (außer der auf Seite 7, *Blick auf Weimar*, von G. M. Kraus, deren Original sich im Freien Deutschen Hochstift / Frankfurter Goethe-Museum befindet) erfolgt nach der Ausgabe:
Goethe und seine Welt. 580 Abbildungen. Unter Mitwirkung von Ernst Beutler herausgegeben von Hans Wahl und Anton Kippenberg. Leipzig: Insel-Verlag, 1932.

INHALT

Weimar – 1786: Tod des Vaters – Der Bruder als Schriftsteller, sein »Glossarium für das Achtzehnte Jahrhundert« – Hilfe durch Goethe; mit dessen Abreise nach Italien verliert Vulpius *jegliche Unterstützung*

III

Seite 107-160

Goethes *ungeteilte Existenz* in Italien, sexuelles Erleben; er *legitimirt sich wieder als lebendig* – Rückkehr nach Weimar als *Künstler* und *Gast* – Fremdheit, Spannungen zu Charlotte von Stein – Anfang Juli 1788: Begegnung mit Christiane Vulpius; geheime Liebesbeziehung über ein dreiviertel Jahr – Öffentlichwerden der Beziehung – Bruch mit Charlotte von Stein – Schwangerschaft Christianes, ihre Angst vor Strafen wegen *anticipirten Beischlafs* – Die Provokation: Goethes Entschluß zum Zusammenleben in freier Liebe – Strafmaßnahme des Hofes: er muß in die Jägerhäuser vor die Tore der Stadt ziehen – Geburt des Sohnes August am 26. Dezember 1789 – Krise Goethes, erneute Italienreise – Sehnsucht nach dem *zurückgelaßnen Erotico* und *dem kleinen Geschöpf in den Windeln* – Christiane in Weimar, Seidel als Haushaltsvorstand – Rückkehr Goethes – Erneute Reise als Begleiter des Herzogs zu Manövern nach Schlesien – 1790/91: Arbeits- und Lebensglück in den Jägerhäusern – Die Maler Lips und Meyer porträtieren Christiane – Zweite Schwangerschaft: 14. Oktober 1791, eine Totgeburt – Sommer 1792: Umzug in das Haus am Frauenplan

IV

Seite 161-224

Goethe mit Herzog Carl August 1792 auf dem Frankreichfeldzug; seine Briefe an Christiane, ihr Alltag in Weimar – Rückkehr – Schwangerschaft – Goethe nimmt im Sommer 1793 an der Blockade von Mainz teil – Erste überlieferte Briefe Christianes – Geburt der Tochter Caroline am 21. November 1793, Tod am 3. Dezember 1793 – Abschluß der Umbauarbeiten am Frauenplan, Repräsentanz des Hauses – Öffentliches und Privates getrennt: Goethe als der *andere Mensch* mit Christiane, sie im Hintergrund als *die von Goethische Haushälterin* – Herbst 1794: Beginn der Freundschaft zwischen Goethe und Schiller, Goethes Produktivität: *Sie haben... mich wieder zum Dichter gemacht* – Goethe verlegt seinen Arbeitsplatz nach Jena; ein zweiter Haushalt für Christiane – Jahre eines schmerzlichen Lernprozesses, sie muß hinter das Werk zurücktreten – Sommer 1795: »Die Römischen Elegien« erscheinen – 30. Oktober 1795: Geburt des vierten Kindes, des Sohnes Carl, Tod am 16. November 1795 – Getrennte Lebenssphären: Goethe mit Schiller und dessen Familie, Wiederannäherung an Frau von Stein, der Sohn August bei Charlotte – Christiane mit ihrem Bruder, der Tante, ihren Verwandten – Ihre Bitten für die *Weimarische Armuth* – Goethe und seine Mutter, der Verkauf des Elternhauses in Frankfurt – Goethe bemüht sich um eine Witwenpension für Christiane

V

Seite 225-284

Goethe läßt Christiane am Fortgang seiner Arbeiten teilhaben – Ihr Mißmut über seine Abwesenheit, Eingriffe in seine Arbeit, Protest gegen seinen Plan, nach Italien zu reisen – 24. Juli 1797: Er stellt Christiane Vulpius und den Sohn durch ein Testament wirtschaftlich sicher – Gemeinsame Reise nach Frankfurt zur Mutter – Christiane und August kehren nach Weimar zurück, Goethe reist in Richtung Italien weiter; ihre Klagen, sein Entschluß zur Rückkehr: *Ihr allein bedürft meiner, die übrige Welt kann mich entbehren* – Goethe sieht sich in seiner Arbeit bedrängt – Trennungsabsichten – Christianes Ängste – Urteile Dritter über Goethes »wilde Ehe« – Spannungen – Das Landgut – Zäsur im November 1798: Zeichen einer Neuregelung ihrer Beziehung – Mai 1800: die Reise nach Leipzig als heimliche Hochzeitsreise – Christiane und die Weimarer: *ich werde immer mißtrauischer gen alle Menschen* – Anfang 1801: Goethe erkrankt lebensgefährlich, Christianes Pflege – Genesungsaufenthalt mit dem Sohn in Bad Pyrmont – Goethe legitimiert den Sohn, das *Gebrechen seiner Geburt* wird von ihm genommen, er erhält den Namen des Vaters – Christiane bleibt das Fräulein, die *Demoiselle Vulpius* – Augusts Verhältnis zur Mutter – Spannungen zwischen Goethe und Schiller – Christianes Freundschaft zu Heinrich und Nikolaus Meyer

VI

Seite 285-343

16. Dezember 1802: Geburt der Tochter Kathinka, ihr Tod am 19. Dezember 1802 – 1803: Goethe *täglich verdrüßlicher, ganz Hypochonder,* Angriffe der Kotzebue-Partei, Mißerfolge am Theater, Spannungen mit Schiller, Christianes Beistand – Ihr Kuraufenthalt in Bad Lauchstädt: *es ist mir, als hätte ich wieder ganz neues Leben bekommen* – Schulbesuch des Sohnes, Riemer als neuer Hofmeister – Christiane und Nikolaus Meyer – 1805: Goethes schwere Krankheit – Schillers Tod – *Thüringen füllt sich mit Soldaten* – Christiane: *ich komme fast den ganzen Tag nicht zu mir selbst* – Tod ihrer Schwester am 7. Januar 1806, Tod ihrer Tante am 1. März 1806 – Einsamkeit von Goethe und Christiane nach dem Tod ihnen naher Menschen – Goethe sucht nach *einer neuen Lebensweise* – Getrennte Kuraufenthalte: er in Karlsbad, sie in Lauchstädt – Nacht vom 14. zum 15. Oktober 1806 nach der Schlacht von Jena – Lebensgefahr – Goethe: *größte Sorge ... für meine Papiere* – 19. Oktober 1806: Trauung in der Sakristei der Jakobskirche zu Weimar; Eingravierung des Datums der Schlacht in die Trauringe – Reaktion der Öffentlichkeit auf die Hochzeit – Goethes Deutung von Napoleons Sieg, er ordnet seine gesamte Existenz neu, stellt sie auf die Grundlage des bürgerlichen Gesetzes – Bemühung um die vollen Eigentumsrechte des Hauses am Frauenplan

VII

Seite 345-406

Christiane als *Frau Geheime Räthin von Goethe,* verstärkte Vorurteile gegen sie – Goethes *neue Lebensweise* mit der Eheschließung:

monatelange Aufenthalte allein in Böhmen, Hinwendung zu jungen Frauen – 1807: Christiane besucht ihre Schwiegermutter in Frankfurt – Bettine Brentano in Weimar – Tod von Katharina Elisabetha Goethe am 13. September 1808, Christiane reist wiederum nach Frankfurt zur Regelung der Erbschaftsangelegenheiten – Goethes Leidenschaft zu Silvie von Ziegesar – Ärger als Theaterdichter – Christiane als Schlichterin – Winter 1808: Goethe setzt sich für die Anerkennung seiner Frau in den Adelskreisen Weimars ein – Christiane: *meine jetzige Existenz ist ganz anders als sonst* – Die Künstler Bardua, Raabe und Weißer porträtieren Christiane – Nikolaus Meyer erneut in Weimar – Beförderung von Christianes Bruder – 1809: Goethe arbeitet an den »Wahlverwandtschaften«, Christiane und ihre Gesellschafterin Caroline als erste Leserinnen – 1810: Spannungen – Goethe sieben Monate abwesend – Christiane zu Goethes *Äuglichen: ... vergiß nur nicht ganz Dein ältstes, ich bitte Dich, denke doch auch zuweilen an mich* – 1811: Christiane reist zu Goethe nach Karlsbad – September 1811: Zerwürfnis zwischen Christiane von Goethe und Bettine von Arnim; in der Folge sagt sich Goethe von Bettine los – 1812: Reise nach Böhmen, Goethe in Teplitz als Vorleser der Kaiserin, Christiane und ihre Gesellschafterin in Karlsbad

VIII

Seite 407-452

Krieg: traumatisches Jahr 1813 – Goethe flüchtet nach Böhmen – Christiane in Weimar mit Einquartierungen beschäftigt – 12. Juli 1813: Hochzeitstag, von Goethe in Karlsbad *im Stillen gefeiert*; nach der Rückkehr das Gedicht »Gefunden« als Geschenk für Christiane – Völkerschlacht bei Leipzig, fliehende napoleonische Truppen und die sie verfolgenden Sieger in Weimar, erneute Lebensgefahr – »Patriotischer Frauenverein« in Weimar – Aufruf des Herzogs für Kriegsfreiwillige gegen Napoleon – August von Goethe meldet sich – Goethes Aktivitäten gegen einen Militäreinsatz des Sohnes – 1814: Frühlingsaufenthalt von Christiane und Goethe in Bad Berka – Duellforderung an August von Goethe, Beilegung durch

Diplomatie des Vaters – Goethes Herbstreise in die Rhein-Main-Gegend, Bekanntschaft mit Marianne von Willemer – Schöpferischer Neuansatz im »West-östlichen Divan«, *Verjüngung* Goethes – Christianes nachlassende Kräfte, Krankheit – Kuraufenthalt in Berka – Januar 1815: ein Schlaganfall, Christiane *zwei Querfinger vom Tode*

IX

Seite 453-514

1815: Goethes erneute Rhein-Main-Reise – Leidenschaft für Marianne von Willemer – Christiane mit Madame Kirsch in Böhmen zur Kur, Depressionen – Unterbrechung des Briefwechsels, ihre Einsamkeit – Goethes versöhnende Briefe vom September aus Frankfurt und Heidelberg – Herbst in Weimar: Goethe *froh und wohl*, wie seit *zehn Jahren* nicht, seine Arbeitsintensität – Christianes letztes Lebenshalbjahr, ihre Tagebuchnotizen vom 1. Januar bis 30. Mai 1816: Gemeinsamkeiten mit Goethe: Mahlzeiten, Komödienbesuche, Spazierfahrten; und getrenntes Leben: Christiane mit ihren Verwandten, ihren Freunden, mit den Komödianten – Haus und Haushalt fest in ihren Händen – Ihr Verhältnis zur Dienerschaft – Ihr Alltag – Goethe als *Staatsminister* zum *Huldigungsfest bei Hofe* – Christiane, die *Frau Staatsministerin* – Goethe in Jena – 29. Mai: erneuter Schlaganfall Christianes – Die letzten Tage – Ihr Tod am 6. Juni 1816 – Die Totenfrau – Beerdigung am 8. Juni – Goethes Schweigen über Christiane nach ihrem Tod – Ihr verfallendes Grab auf dem Jakobsfriedhof – Goethe-Familiengrab auf dem Camposanto Weimars durch Goethes Schwiegertochter Ottilie – Die Goethe-Gesellschaft in Weimar schafft 1888 auf dem Jakobsfriedhof eine Grabstätte als Erinnerung an Goethes Frau – Christianes Lebensleistung im Kraftfeld von Goethes schöpferischer Produktivität: ihre *glückliche Art zu sein, ein Geschöpf, das in glücklicher Gelassenheit den engen Kreis seines Daseins hingeht, von einem Tag zum andern sich durchhilft*

ANHANG